BOUDICA

Touro

Da Autora:

BOUDICA

Águia

Touro

Cão

Manda Scott

Boudica

Touro

Livro 2

Tradução
Claudia Gerpe Duarte

BERTRAND BRASIL

Copyright © 2004, Manda Scott

Título original: *Boudica – Dreaming the Bull*

Capa: Raul Fernandes
Imagens de capa: Britt Erlanson (rosto) e Flickr (paisagem com espada)/ GETTY Images
Mapas: David Atkinson

Editoração: DFL

Texto revisado segundo o novo
Acordo Ortográfico da Língua Portuguesa

2011
Impresso no Brasil
Printed in Brazil

CIP-Brasil. Catalogação na fonte
Sindicato Nacional dos Editores de Livros, RJ

S439t	Scott, Manda
	    Touro/Manda Scott; tradução Claudia Gerpe Duarte. — Rio de Janeiro: Bertrand Brasil, 2011.
	    488p. (Boudica; v. 2)
	
	    Tradução de: Dreaming the bull
	    Sequência de: Águia
	    Continua com: Cão
	    ISBN 978-85-286-1452-7
	
	    1. Romance escocês. I. Duarte, Claudia Gerpe. II. Título. III. Série.

10-4361	CDD – 828.99113 CDU – 821.111(411)-3

Todos os direitos reservados pela:
EDITORA BERTRAND BRASIL LTDA.
Rua Argentina, 171 — 2º andar — São Cristóvão
20921-380 — Rio de Janeiro — RJ
Tel.: (0xx21) 2585-2070 — Fax: (0xx21) 2585-2087

Não é permitida a reprodução total ou parcial desta obra, por quaisquer meios, sem a prévia autorização por escrito da Editora.

Atendimento e venda direta ao leitor:
mdireto@record.com.br ou (21) 2585-2002

Para Kathrin

SUMÁRIO

	Agradecimentos	9
	Mapas	10-11
	Prólogo	19
I:	Outono-Inverno 47 d.C.	23
II:	Verão-Início do Outono 51 d.C.	149
III:	Outono-Inverno 51 d.C.	271
IV:	Outono 54 d.C.	377
	Nota da Autora	479
	Personagens e Pronúncia dos Nomes	483
	Bibliografia	487

AGRADECIMENTOS

MEUS SINCEROS AGRADECIMENTOS A H.J.P. "DOUGLAS" ARNOLD, historiador da arte militar romana e astrônomo, pela sua sempre prestimosa leitura das inúmeras versões preliminares deste romance e daquele que o precedeu, bem como por seu discernimento, sinceridade e precisão; sem ele, a redação e a pesquisa da era de Boudica teriam sido incomensuravelmente mais difíceis e o resultado, bem menos coerente. Como sempre, houve lugares em que optei por desconsiderar o seu conselho e quaisquer imprecisões com relação a fatos ou conceitos são de minha inteira responsabilidade. Agradeço a Robin e Aggy pelas informações sobre cavernas e pelo apoio em geral na redação do texto. Meus agradecimentos de natureza completamente diversa a Debs, Naziema, Carol e Chloë, que, em diferentes ocasiões e de várias maneiras, mantiveram coesas a realidade, e a Tony, por sua amizade, firmeza e ponderada sensatez. Sou eternamente grata à minha agente, Jane Judd, e especialmente aos meus editores nos dois lados do Atlântico por seu interesse, discernimento e perseverança. Finalmente, agradeço a todos que compartilharam a visão e ainda o fazem.

BRITÂNIA — TRIBOS RELEVANTES

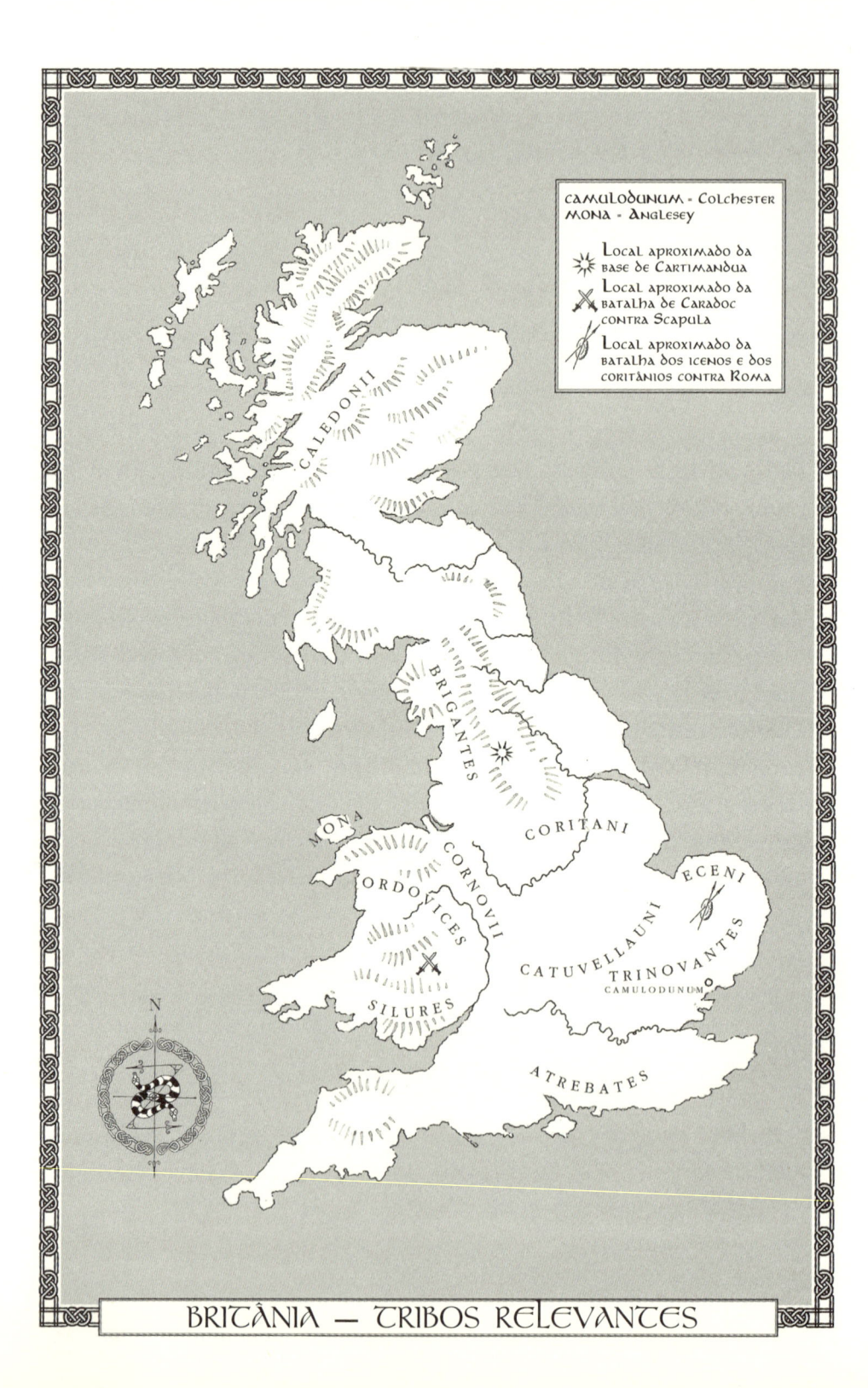

EUROPA OCIDENTAL

O UÇAM COM ATENÇÃO. SOU LUAIN MAC CALMA, ANTERIORmente da Hibérnia, hoje Ancião de Mona, conselheiro de Boudica, a Portadora da Vitória, e estou aqui para transmitir-lhes a história do seu povo. Aqui, esta noite, ao lado deste fogo, vocês aprenderão o que aconteceu. É o que vocês foram; se vencermos agora, é o que poderão ser novamente.

No início, os deuses governavam a terra e o povo ancestral vivia sob os cuidados deles. Briga, a Mãe Tríplice, amparava-os no nascimento e na morte, e Nemain, a sua filha, que mostra a face todas as noites na lua, os ajudava entre essas duas jornadas. Belin, o sol, os aquecia, e Manannan, deus dos mares, lhes concedia os peixes. Os ancestrais percebiam que a ilha de Mona era sagrada para todos os deuses e, no decorrer de incontáveis gerações, guerreiros, videntes e cantores das tribos vieram até a casa-grande para aprender.

Com o tempo, as tribos cresceram, cada uma com suas qualidades próprias. Roma também estava crescendo; seus comerciantes buscavam peles, cavalos e cães, estanho e chumbo, joias e milho, e encontram aqui em abundância.

Foi a ganância por milho e prata, e a vontade de escravizar o nosso povo que trouxeram Júlio César à nossa costa. Por duas vezes ele veio, e a cada vez os videntes dos nossos ancestrais invocaram Manannan pedindo-lhe que enviasse uma tempestade para fazer com que os navios naufragassem e homens se afogassem. Na primeira vez, César mal conseguiu escapar com vida. Um ano depois, ao retornar, travou uma pequena batalha contra os heróis do leste, ao término da qual eles concordaram em conversar com ele, em vez de derramar mais sangue. César lhes ofereceu tratados comerciais e o monopólio dos vinhos e dos esmaltes da Gália e da Bélgica, e aqueles que viam o seu futuro no comércio e não acreditavam que Roma representava uma ameaça concordaram.

Vivemos em paz durante quase cem anos. Nesse período, um homem passou a governar as tribos em ambos os lados do rio-mar: Cunobelin, o Cão Solar, sabia lidar habilmente com Roma. Os Césares Augusto e Tibério, por sua vez, faziam marchar as suas legiões na Gália e nas Germânias, Cunobelin enviava emissários prometendo paz e comércio, porém sem prometer uma quantidade excessiva de ambos a ponto de ofender as tribos que odiavam Roma e que, em outras circunstâncias, poderiam vir a encará-lo abertamente como um inimigo.

A paz reinou enquanto Cunobelin viveu. Muitos dos que participavam dos nossos conselhos dos anciãos e das avós observavam o jugo romano da Gália e temiam que seríamos os próximos. Entre eles estavam os icenos, o povo de Boudica. As terras deles confinavam com as do Cão Solar e, apesar de não estarem em guerra com ele, recusavam-se a negociar com coisas romanas, e tampouco vendiam para Roma os seus cavalos, peles ou cães, que eram os melhores que o mundo já vira.

Os icenos estavam em conflito com os coritânios, e foi ao matar um lanceiro coritânio que Breaca, que mais tarde se tornou Boudica, conquistou a sua primeira pena de morte. Ela tinha na ocasião apenas doze anos e ainda era criança, mas a guerreira desabrochou claramente nela. Bán, o meio-irmão de Breaca, era mais jovem, mas tinha a cabeça mais serena e talvez o coração mais aberto. Os deuses amavam Bán e lhe enviavam sonhos com um poder desconhecido desde a época dos ancestrais. Breaca o amava como qualquer irmã ama um irmão.

A vida não era tranquila nas terras de Cunobelin; o Cão Solar colocou os três filhos uns contra os outros, pensando em instruí-los por meio da permanente competição. Togodubnos era o mais velho e sabia conquistar seu espaço.

Amminios, o filho do meio, vicejava no conflito constante, mas Caradoc, o mais jovem, e o guerreiro mais fervoroso, odiava o pai e fugiu para ir ao encontro do irmão de sua mãe, um navegador.

Os deuses, que conhecem essas coisas melhor do que nós, fizeram o navio de Caradoc naufragar nas margens orientais, e o rapaz foi lançado pelas ondas, semiafogado, aos pés de Breaca. Foi assim que começou uma das maiores alianças da nossa história, embora eles tenham levado anos para se reunir e, sem a guerra, isso talvez jamais tivesse acontecido.

Corvus, um romano, também naufragou com Caradoc, e veio a conhecer os icenos e se interessar por eles. Na primavera que se seguiu ao naufrágio, Breaca e os seus guerreiros escoltaram Caradoc e Corvus às terras do Cão Solar que ficavam ao sul. Foram bem recebidos e tratados com respeito, exceto Bán, que foi induzido a disputar o jogo da Dança dos Guerreiros com Amminios e o derrotou. A coisa que Amminios mais odiava era perder, e foi essa derrota que o incitou a organizar um ataque contra os icenos que voltavam para casa.

Travaram uma batalha no Local do Pé da Garça e muitos foram aniquilados. A maior perda foi o menino, Bán, de quem Amminios guardava rancor. Breaca viu o irmão ser assassinado e o seu corpo ser levado por Amminios. Embora os videntes tenham procurado em todos os caminhos que levam ao outro mundo, ninguém ainda encontrou a alma de Bán para que ela possa ser devolvida aos deuses.

Há quatro anos, houve dois episódios que alteraram a paz das tribos: Cunobelin faleceu, deixando os filhos livres para lutar uns contra os outros, e do outro lado do oceano um novo imperador assumiu o poder em Roma. Cláudio era fraco e precisava provar para o Senado e para o povo que era tão capaz quanto Júlio César, que eles ainda veneram. Enviou quatro legiões e quatros alas da cavalaria contra nós. Quarenta mil homens acompanhados pelos seus cavalos, servos, engenheiros e médicos zarparam para a Britânia.

A batalha da invasão durou dois dias e será narrada eternamente ao redor do fogo. Mil heróis perderam a vida no primeiro dia, e dez mil romanos morreram. No final da tarde, quando estávamos vencendo, Togodubnos e Caradoc se viram encurralados, incapazes de avançar ou recuar. A sua morte era certa, até que Breaca liderou um ataque que esmagou as fileiras romanas e libertou os que estavam cercados. Foi então que ela conquistou o nome pelo qual a conhecemos: Boudica, a Portadora da Vitória.

Togodubnos foi ferido e morreu naquela noite, mas o seu irmão Caradoc assumiu a liderança dos guerreiros e, ao lado de Breaca, preparou-se para lutar no dia seguinte. Teriam combatido sem descanso, até que todos morressem ou saíssemos vitoriosos, mas os deuses julgaram de outra maneira, enviando de manhã bem cedo uma legião completa pelo rio, de modo que não houve tempo de opor resistência aos inimigos.

Nós, os videntes, chamamos uma neblina, e os deuses exigiram que Breaca e Caradoc conduzissem os guerreiros e as crianças a um local seguro — sem eles, vocês não estariam vivos e Roma reinaria livremente. Eles não queriam abandonar o campo de batalha, mas Macha, que fora mãe de Bán e era mais do que uma mãe para Breaca, o exigiu. Macha permaneceu no local para sustentar a neblina, e só a dissipou ao morrer, bem no final, quando todos os que faziam parte do nosso povo haviam escapado.

Hoje, portanto, vivemos com os resultados do que aconteceu. Roma marchou para o norte e conquistou a fortaleza de Cunobelin. Eles a chamam de Camulodunum e construíram lá uma cidadela cujo tamanho entorpece a mente. Breaca e Caradoc fugiram para o oeste e agora, com a ajuda de Mona e dos videntes, controlam as terras do ocidente, matando todos os que Roma envia contra nós. A hora é propícia para a nossa vitória. O antigo governador que liderou a invasão será chamado de volta em breve. Scapula, um general famoso pela sua crueldade, o substituirá. Mas entre um e outro haverá um período em que as legiões romanas na Britânia ficarão sem um líder, e será quando os atacaremos, quando estiverem mais fracos, e talvez os façamos recuar até o mar.

Mais uma coisa: falei sobre o irmão de Breaca e a morte dele nas mãos de Amminios, irmão de Caradoc. Viajei pela Gália e começo a acreditar que Bán não morreu, tendo sido tomado como escravo por Amminios. Mais tarde, ao escapar, ele ingressou na cavalaria, servindo sob as ordens de Corvus, o oficial romano que naufragara nas terras dos icenos e era amigo de Bán. Um homem cuja descrição combina com a de Bán, que demonstra conhecer o nosso povo e que é muito habilidoso com cavalos, lutou nas batalhas da invasão e serve agora na cavalaria em Camulodunum.

Se este homem for Bán, se ele ingressou na cavalaria inimiga, só pode ser por acreditar que Amminios havia assassinado Breaca e toda a sua família. Ao ser deixado sozinho, ele pode ter facilmente pensado que não tinha mais por que viver.

Bán já deve saber agora que as coisas não ocorreram dessa maneira. Boudica é famosa da costa oeste a leste, e sob todos os aspectos é inconfundível. Não obstante, esse homem não nos procurou para pedir ajuda e perdão. Acredito que o seu verdadeiro comprometimento com Roma e tudo o que isso representa tenha sido assumido depois do segundo dia da batalha da invasão, quando ele encontrou o corpo da mãe, ardendo em uma pira funerária. Se ele se considera responsável pela morte dela, pode ser por que tema encontrar consigo próprio além da redenção, para sempre desligado de seus deuses, de seu povo e de sua família mais próxima.

Se eu estiver certo, ele é um homem que deve ser observado e temido. O menino que conhecíamos era um vidente cujo poder estava à altura do da mãe e um guerreiro quase no mesmo patamar da irmã; se Bán perdeu a conexão com os deuses e o amor pela família, ele estará altamente ferido. E homens feridos são sempre os mais perigosos, para si mesmos e para os outros. Corremos um grande risco quando nos colocamos contra eles.

Não creio que os deuses iriam expulsar um dos seus, por mais aterradores que fossem os crimes por ele cometidos. Além disso, estou procurando uma maneira de encontrar Bán e falar com ele. Para que eu faça isso, é fundamental que Breaca, Airmid e Caradoc continuem a acreditar que ele está morto.

Vocês estão aqui, na casa-grande, sob os cuidados dos deuses. Devem jurar segredo; somente com o advento de minha morte ou da morte de Bán vocês poderão falar livremente, e, mesmo assim, apenas com Airmid, que saberá o que fazer. Por agora, podem dormir, sonhar e saber que os deuses cuidam de vocês.

PRÓLOGO

ELE FORA MARCADO A FERRO QUENTE UMA VEZ, HAVIA MUITO tempo, quando o seu nome ainda não era Julius Valerius. Depois, Bán lutara com os homens que o seguravam de tal modo que a marcação ficara malfeita. O ferimento infeccionara e ele quase morrera. Agora, amarrado de joelhos e de olhos vendados na escuridão claustrofóbica de uma adega, debaixo de uma casa construída havia menos de três anos e com o pavio extinto das velas enviando uma fumaça fétida para o escuro, ele ansiava pelo contato do ferro. Quando o centurião mascarado secou o vinho que lhe descia pela linha do esterno e pressionou o polegar no centro para marcar o ponto, ele se inclinou para frente para enfrentar a agonia.

Esquecera de como seria intenso. O choque o cegou de dor. O fogo, e algo pior do que isso, envolveu-lhe o coração, apertando-o, como uma mão cerrada. Sentiu sua respiração ofegante, de uma maneira que os ferimentos recebidos em combate jamais tinham feito. Obrigou-se a ficar em silêncio, mas não precisava ter feito isso; o barulho de um homem perdia-se no som ressoante de quarenta vozes masculinas. O odor infecto da carne queimada foi atenuado por uma fumaça adocicada, quando alguém jogou um punhado de incenso no braseiro.

Mais tarde, refletiu sobre o custo de tudo aquilo: o olíbano custava mais do que o seu peso em ouro. Na ocasião, ele só sabia que, mesmo que por um breve instante, a dor causada pelo fogo consumia a dor maior da sua alma e fora por isso que viera ao encontro do deus. Atirou-se no deus como em um lago em um dia quente, transportado pelo calor que se espalhava a partir do seu peito, até que ele o puxou de dentro de si mesmo e observou o seu corpo a partir de um lugar à parte, um lugar com o fogo e ao mesmo tempo separado. No apogeu, quando o suportável tornou-se insuportável, alguém aproximou-se por trás, arrancou-lhe a venda dos olhos e cortou a corda que lhe atava os pulsos. Outra pessoa acendeu as sete luminárias diante do disco solar para que, nas trevas mais profundas e na dor ofuscante, a luz do deus oferecesse consolo.

Ele gostaria de ter aceitado a oferta, de ter caído nos braços ansiosos e acolhedores da divindade, de ter conhecido a paz e a certeza da salvação. Foi exatamente o que fizeram os homens marcados a ferro de cada um dos seus lados. À esquerda, ele sentiu o estremecer da carne que correspondia exatamente ao momento da rendição em que o cavalo aceita pela primeira vez a rédea. À direita, ouviu um gemido, como o de um homem no clímax do amor. Para esses homens e para os outros o regozijo divino abrangeu toda a dor, apagando para sempre a ameaça dela.

Era isso que haviam lhe prometido e o que ele almejara. Em uma agonia que provinha mais do coração do que do corpo, clamou em voz alta no vazio da sua alma pela voz do deus, mas não obteve resposta. Cedo demais o ferro desapareceu, deixando apenas a dor da carne chamuscada e um anel de fumaça que subiu para se unir à mácula daqueles que haviam sido marcados junto com ele.

O centurião deu um passo atrás, balançando o ferro incandescente. O símbolo do corvo turvou-se, firmou-se e iluminou o espaço entre eles. Olhos ocultos, atrás da máscara do deus, olhavam para Valerius.

— Sabei agora que sois meus Filhos debaixo do Sol, os últimos para quem serei Pai e especiais por toda a eternidade por esse motivo. Deixarei em breve esta província, com o governador, e viajarei com ele para Roma, a fim de aceitar o posto que o imperador me decida conceder. Serei um centurião da segunda coorte da Guarda Pretoriana. Se fordes um dia a Roma, fazei com que isso chegue ao meu conhecimento. O novo governador chegará na primeira maré auspiciosa do próximo mês. Ele se fará acompanhar de novos oficiais que substituirão os que estão partindo e de novos recrutas, os quais ocuparão os postos daqueles que perdemos. Nesse ínterim, o bem-estar desta província e a honra do nosso imperador e das legiões estarão nas vossas mãos e nas dos vossos irmãos, sob a autoridade do deus.

"Acima de tudo, vós sois dele agora. Antes das legiões, antes de todos os outros deuses, pertenceis a Mitra até a morte e além dela. Ele é um deus justo; se pedirdes, ele vos concederá força; se fraquejardes, ele vos destruirá. A marca permitirá que conheceis uns aos outros, e se for da vontade do deus que voltemos a nos encontrar, afinal, eu também vos reconhecerei por meio dela."

Eram sete na fila, nus como bebês, e haviam acabado de receber a marca e um novo nome. Ninguém falou. Do outro lado da sala, uma voz de homem iniciou o canto do recém-nascido. Outros se uniram a ele, depois outros e, por último, os novos iniciados, até que a força total de quarenta e nove vozes precipitou-se sobre as paredes e tombou para dentro, ensurdecedoramente. Quando o som amorteceu, uma única luminária foi acesa debaixo da imagem do deus. O centurião virou-se e fez uma saudação. Atrás dele, os outros fizeram o mesmo. De seu lugar acima da vela, na parede norte, Mitra, sorridente, vestido com uma capa e um capuz, capturava o touro e fazia deslizar a espada pela garganta dele.

1
OUTONO
—
INVERNO 47 D.C.

I

APENAS AS CRIANÇAS DORMIAM NA VÉSPERA DA BATALHA, E, às vezes, nem mesmo elas. À noite, na véspera do dia em que o governador romano da Britânia zarpou e deixou para sempre a terra que havia conquistado, dois mil guerreiros e mil videntes reuniram-se na encosta de uma colina situada a menos de uma manhã de cavalgada da parte mais ocidental dos fortes da fronteira. Isoladamente e em grupos, conforme determinavam os seus deuses e a sua coragem, eles se prepararam para a guerra em uma escala que não era vista desde a invasão das legiões, quatro anos antes.

Breaca nic Graine, que antes pertencera aos icenos e agora fazia parte de Mona, sentou-se sozinha à beira de um lago na montanha. Soprou uma pedra que estava abrigada na sua mão em concha, fazendo-a saltar sobre a água.

— Para que eu tenha sorte.

A pedra ricocheteou cinco vezes, estilhaçando o reflexo da lua. Fragmentos de luz dispersaram-se pelas trevas e se perderam. O rio continuou a correr em silêncio. A melodia da sua passagem era abafada pela batida de patas de urso tocada sobre crânios ocos nas imediações. A luz de mil fogueiras inquietas dourava a beira da água e a fumaça embrumava o ar acima dela. Somente à margem do rio havia a solitude, a escuridão e a paz necessárias para pedir favores aos deuses.

— Para que eu seja corajosa.

O segundo seixo cortou a borda da lua e se perdeu. Nas invisíveis encostas situadas mais atrás, os tambores de crânio atingiram um crescendo. Uma voz de mulher invocou os deuses na linguagem dos ancestrais do norte. Outras vozes responderam, guturalmente, e a irregularidade do ritmo dos tambores mudou. Não era bom ouvir com muita atenção; ao longo dos anos, mais de uma alma fora perdida na trama dos sons ósseos entrelaçados e nunca mais encontrara o caminho de casa.

— Para a assistência de Briga na batalha.

A terceira pedra, mais precisa do que as lançadas anteriormente, ricocheteou nove vezes e afundou no coração da lua, conduzindo a prece diretamente aos deuses sem a intermediação do rio. Esse era um bom prenúncio, caso um guerreiro quisesse acreditar em presságios. Breaca, conhecida como Boudica, permaneceu sentada enquanto a lua voltava a se estabilizar e a ficar inteira, um semicírculo de prata ondulado que jazia imóvel sobre uma camada negra em movimento.

Breaca pegou uma quarta pedra. Esta era mais larga e mais achatada do que as anteriores e saltou suavemente da sua mão. Breaca soprou nela uma prece diferente, cujas palavras não eram ditadas pela tradição:

— Para Caradoc e para Cunomar, espero que sejam felizes e vivam em paz caso eu venha a tombar em combate. Briga, mãe da guerra, do parto e da morte, cuide deles para mim.

Não era uma prece nova. Nos três anos que haviam se passado depois do nascimento do seu filho, Breaca a proferira inúmeras vezes no silêncio da mente, nos momentos que antecediam o primeiro confronto do combate, quando tudo e todos que ela amava tinham que ser postos de lado e esquecidos. A diferença agora, na impetuosa escuridão à margem do rio, com o caos dos preparativos temporariamente interrompido, era que Breaca falara pela primeira vez em voz alta e sentira que a prece fora claramente ouvida. Ela estava ao lado da água, que pertencia a Nemain, e na véspera da batalha, que pertencia a Briga, quando os deuses estavam vivos e caminhavam na encosta da montanha, invocados pelo grande número de videntes cujas cerimônias iluminavam o céu noturno.

Após quase quatro anos de desespero, conseguia sentir que a promessa da liberdade estava ao alcance das suas mãos se ao menos os ossos, o sangue e os músculos pudessem ser pressionados com bastante força, e a uma distância suficiente para que a promessa se concretizasse. Experimentando uma esperança maior do que qualquer outra que sentira desde a invasão, Boudica levou o braço para trás para atirar a pedra.

— Mama?

— Cunomar! — exclamou Breaca, voltando-se rápido. O seixo saltitou sobre a água e se perdeu. Uma criança erguia-se à margem do rio, acima de Breaca, sonolenta, com o cabelo desgrenhado e tropeçando instável no escuro.

Breaca se levantou e levantou o filho pela cintura, conduzindo-o à beira da água, onde ele poderia ficar de pé em segurança.

— Meu guerreiro, você deveria estar dormindo. Por que não está?

Ofuscado, o menino esfregou a mãozinha nos olhos.

— Os tambores me acordaram. Ardacos está invocando as ursas para ajudá-lo. Ele vai lutar contra os romanos. Posso assistir à cerimônia?

Cunomar ainda não completara quatro anos e só recentemente começara a compreender a enormidade da guerra. Ardacos era o seu herói mais recente, vindo atrás apenas do seu pai e da sua mãe no panteão dos seus deuses. O pequeno e selvagem caledônio era a essência da idolatria infantil. Ardacos liderava o bando de guerreiros dedicados à ursa; eles sempre lutavam a pé e, em grande medida, nus, sobrepujando todos os outros no movimento furtivo e na caça ao inimigo à noite. Os tambores de crânio eram dele, bem como o canto que os acompanhava.

Breaca respondeu:

— Vamos todos combater os romanos, mas creio que a cerimônia é sagrada e não é para os nossos olhos, a não ser que nos convidem para assisti-la. Quando você crescer, e se a ursa o permitir, você poderá participar das cerimônias de Ardacos.

O rosto do menino ficou ruborizado na incandescência do fogo, repentinamente desperto.

— A ursa o permitirá — declarou ele. — Ela tem que fazer isso. Eu me unirei a Ardacos e juntos expulsaremos as legiões para os confins do oceano.

Ele falava com a convicção de alguém que ainda não conhecia a derrota, que nem mesmo a considerava possível. Breaca não teve coragem de desapontá-lo.

— Neste caso, o seu pai e eu ficaremos felizes em deixar alguns romanos para você combater. No entanto, pela manhã, devemos matar os que estão no forte além da próxima montanha, e, antes disso, Ardacos e dois dos seus guerreiros precisam tornar a terra segura para nós. Talvez ele precise de mim em parte de sua cerimônia. Se eu for ao encontro dele, você terá que ir primeiro para a cama. Você fará isso?

— Posso me sentar na égua cinzenta de batalha antes que você parta para aniquilar as legiões?

— Pode. Mas só se você for bonzinho. Veja, o seu pai está aqui. Ele pode segurá-lo enquanto eu vou ter com Ardacos.

— Como você sabia que...? — O rosto da criança estava banhado em assombro. Ele já acreditava que a mãe era parcialmente uma divindade; o fato de ela predizer a chegada do seu pai no meio da confusão da noite era apenas outro passo em direção à divindade total.

Breaca sorriu.

— Ouvi os passos dele — declarou ela. — Não há nada de mágico nisso. — Era verdade; mais do que Cunomar, mais do que qualquer outro ser humano, ela conhecia o som desses passos. No caos da batalha, no silêncio de uma noite de inverno, ela era capaz de ouvir os passos de Caradoc e saber onde ele estava.

Agora, ele aguardava no alto da ribanceira. Tendo a luz do fogo por trás, o seu rosto estava invisível e somente o cabelo iluminado. Um ouro delicado tremeluzia ao redor de sua cabeça, de modo que ele parecia tão poderoso quanto Camul, o deus da guerra, na véspera da batalha, ou Belin, o sol, que diariamente percorria as montanhas. Era uma noite em que essas fantasias deveriam ser sustentadas, e os deuses não seriam ofendidos.

Caradoc perguntou, na voz dos homens:

— Breaca? As ursas chamaram o seu nome. Você está pronta?

— Creio que sim. Se você tomar conta do nosso filho, poderemos descobrir. — Ela passou Cunomar para os braços de Caradoc e ergueu-se ao lado das aveleiras. — Briga me dá sorte e cuidará de mim, caso a ventura venha a falhar. Parece que eu talvez tenha que encontrar a minha própria coragem.

A quarta pedra foi deliberadamente esquecida. Não houve como predizer o que os deuses fariam com o ocorrido. Breaca não conseguia imaginá-los vingando-se em uma criança porque a sua mãe falhara no lançamento de uma pedra, e Caradoc fabricou o seu próprio destino em combate. Ela o vira lutar com excessiva frequência para acreditar que ele poderia morrer antes dela.

Breaca galgou a última metade da ribanceira. O rosto de Caradoc estava marcado pela falta de sono e pelo peso da liderança. Ele a abraçou rapidamente.

— As ursas acreditam que você tem coragem para dar e vender. Esta noite não seria um bom momento para desiludi-las.

Breaca fez uma careta.

— Eu sei. Para elas, os deuses tomam conta de mim e sou imortal. Você e eu sabemos a verdade; isto é, que no campo de batalha sou tão humana e assustada quanto qualquer pessoa. A coragem é instável demais para manter-se firme de um dia para o outro. É como tentar capturar a lua com uma rede de pesca: a água escoa e a luz permanece como antes. Sempre que participo de uma batalha, acredito que será a última.

Ela não deveria ter dito isso. Caradoc a examinou com atenção; a quarta pedra não fora esquecida totalmente, e ele era capaz de enxergar através de Breaca, assim como ela era capaz de ver através dele. Caradoc perguntou:

— Você teve algum pressentimento ruim com relação à batalha que se aproxima?

— Não mais do que habitualmente. E isso não importa. Temos um número suficiente de pessoas no conselho de Mona que sabem o que fazer se não sobrevivermos.

— Obrigado. Lutarei melhor acreditando que elas não serão chamadas. — Caradoc a beijou, pressionando de leve os lábios ressecados no rosto de Breaca, e em seguida declarou rapidamente: — Se Ardacos for capaz de fazer o que precisamos, talvez menos pessoas morram.

— Podemos esperar que isso aconteça. Cuide de Cunomar; consigo encontrar as ursas sozinha.

Longe do rio, a encosta fervilhava de guerreiros que pintavam uns aos outros e a si mesmos, entrançavam os cabelos de guerreiro e prendiam na têmpora as penas da morte, que informavam aos deuses o número de inimigos já eliminados.

As ursas de Ardacos formavam um círculo na encosta ocidental da montanha, abrigadas por abrolhos que produziram frutinhos tardiamente. À medida que Breaca foi se aproximando, a noite se animou com o barulho das batidas das patas de urso nos crânios brancos e era difícil ouvir qualquer coisa além da suave insistência da ausência de ritmo. O som era de um rio que banhava a mente e a alma, e as conduzia a lugares onde Breaca jamais estivera e aonde não desejava ir. Mais antigo do que os ancestrais, o som falava diretamente aos deuses, prometendo-lhes sangue em troca da vitória e exigindo como preço a coragem e algo maior do que ela.

Com o perfeito conhecimento dos limites da sua coragem, Breaca nic Graine, conhecida em todas as tribos como Boudica, a Portadora da Vitória, avançou em direção à luz das fogueiras.

Os homens e as mulheres da ursa formaram um círculo ao redor dela. À luz do dia, Breaca poderia ter identificado cada um deles pelo nome. Eram seus amigos, os seus companheiros mais próximos, guerreiros por quem ela morreria em combate e que, sem sombra de dúvida, também dariam sua vida por ela. Iluminados pelas chamas flamejantes, os que a cercavam quase não eram humanos, e ela não conseguia localizar Ardacos.

— Guerreiros da ursa, precisamos de vocês.

— Peça. — A voz era de um urso, transportada em uma onda tamborilante. — O urso vive para servir, mas somente aqueles cujo coração é grande o suficiente para conhecer o risco podem pedir.

— Os deuses porão à prova o meu coração, assim como o de vocês. — As palavras e os ritmos pertenciam aos ancestrais, cuja antiguidade era inimaginável. Elevando a voz acima das patas que se agitavam, Breaca declarou: — Nós, que travamos batalhas à luz do dia, pedimos ajuda àqueles que caçam os homens à noite. Existe uma tarefa que não é apropriada a mais ninguém. Há um perigo que mais ninguém é capaz de enfrentar. É preciso haver alguém capaz de rastrear, de caçar e de matar e, dessa forma, não deixar nenhum inimigo vivo. Vocês podem fazer isso? Vocês o farão?

A dança esquentou. Os tambores instigaram a alma de Breaca. Ondas de paixão, remorso, amor, perda e comiseração marcaram o seu coração. Lutando para encontrar a calma exterior, Breaca voltou a perguntar:

— Guerreiros da ursa, vocês podem fazer isso? Vocês o farão?

Uma única figura vestida de urso avançou arrastando os pés. Poderia ter sido homem ou mulher, ambos ou nenhum dos dois. Em uma voz que Breaca desconhecia, o vulto declarou:

— Podemos. Faremos. Fazemos.

— Obrigada. Que Nemain ilumine o seu caminho, que Briga ajude a sua luta e que a ursa defenda a honra da sua morte. Sou verdadeiramente... grata

A última frase era apenas dela, não tinha sido transmitida pelas gerações anteriores. Breaca deu um passo para o lado, deixando aberto o lugar diante do fogo.

O rufar dos tambores parou suavemente. O círculo se abriu e surgiram no seu centro um decurião da cavalaria romana e dois auxiliares. Como se estivessem sob as ordens de Roma, os três marcharam e se colocaram diante do fogo.

O oficial, que estava mais ricamente trajado, postou-se um pouco à frente dos seus homens. Seu manto exibia um vermelho intenso, em tom de fígado, com a bainha listrada de branco, e a cota de malha absorvia a luz do luar transformando-a em estrelas. O elmo lhe conferia um pouco mais de altura, mas não o deixava nem perto da estatura dos dois guerreiros auxiliares que o ladeavam, cada qual um palmo mais alto do que ele. Debaixo do elmo, o rosto dos três estava pintado com cal; círculos ao redor dos olhos e linhas retas debaixo das maçãs do rosto faziam com que não parecessem humanos. O trio cheirava fortemente a sebo de urso, urina de arminho e pastel-dos-tintureiros.

Formaram uma linha diante do fogo. Cada um fez uma pequena mesura e deu algo de si mesmo — pelo menos um dos guerreiros disfarçados era uma mulher — para as chamas. As oferendas cintilaram quando queimaram, emitindo os tons verdes e azuis do cobre pulverizado e o odor de cabelo chamuscado. Quando o fogo se acalmou, os três se viraram e levantaram o manto da cavalaria para que os seus companheiros pudessem ver que, debaixo da cota de malha do disfarce, eles estavam nus e que o pastel-dos-tintureiros cinza que era a sua proteção sob os deuses revestia toda a sua pele. Uma pequena incisão no antebraço esquerdo de cada um deles sangrava um pouco na noite, preto contra o cinza-prateado. Os tambores de crânio rufaram pela última vez, em reconhecimento, aprovação e apoio. Quando pararam, um pouco de magia abandonou a noite.

O movimento foi difícil, como se a terra tivesse se tornado, por algum tempo, um pouco menos sólida e, na volta, sua pressão contundisse a sola dos pés. Breaca afastou-se mais, cedendo espaço diante do fogo para os tocadores de tambor e para os dançarinos; eles tinham que ir mais longe e sentiriam a estranheza com mais intensidade. O decurião inimigo a seguiu.

— Eu sou romano?

O homem inclinou levemente a cabeça, e por causa do gesto, da voz e da baixa estatura, Breaca soube quem ele era. Ela sorriu.

— Ardacos, não, ninguém imaginaria que você é um romano. Mas quando os inimigos estiverem perto o suficiente para percebê-lo, estarão mortos.

Breaca pousou a palma da mão no punho da espada de Ardacos, a única parte dele que outra pessoa podia tocar sem profanação até que ele tivesse matado os inimigos ou morrido na tentativa.

— Você sabe que, se fosse possível, eu iria no seu lugar.

— E você sabe que existem lugares em que a Boudica se destaca e outros onde a ursa é tudo que basta.

Atrás da pintura do crânio, os olhos de Ardacos eram como os do arminho de sua visão. Ele fora amante de Breaca durante algum tempo, no intervalo entre Airmid e Caradoc; ele a conhecia melhor do que qualquer outro homem, conhecia as fraquezas, reais e imaginárias, que ela se esforçava para ocultar da maior parte dos guerreiros.

Ardacos disse:

— Eu não poderia conduzir os guerreiros encosta abaixo amanhã, mesmo que a vida deles e a minha dependessem disso. Eu não poderia voltar as costas para a alvorada e me dirigir a eles com a voz de Briga para que se julguem tocados pelos deuses e preparados para derrotar uma infinidade de legiões. Eu não poderia sonhar em cavalgar ao lado de Caradoc na batalha, criando entusiasmo de maneira que os fracos e os feridos encontrem novo ânimo e consigam lutar quando antes se sentiam mortos. — Em um tom menos sério, ele disse: — Os deuses concedem diferentes dádivas a cada um de nós. Eu não poderia ser a Boudica, tampouco desejo sê-la. Você não deveria ter vontade de ser a ursa. Seja grata por não passar a vida com o fedor de sebo de urso nas narinas.

Breaca franziu o nariz.

— Você acha que eu não sou?

— Não. Você acha que não, e eu sei que você não conhece a primeira parte disso. — Ardacos sorriu, exibindo dentes muito brancos. Ele também estava proibido de tocar qualquer pessoa, exceto aquelas com quem os juramentos da noite tinham sido trocados e pelo menos até que o primeiro inimigo tivesse sido morto. Deliberadamente, ele manteve as mãos dobradas sobre o cinto da espada. — Precisamos ir enquanto a noite ainda está conosco. Os romanos são frágeis e bebem vinho no escuro para alimentar a coragem. — Ardacos acrescentou em um tom mais formal: — Torça por nós. Não podemos falhar.

— E se isso acontecer, a ursa os levará.

— Claro. É a promessa que fazemos. Mas ela é feita de bom grado. — Ardacos se voltou, fazendo o manto girar. — Espere perto do fogo. Voltaremos pouco depois do amanhecer.

II

O AR FEDIA A PASTEL-DOS-TINTUREIROS, A SEBO DE URSO E, por conseguinte, a conflito. Para uma criança concebida na batalha e nascida na guerra, tratava-se do odor familiar da infância, tão comum quanto o cheiro da lebre quanto está assando, porém menos agradável. Cunomar, filho dos dois maiores guerreiros que o seu mundo já vira, agarrou-se à crina da égua cinzenta de batalha que pertencia à sua mãe e tentou, furtivamente, respirar pela boca. Os braços da mãe o mantinham seguro na frente da sela, no pescoço do animal, no lugar onde cavalgavam as crianças corajosas quando eram boazinhas e não faziam perguntas demais àqueles que se preparavam para a guerra.

Era difícil ser bonzinho. A noite estivera movimentada, com um perigo cintilante, e poucos adultos tinham tempo para se dedicar a uma criança. Somente Ardacos dissera coisas boas, mas depois precisara iniciar sua cerimônia, e, quando terminara, o homem que emergiu era outra pessoa.

Cunomar gostava de Ardacos. Uma das primeiras lembranças do menino era do pequeno guerreiro de pele escura, com o rosto enrugado, curvado sobre ele à luz do fogo, fazendo com os dedos os sinais de proteção antes de erguê-lo e levá-lo para que se escondessem nas sombras do vale de um rio, onde se deitaram juntos debaixo dos galhos elevados de uma aveleira com água corrente aos seus pés e grandes pedras de ambos os lados para protegê-los. Cunomar quase não se lembrava de mais nada, a não ser que a noite fora excepcionalmente longa e a chuva caíra quase o tempo todo, encobrindo o barulho da luta, de modo que ele não conseguia discernir o quanto o inimigo se aproximara, ou o quão gravemente tinham sido postos à prova os rituais de proteção.

Ardacos fora a verdadeira proteção, maior do que os sortilégios. Ficara abaixado perto de Cunomar a noite inteira e com a faca de batalha desembainhada; juntos eles tinham ouvido os sons da matança. Quando raiou a alvorada, o pequeno homem caminhara em silêncio na chuva e voltara com a cabeça recém-decepada de um soldado inimigo, para provar que era seguro sair do esconderijo. Foi então que Cunomar havia decidido que quando crescesse seria um guerreiro como Ardacos e lutaria sob a marca da ursa, besuntando-se com sebo de urso e pastel-dos-tintureiros para que os olhos dos inimigos não o vissem, e as espadas deles não o ferissem.

No ano que transcorrera depois disso, Cunomar aprendera a reconhecer o tamborilar característico de patas em um crânio que convocava os guerreiros da ursa para o início da cerimônia. Ele observara exatamente como o pequeno homem combinava cal com barro do rio e usava a mistura para fazer o seu cabelo ficar em pé, a fim de que parecesse mais alto e violento, e como ele pintava círculos ao redor dos olhos e linhas nas maçãs do rosto, realçando a forma do crânio para alertar os inimigos da morte iminente. O resultado era aterrorizante e Cunomar não ficava surpreso pelo fato de o inimigo se sentir derrotado diante dos guerreiros da ursa. Ele só ficava espantado porque eles continuavam a voltar e ainda não tinham aprendido a regressar ao lugar de onde tinham vindo, abandonando para sempre a terra que não era deles.

Eles fariam isso em breve, é o que tudo e todos diziam. A promessa fora ouvida o verão inteiro na conversa silenciosa dos guerreiros que se preparavam para a guerra e na certeza dos videntes, só que agora o pastel-dos-tintureiros o dizia de uma maneira que não podia ser desprezada. Após algum tempo, quando o forte odor parecia menos intenso, Cunomar percebeu que a pungência adicional era do arminho, a visão de Ardacos, e que o guerreiro da ursa o adicionara à mistura para que ficasse mais forte.

Mesmo sem esse detalhe, Cunomar teria sabido que essa batalha iria ser mais importante do que as que tinham marcado os pontos altos da sua vida até então. Animado por um orgulho faiscante, ele ouvira a mãe se dirigir a todos os que estavam reunidos na encosta. Quando o amanhecer frio avivou o ar e Nemain, a Lua, recolheu-se à sua cama nas montanhas, Breaca se erguera sobre o dorso da sua égua e se dirigira às fileiras compactas de guerreiros e videntes, chamando-os de Boudegae, Portadores da Vitória, e jurando diante deles que ela lutaria pelo tempo que fosse necessário para livrar a terra dos invasores.

Ela realmente parecera uma deusa naquela ocasião; a névoa se dividira e os primeiros raios oblíquos do sol a iluminaram por trás, fundindo-a com a égua de batalha, de modo que as duas se tornaram uma, algo maior do que cada uma delas separada. A luz lustrara o seu cabelo, transformando em cobre o bronze flamejante, moldando em relevo, na lateral, a trança do guerreiro que tinha entrelaçada a pena prateada que marcava o grande número de inimigos que haviam morrido nas suas mãos. A lança-serpente no seu escudo cintilara úmida e vermelha, como se tivesse acabado de ser pintada com sangue romano, e o manto cinza de Mona se levantara em suas costas com o vento. No final, ela erguera bem alto a espada, prometendo vitória, e não havia uma só pessoa entre os que ali estavam reunidos que duvidasse de que poderiam alcançá-la.

Eles não a aclamaram porque o inimigo estava perto demais e poderia ser alertado, mas Cunomar vira o lampejo de mil armas erguidas à guisa de saudação. Na ocasião, ele se enchera de orgulho, mas dessa vez, talvez porque estivesse mais crescido e entendesse melhor as coisas, sentiu a dor pontiaguda de um novo medo que nada tinha a ver com a possibilidade da morte da sua mãe ou mesmo com a proximidade da guerra, medo esse que tinha origem na terrível possibilidade — até mesmo na probabilidade — de que a luta, quem sabe, terminasse antes de que ele tivesse idade suficiente para participar dela.

Enquanto observava os guerreiros começarem a se dispersar, Cunomar rezara em silêncio para Nemain e Briga, a mãe dela, e para a alma da ursa, pedindo para que a guerra na qual ele nascera não terminasse antes que tivesse idade suficiente para portar uma arma e conquistar a honra para si mesmo e para seus pais.

Cunomar forçou o corpo contra o peito da mãe e os elos da cota de malha que ela usava exerceram uma fria pressão em seu pescoço, fazendo com que ele, trêmulo, sentisse a emoção do perigo. Olhou em volta, com um largo sorriso, para ver com quem poderia compartilhar o que estava sentindo. Airmid, a vidente alta, de cabelos castanhos, que dominava metade do coração da sua mãe, erguia-se em uma rocha à esquerda, mas estava perdida no mundo dos sonhos, com o rosto imóvel e os olhos fixos em um horizonte que apenas ela conseguia descortinar. Efnís, um dos videntes dos icenos, e Luain mac Calma, o vidente ancião que viajava frequentemente para a Hibérnia e para a Gália, estavam perto dela, mas ambos mostravam-se igualmente absortos. Cada um se mostrava distante demais e excessivamente intimidante para compartilhar a alegria matinal de uma criança.

Alguns passos à direita, Cygfa, a sua meia-irmã, apresentava-se mais promissora. Estava escarranchada no pescoço do grande alazão que um dia pertencera a um oficial da cavalaria inimiga e que agora era a montaria do seu pai. Caradoc, por sua vez, estava voltado para o outro lado, conversando com uma mulher que se postava junto da sua espada, mas seu braço do escudo segurava a filha contra o peito, livremente, porque ela tinha oito anos e sabia lidar bem sozinha com o cavalo, porém ao mesmo tempo nitidamente, para que todos pudessem ver que Caradoc, o Líder Guerreiro das Três Tribos, homenageava a filha nos momentos que antecediam a batalha.

Cygfa usava um torque em um cordão de ouro trançado ao redor do pescoço, presente de um chefe tribal dos durotriges, que era um dos aliados de seus pais, mas era a adaga legionária roubada, com a bainha de prata esmaltada, pendurada no quadril da irmã, que Cunomar mais cobiçava. Virando-se, ela viu o irmão e sorriu abertamente. Ele, por sua vez, a olhou de cara feia, de um modo teatral. Ele começara recentemente a compreender que sua irmã tinha mais do que o dobro de sua idade e que, portanto, se tornaria uma guerreira antes dele, contudo não conseguia aceitar de modo algum a ideia de que ela devesse carregar toda a pilhagem da vitória quando ele não podia fazer isso. Esquecendo-se do que as crianças boazinhas faziam, Cunomar ergueu a cabeça e se retorceu para puxar a parte da frente do manto da mãe.

— Mama, quando todos os inimigos estiverem mortos, posso ter uma...?

Os dedos de Breaca se contraíram no ombro do filho e, durante um prazeroso momento, ele pensou que ela o tinha ouvido e que estava prestes a prometer que a espada do general inimigo seria sua quando ela voltasse. A seguir, ele olhou para o rosto da mãe e seguiu a linha do olhar dela até o vale, no lugar onde a névoa que se dissipava mostrava uma figura, e depois outra, ambas revestidas por uma camada de banha misturada com pastel-dos-tintureiros, em um tom cinza-ferro, com o cabelo endurecido pela cal que também formava anéis brancos ao redor dos seus olhos. Eles carregavam um fardo pesado, que deixaram no sopé da colina. A menor das duas avançou correndo sozinha.

Cunomar soltou o manto da mãe e apontou.

— Ardacos — disse ele distintamente. — Ele matou o inimigo.

— Devemos rezar para que tenha sido assim.

Ardacos era um dos amigos mais chegados da sua mãe. Cunomar sabia que ela temia pelo homem-urso e tentou não lhe demonstrar. Breaca falou qualquer coisa para a égua de batalha e elas desceram, caminhando, alguns passos ao longo da encosta. A égua estava velha, mas adquiriu vida quando o cheiro de pastel-dos-tintureiros invadiu o ar. Ela avançou graciosamente, como se pronta para correr. Pararam em um afloramento rochoso, protegido por um agrupamento desordenado de sorveiras-bravas e pilriteiros. Ardacos galgou a passos largos a encosta na direção deles.

— Está feito. — Ofegante, o pequeno homem fez a saudação do guerreiro primeiro para Cunomar e depois para a mãe do menino. A pele enrugada do seu rosto estava uniformemente lisa debaixo da tinta de argila branca, mas seus olhos ardiam de exultação e muito pouco de dor. Respondendo à pergunta não formulada de Breaca, ele declarou:

— Eles eram oito, todos cheios de vinho e com medo da noite. Apenas um lutou bem. Perdemos Mab, mas o farol é nosso.

— E os outros? Estão todos sequenciados? — Cunomar sentiu uma tensão na voz da mãe que fez seu estômago embrulhar e ressecou sua boca.

Ardacos respondeu:

— Estão. Os videntes e os deuses foram magnânimos: a névoa se dissipou para nós quando precisamos. Levantamos uma tocha e a vimos ser respondida por outra, o que indicou que a sequência está completa. Temos todos os faróis daqui até a costa. Quando o navio do governador deixar o porto, nós saberemos. Por melhor que seja o general que esteja vindo sucedê-lo, ao entrar no porto encontrará a região em chamas e seus exércitos em fuga, e tudo isso terá se tornado possível graças aos romanos. Voltaremos contra eles cada uma de suas armas, ao mesmo tempo que faremos o mesmo com seus cavalos, armaduras e espadas. — O pequeno homem deu um largo sorriso, rachando o anel de tinta ao redor da boca. — Pensando nisso, trouxe um presente para o nosso futuro guerreiro.

Ele estava se referindo a Cunomar. O coração do menino deu um salto. Ardacos fez um sinal para trás, e o segundo guerreiro subiu correndo na direção deles. Mesmo antes de a guerreira chegar ao alto da encosta, Cunomar pôde divisar o que ela estava trazendo. Ele achou que talvez fosse chorar de alegria e se perguntou se seria adequado fazer isso na véspera da batalha. Antes que Cunomar pudesse se decidir, Ardacos se ajoelhara diante da égua cinzenta da mãe do menino e segurara uma espada legionária, estendendo-a à frente com ambas as mãos. A seguir, declarou formalmente, usando a cadência de um cantor ou de um ancião em um conselho:

— Para Cunomar, filho de Breaca e Caradoc, primo e homônimo de Cunomar dos Fogos, que deu a vida para que pudéssemos viver, trago a arma do mais valente dos inimigos desta noite.

Despida da bainha, a espada repousava nua sobre as palmas das mãos de Ardacos, um objeto de prata manchado densamente de preto. Cunomar sentiu as mãos da mãe na sua cintura. Em seguida, ela balançou o filho e o colocou no chão, ficando em pé, atrás dele, com uma das mãos no seu ombro.

Antes que ela pudesse lembrar ao filho o que ele deveria fazer, a criança se levantou e, seguindo as convenções que ouvira nos conselhos de verão, declarou:

— Cunomar, filho de Boudica e de Caradoc, Guerreiro das Três Tribos, agradece a Ardacos dos caledônios, guerreiro da ursa e da guarda de honra de Mona, pelo seu grande presente e juro...

As palavras se esgotaram. Cunomar não tinha a menor ideia do que deveria jurar; a arma atraía toda a sua atenção. Era menor do que a espada de guerra da sua mãe e ele tinha certeza de que conseguiria levantá-la. Agarrou o punho da espada com as mãos e puxou. A arma deslizou das palmas abertas de Ardacos e tombou, com a ponta para baixo, perfurando a relva entre os pés do guerreiro. O orgulho de Cunomar caiu com ela, transformando-se em vergonha e medo do fracasso, e o mau prenúncio de um futuro guerreiro que não era capaz de erguer a própria espada. Lágrimas subiram-lhe aos olhos e ele inspirou para expressar o desapontamento que estava sentindo.

— Não. Olhe. Não foi nada. Veja, podemos levantá-la juntos — disse Breaca, rodeando-o com os braços, interrompendo o sofrimento do filho. — É uma espada inimiga e o sangue de Mab ainda está nela. Precisamos limpá-la e dedicá-la aos deuses. Depois então a guardaremos em segurança, até que você seja um guerreiro e possa brandi-la em combate.

Não era o que Cunomar queria. Cygfa tinha uma faca e podia usá-la livremente; ele desejava a mesma coisa, ou algo ainda melhor. Sentiu o lábio inferior estremecer e as lágrimas novamente se acumularam em suas pálpebras. Breaca correu os dedos pelo cabelo do filho e continuou a falar, como se nunca tivesse tido a intenção de parar:

— Mas antes disso, você pode balançar a espada uma vez, para poder senti-la. Veja... eu a segurarei, e você poderá desfechar o golpe.

Breaca levantou a espada com uma das mãos, tornando-a leve como palha, e com a outra colocou a mãozinha do filho por cima da dela. Cunomar descobriu então que era capaz de desfechar o golpe mortal da maneira como vira Cygfa fazer quando o pai deles começara a ensiná-la, e em seguida, por se tratar de uma espada romana, ele deu uma estocada para frente, como diziam que o inimigo fazia, matando na extremidade de ar vazio todos os romanos do mundo.

Breaca riu, ofegante.

— Está vendo? Isso é bom. A espada conhece o seu legítimo dono e... — ela parou, e desta feita Cunomar não precisou olhar para cima para saber o motivo, porque vira a coisa antes dela e fora a pequena falha na sua respiração que fizera com que Breaca olhasse para o horizonte onde a chama de um farol reluzia como um segundo sol. Cunomar sabia nas profundezas da sua alma que isso representava o início do combate que acabaria com todas as guerras, e que ele não teria idade suficiente para brandir sua nova espada antes que a luta acabasse.

O mundo mudou, estonteantemente. Breaca se levantou, de repente, colocando a espada romana fora de alcance, e Cunomar não protestou. Ele a ouviu chamar um nome, e um grito elevou-se ao redor dele, o lamento do falcão cinzento, que era o sinal dos siluros, em cujas terras eles viviam e lutavam, e de Gwyddhien, que liderava a ala direita da guarda de honra. O som se multiplicou à medida que os guerreiros de Breaca aderiam a ele, e as montanhas retiniram como se com um bando de pássaros caçadores. O mundo da criança escureceu enquanto um sem-número de homens e mulheres montava os seus cavalos e erguia os escudos, bloqueando o sol.

Cunomar se virou, procurando a mãe, e descobriu que ela estava novamente agachada ao lado dele, estalando os dedos e assobiando nas longas sombras debaixo dos pilriteiros, onde estavam os cães de batalha aguardando o combate.

Três cães surgiram. O primeiro foi a cadela em tons cinza e branco que fora chamada de Cygfa até que a meia-irmã de Cunomar nascera, quando o nome do animal fora mudado para Swan's Neck, e depois apenas para Neck. Ela era a principal cadela reprodutora da sua mãe e dera à luz Stone, o jovem cão alto que apareceu em seguida e que correria ao lado da égua cinzenta e ajudaria os guerreiros a derrotar o inimigo. Mas era pelo cão Hail, de três pernas, que a sua mãe esperava, por quem ela sempre esperaria, pai de Stone e de incontáveis outros. O grande cão guerreiro de manchas brancas um dia pertencera a Bán, irmão de Breaca, e, por causa disso, era agora e para sempre o mais amado dos animais de Breaca.

Os cantores contavam mais histórias sobre Bán, o irmão perdido de Boudica, do que sobre qualquer outro herói, vivo ou morto. Para uma pessoa que morrera antes das suas longas noites, a litania das realizações de Bán era impressionantemente longa. Bán, que caçava lebres, sonhava com cavalos e era agente de cura, nascera com um poder que não era visto desde a época dos ancestrais. A sua primeira batalha também revelara que ele era um guerreiro; quando ainda era uma criança, diziam que ele combatera e matara pelo menos vinte inimigos antes de ser enganado e assassinado. A tragédia se tornara ainda pior devido ao fato de que fora Amminios, irmão de Caradoc, que traíra o menino-herói e o matara. Os cantores se fixavam muito nessa parte; a história teria sido muito menos interessante se o traidor tivesse sido um guerreiro desconhecido de outra terra.

Eles cantavam as façanhas do cão do herói, Hail, nos mesmos tons e, com frequência, nas mesmas músicas que enalteciam Bán, descrevendo a incrível coragem em combate e a destreza do animal na caça. Desde a época em que era pequeno demais para entender claramente as palavras, Cunomar ouvira a voz da mãe cantando para que ele dormisse, de modo que ele sonhava noite adentro com um menino tocado pelos deuses, que matava com a facilidade de um homem e com o seu cão de três pernas, que agora pertencia a Boudica e reivindicara para sempre grande parte da sua alma.

Cunomar tentara amar Hail como a sua mãe o amava, mas não conseguira. Na primavera, quando nascera um filhote com a mesma orelha grande e com o pelo salpicado de manchas brancas como o pai, Cunomar tivera a esperança de que talvez o afeto da sua mãe mudasse e o novo cão substituísse o velho, mas as coisas não aconteceram dessa maneira. O cãozinho fora chamado de Rain, porque só poderia existir um único Hail, e embora Breaca tivesse apreciado e passado um tempo excessivo treinando-o, Hail ainda era aquele que corria ao seu lado na manhã da batalha e diante de quem ela estava agachada agora, em cujo pelo seus dedos penetravam profundamente, de maneira que o seu nariz ficasse no mesmo nível que o dele e com quem ela falava como se o cachorro fosse um guerreiro capaz de entender o que dizia.

O cão emitiu um ruído surdo, gutural e, quando Boudica o soltou, deu um suspiro e se virou para ir para o lado de Cunomar com o seu andar forçado. Hail era grande demais, o que representava parte do problema. A grande cabeça assomava sobre a da criança, de modo que o menino tinha que erguer a sua para olhar nos olhos do animal. Ele achava que o cão o olhava com desdém, comparando-o com aqueles que tinham dado a vida em combate e achando que não tinha a mesma envergadura.

Cunomar desviou o olhar com esforço. Breaca se agachara ao lado dele como o tinha feito diante do cão, com o rosto perto do filho, sorrindo. O menino estendeu a mão e a abraçou, enterrando a face na curva do pescoço da mãe, inspirando-a nas profundezas do peito. Cunomar achou que ela deveria ter hoje um cheiro diferente, de combate e resolução, mas a sua fragrância era a de sempre: uma mistura de lã de carneiro, suor de cavalo e um pouco de saliva de cão onde Hail lambera-lhe o rosto e ela não enxugara. Acima de tudo, ela cheirava a si mesma: a sua mãe, que nunca mudaria.

O cabelo de Cunomar era da cor do milho dourado, como o do pai. Breaca o alisou, enfiando-o atrás das orelhas do filho. Os lábios de Breaca tocaram o alto da cabeça de Cunomar que percebeu que ela estava falando, mas não compreendia o que dizia; as palavras eram em iceno e difíceis demais para um menino criado em Mona, em meio ao dialeto do oeste. Cunomar sofria por saber que a mãe tinha que partir quando ele desejava ardentemente que ela ficasse e fosse a Boudica *dele,* que resplandecesse apenas para ele.

Em vez disso, ela exibiu o sorriso secreto que guardava para o filho e o pai deste e disse:

— Sinto muito, meu futuro guerreiro. Preciso deixá-lo. O fogo do farol informa que o governador inimigo zarpou, e precisamos destruir as legiões antes que outro chegue para substituí-lo. Pedi a Hail que tomasse conta de você enquanto eu estiver longe, mas ele está muito velho e, na verdade, precisa que você cuide dele. Você fará isso para mim?

Cunomar faria qualquer coisa por ela, e Breaca sabia disso. Levantando a mão, ele tocou a pena de prata pendurada no cabelo da mãe. O objeto era belo, cada uma das suas partes perfeita, de modo que o menino conseguia imaginar que o ferreiro arrancara uma pena da asa de um corvo e a mergulhara em prata, fazendo com que faixas de ouro deslizassem ao redor do cálamo para perfazer as centenas de inimigos que ela matara. Cunomar queria que a mãe matasse outros mil romanos para que ela pudesse ter mais penas, mas as palavras eram complicadas demais, razão pela qual ele sorriu e disse:

— Juro que protegerei Hail, sangue por sangue, a minha vida pela dele — como ouvira os guerreiros declararem.

Ele dissera a coisa certa. Breaca envolveu com as mãos a cabeça do filho e beijou-lhe a testa, levantando-se rápido em seguida e falando novamente em iceno. Uma sombra deitou-se no chão diante dele, e Cunomar voltou-se, deparando com Dubornos ao seu lado, o cantor alto e magro, de cabelos vermelhos e esparsos, que era um dos mais antigos aliados da sua mãe.

Cunomar não tinha medo de Dubornos, mas não o compreendia. Em um mundo no qual exibir a riqueza era uma homenagem manifesta aos deuses, o cantor não usava nenhum ornamento de ouro ou prata, apenas uma faixa de pele de raposa no braço. Além disso, carregava consigo um sofrimento que lhe exauria o humor, falava raramente e sempre com muita seriedade, como agora, quando estendeu o braço para baixo e pegou a mão de Cunomar como se fosse a de uma criança pequena e disse:

— Futuro guerreiro, jurei ficar e tomar conta dos pequeninos. Você me ajudará nessa tarefa?

Qualquer pessoa perceberia que Cunomar não se sentia à vontade em dizer que sim e que teria preferido cuidar ele mesmo das crianças. Ainda assim, não era aceitável que um guerreiro recusasse um pedido de ajuda antes da batalha. Cunomar retirou a mão o mais educadamente possível e tocou a faca que Dubornos trazia no cinto.

— Ajudarei — retrucou o menino —; a minha vida pela deles — e ele notou que a mãe apertou o ombro de Dubornos, ouviu as doces palavras de agradecimento e soube que respondera o que ela desejara.

As crianças eram em número de oito, e Cunomar era o segundo mais novo. Com a ajuda de Dubornos, galgaram a montanha, com esforço, para chegar a um ninho de águia elevado, situado atrás de uma escarpa rochosa que lhes possibilitava descortinar o rio que ficava embaixo e o forte do inimigo do lado oposto do vale.

Cygfa juntou-se a eles pouco depois, com o rosto marcado pelas lágrimas que derramara quando se despedira do pai. A sua irmã talvez se tornasse guerreira antes dele, mas, na opinião de Cunomar, ela não sabia como se despedir adequadamente dos guerreiros antes da batalha. Ela conversou brevemente com Dubornos, e a seguir os dois se aproximaram de Cunomar, deitando-se um em cada lado do menino. Observaram o aglomerado de cavalos descer a montanha em ziguezague e os guerreiros da ursa, que combatiam a pé sempre que possível, correrem encosta abaixo, cinzentos como grandes rochas devido à camada de pastel-dos-tintureiros e gordura, sendo logo depois tragados pela névoa.

A imobilidade pairou durante algum tempo sobre o vale. Trombetas soaram no forte, a distância. Os romanos também avistaram o farol, mas não havia como saber a que conclusão eles tinham chegado. Certamente não era provável que eles acreditassem que a colina do farol tinha sido ocupada e que o forte estava sendo atacado. Os deuses ou os videntes, ou ambos, mantinham a névoa bem densa ao redor do rio, e camadas dela eram suspensas no ar quente da manhã, ocultando os movimentos dos guerreiros. Olhando atentamente, Cunomar conseguiu descortinar o brilho de uma cota de malha, ou de uma ponta de lança, mas os arreios e os elmos dos guerreiros estavam bem cobertos para mantê-los quietos e invisíveis pelo maior intervalo de tempo possível.

A atenção do menino se desviou. Ele ficou observando Hail, que, por sua vez, observava uma aranha tecer uma teia pela urze, quando Cygfa cutucou o cotovelo do irmão e sibilou. Ele levantou os olhos a tempo de ver a mãe e o pai conduzirem os guerreiros pela névoa.

Cunomar se lembraria dessa batalha pelo resto da vida, como se dela tivesse participado, voando no ar, acima da sua mãe, como se fosse um dos corvos de Briga, protegendo-a e marcando o inimigo para morrer. Ouviu o tropel dos cavalos e os gritos de guerra dos guerreiros, e soube determinar o momento em que eles deram lugar aos berros e lamentações dos feridos. Cunomar sentiu o cheiro do sangue, do suor dos cavalos, do ácido coagulado das entranhas derramadas e dos primeiros fios de fumaça que surgiam enquanto os homens e mulheres da ursa subiam os íngremes baluartes de relva do forte, carregando mato e ferretes, e ateavam fogo à paliçada situada no alto. Cunomar avistou bem do alto o momento que o comandante das forças inimigas escolheu para ordenar que os seus homens saíssem pelos portões e fossem lutar em campo aberto, onde o fogo talvez não os alcançasse, e o menino percebeu, com um júbilo que fez com que se levantasse e aclamasse de pé, que era isso que sua mãe planejara e rezara para acontecer. Ele viu o breve hiato na luta quando os guerreiros recuaram para deixar que os soldados inimigos saíssem em massa pelos portões, e a seguir o impacto, como o de uma onda que quebrasse quando eles voltaram, aniquilando o inimigo. O tempo todo seus pais mataram na vanguarda, o cabelo vermelho e o dourado formando dois pontos luminosos para que os guerreiros os seguissem. Em nenhum momento passou pela cabeça de Cunomar que sua mãe poderia morrer ou ser ferida. Ela era a Boudica. Vivia para matar o inimigo, e Cunomar, seu filho — seu único filho —, faria o mesmo quando chegasse o seu momento.

III

No lado oriental da região, longe do caos da guerra, Julius Valerius, segundo em comando da terceira tropa, a Quinta Cavalaria Gaulesa, baseado eternamente em Camulodunum, acordou com um frio enregelante. A baixa temperatura atormentava seu sono, tornando-o ainda pior, com pesadelos, até que ele despertou. Valerius puxou o manto mais para perto do corpo e se virou para deitar-se de lado. Estava escuro demais para enxergar alguma coisa. Estendendo a mão em direção à parede, ele a sentiu resvalar em um pedaço de gelo sobre a argamassa áspera no ponto no qual o alento e o suor de quatro homens haviam se congelado. Os seus dedos estavam enrijecidos. Valerius os soprou e os inseriu debaixo da axila, praguejando em voz alta quando o sangue voltou a circular. A marca do ferro quente era a única parte aquecida que havia nele; a silhueta de um corvo de fogo ainda ardia no centro do seu peito um mês depois de o ferro ter marcado a sua alma.

Pressionou o polegar contra a cicatriz, seguindo-lhe o contorno na pele frágil que aos poucos ia cicatrizando. A carne embaixo não era quente, e sim uma chama perpétua que ardia na cavidade do seu peito como um lembrete da noite na adega. O deus podia não tê-lo visitado, mas era sua marca que impedia que os maus sonhos se transformassem em pesadelos incapacitantes, ou pelo menos foi assim que escolheu acreditar. Deitado no escuro, gostaria de poder acreditar, como os seus colegas de seita claramente o faziam, que a marca lhe conferia coragem, que o unia ao Sol Invictus, que o tornava parte de uma elite que os que estavam de fora invejavam mas não compreendiam. Essa última parte pode ter sido verdadeira, ou seja, os que se entregavam a Mitra possivelmente poderiam ter sido alvo da inveja distorcida daqueles excluídos da graça do deus, mas ele não conseguia acreditar no resto.

Em um bom dia, Valerius poderia convencer a si mesmo de que nunca desejara unir-se ao sol e que o seu óbvio insucesso em alcançar essa união na cerimônia do deus não tinha a menor importância. Nesta manhã, com o novo governador já instalado e a ameaça crescente de uma guerra no leste, gostaria muito de sentir uma dose de coragem cega e descomplicada, ou simplesmente sentir-se aquecido.

Valerius se levantou, imprimindo vida aos pés e calçando as botas. A água na bacia estava espessa e gelada. Partiu-a com dedos rígidos e banhou os olhos para espantar o sono. Compartilhava o aposento com três outros oficiais subalternos da sua tropa: Sabinius, o porta-estandarte, Umbricius, o atuário, e Gaudinius, o armeiro. Os três se viraram e resmungaram, irrequietos, mas não acordaram. Valerius era o único do grupo conhecido por acordar cedo.

Além do vão da porta, o corredor que contornava o quarteirão do alojamento estava mais quieto do que de costume e carecia da corrente de ar habitual, como se, um ano depois da sua construção, alguém tivesse finalmente encontrado e tampado todos os orifícios na estrutura de tijolos. O fogo das luminárias da noite há muito havia se extinguido e o local estava escuro e deserto. Valerius permaneceu em pé, parado, durante algum tempo, sentindo a imobilidade. Adormecido, a noite era uma inimiga; acordado, ela se tornava uma amiga. Levara um longo tempo para reconhecê-lo, mas começara a perceber recentemente o quanto apreciava a anonímia das trevas.

Passado algum tempo, roçando a ponta dos dedos nas paredes, Valerius seguiu em direção à porta. A noite estava diferente das outras.

O som dos seus passos sobre o cascalho do corredor era abafado, se autoconsumia, extinguindo-se cedo demais. O cheiro do ar estava limpo e penetrante, de modo que, quando inspirava profundamente, cristais de gelo formavam-se nos pelos do seu nariz, e quando soltava o ar, uma névoa branca crescia ao redor da sua cabeça.

Como estava escuro e Valerius se encontrava concentrado em achar o caminho sem tropeçar, e não estava com a mente sob controle, surgiu do nada a lembrança de uma noite exatamente como essa, vinte anos antes, com uma lua quase cheia pairando baixa sobre os carvalhos — ele, uma criança pequena, enrolada em segurança nas dobras do manto de inverno da mãe, de pé no terreno fronteiriço entre a floresta e os cercados dos cavalos, com a mesma sensação de cristais de gelo que se formavam e derretiam no nariz. Ao percorrer a extensão do corredor do alojamento, Valerius escutou a voz da mãe sussurrando-lhe no ouvido, mostrando-lhe a lebre que morava na superfície da Lua e que era a mensageira do deus para o seu povo. Ele apertou bem os olhos, olhando fixamente até enxergar o contorno do animal sentado de lado para o mundo. Quando ele o descobriu, as mãos da sua mãe cobriram as suas e as ergueram, explicando-lhe como fazer a saudação que os videntes faziam para a lua, de modo que ele sempre pudesse pedir ajuda àquele deus quando precisasse. No mundo da caserna legionária, o braço de Valerius subiu até a altura do ombro antes de atingir a parede.

Foi um lapso imperdoável. Praguejando em voz alta, Valerius girou para trás e comprimiu os ombros com força contra uma trave vertical de carvalho. Pressionando vigorosamente a nuca na madeira compacta e o polegar na marca do peito, ele invocou as imagens de Mitra que lhe haviam sido mostradas no decorrer dos dois meses anteriores: o jovem vestido com manto e capuz, emergindo totalmente formado a partir da rocha maciça, o milho da sua fertilidade, a serpente e o cão que sorviam o sangue derramado do touro. Nos intervalos de tempo entre as pulsações, Valerius construiu o seu deus, camada por camada, no ar à sua frente, criando pela mera força de vontade o touro, o mais meritório de todos os oponentes, para dançar e lutar com o seu captor até a faca penetrar-lhe a garganta e uma fonte de sangue derramar-se na terra.

As imagens funcionaram, como sempre acontecia, lenta e imperfeitamente. Suando, Valerius disse as preces ao Sol Invictus ouvindo as palavras alto em sua mente até que elas sobrepujaram tudo o mais. O poder do deus afastara sua mãe dos seus sonhos, desde que ele fora marcado a ferro e a afastava agora da sua desatenção ao acordar, destruindo cada lembrança, até mesmo o suave roçar da voz dela no seu ouvido.

A voz da mãe durou mais tempo e Valerius teve que cantar abertamente para impedir que a voz dela deslizasse como uma serpente na sua cabeça e no seu coração. Julgara certa vez que ela morrera, junto com seu pai e sua irmã, e por esse motivo jurara fidelidade a Roma. Mais tarde, ao postar-se ao lado do corpo recém-assassinado de Macha no campo de batalha da invasão, Valerius vira a alma da mãe atravessar para o outro mundo e tentara segui-la. Ela o proibira, amaldiçoando-o e impondo-lhe a continuação da vida. Antes da intervenção de Mitra, o fantasma dela voltara todas as noites para ele, julgando as suas ações, zombando dele com os inúmeros e diferentes passados e futuros que poderiam ter sido seus se não tivesse escolhido lutar por Roma: Valerius, o vidente; Valerius, o guerreiro; amigo e amante de videntes e guerreiros; noctívago; o que chama cães; o da visão da lebre; herói de batalhas. Com mais frequência, ela trazia lembranças luminosas e vívidas da sua irmã, que era a única da família que sobrevivera. Diariamente chegavam notícias da resistência do oeste e da participação de Breaca na luta.

Se a sua mãe, que estava morta, o desprezava, Valerius não tinha nenhuma dificuldade em imaginar a intensa aversão que a irmã deveria nutrir pelo homem que ele se tornara. As noites mais escuras encerravam momentos nos quais Valerius desejava que a irmã estivesse morta, e ele, livre das consequências da continuação da vida dela — e tinha ódio de si mesmo por sentir esse desejo. Mais do que ninguém ou qualquer outra coisa, era para escapar da realidade viva de Boudica que Julius Valerius se oferecera ao Sol Infinito.

* * *

Valerius continuou a cantar por não confiar que apenas a prece silenciosa seria capaz de manter os fantasmas acuados. Quando se acalmou e pôde ver apenas Mitra e o touro nos mundos além daquele que o cercava, afastou-se com cuidado da trave de carvalho vertical e continuou a tatear pelo corredor, em busca da porta, até que finalmente a encontrou e a abriu.

Fora, havia neve. Ele sabia que haveria por causa do frio, mas o volume dela o surpreendeu. A neve lhe batia nos joelhos, com uma fina crosta por cima, que estalou sob seu peso.

Se ele tivesse dormido um sono sem sonhos e despertado livre de lembranças, a beleza da noite o teria envolvido em um silêncio repleto de assombro e admiração. A imensa área da fortaleza e da região circundante tinham se reunido debaixo de um tapete de pele de urso sem marcas, fazendo com que a terra dos romanos e o território nativo se tornassem um só. Em cima, o céu limpara e as nuvens desapareceram, deixando o arco do deus da cor do azeviche. Um milhão de estrelas espalhadas refletiam a luz da neve de modo que, mesmo sem a lua, Valerius conseguia distinguir claramente o contorno do alojamento estendendo-se em todas as direções. Uma faixa fina que não era negra estendia-se no horizonte oriental, pressagiando o amanhecer. Para um homem comum em tempos comuns, essa teria sido uma noite ideal para caçar com um cão, para pegar uma lança com uma boa lâmina e caçar o filhote de javali com canino torto que se esquivara o verão inteiro dos melhores rastreadores das legiões, uma noite para ativar o sangue, bombear o coração e recordar o que era viver.

Se Valerius fosse mais jovem e ainda estivesse apaixonado, talvez tivesse feito exatamente isso, surdo às responsabilidades do posto. A juventude e a paixão o haviam certa vez protegido das realidades da vida, mas ele não estava mais sob o domínio de qualquer dessas coisas, e a sua promoção a duplicário era recente, buscada durante um longo tempo e muito acalentada. Ele não deu portanto atenção nem à beleza nem ao potencial para a alegria no mundo que o cercava, procurando, ao contrário, as inúmeras e variadas chances de desastre.

Não precisou procurar muito longe. Quase de imediato, Valerius descobriu que os canos que iam para as latrinas estavam congelados, mas as usou assim mesmo, ciente de que o que fosse depositado permaneceria no local, fedendo, até que o fluxo de água pudesse ser restabelecido. Ele não era o primeiro a fazer isso; alguém também se levantara cedo e sentira a mesma necessidade. A pessoa também estivera ali depois que a neve caíra pela última vez. Um par de botas deixara pegadas claras e Valerius as seguiu durante algum tempo, até que os dois caminhos se separaram: as botas indo para a esquerda, em direção ao portão oriental, e para o anexo além dele, que abrigava a mais recente ala da cavalaria a chegar de Roma; Valerius indo para a direita, para as fileiras dos cavalos, onde residiam as suas atribuições.

As luzes das estrebarias não tinham se extinguido durante a noite; dois homens teriam sido chicoteados se isso tivesse acontecido. À luz combinada delas, Valerius pôde perceber que as montarias do seu comando estavam quietas e que nenhum dos telhados das estrebarias tinha desmoronado com o peso adicional da neve. Esse fora o seu maior receio e sentiu-se grato por ele não ter se concretizado. Valerius pegou um punhado de milho da sala de alimentação e percorreu a fileira, distribuindo moderadamente o alimento. No final, separado por um vão das outras montarias, erguia-se um cavalo malhado com marcas bizarras, todo preto com listras brancas descendo do alto da cabeça, da cernelha e da garupa, como se o céu noturno tivesse se deitado sobre o pelo do animal e, em seguida, os deuses o tivessem salpicado de leite ou fragmentos de gelo.

Esse cavalo não se inclinou para frente para pegar o milho com a boca como haviam feito todos os outros; em vez disso, precipitou-se para frente, forçando a cancela para agarrar com os dentes a orla do manto de Valerius. Ele deu um soco na cabeça do animal, que voltou mais rápido uma segunda vez, a cabeça movendo-se sinuosa, as orelhas aplanadas com o branco dos olhos aparecendo e os dentes expostos.

Valerius já estava deslizando para o lado entre os dentes que se aproximavam e a cancela quanto ouviu uma voz perguntar:

— Ele é então tão malévolo quando dizem?

Valerius imaginara que estava totalmente sozinho. O choque de descobrir que isso não era verdade fez com que ele parasse por tempo suficiente para que os dentes do cavalo se enterrassem na carne do seu ombro, de modo atordoante. Ele caiu como se atingido por um martelo.

Teria sido difícil dizer qual dos dois estava mais chocado. O cavalo fez um movimento abrupto para trás, lançando a cabeça para cima. O animal girou na baia, indo de encontro às paredes, de modo que todos os outros ficaram inquietos. O desconhecido estava mais calmo, porém mais consciente do erro que cometera.

— Sinto muito, eu deveria ter esperado para falar. Disseram-me que o nome dele é Crow, que significa morte, e achei que se tratava de uma pilhéria alimentada pelo vinho. Eu estava errado. Você se machucou?

— Não. Eu sempre caio aos pés do meu cavalo logo de manhã. São recomendações médicas. Obrigado.

Valerius aceitou a mão que lhe era oferecida e se levantou. O ombro queimava como se nele tivesse sido injetado chumbo derretido. Havia muitos anos, recebera uma cutilada exatamente no mesmo lugar, e o local se contundia com mais facilidade do que qualquer outro. Girou um pouco o braço para verificar se havia fraturado algum osso e, como não ouviu nem sentiu estalo algum, decidiu esquecer o membro por ora e lidar com assuntos mais prementes, ou seja, o estrangeiro — tinha que ser um estrangeiro; nenhum dos membros da guarnição teria agido de forma tão despreocupada e familiar — e o cavalo malhado.

Na esfera das prioridades de Valerius, os cavalos sempre vinham antes dos homens, de modo que levantou o trinco da cancela e deslizou para dentro. Crow, cujo nome de fato significava "morte", voltou-se para escoicear, o que era um bom indício de que o cavalo não estava tão assustado quanto parecera. Passando por ele, Valerius agarrou uma meada de crina perto da parte superior do pescoço, curvando em seguida o braço debaixo da garganta do animal e através da ponte do nariz, como se fosse um cabresto. Esse era um sinal entre eles de que o homem vencera e que o cavalo poderia aceitar o milho com o orgulho intacto. Foi o que o animal fez, e Valerius o conduziu à porta, soltando-o antes que ele pudesse atacar de novo.

— Obrigado. Acredito que ele... — Valerius estava falando sozinho, de modo que parou. O estrangeiro estava um pouco mais adiante, inclinado sobre a cancela de uma baia e conversando com a égua alazã. Ele era um homem da idade de Valerius, com idade suficiente para ter sido um guerreiro entre o seu povo, depois treinado com a cavalaria e posteriormente subido de posto, deixando de ser um soldado, mas não com idade bastante para ter presenciado muitas batalhas. Ele era meia cabeça mais baixo do que Valerius, o que ainda o deixava mais alto do que a maioria dos romanos. À luz das luminárias da estrebaria, o seu cabelo adquiria o tom castanho-avermelhado de um veado na época do acasalamento e caía pesado sobre o ombro, sem a trança ou o adorno habituais na Gália. O homem usava botas de cavaleiro, não cáligas, o que significava que era membro da cavalaria, e não da infantaria, e as pegadas de uma estrebaria para a outra correspondiam exatamente às que Valerius tinha seguido nas latrinas. Ele fez uma aposta em silêncio, consigo mesmo, sobre quais seriam o posto e a nacionalidade do homem.

Ao vê-lo se aproximar, o estrangeiro abandonou o diálogo que estava tendo com a égua alazã. Sem bater continência, perguntou:

— O seu ombro está ferido?

Ninguém em um posto inferior ao de duplicário teria se expressado com uma familiaridade tão descontraída, e alguém em um posto mais elevado teria exigido algum tipo de reconhecimento. O posto do estrangeiro, portanto, era equivalente ao de estribeiro-mor; a primeira parte da aposta estava ganha.

Valerius respondeu:

— Não. Pelo menos não muito. Crow passou os últimos oito anos tentando me morder e essa foi a primeira vez que conseguiu o que queria. Fiquei com medo de que ele pudesse sentir que alcançara o zênite da sua vida e que deveria se deitar e se entregar ao deus. No entanto, ele parece bem, pelo que estou devidamente agradecido. Sem um cavalo para lutar, o que faria um homem durante os longos dias da paz do governador?

Isso foi uma espécie de teste, e foi reconhecido como tal. A boca do estrangeiro se contorceu ameaçando um sorriso.

— Polir a armadura, talvez? E esperar ser chamado para a guerra?

Foi uma resposta segura que disse tudo que era necessário. Nenhum dos dois tinha a intenção de se comprometer diante do outro de uma maneira que pudesse ser considerada traiçoeira, mas ambos detestavam igualmente o tédio e a inatividade da vida na fortaleza.

Valerius dirigiu-se ao bloco seguinte de estrebarias, que abrigava os cavalos da segunda tropa. Esses animais não eram exatamente responsabilidade sua, mas ele não confiava plenamente na pessoa que deveria cuidar deles, o homem que claramente ainda dormia, alheio ao fato de que nevara a noite inteira. Aproximando-se da primeira baia, deu o que restava do milho para um ruão castrado que gostava dele.

Já havia percorrido metade da fileira quando o estribeiro-mor estrangeiro o alcançou. A segunda metade da aposta permanecia em aberto. Fazia parte do pacto de Valerius consigo mesmo de que não poderia fazer nenhuma pergunta direta, de modo que indagou:

— Você está com a unidade da cavalaria que chegou com o novo governador, não é mesmo? A que está acampada no anexo ao lado da casa de banhos. Os seus cavalos estão mais calmos depois da travessia por mar e da viagem até aqui?

O estrangeiro deu de ombros, relaxadamente.

— Eles estão tranquilos e descansando, embora estejam cansados do frio, como eu. Neva na Trácia, mas o ar não é tão úmido e o frio não penetra tanto os ossos. E nos disseram que não nevaria aqui durante um mês.

Na Trácia? Ah. O homem era trácio! A noite fora confusa, mas o dia estava se revelando mais interessante. Valerius vencera uma breve luta contra Crow, ou pelo menos não tinha sido derrotado; havia inequivocamente ganho a aposta que fizera consigo mesmo, e o deus protegera os seus cavalos, impedindo que a neve os arruinasse. Sentindo-se relativamente bem pela primeira vez desde que despertara, Valerius declarou:

— Geralmente não neva tão cedo no ano. Foi um fato lamentável.

— Ou não terá sido afortunado? Os deuses a enviaram como uma dádiva para o novo governador. Os nativos sentirão tanto frio quanto nós e não insistirão na rebelião.

Os dois homens caminhavam juntos com a descontração de antigos colegas. Sem pensar, Valerius disse:

— Se foi uma dádiva, ela foi pedida aos próprios deuses deles pelos videntes tribais e concedida por eles como prova de boa vontade. Você já esteve em uma casa redonda nativa?

— Não como as que vocês têm aqui.

— Não? Bem, você terá que acreditar quando eu digo que podemos ter trazido a civilização para eles sob a forma de alojamentos gelados com quatro homens em um aposento desprovido de aquecimento, mas os nativos terão dormido à noite em uma casa redonda, da altura de uns dez homens, que abriga quarenta famílias, e um fogo cuja lenha foi empilhada tão alto que forneceu calor a noite inteira. Eles terão dormido com os cães às costas, com o corpo colado ao dos amantes, e não terão precisado se enrolar nos mantos, ou mesmo vestir uma segunda túnica para dormir bem e acordar descansados. Eles terão acordado esta manhã em um ambiente aquecido, com comida e na companhia dos seus familiares, e se optarem por não lerem os sinais enviados pelos seus deuses na noite anterior, só saberão que nevou pelo cheiro do ar e somente quando resolverem sair da casa. Eu não diria que a neve foi um presente dos deuses romanos, e ela certamente não reprimirá o ardor da rebelião.

Valerius parou, mordendo a língua. O trácio o encarou, pensativo. Outro homem poderia ter perguntado como um oficial subalterno das tropas gaulesas auxiliares conhecia tão bem o interior de uma casa redonda nativa no inverno, ou pelo menos teria feito as perguntas que confirmariam os rumores ou os negariam. Esse homem esfregou o lado do nariz por um momento e apenas comentou:

— Ouvi dizer que você viveu um certo tempo entre os icenos. É verdade que nesse povo as mulheres conduzem os guerreiros para a batalha?

A investida do oeste foi conduzida por uma mulher. O nome que estão clamando é Boudica, a Portadora da Vitória. A voz era do próprio Valerius, mais jovem e ainda misericordiosamente sem nada perceber.

Sua mãe, que veio depois, sabia de tudo e o julgou por isso. *A marca dela é a lança-serpente, pintada em sangue vivo sobre o cinza de Mona.*

Anteriormente, era vermelha sobre azul. Você poderia ter sido vidente para o guerreiro dela. Com você ao lado, ela teria sido...

— Não!

Pela segunda vez naquela manhã, Valerius virou as costas para o estrangeiro e se afastou. Diante dele, o *principia* eclipsava os prédios ao redor dele. Somente a casa do governador se aproximava em grandeza do grande quadrângulo do auditório, e naquele momento Valerius não estava preocupado com a paz e o conforto do governador. Ele tinha as responsabilidades do seu próprio posto. Sua melhor defesa, possivelmente a única, residia em honrá-las.

Falando por sobre o ombro, ele declarou:

— Devemos terminar a inspeção das estrebarias e depois examinar o *principia*. Os boateiros da taberna também lhe disseram que o telhado desmoronou no último inverno sob o peso da neve e só foi reconstruído na segunda metade do verão? O nosso governador que partiu recentemente, que os deuses lhe concedam uma longa vida, desejava exibir para os nativos o pleno esplendor de Roma. Há tijolos debaixo da neve tão brilhantes que fariam os seus olhos se encherem de água se você tivesse que fitá-los debaixo do sol forte.

O trácio riu, um pouco atrasado, como se estivesse com o pensamento em outro lugar.

— E as vigas são feitas de gravetos, de maneira a não suportar o peso?

— De jeito nenhum. São feitas de carvalho verde, que é o que conseguimos quando queremos construir uma fortaleza em um território recém-conquistado e temos que usar os materiais disponíveis. O primeiro arquiteto fez a construção de acordo com as linhas romanas, por acreditar que as vigas precisam ser delgadas para ter uma boa aparência. O segundo aprendeu com os erros do seu predecessor. As novas têm o dobro do tamanho das antigas, mas a neve este ano está duplamente espessa. Ela deve ser varrida do telhado sem demora. Posso cuidar disso, ou encontrar alguém que possa. Se os seus cavalos e os seus homens estiverem bem, e você puder dispor do tempo, talvez fosse bom procurar o engenheiro hidráulico. Os banhos são a menina dos olhos dele e, se descobrir que os canos não estão funcionando adequadamente ele poderá, como o cavalo, decidir que está na hora de se deitar e se entregar aos deuses. Ele é ibérico e se chama Lucius Bassianus. Ouviu falar dele?

O estrangeiro estava inclinado contra a parede da última estrebaria da fileira, com o polegar no cinto, e analisava Valerius como um homem examinaria um potro que acabasse de adquirir. Ele não estava obviamente preocupado com a sorte do *principia* ou das latrinas.

— Sinto muito — respondeu o homem, balançando a cabeça. — Não ouvi, mas estou aqui há menos de dois dias e aqueles que contam histórias estão interessados em pessoas mais importantes do que um engenheiro hidráulico e os esgotos que ele constrói. Os mais falantes, ou talvez os mais vingativos, falam de um soldado recentemente promovido a duplicário da Quinta Gallorum com um cavalo malhado que é a encarnação do mal e do seu ex-amigo, o prefeito Corvus, que foi prisioneiro dos nativos na juventude.

A inclinação da cabeça dele deixou espaço para uma pergunta e a sua pronta resposta. Qualquer homem normal gostaria de saber o que os outros falavam dele quando estava afastado. Em troca, esse homem ofereceria mais informações do que os boateiros poderiam oferecer.

Valerius fazia uma boa ideia do que falavam dele e não tinha desejo algum de ouvir os exageros vomitados do vinho das altas horas, de modo que declarou:

— Eles lhe disseram que temos um governador que entrou na sua província esperando encontrar os lucros abundantes da conquista e se viu, em vez disso, no meio de uma guerra inacabada? E que ele constatou que, para vencê-la, poderiam ser necessários dez anos e igual número de legiões?

O trácio admitiu a derrota de boa vontade.

— Não — respondeu. — Quando quero obter a verdade pura e simples, procuro os mais velhos e experientes. Na mente daqueles com quem eu bebo, falar sobre a guerra é uma perda de tempo, quando poderíamos estar falando a respeito do amor, da perda e das paixões que nos animam.

Tudo o que falavam sobre o governador girava em torno do seu filho, que é um tribuno graduado da Segunda Legião, baseada no extremo sudoeste. Dizem que o rapaz mal se acomodara no seu novo alojamento quando foi enviado de volta para acompanhar o conselho de guerra do governador com a notícia de que a legião está sitiada por nativos e que o legado não ousa deixar o posto.

— O que, é claro, tem muito a ver com o amor, a perda e as paixões.

O trácio sorriu.

— Talvez tenha. Disseram-me que o filho do governador é alto e muito bonito, que tem o cabelo preto e olhos de corça, e que o legado na verdade o mandou para o leste para mantê-lo a salvo dos centuriões da Segunda, que estão há um tempo excessivo na guarnição e cansados dos colegas. — Ele avaliou o efeito das suas palavras e a seguir, em um tom apenas levemente mais sério, declarou: — Mas é claro que nós, que temos uma patente superior, sabemos que ele foi enviado porque é possível contar com ele para inculcar no pai a gravidade da ameaça apresentada pelas tribos hostis que sitiam a sua legião.

— E aqueles de nós com um posto mais graduado podemos imaginar que se o jovem tiver sucesso, poderemos muito bem nos ver cavalgando em direção ao oeste para apoiar essa legião em combate.

— Nós nos importaríamos?

Valerius respondeu:

— Os gauleses ficariam encantados. Estão prontos para entrar em ação. Não sei qual seria a reação dos trácios. Vocês sabem montar os seus cavalos com neve até a altura dos joelhos?

O trácio piscou devagar e replicou, com uma seriedade infantil:

— Claro, mas só optaríamos por fazê-lo se fôssemos obrigados. Na Trácia, o cavalo de um homem é seu irmão. Nunca o deixaríamos manco para provar um ponto de vista.

Valerius riu. Havia muito tempo não era superado em uma conversa, e mais tempo ainda que não ria em voz alta com sinceridade. O melhor de tudo foi que essa interação eliminou os últimos vestígios dos sonhos da noite.

Disse então:

— Se você beber nas tabernas durante um tempo suficiente, descobrirá que os homens da Quinta Gallorum preferem montar éguas a cavalos castrados porque elas podem urinar galopando sem precisar reduzir a marcha ou parar, e que para um gaulês a montaria de um homem é bem mais próxima do que o seu irmão.

O sorriso que encontrou o de Valerius era brilhante.

— Mas você não é gaulês?

— Não.

Caminharam em total silêncio até o entroncamento com *a via principalis*, onde a neve estava mais densa. Montes se formaram contra a lateral da casa do tribuno mais próxima, amarelados pela luz de uma luminária olhada até tarde. A crosta congelada também estava mais espessa no local. Quase podiam caminhar sobre ela sem afundar.

O trácio disse:

— Encontrarei o engenheiro Bassianus e lhe direi que os canos que dão nas latrinas estão congelados, bem como alguns que alimentam a casa de banhos. Dei uma olhada lá dentro antes de vir para cá e notei que pelo menos metade deles não está correndo como ontem à noite. Você conhece algum lugar na rota da minha busca onde eu possa encontrar uma comida de verdade?

Ele fez a pergunta casualmente, o que deve ter lhe custado um certo esforço. Toda fortaleza tinha em algum lugar dos seus postos de guarda uma fonte confiável onde era possível pedir, ou comprar, uma comida satisfatória, confiável e quente. Para um soldado da cavalaria ou legionário recém-chegado, o conhecimento de quem a preparava e onde ela estava era um dos pequenos detalhes que faziam com que a vida na fortaleza deixasse de ser apenas suportável e se tornasse um pouco mais agradável. O segredo nem sempre era livremente compartilhado, ou mesmo vendido de boa vontade.

Em outra ocasião, ou com outro homem, Valerius talvez tivesse fingido ignorância, ou simplesmente se recusado a responder. Em vez disso, apontando para a direita, respondeu:

— Experimente a torre sul do portão leste. Eles mantêm um braseiro aceso e sempre têm carne. Na pior das hipóteses, em um mau dia, ela não estará temperada.

Sorrindo, o trácio segurou o braço de Valerius.

— Mas hoje não será um mau dia. Gostaria de me acompanhar?

Depois de tudo que acabara de acontecer, Valerius talvez tivesse pensado em aceitar, mas vira uma luminária acesa na entrada de uma porta na *via principalis* e precisava descobrir o seu significado.

— Lamento, mas devo recusar — replicou. — Ainda há a questão da neve no telhado do *principia*. Devo relatar isso agora, enquanto ainda há tempo para agir.

— Então irei sozinho — declarou o trácio com uma saudação. — Foi um prazer conhecê-lo.

— O prazer foi meu. — Eles haviam se separado e dado dez passos quando Valerius se voltou e declarou: — Você não me disse o seu nome.

— Sdapeze, Longinus Sdapeze, armeiro e estribeiro-mor da Ala Prima Thracum. — O sorriso do homem era aberto e cordial. Seus olhos eram claros, quase amarelos, como os de um falcão. — Vamos cavalgar juntos em breve, quando a neve não deixar os cavalos mancos, e você verá que a montaria de um trácio é capaz de igualar qualquer potro criado na Gália, por pior que seja o temperamento dele.

O homem se perdeu na penumbra antes que Valerius pensasse no que acabara de ser dito e descobrisse que o último comentário, que soara como um pedido, havia sido na verdade um desafio e uma proposta, e que, ao assentir com a cabeça, ele concordara com ambos.

IV

Se tivesse sido fiel às exigências dos níveis hierárquicos, Valerius teria relatado os fatos sobre a neve e as latrinas congeladas ao seu superior imediato, o decurião Regulus. Se, em vez disso, tivesse seguido o comando do seu deus, teria procurado o centurião da terceira coorte da Vigésima Legião, que era o seu novo Pai debaixo do Sol, em substituição a Marullus, que partira para ingressar na Guarda Pretoriana, em Roma. No entanto, Valerius não fez nem uma coisa nem outra, seguindo a luz de uma única luminária ao sul da principal via arterial da fortaleza. Enquanto caminhava, acompanhou um único par de pegadas na neve que seguiam na mesma direção.

Quintus Valerius Corvus, prefeito da Ala Quinta Gallorum, ocupava uma das menores casas tribunícias situada perto da extremidade meridional da *via principalis*, do lado oposto ao quadrângulo do *principia*. O prefeito dera a Valerius o nome que ele usava agora e, durante cinco agradáveis anos, uma razão para viver. Houvera uma época, antes da construção das moradias dos tribunos, em que parecera provável que Valerius iria receber um quarto dentro do alojamento de Corvus. Na verdade, durante o período caótico da construção, quando os homens em toda a fortaleza viviam em acomodações inacabadas, dormindo entre pilhas de tijolos, com argamassa molhada nas paredes e o cheiro da cal no ar, eles sabiam qual teria sido o quarto mesmo que Valerius ainda não tivesse dormido nele.

Naquela época, a chama da paixão ainda aquecia o coração de Valerius e o peso das opressões impossíveis da sua vida ainda não havia começado a se fazer sentir totalmente. A sua graduação era inferior, e era apreciado pelos seus pares. A proteção instável do imperador Calígula e o relacionamento apaixonado de Valerius com Corvus, o qual poderia facilmente ter azedado a situação do segundo com os outros homens, havia, ao contrário, o elevado ao posto de mascote dentro da tropa. Havia conquistado respeito ao combater as tribos germânicas hostis no Reno, e, no seu tortuoso meio-domínio do cavalo Crow, revelara-se um cavaleiro digno do posto que Corvus lhe outorgara.

Para a cavalaria, a equitação e a bravura em combate estavam intimamente entrelaçadas, e em uma ala extraída quase que exclusivamente das fileiras da Gália conquistada Valerius fora um dos muito poucos a ter presenciado um verdadeiro combate antes de ter se alistado. Os companheiros inventavam histórias sobre o menino tribal de cabelos castanhos que cavalgara o seu cavalo louco em direção à liberdade, e depois, recusando todas as ofertas de voltar à terra natal, ingressara nas legiões para combater por Roma. Cresceram os rumores ao redor dele e de Corvus, emaranhando ainda mais o seu passado conjunto, até que correu a notícia de que o prefeito romano fora capturado pelas tribos bárbaras enquanto ele atuava como espião para o imperador na Britânia, e que Valerius tinha conspirado para libertá-lo, esperando na praia até que Corvus pôde voltar sozinho de barco para encontrá-lo. As narrativas mais extravagantes diziam que haviam lutado juntos contra os videntes para trazer Valerius de volta à civilização, invocando o poder dos deuses romanos para derrotar o dos nativos. Não ocorreu a ninguém perguntar por que um menino criado na liberdade das tribos nativas iria preferir a disciplina das legiões do Reno, importunadas pela névoa do rio e pela constante ameaça dos ataques hostis, e tampouco, mais tarde, ao lutar contra os videntes e a bruma que invocaram para cobrir um campo de batalha, ninguém questionou a capacidade de um único homem de se opor a eles e vencer.

A verdade era ao mesmo tempo pouco e muito improvável, e esperava por Valerius nos sonhos despertos em suas noites, quando o medo que sentia da mãe mantinha o sono afastado. Nessas ocasiões, ficava deitado no dormitório, ouvindo a respiração de homens que não amava, e era difícil não comparar a umidade fria e isolada com o conforto de uma casa comunal apinhada e com o calor próximo e simples de um cão, ou a inesperada alegria da intimidade com Corvus, que lhe abriu um novo mundo e tornara a vida novamente possível.

Os caminhos para o passado, uma vez percorridos, não eram fáceis de ser evitados. Valerius descobrira, na prática, que poderia perder metade de uma noite fitando a escuridão e tentando determinar se o boato teria fundamento. Se a centelha com Corvus estivera realmente acesa nos seis meses em que o jovem oficial romano fora, de fato, prisioneiro das tribos e se um menino com um conhecimento superficial de gaulês tornara-se seu confidente e amigo. Já se passara muito tempo para que ele pudesse ter certeza, e as lembranças, quando surgiam, encerravam uma impressão sobrenatural, como se fossem histórias da vida de outro homem, narradas com tanta frequência que chegaram a adquirir uma credibilidade própria. Apenas algumas coisas voltavam plenamente, e estas, na maioria das vezes, de dia, de uma forma debilitante: as repentinas imagens cortantes do amor e das suas consequências; o lampejo de um manto azul e o sorriso acima dele; o flagrante poder arrebatador de uma égua vermelha tessálica, apostando corrida com um homem montado em um potro ruço; o lampejo do bronze reluzindo ao sol quando uma fileira de cavaleiros trinovantes ergueu seus escudos, e os icenos, instruídos por um romano, avançaram contra eles. Tudo isso podia surgir de repente, sem aviso, deixando Valerius perturbado, irritado e à procura de alguém ou alguma coisa com que pudesse gritar.

Quando dormia adequadamente e não sonhava, conseguia lidar com os piores excessos da sua raiva, mas a presença constante da sua mãe e as opiniões dela haviam desgastado a sua serenidade. Os primeiros meses depois da invasão haviam sido caóticos, e praticamente todo mundo dormia mal e descontava nos outros. Os dias mais quentes e longos da primavera haviam restaurado a disposição da maioria dos homens; somente Valerius continuava a extravasar a sua raiva em qualquer pessoa que estivesse por perto. Os homens passaram a gostar menos dele e a temê-lo mais, e, embora fosse quase certo que fora essa circunstância que lhe conquistara a promoção, esta em nada contribuíra para devolver a paz à sua alma.

Foi Corvus, em última análise, que suportou o pior e quem menos o merecia, e fora a pedido do próprio Valerius que o seu aposento na casa de Corvus fora destinado a outra finalidade e ele fora alojado com os outros oficiais subalternos da sua tropa. Ele acreditara na época que se tratava de uma necessidade temporária e que estava agindo em seu benefício e do homem por quem, no mínimo, ainda nutria um extremo respeito, para protegê-los de seus ataques de raiva cada vez mais frequentes. Até mesmo hoje, dois anos depois, ele continuava a acreditar que um dia poderia voltar.

Valerius havia visitado Corvus apenas duas vezes depois que a casa fora construída, ambas no primeiro mês depois que mudara de alojamento. Em cada uma das ocasiões, uma luminária na entrada fora um sinal de que Corvus estava sozinho e aceitaria companhia. Parecia provável que o sinal fosse o mesmo. Era possível que a luminária tivesse sido acesa esta noite para Valerius e que, se ele tivesse vontade, poderia entrar sem ser anunciado e seguir a linha familiar de velas abrigadas que conduziam aos aposentos privativos. Valerius decidiu não fazer isso.

A casa de Corvus era sempre a primeira a despertar e encarar os eventos da noite. A neve fora retirada das entradas com a pá e um largo corredor fora escavado na *via principalis*, tornando o caminho mais fácil para os transeuntes. Tratava-se de um gesto prestativo que também eliminava com eficácia a possibilidade de que alguém pudesse seguir o rastro de um único par de impressões de bota entre os vários que passavam pela rua em direção a essa entrada particular.

O cascalho congelado fragmentou-se debaixo dos pés de Valerius enquanto ele se dirigia para a porta. Uma tigela de bronze situava-se em um dos lados, tendo em cima um pequeno martelo de madeira. Golpeou de leve a tigela e esperou enquanto o som metálico invadia a noite. Tudo em derredor era branco. Até mesmo as paredes do lugar eram pintadas com cal, deixando-as puras como a neve, diferenciando-a claramente do luxo das casas dos tribunos romanos revestidas de finos mosaicos, azulejos e afrescos, dispostas em ambos os lados.

O gongo foi atendido por Mazoias, o babilônio, exatamente como Valerius previra. O chefe dos domésticos de Corvus era um velho de cabeça branca com um ombro torto. Quando bebia, Mazoias afirmava ter parentesco com príncipes da Babilônia e da casa real da Pérsia. Sóbrio, era um escravo que Corvus comprara em um mercado da Ibéria e posteriormente libertara, que optara por continuar no local, porque uma vida passada a serviço de Corvus era melhor do que qualquer outra que ele pudesse imaginar. O velho reconheceu Valerius. As suas feições retorcidas paralisaram-se no meio da mensagem de boas-vindas e a porta, que principiara a se abrir, começou a se fechar.

Valerius pôs o pé na ombreira da porta.

— Não acho que seja uma boa ideia. Tenho um recado para o prefeito. Diga a ele que a neve no telhado do *principia* está com a espessura do comprimento de um braço e serão necessários mais homens do que os que estão sob meu comando para retirá-la. Se ele desejar que o governador faça o seu primeiro discurso às suas legiões aquecido e em segurança, terá que designar para o trabalho pelo menos uma tropa inteira de homens. Diga também a ele que os canos que dão nas principais latrinas estão congelados. Enviei um homem à procura de Bassianus, mas o prefeito talvez queira...

Cada homem tem o seu cheiro próprio, o qual pode diminuir um pouco quando ele está aquecido e coberto pelo óleo das casas de banho, ou correndo livre com o sangue de outros homens, em combate, mas ele nunca desaparece inteiramente. Após uma noite envolvido em pele de carneiro, o odor alcança a intensidade máxima, superado apenas pelas ocasiões em que o homem passa a noite acompanhado. Corvus, pensou Valerius, passara a noite sozinho, mas talvez não os momentos depois que despertara. Nenhuma quantidade de trabalho, de responsabilidade ou de preces aos deus conseguiriam protegê-lo completamente do impacto dessa constatação. Valerius retirou o pé da ombreira da porta, fixou o olhar na parede em frente e bateu continência.

Corvus disse:

— Obrigado, Mazoias. Falarei com o oficial.

Um breve conflito de vontades teve lugar, cujo resultado nunca esteve em dúvida. Com um olhar que prometia a condenação eterna se o seu senhor ficasse de mau humor, o velho se retirou.

Corvus e Valerius ficaram sozinhos. Nenhum dos dois falou. A neve absorveu o silêncio, suavizando-o. A luminária mais próxima da entrada era de cerâmica, com o signo de Capricórnio pintado no bojo esmaltado. Ela nunca queimara apropriadamente e não o fazia agora. Pela força do hábito, e para fazer alguma coisa, Corvus levantou o braço e modificou a inclinação do pavio. Uma espiral de fumaça se levantou e manchou o teto, e a luz brilhou depois com mais intensidade, de modo que uma parte maior de cada um deles pôde ser vista. Corvus não estava acordado havia muito tempo; a ablução matutina apressada deixara o cabelo castanho úmido e sem estar adequadamente penteado. Na verdade, ele nunca estava adequadamente penteado. A parte de trás fora cortada curta, da maneira apropriada, mas o redemoinho rebelde na frente precipitava-se em curva sobre a testa, imitando o arco das sobrancelhas. Ele dizia tudo que era preciso saber sobre o homem e sua atitude com relação à autoridade. As cicatrizes e a pele amorenada devido à exposição ao clima contavam a mesma história. Somente os olhos poderiam dizer mais, se ele quisesse, mas estavam ocultos na sombra. As palavras vieram do mesmo espaço obscurecido:

— Como devo chamá-lo agora? — A última discussão que haviam tido, a mais prejudicial, tivera lugar porque Corvus usara o seu nome antigo, agora abandonado. Eles nunca tinham resolvido a questão.

Valerius respondeu:

— Sou Julius Valerius nos registros, como você sabe. Os meus homens me chamam de duplicário, ou estribeiro-mor. Ambos são aceitáveis.

— Ótimo. Tentarei me lembrar. Como está ele?

— Quem?

— O seu cavalo assassino. Aquele de quem você é senhor.

A voz continha um traço de humor. Pego desprevenido, Valerius replicou no mesmo tom:

— Ele está bem. Você ficaria orgulhoso dele. Conseguiu me morder esta manhã. O susto quase nos matou.

Valerius tinha uma consciência distante de que o seu ombro doía, mas a dor ainda não fazia completamente parte dele. À semelhança do que ocorrera com a marca de ferro quente, ansiava para que a dor se incorporasse a ele, como se ela fosse algo real no qual ele pudesse se esconder. Experimentou girar o braço para trás e estremeceu.

Esquecera-se de que estava na companhia de Corvus. Este havia estendido a mão para o manto de Valerius e virara a gola para trás antes que um dos dois se lembrasse de que ele não tinha mais permissão para fazer aquilo e, em seguida, se lembrassem também de que ele era um prefeito e poderia fazer qualquer coisa que quisesse com o manto e a pessoa de um oficial subalterno. Valerius inclinou-se para trás quando Corvus o tocou e voltou a ficar ereto, com a rigidez que teria em uma praça de armas.

Corvus assobiou por entre os dentes e retirou abruptamente a mão.

— Sinto muito.

— Não foi nada. — Valerius acreditava nisso. Embora o manto tivesse sido virado para trás, o talhe da túnica cobria-lhe o ombro. Somente mais tarde descobriu que a contusão que se alastrava havia se insinuado pelo seu pescoço, deixando-lhe a pele preto-azulada do ombro ao ouvido, e da clavícula à omoplata, e que uma parte dela, do tamanho da asa de uma grande borboleta, aparecia claramente à luz da luminária. Longinus Sdapeze também deve tê-la visto, mas tivera a sensibilidade de não fazer nenhum comentário.

Corvus olhou para frente, sem nada dizer. Raramente haviam sido tão formais na presença um do outro. Essa atitude causava sofrimento a ambos e destruía o que haviam sido um dia.

Endireitando o manto, Valerius disse:

— Sinto muito, eu estava distraído. Um dos membros da cavalaria trácia apareceu com a notícia de que os canos que vão dar nos banhos estão congelados. Longinus Sdapeze. Ele é perspicaz. Pensa nos problemas antes que aconteçam.

Homens assim eram muito raros. Valerius e Corvus haviam competido um contra o outro no Reno para encontrá-los, para selecioná-los e treinar com eles, para separá-los do aglomerado maior de brutalidade instintiva da legião e dos seus auxiliares. Não tinham se preocupado com as outras maneiras pelas quais os homens se separam.

Como se acompanhando o pensamento, Corvus declarou:

— Ouvi dizer que você agora pertence ao matador de touros, que você recebeu o corvo.

Isso não era nenhum segredo. Todo mundo sabia o nome dos iniciados. O sigilo situava-se na natureza das provas e nos juramentos exigidos dos membros da seita; nisso residia a força suprema do deus. Somente com Corvus a realidade dos juramentos de um homem significava muito mais.

Valerius declarou, rígido:

— Acreditei que seria construtivo na evolução da minha carreira.

Corvus ergueu uma sobrancelha.

— Estou certo de que será.

Eles esperaram. Um fraco vento norte percorria a *via principalis*. O clamor das ordens que haviam sido dadas o acompanhava. Um número suficiente de homens havia despertado para que outros percebessem o perigo que a neve representava. A parte de Valerius que estava genuinamente interessada no futuro da sua carreira percebeu a urgência de a sua mensagem perder importância, e com isso diminuir o seu mérito de ter dado o alarme.

Corvus deslizou a língua pelos dentes. Passados alguns momentos, recuou, mantendo a porta aberta.

— Você não quer entrar? Mandei avisar aos decuriões que ordenassem que a quinta e a sexta tropas limpassem o telhado dos prédios principais do *principia*. A quarta cuidará da *praetoria*, embora ela esteja suprida por hipocaustos e eu desconfie de que as pessoas da casa do governador devem ter acendido o fogo nas últimas noites para eliminar o frio. Eu não ficaria surpreso se visse os tijolos reluzirem fumegantes e livres da neve quando o sol nascer.

— As altas patentes têm os seus privilégios — declarou Valerius secamente.

— Sem dúvida. E é por esse motivo que creio que você deva conhecer o filho do governador. Ele está lá dentro e deixei-o sozinho por muito tempo. Estávamos conversando sobre o levante do oeste. Gostaria de se juntar a nós?

V

O VISITANTE MATINAL DE CORVUS AGUARDAVA, COMO ERA apropriado, no escritório do prefeito. Era um aposento excessivamente despojado e sóbrio para ser honrado com esse título. As paredes eram caiadas e desprovidas de adornos. A argamassa era mais fina do que nos alojamentos e o lugar carecia da desordem das acomodações legionárias, mas, de resto, pouca diferença havia entre este aposento e aquele no qual Valerius acordara antes do amanhecer. Este era maior, só isso, e havia luminárias em todos os pontos disponíveis para o caso de o prefeito desejar ler alguma coisa enquanto estivesse de pé no canto mais distante. Além delas, o cômodo continha uma mesa e duas cadeiras, uma das quais estava ocupada por um homem, que se levantou quando a porta se abriu.

— Corvus? Quem era... Ah, temos uma visita. Um auxiliar. Posso adivinhar quem ele é?

— Provavelmente, mas, de qualquer modo, vou apresentá-lo a você. Valerius, entre. Não fique parado na entrada, você deixará o frio entrar.

Desse modo, ele teve que entrar e ficar na presença do sorridente jovem de cabelos negros perfeitos e olhos de corça que quase certamente sabia exatamente quem era Valerius, o que ele fora e não se sentia nem um pouco incomodado com a sua presença. Na verdade, parecia provável que esse jovem particular nunca tivesse tido razão para se sentir pouco à vontade em qualquer ocasião desde o dia em que nasceu, suave e tranquilo, em meio ao esplendor e às riquezas de Roma.

Longinus Sdapeze, membro de uma tribo trácia, com apenas um verniz superficial da civilização, havia falado sobre a beleza do filho do governador. O trácio não havia mencionado o brilho da boa educação que o jovem carregava consigo e a tranquila autoconfiança que acompanhava a riqueza excepcional e a certeza de um futuro senatorial. Tampouco mencionara que o rapaz tinha vinte anos e que o vigor da juventude reluzia nele como em um cavalo de corrida recém-amestrado, de modo que, mesmo que alguém o detestasse por instinto, não conseguiria olhar para outro lugar.

Em uma fortaleza repleta de legionários experientes, Valerius não estava acostumado a sentir-se velho, ou, tendo em vista a sua altura, a sentir-se baixo. Ele sentiu as duas coisas na presença do filho do governador, e apenas por esse motivo teria se retirado se a civilidade, o decoro e o seu orgulho o tivessem permitido. Como não era essa a realidade, permaneceu perto da porta, do lado de dentro, e foi formalmente apresentado.

— Tribuno, este é Julius Valerius, duplicário da terceira tropa sob o meu comando, o oficial a respeito de quem estávamos falando mais cedo. Valerius, este é Marcus Ostorius Scapula, tribuno na Segunda Legião. O seu legado o enviou para cá com notícias sobre a piora da situação no oeste.

... de quem estávamos falando mais cedo. O cabelo espetou o pescoço de Valerius. A voz tranquila e irônica que preenchia a sua mente nos momentos de crise pessoal observou que pelo menos parte do rumor de Longinus Sdapeze era verdadeira; o tribuno de fato fora enviado para pedir ajuda para o pai. No entanto, isso não tornava falso o restante dos boatos. *Dizem que o legado na verdade o enviou para mantê-lo a salvo dos centuriões que estão há muito tempo no posto e ficando cansados dos outros soldados.* Poderia ser questionado se o governador consideraria um prefeito um companheiro melhor para o seu filho do que um centurião.

Mazoias voltara, trazendo uma terceira cadeira e um vinho bem aguado. Passeou pelos cantos acendendo mais luminárias, como se fosse preciso, de repente, que o aposento clareasse. O filho do governador estava à vontade debaixo do brilho de mais luzes; estava acostumado a que olhassem para ele. Cruzando os braços no peito, disse:

— Estávamos discutindo o levante mais recente dos siluros e o provável impacto sobre as suas tribos parceiras ao redor da fortaleza. O prefeito me disse que você talvez tenha boas ideias a respeito de como elas reagiriam caso o governador decida empregar a força para desarmá-las.

O quê?

Não se fica boquiaberto diante do filho de um governador, mesmo que o pai dele tenha acabado de propor uma monstruosa insanidade diante da qual as preocupações de um oficial subalterno se tornam ao mesmo tempo extremamente triviais e insignificantes.

Valerius apoiou-se na parede que tinha atrás de si. Com extrema cautela, ele declarou:

— O governador está há muito pouco tempo na província — há menos de um dia. Ele chega em um momento de grande inquietação, e é certo que os siluros e os aliados deles sincronizaram o levante para que coincidisse com a partida do seu predecessor para que...

— Estamos cientes desse fato. O líder guerreiro Caradoc planeja as suas estratégias como se César em pessoa o estivesse aconselhando. O que não sabemos é o que farão as tribos do leste se confiscarmos as suas armas. Fui informado de que você possui alguma experiência da vida entre os nativos e talvez esteja em uma posição privilegiada para nos dizer o que eles fariam.

Um número excessivo de traições comprimia o cérebro de Valerius. Do outro lado da sala, Corvus disse:

— Tribuno, isso não é justo. Valerius foi recentemente promovido a duplicário. Mesmo que ele fosse um decurião, não teria se sentido capaz de responder sinceramente agora que você lhe disse que o plano é do governador. Até mesmo eu só lhe diria isso em particular, mas você precisa acreditar que as tribos lutarão pelas suas armas com a mesma intensidade de um romano, talvez até com mais bravura. Valerius lhe diria o mesmo se tivesse permissão para falar com você de modo confidencial.

— Então a permissão está dada. Duplicário, eu o aviso formalmente que a conversa que está tendo lugar neste recinto é privada, e advirto que você não deve repetir qualquer parte dela além destas paredes ou na presença de outras pessoas. Você jura obedecer?

Valerius assentiu com a cabeça.

— Juro. — O que mais poderia ele dizer? Ele vira homens com a espada apontada para o peito receberem mais liberdade de movimento.

— Ótimo, neste caso estou preso pelo mesmo juramento. Poderei aconselhar o meu pai amparado nas suas informações e nas do prefeito, mas não revelarei a origem delas. Por conseguinte, você é livre para responder de acordo com o que acredita. Na verdade, ordeno que você o faça. O que as tribos farão se exigirmos que elas nos entreguem as armas?

A carreira de um homem poderia acabar por algo assim. Quando ela é tudo que ele tem, isso é algo muito importante. Valerius respirou fundo e, finalmente, declarou:

— Se você desarmá-los, sem sombra de dúvida eles se rebelarão.

— Por quê?

Imagens se acotovelaram em busca de espaço no atoleiro da sua mente, nenhuma delas romana, nenhuma delas adequada ao filho de um governador. Escolhendo algumas que ele poderia apresentar de imediato à percepção latina instruída, Valerius declarou:

— Para as tribos, a espada de um guerreiro é uma coisa viva, tão preciosa quanto um cão ou um cavalo de batalha bem treinado, não apenas devido ao seu valor enquanto arma, mas porque carrega o sonho daquele que a brande, a essência do verdadeiro eu que somente os deuses conhecem. Na espada reside a qualidade da coragem do guerreiro, a honra, o orgulho, a condição humana, a generosidade de espírito — ou a ausência dela. Se for uma espada dos ancestrais, passada de pai para filha, de mãe para filho, ela carrega também a essência dos ancestrais...

— Pare. Você disse "de pai para filha, de mãe para filho"?

Os olhos não eram de corça. O filho do governador era um falcão cruel de olhos negros, e esses olhos prometiam uma morte rápida a todos que estivessem debaixo da sua mira. Tranquilamente, ele declarou:

— Um centurião da Segunda Legião foi rebaixado ao posto de soldado e doze dos seus homens foram açoitados por declarar em relatórios, e sob interrogatório, que uma mulher liderou a maior parte dos guerreiros siluros no ataque ao forte mais a oeste e que outras mulheres lutavam ao lado dela. Interroguei pessoalmente os homens e eles se recusaram a modificar os seus relatos. O governador acredita que essa ideia seja uma fantasia de mentes frustradas. Ele estava certo?

Longinus lhe fizera praticamente a mesma pergunta, mas Valerius pôde deixar de responder sem correr nenhum risco, algo que não poderia fazer com relação à pergunta do filho do governador. *A marca dela é a lança-serpente, pintada em sangue vivo... A sua poderia tê-la igualado, o cavalo ou a lebre...*

Valerius não olharia para Corvus, e nem poderia fazê-lo. Um nome queimava o ar entre eles e não deveria ser pronunciado em circunstância alguma. Em uma voz que se esforçava para parecer normal e quase o conseguiu, Valerius declarou:

— O governador está sempre certo.

Ele ouviu o silêncio estalar.

— Então ele estava errado.

Marcus Ostorius Scapula andava de um lado para o outro na sala. Com o rosto voltado para a parede mais distante e as mãos cruzadas atrás, ele disse:

— Você estava explicando por que as tribos orientais se rebelarão caso sejam desarmadas. Se eu o compreendi bem, as armas estão entre as suas posses mais valiosas, e se confiscássemos essas armas... se resolvêssemos, digamos, ordenar a um ferreiro que as partisse em uma bigorna na presença do povo... causaríamos a eles uma grande dor e também reduziríamos a capacidade deles de se rebelar. Estou certo?

— Seria o mesmo que crucificar as crianças.

— Talvez cheguemos a isso.

O jovem se voltou. Era possível ler no seu rosto que ele não era uma pessoa totalmente desprovida de compaixão, mas era filho do homem que assumira o comando de uma província que esperava ao menos a paz no inverno e precisava primeiro alcançá-la. Marcus Ostorius sentou-se e inclinou-se para frente, colocando os cotovelos nos joelhos e formando com os dedos uma barraca com os lados bem íngremes que tamborilava um ritmo lento nos lábios.

— Estou lhe comunicando que uma insurreição teve lugar nas terras ao norte daqui nos últimos quinze dias. Dois fortes foram destruídos pelos icenos e uma das unidades da Vigésima foi forçada a procurar refúgio aqui na fortaleza. O governador tem duas opções. Pode ordenar a dizimação das duas coortes que fugiram em face do inimigo para punir a sua covardia, ou subjugar as tribos para puni-las pelo levante e como uma maneira de evitar que ele se repita. Qual das duas você o aconselharia a escolher?

Nesse momento, Valerius ficou boquiaberto. Até mesmo Corvus se moveu na cadeira. Com exagerada deferência o prefeito declarou:

— Dizimação, tribuno? O governador está realmente pensando nessa possibilidade? — A reputação de Scapula, por mais cruel que fosse, não fora tão longe.

O filho único de Scapula deu um sorriso tenso.

— Está. Talvez ele precise fazer as duas coisas, mas não acredito. A dizimação não tem sido praticada desde os dias da República. Ordená-la agora enviaria uma mensagem para as quatro legiões da Britânia, que é melhor temerem o meu pai do que as tribos que poderão atacá-los. A triste verdade é que tanto os tribunos quanto os legados que têm o comando são novos nos postos; não há garantia de que os homens obedeceriam à ordem de espancar até a morte um em cada dez companheiros. Não é algo que gostaríamos de testar nas atuais circunstâncias. A única alternativa é subjugar sem demora as tribos da região. Não podemos travar uma guerra no oeste se existe o risco de que o leste se sublevará nas nossas costas. Camulodunum precisa tornar-se um lugar seguro.

Camulodunum. Ele chamava o local de fortaleza de Camul, lar do deus da guerra dos trinovantes, e não de fortaleza de Cunobelin, como ela fora chamada antes. Todos os romanos faziam o mesmo desde que chegavam, como se lhes tivesse sido dito que esse era o nome da fortaleza. Ninguém julgara conveniente dizer a eles que o nome era outro.

Valerius não o corrigiu agora. O perpétuo nó nas suas entranhas estava mudando e se modificando, adquirindo vida com uma mistura chamejante de medo e expectativa. Sussurros de um terror puro traçavam linhas que lhe subiam pela coluna vertebral, e com elas ascendia uma centelha que reluzia brilhante como a luz do deus e prometia o abençoado esquecimento da batalha. Valerius presenciara muito pouco disso nos últimos quatro anos.

Ponderadamente, perguntou:

— Vocês prometeram a dois mil veteranos que se encontram em Camulodunum que eles receberão terras quando se aposentarem. Que terra lhes será dada para cultivar?

Marcus Ostorius respondeu:

— A dos trinovantes. Quando a colônia estiver formada, o lugar se tornará uma extensão de Roma, e nesse momento os nativos não terão mais nenhum direito legal sobre qualquer parte da sua terra.

Ele fez essa declaração como se os fatos fossem óbvios, algo que não eram.

Rigidamente — mais tarde se poderia pensar que tivesse sido até com relutância — Corvus disse:

— Valerius... em Roma, apenas os cidadãos podem possuir terras. Somente um dos trinovantes tornou-se cidadão, e ele conservará a sua propriedade. O restante da população automaticamente perde todo o direito às terras. É possível que o novo governador decida indenizar as famílias pela perda, mas ele não é obrigado a fazê-lo.

Esses eram os rumores que haviam circulado, mas os homens lúcidos não acreditaram neles. Juntando as mãos com força para mantê-las imóveis, Valerius declarou:

— Nesse caso, a sua única escolha é desarmar as tribos de imediato, esmagá-las completamente por meio de uma força extrema. Aqueles que estão mais ou menos inclinados a se rebelar o farão, mas se você os usar duramente como exemplo, os restantes talvez se aquietem. Eles nos odiarão por isso, mas já nos odeiam de qualquer maneira. Temos mais a perder do que a opinião favorável deles.

Valerius não estava mais cumprindo ordens, e sim obedecendo aos ditames do seu corpo. O cabelo que se eriçava na nuca, o calor e o frio intensos no estômago, o encontro das armas e os gritos remotos dos feridos eram ao mesmo tempo uma lembrança e uma premonição. Ele não sabia de que maneira o seu rosto tinha mudado enquanto falava, mas sentiu o movimento no ar, e quando finalmente afastou o olhar da parede em branco na qual batalhas tinham sido travadas e perdidas, deu-se conta de que o mesmo se deslocava, por vontade própria, para o rosto de Corvus. A preocupação que ele percebeu o deixou surpreso. Ainda assim, quem falou foi Marcus Ostorius, o filho do governador. A voz dele estava calma, como poderia estar se ele estivesse falando na presença de uma pessoa que dormisse e não devesse ser despertada.

— Por que devemos esmagá-los tão completamente, Valerius?

— Porque, ao tomar as terras, você estará tirando o meio de subsistência deles. Eles podem viver sem armas, sabem muito bem disso, mesmo que o orgulho não lhes permita admiti-lo, mas não podem viver sem o seu meio de vida. Se a Vigésima partir e os trinovantes ainda estiverem de posse das suas armas quando os veteranos começarem a tomar os campos, o gado, os grãos, vocês não terão nenhuma colônia no final do inverno, e a guerra aqui no leste fará com que a que está tendo lugar agora no oeste pareça uma briga insignificante. Para que os veteranos tenham qualquer esperança de sobrevivência, vocês terão que confiscar todas as armas dos nativos, punindo qualquer pessoa que venha a resistir, ou precisarão matá-los todos, até o último bebê que estiver sendo amamentado. Essas são as suas únicas opções.

VI

—Acho que um povo que tem pela frente a morte ou a escravidão como suas únicas escolhas não renunciará de imediato à guerra.

Longinus pronunciou essas palavras cinco dias depois, de pé sobre o rio congelado. Os cavalos do trácio, que eram, na verdade, irmãos dele, mas nada além disso, haviam bebido água em depressões escavadas à beira e estavam abrindo buracos na neve com a pata para pastar. As montarias da tropa de Valerius misturaram-se a eles como haviam feito desde a tarde do primeiro encontro dos dois.

Com os animais em segurança, os dois estribeiros-mores haviam procurado uma aposta difícil o bastante para proporcionar um ganho satisfatório, mas que ao mesmo tempo estivesse dentro dos limites da possibilidade e, em sequência, da segurança pessoal. O gelo traiçoeiro que derretia havia fornecido as respostas. Cada homem estava a meio caminho de ganhar, ou perder, quando Longinus trouxe à baila o tema do discurso do governador.

Tratava-se de uma tática diversionista, concebida para fazer Valerius perder a contagem, e o trácio tomou cuidado para verificar a extensão do rio em ambas as direções antes de falar. Longinus talvez fosse imprudente, até mesmo ridiculamente inclinado ao risco pessoal, mas não era burro.

O governador não ordenara a dizimação, mas três homens haviam sido açoitados por motim, e nenhum deles questionara a sabedoria da tática de Scapula no oeste tão explicitamente quando Longinus. Ainda assim, os murmúrios continuaram. O desarmamento das tribos do leste havia sido aceito prontamente pelos soldados; a sua segurança aumentava se os bárbaros ao redor da fortaleza ficassem sem as suas armas. O discurso inaugural do governador, proferido no salão da *praetoria*, os havia deixado bem mais inquietos. Scapula não era um homem que tratasse levianamente as suas ordens. Recebera instruções para tornar o oeste seguro e determinara que a melhor maneira de fazê-lo seria extinguindo toda a tribo dos siluros. Nada tão grave fora até então praticado na província, ou mesmo ameaçado, desde a invasão. Era extremamente fácil imaginar a reação dos guerreiros do oeste quando se vissem diante da realidade de um governador que jurara matar cada homem, mulher e criança da sua tribo.

Longinus balançou-se sobre o gelo e abriu os braços para manter o equilíbrio.

— Você os conhece — disse ele. — Os siluros nos deixarão matar os seus homens e escravizar as suas mulheres e crianças como ele prometeu?

Valerius respondeu:

— Se fizerem isso, será a primeira vez na história do povo deles. Somente os ordovices são mais violentos, e se estiverem unidos aos siluros, nada que façamos poderá detê-los. E então, assim que a notícia da ameaça do governador se espalhar, as outras tribos, que talvez não tivessem certeza da inimizade de Roma, passarão a acreditar nos videntes, que lhes dizem que viemos para destruir a todos.

Essa declaração também era subversiva, mas não pior do que o que ocorrera antes, e não atrapalhou a contagem de Valerius. Ele se apoiou em um toco de aveleira todo ramificado que havia muito fora cortada e deixada como estaca para prender animais. Com uma das mãos, explorou o ritmo da sua pulsação no toco mais próximo. No rio, Longinus fez o mesmo, embora a pulsação dele estivesse visivelmente mais rápida. O trácio postou-se firme como uma rocha sobre o rio friável com os pés plantados diretamente em cada lado de uma fenda da largura do seu punho. Ele apostara que o gelo aguentaria o seu peso durante cinquenta pulsações. Ao aceitar, Valerius não pensara em especificar qual pulsação definiria a contagem. Mesmo assim, acreditava que iria vencer.

Longinus disse:

— Então você estava contando que o governador deu um presente aos videntes e nada fez para... é isso... quarenta e nove... cinquenta... *Agora!*

Longinus saltou para a margem a uma distância equivalente ao comprimento de uma lança. Onde estivera o seu pé, uma placa de gelo — não era mais espessa do que o polegar de um homem —, inclinou-se para o lado e afundou na água preguiçosa. Ele levantou os olhos, sorrindo diante do seu triunfo.

— A adaga com a cabeça de falcão é minha, certo?

A faca era pequena, fabricada para se encaixar na palma da mão e não ser vista. Um pequeno Hórus adornava-lhe a extremidade, sutilmente talhado, tendo à guisa de olhos duas contas de azeviche. Fora um presente de Corvus nos dias do Reno, quando a invasão da Britânia não passava de um sonho, uma pilhéria que os homens compartilhavam à custa de Calígula. Anteriormente, fora importante para Valerius ficar com a adaga. Agora, ele a virou ao contrário para que o cabo ficasse voltado para o trácio, e a seguir girou-a bem alto, adicionando um efeito para que agarrá-la sem se ferir fosse em si uma façanha.

Sorrindo, Longinus estendeu a mão e agarrou a faca no ar. Se ele sabia que Corvus, prefeito da Quinta Gallorum, usava o deus-falcão como o seu emblema pessoal, não fez nenhum comentário. Sentando-se na neve compacta, declarou:

— Quando o governador proferiu o discurso, tive a esperança de que as tribos ocidentais jamais ouvissem falar nele. Desde então, contudo, tenho ido beber nas tabernas que você me recomendou. A notícia no fundo das taças de vinho é de que os videntes inimigos podem enviar os seus espíritos sob a forma de pássaros brancos que voam no vento, e que uma única palavra, negligentemente pronunciada, será conduzida àqueles que os orientam. Isso é verdade?

Os cavalos formaram círculos maiores para pastar. Um deles perturbou uma lebre do inverno, cuja presença não fora detectada nem pelos dois homens nem pelos cavalos até que ela começou a correr para se proteger. Um trapo branco, soprado pelo vento sobre a neve. Na margem mais distante do rio, uma raposa macho perseguia uma presa pequena demais para ser vista. Um falcão voou, choramingando, através do arco de azul imaculado dos deuses. Cada um deles, do seu jeito, viajava para o oeste, em direção a Mona.

A raposa atacou mortalmente, com delicadeza. Valerius ouviu o grito diminuto de um arganaz agonizante. Recostou-se na neve compacta e observou o falcão voar a favor do vento. Se tivesse o dom, e se outros deuses que não Mitra não o tivessem proibido, ele poderia ver como seria possível livrar-se do corpo e ascender ao céu para voar como o pássaro. Se pressionasse o polegar contra a cicatriz da marca do deus e sentisse novamente a dor e a maneira como ela o lançara na escuridão, não seria muito difícil pegar as partes separadas da sua alma e deixar uma delas sair, como se sobre um fio, e subir ao azul-cinzento do céu, sentir o vento golpear-lhe o corpo e levantar-lhe as asas, contemplar embaixo um pequeno grupo de cavalos, alimentando-se na neve, e os dois homens ao lado deles, um recostado, com o olhar vazio, o outro curvado sobre ele, preocupado.

— Valerius? — Uma mão passou diante dos seus olhos, rompendo o fio com uma força e rapidez excessivas. O rosto de Longinus assomou perto demais, o hálito azedo com o vinho da noite anterior. — Julius Valerius? Você me ouviu? Eu estava perguntando se os videntes dos nativos poderiam ouvir os pensamentos dos homens e levar a notícia para o povo. Eles transmitirão para os guerreiros as ameaças de Scapula?

O homem estava excessivamente próximo. Valerius se lembrou do motivo pelo qual preferia dar de beber aos cavalos sozinho. Levantou-se, sacudindo a neve das pernas, criando uma distância entre ele e o trácio, e assobiou para o cavalo malhado. Este veio de imediato; mais do que qualquer outra coisa viva, o animal conhecia com precisão a qualidade do gênio de Valerius e a linha exata que, quando cruzada, tornava insensato recusar-se a obedecer uma ordem. O animal se vingaria mais tarde; isso estava subentendido.

Na volta, Longinus se manteve a distância. Esperara uma resposta e, quando não obteve nenhuma, montara o seu cavalo e seguira Valerius sem dizer mais nada. Estavam bem perto dos portões quando Valerius puxou as rédeas do cavalo.

Sem se voltar, ele declarou:

— Talvez os videntes sejam capazes de fazer o que você está dizendo. Eu não sei; jamais o vi. Mas mesmo que não possam, os soldados falam, e um homem nervoso passa adiante as ameaças da força que percebe atrás de si. Na primeira vez que se encontram em uma barricada, algum jovem da Segunda que ainda fede a leite relatará o fato, aos berros, aos guerreiros que estão prestes a tirar-lhe a vida, e se pelo menos um deles entender latim e sobreviver à batalha, os outros conhecerão toda a dimensão da ameaça do governador.

Longinus deu um sorriso torto.

— Vamos torcer então para que eles não falem latim.

— Caradoc, o líder, fala. E os videntes também. Se enviarem os seus espíritos a qualquer lugar com a notícia do que ouviram, será para os seus companheiros videntes que residem nas tribos. Antes do auge do inverno, cada guerreiro de cada uma das tribos ocidentais saberá que Scapula pretende erradicar toda e qualquer lembrança dos siluros. Isso não favorecerá a paz.

Dois dias depois, a Vigésima Legião, recém-renovada e com falta apenas de uma coorte, deixada para trás em Camulodunum para proteger o governador, marchou para oeste através da neve que derretia para socorrer a Segunda Augusta. Levaram consigo alimentos e lenha, armas e armaduras, cavalos, mulas e homens, para substituir os que estavam combatendo. Na azáfama da partida da legião e dos prolongados preparativos, os homens das duas alas da cavalaria que permaneceram na fortaleza receberam ordens para desarmar sistematicamente as tribos do local.

A força deveria ser empregada para levar a manobra a cabo, porém não a violência, como se uma atitude pudesse ser separada da outra. Um cuidado especial deveria ser tomado, contudo, na habitação de certo ancião dos trinovantes, amigo pessoal do imperador Cláudio. O mesmo ancião se oferecera para disponibilizar um ferreiro, que destruiria as armas dos guerreiros. O ancião era generosamente recompensado pelo novo governador por esse conhecimento local. Valerius poderia apenas fazer suposições sobre a opinião que as tribos tinham dele.

— O nome dele é Heffydd. Ele era um dos sacerdotes que serviam ao antigo rei Cunobelin e não gostava muito dos filhos do governante. Ele assumiu o controle da fortaleza no caos que se seguiu à invasão e ordenou que o povo desse as boas-vindas a Cláudio quando este passasse montado em um dos seus elefantes à frente das legiões. Ele poupou ao primeiro governador a inconveniência de um cerco e evitou que ele corresse o risco de ser ferido. Cláudio em pessoa fez dele um cidadão romano. Devemos tratá-lo com o devido respeito.

As palavras eram de Regulus, o decurião da tropa. Ele tinha o ar de um homem que fala para preencher o silêncio, e o silêncio estava levando a melhor. Os que o ouviam assentiram com a cabeça ou sorriram, de acordo com o posto, e nada disseram; o bom soldado não tagarela a caminho da guerra.

Valerius cavalgava no segundo par ao lado de Umbricius, o atuário da sua tropa, um dos três homens com quem compartilhava um alojamento. O homem era uma companhia suficientemente agradável e não puxava conversa sem motivo, o que possibilitava que Valerius deixasse os problemas do dia do lado de fora. O cavalo Crow alongou as pernas e prestou atenção ao que lhe era pedido. Em algum lugar, entre o barulho dos cascos dos doze cavalos mais próximos, Valerius pôde ouvir um com o passo mais curto e se esforçou para localizar o animal e o membro manco apenas pelo som. Ele quase poderia ter esquecido aonde estavam indo e por que, mas Regulus, sempre prevenido contra o silêncio, não o permitiu.

— A moradia do trinovante fica sobre a elevação, a sotavento da represa. Há um forte deste lado, agora abandonado. Cláudio ordenou que ele fosse construído quando pareceu que a família do ancião estaria sujeita a uma represália da parte dos nativos. Os batavos ocuparam o lugar antes de os seus alojamentos ficarem prontos dentro da fortaleza. Não sei o que seria pior: ser denegrido pelo próprio povo por colaborar com o inimigo ou deixado sob a proteção de Civilis e os homens homicidas da sua tribo.

Um oficial trácio riu respeitosamente. Atrás dele, os homens da Quinta Gallorum mantiveram um silêncio estudado. Regulus era romano e entendia muito pouco o que era pertencer a um povo ocupado à força. Quase todos os membros da sua tropa eram gauleses cujos recentes ancestrais haviam lutado contra Roma e cujos anciãos tribais ainda contavam histórias dos grandes heróis e da sua trágica subjugação. Desde a infância, sempre tinham sido capazes de indicar as famílias cujos membros haviam ajudado o inimigo e lucrado com isso. Sabiam exatamente qual seria a pior das opções de Regulus.

As duas tropas passaram pelo esqueleto do forte abandonado, agora despido de toda madeira, desceram por um longo declive em direção às terras do trinovante. O lugar era cercado por um fosso e um dique, mas era desprovido de paliçada. Milagrosamente, árvores ainda cresciam no local; por ordem expressa do imperador, elas haviam sido poupadas dos machados dos legionários. Valerius havia esquecido como era cavalgar pelo bosque sob o olhar dos corvos do inverno com a neve espalhada como sal sobre galhos negros e folhas mortas girando ao vento. Tocou a sua marca e fez o sinal do corvo quando os pássaros içaram voo, grasnando. Ao ver o gesto, Regulus ergueu uma sobrancelha, porém nada disse. Pouco depois de chegar a Camulodunum, ele tornara conhecido o seu desejo de servir ao deus e parecia provável que o faria, com o advento da primavera e da nova iniciação. Até então, ele desconhecia, como qualquer outro, os costumes do deus.

Dentro do círculo das árvores, um gado gordo, de chifres longos, pastava em um pasto melhor do que o reservado para as montarias da cavalaria nas proximidades da fortaleza. Um touro malhado vermelho e branco levantou a cabeça quando a fileira de cavalos se aproximou. O animal farejou o ar em busca de perigo para o seu rebanho e, nada encontrando, retornou à sebe de pilriteiros onde estivera pastando, passando a longa língua pelos fragmentos remanescentes de relva. Há muito o gado havia sido abatido na fortaleza e a carne, salgada para o inverno. Aqui, a relva era de qualidade e a ordem e a limpeza dos campos circunjacentes prometiam forragem para o inverno. Este ainda não era o país de pessoas tiranizadas por impostos punitivos ou pelas privações da guerra.

A habitação propriamente dita estava situada no alto de uma pequena elevação. Uma trilha larga subia pelo aclive em direção a uma abertura na ribanceira de relva. Do lado de dentro, a fumaça subia do lume de quatro casas redondas e de várias cabanas menores. Nos espaços intermediários, oficinas, depósitos de lenha e celeiros estavam fechados para a neve. Em algum lugar fora do alcance da visão, um cão amarrado começou a ladrar freneticamente e outros o acompanharam, todos em um tom diferente, de modo que o barulho perturbou os cavalos e destruiu a suave disposição de ânimo dos homens.

— Que os deuses os levem; eles estão fazendo isso deliberadamente. — Regulus voltou-se para trás na sela. — Onde estão os guerreiros? A esta altura já deveríamos tê-los avistado.

Essa era a pergunta que Valerius acabara de fazer a si mesmo e ao deus. Ele respondeu:

— Não sei. Mas eles sabem que estamos chegando e por quê. Mesmo na propriedade de um colaborador, pode haver guerreiros que prefeririam morrer a entregar as armas. Talvez devamos pressupor que eles estejam preparados para lutar, em cujo caso poderíamos entrar com rapidez e nos desmembrar formando a linha de batalha no alto da colina. Isso fará com que eles vejam que estamos prontos para a luta, caso isso seja necessário.

— Ótimo — declarou Regulus, fazendo um sinal para Sabinius, o porta-estandarte, que cavalgava à sua esquerda. — Sinalize um pleno galope à frente e depois o desmembramento no alto do monte. Leve-nos o mais possível para perto dos portões.

A cavalaria fora treinada para isso. Em duas colunas, cavalos e homens que haviam praticado manobras a ponto de ficar entediados durante um verão inteiro desprovido de ação prepararam-se para uma breve arrancada de velocidade controlada. Regulus ordenou:

— *Agora!* — e os estandartes perfuraram o céu e sessenta e quatro homens partiram do passo para o galope, permanecendo em pares. Os olhos dos cavaleiros permaneciam fixos nos estandartes, esperando a mudança das ordens. Valerius, que andava com o pensamento bastante perturbado, finalmente notou que o cavalo manco era o alazão castrado, com parte da cabeça branca, montado pelo decurião da tropa de Longinus. Isso foi lamentável. O homem era um oficial superior e não poderia ser repreendido, e Valerius teria apreciado, naquele momento, gritar com alguém. Privado da oportunidade, manteve Crow em um galope uniforme, e homem e animal lutaram um contra o outro pela chance de subir correndo o longo aclive até a área habitada.

Em um momento, o portão estava vazio; no seguinte, Gaius Claudius Heffydd, cidadão romano por dádiva do imperador, preencheu o espaço de lado a lado, alargado pela ondulação do seu manto ao vento. Heffydd não era jovem; o seu cabelo estava totalmente encanecido, mantido no lugar por uma tira de casca de bétula retorcida na testa. Ele era o único homem no leste a usar abertamente a marca dos videntes, agora proibida. Esse fato já o diferenciava dos seus companheiros. Seu manto era amarelo como a flor do tojo, e o reflexo da indumentária se derramava como manteiga derretida sobre o que restava da neve aos seus pés. Portava uma lança que alguém poderia usar para caçar javalis e uma pequena espada de batalha pendurada em um dos ombros.

Sabinius era um excelente porta-estandarte. No momento certo, sem qualquer ordem adicional de Regulus ou Valerius, levantou a mão bem alto. Duas tropas de cavalaria, agindo como um único homem, se espalharam para os lados e pararam, alinhadas com precisão. Os gauleses, disse Valerius a seus botões, eram ligeiramente mais eficientes do que os trácios. Uma parte dele exultou.

O eco das patas silenciou. No intervalo no qual decisões não foram tomadas ou ordens dadas, Heffydd deu um passo à frente e se abaixou para deitar as duas armas no chão, em cruz, diante do cavalo de Regulus. Atrás dele, os cães, ocultos, alcançaram um clímax frenético e o sustentaram. Ainda não havia sinal algum dos cem ou mais guerreiros que supostamente estariam na habitação.

Os dois decuriões, o romano e o trácio, desmontaram ao mesmo tempo e avançaram ao encontro do vidente. Valerius sentou-se rigidamente, ficando imóvel, e fixou o olhar na orelha metade branca do cavalo malhado. Ele estava perto de Heffydd, algo que não desejava. Na confusão de arrependimento e recriminação que infestava a sua mente, o ódio que sentia pelos trinovantes queimava como uma chama imaculada.

Sua mãe jamais o provocara com lembranças de Cunobelin ou do povo dele, porque isso não fora necessário. Muito antes de ter jurado fidelidade a Roma, Valerius jurara matar os três filhos de Cunobelin e o maior número de membros da tribo dele que conseguisse enviar junto. Duas partes do juramento tinham sido cumpridas: Amminios morrera na Gália, e Togodubnos fora mortalmente ferido no primeiro dia da batalha da invasão. Somente Caradoc permanecera vivo, o guerreiro inigualável que oferecera a amizade a Valerius e depois o traíra.

Notícias de Caradoc, o último filho sobrevivente de Cunobelin, chegavam diariamente do oeste relatando a sua participação na resistência. Depois que os mensageiros se apresentaram ao governador e foram dispensados, Valerius lhes pagou bebidas e uma refeição equivalente a um mês de salário deles e extraiu dos homens detalhes de tudo que sabiam, para conhecer melhor o inimigo. Nas boas noites — aquelas nas quais não recebia a visita da mãe — Valerius sonhava com as inúmeras mortes de Caradoc e com sua participação em cada uma delas. Na maioria das vezes em que rezava ao deus, pedia para que pelo menos lhe fosse permitido realizar um dos sonhos.

Heffydd não era Caradoc, mas usava um manto amarelo e estava bem próximo, o que o tornava um ótimo substituto. Lamentavelmente, os auxiliares haviam recebido ordens para não matar um único nativo sem um bom motivo. O governador fora bastante explícito ao dar instruções aos oficiais:

— Empreguem toda a força necessária, mas não recomecem a guerra. Não entrem na casa deles, a não ser que deem motivo. Se alguém resistir, faça dele um exemplo que os outros jamais venham a esquecer, mas não os exterminem. — Scapula olhara especificamente para Valerius quando declarou: — Lembrem-se, quero uma tribo dócil de agricultores, que cultivarão o grão e terão lucro para pagar os empréstimos ao imperador, e não montes de ossos carbonizados nas piras funerárias. Essas pessoas representam a arrecadação fiscal que paga as legiões, e homens mortos não pagam impostos. Se vocês matarem um número excessivo deles, verão o resultado refletido no salário.

Scapula então sorrira, e o efeito não fora nem de longe tão agradável quanto no seu filho, mas ele era governador, inferior apenas ao imperador dentro da província, e todos os presentes haviam rido.

Homens mortos não pagam impostos. Valerius acomodou-se para a frente na sela e passou a mão no pescoço do cavalo malhado. Era importante, para o animal e para ele, que permanecessem calmos.

Heffydd aguardava sobre as armas que entregara. Fora um gesto vazio. Sendo o único cidadão romano entre os trinovantes, as suas armas não estavam sujeitas a apreensão e ele certamente estava ciente desse fato. Estava, portanto, enviando uma mensagem aos seus guerreiros ainda escondidos ou às tropas que haviam chegado para desarmá-los. Se fosse este o caso, Valerius não conseguia imaginar qual seria a mensagem.

Regulus não parecia estar buscando uma explicação. Desmontou e levantou as duas armas, examinando-as, elogiando-lhes o acabamento e a seguir devolvendo-as ao amigo do imperador. Valerius, que recebera a cidadania de outro imperador e sabia exatamente o quanto ela valia, optou por olhar para outro lugar — e ficou gelado quando um grupo com mantos amarelos chamou sua atenção.

Guerreiros. Eles tinham avançado em silêncio por trás de cada uma das casas redondas. Eram mais ou menos cem, todos montados e armados para a batalha, com o escudo circular de pele de touro frouxo no ombro, a lança nas costas e a longa espada dos ancestrais desembainhada na mão.

— Pai de Todas as Luzes, eles *vão* lutar contra nós. — Valerius respirou as palavras como uma prece de agradecimento por ter o seu desejo satisfeito. Sentiu o punho da espada pegajoso na mão, solto na bainha oleada. Crow estremeceu uma vez, completamente, e depois postou-se imóvel como uma rocha debaixo de Valerius, como um cão em posição de ataque. Voltando-se para Sabinius, ele disse: — Esteja pronto para sinalizar o...

— Meu senhor, não faça isso. — Heffydd surgiu nas suas rédeas, perto demais, rápido demais, tanto para o cavalo quanto para o cavaleiro. Valerius pôde sentir o cheiro de alecrim no cabelo do trinovante e de absinto no hálito. Debaixo de ambos, ele sentiu o cheiro da idade e da corrupção. Os olhos do vidente estavam amarelados e turvos. Valerius se esforçou para evitar o olhar do homem.

O velho disse:

— Não viemos para lutar. Os nossos guerreiros não pretendem atacar. Eles apenas desejam homenagear o general ao entregar as armas. Eu lhes mostrei o procedimento e eles seguirão as minhas instruções.

Regulus não era, e nunca seria, um general e era velho demais para responder à bajulação. Pelas costas do velho, ele fez um sinal para Valerius com a mão espalmada e disse em voz alta:

— Duplicário, parece que eles desejam entregar as armas com uma certa formalidade. Devemos permitir que o façam, desde que o ato não ofereça nenhuma ameaça. Você conduzirá os homens como combinamos e acompanhará o desarmamento. Seja cortês enquanto eles não nos tratem com descortesia. Ficarei com o sacerdote e aceitarei a sua hospitalidade.

O sinal com a mão declarou, de uma forma mais privativa: *E ele é o nosso refém para que se comportem bem.*

Valerius assentiu vividamente com a cabeça.

A seu lado, Sabinius ergueu uma sobrancelha.

— Sinalizo o desmonte?

— Não enquanto os canalhas ainda estiverem montados. — Valerius girou o cavalo malhado para fora da linha. Levantando a voz para alcançar o homem mais distante, ele declarou: — Formem novamente as colunas até passarmos pelos portões e a seguir desmembrem-se novamente para o lado para compor uma linha de batalha. Mantenham o ritmo vigoroso e não ultrapassem o trote. O primeiro a tocar uma arma sem permissão se arrependerá.

Sabinius ainda aguardava o sinal de Valerius. Este ergueu o braço e conduziu os seus homens através da abertura no baluarte circundante para defrontar os guerreiros que aguardavam, quando então parou, porque precisou fazê-lo.

Valerius esperara muitas coisas, mas não o espetáculo que contemplava agora. Esquecera-se completamente do esplendor das tribos quando decidiam exibir riqueza. Os gauleses e os trácios das duas tropas de cavalaria ostentavam os seus broches tribais, e alguns vestiam uma cota de malha de manga curta expressamente para exibir os braceletes esmaltados. Essas coisas eram permitidas pelos líderes, desde que não interferissem na segurança dos homens, nem se tornassem um foco para facções e lutas internas. Para os olhos romanos, bem como para aqueles que haviam passado tempo demais na companhia dos romanos, os guerreiros pareciam vistosos e nem um pouco bárbaros. Aqui, comparados com o deslumbrante esplendor dos trinovantes, pareciam simplesmente empobrecidos.

As tribos podiam ter perdido uma batalha de dois dias e, com ela, a guerra, mas ainda não haviam perdido o orgulho, tampouco lhes havia sido pedido que fundissem os braceletes ou os torques para moldar moedas destinadas ao pagamento de impostos; eles usavam nos braços a sua riqueza e tradição com visível orgulho. Os cavalos também estavam em elegante forma devido ao bom pastio do verão e luzidios a ponto de brilhar mais do que o ouro. Pelo menos metade deles estava mais bem alimentada do que as montarias da cavalaria. Quando Sabinius fez o sinal de parada, Valerius finalmente viu que os guerreiros usavam o cabelo trançado para o lado esquerdo, e presas em cada madeixa havia penas negras de corvo com delicadas faixas de fios de ouro envolvendo o cálamo. Uma pura alegria estonteante flutuou do seu peito em direção à cabeça.

— Eles estão usando as penas da morte — comentou Valerius.

— O quê?

— As penas no cabelo significam uma morte. A cor da faixa informa quem morreu e de que maneira. Uma faixa de ouro significa um ou mais legionários; a largura define o número exato. Eles estão nos dizendo que lutaram contra nós na invasão.

— Então eles precisam saber que jamais lutarão de novo. — Umbricius, o atuário, estava à sua esquerda. O homem tinha um ferimento na virilha causado por um guerreiro nativo que deixara em dúvida a sua virilidade, de modo que ele ao mesmo tempo os temia e ansiava por uma vingança.

Valerius indicou que ele deveria avançar.

— Quero que você e Sabinius desmontem e deixem os cavalos aqui. Como combinamos, marquem um lugar onde as armas deverão ser depositadas. Chamaremos o ferreiro para parti-las mais tarde; primeiro, precisamos descobrir como eles planejam entregá-las. — Uma ideia estava crescendo dentro dele a respeito do que ele faria nas mesmas circunstâncias, sabendo o que os guerreiros certamente sabiam. A ameaça envolvida deixou na sua boca um gosto semelhante ao do ferro bruto. Valerius engoliu em seco e esperou.

Os dois oficiais marcaram um retângulo com cinco passos por dez, como já havia sido combinado. Antes que o completassem, um único cavaleiro conduziu o seu cavalo a passo a partir do centro da linha dos guerreiros. O homem era enorme, maior do que qualquer um dos auxiliares, tinha a cabeleira vermelho-dourada do seu povo e o porte de um imperador. Vestia o manto amarelo brilhante dos trinovantes como seu direito inato, e a sua espada era reluzente, tendo sido afiada por muitas gerações. Ele a equilibrou horizontalmente na palma das mãos e, em seguida, em uma exibição sensacional de equitação, impeliu o cavalo a pleno galope e executou um círculo perfeito ao redor do retângulo que acabara de ser marcado. No final, ele parou, desmontou e ajoelhou-se diante de Umbricius.

— Júpiter, pai de todos os deuses, não acredito no que estou vendo. — Sabinius era filho de um chefe dos parisii antes de ser porta-estandarte da Quinta Gallorum. Os seus olhos estavam arregalados e brilhantes. — Se ele colocar essa espada aos pés de Umbricius, ele se verá com as entranhas em volta dos tornozelos.

Valerius deu um sorriso contido.

— Umbricius não fará isso, a não ser que queira passar os dois próximos dias observando a sua pele ser esfolada.

Depois de ingressar nas legiões, Valerius passou um longo tempo sem perceber o verdadeiro valor da disciplina. Aqui e agora, ele a compreendeu perfeitamente. Umbricius, o gaulês, humilhado mais do que poderia suportar, teria sem dúvida se esforçado para matar o gigante ruivo que se ajoelhava aos seus pés em uma paródia exata na rendição de Vercingetorix a César na época dos seus avós, e teria morrido por isso. Umbricius, o auxiliar treinado, em consequência de uma dúzia de chicotadas e um sem-número de horas de trabalho noturno, permaneceu de pé em uma perfeita posição de sentido enquanto o gigante entregava a espada e a faca de combate, e qualquer uma delas teria matado o gaulês antes que ele pudesse erguer a espada. Sorrindo, o guerreiro ruivo deu um passo atrás.

Nas fileiras dos auxiliares, homens que tinham parado de respirar voltaram a fazê-lo. Valerius notou que as suas mãos estavam pegajosas e se absteve de enxugá-las nas coxas; ele também era capaz de ser disciplinado.

Longinus encontrava-se a seu lado, bem solene. Olhando para baixo, para ajustar o arnês do cavalo, murmurou:

— São mais de cem. Não podemos deixar que todos façam o mesmo.

— Isso não será preciso. Está vendo? Os outros estão desmontando. Eles deram o seu recado e sabem disso. Não existe um único gaulês em toda a ala que não tenha se lembrado de como os seus ancestrais foram conquistados pelo exército que ele agora defende. O primeiro trácio que achar isso divertido terá o crânio esmagado e os testículos, arrancados. Tome medidas para que os seus homens tomem conhecimento desse fato.

— Acho que já tomaram. Olhe para eles.

Valerius se voltou. Ao longo das fileiras de cavaleiros, o ar estava agitado com a ameaça de violência. Nem um único auxiliar trácio sorriu.

Valerius voltou-se para os homens que estavam sob o seu comando. Agora que chegara o momento da ação, descobriu que era capaz de mergulhar nele e não pensar no que viria. Disse então para Sabinius:

— Faça o sinal para que desmontem. Dividam-se em grupos de quatro, um para segurar os cavalos, os outros três para pegar as armas. Divida os nativos em grupos. Não deixe que se aglomerem. Confisque as armas, mas deixe os escudos com eles. Eles só os perderão caso se rebelem.

Era o que eles haviam planejado, ou até mesmo exatamente como tinham planejado. Os homens trabalhavam, como dormiam, em grupos de quatro. Espalharam-se pela linha de guerreiros e dividiram-nos em grupos, conduzindo-os de volta para as casas comunais e oficinas. Algumas crianças foram buscar os cavalos dos nativos e ficou claro que isso também fora planejado. Em seguida, os guerreiros simplesmente se ajoelharam e colocaram as armas aos pés dos auxiliares. Não foi a imitação perfeita da rendição de Vercingetorix encenada pelo gigante ruivo, mas uma reprodução bastante próxima. Além disso, ao reterem os escudos, os guerreiros se agarraram a um sentimento de segurança. Não era bom, mas fora a ordem do governador.

Os soldados da cavalaria foram eficientes, como exigia o seu treinamento. Ainda eram em menor número, mas não estavam em tanta desvantagem quanto anteriormente. Poderiam apelar a qualquer momento para quinhentos cavalos adicionais e para o mesmo número de legionários, e os dois lados estavam cientes desse fato; nele residia a verdadeira força dos legionários. Sozinho no seu comando, Valerius permaneceu montado e atrás dos grupos, em um lugar onde pudesse observar a todos. O primeiro dos seus receios se concretizara. Os outros ainda poderiam se tornar realidade.

Ele soube que deveria esperar o pior quando viu as crianças remanescentes voltarem. Um pequeno grupo formado por um igual número de meninos e meninas reuniu-se à esquerda de uma das casas redondas. Todos estavam trajados da mesma maneira, com mantos amarelos como a flor do tojo, usavam broches e faixas, jovens demais para portar penas da morte, porém com idade suficiente para ter estado presentes na batalha da invasão. Mesmo não tendo lutado, podem ter carregado água, segurado os cavalos ou consertado armas quebradas atrás das fileiras. Eles se aproximavam da idade de se submeter às provas para guerreiro, quando a insegurança trava uma luta com a bravata e ambas subjugam a razão.

Gaudinius, o armeiro da tropa, havia parado para apanhar uma espada quando uma menina alta, magra, de cabelo castanho avançou contra ele. O ódio explodia claramente nos seus olhos e vazava no brilho da sua pele. As marcas antigas apareciam claramente na espada que fora entregue, suavizadas ao longo das gerações mas nunca totalmente eliminadas. À semelhança das cicatrizes dos guerreiros, as marcas eram uma fonte permanente de orgulho; perdê-las em qualquer idade era insuportável, perdê-las às vésperas das longas noites, e da idade adulta, era motivo suficiente para matar, independentemente do custo. Valerius viu a menina levantar a mão, preparando-se para atirar a pedra.

— Não agora, droga. — Ele estivera segurando as rédeas dos cavalos da sua companhia. Ele as atirou na direção de Umbricius, que estava perto, e disse: — Segure-as e esteja preparado para montar.

O cavalo malhado já estava se locomovendo. Valerius avançou e o grupo recuou em bloco. Eram mais numerosos agora; homens e mulheres que não eram guerreiros haviam se juntado ao grupo, observando em um silêncio acusador. A menina achou que ainda poderia jogar a pedra, mesmo tendo sido vista. Valerius se abaixou e pegou o braço da garota antes que ela pudesse erguê-lo o suficiente. Uma mulher magra e alta, com o mesmo cabelo escuro, já estava do outro lado da menina. Valerius declarou em um trinovante formal:

— Eles têm ordens para usar os desordeiros como exemplo. Se a sua filha deseja morrer, ela poderia escolher uma maneira que não faça a própria família sofrer também.

Ele só teve certeza de que conseguiria se lembrar do idioma quando surgiu a necessidade. A mãe, a criança e o grupo que estava atrás olharam fixamente para ele, sem acreditar no que tinham ouvido. A menina inclinou a cabeça para trás. No mesmo idioma, Valerius disse:

— Se ela cuspir, mandarei açoitá-la. Ela não sobreviverá.

A mulher usava oito penas da morte, todas amplamente envolvidas em ouro, e acabara de depositar a espada dos seus ancestrais aos pés do inimigo com toda a dignidade que conseguira reunir. Parecia que ela era capaz de controlar a filha tão bem quanto controlava a si mesma, e sem palavras. O grupo se dividiu para deixá-las passar e, quando Valerius olhou em volta, as outras crianças também tinham ido embora. Puxou então o cavalo para trás e conduziu-o ao lugar no qual seus homens aguardavam. Inclinando-se, retomou as rédeas de Umbricius, que olhava fixamente para ele.

— Por que você fez aquilo?

Valerius agira por instinto e ficou surpreso consigo mesmo. *Ela me fez lembrar certa pessoa que conheci.* Em voz alta, ele respondeu:

— Ela é uma menina. Se a tivéssemos chicoteado, ela morreria.

— E daí? Uma criança não paga impostos. Pois eu acho que ela é exatamente o que o governador tinha em mente quando ele...

Ele parou. Valerius nada dissera, e nem precisava fazê-lo. Umbricius o irritara apenas uma vez e não se esqueceria do ocorrido. Frustrado, o homem perguntou:

— Então quem vamos pegar como exemplo se todos os canalhas se ajoelham aos nossos pés e nos dão o que queremos?

Valerius sorriu cruelmente.

— Tenha paciência. Um deles fará alguma coisa. Eles não desistirão com tanta facilidade.

Valerius acreditava no que dizia, embora ainda não estivesse claro qual dos trinovantes poderia estar preparado para correr o risco. A tensão aumentou depois que as crianças se dispersaram, mas o drama desesperado continuou, como se cada guerreiro tivesse treinado bem seu papel. Passado algum tempo, quando a pilha de armas recolhidas chegara à altura dos joelhos, Valerius ordenou ao ferreiro que trouxesse o seu bloco de forjar para o lado de fora e partisse as armas.

Grande, forte e ruivo, o ferreiro era o cavaleiro excepcional que fora o primeiro a depositar as armas aos pés de Umbricius. Ele dera a impressão de ser o mais propenso a se rebelar, mas mesmo quando lhe ordenaram que partisse o que os seus ancestrais haviam fabricado, ele não se insurgira. Sabinius, que fora um dia armeiro da tropa e compreendia o valor do que estava sendo destruído, declarou:

— Ele daria um bom auxiliar, se conseguíssemos persuadi-lo a lutar do nosso lado.

Valerius replicou:

— Os netos dele talvez, ou os que vierem depois. Este será sempre um inimigo.

Inimigo ou não, o gigante era um homem metódico. Partia cada espada exatamente no meio, dispondo o punho com o pomo decorado de um lado e a ponta da lâmina do outro. Não era um trabalho rápido. Uma espada que testemunhara as guerras de cinco gerações, que fora temperada no sangue de cem guerreiros inimigos, não quebra com facilidade. Algumas precisavam ser aquecidas antes de partidas, o que levava tempo. A causticidade da combustão do metal se agarrava à garganta e pungia os olhos. Os auxiliares tossiam, enxugavam o rosto e prosseguiam com o trabalho. Somente os olhos dos nativos permaneciam secos.

A mudança teve origem na última casa comunal. Um jovem guerreiro com o cabelo surpreendentemente dourado como o milho ajoelhou-se e deitou a espada aos pés de Gaudinius, o armeiro. Era uma boa arma; os padrões da soldadura tecidos no metal sobressaíam orgulhosos de noites de polimento e o punho estava firmemente amarrado com fio de cobre, mas o pomo era simples, desprovido de esmalte, e, embora o guerreiro usasse quatro penas da morte ligadas com ouro, a espada em si não exibia marcas que demonstrassem que fora usada em combate.

Valerius já estava atrás de Gaudinius quando o guerreiro balançou-se para trás nos calcanhares, e foi para Valerius que o jovem ergueu os olhos. Estes encerravam um desafio, uma indagação cautelosa e talvez, bem no fundo, um apelo. A notícia de que Valerius falava a língua deles já fora passada adiante. O que não fora passado junto, por ser desconhecido, era a profundidade do seu ódio pelos trinovantes e a identidade do homem que o gerara.

O momento de decisão não foi desprovido de tumulto; Valerius ainda acreditava nas leis da honra e nutria um respeito permanente pela dignidade pessoal. Se o cabelo do guerreiro não fosse dourado, se o nariz fosse menos característico, se os olhos não tivessem o tom cinzento particular do ferro, de modo que ninguém pudesse prontamente imaginar o sorriso de Caradoc por trás deles e a alma de Caradoc no lado de dentro, a sequência de eventos poderia ter sido diferente. Mas não foi. Crow se movia entre o homem e a multidão.

— Pare.

Gaudinius havia se abaixado para pegar a espada. Ele ficou paralisado e a seguir se levantou, de mãos vazias.

Valerius explicou:

— Ele está lhe entregando uma arma falsa. Esta não é a espada dos seus ancestrais.

Ele pronunciou a frase em latim, como era exigido, e, em seguida, repetiu-a em trinovante. A comoção fora notada. Longinus já estava perto da espádua do cavalo malhado. Outros correram para ajudar, formando um grupo defensivo. Valerius registrou a presença deles como o faria com a chegada de reforços em uma batalha — de um modo distante e sem desviar a atenção do inimigo que pretendia matá-lo. Seus olhos estavam totalmente travados com os do guerreiro jovem com cabelo da cor do milho que acabara de tentar salvar a espada dos seus ancestrais.

O jovem era um bom ator; conseguia controlar o rosto, mas não os olhos. A raiva seguiu-se ao choque, e por sua vez se fez acompanhar por um breve desespero esmagador. Valerius conhecia intimamente esse sentimento, a desolação da alma quando aquilo que mais se temia torna-se realidade. Ele também sabia o que esse sentimento acarretava. Ele estava pronto muito antes do momento em que o guerreiro refugiou-se na ação.

A arma que jazia no chão não era a espada com a qual o homem de cabelo cor de milho havia chegado à idade adulta, não era aquela com a qual ele havia matado com frequência em combate, mas era uma boa arma e o jovem a usara o bastante para ter intimidade com o peso e o balanço dela. Sem dúvida, era o suficiente para matar um jovem oficial que perdera a sutileza de combate. Gaudinius morreu onde estava, com o sangue jorrando da garganta fendida. Um auxiliar trácio teria sido o próximo se Longinus não tivesse dado uma pancada no ombro do homem, atirando-o para o lado, de modo que o golpe assassino apenas cortou-lhe a carne do braço.

O guerreiro recuou contra a parede da casa redonda, e outros dois se juntaram a ele. Finalmente, como estivera claro o tempo todo, o ferreiro ruivo foi um dos que o acompanharam. Valerius teve um momento de euforia, manchada por uma tristeza inesperada pelo fato de alguém com tanta dignidade decidir morrer dessa maneira, e a seguir o cavalo Crow, seguindo um pensamento mal articulado, ergueu-se acima do ajuntamento e desceu uma das patas dianteiras, desferindo um golpe ao qual nem mesmo um gigante conseguiria resistir. O animal contou com o cavaleiro para bloquear a arma que abriria as suas entranhas, e foi o que Valerius fez, empunhando uma espada da cavalaria que era a melhor que Roma era capaz de oferecer e que não chegava perto da qualidade das armas que defrontava.

No entanto, ela foi suficiente e as fagulhas voaram alto sobre o telhado de palha da casa redonda. Nesse ínterim, Regulus gritava:

— Não mate todos! Preciso de um para enforcar! — Em seguida, cedo demais, tudo acabou, com o guerreiro de cabelo cor de milho vivo e o ferreiro e uma mulher mortos, mas não aquela de cabelo castanho e a filha indisciplinada, pelo que, por incrível que pareça, Valerius descobriu que se sentia grato.

O governador desejava um exemplo e o recebeu. O guerreiro de cabelo cor de milho foi açoitado antes de ser enforcado, e parecia provável que ele tivesse morrido antes do enforcamento se este tivesse demorado muito a se realizar. Meia tropa de auxiliares pegou uma estaca do depósito de madeira e equilibrou-a sobre dois montantes entre a cabana dos arreios e o celeiro, levantando o homem até que apenas a ponta dos dedos do pé dele tocassem o chão. No período que decorreu até sua morte, que não foi breve, Regulus dividiu os auxiliares em três grupos e conferiu-lhes tarefas: um para montar guarda aos nativos, outro para recolher e queimar os escudos deles — que seriam agora apropriados por ordem do governador — e o terceiro para dar uma busca em cada uma das casas, à cata de outras armas.

Sabinius disse:

— Uma das casas pertence ao sacerdote. Ele é um cidadão.

Regulus cuspiu.

— E um dos guerreiros dele assassinou o meu armeiro. Se ele resistir, enforque-o ao lado deste homem.

Toda simulação de civilidade, dignidade e cortesia havia desaparecido. A busca foi brutal e eficiente. Para cada arma já entregue, encontraram pontas de lança, facas de combate ou mesmo espadas escondidas na palha, debaixo das camas e nos pequenos lugares secretos nos cantos.

Valerius, que mais do que quase todos sabia onde procurar, levou consigo Sabinius e Umbricius, e deu uma busca no celeiro e na cabana dos arreios, onde encontrou um conjunto de lanças amarradas com couro e escondidas debaixo de uma pilha de peles rígidas e cruas. Os auxiliares partiram os cabos do lado de fora e os lançaram na fogueira construída com os escudos. As pontas de lança foram acrescentadas aos lotes de armas partidas para serem levadas pelos auxiliares quando fossem embora.

Apenas um local permaneceu intocado, uma pequena cabana na extremidade ocidental da área cercada. Meia dúzia de cães ladravam atrás da pele de uma égua negra que bloqueava a entrada, mas esse não era o motivo pelo qual os homens relutavam em entrar. As marcas de Nemain e Briga apareciam claras na verga; um crescente estava pendurado em cima das ondas sinuosas de um rio, uma carriça voava em círculo acima de uma égua que dava à luz. Recém-entalhada e tingida de vermelho, uma loba seguia um bode magro, um carneiro e um touro.

Talvez não fosse de conhecimento geral que o Capricórnio era o emblema da Quinta Gallorum, e também da Prima Thracum Aries, mas qualquer pessoa que tivesse observado atentamente a chegada do governador e visto a exibição de estandartes poderia tê-lo deduzido. Muito poucos fora das legiões teriam conhecimento da importância do touro, mas os soldados que estavam do lado de fora da cabana sabiam exatamente o que ele significava, tanto para si mesmos quanto para aqueles que haviam entalhado e pintado a imagem. Meia dúzia reuniu-se à distância de uma lança da entrada, fazendo o sinal para repelir o demônio. Ninguém entraria.

Valerius se aproximou, prestando atenção aos cães que estavam do lado de dentro. Sua marca doía. Sabinius, que era mais corajoso do que a maioria, juntou-se a ele.

— Deveríamos pegar algumas das mulheres e obrigá-las a entrar à nossa frente — disse ele.

— Não. É mais seguro se entrarmos sozinhos.

Sabinius o encarou.

— Nós?

Valerius sorriu, algo que não fazia há dias.

— Não, apenas eu. Traga-me uma tocha acesa e depois aguarde junto às fogueiras. Se eu não sair logo, queime o local sem entrar. O que estiver lá dentro será destruído nas chamas.

— Inclusive você.

— Exatamente. Você pode entrar e procurar por mim se quiser, mas eu não o aconselharia a fazer isso. Ninguém o culpará se não o fizer.

Em determinado momento do dia, lembrara-se das palavras trinovantes usadas para acalmar os cães. Pronunciou-as agora. Quando Sabinius voltou com a tocha, os animais do lado de dentro estavam quase em silêncio. Na verdade, tudo estava em silêncio. Sentindo os olhos de cada mulher da tribo queimando-lhe as costas, Valerius afastou a pele de égua e entrou.

A cabana não era grande. Os cães estavam amarrados nos dois lados da porta. Os animais faziam força contra a coleira, ganindo roucamente, quase sufocando-se pela necessidade de chegar perto dele. Falando com suavidade, Valerius soltou um por um, afagando o pelo áspero do pescoço dos animais, e eles se reuniram ao redor dele, testando o cheiro de sangue, ódio e medo. Eram maiores do que qualquer cão das legiões e haviam sido mantidos em forma. Se o dia tivesse transcorrido de outra maneira, ele talvez tivesse conseguido negociar um deles. Agora, no entanto, os nativos prefeririam cortar a garganta de qualquer cão pelo qual ele se interessasse a deixar que ele o levasse.

— Agora vão. — Valerius disse as palavras em trinovante, enquanto suspendia a pele que cobria a entrada, e os cães saíram alegres, sem saber que estavam retornando a um mundo que se tornara irreconhecível.

Com a saída dos cães, o lugar pareceu maior. A tocha ardia debilmente, como se lhe faltasse ar. Momentos depois, ela se extinguiu. Valerius poderia ter deixado a porta desimpedida para que mais luz pudesse entrar, mas não o fez. Um fogo estava aceso na parede ocidental, e uma fumaça rarefeita ascendia ao teto e o atravessava através de um buraco regulador. A chama iluminava suficientemente o ambiente. Ao procurar a junção da parede com o chão perto da porta, Valerius encontrou uma faca afiada como uma navalha e afastou-a para o lado. O instinto e os sonhos de três noites lhe disseram que havia mais do que aquilo a ser encontrado.

— Você deveria pedir a minha permissão, vidente, antes de tomar a minha faca.

Valerius quase a matou. Sua espada cortou a fumaça e uma chama curta e espiralada, parando apenas porque sua mente alcançou seu corpo e uma das palavras do que ele acabara de ouvir não fazia sentido. Permanecendo em guarda, ele reacendeu a tocha para ter mais luz e avistou, agachada no lado mais distante do fogo, no canto mais escuro, uma mulher mais velha do que qualquer outra que ele vira do lado de fora. O rosto dela era como a casca enrugada do mais velho carvalho, o cabelo tão rarefeito que a mulher era quase calva e mechas brancas percorriam o couro cabeludo rosado. Os olhos eram estranhamente límpidos, quando ele teria esperado que estivessem turvos. Ela era uma verdadeira avó e não havia ninguém como ela na multidão reunida do lado de fora. Valerius deveria ter percebido esse fato e não o fizera, e amaldiçoou sua desatenção.

A velha senhora o observava com o olhar aguçado de um pássaro que caça, um melro em busca de besouros no estrume. Inacreditavelmente, ela sorriu.

— Seja bem-vindo, vidente. Já o espero desde o amanhecer. Você não está com a pressa que eu imaginava.

Novamente aquela palavra, e um tom que vinha diretamente da sua infância. *Sua marca poderia ter sido o cavalo. Ou a lebre...* A pele de Valerius se arrepiou na nuca.

— Não sou um vidente — declarou ele.

— Não é? A sua mãe ficaria triste ao ouvir isso.

— Minha mãe? — A espada estremecia-lhe na mão, uma coisa viva em busca de sangue. Ele a conteve com esforço. — A minha mãe está morta.

— Como está a alma do filho, ao que parece, e até mesmo o corpo. — A velha senhora sorriu do mal-estar de Valerius. — Por que você está aqui?

— Vim recolher armas. Roma deseja a paz. Esta é uma maneira de obtê-la.

— Se ao mencionar a paz você está se referindo à subjugação, concordo — declarou a anciã levantando a cabeça. — Então, se você não vai responder claramente, farei a pergunta de outra maneira. Por que você está recolhendo armas para Roma, já que nasceu para combatê-la?

Valerius balançou-se sobre os pés. A escuridão encerrava o eco do silêncio dos deuses da cripta da adega. Em uma voz abaixo do limite da audição, sua mãe repetiu a ladainha dos seus pesadelos: *Você foi abandonado. Os deuses o condenam à vida.*

Roucamente, ele respondeu:

— Não tenho escolha.

— Ah! Assim fala um homem do touro. — A velha senhora estava colocando galhos finos e secos no fogo. Pequenas chamas dançavam nas sombras ondulantes. A fumaça subiu às narinas de Valerius. Uma parte antiga dele, já esquecida, codificou os diferentes elementos: pilriteiro, sorveira-brava, teixo. Ele espirrou por causa de algo mais acre do que esses odores e ficou confuso até que o conhecimento voltou e ele reconheceu a acerbidade do cabelo queimado. Nenhuma avó queimava o pelo de um animal sem evocar a força que ele oferecia.

— O que você está fazendo? — perguntou ele.

— Veja por si mesmo.

A velha senhora entregou a Valerius um punhado de galhos retirados da pilha que estava ao seu lado. Valerius usou a luz da tocha para procurar os que estavam amarrados com pelo. Desatando um deles, descobriu o que já sabia que iria encontrar: pelos enrolados, vermelhos e brancos, retirados da cabeça de um touro malhado dessas cores. Deixou-os cair no fogo. Uma fumaça densa soprou e encheu-lhe a cabeça. Na densidade, ouviu a voz de muitas mulheres, rindo, e o bramir de um boi sendo castrado. Os ossos do esqueleto de Valerius rastejaram para fora da pele. Ele sentiu o gosto da morte e um medo que a batalha nunca lhe provocara. Novamente, mais desesperado, declarou:

— Não tenho escolha. Não tive nenhuma na época das batalhas e não tenho nenhuma agora.

— Você está enganado. Existe sempre uma escolha e nenhum juramento é obrigatório, a não ser que o tornemos assim. — A voz da velha senhora era clara e mais alta do que a agitação no seu ouvido. Ela acenou as mãos através do ar denso. — Veja, eu ofereço claramente outra escolha agora. Vire-se. Há um manto atrás de você. Vista-o.

Valerius não vira o manto. Era feito de lã da melhor qualidade e as dobras caíam suavemente. Levando-o na direção do fogo, Valerius descobriu que o manto era azul, da cor do céu depois da chuva, com a orla trabalhada em castanho-avermelhado. Sua irmã usara um manto exatamente daquela cor na última vez que combatera ao lado dela. Ela agora vestia o cinza de Mona, e desprezava o irmão. O conteúdo do estômago subiu-lhe à garganta. Sua mãe repetiu pela segunda vez no seu coração vazio: *Você foi abandonado.*

Com as mãos trêmulas, Valerius recolocou o manto no gancho. Como uma criança, ele declarou:

— Não posso usar isto. Se eu saísse daqui vestindo o manto, eles me enforcariam.

A avó zombou dele:

— Existem outras escolhas, vidente. Você pode usar abertamente o manto ou vesti-lo no coração. De qualquer maneira, você encontraria a acolhida pela qual tanto anseia.

— Não anseio por nada.

— Mentiroso. — Ela estava de pé agora, mal atingindo a marca do deus no peito de Valerius. A voz da velha senhora conduzia o poder de séculos. Nenhum homem conseguiria suportá-lo. — A vida inteira você desejou uma única coisa: pertencer verdadeiramente ao seu povo e aos seus deuses. Eu lhe ofereço agora essa possibilidade, um presente espontaneamente oferecido. Parta agora, sabendo que é possível, ou saiba que, por sua própria mão, estará amaldiçoado para sempre.

— Não.

Se o deus lhe ensinara alguma coisa, fora como não ouvir a voz da divindade. Na escuridão da cripta, a voz não se dirigira apenas a ele. Aqui, no negrume amargo de um lugar que sua mera presença profanava, ele era o ponto individualizado ao qual a voz se dirigia, ressoando em sua alma. A marca que tinha no peito queimava como se fosse recente, mantendo-o prisioneiro do corpo. A voz de sua mãe silenciara, retirando até mesmo esse apoio. Valerius colocou as mãos nos ouvidos, mantendo do lado de fora os deuses, o crepitar do fogo, a voz de uma velha senhora, entrelaçando-o com uma morte além da qual havia apenas desolação.

— Não. — A palavra surgiu pela segunda vez, entredentes, desprovida de convicção. A fumaça do pelo do touro envolveu-lhe a cabeça, prendendo-o como a hera prende o carvalho. Gavinhas invadiram-lhe a mente, corroendo-lhe o sentimento do eu. A velha senhora avultou acima dele, sussurrando os tons de uma avó anciã, *da* avó anciã: — Aceite-o, meu filho. É seu direito nato. O homem que o confeccionou foi vidente antes de ser guerreiro. Ele cantará para você. — Ela não estava falando apenas do manto. Algo maior do que pelo de touro queimava no fogo.

— *Não!*

No desespero da velha senhora, no uso ostensivo que ela fazia do poder, situava-se a força que Valerius necessitava. Empurrando-a para o lado, ele deu um chute no fogo, espalhando pelo, pele e brasas pelo chão, até que a fumaça subiu densa e limpa. O fogo tocou na palha e se expandiu. Com a nova luz, ele notou que, onde antes estivera o núcleo do fogo, a terra não estava comprimida na horizontal, e sim friável, como se tivesse sido recentemente escavada.

Valerius levantou o olhar para a avó, com o olhos apertados contra a fumaça. A desconfiança o invadiu quando antes houvera apenas resistência.

— O que você está protegendo?

— Nada que lhe pertença.

— Claro que não. Nada do que está aqui é meu, certo? Nada do que aconteceu aqui me dizia respeito. — A verdade, tão óbvia depois de revelada, destruiu os últimos fragmentos do seu orgulho. — Eu deveria ter sabido que você só invocaria seus deuses para proteger os seus, não para seduzir um inimigo. — O ressentimento instigou-o a agir quando o medo não o fizera. Valerius usou a faca de descascar da avó para atiçar o fogo mais para o lado. A terra embaixo não tinha sido revolvida tão recentemente quanto ele talvez tivesse imaginado, mas as linhas indicavam claramente onde um buraco fora escavado. Se ele precisasse adivinhar, teria dito que fora feito quatro anos antes, na época da invasão, quando um imperador visitara a fortaleza de Cunobelin e fora bem recebido pela traição de um ancião — um homem que pode ter traído os seus deuses e o seu povo, mas que jamais entraria nesse lugar de onde fora para sempre expulso. Valerius, que julgava haver perdido o último dos seus escrúpulos, golpeou o centro da terra e ouviu a faca atingir o ferro.

— Deixe-a onde está! O mal que ela lhe fez já passou. Deixe-a e vá embora!

A velha senhora unhava o braço de Valerius com os dedos angulosos como garras de pássaros, que combinavam com os olhos brilhantes e aguçados. Ele agarrou os pulsos dela com uma das mãos e manteve-a afastada. Com a outra mão, começou a desenterrar a espada embrulhada em linho que o fogo ocultara. Era mais longa e mais larga do que qualquer uma das que haviam sido partidas na bigorna do ferreiro. Quando Valerius agarrou o punho, o poder da arma alastrou-se pelo seu braço como um raio, quase no limite do que conseguia suportar. A dor era purificadora, como a marca o fora.

Falando através dela, Valerius declarou:

— Você me ofereceu uma escolha que não era uma escolha. O meu caminho foi traçado há muito tempo e nenhuma etapa dele foi uma opção minha. Pego agora a vida que eu posso levar e procuro torná-la o melhor possível. Se existe uma maldição, ela chegou na infância pela mão de Caradoc. Não posso fugir dela. — Era doloroso para Valerius até mesmo pronunciar em voz alta o nome do homem. Ele o entregou como uma oferenda às trevas e não soube por que o fizera.

A avó disse:

— Não foi Caradoc que o marcou ou matou a sua alma amiga. A morte do irmão dele não foi uma vingança suficiente?

Apenas outro homem vivo sabia como o irmão de Caradoc havia morrido e ele não fazia parte das tribos. Engolindo em seco, Valerius respondeu:

— Amminios não fingiu amizade para depois traí-la.

Ela retrucou, mordaz:

— E então você se vinga naqueles que não conhece, para atacar melhor aquele que nunca conseguirá alcançar?

A espada jazia horizontalmente sobre os seus joelhos, fluida à luz do fogo. O punho era de bronze, com uma estrutura antiquíssima, e o pomo exibia a marca do Cão Solar, gravada na época do bisavô dele. Em um ímpeto de reconhecimento que aliviou completamente a dor, Valerius soube exatamente de quem era a espada e por que eles a valorizavam tanto, arriscando tudo para protegê-la. A alegria, ou algo próximo a ela, o envolveu. O sangue correu fino nas suas veias, saltando nas têmporas. Valerius declarou:

— Não estou me vingando. Cumpro ordens daqueles que comandam. Isso é o bastante.

— Que seja bastante então! Você está amaldiçoado, Julius Valerius, criatura do touro assassino, servo de Roma, amaldiçoado em nome dos deuses, que você abandonou para viver estéril e vazio, para não conhecer o verdadeiro medo, nem o amor, nem a alegria nem o companheirismo humano, apenas o reflexo obscuro desses sentimentos; com o propósito de matar sem se importar, para segurar os moribundos sem dor, para não encontrar satisfação nos puros momentos do seu ódio, para viver apenas com o propósito de cumprir as ordens daqueles que o comandam e sonhar à noite com aquilo que você perdeu. Os deuses sabem que você o merece. Somente eles saberão se poderá terminar.

A raiva da avó era estridente, a voz de uma mulher velha que já não era a porta-voz dos deuses, mas Valerius segurava a espada de Cassivellaunos, ancestral de Cunobelin, precursor na linhagem e no coração do homem que ele mais odiava entre os que ainda viviam. Ele não poderia ter pedido um presente maior. A alegria o abandonara, deixando-o vulnerável como um junco ao vento.

Ele levantou a cabeça como fizera a avó.

— Você deseja morrer por esta espada, ou por outra? — perguntou Valerius.

Ela cuspiu nele. Fragmentos de muco repousaram orgulhosos no rosto de Valerius. A seus pés, as brasas do fogo que ele chutara lançavam fumaça na palha. As chamas a devoravam.

Valerius agora conseguia se controlar e não sentiu necessidade de se vingar ainda mais. Declarou então racionalmente:

— Se você for lá para fora, eles a enforcarão por medo de quem você é e do que você poderia fazer. Se eu deixá-la aqui dentro, eles deixarão o lugar se incendiar e você morrerá queimada. Se nenhuma dessas for sua opção, vou respeitá-lo. Estou lhe oferecendo uma morte mais limpa.

— Idiota — sussurrou a velha. Valerius mal conseguia vê-la através da fumaça. — Faça como quiser. Já estou morta.

Isso não era verdade, embora ele tenha feito com que passasse a ser, usando a espada de Cassivellaunos, que um dia se rendera a César, deitando aos pés dele a espada de outro homem. A avó morreu sem resistir e sem emitir som algum. Ele a deitou do lado esquerdo, sobre uma camada de palha, com a cabeça voltada para o oeste.

— Vá para os seus deuses. Diga-lhes que sirvo a outro agora e estou contente. — Valerius acreditava no que dizia. Raramente se sentira tão calmo. As chamas começavam a devorar os pés da avó anciã quando ele saiu.

A neve voltara a cair do lado de fora, a dádiva de um deus ou do outro para encobrir a destruição. O corpo do guerreiro de cabelos dourados havia sido cortado em pedaços e colocado na pilha de escudos que estavam sendo queimados; fragmentos de fumaça engordurada ascendiam, passando por flocos que caíam. Uma guerreira viu o homem sair da cabana e percebeu o que ele estava carregando, soltando um grito mais intenso e que carregava mais dor do que a ululação pelos mortos. Valerius avançou por entre vozes femininas dissonantes e ofereceu a espada a Regulus.

— Esta pertenceu a Cassivellaunos, antepassado de Caradoc, que lidera o levante no oeste. Guardaram esta espada na esperança de que o último filho vivo de Cunobelin voltasse e os conduzisse à liberdade. Longinus Sdapeze é ao mesmo tempo armeiro e estribeiro-mor da sua tropa. O pai dele era ferreiro. Ele conseguirá parti-la. Imaginei que você talvez quisesse assistir à cena.

VII

A NEVE CONTINUAVA A CAIR DE MODO INTERMITENTE. Debaixo do manto branco, o desarmamento das tribos prosseguia. Soldados saíam todas as manhãs e voltavam à noite manchados pela fumaça e ensanguentados. Notícias sobre os acontecimentos do primeiro dia espalharam-se entre os nativos e os soldados, e toda simulação de cortesia desapareceu. As casas comunais eram desnudadas e vasculhadas. Em três dias, a segunda casa das mulheres fora incendiada e as armas escondidas foram recolhidas das cinzas como poças de ferro maleável.

A matança logo começou. Em uma das herdades, na qual guerreiros armados estavam esperando pelos auxiliares e mataram três antes que as tropas recuassem e solicitassem ajuda, todos os homens adultos foram enforcados. As mulheres foram poupadas porque tê-las enforcado teria significado reconhecer a condição delas de guerreiras, e se Scapula não estava pronto para fazer isso, tampouco estavam seus subordinados. As notícias sobre a crueldade se espalharam, o que não impediu que outros se rebelassem. Em lugares onde o medo continha os adultos, as crianças encenavam suas revoltas, atirando pedras e paus nos auxiliares. Eram sempre os jovens que estavam perto da época de se submeter às provas para guerreiro que sucumbiam primeiro, aqueles que haviam crescido em uma terra livre, que haviam sonhado desde a infância em se tornar heróis e empunhar as espadas dos seus antepassados, e não conseguiam suportar a ideia de presenciar a destruição tanto das esperanças quanto das espadas. Ordens tinham sido dadas para que as crianças não fossem maltratadas, mas o limite era tênue e ambos os lados sabiam que isso era apenas uma questão de tempo.

Na metade do mês, depois que um quinto soldado morrera nas mãos de um guerreiro assolado pela dor, Scapula ordenara que fosse negado aos nativos executados o direito dos ritos fúnebres, determinando que os cadáveres fossem pendurados fora dos limites da propriedade como uma advertência. Nem ele nem nenhum dos oficiais especificaram a altura na qual os corpos deveriam ser suspensos, e os auxiliares, agindo apressadamente, não os elevaram o suficiente, de modo que, no quarto minguante, os lobos da floresta haviam migrado para os pastos, em busca de carne fácil. Logo, lugares que antes eram seguros tornaram-se inseguros, e quatro homens de cada tropa passavam a noite protegendo os cercados dos cavalos onde pastavam os reservas. Os soldados estavam ficando cada vez mais impacientes e irascíveis. As casas redondas e as residências de uso exclusivo das mulheres começaram a ser incendiadas. A fumaça ascendia ao céu sombrio e lá se acumulava. Respirar tornou-se difícil.

O posto de Valerius o eximia da vigília noturna dos cercados, mas não o livrava da responsabilidade, nem tornava o seu sono mais suave. Ao voltar da incursão na propriedade de Heffydd, com a maldição da avó ressoando-lhe nos ouvidos, ele se dirigira sozinho à cave consagrada debaixo da casa do centurião em Camulodunum e passara as horas noturnas rezando sozinho. Não fora uma noite tranquila, e em nenhum momento sentiu o verdadeiro alento do deus, mas acreditara posteriormente que fora ouvido. No mínimo, Mitra evitava que os inúmeros mortos que se multiplicavam invadissem os sonhos de Valerius. Os poderes de Mitra aparentemente não se estendiam a manter afastadas as faces recorrentes dos vivos: de uma menina de cabelos castanhos com uma pedra na mão; da mãe da menina, puxando-a para trás; do mar infinito de mulheres coléricas lançando com os olhos suas acusações e o ódio que sentiam.

Tampouco poderia remover o constante tremor do seu braço, como se fosse um relâmpago, proveniente da espada de Cassivellaunos. A avó estivera certa nesse ponto: a espada cantara para ele e o que restava da sua alma cantara de volta a tristeza de que a música fora interrompida e jamais voltaria. Todas as noites, deitado acordado, ele se lembrava da maldição da avó e não sabia se deveria acolher com prazer a morte em vida que ela prometera ou lutar contra ela. De qualquer modo, no final do mês, quando as mortes estavam no auge, ele estava dormindo muito pouco para se importar.

Valerius adquiriu o hábito de percorrer sozinho o perímetro dos cercados dos cavalos, armado apenas com a sua faca de cinto. Essa caminhada tornou-se sua oferenda e seu desafio aberto ao deus. *Estou aqui, insuficientemente armado e vulnerável. Protege-me se és capaz.*

Andava como se estivesse de olhos vendados. Fogos distantes reluziam vermelhos no horizonte. Quando os observava, eles deixavam seus olhos levemente estrábicos, de modo que, posteriormente, a noite em volta parecia mais escura. As tochas das sentinelas ofereciam uma luz pouco confiável, sujeita a se mover quando mais se precisava dela, ou simplesmente a se apagar. Na escuridão absoluta, Valerius veio a conhecer intimamente as sombras da sebe e as formas dos cavalos, e era capaz de designar cada um deles pelo contorno que observava contra a relva, sem luar e sem a luz das estrelas, simplesmente preto sobre preto. Assim, até mesmo na noite do quarto minguante, um mês depois do desarmamento, quando as nuvens oprimiram a terra, sangrando uma névoa cinzenta sobre a bruma vermelha das fogueiras dos escudos, ele soube que a sombra no terceiro cercado não era apenas a da segunda montaria do decurião trácio; um homem postava-se ao lado do animal.

Sacando a faca, ele se agachou no abrigo da sebe. O cavalo era um alazão castrado de ossos estreitos; não era uma montaria que ele teria escolhido, mas confiável ao jeito dele, e o conhecia. Valerius franziu os lábios e emitiu um som tranquilizador, como o suave deslizar da neve. O animal virou a cabeça e arrastou as patas, com preguiça demais para iniciar um trote. A sombra do homem caminhou ao lado do cavalo, com uma das mãos segurando a crina, ajustando os passos aos do animal.

Um pouco além do alcance da faca, a sombra falou:

— Se você me matar, a primeira *turma* da Prima Thracum perde o estribeiro-mor. É isso que você quer?

— Longinus Sdapeze — disse Valerius, erguendo-se devagar. A faca continuava na sua mão. — O que está fazendo aqui?

— Hoje, prefiro a companhia dos cavalos à dos homens. — O homem deu um passo para o lado e o contorno do cavalo dividiu-se em dois. Como Valerius, o trácio optou por caminhar desarmado e sem armadura. No escuro, ainda além do alcance da faca, ele bateu continência, algo que raramente fazia nesses dias.

Com uma formalidade excessiva, acrescentou:

— Não vim para perturbar o seu passeio. Há cercados em número suficiente para nós dois. Basta que caminhemos em direções opostas.

— Obrigado. Daqui a pouco — replicou Valerius, embainhando a faca. Era uma arma simples, retirada do depósito de armas. O cabo era de olmo e o pomo de ferro não decorado, estampado com o Capricórnio. Ainda não se acostumara à sensação dela. Manteve a parte posterior da mão próxima ao pulso sobre o cabo e esfregou o polegar na madeira. — Ouvi dizer que o seu decurião enforcou uma menina grávida hoje. É verdade?

— É. Só estou impressionado com o fato de você ter ouvido falar nisso. No meio de toda a carnificina, eu não imaginaria que a morte de mais uma pessoa chegaria ao conhecimento de Valerius. Será que ele sabe de tudo, como os videntes nativos?

Longinus soava amargo e cansado, e zangado consigo mesmo tanto quanto com os outros. Valerius andou para além da sombra da sebe e dirigiu-se, como o outro teria de fazer, para a abertura pela qual um homem poderia se comprimir, mas não um cavalo. Quando se encontraram, ele disse:

— Sei apenas o que os homens me contam, que a sua tropa penetrou o território setentrional dos icenos e que os homens encontraram, ou criaram, resistência; que, dos trinta e dois homens que seguiram para lá, somente oito regressaram vivos e que você foi um deles. — Valerius não fizera essa pergunta, mas o homem que lhe dera a informação julgara necessário repeti-la muitas vezes, como se ele se importasse. — Sei que o decurião que deu a ordem de execução foi um dos primeiros a morrer, e que você foi ferido, mas não mortalmente. Eu me espanto que, com toda essa... carnificina, você chore a morte de uma menina.

— É mesmo? Então você nada sabe a respeito da honra trácia. Ela tinha quinze anos, talvez dezesseis, quase uma menina. Tinha o cabelo trançado de uma guerreira, mas nenhuma pena da morte. Haviam matado o seu companheiro, cujo filho ela levava no ventre, e ela postou-se sobre o corpo do amado como um cão protege aquele a quem ama. Foram necessários três homens para dominá-la e um deles morreu. O decurião ordenou que ela fosse enforcada com os guerreiros. Ela estava grávida, Valerius, mas isso não fez a menor diferença.

A primeira mulher, a primeira criança. Uma barreira rompida. Se Valerius não estivesse terrivelmente cansado, uma dessas coisas ou ambas poderiam ter mais importância.

— Foi isso que desencadeou a violência?

— Foi. As pessoas se recusaram a simplesmente ficar ali vendo-a morrer. Se ela fosse minha, eu também teria matado por ela — declarou Longinus, cuspindo. — Romanos! Eles acham que as mulheres e as crianças são sacrifícios adequados na guerra, e qualquer coisa inferior à crucificação cheira a tolerância. E eles nos chamam de bárbaros.

Seria o mesmo que crucificar as crianças.

Talvez cheguemos a isso.

A noite estava pesada com a neblina, a geada e os sonhos não dissipados. Valerius olhou fixamente para o nada e esperou que a raiva, o remorso ou um entendimento da dor pela realidade da morte dos icenos o oprimisse. No entanto, nada surgiu, exceto o cansaço e as visões de coisas piores que estavam por vir. Um pouco depois, sem estar pensando em si mesmo, perguntou:

— Você tem filhas?

— Não. — O tom da resposta foi ríspido, como se a pergunta fosse um insulto. — Não tenho filhos. Mas tenho irmãs e uma prima mais jovem que nasceu quando parti para ingressar nas legiões. Ela deve ter oito anos agora. Eu teria lutado para defender qualquer uma delas como os icenos fizeram hoje, se eu tivesse a coragem deles. Duvido que tenha. Eles estavam desarmados; havíamos tomado as suas espadas e as partido, destruído as lanças e queimado os escudos. Eles nos enfrentaram com pedras e ferros quentes, e quando não havia mais nada, unharam o nosso rosto com as mãos nuas. E nos mataram. Se não tivéssemos montado os nossos cavalos e partido, nós, os oito que regressamos, não estaríamos vivos agora.

Longinus esfregou o braço. Os rumores relataram uma queimadura que o fizera passar uma noite no hospital à espera de tratamento. Ele cheirava levemente a gordura de ganso, o que pareceria confirmar os boatos.

— Segundo o decurião, parece que Prasutagos, o líder deles, jurou lealdade a Cláudio e foi feito rei cliente por causa disso. Disseram-nos que o homem era a luva na qual Scapula inseriu a mão e que, a pedido do governador, ele entregaria seu povo sem conflito. Acho que o "rei" se esqueceu de mencionar esse fato aos seus guerreiros.

O rei. Jamais em sua história os icenos aceitaram ser governados por um rei, e Prasutagos não tinha uma natureza real. Nas corridas, a pé ou a cavalo, ele sempre chegava em segundo lugar. Nas caçadas ao javali, ficava atrás dos cães e sua lança era sempre inserida no peito de um animal moribundo, nunca sendo a primeira a golpear. Na guerra... era impossível recordar como Prasutagos atuara na guerra. Talvez tenha se conduzido bem uma vez, mas perdera um braço na ocasião e, se o governador estivesse dizendo a verdade, a deficiência o deixara amargo, com a vontade fraca e facilmente subornável com vinho e ouro. Era difícil imaginar o orgulho dos icenos recebendo ordens de um homem desse tipo.

— Talvez o rei tenha dado instruções aos guerreiros e estes optaram por não segui-las — comentou Valerius. — Os icenos nunca receberam ordens de uma só pessoa. As avós regem os conselhos e os videntes controlam as avós. Seria um erro esperar demais de 'Tagos apenas porque ele se curva diante de Roma. Ele talvez tenha ouro suficiente para comprar aqueles que se interessam pelo metal, mas isso não significa que eles o atenderão se os videntes ou seus instintos lhes disserem para agir de outra forma.

— Os instintos deles dirigem-se para a guerra agora, e eu não os condeno.

Como se cada um tivesse decidido sozinho, caminharam juntos em direção ao rio. Valerius perguntou:

— Você lastima a sua participação nisso tudo?

O rosto de Longinus era um borrão no escuro.

— Prefiro estar deste lado a estar do outro, mas seria melhor estar no oeste, onde a campanha militar é aberta e honesta, e não essa confusão de paz simulada.

— Estamos à beira da guerra aberta aqui também. Pode ser que ela já tenha até começado. Ouça. — Valerius escutara o barulho quando deixaram o campo, mas não tivera certeza da sua origem. Mais perto do rio, escutara claramente: o som de um cavalo forçado a cavalgar no seu limite de velocidade, tropeçando no escuro no solo oculto pela neve. — O que faria um homem cavalgar assim à noite?

Longinus perguntou:

— Ele está sendo atacado?

— Ou o posto dele está. Há um forte no território setentrional dos icenos. Aposto um unguento decente para o seu braço contra a devolução da minha adaga com cabeça de falcão que os icenos se sublevaram, que o forte é um monte de vigas em chamas e que seremos enviados para o norte para esmagar a rebelião. — Valerius voltou-se para Longinus. Em um mundo de muitos temores, o pior medo de Valerius havia agora se concretizado. À semelhança do que ocorre com muitas coisas, não foi tão ruim quanto ele imaginara. A maldição da avó embotara a margem do seu medo. Nesse ponto, ela foi positiva. Sorrindo, Valerius disse: — Ou você já perdeu a adaga para outra pessoa e não pode devolvê-la?

* * *

Cinco dias depois, na paz caiada do hospital, a adaga com a cabeça de falcão foi devolvida a Valerius. Este estava sentado na beira da cama de Longinus, virando-a nas mãos. A lâmina estava partida perto da ponta, deixando-a dentada. Uma mossa na parte de trás da cabeça de Hórus fizera soltar um dos olhos.

— Foi culpa sua. O seu maldito cavalo louco pisou nela. — Longinus sorriu com metade do rosto que não era uma contusão fulgente e esverdeada. A dor ficou visível nas rugas ao lado dos olhos.

Valerius deslizou a faca para dentro da bainha. Estava mais exausto do que jamais estivera. Nem mesmo a batalha de dois dias da invasão o deixara tão esgotado. Ele disse:

— Na próxima vez, vou me lembrar de parar e pegar a adaga antes do homem.

— E deixar-me entregue aos seus bárbaros com os seus entalhes de feitiçaria?

— Não. Eu bateria com um martelo na sua cabeça antes de deixá-lo entregue a eles.

— Obrigado.

Estavam brincando para encobrir o medo que sentiam, mas cada um sabia que o outro falava sério. Valerius matara dois homens com o seu enorme martelo, nenhum deles com a brevidade necessária. Tendo sido lembrado do fato, era impossível pensar em qualquer outra coisa.

Longinus perguntou:

— Você sabia que o primeiro estava lá quando cavalgou coluna acima?

— Claro que não. Como eu poderia? Só sabia que estávamos nos dirigindo para uma emboscada. Eu queria dizer alguma coisa para Corvus antes que a maldita infantaria do governador fizesse com que todos morrêssemos.

Não se tratava a rigor da infantaria de Scapula, e sim de Marcus Ostorius, o filho dele, e no orgulho desse jovem, na presença dele, residia a culpa de muitas mortes e graves ferimentos.

O problema estava relacionado com o protocolo. Scapula ordenara que o filho, o tribuno da Legio Secunda Augusta, permanecesse no leste enquanto os reforços marchavam para oeste em apoio à sua legião. Era seu direito e dever de qualquer pai proteger o filho da devastação da guerra ocidental, mas o rapaz estava irritado com os arreios, desesperado para lutar, e qualquer um com metade de um olho seria capaz de perceber isso. Quando os oficiais se encontraram para determinar como iriam reagir ao levante entre os icenos, Marcus Ostorius se oferecera inicialmente para conduzir a coorte completa da Vigésima Legião em uma marcha forçada dentro dos baluartes nativos. Não é fácil contradizer um tribuno, e menos ainda um filho de governador que expõe seu orgulho tão abertamente. As discussões que se seguiram foram singularmente diplomáticas. No final, aceitou-se por unanimidade que Marcus Ostorius levaria duas centúrias da legião para atacar os icenos, deixando o restante para proteger a fortaleza contra a possibilidade de uma sublevação entre os trinovantes. As duas alas da cavalaria, com um total de mil homens, foram designadas como "escolta" para os cento e sessenta legionários de Marcus Ostorius.

Assim o desastre se desenvolvera. A cavalaria fora obrigada a cavalgar no ritmo dos homens que marchavam, de modo que, ao retornar, as unidades levaram quase dois dias para fazer uma jornada que um cavaleiro aterrorizado fizera em menos da metade de uma noite. Raiava o segundo dia quando chegaram ao esqueleto fumegante do forte que fora atacado. A morte de romanos não poderia passar despercebida, de modo que Marcus Ostorius ordenara que queimassem completamente o que restara em homenagem àqueles que tinham dado a vida em defesa do forte. No coração do território inimigo, mil homens preparados para o combate haviam passado uma manhã inteira juntando lenha, sobressaltando-se com sombras e ruídos inesperados, até que oito legionários, que dividiam a mesma barraca, foram feridos pelos seus companheiros numa briga por bobagem e tiveram de ser mandados de volta para a fortaleza aos cuidados de meia dúzia de soldados da cavalaria. Com o seu número assim reduzido, os demais haviam empilhado a lenha ao redor da base do forte e acendido o fogo. As labaredas do seu esforço lançaram chamas ao topo das árvores mais altas e isso não colaborou para que se sentissem mais seguros.

Batedores trinovantes leais a Roma haviam sido enviados para fazer o reconhecimento quando o forte foi encontrado, e dois dos cinco voltaram à pira com a notícia de que guerreiros icenos estavam se concentrando a noroeste. A trilha pela qual eles conduziram os soldados naquela tarde era estreita, não sendo mais larga do que dois cavalos, e ia dar em uma floresta mais densa do que todas as que tinham atravessado até então. Novamente montados, os soldados da cavalaria cavalgavam em formação de combate com a espada desembainhada e o escudo preparado no braço, porém a passo, para não deixar para trás a infantaria que os acompanhava. Um homem poderia ter ficado cansado de esperar se ficasse em um só lugar durante o tempo que a coluna levou para passar. Outro homem poderia encarar a situação como uma dádiva dos deuses ao planejar uma emboscada.

Valerius cavalgava na retaguarda da sua tropa com Sabinius a seu lado. Era o plano de combate de Corvus e as duas alas aderiram a ele: o segundo em comando de cada tropa seguia por último na coluna para que, caso a serpente viesse a ter a cabeça cortada em uma emboscada, a cauda ainda pudesse se virar e mostrar os dentes para o inimigo, conduzida por um oficial com alguma experiência de comando. Valerius não tinha experiência de comando em combate, mas tinha três anos de prática em dar ordens e ouvira com frequência suficiente a descrição que Corvus fizera das batalhas para confiar no próprio discernimento. Esse discernimento lhe dizia agora que ele estava se dirigindo para uma emboscada e que nada que fizesse poderia evitá-la.

Valerius disse para Sabinius:

— Se formos atacados pelos flancos, desça do cavalo e coloque as costas contra as minhas. Mantenha o seu cavalo do seu lado do escudo como proteção e esteja pronto para montar e cavalgar para o sul, em busca de segurança, caso eu seja morto. Alguém deve sobreviver para levar notícias para o governador, e esse alguém pode ser você.

— Já pensou nisso?

— Antes mesmo de deixarmos o forte.

Pouco depois, uma ordem do tribuno fez a coluna parar e Valerius foi chamado à frente. Sentiu o cheiro de sangue e urina enquanto se dirigia a meio-galope para a linha de frente, um cheiro bastante comum no último mês, mas não ali, onde o desarmamento ainda não começara. O som da ânsia de vômito e a acidez do já vomitado chegaram até ele quando se aproximou das primeiras fileiras.

Os primeiros oficiais em comando estavam reunidos à margem de uma pequena clareira em cujo centro um velho teixo espalhava galhos sobre a marga negra; nem a neve nem o sol ali penetravam. Ao desmontar, Valerius notou inicialmente que Corvus usara a sua adaga, que o cabo da arma e o braço direito do homem estavam pretos e pegajosos. Com o cuidado formado pelo hábito, percebeu que Corvus não vomitara, mas estava prestes a fazê-lo; que ele não quisera chamar Valerius, mas fora forçado a isso pelas circunstâncias ou por ordem do tribuno; e que já se arrependera de tê-lo feito.

Somente depois disso Valerius olhou adiante para ver o que os inquietos cavalos tinham ocultado. O corpo nu de um homem estava pendurado em um galho por um dos calcanhares. Ele se virava lentamente, de um lado para o outro, impelido por um vento inexistente. Pedaços de pele haviam sido removidos das costas e pendurados como asas. Na frente, sangue preto havia escoado para baixo da virilha mutilada e pingara na terra. A garganta fora cortada algum tempo depois dos órgãos genitais e tudo que restava do sangue do homem caíra sobre a marga faminta. Era impossível ver o rosto.

— Um dos trinovantes? — perguntou Valerius.

— Quem mais poderia ser? — Os lábios de Corvus formavam uma linha reta e pálida. — Foram feitas marcas no peito. A superior é o cavalo a galope dos icenos, a mesma que vimos nas paredes do forte incendiado. As outras são novas. Não as vimos agora, nem durante a invasão. Seria interessante que você conseguisse identificá-las.

A clareira estava muito quieta; nesse lugar, até os deuses paravam de respirar. O deus único não estava presente, pois esse não era o seu domínio.

Sentindo a ausência dele, Valerius encaminhou-se para o corpo. Os testículos do homem tinham sido decepados e enfiados nos maxilares, uma punição justa para um homem que ajuda os inimigos. Valerius se agachou e descobriu que os olhos haviam sido arrancados e colocados no chão da floresta com um olhando para frente e o outro, para trás. Isso também fazia parte da lei tribal: o homem fora um batedor, vendera os olhos para Roma e eles foram devolvidos aos deuses. Ambos haviam submergido no fluxo de sangue fresco que vazara do corte na garganta do batedor. Valerius tocou o sangue e descobriu que seus dedos deslizavam molhados pelo polegar; não havia sinal de coagulação. O frio que sentia no pescoço transformou-se em uma aduela de gelo. A contragosto, ele se voltou para Corvus, que recentemente usara a faca.

— Este sangue foi derramado há pouco tempo. O homem ainda estava vivo quando vocês o encontraram?

— Estava.

— Deus. — Antes, os homens sempre estavam mortos quando os cortes eram feitos. Mesmo durante a invasão, quando a raiva das tribos estava no auge, as gargantas tinham sido cortadas, ou os homens haviam morrido em combate, e a mutilação fora realizada posteriormente. Os deuses exigiam reparação justa, mas nunca haviam pedido que um homem sofresse como esse tinha sofrido. O batedor trinovante já estava ausente meia manhã, mas seu corpo estava suspenso a menos de mil passos do forte em chamas. Nenhum dos ferimentos era fatal. Se os auxiliares tivessem tomado um caminho diferente, ele poderia ter ficado pendurado, vivo, o resto do dia e parte da noite.

Valerius pressionou a mão trêmula contra os olhos e esperou suas entranhas se acalmarem.

— Eles estão aprendendo conosco — declarou. — Uma morte lenta dissemina o medo entre aqueles que a presenciam.

Foi apenas pela mudança na qualidade do silêncio que Valerius se deu conta de que havia falado em voz alta.

Corvus retrucou:

— As marcas no peito do homem não são da lança-serpente. Precisamos saber o que temos pela frente.

— E nesse ínterim, metade da nação icena está cercando esta clareira com a intenção de nos pendurar a todos pelo calcanhar. — Marcus Ostorius estava nervoso e deixou transparecer esse sentimento, o que não ajudou a reforçar a coragem dos seus soldados. — Precisamos nos mover rapidamente enquanto está claro e existe uma chance de conseguirmos sair desta maldita floresta. Interprete as marcas e acabe logo com isso. Não deveríamos estar aqui.

Valerius já as vira. O significado delas agitara suas entranhas antes que fizesse o mesmo com as dos outros. Com os olhos fixos em Corvus, ele declarou:

— A marca debaixo do cavalo é uma raposa. Veja, aqui... esta linha isolada sai do nariz em direção à cauda, e aqui... acima do nariz estão as orelhas e, embaixo, as patas dianteiras. A posição da raposa debaixo do cavalo a galope significa que ela é a marca pessoal da pessoa que está conduzindo os guerreiros.

— E quem é essa pessoa? Quem tem a raposa como visão?

— Não sei. — Essa resposta não era totalmente verdadeira. Uma lembrança se agitava no fundo da sua mente, mas recusava-se a vir à tona. Ciente da impaciência de Corvus, Valerius balançou a cabeça. — Logo descobriremos. Se a raposa está gravada aqui junto com o cavalo dos icenos, ela será exibida claramente em combate. Quando encontrarmos os guerreiros, se tivermos a chance de vê-los antes que eles nos matem, será muito fácil enxergar o homem.

— Ou a mulher — declarou sombriamente o tribuno.

Os olhos dos dois se encontraram, e Valerius assentiu com a cabeça, dizendo:

— De fato.

Marcus Ostorius se virou e montou. Os soldados avançaram em posição de combate, cada homem preparado para matar e ser morto. O bosque cada vez mais denso estava repleto de deuses, e estes não eram os dos romanos ou dos seus aliados. Nas fileiras, preces eram oferecidas a Júpiter, deus das legiões, e a Cernunnos, o deus cornífero da floresta dos gauleses. Os trácios invocavam seus deuses no próprio idioma. Valerius e seus companheiros de seita tocavam as marcas e renovavam o juramento a Mitra, o matador de touros e protetor dos seus.

Por ordem de Marcus Ostorius, Valerius cavalgava agora na frente, ao lado dos oficiais, para poder ler mais rápido as marcas que os nativos pudessem ter deixado. Ele passou debaixo de árvores cujos galhos cantavam para ele em uma linguagem ancestral. Sua pele parecia recém-esfolada, de modo que cada som roçava nela. Quando Corvus se aproximou e perguntou:

— O que significava o terceiro símbolo? — Valerius se sobressaltou.

— Aquele debaixo da raposa? Não tenho certeza. Estava difícil de interpretar. O homem estava se debatendo quando a marca foi feita e as linhas não estavam claras.

Corvus jamais permitira que ele fosse evasivo e não permitiu agora.

— Tive a impressão de que era um pássaro — comentou Corvus. — Um falcão.

— Pode muito bem ter sido. A questão é: que falcão? Eu acho... Temo profundamente que tenha sido o milhafre-real.

— E se for?

— Então os guerreiros dos coritânios e os do icenos decidiram pôr de lado a inimizade de sete gerações e se uniram contra nós. — Valerius se obrigou a sorrir, sabendo que o seu esforço fora percebido.

— Fique feliz. O tribuno deseja um conflito à altura do que ele está perdendo no oeste. Se lutarmos contra os guerreiros unidos dessas duas tribos, ele terá exatamente o que quer.

Separaram-se depois disso e nada mais disseram. Os outros dois batedores, então desaparecidos, foram encontrados no caminho; um pendurado como o primeiro, e o segundo de bruços, em um brejo, com uma pedra mantendo-lhe a cabeça fora da água e as marcas de sonho entalhadas nas costas. Valerius matou os dois, balançando o enorme martelo com pregos no crânio deles, entre os olhos, como teria feito com um cavalo com cólica.

Ambas as mortes foram rápidas e misericordiosas. Em ambos os casos, ocorreram com meio dia de atraso.

Os três cadáveres haviam sido deixados a certa distância uns dos outros, como um caçador poderia deixar nacos de carne para um urso, atraindo-o para uma armadilha, e Valerius não ficara surpreso quando, pouco depois de encontrarem o último homem, as lanças começaram a voar da floresta. Se tivesse planejado uma emboscada, ele a teria feito ali, onde a trilha se estreitava, dando passagem apenas a um cavalo, e onde os auxiliares tinham de um lado o pântano úmido e do outro a floresta densa, com as árvores muito próximas umas das outras para que cavalos ou homens pudessem passar entre elas.

A infantaria, por ser mais lenta, suportou o impacto das lanças; desde o início estivera claro que era isso que aconteceria. Juntaram os escudos de bordas quadradas e se agacharam atrás do muro que formaram, mas as lanças faziam uma curva elevada e caíam de cima, o muro se rompeu em alguns lugares, deixando intervalos para outras lanças, e os homens morreram como carneiros abatidos.

Nos primeiros momentos do ataque, a cavalaria girou inutilmente em círculos na periferia, perdendo cavalos e homens tão rápido quanto a infantaria. Eles não podiam passar por entre as árvores, nem proteger os legionários agachados. Ao comando expresso de Marcus Ostorius, as duas alas impeliram os cavalos a galope e fugiram. As lanças os arrebanharam como se fossem veados em direção ao espaço aberto no final da trilha. A infantaria, conduzida por centuriões que não tinham o menor desejo de ver homens morrerem apenas por morrer, recolheu os escudos e correu atrás da cavalaria. Pouco mais de cem homens sobreviveram e chegaram à clareira.

Ao sair da floresta no comando de sua tropa, Valerius se viu numa extensão de terra mais aberta, com a vegetação mais rarefeita, onde carvalhos e elmos cresciam espalhados. À sua direita, o pântano formava um limite firme tão sólido quanto a rocha. A densa floresta estendia-se à esquerda. À frente, bloqueando o amplo espaço entre o pântano e a floresta, uma barreira de troncos de carvalho tinha sido erigida, alta o suficiente para proteger homens até o ombro e com trezentos passos de comprimento. Atrás da barreira, os guerreiros concentrados de duas tribos aguardavam. Numa estimativa conservadora, feita de relance, perfaziam no mínimo três mil. Vislumbres de mantos coloridos, braceletes e armas mostravam mais guerreiros comprimidos na floresta à esquerda e formando uma barreira no pântano à direita. O número de coritânios igualava o de icenos, confirmando o pior.

Os auxiliares deveriam ter lutado a cavalo. Pelo resto da vida, Valerius acreditaria que, se não tivessem desmontado, poderiam ter vencido, ou pelo menos perdido menos homens, mas Marcus Ostorius era no fundo um oficial da infantaria e ainda tinha de proteger e levar viva para casa a sua meia centúria da infantaria. Assim, o tribuno fizera o sinal ordenando o desmonte e, sem acreditar, homens treinados desde a infância para lutar a cavalo acabaram tendo de lutar como soldados de infantaria.

Marcus Ostorius lera livros sobre estratégia, passara horas em discussões intelectuais com os seus colegas de juventude analisando minuciosamente as ações de Cipião contra Aníbal e de Otávio contra Marco Antônio. Vendo-se diante de um inimigo em uma quantidade esmagadora colocado atrás de uma barreira inviolável e sem dispor do equipamento necessário para um cerco, o tribuno dividiu seus homens em duas alas enquanto planejava atacar pessoalmente o centro com os homens sobreviventes das duas centúrias.

Os icenos riram. Valerius pôde ouvi-los do lugar em que estava, ao lado de Regulus, na ala esquerda do suposto ataque. Quando os auxiliares se voltaram para a floresta em seu flanco, os insultos soaram nas árvores, como se os corvos que esperavam tivessem aprendido a língua dos homens. Alguns dos insultos foram em latim, mas a maioria não. De todos os que estavam no lado romano, somente Valerius e Corvus poderiam possivelmente compreender a amplitude do escárnio do inimigo, e talvez compartilhá-lo. Corvus conduziu seus homens vinte passos para a esquerda de Valerius e por duas vezes recusou-se a encontrar seus olhos; ele morreria leal a seu oficial superior, por mais insano que fosse o comando.

E era de fato totalmente insano. A Quinta Gallorum desembainhou cedo as espadas e cortou a folhagem das faias e a sarça embaraçada com armas projetadas para acutilar pele e carne. Desde o início ficou claro que, à medida que avançassem, os escudos ficariam presos na vegetação rasteira e teriam de ser puxados ou empurrados para abrir espaço, deixando os homens atrás deles expostos à investida das lanças dos icenos.

A tarefa mais difícil ficou com a ala de Longinus: a de transpor um lago de profundidade desconhecida para entrar pela direita contra guerreiros que podiam vê-los chegando e alvejá-los a seu bel-prazer. Marcus Ostorius Scapula, fiel à sua tradição, colocou-se à frente dos cem legionários restantes. Fez com que erguessem os escudos sobre a cabeça para que pudessem resistir às pedras e lanças que fossem arremessadas, e então os conduziu, como um antigo e glorioso general, em ataque após ataque contra uma sólida barreira de carvalhos e três mil lanças que os aguardavam.

Valerius avistou mais tarde vislumbres da carnificina na barreira no terrível combate que se seguiu. Nem mesmo nas primeiras batalhas infrutíferas da invasão ele vira um número tão grande de homens morrer com tão pouco resultado. Na odiosa lucidez da matança, compreendeu lentamente que fora esse o significado das palavras da avó de olhos de pássaro: *Você está amaldiçoado... para viver estéril e vazio, para não conhecer o verdadeiro medo, nem o amor, nem a alegria nem o companheirismo humano... para matar sem se importar...* Em todas as batalhas do seu passado, o terror e a necessidade de viver o incentivaram, e mais tarde ele acalmara a sua consciência com a desculpa de que lutava para sobreviver. Agora, na sua primeira batalha de verdade sob os cuidados de Mitra, Valerius não tinha consciência para apaziguar. Lutou corpo a corpo com homens e mulheres cujos rostos obcecavam seus sonhos e cujas vozes, em tom de guerra, tinham sido a emoção e o anseio da sua juventude, e nada sentiu. Cruzou espadas com guerreiros que lutavam não apenas pela honra e pela liberdade, mas também por vingança contra uma injustiça inominável, e sentiu a raiva deles deslizar sobre ele enquanto a sua permanecia adormecida. Avistou Regulus cair em uma armadilha preparada por quatro guerreiros que aguardavam e não sentiu nem satisfação, nem tristeza, nem medo de de que estivesse correndo o risco de sofrer a mesma morte a cada passo que dava.

O que restava da Quinta Gallorum — menos de três quartos da ala — abriu caminho através das árvores não muito tempo depois da morte de Regulus. A linha do inimigo recuou. Mais auxiliares chegaram vindos da floresta e foram acompanhados por trácios com as pernas molhadas que vinham do pântano sem sofrer oposição. O espaço atrás da barreira, que fora preenchido por uma combinação de guerreiros coritânios e icenos, tornou-se de repente um lugar de cotas de malha e elmos polidos, de plumas coloridas e escudos brancos e circulares. A sensação foi de vitória e homens que haviam visto a vida perdida sentiram que a tinham reconquistado. Espadas batiam no centro dos escudos em uma exultante celebração, e o nome de Marcus Ostorius foi entoado em uníssono, derramando-se sobre os guerreiros que partiam tal qual uma onda encobre os destroços dos naufrágios em uma praia.

Sem uma razão específica, Valerius se lembrou de um conto da sua infância, sobre uma armadilha preparada por um urso no qual salmões na desova eram atraídos para o pequeno lago, atrás da barragem de um castor, a partir da qual a água era então desviada, deixando os peixes como alvos fáceis para o animal. A narrativa fora concebida para ensinar as crianças a caçar, mas aplicava-se também aos adultos em guerra. Na sua clareza amaldiçoada pelos deuses, Valerius viu as escamas reluzentes da armadura dos legionários rodopiando em espirais ensanguentadas sobre a barreira e, a seguir, o fluxo de guerreiros voltando para esmagar uma força pequena e sofrivelmente comandada com as costas voltadas para a madeira sólida e sem meios de escapar. Os guerreiros na vanguarda já se haviam voltado e travavam combate com os auxiliares mais próximos.

— É uma armadilha! — gritou Valerius para Corvus, que lutava perto dele; ele nunca o deixara fora do alcance de sua visão. — Informe ao tribuno! Diga a ele que mergulhamos numa armadilha.

Os guerreiros estavam se reunindo em números cada vez maiores. Compelido simplesmente pela urgência de viver, Corvus riu:

— Então descubra uma maneira de sairmos nadando pela outra extremidade. Não há como voltar.

Tampouco havia como avançar, até que Valerius avistou a marca da raposa. Ela não estava pintada no escudo de um guerreiro como ele esperara, e sim desenhada em ocre-avermelhado sobre uma tira de pele de cavalo presa na testa e que distinguia uma pessoa de elevada posição hierárquica. O homem usava uma simples faixa de pele de raposa em volta do braço, sem qualquer outro ornamento. Em um campo de guerreiros que iam para a guerra com um arsenal de ouro esmaltado, cobertos de penas da morte e todas as marcas possíveis de visões e posições hierárquicas, a austeridade desse guerreiro era notável. Não obstante, ele comandava os guerreiros e o fluxo da batalha. Mantinha-se separado da luta em uma pequena elevação, e um grupo de guerreiros com manto azul estava reunido a seu redor, ao mesmo tempo protegendo-o e esperando para transmitir suas ordens para os companheiros. Uma leve brisa passou por ele, levantando o cabelo fino e vermelho, e o homem se virou um pouco, mostrando o perfil.

— *Dubornos!*

O nome estivera comichando, semiformado, na cabeça de Valerius desde que haviam encontrado o batedor pendurado na árvore com a raposa gravada no peito. Ele o sibilou agora para si mesmo e viu o homem erguer a cabeça como se o tivesse pronunciado em voz alta. Nesse momento, o deus penetrou Valerius, apesar da maldição. Ele não sentiu a coragem cega ou a paixão da batalha, e sim uma partícula da mais pura alegria, uma centelha na noite infinita, uma dádiva de certeza que esse era o único homem, entre todos os icenos, que ele poderia matar sem temer que o espírito dele voltasse para obcecar o seu sono.

Levantando a espada, ele gritou:

— Aqui! A raposa está aqui! Se matarmos esse guerreiro, romperemos a armadilha! — e atacou.

Valerius deveria ter morrido. Na bruma avermelhada da batalha, lutando morro acima, enfrentou sozinho uma parede de mantos azuis, na qual se alternavam listras verdes dos coritânios, mas então Umbricius e

Sabinius se postaram a seu lado, combatendo com ele. Aeternus, o jovem helvético, juntou-se a eles com o primo, que fora ferido e logo morreu. Os quatro combateram juntos, e depois Longinus se reuniu a eles trazendo outros da ala trácia. O deus então sorriu e eles formaram uma linha com os grandes escudos ovais travados nas bordas e as espadas golpeando através dos espaços exatamente como haviam praticado nos meses do período de experiência antes de serem admitidos na cavalaria. Dessa maneira, poderiam sobreviver, lutar para vencer, avançar por cima dos cadáveres e dos guerreiros moribundos para chegar a... nada.

Ao permanecerem unidos, haviam conquistado a subida, mas o vidente da raposa não ficara lá para recebê-los. O suave declive na outra extremidade exibia estacas pontudas que apontavam para cima, para desencorajar homens e cavalos, e os guerreiros haviam recuado além delas, levando os cantores. Além do brejo, situava-se uma floresta pela qual somente guerreiros poderiam passar em segurança ou lucidez.

Valerius se virou. Atrás deles, a luta ainda se alastrava na barreira de carvalho. A armadilha fora acionada, fazendo com que os guerreiros avançassem novamente contra os legionários, que lutavam com esforço, e seus aliados, os auxiliares desmontados. Marcus Ostorius estava lá, a alguns passos da barreira, porém sem ir mais além. Bem perto, Corvus se esforçava para alcançá-lo. Guerreiros vestindo mantos azuis e verdes os rodeavam. Não parecia provável que nenhum dos dois homens conseguisse sobreviver.

Valerius matou uma guerreira de cabelo cor de cobre e olhou para além dela, percebendo que Longinus Sdapeze estava no seu lado do escudo. O homem estava inteiro, exceto por uma contusão na testa, onde um golpe na cabeça fizera com que o seu elmo batesse com violência na fronte. Sorrindo com ferocidade, ele disse:

— Duas pessoas podem preparar armadilhas assim. Poderíamos atacá-los pela retaguarda e acabar com isso. Temos um número quase suficiente de homens. — Ele levantou a mão e gritou em trácio. Doze homens da sua ala correram para se juntar a ele.

Valerius balançou a cabeça.

— Não. Conte quantos eles são. Menos da metade dos icenos está lá embaixo. Você acha que a raposa e os seus guerreiros fugiram? Creio que não. No momento em que estivermos totalmente engajados na luta, quando virar as costas significaria a morte, eles voltarão e nós ficaremos presos entre duas forças e seremos esmagados.

— Então o que vamos fazer?

— Pegaremos as montarias e lutaremos a cavalo, como deveríamos ter feito desde o início. É a nossa única esperança.

Longinus riu:

— Talvez seja a sua última esperança, mas não a nossa. Nem todos nós montamos matadores de homens. A minha égua é excelente, mas ela nunca entraria aqui. — Longinus ergueu a mão, com a palma estendida para fora, na saudação do cavaleiro. — Você pega os cavalos. Eles seguirão você e o seu bruto malhado. Levarei quem quiser me seguir e tentarei chegar até o tribuno. O governador não ficará agradecido se pelo menos não lhe devolvermos o corpo do filho.

Valerius sorriu e retribuiu a saudação.

— Certifique-se de que o rosto do menino de ouro não esteja marcado quando eles o matarem. Você precisa garantir que o corpo dele ainda será uma visão agradável.

Nenhum dos dois esperava viver. Na guerra, os homens fazem coisas que depois se revelam pura insanidade, mas acham perfeitamente normal fazê-las na ocasião. Não havia guerreiros entre a armadilha para os salmões e o bosque onde estavam os cavalos. Valerius atirou o escudo na direção de um auxiliar trácio, que precisava muito mais dele, e correu.

As montarias da cavalaria haviam sido deixadas aos cuidados de uma dúzia de gauleses, agora mortos. No entanto, os cavalos não tinham sido tocados; os icenos valorizavam as boas montarias acima de qualquer coisa viva, exceto dos seus filhos, e não fariam mal a cavalos, que poderiam levar um bom sangue a seus rebanhos. Nenhum guerreiro aguardava perto deles, porque isso não fora considerado necessário. Os cavalos eram treinados para a batalha; ficavam ao lado do corpo dos últimos homens a comandá-los e continuariam a fazê-lo, a não ser que fossem chamados por uma voz conhecida. A voz de Valerius era conhecida. Ele se viu sozinho no espaço aberto entre as árvores e o pântano, e avistou o cavalo Crow levantar a cabeça e olhar para ele. Com ânsias de vômito por causa da corrida, sentindo o gosto férrico do sangue na saliva, Valerius levou os dedos à boca e assobiou.

Exatamente como Longinus previra, a manada seguiu o líder. Crow aproximou-se a galope e duas alas de cavalos vieram atrás. Eles talvez tivessem parado se ele lhes houvesse pedido, mas ele não podia ter certeza e, de qualquer modo, Valerius tinha o seu orgulho; a maldição da avó não o privara desse sentimento. O fato de um homem armado e com armadura montar um cavalo a galope era um feito celebrado tanto pela cavalaria quanto pelos guerreiros, e todos eles, por mais preocupados que estivessem com a morte e a sobrevivência, tinham ouvido o tropel turbulento de um grupo de cavalos a galope. Bem à vista do seu deus, dos seus inimigos e daqueles que poderiam ter sido seus amigos, Julius Valerius, duplicário da terceira tropa, Quinta Cavalaria Gaulesa, servidor de Mitra e do imperador, montou de maneira quase perfeita um cavalo a galope que liderava uma manada que o teria esmagado se ele tivesse falhado e caído sob suas patas. Mais tarde, ele pensou que o espetáculo teria sido ainda melhor se ele não tivesse passado adiante o escudo.

Somente Longinus sabia o que Valerius pretendia fazer. O trácio soltou um grito rouco, ordenando que os homens se afastassem da barreira. Para fazer isso, eles teriam de avançar, abrindo espaço, ou se abaixar, afastando-se para o lado, em direção ao pântano ou à floresta. Os homens fizeram as três coisas, e muitos morreram. Os que sobreviveram observaram seu duplicário defrontar o seu cavalo malhado em um salto que atingiu a altura da soldra do animal sem uma visão clara do que estava além e viram o cavalo recobrar o alento e saltar. Três dúzias dos cavalos mais próximos o seguiram, antes que a maior parte hesitasse ao deparar com a altura da barreira e recuasse.

Valerius, cavalgando na batalha em um momento que deveria ter sido glorioso, sentiu o sabor da poeira e das cinzas do fracasso, sabendo que, uma vez mais, seu deus o havia abandonado. Buscando consolo na aprovação dos homens, ele percebeu o momento em que Longinus foi atingido no braço pelo golpe de uma espada coritânia. Ele gritou, e o único homem ainda inteiro no campo de batalha que reconheceu a sua voz o ouviu e se virou; e assim Corvus, que lutara para chegar ao tribuno e conseguira um espaço livre ao redor dele, foi atingido por trás por uma lança e depois por uma espada.

Foi então que Valerius, emitindo gritos de guerra dos icenos, abandonou toda simulação de ser um homem e deixou que a selvageria desenfreada do cavalo Crow se descontrolasse. Homem e cavalo mataram juntos, interminavelmente. Pelo menos um dos dois se divertiu.

No hospital frio e bem iluminado, isolado das consequências da batalha, Valerius perguntou calmamente:

— Você sabia que eles concederam a Marcus Ostorius a coroa de carvalho por ele ter salvo a vida de um concidadão?

Era a ordem mais elevada de valor pessoal que um homem poderia receber. Os olhos de Longinus se alongaram.

— Quem ele salvou? Não foi nenhum dos legionários, pois estão todos mortos, e não sou um cidadão, de modo que não conto. Corvus então? O tribuno salvou a vida de Corvus? Tive a impressão de tê-lo visto tombar.

— Você de fato o viu. Ele foi atingido nas costas por uma espada pouco antes de você ir de encontro à bossa do escudo que o derrubou. Quando os cavalos fizeram os icenos recuar, Marcus Ostorius o carregou para além da barreira e o trouxemos de volta em uma padiola. Você teria recebido o mesmo tratamento, mas estava delirando e se recusava a descer do meu cavalo.

Longinus sorriu. O movimento enrugou a metade contundida do seu rosto e ficou claro como isso era doloroso.

— Eu não ia desistir da única chance da minha vida de montá-lo, mesmo que você estivesse me amparando atravessado na frente da sela. — Longinus balançou a cabeça, para si mesmo ou para a lembrança, e parou de sorrir, estendendo em seguida o braço e segurando a mão de Valerius.

Sua palma estava pegajosa e fria. Um pouco depois, quando ela ficou mais quente, Longinus perguntou: — Por que você está aqui comigo e não com ele?

A pergunta foi feita com excessiva casualidade; eles se conheciam bem demais para que isso não fosse percebido. Valerius pensou por um momento e depois disse a verdade:

— O tribuno proibiu as visitas. De qualquer modo, não creio que Corvus deseje...

Valerius olhou para baixo. Longinus havia colocado a adaga com cabeça de falcão de volta na palma da sua mão. Balançando a cabeça como se falasse com uma pessoa pouco inteligente, o trácio declarou:

— Vá vê-lo. Mesmo que seja apenas para que ele saiba o que você fez. Ele precisa tomar conhecimento disso. Diga a Theophilus que você é necessário para a recuperação dele. Ele lhe dará apoio, e um tribuno não pode prevalecer sobre um médico no exercício da sua profissão.

VIII

Valerius aguardou um longo tempo no corredor, do lado de fora da porta. O hospital era organizado em quadrados concêntricos ao redor de um pátio principal; as janelas dos quartos mais isolados estavam voltadas para o interior, abafando a cacofonia da fortaleza. As paredes eram caiadas e tinham as insígnias das legiões e das alas; o Capricórnio, o Javali e o Pégaso estavam pintados em cores suaves em intervalos ao longo da sua extensão. O ar era limpo e cheirava a sálvia e alecrim recém-cortados: os laivos adocicados da carne supurada estavam confinados às áreas ao redor dos poucos quartos onde os homens claramente estavam morrendo.

Valerius postou-se do lado de fora de uma porta na qual o Olho de Hórus havia sido recentemente pintado de azul e aspirou o ar impregnado com bálsamo de limão, um incenso leve e picante, e o odor de um homem que ele reconheceria de olhos fechados.

Por duas vezes tentara entrar, mas em nenhuma delas com muita convicção. Ele sabia que tinha sido mais a sua falta de coragem do que as ordens de Marcus Ostorius o que havia induzido o médico a mandá-lo embora. Nos poucos dias que se seguiram à batalha, Valerius descobrira que era capaz de dissecar os próprios motivos de uma forma tão perfeita e com tão pouca paixão quanto ele julgava os outros. De pé, do lado errado de uma porta fechada, ele sabia que não queria ver a extensão dos ferimentos de Corvus, encontrar irremediavelmente inválido um corpo que certa vez se deleitara em sua plenitude marcada pelas batalhas, como parecera provável quando o carregaram por cima da barreira. Mais profundamente ainda, Valerius temia que uma porta diferente, menos material, que sempre estivera aberta, finalmente se tivesse fechado. Se fosse esse o caso, ela se fechara antes do combate e nada que acontecesse depois voltaria a abri-la.

O primeiro sinal desse fechamento tivera lugar no caos dos homens que se armavam enquanto se reuniam para partir em direção ao forte dos icenos. Homens e cavalos haviam se deslocado de um lado para o outro em um caos semiorganizado no anexo onde o exército se reunira antes da partida. Valerius estava ordenando os cavalos da sua tropa quando Corvus o chamou.

Cavalgaram joelho contra joelho, um pouco afastados da ala. Corvus montava seu cavalo reserva, uma égua ruã vermelha com as quatro pernas brancas até a metade da quartela e os cascos listrados. Ela era de boa raça e superava quase todos os outros animais da ala, mas não era o cavalo que o conduzira nas batalhas da invasão e que o deveria estar conduzindo nesta; essa era uma égua baia de descendência panoniana que Corvus emprestara, possivelmente dera de presente — afinal, quem pode pedir de volta o que emprestou ao filho de um governador? — a Marcus Ostorius.

Valerius observou o fato enquanto erguia as sobrancelhas. Para outro homem, o gesto talvez nada tivesse significado. Para Corvus, era pergunta e resposta em um único movimento.

— Se ele vai lutar contra os icenos, vai precisar de um bom cavalo.

Valerius deu um sorriso contido.

— A Ala Quinta Gallorum possui alguns excelentes cavalos. Você não precisava dar o seu para ele.

— Você preferiria que eu lhe tivesse dado o seu assassino malhado?

— O governador o teria enforcado por tentativa de assassinato se você ao menos sugerisse isso.

— Então, em vez disso, ele ficou com o meu, que não o matará e talvez o mantenha vivo.

— E ele sabe que o cavalo que ele tem agora é a ama-seca e o prefeito dele?

Ele sempre fora capaz de reconhecer a disposição de ânimo de Corvus. Como sempre, sentiu a mudança antes de vê-la. Mas como nunca antes, o entendimento chegou como um golpe no peito que fez o seu coração perder o ritmo.

A raiva ardeu nos olhos do prefeito. Com uma força serena, ele declarou:

— Se você disser isso de novo, ou qualquer coisa parecida, vou mandar açoitá-lo e rebaixá-lo de posto. Fui claro?

Em oito anos, por mais vezes que tivessem brigado, Corvus nunca usara o seu posto como arma. Sentindo a pele se retesar como pergaminho, Valerius respondeu:

— Perfeitamente.

Você não conhecerá o amor nem a alegria... A maldição não o impedira de sentir a retirada do amor, nem de chorar sua perda. Valerius imaginara que esse sentimento era uma coisa que existiria para sempre, com a mesma certeza de que a lua nasceria e se poria no horizonte, algo sólido que ele poderia contrariar em segurança e para o qual poderia voltar mais tarde, quando a raiva tivesse se apagado. O choque o deixara vazio e sem peso. Esforçou-se para prestar atenção, para registrar as palavras de Corvus e seu significado, interno e externo.

Corvus disse:

— Ótimo. Então preste atenção e considere com cuidado sua resposta. Como você deve saber, o *rei cliente* Prasutagos está reivindicando a liderança dos icenos. Ele o faz através de uma mulher chamada Silla, que afirma ser de linhagem real. Ela deu a seu "rei" dois filhos natimortos e poderá ainda presenteá-lo com uma criança viva, que atuará como seu sucessor.

Corvus fez uma pausa, esperando uma resposta, mas não houve nenhuma. O mundo de boatos da fortaleza havia muito levara a Valerius as notícias da posição real de 'Tagos, mas não do motivo da sua elevação. Homens criados em um mundo de homens julgaram que o vinho e o ouro eram suficientes para comprar o status. Valerius, criado de outra maneira, deveria ter enxergado a verdade, mas isso não acontecera. Na sua cabeça, Silla era jovem demais para ter um homem; ela tinha três anos e dividia sua cama, agarrando-se a ele como uma lapa para se aquecer, porque, mesmo no auge do verão, ela não conseguia suportar a solidão de se deitar sozinha. Ela tinha seis anos e estava deitada na relva fora da forja, observando o pai fabricar uma espada que um dia exibiria no pomo a lança-serpente. Ela não se interessava por espadas, de modo que ficou contemplando uma vespa tardia aterrissar em uma folha e tentou agarrá-la. O irmão levou para ela folhas de confrei esmagadas para suavizar a dor da ferroada. Ela estava com oito anos, ajoelhada no lodo, com os braços ao redor do pescoço de um cão, segurando o animal para que ele não corresse atrás dos que cavalgavam em direção à fortaleza de Cunobelin. A voz da irmã estendeu-se ao longo dos anos, alta e infantil: *Não fique longe por mais de um mês. Ele vai parar de comer e vai morrer sem você.* O vestido que usava era verde como as folhas velhas do carvalho, pouco antes da mudança da estação, e tinha uma orla de amarelo-açafrão vivo ao longo da bainha. Essa lembrança permaneceu calorosa na mente de Valerius.

Ele partira havia uma eternidade. O cão talvez tivesse realmente parado de comer e morrido. Silla dera dois filhos a 'Tagos, e ambos estavam mortos. Suas filhas, se é que ela tinha alguma, não contariam para Roma.

Corvus estava falando novamente:

— ... o que significa que passaremos pelas terras dele a caminho do forte e o rei desejará, sem dúvida, nos oferecer a sua hospitalidade. Pareceu-me que você talvez não queira encontrar esse homem ou nenhum dos parentes dele. Se for este o caso, pode ser que existam motivos pelos quais lhe seja exigido permanecer na fortaleza. Ainda há tempo para encontrarmos um substituto temporário como segundo em comando da terceira tropa.

— Você quer dizer que poderia ordenar que eu fosse chicoteado, e eu seria obrigado a ficar para trás?

Valerius fizera a pergunta como uma espécie de brincadeira, uma maneira de romper a formalidade. Corvus assentiu com a cabeça, como se a possibilidade fosse real.

— Se é o que você deseja, embora eu tenha pensado em algo mais seguro. Se você fosse chicoteado agora, desconfio que, mesmo assim, o governador iria querer que você partisse conosco ao meio-dia.

— Estou seguro que sim. Sou grato pela ideia, mas se o prefeito o permitir, prefiro cavalgar com a pele inteira.

— Mas você tem certeza de que deseja ir conosco?

— Tenho.

Haviam chegado ao portão sul da fortaleza. Valerius virou Crow para o outro lado. De repente, sentiu-se cansado dos jogos de palavras. No passado, não tinham sido necessários. No futuro, talvez não fossem possíveis, substituídos pelas formalidades distantes do posto. Não era um conceito que ele desejasse considerar profundamente. Valerius acrescentou então:

— Foi uma boa ideia e estou sinceramente agradecido, mas não há necessidade. 'Tagos poderá reconhecê-lo quando vocês se encontrarem, mas ele não saberá quem eu sou.

Corvus segurou as rédeas de Valerius. De todos os outros homens, ele era o único capaz de lidar com Crow sem correr o risco de perder o braço. Ele perguntou sem rodeios:

— E se os guerreiros contra quem lutarmos portarem a marca da lança-serpente nos escudos, ou se forem liderados pela mulher ruiva a quem a marca pertence? E aí?

O vento assobiou entre eles, levantando o pelo dos braços dos homens. Havia quatro anos nenhum dos dois mencionava a existência da lança-serpente ou da mulher a quem ela pertencia. O fato de Corvus fazê-lo agora indicava seu desespero ou a brutal redução do interesse dele por Valerius.

Enfrentando um pânico crescente, Valerius respondeu:

— A guerreira que porta a lança-serpente não está aqui. Você ouviu o tribuno. Ela está no oeste, conduzindo o levante com Caradoc.

Corvus balançou a cabeça.

— Isso foi há mais de um mês. Marcus Ostorius já percorreu a região depois disso, e Breaca também teve tempo de fazer o mesmo. Se eu fosse sua irmã, estaria aumentando a resistência no leste. Se ela e Caradoc nos atacarem em duas frentes, poderão nos derrotar.

Valerius sentiu seus mundos colidirem, como não faziam desde antes da invasão. Fechou os olhos e buscou o seu deus, mas ele não veio. A marca jazia fria no seu peito. Uma avó o amaldiçoava, rindo.

Eu não tinha escolha. Não tenho nenhuma agora.

Idiota.

Valerius declarou com a voz rouca:

— Farei o que você fizer e pelas mesmas razões. Estou comprometido com as legiões. Fiz um juramento diante do imperador e outro diante do deus. Independentemente de quem encontrarmos, seja como for que os encontremos, seguirei as ordens e lutarei.

— E se você receber ordens para crucificar as crianças?

O cavalo malhado jogou a cabeça para cima e o arreio se soltou da mão de Corvus. Mordendo com força o lábio, Julius Valerius, duplicário da terceira tropa da Ala Quinta Gallorum, fez continência para seu prefeito com rígida precisão.

— Nesse caso, seguirei o seu comando, nisso e em tudo o mais.

Fora uma péssima despedida e nada do que acontecera depois melhorara a situação. Eles passaram, de fato, uma noite aos cuidados de Prasutagos, e o rei cliente não reconhecera nenhum dos dois. Na verdade, o risco de que isso acontecesse fora pequeno; a conversa tinha girado em torno de coisas mais profundas. Além disso, ela marcara o fim de algo que nenhum dos dois acreditara que um dia fosse terminar.

Valerius postava-se agora no corredor do hospital, do lado de fora de um quarto que cheirava a bálsamo de limão, e sabia que não tinha coragem de abrir a porta.

— O herói da batalha. Você não me disse isso na última vez em que esteve aqui. Eu me perguntei quanto tempo você levaria para voltar.

Valerius deu meia-volta. Theophilus, o médico magro de nariz comprido, estava encostado em uma parede atrás dele. Certa vez, ele cuidara de um imperador, mas o imperador mudara e não era mais prudente que os membros da antiga corte permanecessem em Roma. Ele fugira para a Germânia e encontrara um lar entre as legiões no Reno, viajando com eles para a nova província da Britânia como parte do exército invasor. Desde então, tornara-se o único médico de toda uma fortaleza, cuidando, alternadamente, de homens doentes com febre e dos feridos em combate. Era difícil dizer se ele ficava mais feliz quando os homens voltavam machucados ou inteiros da batalha.

Theophilus olhou para Valerius por debaixo das sobrancelhas brancas. À semelhança dos videntes das tribos, ele conhecia os segredos do coração de um homem.

Valerius declarou:

— Eu estava de partida. Não desejava perturbá-lo.

— Não, mas talvez ele o perturbasse. — Theophilus nunca falava desnecessariamente e, quando o fazia, era sempre com palavras ocultas por trás das palavras. Um novo caduceu de ouro reluzia no seu peito; um presente do governador. Debaixo dele, o antigo, talhado em madeira de macieira, pendurado em uma tira de couro. Ele tocou este último com o polegar da mesma maneira como Valerius tocava a sua marca. — O tribuno está com ele. Você sabia?

— Imaginei. Mesmo que não estivesse, não é minha atribuição visitá-lo. Vou me retirar e...

— Não. Não vá. — A porta se abriu. Um aroma de óleos cítricos escapou de dentro do quarto, tendo embaixo o odor de sangue rançoso. Marcus Ostorius Scapula, resplandecente em branco e escarlate, postava-se na entrada. Se o tivessem feito imperador e o vestido de púrpura, ele não poderia ter tido uma aparência mais magnífica. Voltou para Valerius todo o peso do seu negro olhar e deu um sorriso lindo. — Duplicário, entre. O prefeito ficará feliz em vê-lo.

Tratava-se de uma ordem, disfarçada de convite, e não poderia ser recusada, por mais que a outra pessoa desejasse assim fazê-lo. Do lado de dentro, o quarto estava silencioso e a respiração do homem deitado na cama era tão superficial que mal perturbava o ar. Corvus estava branco como o lençol. Parte da cabeça tinha sido raspada, para que um ferimento pudesse ser mais adequadamente tratado. O peito estava envolto em ataduras. O braço direito jazia frouxo sobre a roupa de cama, aguardando uma vontade maior do que a que ele possuía no momento para que pudesse se mexer.

A porta se fechou e o tribuno estava do lado de dentro. O duplicário não deveria ficar a sós com seu prefeito. Valerius postou-se em posição de sentido aos pés da cama. O olhar de Corvus passou por Valerius e voltou, complexo demais para ser interpretado. Ele lutou abertamente para obter o autocontrole, e o conseguiu, mas era impossível saber com relação a qual dor.

— Julius Valerius... — Para pronunciar essas palavras, Corvus precisou respirar várias vezes, e estava claramente sentindo muita dor. Valerius acomodou-se pacientemente.

Já o filho do governador mostrou-se menos paciente. Ele declarou:

— Você deve saber que o tempo melhorou e um navio atracou ao sul da fortaleza. Ele traz uma mensagem do imperador elogiando as ações do governador e apoiando o aumento na escala da operação militar no oeste. O navio regressará com um despacho que detalha o desarmamento pacífico das tribos leais do leste e a repressão de uma revolta entre os icenos e seus aliados, os coritânios. O despacho menciona ainda a ferocidade com que eles lutaram e a extraordinária coragem e disciplina dos nossos homens ao derrotá-los. Esse será o último navio a singrar os mares neste inverno. Na primavera, os novos relatórios precisarão mostrar o trabalho do inverno. O prefeito e eu estávamos discutindo...

A repressão de uma revolta... Valerius riu rudemente. O som ressoou estridente no quarto silencioso. Os olhos de Corvus estavam negros de dor e se fixaram em Valerius.

Sem dar atenção ao pedido que eles encerravam, Valerius declarou:

— Esqueça os relatórios da primavera. No final do inverno teremos sido esmagados. Os guerreiros dos icenos e dos coritânios que sobreviveram à "repressão" estão neste momento celebrando com o cantor da raposa o sucesso da tática inspirada na armadilha para os salmões. Eles não vão ficar dormindo nas casas comunais e enchendo a barriga apenas porque o chão está coberto de neve.

— Duplicário, você está indo longe...

— Não. Ele tem o direito. Nós lhe demos certa vez permissão para dar a sua opinião. É justo que ele o faça agora, desde que tenha consciência de que as suas palavras são apenas para este quarto e seriam consideradas sediciosas caso fossem repetidas na presença de outras pessoas.

Marcus Ostorius não estava mais sorrindo. Ele tinha vinte anos e poderia ordenar qualquer tipo de punição de um oficial subalterno das alas auxiliares, e as ordens seriam executadas sem discussão. Seu tom de voz e seu comportamento diziam que ele poderia fazê-lo; possivelmente, que já o teria feito em outras circunstâncias. O sol deslizava inclinado sobre o rosto de Marcus Ostorius, deixando-o na sombra. Do lado de fora, o canto tardio de um galo lembrou a eles que o dia já raiara havia muito tempo.

— Diga-me: — ordenou Marcus Ostorius sem se virar — se você fosse o governador e precisasse garantir com urgência que as tribos unidas fossem separadas, ou pelo menos não impusessem a sua superioridade, pensaria na possibilidade de impor represálias contra elas mais severas do que as impostas até agora?

Seria o mesmo que crucificar as crianças.

— Trata-se da única esperança. — Valerius praticamente não pensara em mais nada desde que escapara da armadilha. — Talvez pudéssemos ter conversado com o conselho dos anciãos depois que o forte foi incendiado e antes da batalha, mas não agora. Se o seu pai deseja continuar a governar uma província que ainda esteja sob o domínio de Roma, ele terá que escolher pelo menos uma aldeia e destruí-la. É a única solução.

— Você teria algum lugar em mente?

— A primeira aldeia que desencadeou a revolta, cujos habitantes atacaram a tropa trácia. Se você enforcar a população inteira e obrigar o maior número possível dos icenos vizinhos a assistir, eles espalharão a notícia para os outros. Torne conhecido por meio deles e de Presutagos que, para cada legionário ou auxiliar que morrer daqui por diante, uma família inteira, escolhida ao acaso, será exterminada. Foram eles que usaram métodos mais pesados quando mataram os batedores e nos pegaram de emboscada. O governador precisa adotar então medidas igualmente violentas e rápidas para que as pessoas não permitam que os videntes continuem a travar a guerra.

Marcus Ostorius franziu o cenho.

— A guerra é dos videntes? Eu pensava que aquele com a marca da raposa fosse um dos cantores.

— Ele era, apesar de portar as armas de um guerreiro, e eu o vi lutar. Mesmo assim, os cantores e os videntes estão unidos. Os guerreiros seguem o comando deles, e não o contrário. Os videntes são nossos inimigos agora e contam com o apoio dos guerreiros. A nossa esperança de sobrevivência reside na nossa disposição de causar mais mal a eles do que eles possam nos causar. Se não conseguirmos fazer isso, seria melhor que regressássemos a Roma no próximo navio.

— É fácil dizer. — Marcus Ostorius afastou-se abruptamente da janela. — Mas você está pedindo aos homens que matem mulheres e crianças sem estar animados pelo cheiro da batalha. Você o faria?

Valerius olhou para Corvus.

— Faria, se o meu decurião me ordenasse. Ou o meu prefeito.

Marcus Ostorius fechou rapidamente os olhos. Reabrindo-os, ele disse:

— Regulus está morto. Você não tem um decurião. É preciso encontrar substitutos para ele e para todos os que morreram. Pelo menos algumas das promoções serão feitas com base na coragem excepcional e na liderança. Se você fosse promovido a decurião, digamos, da segunda tropa dos trácios, terceiro em comando da ala, você os conduziria a serviço do governador, independentemente da ordem?

O mundo de Valerius tornou-se instável. Durante toda a sua vida adulta, a parte da sua vida que agora importava, ele servira sob as ordens de Corvus, prefeito da Quinta Gallorum. Ele fora parte da sua tropa praticamente desde o dia em que ela se formara. Tinha poucos amigos, mas havia homens ao lado de quem lutara em combate, cuja vida ele salvara, que ele sabia que salvariam a sua, homens que conhecia intimamente, como se fossem seus irmãos. Com exceção de dois, todos eram gauleses. Longinus e os trácios lutavam sob as ordens de um prefeito romano que ordenara o enforcamento de uma menina grávida, prefeito esse que, acima de tudo, não era Corvus.

Valerius ouviu a própria voz dentro da cabeça: *Acreditei que seria construtivo na evolução da minha carreira.* Corvus, respirando descontraído, riu enquanto replicava: *Estou certo de que será.* Nenhum dos dois imaginara que a evolução da sua carreira exigiria que ele abandonasse a ala que era o seu lar e o homem que a chefiava. Nenhum dos dois o desejara, até agora.

No hospital, em um quarto silencioso, Valerius precisava desesperadamente se sentar.

Da cama, Corvus pediu:

— Marcus...? — O tribuno ergueu uma sobrancelha, preguiçoso, e, sorrindo, declarou:

— Claro. Estarei do lado de fora quando você precisar de mim.

A porta se fechou e eles ficaram a sós, um recém-nomeado decurião e o homem que não era mais o seu prefeito.

Um banco fora colocado ao lado da cama. Valerius se sentou sem pedir permissão, levantando-se em seguida, lembrando-se do seu lugar, e voltou a sentar-se a um meneio de cabeça de Corvus.

O silêncio tomou conta dele. O que ele diria? *Eu o vi morrer, e se o meu mundo ainda não houvesse terminado, ele teria acabado então. Mas não sou mais capaz de sentir raiva, dor ou amor; posso apenas lamentar tê-los perdido. É a maldição dos deuses e o deus não pode eliminá-la. Você pode me perdoar? Podemos ser como antes, sabendo que não sou capaz de sentir?*

Não fazia sentido. Sua resposta pairava na presença do tribuno do outro lado da porta e no nome informal pronunciado como um pedido silencioso: *Marcus?* Muito poucas pessoas, além da família mais chegada, teriam recebido o direito de chamar o filho do governador pelo primeiro nome.

Estendendo o braço, Valerius levantou a mão frouxa de Corvus e sentiu o tremor da intenção do movimento. Pôde ver na mente que ela ficaria curada, com o tempo. Essa parte era boa.

Um pouco depois, quando conseguiu se controlar melhor, Valerius olhou além da mão, para o rosto de Corvus. O que certa vez fora um livro aberto, agora estava fechado e ele não tinha o poder de abri-lo.

— Por quê? — perguntou ele.

Valerius não se referira à promoção, mas foi mais fácil para Corvus responder como se ele o tivesse feito:

— As suas ações no campo de batalha foram observadas e relatadas ao governador. Tanto o ataque ao vidente quanto a busca dos cavalos foram atos de notável coragem e um exemplo para todos os soldados. Essas coisas não podem ser colocadas no despacho, pois nada pode sobrepujar os feitos do tribuno, mas podem ser recompensadas. — O olhar de Corvus focalizou-se com mais intensidade. — Eu não sabia que você era capaz de comandar um bando de cavalos apenas com a voz.

— Não sou. Eles seguiram Crow. Tudo que tive que fazer foi dirigi-los para a barreira onde havia mais guerreiros e menos auxiliares, e acreditar que eles saltariam por cima dela. Os icenos não matarão um cavalo sem cavaleiro. Não está em sua natureza fazer isso.

— Mas os cavalos, sem cavaleiros, matarão os icenos?

— Somente se se sentirem atacados. É assim que são treinados.

— E o cavalo, como não tem consciência, agirá em função do seu treinamento. Um homem, para fazer isso, precisa de mais coragem. — A voz de Corvus ficara mais rouca, perdendo a incisividade. Estendendo a mão esquerda sadia, ele perguntou: — O que isso lhe custou? — Seu rosto estava quase como fora.

Eu sabia que você estava atrás da barreira e que iria morrer. Eu queria que você sentisse orgulho de mim pela última vez. A maldição não destruiu o meu orgulho, nem o seu. Era o meu presente para você, livremente oferecido, e o seu tribuno de olhos negros o roubou.

Valerius balançou a cabeça.

— Nada. — Ele soltou a mão que estava segurando e recuou. Também se refugiou no mesmo lugar onde Corvus recentemente se ocultara. — Por que devo me unir aos trácios, depois de servir os últimos nove anos com os gauleses?

A rigidez retornou, bem como as camadas da hierarquia entre eles. Corvus respondeu:

— A primeira tropa precisa de um decurião. É uma promoção óbvia para você, uma clara demonstração de que as suas ações foram vistas e valorizadas. Você é um bom exemplo. Para sobrevivermos ao inverno, precisaremos de homens que demonstrem ter iniciativa quando isso for importante, além de visível coragem.

— Regulus também morreu. Eu poderia permanecer com os gauleses. *E continuaria a servir sob o seu comando. Por favor, permita.*

— Não. Essa é a melhor escolha. A decisão é do governador, mas acredito que ele vá se aconselhar com o tribuno.

E, sem dúvida, com o prefeito, cuja vida o seu filho salvou com tanta valentia.

Valerius poderia ter pronunciado a última frase em voz alta, mas não era tão corajoso e descobriu que, afinal de contas, não desejava ser açoitado e rebaixado a soldado apenas para ter a última palavra. Soltou a mão que estivera segurando e alisou a roupa de cama.

— Devo ir agora — disse Valerius. — O tribuno está esperando do lado de fora e não devemos deixá-lo lá por mais tempo do que o necessário. Eu lhe desejo boa saúde e uma rápida recuperação.

Ele estava quase na porta quando Corvus falou:

— Valerius?

— Sim? — replicou este, voltando-se rápido demais. Ainda nutria esperanças.

— Longinus Sdapeze será nomeado duplicário da primeira tropa e servirá diretamente sob o seu comando. Theophilus jura que ele estará em condições de cavalgar no final do inverno. Ele é um bom homem. Se vocês tomarem conta um do outro, talvez todos nós possamos sobreviver.

II

VERÃO

—

INÍCIO DO OUTONO 51 D.C.

IX

A CRIANÇA NASCEU EM MONA, NO FINAL DO VERÃO, QUANdo a luta atingia o auge.
Mona era segura. O governador, Scapula, continuava decidido a subjugar os siluros. O seu orgulho e o juramento que fizera ao imperador — ainda não cumprido, depois de quatro anos — não lhe permitiriam parar. Scapula ainda não voltara a atenção para os videntes e a sua ilha; ou, o que era mais provável, ainda não adquirira a perícia militar que lhe permitiria atacar tão ao norte e a oeste. Toda primavera, durante quatro anos consecutivos, a Segunda Legião havia sustentado a extremidade sul do território contra os ataques dos durotriges, enquanto a Vigésima havia deixado os acampamentos de inverno e feito o máximo para expandir sua linha de fortes para oeste, avançando no território dos siluros. Algumas vezes, e em alguns lugares, eles haviam alcançado êxito. Com a mesma frequência, haviam fracassado.

As montanhas do oeste haviam se tornado um permanente campo de batalha. O milho agora só era plantado e colhido pelos muito jovens, pelos velhos e pelos enfermos, ou seja, por aqueles que não podiam empunhar uma arma na guerra. A procriação dos cavalos tinha precedência sobre a do gado para substituir os inúmeros perdidos em combate. A caça tornou-se escassa. Nos locais onde Roma conseguiu prevalecer, as legiões caçaram até extinguir tudo o que vivia ao alcance dos fortes que dominavam. A derrubada indiscriminada das árvores das florestas para a obtenção de madeira e lenha fez com que os animais que tinham fugido não regressassem. Nas terras ocupadas do leste e do sul, os grãos, que um dia haviam pertencido àqueles que os plantavam e colhiam. tornaram-se propriedade dos cobradores de impostos ou dos veteranos romanos que eram os proprietários da terra, mas que ordenavam que outros a cultivassem. A fome alastrava-se nos meses de inverno de maneiras desconhecidas antes da invasão.

Somente em Mona a vida prosseguia o mais próximo possível da normalidade com as legiões que se encontravam a menos de dois dias de cavalgada além dos estreitos e das montanhas. Videntes e cantores ainda recebiam aprendizes das tribos que decidiam enviá-los. Aqueles que não estavam sob o jugo romano enviavam mais alunos do que jamais o tinham feito, por sentirem uma necessidade maior de estar perto dos deuses. Os que viviam debaixo da sombra das legiões enviavam um menor número e em grande segredo, e cada um chegava sabendo que, se sua vocação fosse descoberta, sua família, na melhor das hipóteses, seria enforcada.

Nesse mesmo espírito e com os mesmos receios, meninas e meninos que se aproximavam da idade adulta e que exibiam o espírito e o potencial para a guerra viajavam para oeste para se submeter em segurança aos ritos das longas noites, e depois, se seus atos e sonhos revelassem que eles se qualificavam, eram encaminhados para o treinamento na escola de guerreiros. O luxo do aprendizado de dez anos lhes era negado; muitos iam para a frente de batalha após o primeiro ano do adestramento, mas alguns dos mais antigos permaneciam na ilha para manter unida a essência da escola.

Breaca, que, na qualidade de Guerreira de Mona, escolhida pelos deuses, deveria ter ensinado às futuras gerações a destreza do combate, passava a maior parte de cada verão combatendo o inimigo ao lado daqueles da sua geração que haviam sobrevivido até então. As coisas não eram assim antes. Venutios, seu predecessor, deixara a ilha uma única vez durante sua gestão como Guerreiro. No mundo transformado onde as guerras eram constantes, ela era a Boudica e seu lugar era na linha de frente dos ataques aos fortes, das emboscadas às tropas de suprimentos ou do cerco às tropas auxiliares perdidas nas montanhas. A presença de Breaca transmitia ânimo aos guerreiros e medo ao inimigo. Durante os oito anos que se seguiram à invasão, ela recebera a bênção e as instruções dos deuses, transmitidas por meio dos videntes que se encontravam praticamente em um conselho permanente, acompanhando os relatos das terras ocupadas. A guerra era a sua vida e, na medida em que alguém pudesse viver em uma terra ameaçada, ela estava satisfeita.

Mas seu corpo a traíra, e os deuses não haviam escolhido um bom momento ao enviarem uma criança quando ela era menos necessária. Quase sete anos sem filhos haviam transcorrido depois que Cunomar nascera. Ela se julgara estéril e não havia tomado as infusões que a teriam conservado assim na calmaria que se seguia à luta. Quando, no final do inverno, a gravidez se tornara clara, Breaca entrara em pânico e procurara Airmid, vidente, agente de cura e amiga do coração, para lhe pedir que a ajudasse a desfazer o ocorrido.

Airmid sorrira, o que em si era uma dádiva. Ao contrário dos guerreiros, ela não desfrutara o alívio da tensão do combate. Desde que Scapula ordenara o massacre de pessoas inocentes nas terras dos icenos, os videntes haviam buscado destruir o governador por meio de quaisquer recursos que os deuses pudessem fornecer, e o inverno era a oportunidade propícia para descobrir quais recursos poderiam ser esses.

Breaca caminhara sozinha em direção a um dos círculos de pedras espalhados pela ilha: grandes rochas extraídas de pedreiras em outros lugares e erigidas pelos ancestrais para formar um foco para as visões quando toda a terra sonhava. Nevara e o solo estava esparsamente branco. O círculo erguia-se solitário no vale entre duas colinas baixas. Carvalhos anões, inclinados pelo vento, recurvavam-se para o leste; a neve pulverizava-lhes os galhos e caía como poeira cinzenta à luz do entardecer. Um amontoado de ovelhas em um estado de prenhez avançada encontrou forragem no abrigo do círculo.

Airmid postou-se perto da pedra mais a oeste, de frente para a lua nascente. Nemain, deusa da noite e da água, mostrou mais nitidamente o rosto aqui no oeste do que jamais o fizera nas terras orientais dos icenos, quando elas eram crianças. Mesmo agora, quando a noite ainda não descera totalmente sobre elas, era possível distinguir claramente na superfície a lebre que trouxera a primeira visão para as pessoas e atuara como mensageira a partir de então. À luz da deusa, Airmid se tornara uma criatura de sonho por mérito próprio. Ela já era alta e as sombras lineares projetadas pelas pedras em ambos os lados pareciam elevar ainda mais a sua altura. A neve branca tornava negro como a noite seu cabelo, preso para trás pela tira de casca de bétula na testa. Um colar de ossos de rã prateados reluzia suavemente na sua garganta, o único sinal externo de sua visão. Os olhos eram o portal para a verdadeira visão, as mensagens dos deuses, enviadas para guiar as pessoas.

Breaca inclinou-se na pedra no norte, esperando a mulher que ela sabia que iria retornar e habitar novamente a carne viva. Suas mãos se cruzaram sobre o pequeno volume do seu ventre, buscando nele a pulsação da vida. Em sua cabeça, ela formara as palavras de desculpas para uma alma semiformada, informando-lhe que ela teria de partir cedo, sem realizar a promessa da sua vida. Sua filha despertou com o toque. No espaço do círculo que pertencia aos deuses, ela assumiu forma. Uma jovem mulher, aproximando-se das suas longas noites, no intervalo entre duas pedras que até pouco antes estivera vazio. Ela não era a filha que Breaca teria imaginado; não seria de esperar que uma criança nascida de pais tão altos fosse tão delgada e frágil, nem que o seu cabelo fosse tão escuro, da cor do sangue de boi, já que o do pai era dourado como o milho e o da mãe, vermelho como uma raposa no inverno. A jovem erguia-se na neve que dançava, e apenas os olhos eram visivelmente de Caradoc, cinza como o ferro, portadores de uma sinceridade que não deixava dúvidas e um amor profundo que cortava a alma.

A menina se voltou, em busca de orientação. Seus olhos se encontraram com os da mãe. A chama do reconhecimento saltou entre elas, para ser substituída, com excessiva rapidez, pela surpresa, a seguir pelo medo e depois por algo intangível que ia além desses dois sentimentos: o entendimento e a suposição do amor enterrados na dor. Somente no final ela deu um sorriso, e a visão dele atravessou o peso do presente e tornou-se um canal para um passado que estivera enterrado por um tempo excessivamente longo.

— Quem ela a faz lembrar?

Breaca se deu conta de que estava de olhos fechados e os abriu. A menina do sonho desaparecera. Airmid postava-se onde ela estivera, o rosto ainda animado com a presença da deusa.

— Você pensou em alguém — declarou Airmid. — Quem foi essa pessoa?

Era difícil encontrar as palavras. Era melhor falar, de repente, sem pensar. Breaca respondeu:

— Graine. Quero dizer, a minha mãe. E a irmã dela, Macha, aquela cuja visão era a carriça. Ela era uma mistura das duas.

— Então você tem dois nomes que seriam adequados. Você saberá qual o melhor quando ela nascer.

Tirar a criança estava então fora de questão. Breaca disse:

— Ela era uma vidente. Eu vi a tira na testa dela. — Uma vidente nascida de dois guerreiros era algo que já havia acontecido, apenas não era comum. Ela não mencionou as outras coisas que vira, a túnica manchada pela batalha e a arma de guerra que não eram as ferramentas de uma vidente e eram, de qualquer modo, proibidas para uma menina que se aproximava das longas noites.

Se Airmid tomara conhecimento do que Breaca vira, preferiu não tecer comentários. Com um aceno de cabeça, exibiu um sorriso de vidente, repleto de mistérios inconfessos.

— Ela será — disse ela —, e não "ela era". Lembre-se sempre disso: a sua filha é o futuro, não o passado.

O inverno transformou-se na primavera. A neve derreteu, tornou-se uma água lamacenta e juntou-se aos rios que desciam pelas vertentes. Flores de pilriteiro pendiam brancas, caíam e eram esmagadas sob os pés no ímpeto em direção à primavera e ao início da luta. As folhas brotavam nas árvores e os primeiros rebentos de cevada irromperam através da terra do inverno. Carneiros nasceram e se fizeram acompanhar no campo pelos potros de pernas altas e magras. Os mares se abriram ao tráfego e a barca começou a fazer a travessia diária através do estreito de Mona para o continente, levando os videntes para o território mais vasto e, ocasionalmente, trazendo de volta chefes guerreiros para o conselho, ou guerreiros cujos ferimentos precisavam ser tratados.

A criança que era o futuro, e não o passado, ia crescendo no útero da mãe, de modo que, no terceiro mês da luta, Breaca já não estava em condições de montar e participar dos combates. Desgostosa, ela pegou a barca para Mona para não se tornar um fardo para Caradoc, que comandava sozinho as tribos ocidentais na ausência da mulher, e tampouco para Ardacos e Gwyddhien, que dividiam o comando dos guerreiros treinados de Mona. Breaca gostaria de ter ficado apenas para estar perto da luta e participar do planejamento das estratégias e das conversas que se seguiam à batalha, mas no ano anterior as legiões haviam adotado a prática de enviar uma ou duas tropas de auxiliares para cercar o perímetro de qualquer luta para capturar viva a família dos guerreiros engajados na batalha. Alguns eram enforcados à vista dos guerreiros e outros, vendidos como escravos, mas Scapula havia muito espalhara que capturar vivos Boudica, Caradoc ou algum dos seus parentes era uma questão da mais alta prioridade e que a sorte deles, em Roma, não seria a morte rápida resultante de um enforcamento no campo de batalha. Teriam sido necessários mais guerreiros do que os que podiam ser dispensados da luta para garantir a segurança de Breaca, e o simples fato de tomarem essas medidas teria alertado Scapula da sua presença. Assim, Boudica deixou que seus guerreiros buscassem sozinhos a vitória, e a luta prosseguiu exuberante sem ela.

Breaca estava participando de uma reunião do conselho, na casa-grande dos anciãos de Mona, quando começou a sentir as dores do parto. A casa, construída pelos ancestrais e mantida em cada geração subsequente, era espaçosa o suficiente para conter em pé, com folga, todos os videntes, cantores e guerreiros de Mona. As paredes eram de pedra, cortadas e revestidas pelas antigas gerações em um tempo tão distante que nem mesmo as mais antigas histórias o registravam. As enormes vigas do teto eram feitas do carvalho mais alto encontrado na ilha; os ancestrais os haviam trazido de barco da mais distante costa setentrional. A marca da visão de cada Ancião e Guerreiro sucessivo estava talhada na madeira, ascendendo em espiral em direção às alturas densas com a fumaça. Veado e cobra, cavalo e salmão, castor, raposa, águia, sapo; cada um deles adquiria vida quando o fogo estava aceso e as pessoas, reunidas. A marca da lança-serpente de Breaca retorcia-se ao lado do urso, que era a visão de Maroc, o vidente ancião, e debaixo do salmão saltante de Venutios, o homem que fora o Guerreiro que a precedera e agora comandava metade dos brigantes, a grande tribo do norte cuja ajuda poderia ser a palha que desequilibraria a balança na batalha contra Roma.

Venutios estava presente; o conselho fora convocado quando ele chegara, reunindo-se rapidamente, de modo que postava-se agora diante do fogo na casa-grande dos anciãos vestindo seu manto de viagem, explicando o mais abertamente possível a natureza do conflito nas terras dos brigantes entre seus seguidores e aqueles leais a Cartimandua, com quem ele dividia o governo. Cartimandua lhe dera uma filha, mas isso não significava que ela compartilhasse o ódio que ele sentia por Roma, nem o desvelo eterno que ele nutria por Mona e os videntes. Acima de tudo, ela odiava Caradoc e havia declarado publicamente que não apoiaria qualquer empreendimento do qual ele participasse, e mais do que qualquer outra coisa, esse ódio fortalecia seu vínculo com Scapula e Roma.

Venutios não era um homem alto e as conflitantes responsabilidades da liderança pesavam sobre ele, mas conduzia-se com o orgulho de um homem que um dia fora o Guerreiro, e sua voz era respeitada e ouvida. A luz do fogo dançava no seu rosto enquanto ele falava, embelezando o desvelo de muitos anos:

— Uma guerra civil entre os brigantes não será útil para ninguém — declarou Venutios. — Cartimandua tem espiões por toda parte. Posso arregimentar guerreiros em segredo, mas o número deles precisa ser pequeno, uns poucos de cada povoado, encontrando-se como se fossem caçar. Se reunirmos milhares de pessoas, ela saberá e nos delatará ao inimigo. Se Roma estivesse distante, isso não seria um problema incontornável, mas a Décima Quarta Legião já está acampada em nossas fronteiras. Para ter certeza de que a derrotaríamos, eu teria que arregimentar dez mil, e não posso fazer isso. Com um número menor, sempre corremos o risco de sermos atacados, mesmo antes de chegarmos ao campo de batalha.

Dirigindo-se ao conselho, Breaca perguntou:

— Quantos guerreiros vocês podem trazer com segurança sem que o fato se torne conhecido?

— Mil. Talvez dois mil.

— Mais do que isso — um jovem guerreiro louro dos brigantes falou do lugar onde estava, no outro lado do fogo. Levantando-se para que as suas palavras fossem ouvidas com mais clareza, ele prosseguiu: — Talvez os grupos de guerreiros dos selgovae se unissem a nós vindos do norte. Eles não são numerosos, mas Cartimandua não possui espiões entre eles. Teríamos aí mais mil guerreiros.

Era contra o protocolo qualquer pessoa falar fora de ordem, mas o jovem, Vellocatus, era primo de um primo de Venutios e o apoiara desde o momento em que os anciãos dos brigantes haviam chamado o então Guerreiro de volta à sua terra. Seu argumento foi ouvido e aceito.

Breaca traçou na cabeça o número de homens e a posição das legiões e das tribos de acordo com a descrição dos últimos relatórios, acrescentando a promessa de Venutios no sentido de providenciar mais guerreiros.

— Talvez seja suficiente — declarou ela. — Já estamos lutando há cinco meses e as legiões estão tendo um mau desempenho. Scapula jurou vir para o Ocidente, mas, mesmo assim, os seus homens estão perdendo o incentivo. Com três mil, poderíamos...

Breaca interrompeu o que estava dizendo e mordeu o lábio. A contração esporádica do seu útero, que vinha sendo branda e suportável, deixou de ser, de repente, as duas coisas. Ela olhou fixamente para o fogo até passar. Ninguém disse nada. Dos videntes e anciãos presentes, muitos eram mulheres que haviam tido filhos. Os homens, em sua maioria, tinham assistido tantos partos quanto ela tinha participado de batalhas.

No alívio temporário que se seguiu, ela declarou, com urgência:

— Preciso ir. Mandem avisar Caradoc sobre os três mil. Ele saberá como eles poderão ser mais úteis. Com esse tanto de guerreiros descansados e bem armados, poderemos esmagar Scapula antes que ele tenha tempo para pedir reforços. Digam a ele... — Uma onda vigorosa recrudesceu e em seguida se extinguiu. — Digam a Caradoc que use novamente a estratégia da armadilha para salmões. Funcionou para Dubornos no leste. Também dará certo para nós aqui. — Depois dessas palavras, Breaca partiu rapidamente, com Hail nos calcanhares.

Isso tivera lugar no final da tarde. Quando o longo crepúsculo, infestado de insetos, se aproximou, os intervalos entre as dores eram tão curtos que Breaca conseguia contá-los em alentos e a extensão de cada espasmo em pulsações. A contagem estava em trinta alentos e dez pulsações quando Airmid foi juntar-se a ela.

— Você deveria andar.

— Fiquei caminhando desde que cheguei aqui. Já andei demais por agora.

Breaca encontrava-se no mesmo círculo de pedras no qual tivera a primeira visão de quem a sua filha poderia ser. Não se tratava de um lugar que seria habitualmente escolhido para um parto. Os nascimentos do verão em Mona frequentemente tinham lugar ao ar livre, mas quase todas as mulheres escolhiam a floresta ou a margem do rio e eram protegidas dos animais selvagens segundo a necessidade. O círculo ficava em uma área aberta e, embora fosse desprovido de abrigo, o risco de um ataque era pequeno. E Breaca contava com a proteção de Hail. O cão de três pernas ainda era um dos melhores caçadores de Mona; nenhum animal e nem o exército invasor chegariam até ela enquanto ele estivesse vivo. Acompanhando as compridas sombras na borda do círculo, Hail caminhou ao lado de Breaca enquanto ela percorria o perímetro. A sua espada e o escudo estavam pendurados em uma das pedras situadas a oeste, mais para conferir força à criança do que para proteger a mãe. Mais úteis eram as duas estacas no centro do círculo, já enterradas na relva e separadas uma da outra pela distância equivalente à largura de um ombro, preparadas para que Breaca se apoiasse nelas quando fosse expulsar o bebê. Mas ainda faltava algum tempo para que fossem necessárias. A onda seguinte tomou conta dela, fazendo-a estremecer. Breaca pressionou a testa na pedra e contou: doze pulsações agora.

Airmid colocou-se de pé atrás de Breaca. Uma mão fria envolveu-lhe o abdômen, sentindo os músculos se contraírem embaixo. Breaca sentiu Airmid franzir o cenho, mesmo sem ver o movimento. Em uma voz clara e suave, a vidente perguntou:

— Está sentindo dor?

— Um pouco. Quando a pressão atinge o ponto máximo. — Breaca se virou e colocou as costas sobre a pedra. O frio no ombro ajudou-a a pensar. — Venutios já partiu para reunir o grupo de guerra?

— Ele logo o fará. Vai esperar anoitecer para pegar a barca. Vellocatus foi na frente para buscar ajuda com os selgovae; ele não é tão conhecido, de modo que pode viajar com mais segurança. Se puder ser feito, eles nos trarão os três mil guerreiros. Você não deve pensar nisso agora. — Hail estava ao lado de Breaca, apoiando o peso na coxa dela. Do outro lado, Airmid pegou o braço da amiga. — Venha comigo. Vamos dar mais uma volta no círculo e depois acenderei uma fogueira. Podemos apagá-la com água mais tarde, quando o bebê estiver para chegar. Ele deverá nascer apenas com a luz da lua. Nemain derramará a luz sobre os dela.

O sol repousou no horizonte, projetando tons vermelhos cada vez mais intensos no céu azul que escurecia. Milhares de insetos atingiram o auge da sua nutrição. Airmid acendeu uma fogueira e colocou nela agulhas de pinheiro para fazer fumaça e mantê-los afastados. Mais tarde, quando isso se tornou insuficiente, ela pegou da bolsa do cinto um frasco com uma infusão que espalhou em si própria, em Breaca e em Hail. A infusão cheirava a cogumelos cozidos, um aroma tão familiar no verão quanto feno cortado e leite de égua. Havia muito tempo, na infância que passaram juntas, Breaca preparara algo semelhante como um presente para Airmid, mas não chegara a entregá-lo. Ela quis dizer isso, mas teve uma contração que durou sessenta pulsações e a deixou-a sem ar no final.

— Continue a andar.

— Não posso. Ela está aqui. Consigo senti-la.

— Então venha e ajoelhe-se perto das estacas para que eu possa ver em que ponto você está.

As estacas eram de freixo, aplanadas e lisas, com a extremidade pontiaguda enterrada no chão à profundidade de um braço e com a altura de uma lança deixada acima do solo. Caradoc as fabricara na primavera que antecedera o início da luta, pintando-as por dois dias inteiros para que pudesse estar com a mulher em espírito, caso não pudesse estar de fato. A águia e a lança-serpente, a marca dele e a dela, percorriam entrelaçadas a extensão de ambas, com o martelo de guerra dos ordovices e o cavalo a galope dos icenos em cada extremidade.

Peles de cavalo enroladas com o pelo voltado para fora formavam um banco entre as estacas para que, quando se ajoelhasse, inclinando-se para frente para agarrar cada uma e descansando os braços nas peles, Breaca assumisse a forma de uma égua em trabalho de parto. Desde a época dos ancestrais, as mulheres icenas davam à luz dessa maneira. O método resultava em filhos vigorosos e, no caso de a mãe ser forte, garantia um parto rápido e limpo.

Outra onda veio e passou, e depois outra, mais forte agora, de modo que Breaca não conseguiu respirar no intervalo. Airmid falou atrás dela:

— Isso é bom. A bolsa d'água está aqui.

Dedos fortes a exploraram. Algo se rompeu dentro de Breaca e a água jorrou, quente. O fluido agridoce permeou o ar. Breaca disse:

— Não é o mesmo que senti com Cunomar.

— Ela é uma pessoa diferente. Espere a próxima onda e faça força em seguida.

Breaca o fez, repetidamente, com dor e sem êxito. Com o tempo, os insetos se recolheram e o fogo se transformou em brasas. Hail adormeceu e sonhou, contorcendo-se. O céu assumiu um tom escuro, arroxeado, que se espalhou mais amplamente, até que o sol entregou a iluminação do mundo a Nemain, a lua, que surgiu quase cheia acima da borda superior dos menires. No centro do círculo, sob a luz da deusa, Airmid de Nemain lutou para trazer à vida a sua sucessora.

— Breaca, ela está vindo de costas. O parto será mais difícil do que o de Cunomar e poderá ser mais longo. Se você puder prender a respiração e parar de fazer força, verei se consigo virá-la. Acha que consegue?

— Posso tentar.

Era muito mais fácil enfrentar um campo de batalha. Lá, pelo menos, ela podia fazer mais coisas do que simplesmente respirar e deixar que os ditames do seu corpo se confrontassem dentro dela. Breaca prendeu a respiração, enquanto Airmid deslizou a mão ensanguentada ao longo do corpo da criança e, quando precisou respirar, o fez em ofegos que não desencadearam a onda seguinte de espasmos. O barulho trouxe Hail para o seu lado. Deitando a cabeça nas peles de cavalo perto dos braços de Breaca, o cão emitiu um som delicado, e os velhos olhos demonstravam preocupação. Não restava a Breaca qualquer alento para tranquilizá-lo; a pressão da espera lhe tirou tudo o que tinha. No final, não conseguiu mais se conter e a dor dessa vez a fez soluçar.

— Beba isto. Beba, Breaca. É preciso. Temos que virá-la ou trazê-la de costas. Beba. Vai ajudar.

O mundo flutuava, nauseante. Breaca sentiu um copo de encontro à sua boca e bebeu. A infusão era amarga e ela não reconheceu o sabor. A mão que a segurava estava viscosa com seu sangue e sua secreção.

Em raras ocasiões, Breaca assistira ao parto de éguas em que o potro não conseguia nascer. Macha, que cuidava dos partos no povoado iceno da sua infância, fazia uma de duas coisas. Nos casos em que a égua era mais importante, Macha pegava uma espada com a mão em concha e, deslizando-a dentro do útero, cortava em pedaços o potro vivo, para que pudesse ser retirado, deixando a égua intacta. Nos casos em que o potro era a culminância de uma longa espera, o resultado de muitos acasalamentos planejados do qual dependia uma dinastia, ou quando a mãe estava claramente morrendo, Macha batia na cabeça da égua com um martelo com pregos, matando-a de forma limpa, antes de abrir-lhe o ventre para retirar, vivo, o potro.

Perturbada, depois de mais uma contração, Breaca disse:

— Use o martelo. Não mate a criança.

— Não diga isso. Vocês duas vão sobreviver. — Essa era a grande alegria com Airmid, nunca era preciso explicar nada. Igualmente, a vidente não conseguiu esconder a preocupação em sua voz, como poderia ter feito no caso de outra mãe que estivesse dando à luz; por saber disso, nem mesmo tentou. Ao contrário, declarou: — Preciso da ajuda de Efnís. Ou de Luain mac Calma. Você pode esperar com Hail enquanto tento encontrar um dos dois? — Ela fez a pergunta sem esperar a resposta, porque esta jamais estivera em dúvida.

A dor tomou conta de Breaca, comprimindo-a novamente. Em seguida, ouviu três vozes e sentiu mãos tocando-lhe o ombro, erguendo-a. Uma voz com o sotaque dos icenos do norte disse:

— Breaca, precisamos que você fique de pé. Você pode fazer isso para nós? Não solte as estacas, apenas fique de pé, ereta, entre elas, para que o bebê aponte para baixo. Hail ficará ao seu lado. Vou tirar as peles de cavalo do caminho.

Outra pessoa, com uma leve entonação da Hibérnia, disse, mas não para ela:

— Esta criança é filha de Nemain, e só sairá para sua própria luz. Vou pegar uma bacia com água e lhe ofereceremos o reflexo. O bebê se mostrará mais disposto a sair. Vocês conseguem mantê-la firme enquanto faço isso?

O tempo apoderou-se da resposta e a fez girar em uma teia de sílabas ininteligíveis, no centro das quais, como um caçador à espreita, teve lugar uma dor fragmentada e dilacerante. Esta cessou, ofuscante, em um banho de prata que se esvaiu na noite.

Graine, filha de Breaca, neta de Graine, filha primogênita da linhagem real dos icenos, chegou à vida aos cuidados dos três videntes mais poderosos da região, deslizando ensanguentada nas mãos deles em direção a uma bacia de luar translúcido. Sua mãe permaneceu consciente durante o parto e durante o tempo necessário para andar até a cabana destinada às mulheres que acabavam de dar à luz, mas adormeceu pouco depois, com a filha nua no seio. Breaca acordou uma vez, pouco depois, tendo sido ajudada a ir ao lugar adequado para expelir o sangue coagulado, o muco e a massa túrgida da placenta. Em seguida, voltou para alimentar o bebê e dormiu novamente. A criança estava com a cabeça avermelhada, sem cabelo e contundida no ponto em que o parto a apertara com força. Seu olhar infantil de bebê fora de foco era azul como o céu depois da chuva. Aos olhos da mãe, ela era perfeita.

X

—ELA É FEIA. ELA SEMPRE SERÁ FEIA? NÃO QUERO uma irmã feia.

O tom da voz era agudo e obstinado, e soava estridente devido à dor e ao medo. Ele invadiu sonhos de um futuro no qual as crianças chegavam em segurança a suas longas noites e vestiam túnicas recém-tecidas, livres do sangue e da poeira da batalha. Breaca virou a cabeça para o lado. O sol do meio-dia perfurava a palha solta da cabana na qual ela estava deitada, lançando pelo chão sombras como o gume de uma faca. Seu filho, dividido pelas sombras, postava-se a meio caminho entre a porta e a cama na qual a mãe estava deitada. Atrás dele, Airmid fez uma careta, desculpando-se, e saiu.

— Cunomar. — Breaca estendeu a mão para ele. Graine, que estivera mamando, balançou de boca aberta perto do seio.

— Olhe, ela nem mesmo consegue sugar direito. Como ela vai comer quando estivermos longe, enfrentando as legiões?

— Ela está dormindo, querido. Ela consegue sugar com força quando quer. — Cunomar estava com sete anos e havia sido suplantado. Ele não se deixou consolar. O espaço entre eles tornou-se desolado. Breaca disse:

— Amor da minha vida, aproxime-se. Eu poderia me levantar, mas a distância me parece muito longa de onde estou.

Ela falou em iceno, idioma que Cunomar vinha aprendendo, e dirigiu-se ao menino como se dirigia ao pai dele. Como um cavalo tímido, Cunomar avançou em direção à mão estendida da mãe, olhando desconfiado para a nova coisa indesejada que chegara para abalar seu mundo. Breaca tentou se lembrar de como se sentira quando Bán nasceu, ou, mais tarde, quando Silla nasceu, mas não conseguiu. A vida era diferente naquela época; um irmão era sempre algo a ser apreciado. Cunomar foi até a cama e acariciou o cabelo da mãe; era a sua pedra de toque de segurança.

— Hail está aqui. — O menino ofereceu a presença do cão como um presente e Breaca sabia o que isso lhe custara. — Fiquei com ele a manhã toda, como Airmid pediu. Ele queria vir para perto de você mais cedo, mas não deixei. Ele está esperando do lado de fora. Devo chamá-lo?

— Daqui a pouco, depois de eu ter ficado alguns momentos sozinha com você. — Breaca obrigou-se a sorrir contra uma repentina incerteza. Não estava sozinha com o filho e nunca estaria. Breaca esquecera como seria, como fora com Cunomar; até ele nascer, ela não soubera que era possível querer tão bem a uma coisinha tão pequena. Até aquele momento, não conhecera a assustadora e gloriosa verdade de que a parte do seu coração que ainda não fora dada a outras pessoas acabara de se dividir novamente em duas e que uma das partes tinha sido recém-instalada em um outro corpo.

Graine acordou, procurando, confusa, o mamilo. Cunomar experimentou tocar o pé da irmã e observou-a recolhê-lo languidamente.

— Ela é muito pequena.

— É, mas, como uma potra, vai ficar grande.

— Não tão grande quanto eu.

— Acho que não. Você sempre será maior. — Cunomar era igualzinho ao pai em tudo, exceto no temperamento e na cor dos olhos; certamente teria a altura do pai. — Cunomar... — disse Breaca, obrigando-se a ficar séria. — As legiões ainda não foram derrotadas. Se o seu pai e os deuses trabalharem bem, elas talvez venham a ser ainda este ano. — Breaca percebeu o pânico repentino do filho, rapidamente ocultado, e esforçou-se para não demonstrar tê-lo notado. — Mesmo assim, haverá batalhas posteriores; as tribos ao sul do rio-mar aceitariam de bom grado as legiões de volta e teriam que ser derrotadas.

— Então a guerra poderia continuar durante anos? — A ideia o alegrou visivelmente.

— Poderia. E se o seu pai e eu participarmos dela, poderíamos morrer, você sabe disso.

— Sei. — Os olhos do menino eram bem peculiares, da cor do fruto do carvalho esvaindo-se em âmbar. Não tinham puxado nem aos dos pais nem aos dos avós. Agora eles se arregalaram, e Cunomar parou de pensar em si mesmo e cogitou da possibilidade de seus pais morrerem em combate. Solenemente, declarou: — Cantaríamos sobre vocês durante muitas gerações. — Ele ouvira essas palavras certa vez ao redor do fogo.

— Isso seria muito gentil, mas eu gostaria de pedir outro favor a você. — Ela observou o filho se iluminar e, em seguida, viu a suspeita se insinuar nas margens. Antes que o sentimento pudesse se estabelecer, Breaca disse: — Se ambos morrermos, sua irmã será o seu parente vivo mais próximo. Acredito que um dia ela vá ser uma grande vidente, cujo poder possivelmente se equiparará ao de Airmid, ou ao de Luain mac Calma, mas somente se ela crescer em segurança até suas longas noites e além delas. Ela não deve tomar conhecimento do poder que possui, pois isso modificaria seu desenvolvimento. Você precisa jurar para mim, pela vida dos ancestrais, que nunca dirá nada a ela sem a minha permissão. Você fará o que estou pedindo?

Do seu jeito, Breaca era capaz de fazer mágica, pelo menos com o filho. A irmãzinha seria uma vidente, não uma guerreira, de modo que não representava uma ameaça. Além disso, ele seria o guerreiro de uma vidente, como a sua mãe era de Airmid. Os sentimentos de Cunomar por Airmid eram complexos, mas no fundo jaziam admiração e um profundo respeito. Por Luain mac Calma, ele sentia o temor de uma criança que viu um homem invocar o relâmpago do céu e acredita que ele seja um semideus.

Os olhos de Cunomar estavam luminosos, verdadeiramente cor de âmbar. O juramento que ele fez foi longo, e prometeu que na saúde, na doença e em todo e qualquer tipo de embriaguez não sopraria uma única palavra para a irmã a respeito do seu possível futuro. Ele tropeçou apenas no nome da criança, que era estranho.

— Graine. É Graine, em homenagem à minha mãe. Ótimo. Então, se o seu pai e eu formos mortos, Graine precisará de alguém que a proteja. Eu poderia pedir a um dos outros guerreiros, mas o ideal é que aquele a protegê-la fosse o seu irmão, que sempre gostará dela. No início, ela pode saber que você a protegerá como irmão. Somente mais tarde poderemos contar a ela que você será o guerreiro e ela, a vidente. Você me prometerá isso aqui, agora, sobre a lança-serpente?

O sorriso de Cunomar refletiu o sol. Ele podia amá-la e temer Luain mac Calma, mas encarava a espada da mãe com a adoração bem mais prosaica de um aspirante a guerreiro pela arma que um dia seria sua.

A espada estava pendurada em um gancho acima da cama, sempre à mão. Breaca deixou que o filho a pegasse e a deitasse, embainhada, sobre as peles ao seu lado. Com cuidado, ela puxou a espada e deixou livre um pedaço equivalente ao comprimento de uma mão para que as listras azuis-esverdeadas dos padrões soldados cintilassem na luz. Mesmo um pedaço tão pequeno trazia à tona a história da espada: os meses que seu pai levou fabricando-a com a sua saliva e o suor dele misturados no metal e a grande quantidade de vidas tomadas posteriormente. Cunomar, a criança, respirou extasiado. Breaca, que era mais resistente à visão, sentiu fracamente a música da espada na cicatriz na palma da mão que era a relíquia da primeira vez em que ela matara e que sempre a advertia de uma batalha.

Esse juramento foi mais formal. Ao longo de gerações, um guerreiro jurara proteger um certo vidente com palavras proferidas na época dos ancestrais. Breaca estava dizendo as frases para o filho repetir quando uma sombra cruzou o portal. Contou cinco pernas e se perguntou por que Hail estaria sendo tão reservado. Não era do feitio do cão permanecer em silêncio quando alguém se aproximava, a não ser que a pessoa conseguisse evitar que ele latisse em sinal de aviso, ou por ele saber que esse aviso era desnecessário. Uma suave brisa levou até ela o odor do suor de cavalo, do suor de um homem e do ferro e do sangue da batalha, e ela decidiu não acreditar. O dia estava agradável; esperar algo e ver essa esperança frustrada destruiria a sensação aprazível.

— ... proteger a vida dela com a minha, até os confins da Terra e os quatro ventos.

Cunomar pronunciou as frases finais com o mesmo cuidado com que alguém segura um recém-nascido. A força do juramento e o vínculo criado alteraram a expressão de seu rosto, mostrando pela primeira vez quem ele poderia ser quando crescesse. Breaca observou-o com os olhos franzidos. Atrás dele, a sombra com cinco pernas passou pelo portal e se dividiu: duas pernas e três pernas. Cunomar ouviu a inalação da mãe e se virou com o rosto iluminado.

— Você veio!

A criança pôde emitir o grito agudo que o adulto não conseguiu. Cunomar se jogou nos braços do pai, relatando sem fôlego fatos confusos e incompreendidos do parto. Até aqui, a mágica funcionara. Na presença de Caradoc, que era com toda certeza um deus na Terra, a criança já não era o favorito suplantado, e sim um protetor que fizera um juramento, encarregado da eterna proteção da sua pupila.

Caradoc apertou o filho no peito e o deixou tagarelar. Seus olhos fizeram a Breaca as perguntas necessárias para acalmar seu coração e recebeu as respostas. Ele disse em iceno, rápido demais para que Cunomar conseguisse acompanhar suas palavras:

— Airmid me descreveu os detalhes do parto, porém nada mais. Entendo que temos que agradecer aos deuses e aos videntes o fato de vocês duas estarem vivas. Ela é como você sonhou?

— Creio que sim. Daqui a doze anos saberemos.

Hail aproximou-se de Breaca e deitou a enorme cabeça cinzenta no ombro dela, olhando para a criança. Ele a limpara com a língua e cuidar dela já fazia parte de suas atribuições. Graine inclinou a cabeça ao sentir o novo cheiro e olhou inexpressivamente para Hail. A seguir, com uma pequena ajuda, a menina levantou os olhos para o pai.

Como estava observando, Breaca viu o momento em que Caradoc mudou, quando a tensão da guerra o abandonou, quando ele deixou de ser o líder guerreiro e tornou-se simplesmente pai, pela primeira vez na companhia da filha. Era a visão mais preciosa que ela já presenciara ou poderia esperar presenciar. Caradoc tinha uma filha, Cygfa, com outra mulher. Breaca não tivera certeza, até testemunhá-lo, de que uma segunda filha seria tão importante.

Ela não deveria ter duvidado dele; no momento do encontro, ele voltou a ser o jovem sobrevivente de um naufrágio, jogado pelo mar em um promontório, pairando no espaço entre a vida e a morte com o coração livremente visível para que todos vissem. Breaca se apaixonara por ele então e o sentimento voltou com força agora.

Ajoelhando-se ao lado da cama, ele estendeu, hesitante, o dedo flexionado na articulação, e acariciou o rosto da filha.

— Ela é você — disse ele. — A mais bela mulher viva.

— Acho que não — retrucou Breaca sorrindo, uma sensação inesperada e bem-vinda. — Se ela é alguém, ela é Graine, com o coração e o poder de Macha, embora não se pareça com nenhuma das duas enquanto não sorri. E ela tem seus olhos. Você ainda não pode percebê-lo, mas isso ficará claro quando ela crescer. Olhos cinza e cabelo vermelho-escuro, da cor do sangue de boi.

Caradoc afastou os olhos da filha. Seu sorriso era um manancial de coragem infinita.

— Ela é você por dentro — declarou ele. — Na alma. Já consigo percebê-lo. — Inclinando-se para frente, ele a beijou. Breaca sentiu na boca a aspereza dos lábios secos e salgados pelo vento marinho do homem que ela amava. O alento dele se uniu ao dela. O mundo dele envolveu o de Breaca e ela flutuou no mar que ele dominava.

Breaca estava deitada na sombra do verão e sabia que sua vida era perfeita. Graine se contorceu e mudou de seio, balançando-a. Caradoc foi sentar-se ao lado da mulher, com Cunomar no joelho. Ele estava manchado com a poeira da viagem, o sangue ressecado das mortes e o borrifo desagradável do estreito. A pele de Caradoc, que um dia fora clara e suave como a de uma menina, fora castigada pelo clima e estava da cor do carvalho, exibindo uma cicatriz em cada lado da face. O cabelo, reluzente como ouro polido depois do sol do verão, estava despenteado e marcado na testa pela linha de um elmo, ou gorro. Ele viajara, então, com certa pressa e com o cabelo coberto, como um disfarce parcial. Desde a invasão, nem ele nem Boudica tinham usado um elmo durante os combates. O cabelo era o melhor estandarte de ambos, bem como a marca para a reunião dos guerreiros. Os olhos de Caradoc estavam um pouco congestionados, como ficavam quando ele dormia pouco. Sua mão levantou a de Breaca, e ela sentiu os calos causados pelo punho da espada se encaixarem nas linhas mais suaves e menos onduladas da sua mão. Em três meses, Breaca suavizara. Ela pensou no trabalho que teria para ficar novamente em forma para o combate e se encolheu, voltando a pensar na guerra.

— Venutios — disse ela. — Ele pode trazer os seus brigantes e mil selgovae...

— Eu sei. — Caradoc entrelaçou os dedos nos dela e beijou de leve a parte de trás das articulações. — E temos um lugar para montar a armadilha. Está tudo preparado. Desta vez, você pode deixar a batalha resvalar por você. Se tudo correr bem, os videntes terão o seu maior desejo realizado na lua minguante ou um pouco depois.

Os videntes só tinham um desejo tão grande assim. A luz do sol morreu dentro dela.

— Scapula está aqui? — perguntou ela.

— Ainda não, mas estará em breve. Ele está marchando para oeste com novos recrutas para fortalecer novamente as legiões ocidentais. Dizem que ele irá primeiro para a fortaleza da Vigésima, e depois virá para o norte com toda essa legião e três coortes da Segunda. Quando ele chegar aqui, estaremos prontos para lutar.

— Mas ele irá para o oeste, para o coração da terra dos siluros. Precisamos dele mais ao norte se o grupo de guerra de Venutios vier a se juntar a nós.

— Eu sei. Providências já foram tomadas. O legado da Vigésima tem bons motivos para acreditar que estamos nos concentrando contra ele no norte. Scapula virá até nós onde e quando o quisermos.

... tem bons motivos para acreditar. No passado, guerreiros de notável coragem haviam "desertado" para as legiões. Nenhum deles escapara com vida e a maioria, se os espiões estavam corretos, tinha morrido lentamente pelas espadas e correntes romanas, a pele removida, os olhos extraídos e a carne queimada para arrancar da boca dessas pessoas a verdade do coração. A única palavra em que Scapula acreditaria agora seria a de um homem ou mulher capturado vivo no campo de batalha, que viveria tempo suficiente para espalhar a mentira, mas não o bastante para que a verdade pudesse segui-la. Era um sacrifício maior do que qualquer um que ela desejasse imaginar e ocorreu-lhe de repente que ela não sabia quem o fizera. Em qualquer outra ocasião, ela teria conhecido como amigos cada um daqueles que tivessem se preparado para ser capturados, teria passado algum tempo com eles antes da batalha e rezado por eles depois, sentando-se ao lado do fogo ou da água com Airmid, Efnís ou Luain mac Calma até terem certeza de que a alma fizera a passagem para Briga e estava livre.

Breaca poderia ter pedido nomes, nem que fosse só um, mas não o fez. A pergunta chegou à ponta da sua língua e parou, detida por Graine, que se contorceu, de olhos arregalados e indefesa, no seu seio, de modo que, uma vez mais, Breaca caiu no espaço vasto e incoerente no qual o seu amor ilimitado encontrava o terror ilimitado pela vida e o bem-estar da sua filha, e o conhecimento de que, pelo resto da sua vida, desejaria proteger essa criança e mantê-la a salvo de todo mal, e que, no final, não poderia fazê-lo.

Não era o momento de mergulhar no horror da dor de outra pessoa. Breaca segurou a mão de Caradoc. Juntos, colocaram a mão em concha nas costas da filha e a sentiram se mover e murmurar debaixo do toque deles. Briga era mãe tanto da vida quanto da morte; era possível acreditar de todo coração que uma nova criança e a esperança que ela trazia eram uma prece suficiente para a sua proteção.

Algum tempo depois, quando Breaca conseguiu pensar com mais clareza e olhar adiante para onde outra parte do seu coração avançaria sozinha em direção ao perigo, perguntou:

— Onde você vai montar a armadilha?

Caradoc era um líder guerreiro e a amava. Conseguia imaginar um pouco as frustrações de quem ficava em casa. Forneceu à mulher o que ela precisava com a exatidão clara de um resumo do conselho:

— Ela já está parcialmente preparada no rio da Corça Manca. Ao sair da fortaleza, a legião só pode tomar um caminho, ou seja, atravessando o rio no vau mais baixo. Gwyddhien e Ardacos estão lá agora, construindo uma barreira na fenda entre as montanhas. Vamos segurá-los no rio durante algum tempo e depois retroceder para a barreira. A seguir, deixaremos que passem por cima dela e sigam para o vale mais à frente. A extremidade mais distante já está bloqueada por uma avalanche, de modo que nenhuma legião poderá passar por lá. Vamos atacá-los por todos os lados. Se Venutios conseguir trazer seus dois mil brigantes, mesmo sem os grupos de guerra dos selgovae, poderá atacá-los por trás e os reduziremos a polpa. Se ele falhar, mataremos o maior número possível e depois os deixaremos lá. Existem florestas em cada lado e na retaguarda onde nenhum romano ousará penetrar.

— Vocês conseguirão vencer?

— Não sei. — Caradoc sempre fora sincero com Breaca. — É uma batalha entre muitas e o resultado depende de muitas coisas sobre as quais não temos nenhum controle. Podemos não vencer, mas não seremos derrotados.

O plano era bom, mas tinha um senão. Ela pensara nele no meio do parto, quando as dores atingiam o auge.

— O que você fará se Scapula reconhecer a armadilha devido à batalha nas terras dos icenos? Ele talvez não se deixe apanhar como um salmão desta vez.

Caradoc acariciou o cabelo de Breaca e correu os dedos pelo couro cabeludo. Ela fez força contra a palma da mão dele como um cão em busca de afago. O ombro de Caradoc apoiou-se no de Breaca como Hail fazia, uma presença constante, eternamente dela. A lenta certeza do sorriso dele penetrou-lhe os ossos.

— Acho que ele cairá na armadilha. Os deuses estão do nosso lado. Metade da legião é formada por novos recrutas, pouco disciplinados. Se nos virem recuar, eles nos seguirão e Scapula não desejará impedi-los.

De qualquer modo, ele não viu a primeira armadilha. Terá ouvido falar nela, mas isso foi há quatro anos e centenas de batalhas tiveram lugar desde então. Não existe nenhuma razão para que ele se lembre de mais detalhes dessa do que das outras. O único que certamente se lembraria de tudo é o decurião que monta o cavalo malhado. Ele rompeu a barreira; não há a menor chance de que ele esqueça isso. A nossa única esperança é que ele não venha para o oeste.

— Ou que ele morra antes. — Breaca sentiu a boca azeda. Mais do que Scapula, a sombra da reputação desse homem obscureceu a manhã. Notícias das atrocidades entre os trinovantes se espalharam para o oeste como lento veneno, e os rastros dos mortos dele pranteavam no sono de Breaca nas noites em que as batalhas não dominavam todos os seus sonhos. Ela acrescentou: — Airmid poderia encontrar o decurião para você agora. Ela sentiu o suficiente as mortes que ele provocou. Uma faca no escuro poderia matá-lo. Os deuses sabem que ele não merece morrer em combate.

Ela não tivera a intenção de proferir uma maldição, mas suas palavras encerravam mais poder do que a cuidadosa recitação de Cunomar, jurando proteger a irmã. Os deuses ouviram e escutaram e, em alguma parte, em outros mundos, um eco teve lugar. As mariposas se assustaram no seu peito. A sonolência da maternidade rompeu-se e transformou-se na urgência do combate. Breaca permaneceu deitada na cama, olhando fixamente para a palha do teto, e, por um momento, esqueceu que havia se tornado mãe.

Caradoc a trouxe de volta, lentamente, deslizando os dedos pela nuca de Breaca. Ainda assim, a alegria da manhã partira e não poderia ser recuperada. Ela perguntou secamente:

— Quando terá lugar a armadilha contra Scapula?

— Em um mês mais ou menos. Scapula já está marchando para oeste.

— Então você terá que partir em breve?

— Não tão em breve. — O sorriso de Caradoc animava e ao mesmo tempo partia o seu coração. — As legiões estão marchando lentamente e ele irá primeiro para o sul. Creio que temos dez dias para consertar as armas e curar os feridos. Quase todos os outros voltaram a seus lares para ajudar na colheita. Nunca fui muito eficiente na ceifa da cevada. Pensei em ficar pelo menos esse tempo em paz com a minha família.

Caradoc se inclinou e a beijou uma terceira vez, e Breaca descobriu que, afinal de contas, não era tarde demais para recuperar a alegria da manhã.

XI

— A NOSSA INTENÇÃO É DOMINAR CARATACUS, matá-lo ou capturá-lo, exterminar os rebeldes das montanhas e trazer a paz para o Ocidente.

Scapula pronunciou essas palavras no grande átrio do *praetorium* em Camulodunum, dirigindo-se, pela manhã, a cinco mil membros da infantaria recém-treinados e a duas alas de cavaleiros, antes que marchassem para o oeste. Os novos recrutas repetiram o que ele disse, entoando as palavras em ritmo de marcha, vulgarizando os verbos e fazendo de Scapula o seu alvo tanto quanto o homem que marchavam para matar. A cavalaria repetiu a frase para os cavalos, tranquilamente, como uma prece e uma proteção; haviam enfrentado cavaleiros inimigos e conheciam a coragem deles.

Julius Valerius, decurião da primeira tropa, a Primeira Cavalaria Trácia, segundo em comando de toda a ala e, portanto, chefe interino da meia ala atualmente em campanha, ouviu a frase e a repetiu várias vezes no ritmo das patas de Crow e sentiu-se invadido pela promessa da vingança suprema como uma dádiva do seu deus, engrandecida pela ausência dos fantasmas e dos pesadelos. Eles sempre fugiam diante da ação, mesmo quando essa ação era contra mulheres e crianças em uma propriedade com três cabanas. Diante da verdadeira guerra, eles desapareciam para tão longe que era possível imaginar que talvez nunca tivessem existido. Ele dormia e comia bem, e bebia por prazer, não por necessidade. Longinus Sdapeze cavalgava com ele, tendo se recuperado dos ferimentos de guerra e sido promovido a porta-estandarte da tropa. O homem era inteligente e ponderado, e compreendia melhor do que ninguém a variação caprichosa da disposição de ânimo de Valerius.

A nossa intenção é matar Caratacus. Caradoc. Matá-lo. Matá-lo...

Sua vida era perfeita, até onde isso era possível.

A chuva começou a cair no terceiro dia depois que deixaram Camulodunum. Sem um vento que a acompanhasse, ela caía fina de um céu desigual, uma garoa morna e constante que saturava a pele dos animais, o cabelo, o couro e a lã, que tornava escorregadias as trilhas desgastadas pelo pisar dos vários milhares de novos recrutas que haviam percorrido esse trajeto no decorrer dos últimos oito anos para morrer por Roma nas montanhas selvagens do oeste.

Tristemente, as nuvens não cobriram a lua minguante, que pairava pálida no horizonte ocidental. Os trácios achavam que isso era um prenúncio de má sorte e citavam a chuva como prova de que estavam certos. Valerius conduziu o cavalo malhado a passo através do lodo e prestou atenção aos resmungos dos seus homens à medida que eles iam se tornando mais convictos e coerentes. Um cavalo colocou-se ao seu lado esquerdo.

— Alguém deveria contar ao governador...

— Não.

— Você não sabe o que eu ia dizer. — Longinus conseguiu parecer ofendido, o que era um feito significativo, considerando-se que menos de um mês se passara depois que um acidente na arena de treinamento o atingira na garganta pela borda de um escudo e ele não conseguira falar durante vários dias e quase não fora capaz de respirar na primeira noite.

Valerius sorriu, acerbamente.

— Sei exatamente o que você estava prestes a dizer. Você quer que eu informe ao representante do imperador nesta província que o seu exército deveria esperar no acampamento noturno até a lua se pôr — o que ocorrerá na metade da manhã —, ou então voltar para Camulodunum e retardar o avanço até o nascer da lua nova, em cuja ocasião a luz da dama garantirá a certeza da vitória na guerra e o amor a todos os homens, embora o motivo pelo qual alguém poderia desejar que Caradoc tivesse a mesma sorte que nós está além da minha imaginação. Sabe o que mais? — disse Valerius, virando-se na sela. — Vá você dizer isso ao governador. Aposto o meu cavalo contra o seu que você não terá pronunciado nem três palavras da primeira frase e ele o terá dispensado das fileiras e mandado de volta para casa. Se o governador estiver tendo um dia realmente péssimo, ele mandará todos nós de volta como a sua escolta.

Valerius fizera certo esforço para ocultar dos superiores a extensão dos ferimentos do trácio. Certos grupos acreditavam que um homem que não era capaz de gritar as suas ordens em um campo de batalha era uma desvantagem para si mesmo e para a sua tropa. Valerius não era dessa opinião e não queria que ninguém tivesse uma desculpa para excluir Longinus dos planos de batalha. Considerando-se a política incerta da fortaleza, havia uma probabilidade bastante real de que a ala inteira tivesse sido deixada para trás para fazer companhia a Longinus.

Este último conhecia a realidade tão bem quanto todo mundo. Balançando a cabeça, disse:

— Não quero o seu cavalo. O problema é que eu, na qualidade de seu porta-estandarte, não desejo vê-lo morto antes que chegue a sua hora. — As dobras encharcadas do manto da cavalaria trácia caíam sobre a parte traseira do seu cavalo e o cabelo escurecido pela chuva estendia-se por debaixo do elmo, mas mesmo na chuva ele tinha o olhar de um falcão. Era a agudeza dos seus olhos que o distinguiam dos seus compatriotas, iluminando sua acuidade mental.

Valerius sentia um grande respeito pela mente perceptiva de Longinus.

— Por que eu deveria morrer? Há mais alguma coisa, além da lua?

— Não sei. Não consigo ver as coisas como você. Sei apenas que algo pior do que a batalha se aproxima. Quando souber o que é, eu lhe direi.

Nesse ínterim, acho que você deve pegar o seu cavalo e cavalgar rápido para algum lugar. Você está tão confinado quanto ele, e isso está perturbando os homens. Eles temem que você se irrite com eles quando chegarmos à fortaleza.

— Vou me irritar com eles antes disso se conseguir encontrar alguma coisa para eles fazerem. Diga-lhes isso. Eu lhes darei um motivo para preocupação que não é a lua.

— Não preciso dizer nada. Eles têm ouvidos. Todos escutaram.

— Ótimo.

As montanhas permaneceram distantes, e os homens em marcha atravessaram uma terra mais suave, que acabara de passar pela colheita. As guerras de leste e oeste não haviam tocado o centro da província e, mesmo na chuva, a fertilidade do lugar era visível. Em ambos os lados da trilha, homens e mulheres dos catuvelaunos ceifavam grãos em longos campos em linha reta. Mais além, ovelhas e carneiros pastavam, protegidos por jovens com dardos. Em cercados maiores, jovens touros desmamados brigavam aqui e ali uns com os outros ou espreitavam ao abrigo de velhos carvalhos e faias que o machado ainda não buscara. Aves de rapina voavam em círculos sobre campos onde o milho se erguia em feixes reluzentes e crianças maltrapilhas caçavam com filhotes de cães os ratos que faziam seus ninhos dentro dos feixes.

As crianças eram as únicas pessoas que reagiam, de alguma maneira, à coluna de homens armados que passavam pelas suas terras. No início, quando as primeiras centúrias da primeira coorte passaram por elas, as crianças haviam corrido para a borda do campo para observar. As mais arrojadas haviam oferecido aos homens água, punhados de cevada maltada ou pedaços de carne defumada em troca de uma moeda ou um entalhe. Mais tarde, quando a manhã chegou ao fim e a faixa de armaduras não desapareceu, elas ficaram entediadas e voltaram a se ocupar dos ratos, que lhes proporcionavam uma diversão mais regular. Só voltaram a demonstrar interesse quando a cavalaria passou, para observar os cavalos, cutucar umas às outras e apostar qual era o mais rápido, ou qual seria a melhor égua reprodutora.

Valerius passou em último lugar, a segunda cabeça da serpente, protegendo a retaguarda. Sentiu os olhos das crianças no cavalo malhado assim que eles se tornaram visíveis, ouviu a mudança no tom dos sussurros e soube, com uma mistura familiar, inominável, de ressentimento e desafio, que era reconhecido aqui tão prontamente quanto no leste, e, se o era aqui, o mesmo aconteceria no oeste. O cavalo sarapintado sentiu a tensão nas mãos de Valerius através das rédeas e forçou o freio com o maxilar. Se o decidisse, o cavaleiro poderia se perder opondo-se a ele.

— Eles estarão esperando por você, os lanceiros das montanhas, se nós chegarmos a ver o campo de batalha.

Longinus montava uma égua que deveria ter sido quase tão conhecida quanto o cavalo de Valerius, mas, por ser alazã e delicadamente marcada, não o era.

— É essa a causa dos seus pressentimentos? O fato de que irão me reconhecer?

— Deveria ser; os videntes o marcarão e os lanceiros ficarão atentos a você desde o início, mas não, é algo mais do que disso. Eu lhe direi quando souber. Nesse meio-tempo, há um rio mais adiante que está correndo com rapidez suficiente para dificultar o nado. Ele poderá proporcionar a atividade que você deseja para os homens.

Longinus sempre pensara como um oficial. Valerius sorriu.

— Se eu os fizer vadear o rio, pensarão que foi ideia minha.

— E estariam errados?

— Não. Você quer apostar que Axeto vai perder o controle do cavalo antes de chegar ao outro lado?

— Não, porque isso é certo. Mas aposto a primeira jarra de vinho desta noite que ele estará montado de novo antes que o último dos outros esteja em terra e que ele não perderá desta vez a espada para os deuses do rio.

— Feito.

Valerius comandava as oito tropas que formavam a metade esquerda da ala. Delas, as sete primeiras se estendiam adiante, ao longo das laterais da coluna em marcha; somente a sua tropa cavalgava com ele na retaguarda, os dentes na segunda cabeça da cobra. Eles eram a sua guarda de honra e se moldavam no padrão do inimigo que era o mesmo padrão da Trácia. Eles o amavam e odiavam ao mesmo tempo, e todos haviam sentido o cheiro do rio e, em seguida, o avistado. Não ficaram nem um pouco surpresos quando receberam a ordem de nadar.

Estavam sozinhos na tentativa. A infantaria atravessara a água de pés secos sobre uma de duas pontes construídas pelos engenheiros da Vigésima quando aquela legião marchara pela primeira vez para oeste. A outra meia ala da cavalaria, a Quinta Gallorum, designada para a vanguarda da coluna, havia muito atravessara os cavalos com calor e conforto; era extremamente provável que já estivessem na fortaleza, acomodados e descansando. As primeiras tropas da Prima Thracum também já haviam atravessado sem incidentes. Por não ter recebido qualquer ordem de Valerius, os decuriões não tinham obrigado os soldados a nadar.

Os trinta e dois homens e cavalos da primeira tropa, treinados por um decurião que, por sua vez, treinara com os batavos no Reno, desmontaram, amarraram o elmo na cabeça com mais firmeza e prenderam a espada ao cinto com tiras de couro amarradas com um nó complexo que poderia ser facilmente desfeito, mesmo quando molhado. Entraram na água em grupos de quatro, praguejando ferozmente por causa do frio, depois devido à correnteza e em seguida novamente por causa do frio, quando emergiram na outra margem, lado a lado, em boa formação. A caçoada da infantaria que observava na beira do rio tornou-se aos poucos menos sarcástica.

Longinus e Valerius foram os últimos a atravessar, como guardas da retaguarda, formando um círculo lento no meio do rio porque eram oficiais e precisavam mostrar que faziam mais do que seus subordinados. A água estava marrom e turva, e a correnteza, rápida. Ela agarrava a armadura, os membros e os arreios com mãos investigadoras. Os dois nadaram segurando os cavalos e depois os soltaram, para mostrar que também podiam fazer isso. Emergiram em terra seca e o vento, suave como estava, atravessou a lã molhada e atingiu a pele trêmula.

Valerius comentou:

— Devíamos ter trazido vinho.

— Eu trouxe, mas não o bastante para toda a tropa. De qualquer modo, você me deve uma jarra. Axeto não perdeu a espada.

— Você perderá o direito a ela antes de chegarmos à fortaleza. Nesse meio-tempo, os cavalos precisam correr. Leve metade dos homens uma milha à frente e volte em círculo. Conduzirei os outros quando você regressar.

A chuva parou em algum momento entre a hora em que a lua se pôs e o sol a substituiu na parte inferior do céu lavado acima das montanhas. Nuvens em cadeia se incendiaram acima da silhueta recortada dos picos, indo do açafrão ao escarlate e, logo depois, adquirindo um tom arroxeado onde a chuva ainda pairava na borda inferior da linha do horizonte. A camada superior de nuvens estava mudando de lilás para um cinza descolorido quando o último homem da cavalaria aproximou-se da fortaleza da Vigésima: o lar da legião no oeste.

Não se tratava de um acampamento noturno, construído pelos legionários com blocos de capim e aduelas, tampouco de um posto de fronteira, projetado para durar apenas a temporada de batalhas, e sim uma edificação inexpugnável, construída com pedras e madeira pelos mesmos engenheiros que haviam erigido a primeira fortaleza em Camulodunum.

Exatamente como ocorrera em Camulodunum, um povoado dinâmico crescera além da barreira de proteção de carvalho dessa nova fortaleza. Cabanas de mercadores enfileiravam-se ao longo da estrada que vinha do leste em direção ao portão encimado por um leão da *porta praetoria* e outras se espalhavam atrás e para fora desse tronco central. Nos limites, viam-se cabanas habitadas e áreas cercadas, nas quais pastavam e se abrigavam os animais dos comerciantes. No círculo mais externo, cercados maiores abrigavam os rebanhos de gado reprodutor e os touros que os acompanhavam.

Quando se aproximaram, Valerius ouviu antes de avistar o aglomerado de homens inclinados sobre o muro de pedra seca em volta do campo mais a leste. Ao chegar mais perto, divisou o cabelo vermelho e os braceletes dos homens da cavalaria gaulesa, todos parecidos, vestindo túnicas castanho-avermelhadas com o Capricórnio e o Olho de Hórus bordados na manga esquerda. Os homens de Corvus, que cavalgavam na vanguarda da coluna, tinham chegado, acomodado os cavalos, recebido as ordens, desfilado para o governador e o legado da Vigésima, e, em seguida, dispensados. Tinham comido, bebido e depois, como não iam travar combate no dia seguinte, beberam um pouco mais, até que alguém, em algum lugar, propôs uma aposta mais sedutora do que mais bebida, ou que talvez envolvesse mais bebida e provavelmente alguma violência e uma mulher, ou um menino ou um carneiro manso. Os gauleses não eram famosos pela moderação ou pela capacidade de ficar longe de problemas quando embriagados.

— É isso. — Longinus aproximou a égua alazã do cavalo de Valerius. Ela se assustou um pouco com o barulho que vinha do campo e fez força contra o freio. Como qualquer outra montaria da cavalaria, ela conhecia o cheiro de guerra e ansiava por ela.

— A má sorte que você sentiu?

— Exatamente. Deveríamos passar ao largo.

Deveriam e não o fariam, e ambos sabiam disso. Valerius já ouvira o gemido nasal de Umbricius, o homem que fora atuário nos dias em que ambos tinham servido sob o comando de Corvus na cavalaria gaulesa. Umbricius odiava o antigo colega de alojamento e por ele era odiado. O homem ficara amargo desde a batalha contra os icenos, ressentido consigo mesmo e com Valerius por terem sobrevivido quando quase todo o restante da tropa havia morrido. Para culminar, ele observara Valerius subir de status na cavalaria trácia, enquanto ele continuara a ser um atuário. Fora Umbricius que lançara a borda do escudo na garganta de Longinus durante o treinamento, ato que representara um ataque tanto a Valerius quanto ao trácio. O açoitamento ordenado posteriormente por Valerius fora igualmente pessoal.

A presença de Umbricius por si só já teria atraído Valerius, mas ele ouviu também o bramido de dor de um touro, e esse animal era o mensageiro do deus na Terra e não poderia ser desprezado. Um cão também estava presente. Ele latira uma vez, com um latido que parecia ferro derretido derramado sobre cascalho. Devia ser grande, macho, e Valerius, que teria jurado para qualquer homem, inclusive Longinus, que nada observara, apostou consigo mesmo que ele era malhado, com uma orelha branca. A orelha *esquerda* branca. Nos dias que antecediam uma batalha grande como a que se aproximava, ele era capaz de relembrar seus fantasmas sem temê-los. Como o homem que tem medo de altura e fica de pé à beira de um penhasco, ele fez o mesmo, deliberadamente, observando o fluxo e refluxo do seu terror, mantidos a distância pelas necessidades da guerra. Isso conferia a ilusão de controle e o deixava feliz.

Longinus dera um ou dois passos à frente.

— Eles estão provocando um touro — disse ele.

— É óbvio. A questão é que tipo de touro e com o que o estão provocando. E o mais importante: o animal vencerá? Se ele for escornar Umbricius, apostaremos no touro e partiremos.

— O animal é jovem demais para vencer. Umbricius vai matá-lo, porém não ainda. — O trácio girou o seu cavalo no jarrete. — Julius, é um ruão vermelho. Não é branco. Você não precisa estar aqui.

Longinus fora convidado para ingressar nas fileiras dos adoradores do touro e havia recusado; os seus deuses trácios não podiam ser suplantados. Seu conhecimento sobre Mitra tivera lugar através de boatos e ele nunca pedira a Valerius que confirmasse ou refutasse os inúmeros rumores. Conhecia intimamente a marca do corvo, bem como as outras marcas que vieram depois, enquanto Valerius alcançava os níveis mais elevados, mas jamais perguntara a origem ou o significado delas.

Valerius replicou:

— O animal não precisa ser branco para pertencer ao deus. Isso é um mito.

Uma multidão congregava-se no portão. Eram todos gauleses, e Valerius havia treinado com pelo menos um terço deles no Reno e combatido a seu lado na batalha da invasão. Aqueles que haviam começado juntos eram avessos a se separar e se mantinham longe dos recém-chegados enviados para substituir os que tinham morrido. Houve uma época em que olhavam para Valerius com afeição, como uma pessoa que trazia sorte, mas agora o encaravam como um traidor por ter se mudado para outras fileiras.

Valerius forçou passagem com Crow pela onda de corpos, e os homens lhe deram passagem relutantemente. Ele havia chegado ao portão quando um gemido alto começou a soar nos seus ouvidos, como o zumbido de um enxame de zangões. Uma pressão cresceu na sua cabeça e na sua marca de uma maneira que jamais acontecera antes. Sentindo-se atacado, olhou em volta em busca da origem do ataque. Ele estava na terra dos videntes e não se protegera, por não saber como. Ele não viu nada nem ninguém, e o lamento tornou-se mais alto, existindo claramente apenas em sua cabeça. No campo, o touro arrastou os chifres na terra e, em seguida, levantou os olhos e fitou Valerius. O lamento transformou-se em um assobio que passou além da audição e retornou. Valerius percebeu então lentamente, muito lentamente, que fora isso que ele pedira em suas preces nos anos anteriores e não sentira: a presença genuína do seu deus.

Ele não tinha a menor ideia do que fazer. Os quatro anos de treinamento nas adegas de Camulodunum lhe haviam ensinado as ladainhas e os rituais; ele podia jejuar e rezar, e tinha, certa vez, se dedicado à ordenação de novos acólitos. Conhecia as canções que falavam do nascimento de Mitra da rocha intocada e dos seus atos quando ele percorria a Terra, mas não tinha a menor ideia de como agir na presença dele.

Valerius rezou, pois não podia fazer mais nada. O touro aceitou sua prece e a transformou. Valerius atrapalhou-se para se agarrar à sensação dela.

Um homem — Umbricius — gritou um desafio e o momento se desintegrou, de forma repulsiva. No lado oeste do campo, um cão jovem se queixou, quase histérico. Do portão, Valerius pôde ver que ele não era malhado nem tinha uma orelha branca. O seu pelo tinha o brilho azul suave do sílex recém-lascado e as orelhas possuíam a ponta redonda, como as do cão esculpido no altar na parede do templo de Mitra situado debaixo da casa do primeiro centurião em Camulodunum. O cão no altar bebia o sangue do touro sacrificado. No campo, do lado de fora da fortaleza da Vigésima Legião, no elevado território montanhoso dos cornovios, esse cão estava tentando o máximo possível beber o sangue de um atuário gaulês, ou pelo menos derramá-lo.

Umbricius agachou-se com as costas para o portão, doze passos para dentro do campo. O cercado era pequeno, destinado aos melhores exemplares dos touros jovens, aqueles que eram crescidos demais para ser mantidos em grandes grupos sem brigar, mas que ainda não tinham idade para desafiar os melhores touros adultos pelo direito de cobrir as vacas e procriar os filhotes da geração seguinte. Um muro de pedra seca com a altura da soldra de um cavalo cercava o perímetro. Carvalhos com troncos tão grossos que três homens juntos não conseguiriam rodeá-los com os braços lançavam sombras sobre eles. Rosas silvestres cresciam emaranhadas entre eles, pingando frutinhos brilhantes como o sangue derramado do sacrifício.

O lustro no pelo do jovem touro que defrontava Umbricius era de um vermelho mais intenso do que os frutinhos das rosas e era matizado com branco nas espáduas e nas ancas. O animal era orgulhoso e era fácil perceber por que fora escolhido para ser mantido inteiro, em vez de esquartejado com os outros para que a sua carne fosse salgada, visando ao sustento da legião no inverno. Os chifres se estendiam para fora e para frente, e as pontas estavam limpas; o touro, ou alguém que cuidava dele, não deixara que o pelo, folhas apodrecidas e o lodo se agarrassem às pontas. Ele bramiu, e a sua voz era a do deus, falando a partir dos céus eternos. Um homem tinha apenas de interpretá-la e poderia cavalgar o mundo.

Valerius não tinha a menor ideia do seu significado.

Longinus, cujos deuses falavam em vozes que não eram as de um touro, estava à esquerda de Valerius. Ele disse:

— O cão se libertará do menino se Umbricius não sair dali. Se o animal matar um oficial da tropa auxiliar, eles matarão o cão e enforcarão o menino. Umbricius não vale isso. — Eles nunca haviam falado de cães e do que eles poderiam ter significado no passado de cada um; nunca houvera essa necessidade. Era tarde demais agora, mas talvez ainda assim desnecessário.

Valerius ergueu a mão para proteger os olhos do sol do final da tarde. Um jovem segurava o cão. Quando contemplara a cena antes, Valerius deixara de perceber esse detalhe. O rapaz não era um jovem excepcional sob nenhum aspecto; o seu cabelo era escuro, era de estatura mediana e desengonçado. A única ligação com o deus era o fato de estar apoiado sobre o joelho esquerdo, com os braços em volta do cão.

Algo metálico cintilou no ar. O touro se encolheu e bramiu. O cão uivou. O menino gritou alguma coisa na linguagem dos cornovios. Eles eram a única tribo que adorava o deus cornífero antes da Mãe. Os olhos do menino encontraram os de Valerius e imploraram ajuda. Um enorme número de pessoas fizera o mesmo nas propriedades dos trinovantes e ele não lhes dera nenhuma atenção, assassinara as irmãs deles, enforcara aqueles que imploravam, em silêncio ou em voz alta. Na ocasião, o alento do deus não tinha gemido nos seus ouvidos e nem o touro o olhado fixamente.

Pelo deus, e não por um jovem de cabelos castanhos e seu cão, Valerius conduziu o cavalo Crow até o portão e gritou:

— Umbricius, deixe o touro em paz!

O gaulês estava duplamente armado. Uma faca curta de arremesso reluzia em cada uma das mãos. Ele era filho de um pescador; enquanto outros homens, com a faca certa, o ritmo correto e bastante prática, conseguiam atirar uma faca e, às vezes, acertar o alvo, Umbricius era capaz de atirar qualquer faca e acertar a ponta com uma margem de erro da largura de um dedo com relação ao alvo. Três outras armas curtas e largas estavam penduradas em um cinto jogado por cima do ombro. Ele era famoso por carregar nove, o número da sorte. Das quatro restantes, três jaziam na relva ao redor do touro. A última arremessada se projetava, vibrante, de uma espádua volumosa. O lustro do pelo do animal ocultava o sangue.

— Umbricius, deixe-o em paz! É uma ordem!

Umbricius era apenas um atuário, mas com o soldo dobrado. Um decurião de qualquer tropa era hierarquicamente superior a ele. O primeiro decurião de outra ala era hierarquicamente tão superior a ele que somente um prefeito poderia anular qualquer ordem que ele desse.

Deixar de obedecer às suas ordens era uma ofensa passível de açoitamento. Umbricius não deu atenção a Valerius.

O portão estava fechado e não havia espaço suficiente para fazer o cavalo malhado saltar por cima dele. Os gauleses se agruparam e nenhum deles fez qualquer movimento de apoio aos trácios. Em algum lugar, bem atrás, a tropa de Valerius havia se congregado, mas eram muito poucos e estavam muito longe, e de qualquer modo nenhum deles poderia forçar o caminho até o portão. Valerius e Longinus estavam sozinhos em um mar de gauleses. Homens haviam morrido em circunstâncias semelhantes e a ameaça da dizimação não revelara o nome dos assassinos. Valerius duvidava de que Scapula ou Corvus decidissem massacrar dez homens em cem da sua melhor ala da cavalaria na véspera de uma batalha contra guerreiros famosos pelo seu domínio da arte de cavalgar.

— Vá chamar Corvus — disse Valerius, em trácio, sem se voltar. O lamento nos seus ouvidos alterou o som da sua voz.

Longinus respondeu:

— Não vou deixá-lo sozinho.

— Você vai. É uma ordem. Se você desobedecer, será açoitado junto com o gaulês. Faça o que estou mandando.

Teve lugar um breve silêncio, e espaço para sentir choque e arrependimento, e para saber que, na presença daquelas pessoas, não era possível retirar as palavras. Em trácio, Valerius disse:

— Apenas vá. Por favor.

Longinus bateu continência, rigidamente. A égua alazã recuou, afastando-se do portão. Os gauleses se mostraram mais dispostos a deixá-la partir do que haviam se mostrado ao deixá-la entrar.

Valerius virou Crow e o colocou paralelo ao portão.

— Umbricius, se eu precisar entrar nesse campo e tirá-lo daí, você vai se arrepender como nunca se arrependeu na vida.

— O touro é meu. O menino me insultou.

Valerius descobriu de repente que gostava do garoto. Ele entoou a voz para que fosse ouvida, a distância.

— Por quê? Você tentou seduzi-lo e ele o recusou? Qualquer pessoa com olhos na cabeça o recusaria. Ele deveria receber meio ano de salário adiantado e um lugar na ala por exibir um bom-senso tão raro.

Os homens que o cercavam eram gauleses e Valerius os conhecia bem. Com o corpo imprensado, os homens deram risinhos abafados. Umbricius enrubesceu de modo desagradável.

— Eu *não*...

— Mesmo? O touro então? Não creio que ele ficará mais receptivo, mesmo que você arranque os olhos dele. Enfrente os fatos: você vai passar esta noite sozinho, bem como todas as noites que se seguirão a esta, até que uma das lanças de Caratacus encontre a merda seca de bode que é o seu coração e o parta em dois. Agora saia desse campo. Se você for agora, enquanto Longinus está longe, ninguém precisará saber que você desobedeceu uma ordem.

Valerius disse essas palavras para os homens que estavam mais perto dele porque nem todos apoiavam Umbricius e, afinal de contas, fora Valerius quem fizera os cavalos saltarem a barreira na armadilha preparada para eles, como se fossem salmões, e os mantivera vivos. Enquanto falava, ele lhes dera tempo para que se lembrassem desse fato e descobrissem que não queriam odiá-lo. Eles sorriram e, quando Valerius desmontou, eles já não se comprimiram tanto. Ele deu um belo salto por sobre o portão e foi aplaudido. O cão latiu para ele. O touro riscava a relva com os chifres. Valerius rezou pedindo ao deus que o animal soubesse que ele viera para ajudar, e não para machucar.

A presença de Valerius modificou o equilíbrio do campo. Antes, Umbricius poderia ter corrido livremente para o portão caso o touro atacasse. Com Valerius bloqueando sua fuga, o gaulês ficou aprisionado entre dois inimigos, e ambos queriam matá-lo ou, melhor, os três, se ele contasse o cão.

Por mais que o odiassem, ninguém poderia dizer que Umbricius carecia de coragem. Sorriu e sacou mais duas facas do cinturão atravessado no peito e começou a fazer malabarismo com elas, exibindo-se. Ele também foi aplaudido. Os gauleses apreciavam a excelência e, mesmo não sendo bonito, Umbricius era capaz de criar certo grau de beleza com as facas.

Enquanto fazia o malabarismo, o gaulês deu um passo atrás, deixando livre o espaço entre Valerius e o touro. Com os olhos fixos nas facas, Umbricius perguntou:

— Se o touro o matar, você acha que eles dizimarão os nativos?

— É possível que o façam, depois que o enforcarem. — O lamento das abelhas nos ouvidos de Valerius o impedia de pensar direito, e tornava ainda mais difícil recordar os detalhes de uma língua que ele não falara regularmente durante metade da vida e fizera certo esforço nos últimos dois anos para esquecer. Fez uma tentativa, procurando as palavras, elevando a voz para que ela fosse transportada por sobre o lamento do cão com pelo cor de sílex para o jovem que o segurava. No dialeto dos videntes que era comum a todas as tribos, Valerius disse: — Pegue o seu cão e vá embora. Manterei o cornífero em segurança.

Ele sentiu o olhar incisivo do menino. Os cornovios adoravam o deus como veado, não como touro, mas certamente teriam ouvido falar em Mitra e talvez acreditassem que um deus ou o outro manteria vivo o animal. Valerius voltou a falar, lembrando-se de mais palavras:

— Agora vá. O cão corre perigo se você o mantiver aqui. Se você se importa com ele, precisa levá-lo para um lugar seguro.

Um menino se importará com o bem-estar do seu cão mesmo quando seu orgulho possa exigir que ele permaneça em perigo. Com o canto dos olhos, Valerius viu o jovem abraçar o cão com mais força e falar com ele. O lamento premente cessou. O zumbido nos ouvidos de Valerius não fez o mesmo, o que era uma pena, mas não poderia ser alterado. Ele só havia surgido uma vez anteriormente, enquanto ele fazia Crow pular sobre a barreira que os mantinha aprisionados numa armadilha. Na ocasião, ele acreditara que o zumbido indicava a sua morte iminente e que somente a sorte e o deus o haviam impedido. Rezou novamente pela mesma sorte, ou para que o deus mantivesse sua alma em segurança caso viesse a morrer. Na borda ocidental do campo, o menino começou a avançar em direção ao portão, arrastando o cão consigo.

Uma faca dançou em arco e cortou lateralmente a testa do touro. O animal bramiu e voltou-se para Valerius, que estava mais perto. Chifres tão longos quanto o braço de um homem sulcaram a relva, lançando solo preto na copa das árvores. Os olhos do touro estavam escuros como a nogueira e suaves demais para uma verdadeira fúria. O pelo avermelhado escureceu ao redor deles, manchado, como se a mulher de um dos oficiais tivesse se pintado com pressa e a chuva tivesse borrado a pintura. Valerius teve tempo suficiente para ver isso e para que parte dele quisesse que Longinus também o visse para compartilhar a piada antes que os olhos baixassem, ficassem na horizontal e o touro atacasse. O animal expressava toda a sua ira.

O mundo se dividiu em dois; um deles incrivelmente rápido e o outro, infinitamente lento. Em cada um dos mundos, Valerius encontrou a morte e a evitou. No mais lento, notou pequenas coisas: a mudança no timbre da voz do deus nos seus ouvidos, de modo que ela se tornou mais baixa, mais calma e um prelúdio agradável para a morte; a repentina azáfama dos corvos nos galhos superiores quando ele não percebera que havia pássaros observando; o tinido de armaduras quando homens descansados assumiram de repente a posição de sentido na presença inesperada de um oficial; o som da voz de Corvus, gritando:

— Bán! Em nome de todos os deuses, saia já daí!

Era o nome errado, pronunciado na língua errada e com uma intensa preocupação que ele não ouvira durante quatro anos. O choque fez os dois mundos se colocarem a uma distância impossível um do outro. A voz de Longinus fez-se ouvir a seguir, mas a fenda permaneceu:

— Julius! Mexa-se, droga!

Ele já estava em movimento. No mundo mais rápido, aquele em que o corpo de Valerius se movia alheio a qualquer preocupação, o touro enviado por Mitra disparou para matá-lo com a velocidade de um cavalo a galope. Como ele lutara diariamente, durante anos, com um cavalo que se movia como uma serpente, seu corpo o levou para o lado e para baixo, e o fez rolar como um acrobata até onde estava Umbricius. Como na melhor das batalhas, o terror o inflamou, obrigando-o a se levantar. Ficou de pé com a espada na mão e somente a presença de Corvus o impediu de enterrá-la em Umbricius. O gaulês percebeu isso e perdeu o último vestígio de cor. Valerius riu.

— Corra para as árvores. Aposto a minha vida contra a sua que o touro é capaz de correr mais do que nós dois. — Estavam à distância de um arremesso de lança da segurança. Não era uma distância impossível, apenas improvável. Umbricius correu. Valerius, ainda preso em dois mundos, não o fez, recuando lentamente.

O touro chegou ao portão. Se os homens que se comprimiam do lado de fora tivessem se comportado com calma, ou se tivessem dado tempo ao menino para chegar até lá, o touro talvez tivesse parado, mas os gauleses reunidos estavam com medo e nervosos, de modo que golpearam a enorme cabeça e o pelo avermelhado com a ponta das espadas e das facas, e o deus que não era um deus voltou-se uma vez mais para dentro do campo e atacou novamente.

O menino estava correndo, arrastando com ele o cão de pelo azulado. Ele tropeçou na raiz de uma árvore e soltou a coleira. Preso em um campo com dois homens e um touro enfurecido, o cão só viu que o homem que ele recentemente passara a odiar estava correndo e poderia ser caçado.

No panteão dos animais do deus, somente o cão é mais rápido do que o touro. Valerius o viu aproximar-se e teve certeza de que nessa caçada ele não era a presa. No mundo lento, no qual a sua mente enxergava com clareza, ele viu a morte de um gaulês e a que se seguiu a ela, inevitavelmente com mais lentidão, de um cão e de um menino de cabelos castanhos que se ajoelhara como o deus o fizera. No mundo mais célere, ele deu um passo para o lado e girou vigorosamente para a direita, e sua espada cortou, da direita para a esquerda, a garganta do cão que corria.

A velocidade do touro era apenas um pouco mais lenta, e o animal não distinguia entre um inimigo e outro. No momento em que o cão morreu, embora seu lento coração estivesse buscando as palavras de um rito de morte que ele não ouvia havia mais de vinte anos, Valerius viu o céu mudar de cinza-lilás para avermelhado, e depois para preto. Nesse mesmo mundo lento, o deus para quem o rito de morte não encerrava significado algum controlou o seu corpo, preenchendo-o. Sem vontade própria, Valerius comprimiu o corpo contra a relva e rolou para o lado em todo o seu comprimento como uma criança poderia rolar por uma ladeira coberta de neve no inverno, apenas para se divertir.

O deus não o encheu de alegria, e sim de uma luz fragmentada e uma dor única e inexprimível que lhe queimou as costas do lado oposto da marca. Incitado pelo poder da dor, Valerius jogou as mãos para baixo e se lançou para cima e para frente, e onde antes havia relva, árvores e o grito dos corvos, existia agora um muro de pedra, sobre o qual um homem pleno de seu deus poderia saltar tão facilmente quanto sobre um cavalo no coração da batalha. O touro colidiu com a parede atrás dele, derrubando o terço mais alto. O deus impediu que as pedras atingissem a cabeça de Valerius. Este ficou deitado de costas sobre a relva mais longa e sentiu o deus abandoná-lo, levando consigo o seu alento. Deitado muito quieto, incapaz de respirar, lutando para manter clara a visão enquanto o mundo chegava até ele em túneis e estava escuro, o que mais o preocupava era o fato de ele ainda não conseguir se lembrar das palavras do rito de morte para o cão.

Longinus o alcançou primeiro. Olhos de falcão preencheram os túneis de luz. Mãos nada delicadas agarraram-lhe os ombros. Uma voz rude disse:

— Respire. Que o deus o amaldiçoe. Julius, respire.

Outra voz, nem um pouco mais gentil, disse:

— Ele não pode. O touro o atingiu nas costas. Se ele estiver com sorte, está com falta de ar. Se não estiver, as costelas dele estão todas quebradas e ele nunca mais respirará. Deixe-me olhar para ele.

Foi aos cuidados de Corvus que Valerius desmaiou.

XII

ELES O MANTIVERAM NO FRIO E NO ESCURO DURANTE CINCO dias. Nos três primeiros desses dias, delirando, Valerius lamentou a morte de um cão de pelo azul com orelhas arredondadas que não bebera o sangue do touro. No sono, ele se esforçou interminavelmente para recordar o rito dos mortos em batalha ouvido certa vez na infância e havia muito esquecido. Percorreu os caminhos dos sonhos em busca daquela a quem o rito era dedicado e não a encontrou. Criticou a rejeição, esquecendo-se de que não tinha sido para aquele deus que dera a sua vida e dedicara a sua morte. Mais tarde, relembrando, buscou, nas cavernas da sua alma e no receptáculo incerto do seu corpo, a luz perdida do deus que tanto o cegara na presença do touro, mas não a encontrou.

Nossa intenção é matar Caratacus. No terceiro dia, perto do entardecer, lembrou-se disso. A ideia o estimulou e ele teria se levantado se um longo braço não o tivesse empurrado para trás.

— Creio que ainda não é o momento. A não ser que você queira que Longinus perca o seu salário junto com o dele.

— Longinus? O que ele... Theophilus? Em nome do meu deus, o que você está fazendo aqui?

Theophilus havia sido deixado para trás em Camulodunum. O mundo não era, então, como Valerius se lembrava dele. Desmoronou na cama e passou os momentos seguintes lutando para respirar novamente através da dor que lhe martelava as costas devido ao esforço. O coração despedaçou-se nas costelas e o pulso acelerou-se nos seus ouvidos como uma cachoeira elevada na montanha. Pôde ver o sorriso de Theophilus por cima do barulho. Isso era um bom sinal. Theophilus raramente sorria quando a morte estava próxima.

Quando Valerius foi capaz de ouvir adequadamente, o médico disse:

— Você não muda, não é mesmo? Revezei montarias durante um dia e meio para chegar até você. Por mais estranho que possa parecer, eu esperava que você me agradecesse, ou ao menos prestasse atenção ao que eu talvez tivesse a dizer.

— Obrigado. — Valerius conseguia respirar novamente, embora isso lhe fosse doloroso. Levantou o tronco, apoiando-se no cotovelo. — Você está me dizendo que não estamos em Camulodunum?

— Exatamente. Estamos na fortaleza da Vigésima Legião, à sombra das montanhas de Caratacus. Somos hóspedes do legado e de Sua Eminência, o governador Scapula, que também investiu, segundo entendi, uma quantidade significativa de ouro na sua rápida recuperação. O mais importante, a partir do seu ponto de vista, é que ele está retendo o exército à espera de sua presença. É claro que esse não é o motivo oficial. Eles afirmam estar esperando que Caratacus tenha limitado a sua armadilha a um único desfiladeiro, mas desconfio de que, no dia que você for capaz de montar o cavalo Crow, descobriremos que Caratacus também terá se limitado a um único desfiladeiro. Os homens o consideram uma pessoa de sorte. Até mesmo os gauleses lutarão melhor na sua presença, por mais dinheiro que possam ter perdido pelo fato de você estar lá. Nenhum comandante marchará deixando a sua sorte para trás se puder evitar isso.

A qualidade da luz lhe disse que a tarde chegara ao fim. Não mais buscando o seu deus, Valerius examinou os limites físicos do seu corpo e da dor que ele continha. Inspirou profundamente e exalou com vigor o ar.

Nenhuma das duas coisas foi insuportável e, experimentando algumas vezes, descobriu que, se o fizesse devagar, o mundo não chegaria até ele através de um túnel. *Nossa intenção é matar Caratacus.* Valerius escorregou as pernas para o lado da cama.

— Já posso montar agora. Devemos avançar. Quanto mais esperarmos, mais provável é que eles consigam atrair mais guerreiros para a sua causa.

— Não. Quero dizer, de fato você talvez combatesse melhor do que, de outra maneira, poderia ter feito, mas não, você ainda não está em condições de cavalgar.

— Eu posso estar contundido, Theophilus, mas não tenho costelas quebradas. Sou capaz de montar com as costas machucadas. Garanto que não sentirei nada depois que a batalha começar.

— Estou certo disso. Nunca deixo de ficar impressionado com os ferimentos que os homens podem suportar em combate, mas você não está sozinho nos aposentos particulares do legado apenas para cuidar do estado das suas costas.

O médico aproximou um banco da cama. A exaustão era visível ao redor dos olhos e da pele rachada e avermelhada em volta do nariz. Theophilus sempre tinha uma congestão nasal quando trabalhava demais. O velho caduceu em madeira de macieira estava pendurado no seu pescoço; ele perdera o de ouro pouco depois de tê-lo recebido de presente. O médico acariciou as serpentes por um instante, pensando, e depois estendeu a mão ao pé da cama e pegou um copo.

— Beba isto.

— Não se for papoula. Não quero.

— E eu não a daria a você. Considerando o lugar onde você esteve, a papoula seria um obstáculo, e não uma ajuda.

— Mas isto irá ajudar? — A infusão cheirava a tanchagem e canabrás. Valerius bebeu um pouco e a sua língua se enrugou. A bebida era bem mais amarga do que a papoula e lhe fez lembrar algo da infância. Ele dormira então um dia e uma noite. — O que ela fará desta vez que o descanso não fará?

— Talvez o impeça de falar durante o sono.

— Ah. — Isso não acontecia havia muito tempo. — Em latim?

— Às vezes. Às vezes em trácio. Na maioria das vezes, não. Parte do tempo, quando você se expressa em latim, fala do deus, ou para o deus. Não é algo que os homens devam ouvir.

— É verdade. Obrigado. — Ele podia ter sido considerado uma pessoa de sorte pela sua atitude com o touro, mas um oficial que vocifera contra o seu deus e esbraveja a respeito dele enquanto dorme podia tornar-se rapidamente o seu oposto. Um decurião azarento era uma desvantagem para a tropa e encerrava uma elevada probabilidade de ser morto no auge da batalha sem que ninguém fosse capaz de saber dizer depois quem havia aplicado o golpe.

Ele deu um último gole na bebida, sentindo o amargor espalhar-se pelo rosto e pela língua. O gosto que ficou era mais de sabugueiro e não era desagradável. Lentamente, a névoa da sua mente desapareceu, deixando lembranças isoladas, como rochas em um mar plácido: Longinus e a sua rude preocupação, um menino chorando a morte de um cão, Corvus.

Corvus, que gritara um nome em uma língua que ambos deveriam ter esquecido.

Valerius perguntou:

— Quem me trouxe para cá, para longe dos homens?

Ele ficara em silêncio por mais tempo que imaginara. Theophilus estava semiadormecido, apoiado no cotovelo, os olhos fixos alhures, a respiração passando pesada pelos seios nasais congestionados. A cabeça do médico virou lentamente, como a de uma coruja, e, também como uma coruja, ele piscou. Um pouco depois, ele respondeu:

— Pelo que eu soube, o prefeito da cavalaria gaulesa ordenou que você fosse trazido para cá. Imagina-se que ele tenha consultado primeiro o legado e o governador. Foi Longinus Sdapeze que o carregou até aqui, e também é ele que tem ficado sentado aqui com você o tempo todo. Creio que seja seguro informar-lhe que ele ouviu tudo que você disse e que nem tudo foi a respeito do deus. O sono abre a pessoa, e ela fala a respeito daqueles de quem mais gosta. Nem sempre eles são os mesmos que se importam mais com elas. Mandei o seu amigo embora para que pudesse dormir; caso contrário, ele ainda estaria aqui.

O seu amigo. A que custo para ambos?

— Devo agradecer a ele.

— Certamente. No mínimo, deve concordar com o cronograma no qual ele apostou o seu salário e o dele.

— O meu salário e o... oh, droga! Imagino que ele esteja apostando contra os gauleses, não é mesmo? Foi o que pensei. O que ele disse que eu farei?

— Os gauleses acreditam que você só conseguirá cavalgar daqui a pelo menos quinze dias. O seu amigo trácio acredita que você estará montado no seu cavalo no primeiro dia da lua nova. — O médico passou a mão no rosto; o gesto amenizou a sua falta de sono. — Você tem três dias para ficar bom. Sugiro que você peça ao seu deus para lhe conceder alguma paz e, entre nós dois, podemos deixá-lo em condições de combater a sua nêmese.

Não era Mitra que perturbava a paz de Valerius, e sim a falta dele. Durante mais uma noite e um dia, ficou deitado sobre os travesseiros, buscando dentro de si os lugares que o deus tocara. O sono vinha e ia embora, e ele falava menos quando dormia, disse Theophilus, e mais frequentemente em latim ou trácio do que no idioma da sua infância. Nos momentos em que esteve acordado, ele bebeu e comeu o que lhe deram, e ficou deitado quieto, sentindo-se ressecado, oco e vazio, sem qualquer vestígio do gemido alto nos ouvidos ou da luz cintilante que o deixara cego na presença do touro, restando apenas o embotamento da antiga dor que se espalhava com a escoriação enegrecida pelas suas costas.

Pensou em Corvus e, por esse motivo, em Caratacus; o amor e o ódio se entremesclavam com excessiva facilidade. O tempo fragmentou-se e, quando se recompôs, Valerius estava em um promontório durante uma tempestade e dois homens foram arrastados pelo mar. No sonho, era impossível dizer qual era amado e qual era odiado. Ele queria matar a ambos pelas traições distintas e não conseguia. Planejou uma batalha em que um era morto e a vida do outro, poupada pelas ações de um decurião montado em um cavalo malhado, e sabia que pelo menos parte de tudo isso já acontecera e o mundo não estava diferente por esse motivo. Tentou pensar em outras coisas.

Quando Theophilus foi alimentá-lo, Valerius perguntou:

— Eles mataram o touro?

— Não. Talvez o tivessem feito se você tivesse morrido, mas o legado que está aqui sente-se ansioso para manter os nativos calmos e você já tinha matado o cão deles. De qualquer modo — não olhe para mim dessa maneira, eu sei por que você o fez —, de qualquer modo, o primeiro centurião da Vigésima está marcado para o deus, e os adoradores de Mitra entre os homens não desejariam ver o animal morto, não depois de você ter pronunciado o nome do deus na presença dele e ter sido visto colocando a mão na testa dele antes de ter executado o salto do touro para escapar.

— Eu fiz isso?

— Longinus diz que não, mas o mito que cerca a sua vida diz que você fez, e aqueles entre nós que gostamos de você não estamos inclinados a negá-lo publicamente. O tribuno mais antigo da Vigésima deseja falar com você sobre assuntos relacionados com o touro e o Sol Infinito. Eu disse a ele que você ainda está com o deus. Se você já estiver suficientemente recuperado, eu poderia dizer a ele que venha vê-lo.

O tribuno da Vigésima era o Pai vigente de Valerius sob o Sol, o posto mais elevado diante do deus na província. Somente o governador poderia ter tido um posto mais elevado, mas ele não tinha se entregue ao deus. O tribuno era sombrio e seco, e passara tempo demais na companhia de homens desprovidos de humor, de modo que a vida se afastara dele. O bastão e uma foice estavam marcados com tinta nos pulsos, proclamando abertamente a sua posição diante do deus. Valerius deveria sentir-se honrado com a presença dele.

— Sinto-me honrado — declarou.

O tribuno tinha lábios estreitos e cinzentos. Ele os apertou.

— Não. Você sentiu-se honrado há três dias, quando foi tocado pelo deus; nós agimos apenas para mostrar que o reconhecemos. Vim para lhe dizer que você agora tem a graduação do Leão sob o Sol e que os ritos necessários foram praticados em seu nome. Quando você estiver realmente recuperado, poderá oferecer as suas preces no altar. Nesse ínterim, quero que saiba que o deus está satisfeito com o seu filho.

Valerius já não tinha tanta certeza disso. Depois de cegá-lo, o deus partira completamente e não se mostrara nem um pouco inclinado a voltar. Sem a presença dele, o posto e a classe de Valerius dentro do templo eram apenas simbólicos, uma maneira de progredir em uma carreira que atingira o zênite. Ele já era o principal decurião da sua ala. Há muito já fora deixado claro que ele nunca chegaria à patente de prefeito, pois esta era reservada aos cavaleiros romanos natos. A não ser que Valerius desejasse abandonar a cavalaria e ir para as legiões, algo que ele não desejava, não poderia ter mais promoção alguma. Em algum lugar no emaranhado das suas lembranças, ouviu o seu eu mais jovem e, a seguir, Corvus.

Acreditei que seria construtivo na evolução da minha carreira.
Estou certo de que será.

Fora o que ele acreditara na época, ou o que dissera a si mesmo. Agora, ele sabia que era permitido apenas a três homens ter a graduação de Leão nos templos da província e que o fato de ele ter ascendido a essa posição significava que um deles estava morto. Ele se perguntou, rapidamente e sem interesse, quem teria morrido e como. Talvez devesse perguntar. O tribuno estava certamente esperando algum comentário.

Valerius fez um movimento com a cabeça, tentando ser agradável.

— Obrigado. Se for possível, eu gostaria de passar algum tempo com o deus antes de irmos para a batalha. Ouvi dizer que o deus tem aqui uma caverna, e não uma adega. É verdade?

— É. A montanha é como uma esponja, com buracos e cavernas. O deus mostrou uma como sua.

— Posso ir até ela? Sozinho?

Não era um pedido habitual. O tribuno refletiu, tocando sua tatuagem.

— Pode. — Ele forneceu breves instruções sobre como a caverna poderia ser encontrada.

Valerius inclinou a cabeça.

— Uma vez mais, sinto-me honrado.

— O deus nos honra a todos.

O tribuno se retirou. Outra pessoa tomou o seu lugar ao lado da cama. Imaginando que fosse Theophilus, Valerius disse:

— Preciso sair. Se eu conseguir andar sozinho, Longinus manterá a aposta?

— Manterei.

O trácio estava ao pé da cama. Mostrava-se mais descansado que Theophilus, mas não muito. O cabelo castanho com a tonalidade de um veado fora lavado e ele fizera a barba muito rente. A pele do seu rosto estava excepcionalmente rosada e um fio de sangue desfigurava-lhe o rosto. Ele se moveu como se fosse dar um passo à frente e depois parou, cautelosamente. Longinus não costumava ser um homem cauteloso.

Os pensamentos de Valerius ainda estavam com o tribuno sombrio. Ele os recolheu. Havia um abismo entre ele e o homem ao pé da cama que ameaçava tornar-se intransponível. Sorrir era mais difícil do que ele imaginara, mas esforçou-se para isso.

— Poderia passar o resto da minha vida agradecendo-lhe por ter me trazido para cá e desculpando-me por qualquer coisa que eu possa ter dito nos mundos além do sono. Eu o farei se você quiser, mas creio que você logo se cansaria.

— Talvez, mas uma vida é um longo tempo. — O trácio esfregou o lado do nariz. Ele repousava as mãos de leve no pé da cama, com as unhas aparadas no comprimento de luta. Baixou os olhos para elas e depois voltou a levantá-los. — Você estava pensando em tentar?

— Não nesta distância. — A hesitação afetou a ambos. Valerius estendeu a mão. O alívio que sentiu quando ela foi agarrada foi maior do que esperara.

Afinal, a distância do pé da cama à cabeceira era apenas de dois passos, o que não era uma extensão intransponível. Longinus transpôs o espaço e ficou ao lado de Valerius, ainda segurando-lhe a mão. Um pouco tonto, Valerius disse:

— Acho que não vou quebrar se for tocado.

— Será que não? Tive a impressão de que Theophilus achava que isso poderia acontecer. Se ele estiver certo, perderemos os nossos salários.

— Neste caso, é melhor sermos cuidadosos.

Longinus não era Corvus, mas afinal de contas era imensamente agradável vê-lo. Tomaram cuidado. Valerius não se quebrou. A noite não foi excepcional, mas foi boa.

XIII

A CAVERNA DO DEUS ESTAVA SITUADA A MEIO CAMINHO de uma encosta mais escarpada do que qualquer outra que Valerius já galgara. Ele se dirigira para lá com Longinus antes do amanhecer, na parte mais escura da noite. Sem levar uma tocha, orientaram-se pela luz tênue das estrelas e um instrumento trácio para a navegação no escuro. Galgaram lentamente as trilhas, como se fossem caçadores, ou batedores espionando as linhas inimigas, certificando-se de que não estavam sendo seguidos ou observados de cima.

A penalidade por revelar o local da caverna não fora explicitada, mas um homem pode morrer em combate por muitas razões e profanar o deus de outro homem não é a menos importante. Discutiram rapidamente o assunto antes de deixar a ala do hospital, e Longinus perguntara:

— Você tem certeza que quer que eu vá?

Valerius estava se vestindo e fez uma pausa.

— Tenho, mas, se você preferir não ir, não me importo. Não acredito que você ofenderia o deus com a sua presença; creio apenas que os homens protegerão o que sentem lhes pertencer.

— O que é dos deuses só a eles pertence.

— Eu sei.

Nenhum dos dois questionou o motivo do outro para ir até a caverna; durante quatro anos eles só haviam lutado contra homens e mulheres mediocremente armados, massacrado crianças, mulheres grávidas e avós desdentadas cuja única arma era proferir uma maldição. Diante da sua primeira batalha de verdade desde o desastre da armadilha preparada quatro anos antes pelos icenos, eles não eram os únicos homens das legiões e das tropas auxiliares a procurar um lugar sagrado de onde observar o nascer do sol. Nos dias anteriores, muitos homens haviam saído para ficar em paz com o seu deus, sozinhos ou na companhia de quem mais gostavam. Isso era óbvio e não era necessário fazer comentários.

Tanto Valerius quanto Longinus estavam preparados para a batalha e cada um deles havia crescido em um povo para quem saber mover-se silenciosamente em território inimigo era uma habilidade valorizada acima de muitas outras. Subiram através de samambaias, sobre rochas, por entre a urze e atravessaram riachos nas montanhas. O melhor batedor do inimigo teria tido dificuldade em encontrá-los.

A entrada da caverna era estreita e alta, e estava situada à distância de um arremesso de lança de um rio de águas límpidas e da cachoeira na qual ele se transformava, derramando-se por sobre a borda de um penhasco. Na infância, Valerius morara perto de uma cachoeira cuja altura era menor do que a de uma criança e a achava simplesmente enorme. O contraste aqui teria sido divertido, não fosse ele tão esmagador. A queda da torrente entorpecia a mente quase tanto quanto a paisagem. Valerius pôde de imediato imaginar que, ouvido do lado de dentro, ampliado pelo eco das paredes, o som poderia facilmente se transformar na voz do deus. Novos iniciados, confusos pela falta de comida e de água, a cabeça cheia de incenso, ficariam impressionados quando lhes fosse retirada dos olhos a venda que também lhes cobria os ouvidos. O barulho realçaria a luminosidade da luz do deus, arrastando-os ainda mais para fora de si mesmos quando o ferro quente exercesse a pressão. Ele preferiria ter sido apresentado pela primeira vez ao deus em uma caverna. A chance de encontrá-lo talvez tivesse sido maior.

A luz agora emanava do horizonte oriental, suficiente para que descortinassem a aveleira que deixava cair as nozes perto da entrada e pegassem as jarras de mel e pequenos feixes de milho que haviam sido deixados ao redor da abertura da caverna. Muitos homens tinham ido até lá nos dias anteriores para oferecer presentes diretamente ao deus.

Longinus comentou:

— Está mais escuro aqui do que lá fora. Não temos a luz das estrelas.

— Eu trouxe uma das velas de Theophilus. Podemos acendê-la quando não enxergarmos mais.

— Você quer que eu entre?

— Quero, a não ser que o deus demonstre se opor.

Um penedo de borda afiada jazia atravessado no limiar e era preciso galgá-lo para chegar à entrada. A boca da caverna era mais estreita do que a largura do ombro deles, de modo que, depois de se esforçar para passar pelo penedo, tiveram de se virar e avançar como caranguejos pelos primeiros passos de um longo corredor. A seguir, este fazia uma curva para a esquerda e se alargava, possibilitando que os dois homens andassem normalmente e depois lado a lado. O chão se inclinou para baixo e o teto desceu ao encontro dele, de modo que se abaixaram, depois se agacharam, em seguida rastejaram e posteriormente deslizaram, com a barriga na pedra áspera, avançando em trevas mais absolutas do que a noite. O avanço foi mais longo do que qualquer homem lúcido teria desejado. Valerius tentou imaginar o tribuno sombrio fazendo o mesmo nos trajes do Pai e não conseguiu. Se oferendas não tivessem sido deixadas na entrada, ele talvez acreditasse que estava na caverna errada.

Atrás dele, Longinus disse:

— Não estou propriamente entusiasmado com a ideia de subir de costas aqui se não houver espaço para dar a volta.

— Há espaço. Eu posso sentir o ar.

Valerius sentiu o ar e depois não sentiu nem chão nem teto, e não tinha a menor ideia da dimensão da queda que tinha diante de si. Em seguida parou, suando. Ainda rastejando, Longinus foi de encontro ao calcanhar de Valerius. Este disse:

— Pare.

— Você deve acender a vela.

Valerius acendeu a vela, levando mais tempo do que deveria. Suas mãos não respondiam totalmente aos comandos da sua mente e o estopim coberto de piche não estava completamente seco. Ajoelhou-se, protegendo a chama, de modo que não foi o primeiro a descortinar o que havia para ser visto.

— Julius, olhe para cima. — Longinus falou em trácio, como fazia à noite, durante o combate ou em momentos de tensão.

Levantando a chama, Valerius olhou. Dez anos de liderança responsável e certo conhecimento antecipado dos hábitos do deus o impediram de deixar cair novamente a vela. Com os dedos entorpecidos pelo choque, ele a segurou sobre a cabeça e contemplou o espetáculo.

A luz chegava até ele oriunda de várias direções. Nos primeiros momentos, foi esmagador, como deveria ter sido a luz do deus na adega, mas raramente o era. Com o tempo, seus olhos distinguiram detalhes no meio do dourado ofuscante; estava diante de um lago tranquilo, cuja superfície fazia girar de volta a luz da vela como se ela tivesse sido coberta com óleo e inflamada. Nas paredes situadas atrás e em cima, no teto elevado da caverna, a rocha encharcada e gotejante emitia uma barreira ondulada de luz, mais brilhante do que as estrelas. Se um sacerdote tivesse passado a vida inteira implantando diamantes na rocha, ela não teria cintilado mais, mas não havia diamantes, apenas água, e o fogo da única chama. Quando Valerius se virou, ainda com o olhar fixo, o brilho se virou com ele, chamejante como luz viva.

— Mitra... — Valerius exalou o nome do deus com verdadeira reverência. — Ele poderia ter nascido em uma caverna assim.

Estavam perto demais do mistério para alguém que não pertencesse ao deus.

— Vou esperar do lado de fora — declarou Longinus.

Valerius poderia ter argumentado, mas não o fez. Ouviu a lã deslizar pela pedra e botas se arrastando na parede do túnel, e em seguida o trácio desapareceu.

Sozinho agora com o deus, Valerius moveu-se lentamente. O lago se estendia diante dele, imóvel como um espelho e dourado pelo fogo, e ele observou as ondulações fluentes da sua respiração enquanto a luz da vela se espalhava através dela em ondas. Os sonhos de três dias ainda o dominavam e ele viu coisas no espelho de fogo que imaginara enxergar apenas na escuridão da sua mente. Caradoc, filho de Cunobelin, jogado pelo mar na costa dos icenos e, dessa vez, o seu cabelo era vermelho-pálido e o rosto, o do irmão Amminios. Caradoc se pôs de pé e sacou uma espada da bainha na coxa direita, e, com ela, matou os homens, as mulheres e as crianças que tinham vindo resgatá-lo, terminando com um escravo belga de cabelos louros chamado Iccius.

Como não se tratava de um novo sonho, e anos de repetição haviam ensinado a Valerius certo grau de controle sobre o resultado, o menino Iccius não se levantou da areia sangrenta para matá-lo, ficando deitado onde estava, reduzido a pele e osso como ficava o corpo dos mortos da tribo, quando deixados sobre as plataformas da morte para os seus deuses. Além disso, como estava acordado e não dormindo, e sabia que Amminios estava morto, Valerius voltou a atenção para o semifantasma sorridente à sua frente. Mudou a cor do cabelo vermelho desalinhado para dourado cor de milho, tornou os olhos de âmbar da cor das nuvens e diminuiu o nariz. Só não podia mudar o sorriso e as afirmações de traição. Nos sonhos, os fantasmas não falavam. No espelho de fogo, a voz que ele mais odiava no mundo declarou:

Quase vencemos. Pense em como o mundo seria diferente se ninguém tivesse saído vivo do vale do Pé da Garça.

— Eu achava que ninguém tinha.

Como você estava destinado a achar. Você teria ingressado nas legiões se soubesse que a sua irmã estava viva?

Valerius estava no lugar do deus. Ali, imagens enviadas pelo deus poderiam fazer perguntas que nenhum homem, morto ou vivo, teria ousado fazer, e ele, tendo jurado fidelidade ao deus, precisava assumir uma resposta que teria bebido qualquer quantidade de vinho para evitar.

— Não.

Então. E você não teria vindo para Mitra. É a sua perda?

Ele estava no lugar do deus. O que poderia dizer?

— Não.

Amminios já não era mais Amminios, nem mesmo Caradoc. Onde ele estivera, o deus ajoelhava-se no plácido lago com os braços ao redor do pescoço do cão. A capa caía-lhe nos ombros, bebendo no fogo e desprendendo-o novamente, mais luminoso. Alhures, um touro riscava a terra e uma serpente sorvia um sangue que ainda não havia sido derramado. Os olhos do deus o queimavam e ele sabia que estava sendo visto; cada parte dele se separou do restante e se estendeu diante de um olhar que abarcava a eternidade.

— Eu preferiria ter sabido que ela estava viva — afirmou Valerius. — Mesmo que eu morresse tentando alcançá-la, teria sido melhor.

Pensativo, o jovem com a capa deslizou os longos dedos pelo focinho do cão. Em seguida, declarou, com um leve sorriso:

A sinceridade lhe assenta bem.

— Eu não mentiria para você.

Apenas para si mesmo.

— Às vezes isso é necessário.

Talvez. Você o odeia o bastante para matá-lo com as próprias mãos?

— Quem?

Caradoc. Aquele com cuja morte você sonha até mesmo na presença do seu deus.

— Ele me traiu. Ele nos traiu a todos. Por isso, sim, desejo vê-lo morto, não importa como.

Somente por isso?

— Não é suficiente?

Talvez. Um intervalo teve lugar, no qual todas as possibilidades se abriram e somente algumas delas voltaram a se fechar. *Se a morte dele fosse equilibrada pela sua, de modo que você morresse ao mesmo tempo que ele, mesmo assim você o faria?*

— Faria. — A palavra foi pronunciada antes que Valerius tivesse tempo de pensar. Ao refletir, descobriu que dissera a verdade.

E se o custo, ao contrário, fosse a vida de alguém que você ama, e então?

Ele julgara estar além do pânico, mas não estava.

— Corvus?

O silêncio de um deus é algo assustador.

— Longinus?

Talvez. Seu amor o compromete mais do que você o permite. Pense nisso antes de matar. Ou de decidir não fazê-lo.

O cão desaparecera, dissolvendo-se no espelho. O deus ajoelhado foi ficando cada vez mais indistinto, até que restou apenas o tremeluzir de uma chama agonizante sobre a água. No final, a voz dele surgiu por cima da escuridão: *O que animará sua vida, Valerius, quando a chama da vingança tiver desaparecido?*

— Ela é tudo o que eu tenho.

O deus riu. O riso retiniu a partir da pedra e voltou, ecoando. Um touro mugiu, agonizante. Uma voz, que não era a do deus, disse:

Então encontre mais.

Ele poderia ter ficado ali durante horas, ou dias. A cera derretida que caía da vela queimou-lhe a mão. Valerius se encolheu e o espelho de fogo que definhava estilhaçou-se. A luz liquefeita espalhou-se pelo chão e pelas paredes da caverna, acomodando-se de volta no lago, que estava novamente imóvel, e apenas levemente iluminado. Enquanto ele se postava imóvel e com frio, ocorreu-lhe que o touro que ele vira morrer três vezes não era branco, e sim vermelho. Valerius não entendia por que deveria ser assim.

Muito tempo antes, Theophilus o advertira de que não deveria passar um tempo excessivo nos mundos do além para não ficar impossibilitado de retornar. O médico estava se referindo aos pesadelos e aos sonhos despertos, mas o perigo era tão real aqui quanto em qualquer outro lugar. A água o atraía como um ímã, e o seu corpo era o ferro. Outros sentidos além da visão e da audição lhe diziam que o lago não era raso. Ele poderia entrar, começar a andar e, vinte passos depois, teria se unido ao deus e conheceria todos os destinos possíveis dos que permanecessem vivos.

— Valerius? — A voz de Longinus ressoou no túnel, distorcida pela distância e pela sinuosidade da rocha.

Valerius deu um passo atrás, afastando-se da beira da água.

— Logo estarei aí.

Ainda não podia sair. Voltando as costas para o lago, Valerius usou a luz fraca da vela para explorar o restante da caverna. Na parede em frente ao lago, encontrou o altar, talhado na rocha virgem, e, atrás dele, o lugar para as velas nônuplas e os turíbulos que tornariam as cerimônias de iniciação mais do que simples rituais executados no escuro. Atrás do altar, na parede em frente ao túnel, descobriu uma abertura alta e estreita. O interior era mais escuro do que o da caverna. O ar corria da caverna maior para dentro, empurrando-o para frente. Segurando diante de si a vela que derretia, Valerius comprimiu-se de lado e deu um passo em direção à entrada.

NÃO.

A palavra pressionou-lhe o ouvido, vindo do centro da cabeça. O alento ficou bloqueado no peito e apertou-lhe a garganta. O coração parou de repente e recomeçou a bater. Não era de modo algum a voz de um jovem ajoelhado.

Valerius deu um passo atrás e conseguiu respirar novamente. O seu pisar pareceu débil. Passo a passo, recuou até sentir os calcanhares pressionando a parede pela qual entrara. Um pouco antes de alcançá-la, a vela se apagou. O túnel ficava à esquerda e Valerius o encontrou após uma breve busca.

Rápido demais para o conforto, lento demais para a paz, ele rastejou, se agachou, esbarrou em paredes, passou por elas e depois saiu para uma manhã na montanha onde o ar estava úmido com o borrifo da água branca e um falcão que gritava como uma gaivota.

Longinus esperava, não muito longe da entrada. Passados alguns instantes, sem se mover, ele disse.

— Você viu a sua morte? Ou a minha?

— Não.

— Então venha comigo e sente-se perto da água. Seja lá o que tenha sido, vai passar.

Três dias depois, no primeiro dia da lua nova, o decurião da primeira tropa, da Primeira Cavalaria Trácia, foi visto montando o seu cavalo malhado no pátio de treinamento. O seu amigo, o porta-estandarte da primeira tropa, recolheu o seu lucro e todos perceberam que ele estava excepcionalmente alegre. Na manhã seguinte, o relatório de um batedor foi lido literalmente para as tropas reunidas. Ele descrevia, em detalhe, a posição do líder dos rebeldes, Caratacus, a quantidade de guerreiros e os reforços que ele poderia esperar razoavelmente receber de outras tribos.

Scapula, o governador, acrescentou posteriormente sua avaliação acerca das prováveis táticas do inimigo, com base na sua posição e poder. No final, como Theophilus previra, ele deu a ordem de avançar, com efeito imediato.

XIV

A COLHEITA, TANTO NAS MONTANHAS OCIDENTAIS QUANto em Mona, foi realizada com mais rapidez naquele ano do que nos oito anteriores. No final, os celeiros das tribos não ficaram cheios, porque poucas pessoas estiveram presentes no plantio e menos ainda tinham sido dispensadas nos meses intermediários para arrancar as ervas daninhas, mas havia o bastante para garantir que ninguém iria passar fome, independentemente do resultado da guerra. Nos dias que se seguiram, as crianças começaram a colher avelãs, agáricos comestíveis e maçãs silvestres ácidas que ficariam mais doces na primavera. Os idosos trituravam pastel-dos-tintureiros transformando-o em pó e o misturavam com o suco de frutinhas de sarça esmagadas para fazer tinturas, além de preparar a cerveja que os manteria aquecidos no inverno. Os guerreiros comiam, dormiam, amavam e afiavam as armas em companhia dos filhos. Os videntes buscavam a palavra dos deuses. Os batedores informaram a chegada de Scapula na fortaleza da Vigésima Legião e a sua partida, vários dias depois, com uma legião e meia e duas alas da cavalaria. Seu progresso para o norte foi acompanhado e levemente molestado pelos lados e pela retaguarda. Ninguém importante foi morto em qualquer dos lados. Não se esperava que isso acontecesse, ainda.

Na quarta noite da lua nova, muito fria e debaixo de um céu negro, os guerreiros de Mona, já descansados, se uniram aos lanceiros dos ordovices, siluros, cornovios e durotriges. Aqueles que haviam lutado pela liberdade nesses oito anos receberam o apoio de milhares de rapazes e moças que acabavam de chegar à idade adulta e que tinham escolhido a guerra acima da servidão. Eles somavam, ao todo, quase dez mil, número equivalente a duas legiões.

Contra as tribos, marchavam os principais responsáveis, aos olhos dos deuses e dos videntes, pela morte por enforcamento da totalidade de duas aldeias dos icenos, inclusive de uma menina de três anos, e pela aterradora repressão aos trinovantes que ainda continuava. A batalha que se aproximava era tanto de retaliação quanto de libertação.

De acordo com a previsão de Caradoc, o rio da Corça Manca formava um limite entre os dois exércitos. Fogueiras arderam a noite inteira nas encostas, em ambos os lados, no ponto mais largo. Desta feita, não era necessário que as tribos ocultassem a sua presença ou posição. Como já havia sido feito antes, Caradoc ordenara que o número de fogueiras acesas fosse maior do que o de guerreiros, para que as legiões, ao vê-las, acreditassem que estariam enfrentando um número esmagador de inimigos e perdessem o ânimo. No vale do rio, a água branca refletia pontos de luz estelar e o brilho maior, alaranjado, das chamas. Um desfiladeiro longo e estreito corria de norte para oeste, afastando-se dos acampamentos, o único caminho para fora do vale. Através dele, a passagem estava bloqueada por um sólido baluarte de toras de carvalho e penedos com uma vez e meia a altura de um homem; a barricada da armadilha para os salmões, reproduzida em uma escala maior do que a que Dubornos criara originalmente. Caradoc aprendera uma lição com a batalha anterior; dessa vez, nenhum cavalo saltaria por sobre o baluarte para causar destruição entre as tribos presas atrás dele.

Os dois lados se acomodaram para passar a noite. Os videntes construíram separadamente as fogueiras sobre um afloramento rochoso logo abaixo do pico da montanha. Uma sorveira-brava anã deixava cair punhados de frutinhas sobre a inclinação vertiginosa da encosta. Sobre a pedra achatada na borda do afloramento, uma grande fogueira feita com lenha de faia, macieira e pilriteiro estalava centelhas altas na noite.

Duzentos cantores e videntes estavam reunidos ao redor dela. Depois da invasão, nunca um número tão grande de pessoas treinadas por Mona havia se reunido, pelo menos não com uma intenção tão específica. Se lhes fosse concedido, eles veriam a morte de Scapula antes que o fogo voltasse a ser aceso. Daqueles que detinham mais poder, cujo diálogo com os deuses era mais direto, somente Airmid estava ausente. Seu lugar era em Mona com Boudica e o bebê. Breaca não estivera sozinha ao sonhar que Graine era a solução para o futuro das tribos, e os primeiros dias da criança foram protegidos com todos os recursos conhecidos. Assim, a ausência de Airmid era aceita, embora todos sentissem falta dela.

Dubornos sentiu a ausência dela como se tivesse perdido um escudo em combate. Seu trabalho não estava estreitamente ligado ao dela; meses poderiam se passar sem que trocassem uma única palavra, mas ele tinha consciência da presença e da ausência dela com a mesma certeza que distinguia a luz das trevas, o calor do frio, o amor da perda. A ausência de Airmid não o impedia de desempenhar seu papel, mas tornava-o imensuravelmente mais difícil.

Na noite que antecedeu uma batalha que seria maior do que qualquer outra que presenciara depois da invasão, Dubornos postou-se diante do fogo com os outros com quem compartilhava a casa-grande em Mona; Maroc, o Ancião, Luain mac Calma, que fora da Hibérnia, e Efnís, que fora o primeiro entre os videntes dos icenos do norte até que os enforcamentos começaram, e a sua presença lá deixou de ser segura. Esses eram os três maiores: o urso, a garça e o falcão — todos caçadores, com a intuição que conduzia à sua visão. Ao lado deles postavam-se cem outros que tinham vivido e treinado com eles durante dez anos ou mais, e estavam acostumados a trabalhar junto com eles. Unindo-se pela primeira vez a eles em combate, estavam os videntes das tribos ocidentais, os homens e as mulheres que tinham permanecido para manter em segurança o coração do seu povo em uma época de guerra incessante. Eles vieram em grupos do mesmo gênero e formaram-se ou voltaram a se formar alianças que fortaleciam-se mutuamente e eram maiores do que poderiam sonhar quando trabalhavam no relativo isolamento das tribos.

Efnís, vidente dos icenos, dirigiu a reunião. Ele era o único que vira o rosto dos três inimigos cuja morte mais importava para as tribos: o governador Scapula, o legado da Vigésima Legião e o decurião das tropas auxiliares que montava o cavalo malhado. Para que os outros pudessem conhecê-los tão bem quanto ele, Efnís ofereceu suas lembranças ao fogo, cada uma delas amarrada com o pelo de uma égua vermelha a varetas de pilriteiro verde. Na fumaça da combustão, outras pessoas inalaram a essência dos homens que eram seus alvos, deixando que se acomodassem na sua mente: o lampejo de um rosto visto de perfil, o odor particular de um homem na batalha que o diferenciava do resto, o som de uma voz que se elevou em um comando, ou decresceu para descansar, o amor de um pai pelo filho e o de um homem pelos seus companheiros de escudo, o ódio complexo da pessoa que mata para encobrir o ódio que sente por si mesma.

Nada estava claro, mas havia o bastante de cada homem para que, no caos da batalha, os videntes pudessem encontrar as almas desatadas daqueles que procuravam e levar até eles medo, o desespero ou uma lentidão de reflexo que daria aos guerreiros a chance de desfechar um golpe mortal. Era o melhor que podiam fazer, e não era perfeito, mas dera certo no passado e, com a ajuda dos deuses, talvez pudesse funcionar novamente.

Quando chegou a vez do último dos três, o decurião que montava o cavalo malhado, Dubornos acrescentou ao fogo as suas próprias varetas, amarradas da mesma maneira. Ele levara quatro dias fabricando-as, dormindo sozinho com as suas lembranças de uma época que teria preferido esquecer, concentrando-se em padrões de objetividade anteriormente ocultos em uma névoa de dor e raiva, e a seguir unindo-os com seu sangue e suas lágrimas a galhos de pilriteiro, carregados de frutinhas, cortados ainda verdes.

Se houvesse uma maneira de fazer aquilo sem as lembranças, Dubornos a teria adotado, independentemente do custo. Depois do incêndio do forte, quando ficara claro que Scapula enviaria suas forças contra os icenos, Dubornos organizara a primeira armadilha inspirada nas que eram usadas para pegar salmões e a considerara um sucesso. Homens e mulheres dos icenos e dos coritânios haviam morrido às centenas, mas tinham vendido a vida a um preço esmagador, lutando com uma ferocidade desconhecida na história das tribos para destruir os auxiliares enviados contra eles. Dubornos lamentara essas baixas, embora, ao mesmo tempo, a sua alma exultasse diante da vitória que enviara de volta à fortaleza, carregando na sela o corpo dos oficiais mortos, o punhado que restara das tropas inimigas. Nos dias que se seguiram, antes que entendessem completamente a natureza e a inconcebível extensão das represálias de Scapula, a preocupação exclusiva de Dubornos, a única dúvida que o atormentava, fora o frêmito de pura raiva que ele sentira no jovem oficial que percebera o perigo da armadilha e mais tarde conduzira os cavalos por sobre a barricada para salvar os companheiros sobreviventes, cavalgando na vanguarda um cavalo malhado que matava tão brutalmente quanto qualquer guerreiro.

Dubornos vira o cavalo muito antes de reparar no homem. Quando os auxiliares abandonaram as montarias e lutaram em pé, parecera haver uma boa chance de que o animal pudesse ser capturado e conduzido aos rebanhos reprodutores. Mais tarde, ao vê-lo montado, a tristeza de tê-lo perdido fora maior. Somente depois, quando começou o enforcamento das pessoas das aldeias, o temperamento tanto do cavalo quanto do cavaleiro se tornara claro. A única fonte de consolo de Dubornos na ocasião da desolação e do desespero que se seguiram às atrocidades foi o fato de ele não ter incutido um ódio tão persistente nas manadas de cavalos de Mona. Ao fabricar as varetas da lembrança, ele amarrara o cavalo tão estreitamente quanto o cavaleiro, fundindo-os em uma única entidade e marcando-a como maligna.

Dubornos inclinou-se para frente e colocou o último galho no coração da chama. Frutinhas ressequidas murcharam e explodiram. As chamas envolveram-lhe a pele do braço e ele não sentiu calor. O fogo consumiu a madeira e o cabelo, enviando as suas lembranças para os deuses e os videntes que aguardavam. Poucas palavras poderiam fazer justiça ao mal que ele sentia emanar desse homem, mas as proferiu mesmo assim, para expandir a imagem. *Ele é alto, magro, de cabelos negros. Monta um cavalo malhado que mata ao mesmo tempo que ele. Ele matou as crianças com as próprias mãos.*

Suspirando, duzentos videntes assimilaram as palavras de Dubornos, vitalizando-as. O ar ao redor do afloramento estremeceu no calor. Com a fumaça no coração e a chama queimando-lhes a pele, os videntes de Mona e do oeste respiraram coletivamente e, ao mesmo tempo, começaram a inclinar o espírito para a vingança.

A alvorada surgiu atrás deles, fria e clara. A fogueira dos videntes esmoreceu nas brasas e os duzentos se dispersaram, descendo rápido a encosta em busca dos guerreiros para lhes revelar as mensagens dos deuses antes da batalha. Dubornos procurou a maior fogueira dos guerreiros, encontrando-a na extremidade norte da cadeia de montanhas acima da cachoeira que marcava o ponto mais largo do rio. A guarda de honra de Mona dormira ali, compartilhando o fogo com Caradoc e seus ordovices.

Homens e mulheres estavam despertando, espreguiçando os músculos contraídos, esfregando o orvalho da urze no rosto ou procurando os pequenos riachos que desciam pela encosta juncada de pedras. Alguns deslizavam pelo mato em direção às fossas. Outros estavam claramente acordados havia mais tempo. Ardacos, que liderava os guerreiros da ursa e era a ala esquerda da guarda de honra de Boudica, estava agachado perto de um bosque cerrado de ameixeiras-bravas com uma dúzia de guerreiros do seu grupo. Eles cheiravam fortemente a pastel-dos-tintureiros e gordura de urso, e símbolos cinzentos, resultantes de um trabalho de pintura que ocupara metade da noite, serpenteavam pelos corpos nus. O cabo das lanças era feito de cinza branca que se tornara quase preta pela adição do sangue de um urso, as espadas tinham a forma de folhas e eram mais longas do que quaisquer outras no campo, e penas de garça sem tingimento pendiam-lhes do pescoço. Calcaram nos ombros a marca das mãos em barro branco e reconfirmaram uns para os outros os juramentos de batalha em uma linguagem que Dubornos, que dominava oito idiomas distintos e uma dúzia de dialetos, nunca ouvira antes.

Além das ursas, Braint, a jovem dos brigantes que comandava o centro da guarda de honra na ausência de Breaca, amarrou o crânio de um gato selvagem à crina do seu cavalo. Mais perto do fogo, Gwyddhien, que liderava o flanco direito, pintou a marca do falcão cinzento na espádua esquerda da sua égua de batalha, acima da lança-serpente de Boudica. Era por ela que Dubornos estava procurando. Ele atravessou a urze emaranhada e ficou por perto, esperando.

Gwyddhien era a pessoa mais impressionante do seu povo. Sempre altaneira, o nó de guerra dos siluros amarrado nos cabelos negros a tornava ainda mais alta. A pele morena uniforme possuía poucas cicatrizes, e nenhuma delas na face. As maçãs do rosto eram elevadas e largas, como era o caso de algumas das mulheres das tribos ocidentais nas quais o sangue dos ancestrais corria bem definido. Era fácil notar por que outra pessoa poderia achá-la atraente.

A mulher terminou a pintura e levantou os olhos; ela sabia que ele estava ali. Dubornos fez a saudação do guerreiro e disse:

— Airmid envia o coração e a alma dela para que a acompanhem durante a batalha. Ela caminha onde você caminha e sonha quando você sonha.

Essa era a saudação formal entre amantes quando as circunstâncias os obrigavam a se separar em tempos de guerra. Por um momento, Gwyddhien tornou-se mais mulher do que guerreira. Seus olhos eram verdes-acinzentados como as folhas velhas da aveleira, porém mais brilhantes devido à geada do amanhecer. Quando ela sorriu, eles faiscaram como se atingidos por sílex e ferro.

— Obrigada. — A saudação dela era a de um guerreiro ao seu vidente, quando o último detém uma posição hierárquica superior e homenageava intencionalmente Dubornos. — Breaca está bem? — perguntou.

Dubornos gostaria de ir embora, mas não podia fazer isso; a tradição exigia que ele respondesse:

— Ela viceja, e a criança com ela. Seu maior pesar é não poder participar do combate.

— Mas ela envia o outro filho para substituí-la, privando você da chance de lutar. — Gwyddhien levantou as sobrancelhas o suficiente para tornar a declaração uma pergunta sem contestar a sabedoria dela.

— Cunomar? — perguntou Dubornos com uma careta. — Não. Breaca queria impedir que o menino viesse, mas Caradoc já dissera que ele poderia nos acompanhar. Acho que ele se sentiu culpado devido ao tempo que passara com Breaca e o bebê, e também porque dera de presente para Cygfa usar na batalha a espada com cabo de cisne da sua mãe. Ele precisava oferecer algo de igual valor a Cunomar, e a permissão para que o menino estivesse ao lado dele hoje era a única coisa aceitável. Cunomar se esfrega no freio como um cavalo de um ano de idade que deseja correr antes que os seus ossos estejam completamente formados.

— Ele acha que a guerra vai acabar sem que ele tenha alcançado uma reputação à altura da dos pais. Eu sentiria a mesma coisa no lugar dele.

— Talvez. Mas creio que no lugar dele você teria ouvido seus genitores.

Gwyddhien fitou Dubornos, assentindo com a cabeça.

— Como você fez quando tinha a idade dele. Ou quando era mais velho?

Na véspera da batalha, o passado lançou raízes no presente. O ar ficou azedo na garganta de Dubornos. Ele fez menção de se afastar, mas Gwyddhien segurou-o pelo ombro, mantendo-o no lugar, de frente para ela. Se ele quisesse, poderia ler compaixão nos olhos dela, ou pena. Ele não desejava nenhum dos dois sentimentos.

Gwyddhien disse:

— Airmid enviou por você a mensagem para mim. Isso deveria ser prova suficiente de que o seu passado em nada o denigre perante ela. — Em seguida, como ele nada replicasse, Gwyddhien comentou: — Você deveria falar a respeito disso com ela em alguma ocasião.

— Como ela falou com você.

Gwyddhien deu de ombros.

— Você é o cantor mais importante de Mona, e ela, uma das videntes mais poderosas; no entanto, você só fala diante de uma extrema necessidade.

A distância entre vocês ficou clara desde o dia em que você chegou à ilha. Só fiz perguntas a respeito da situação antes da invasão, quando era necessário saber com quem realmente poderíamos contar. Ela o mencionou como um daqueles em quem ela mais confiava e, tendo visto você na companhia dela, eu o questionei. Mesmo conhecendo toda a história — ou particularmente por eu conhecer toda a história —, não havia nenhuma possibilidade de eu depreciá-lo por isso.

— Por que não? Eu o faço.

— Eu sei. É por esse motivo que estamos falando a respeito do assunto agora. Todos cometemos erros na juventude dos quais nos envergonhamos. A diferença é que o restante de nós consegue perdoar a ignorância da criança que foi um dia e acreditar na honra do adulto que se tornou. Você tinha quinze anos quando as águias de Amminios atacaram de emboscada Breaca e o seu povo no vale do rio da Garça, havia muito pouco tempo que você passara pelas suas longas noites e você nunca vira uma batalha. Guerreiros com mais penas da morte do que ninguém morreram naquele dia. O pai de Breaca era um dos melhores guerreiros dos icenos, e eles o mataram como um veado que tivessem caçado. O seu pai foi ferido, 'Tagos perdeu um braço, e Bán foi morto e o corpo dele, roubado; a própria Breaca teve sorte por escapar com vida. Os deuses o guiaram na ocasião, como sempre orientam a todos nós. Se você não tivesse se fingido de morto, talvez tivesse morrido com os outros.

— Mas pelo menos teria morrido com honra.

Gwyddhien olhou para além de Dubornos, em direção ao vale para o qual corria o rio frio e branco, mordendo o lábio inferior como Airmid fazia quando estava pensando.

Passado algum tempo, ela disse:

— Talvez lhe faça bem pensar em quantas batalhas você travou depois daquele dia com distinção excepcional, quantas vidas você salvou, quantas pessoas contaram com a sua força e a sua presença nos piores momentos. Você foi fundamental para muitas coisas. Se os deuses quisessem que você morresse, você estaria morto. Essa não é a vontade deles, e você deveria se interessar por isso, já que não se importa consigo mesmo.

Você conduz a sua vergonha para a batalha e ela o torna uma pessoa diferente. Um dia, ela o retardará quando o inimigo for rápido. Eu preferiria que isso não acontecesse. Esse também é o desejo de Airmid.

As últimas palavras de Gwyddhien foram as que calaram mais fundo. Antes que o cantor pudesse responder, uma trombeta soou próxima. Garras de urso bateram ritmadas no vazio de um crânio. Um falcão gritou em outra fogueira, emitindo um som destinado a congelar o coração do inimigo. A manhã se animou com o movimento dos guerreiros, que cavalgavam e corriam em ondas encosta abaixo. Dubornos sentiu-se afastado dos companheiros, um invólucro sem valor com a língua imobilizada pela vergonha do passado.

Gwyddhien pegou de cima de uma pedra a espada embainhada, passando por sobre a cabeça a correia que a prendia. Uma espada e um escudo pendiam do arco da sela. Ambos exibiam uma rã, pintada de verde, a marca da visão de Airmid. Uma vez mais, ela segurou Dubornos pelo ombro. Ele sentiu a impressão pela metade de um dia.

— Você escolheu o caminho de maior coragem — disse ela. — Todos o respeitamos por isso.

— Cumpro o meu dever.

— Eu sei, mas isso não torna as coisas fáceis. — Mentalmente, a guerreira já estava descendo a encosta em direção ao rio, ensaiando os inúmeros e diversos planos de combate. Fazendo claramente um esforço, Gwyddhien se voltou e encarou Dubornos. — Estaremos no flanco direito. Se você precisar de ajuda para proteger o menino, mande me avisar. Enviarei aquele de quem eu possa prescindir no momento. Lembre-se disso.

— Obrigado. Lembrarei.

Cunomar era o único na montanha aquém da idade de lutar. Seus companheiros, sem exceção, haviam compreendido a necessidade de ficar em casa; não havia crianças nessa batalha carregando água ou cuidando dos cavalos, eventuais reféns de Roma que poderiam precisar de proteção, exceto esse. Ele se agachou sozinho no lado mais distante do fogo do pai.

Hail estava deitado ao lado dele, um guardião relutante. A alma do grande cão permanecia em Mona ao lado de Breaca e do bebê recém-nascido. Não fora assim no caso de Cunomar, mas a conexão no nascimento de Graine fora imediata e completa. O cão lamentava visivelmente a ausência da menina, assim como Cunomar, por motivos distintos.

Ao redor dos dois, guerreiros se ocupavam com os últimos preparativos para a guerra, e Cunomar observava tudo com frieza. Era a presença de Cygfa que mais o irritava. Sua meia-irmã estava se aproximando das longas noites. Havia meses o seu primeiro sangramento era esperado e todos concordaram que, quando atingisse a idade adulta, ela seria uma guerreira de calibre equivalente ao do pai. Ela treinara desde a infância com o povo da mãe, os ordovices, e os guerreiros do martelo de guerra eram conhecidos em todo o território como os mais ferozes do oeste. Posteriormente, Cygfa se unira ao pai em Mona e treinara na escola dos guerreiros, aprendendo golpes com a espada e a lança com homens e mulheres considerados os melhores de qualquer tribo. Como chegara a hora da batalha e Cygfa ainda não havia conquistado a sua lança, os anciãos haviam concordado que ela poderia tentar obtê-la em um combate justo, como Breaca o fizera. A mãe de Cygfa, Cwmfen, lutava na guarda de honra de Caradoc e a menina obtivera permissão para cavalgar ao lado dela.

Esse fato em si já teria sido insuportável para Cunomar, mas posteriormente Breaca dera de presente a Cygfa o cavalo de batalha de pelo espesso e cascos largos que a conduzira como Boudica na batalha da invasão. O animal, conhecido como o cavalo-urso, devido ao comprimento do seu pelo e pelo formato do nariz, era pai de metade dos melhores potros de Mona, mas a paixão dele era a guerra, e ele ainda não participara dela o suficiente. Breaca preferia montar a égua cinzenta, mesmo quando o animal alcançou idade para ir ao pasto. Doado agora para Cygfa, o cavalo-urso deleitava-se com o cheiro e os presságios da guerra. Ele postou-se com a cabeça elevada, as orelhas em pé, e somente os anos de treinamento que recebera sobre a necessidade do silêncio antes do combate o impediram de gritar o seu desafio para a manhã que despontava. A presença do cavalo, aliada à espada com cabo de cisne que recebera como presente de Caradoc, faziam com que Cygfa fosse uma das guerreiras mais bem montadas e mais bem armadas no campo. Cunomar a odiava e deixava transparecer isso.

Dubornos contornou a fogueira e caminhou em direção ao menino.

— Bom dia.

Cunomar fez um meneio de cabeça, mas não respondeu. Seu olhar estava fixo nas duas guerreiras no outro lado da fogueira. Cygfa estava ao lado de Braint, dos brigantes, com tranças laterais no cabelo. No esplendor da alvorada, elas poderiam ser irmãs, ou duas das três partes de Briga: uma delas com cabelos castanhos, de pele morena e com cicatrizes de combate, a outra loura, de pele clara e imaculada. Tudo o que lhes faltava era a avó, de cabelo grisalho e manca. Cygfa ainda não matara ninguém e não tinha o direito de usar na têmpora a pena negra de um corvo, mas Gwyddhien lhe dera uma pena com barra cinzenta da cauda de um falcão, com o cálamo manchado de preto e vermelho para atrair a sorte de Briga, e Braint estava mostrando a ela a maneira adequada de fixá-la. As duas riram juntas, e o barulho desceu pela montanha como o anel de ferro na pedra. Cunomar observou a cena com expressão de raiva, pronunciando com a boca uma maldição silenciosa.

Dubornos empoleirou-se sobre uma pedra ao lado do menino. Como não tinha filhos, nunca aprendera a se aproximar das crianças, e buscar ajuda no seu passado se revelara pouco útil. Por conseguinte, optou por se dirigir a Cunomar como se este já fosse adulto. Amiúde, ele era bem-sucedido; com Cunomar, nunca conseguia prever como seria.

— A sua irmã vai participar pela primeira vez de uma batalha — disse ele. — Desejar mal a ela não irá ajudá-la. E o mesmo acontecerá se ela morrer e você não tiver a chance de retirar a maldição.

Seus olhos cor de âmbar desviaram-se rápido.

— Ela não vai morrer. Todo mundo diz que ela luta tão bem quanto o meu pai. Ela vai cortar os romanos em pedacinhos e transformá-los em comida para os cães.

Era um insulto sutil, bastante apurado. Corria o boato de que as legiões alimentavam os seus cães com a carne dos inimigos mortos, uma atrocidade a mais em suas inúmeras crueldades. Nenhum guerreiro das tribos toleraria algo assim.

Dubornos disse:

— Essa atitude não é digna de você. Se você desrespeitar Cygfa, o insulto se estenderá também ao seu pai e à mãe dela. É o que você deseja para eles quando forem enfrentar Scapula e o decurião da cavalaria trácia que monta o cavalo malhado?

A menção dos dois maiores inimigos de um só fôlego teve o efeito desejado. Com o escudo na mão, Cunomar fez o gesto complexo que desfazia todas as maldições.

— Eles vencerão — declarou tristemente a criança. — E você e eu teremos ficado aqui o dia inteiro, observando, enquanto outros conquistam suas penas da morte e criam as histórias que serão contadas ao lado do fogo.

Se era difícil para um homem adulto, que fizera o juramento por livre e espontânea vontade, manter-se afastado da linha de frente, imagine o quão mais árduo isso não seria para uma criança que estava longe do combate apenas porque recebera uma ordem do pai. Dubornos pegou no bolso os ossinhos que sempre levava consigo para se distrair. Lançou-os agora na relva queimada perto do fogo e estudou a forma como estavam dispostos.

— Só podemos rezar para que seja assim — afirmou Dubornos, secamente. — Enquanto isso, como ainda falta algum tempo para o início da batalha, você gostaria de jogar um pouco?

XV

VOCÊ SABIA QUE ELES SERIAM TANTOS?
 Longinus Sdapeze montava a sua égua alazã, descansando os antebraços na parte dianteira da sela. Toda a ala da Primeira Cavalaria Trácia estendia-se atrás dele em fileiras de oito. Julius Valerius, aparentemente recuperado do encontro com o seu deus, estava sentado ao lado de Longinus, estudando o inimigo e a geografia de um campo de batalha que não tinha sido escolha sua, e jamais seria. Os icenos haviam preparado novamente sua armadilha, mas eles souberam desde o início que seria assim; os investigadores tinham descoberto isso para eles. Sua vantagem residia nesse alerta e nas outras notícias obtidas de espiões e de guerreiros que tombaram. A única coisa que Valerius podia fazer era esperar e julgar a precisão das informações à medida que a batalha fosse sendo travada.

 Nesse meio-tempo, tinham de atravessar o rio. A chuva torrencial do outono caía diante deles e a força da água erodia as margens. Tanques onde nos meses anteriores os cervos haviam bebido água alimentavam fortes correntes. Galhos fendidos pelas tempestades e outros escombros desciam das montanhas elevadas, girando com força suficiente para derrubar um cavalo e o cavaleiro e arrastá-los. No único ponto em que era razoável vadear o rio, a água espumava, girava e ia de encontro a pilhas de grandes pedras arredondadas e rochas irregulares, ali colocadas com muitos dias de antecedência pelos guerreiros de Caradoc para tornar a travessia mais traiçoeira.

Na outra margem, milhares de guerreiros estavam agrupados, ou montados nos cavalos pintados, aguardando. Um homem que soubesse o que procurar poderia reconhecer os grupos e subgrupos das tribos pelo estilo do cabelo, pela cor do manto e pelo flanco tingido dos cavalos. Um homem que procurasse um inimigo específico poderia encontrar com facilidade o cabelo amarelo e o manto multicolorido de Caradoc, bem como o grupo de ordovices com manto branco a seu redor. Esse mesmo homem poderia notar que os rumores eram verdadeiros e que um segundo Caradoc cavalgava ao seu lado, vestindo um manto branco, a cabeça descoberta e montado em um cavalo que estivera nas principais batalhas desde a invasão, mas que agora exibia outro cavaleiro cujo cabelo não possuía o tom vermelho da raposa no outono.

Caradoc e a filha não participaram da dramatização que era o prelúdio habitual da batalha. Um guerreiro do restante das fileiras aceitava periodicamente um desafio e dava um passo à frente para lançar insultos e lanças no inimigo. As tribos haviam aprendido muitas coisas depois da invasão; as lanças que atiravam eram dardos roubados aos legionários, com biqueiras de ferro flexível que se curvavam na ocasião do impacto para que não pudessem ser lançadas de volta contra aqueles que os tinham enviado. Em um dia como aquele, com o rio tão largo, isso fazia pouca diferença, já que muito poucos tinham força suficiente para atirar uma lança, com perfeição, para a outra margem. O impacto era maior no espírito e no coração das legiões cujos soldados aguardavam e precisavam ficar parados observando o que tinham pela frente. Por duas vezes, após uma grave provocação, um centurião dos legionários havia avançado até a margem do rio e arremessado dardos, desperdiçando-os igualmente na água.

A manhã passou com excessiva lentidão, sem nada para mostrar. Em algum lugar fora do alcance da visão, uma banda de guerra começou a entoar um lamento agudo que se entrelaçou no ribombar do rio, elevando-se acima dele e retesando ainda mais os nervos já excessivamente tensos dos novos recrutas. Nas fileiras da vanguarda das legiões, homens que nunca haviam combatido seguravam firmemente as espadas curtas e ajustavam os escudos, desperdiçando energia e concentrando o medo. Na extremidade da direita, longe do rio, o estandarte de Scapula estalava ao vento. Por duas vezes, o governador se aproximara da água a cavalo e por duas vezes recuara. Valerius observou-o e sentiu a indecisão se espalhar para o sul pela fileira. Ele também sentiu que Longinus esperava uma resposta à pergunta que fizera e se deu conta de que só respondera mentalmente.

— Há menos homens aqui do que no Tâmisa no primeiro dia da batalha — respondeu. — Devemos ficar felizes por ele ter reunido apenas as tribos ocidentais. Se os brigantes de Cartimandua não nos tivessem jurado lealdade, estaríamos enfrentando duas ou três vezes esse número.

Ele se elevou na sela e olhou para o norte. O cavalo castrado com pescoço de ovelha do governador ainda se esquivava da água. Valerius pigarreou e cuspiu, um hábito especificamente trácio com implicações exclusivamente trácias.

— Poderemos ficar aqui o dia inteiro se estivermos esperando que Scapula meta o maldito cavalo no rio.

Longinus disse:

— Isso é bem possível. Ele só vai nos fazer desmontar do outro lado do rio. Eu preferiria permanecer montado.

— Podemos fazer isso se controlarmos o vau.

— Teríamos que tomá-lo primeiro.

— Eu sei.

Um cavaleiro que usava um bracelete branco sobre a cota de malha aguardava ao lado, tendo sido designado naquele dia como mensageiro, de modo que só lutaria em caso de extrema necessidade. Valerius virou-se para ele e ordenou:

— Informe ao governador Scapula que o prefeito em exercício da Ala Prima Thracum acredita que os seus homens possam atravessar o rio e controlá-lo para que os legionários consigam cruzá-lo mais abaixo, depois dos nossos cavalos. Se ele autorizar, faremos a tentativa. Se ele puder dispor de homens com dardos de arremesso que possam nos dar cobertura, a tentativa teria maior probabilidade de dar certo.

A autorização tardou a chegar. A essa altura, os videntes inimigos já tinham marcado havia muito os homens que conheciam. Valerius sentira a presença deles no início, o atrito de mentes que se encontram, de um ódio mútuo, e o desafio que pertencia ao espírito e aos deuses, e não à batalha. Ainda assim, era no combate que a vontade dos deuses se manifestava, e a demora da autorização de Scapula fez com que os videntes e cantores tivessem tempo de se reunir em uma encosta coberta de urzes bem em frente à cavalaria trácia e dirigissem a sua ira, bem como a dos fundeiros, para um único homem e o cavalo que ele montava. Valerius pôde senti-los muito antes que as primeiras pedras lançadas pelas fundas começassem a perfurar o rio em linhas onduladas diante dele.

Longinus disse:

— Se você entrar no rio com o seu cavalo, é um homem morto.

— Novamente o mau pressentimento?

— Não, quem diz é o meu bom-senso. Você deve permanecer na margem, atuando como alvo, e deixar que o restante de nós atravesse.

— Talvez, mas se o deus quiser que eu morra, morrerei onde quer que eu vá. Se você acha que eu dou azar, eu me afastarei. Caso contrário, ficarei na vanguarda e chamarei a atenção deles, e os que me seguirem estarão mais seguros.

— Essa ideia tem a intenção de ser tranquilizadora?

— Não, é igualmente bom-senso.

— Ótimo. Então tenha o bom-senso de também se lembrar do que Corvus disse. O governador deseja que Caradoc e a sua família sejam capturados vivos para desfilar diante do imperador em Roma. Se o virem matando Caradoc, você será preso a uma tábua e abandonado. Outros além de mim considerariam isso um horrível desperdício de uma vida.

Valerius não se esquecera. Não poderia se esquecer. Corvus falara aos oficiais em grupo, mas seus olhos e suas palavras, bem como a ameaça que encerravam, foram para Valerius. Este sorrira sem se dirigir a ninguém em particular e se afastara para projetar o seu galhardete para a batalha. Desde o dia em que fora à caverna, começara a compreender mais profundamente as palavras do seu deus; existem muitas maneiras de se destruir um homem além de matá-lo em combate. Valerius analisou essas maneiras e as saboreou, rezando para poder provocar pelo menos uma delas.

Ele acreditava de um modo absoluto que o deus o ouvira e estava ao lado dele. Durante toda a manhã, as palavras da divindade sussurraram na sua cabeça: *A morte dele coincide com a sua morte, ou com a morte de alguém que você ama.* Caradoc ainda estava claramente vivo. Enquanto a cabeça dourada permanecesse um farol entre os inimigos, Valerius acreditava estar seguro. Quando, com muito atraso, chegou a ordem do governador para que tentassem atravessar o rio, ele empurrou Crow passo a passo para dentro da torrente assassina. Trinta e dois homens da primeira tropa, a Primeira Cavalaria Trácia, o seguiram em fila.

Quando entraram na água, Valerius declarou:

— Eles já viram o galhardete com o touro vermelho. Se você algum dia planejou rezar para Mitra, este seria um bom momento.

Longinus Sdapeze, que não tinha a menor intenção de rezar para o touro assassino, e que estivera rezando o dia inteiro para os próprios deuses, poderia jurar que ouvira a risada do seu decurião.

Um punhado de ossinhos jazia esquecido na relva juncada de cinzas. Um homem, um menino e um cão guerreiro cinzento, de três pernas, estavam deitados de bruços no afloramento dos videntes e olhavam para baixo sobre as costas de corvos que voavam em círculos. Debaixo dos pássaros, um rio trovejava maldosamente; na margem norte, pequenos como ratos do campo, homens e mulheres corriam de um lado para o outro, lutando pela terra e pela vida, pela honra e pela fama, pelo futuro dos seus filhos que já existiam e dos que ainda estavam por nascer. Contra eles, como um bando de besouros, lutavam as legiões.

A batalha estava prestes a começar havia um longo tempo. Durante um período, ambos os lados tiveram a impressão de que o volume de água os derrotaria e que a armadilha de Caradoc nunca seria colocada em prática. Enquanto observava, Dubornos temia que Venutios pudesse chegar cedo demais e que os seus guerreiros, particularmente os pequenos e indisciplinados grupos de guerra dos selgovae, incapazes de se conter, descessem vigorosamente a montanha em direção ao inimigo, traindo, por conseguinte, o plano.

Foi somente quando os auxiliares trácios cavalgaram na retaguarda da coluna inimiga que ele teve a primeira impressão de como as coisas poderiam suceder. A partir da segurança das alturas dos juramentos feitos aos deuses, Dubornos avistou primeiro o cavalo malhado, em seguida o cavaleiro, e depois, sem acreditar, descortinou o estandarte pessoal tremulando acima da cabeça do oficial.

— Que Briga o leve; ele roubou o símbolo do touro.

Outros no campo também o tinham visto. Uma sequência de maldições correu de norte a sul e depois no sentido contrário entre os videntes, cantores e guerreiros. Se Briga estivesse ouvindo naquele dia, teria percebido que foi invocada mais vezes nos primeiros momentos da batalha do que em qualquer outro. Se estivesse olhando, teria avistado um homem que prestara juramento a outro deus e que tomara como o seu símbolo pessoal a marca do touro como tinha sido esculpida pelos ancestrais das tribos quando os deuses ainda eram jovens.

Somente os deuses sabem o que o símbolo significava para eles, mas para as tribos as marcas dos ancestrais eram sagradas, de modo que nenhuma tribo as tomava para si, conservando-as como um sinal de honra para todos os deuses. O touro era particularmente belo em sua simplicidade, grande e destemido, repleto de orgulho e vigor inexorável. O fato de o inimigo tomá-lo abertamente era um supremo sacrilégio. O fato de montá-lo em cores roubadas tornava o sacrilégio ainda maior; o fundo do galhardete era o cinza-ferro de Mona, e sobre ele a forma arredondada e harmoniosa do touro dos ancestrais havia sido gravada em um vermelho intenso, como se tivesse sido pintada sobre o pano com sangue recém-derramado. A lança-serpente de Breaca havia sido traçada exatamente na mesma cor eterna de sangue com que o fora muito antes de Cláudio enviar pela primeira vez as legiões. As duas coisas reunidas, a cor e o símbolo, eram a mensagem inconfundível de um homem que participara das batalhas da invasão e usara o tempo que se passara desde então para aprender a força do inimigo, tempo esse que fora suficiente para subvertê-la para seu uso pessoal. Em uma linguagem que qualquer um poderia ler, a mensagem dizia: *O que era sagrado para vocês tornou-se meu. Posso curvá-lo segundo a minha vontade. Enfrentem-me se tiverem coragem.*

— Temos coragem. Ó deuses, temos coragem. — Impedido de combater e quase chorando de frustração, Dubornos bateu com força o punho na rocha perto da sua cabeça.

— Efnís, onde quer que você esteja, venha para a beira da água e diga aos fundeiros que mirem esse homem. Se não conseguirmos atingir mais ninguém, a morte dele faria esta batalha valer a pena.

— Sinto muito.

— O quê?

O espírito e o coração do cantor estavam na batalha. Ele se esquecera completamente da criança. Cunomar estava sentado de pernas cruzadas ao lado dele, com a cabeça de Hail no joelho. O menino chorava copiosamente em silêncio.

— Sinto muito — repetiu Cunomar. — É por culpa minha que você está aqui. Não fosse por mim, você estaria lutando. Poderia matar pessoalmente o decurião.

Dubornos não tivera a intenção de falar em voz alta. Não fazia parte da sua promessa que os outros devessem sentir-se em dívida para com ele. Ele se virou sobre um dos cotovelos, afastando os olhos dos exércitos reunidos.

— Isso não deve preocupá-lo. Estou aqui por escolha própria. Não existe culpa nem censura.

— Mas existe, não é mesmo? — Por vezes, o filho de Breaca exibia um egoísmo obstinado que não herdara dos pais. Em outras ocasiões, como esta, ele era a mãe em pessoa. Cunomar franziu os lábios e uma linha reta formou-se entre as suas sobrancelhas, como acontecia com Breaca. A voz dele não era mais a de uma criança, e sim a de um adulto, tecendo considerações.

— Ardacos me contou — disse o menino. — Você agiu como um covarde na sua primeira batalha e depois, por vergonha, abjurou os hábitos do guerreiro e tornou-se um caçador e fabricante de arreios. Posteriormente, quando os deuses o escolheram como cantor e guerreiro, você jurou para Briga e Nemain que protegeria os filhos da minha mãe, daria a vida por eles, aonde quer que fossem. Mas eu estaria em segurança em Mona e você poderia ter vindo para cá e lutado contra o decurião que monta o cavalo malhado, de modo que é culpa minha que você não possa fazer isso.

O sol brilhava no sudeste. No vale, guerreiros caminhavam com dificuldade pela água para arremessar as lanças da melhor maneira possível. Em ambos os lados, as almas dos que haviam tombado em combate iniciavam a jornada para o mundo dos mortos. Nela, eles também tinham pela frente um rio, mais largo e que corria mais rápido do que qualquer outro que tinham conhecido em vida. Com a ajuda de Briga, eles o vadearam, deixando apenas lembranças na terra dos vivos. Nas elevadas montanhas, Dubornos mac Sinochos, cantor de Mona, anteriormente dos icenos, lembrou-se do pai e de outro dia de luta. Não foi uma cena que tivesse esquecido algum dia; ele acordava todas as manhãs para ela e os seus dias terminavam com a amargura da verdade que ela encerrava. A criança que era a voz da sua consciência encontrou calmamente o seu olhar, trocando uma nova culpa pela antiga.

Os deuses exigem e cabe aos homens oferecer as suas almas. Dubornos perscrutou as profundezas da sua e respondeu com sinceridade:

— É possível que você esteja certo — retrucou. — Se você tivesse permanecido em Mona, eu talvez tivesse vindo para cá para lutar. Mas também é possível que eu tivesse ficado em Mona com você, a sua mãe e o bebê, e nesse caso é por sua causa que estou aqui para testemunhar o que está acontecendo e testemunhar façanhas para alimentar as canções posteriores. O meu juramento foi livremente oferecido, e os deuses conhecem a melhor maneira de utilizá-lo. Estou aqui porque essa era tanto a vontade deles quanto a sua. Você consideraria os deuses culpados?

Inesperadamente, o menino pensou nessa possibilidade, franzindo a testa.

— Talvez, se eles destruíssem as coisas que eu prezo. Ou se me mantivessem afastado do que o meu coração deseja. É verdade que você ama Airmid desde a infância e não tomará nenhuma outra amante enquanto ela viver?

As palavras caíram no silêncio, como se os cantos plangentes dos guerreiros que davam e tomavam a vida no vale fossem mais baixos do que o suspiro de uma brisa na primavera. Um melro cantou na sorveira-brava e as notas agudas penetraram a cabeça de Dubornos. Ele fitou o menino, que retribuiu o olhar. Com muito cuidado, porque pela primeira vez em muito tempo não sabia se conseguiria manter a calma, Dubornos perguntou:

— Quem lhe contou isso? Ardacos?

— Não. Ouvi Braint contar a Cygfa enquanto você conversava com Gwyddhien. Qualquer pessoa era capaz de notar que você não estava à vontade na companhia dela. Cygfa achava que você desejava Gwyddhien e estava sofrendo porque ela pertencia a Airmid. Braint declarou que era ao contrário. Efnís contou a ela o que aconteceu. Ele conheceu todos vocês quando eram crianças na terra natal dos icenos, antes da invasão, disse ela. É verdade, não é?

Dubornos jurara nunca mais mentir, mas não prometera expor a sua alma a uma criança. Ele retrucou:

— E se for, isso é importante?

— É importante para Cygfa. Ela acha que você não presta atenção a ela e sofre por causa disso.

Uma criança pode enxergar o que um homem não pode, especialmente quando a atenção do último está em outro lugar. De qualquer modo, não se tratava de uma conversa à qual Dubornos desejasse dar seguimento.

— É mesmo? Isso é estranho, já que ela é a cópia fiel do seu pai em forma feminina, e todos os outros guerreiros o notam. Creio que, quando a sua irmã passar pelas longas noites, não se importará com o fato de que um homem entre milhares quem sabe não a veja da maneira como ela... O que foi?

Os olhos de Cunomar estavam intensamente negros. O branco dos olhos refulgia como o de um cavalo assustado. O menino apontou para o caldeirão de conflito.

— O decurião — disse ele. — Aquele montado no cavalo malhado com o estandarte do touro vermelho. Ele está atravessando o rio a cavalo. A sua tropa vem logo atrás.

O menino estava certo. Algumas coisas exigem a atenção indivisa de um homem, e a maneira como as legiões de Scapula atravessaram o vau do rio da Corça Manca em perseguição a Caratacus era uma delas. Dubornos recostou-se na saliência da rocha e observou uma tropa de auxiliares trácios, conduzida por um homem que ele odiava, mas cuja coragem não poderia questionar, fazer os cavalos nadarem na torrente e permanecer ao lado da corrente, estendendo uma corda entre eles para que a infantaria pudesse vadear o rio sem afundar.

O oficial montado no cavalo malhado postou-se no meio do rio, apresentando um alvo fácil para os guerreiros na outra margem. Efnís estava lá, orientando os lanceiros e os fundeiros. Mais da metade dos videntes de Mona se juntara a ele, e o decurião tornou-se o alvo de muitos guerreiros. Em nenhum momento ele foi atingido. Pedras e lanças cortaram a água, legionários e cavaleiros de outras tropas morreram do outro lado, mas o galhardete do touro vermelho permaneceu na posição vertical, e o cavalo malhado e seu cavaleiro debaixo dele.

Dubornos praguejou com ódio, sabendo que ele não estava sozinho. Acreditava-se amplamente que, de tempos em tempos, Briga enviava seus emissários sob a forma de guerreiros inimigos para reclamar a vida daqueles que ela já havia marcado para si. Nesse caso, o escolhido não poderia ser morto pelos meios normais, apenas por um vidente preparado para enfrentar a ira de Briga. Também era possível que Mitra, o touro assassino, estivesse satisfeito com esse homem e tivesse o poder de protegê-lo no campo de batalha de uma terra que não era a dele. Ou ele poderia apenas ter tido sorte; era melhor acreditar nessa última possibilidade, porque a sorte de um homem pode ser modificada por outros homens que não exigem a intervenção dos deuses. Os esforços para matá-lo foram redobrados, sem êxito.

Com a corda no lugar, os legionários enxamearam através do rio. Era impossível encontrar um defeito na sua disciplina ou na ordem com que lutavam. Os confrontos com os guerreiros eram mais ferozes na margem norte do rio. A ideia-mestra da armadilha montada dependia do enxameamento negligente das legiões sobre o baluarte e da entrada no desfiladeiro, quando era extremamente provável que o decurião dos trácios tivesse advertido as tropas da armadilha. Por conseguinte, os guerreiros do exército defensivo precisavam lutar como se a sua vida dependesse daquilo, como se a barreira em sua retaguarda fosse um recuo de último recurso, como se a guerra fosse ser vencida ou perdida nas encostas cheias de pedras e escorregadias por causa do sangue. Cientes disso, lutaram com mais ferocidade do que nunca, reivindicando a honra e a fama cada vez que matavam.

Caradoc era prontamente visível no caos, o cabelo luminoso debaixo do sol ascendente. Cygfa permaneceu perto dele, ambos faróis reluzentes no auge da batalha. Era possível ouvir as ursas de Ardacos pranteando as canções de guerra e, de vez em quando, um círculo delas se tornava visível, cercando um grupo de legionários condenados. Os guerreiros a cavalo de Gwyddhien circundaram as margens, atacando tanto a cavalaria quanto a infantaria. Braint sustentava uma linha sólida no centro, seus guerreiros cortando o ar ao redor de si com espadas que subiam e desciam como manguais.

No flanco inimigo, Scapula estava cercado por uma centúria de legionários e era impossível chegar perto dele. O restante dos seus homens mantinha-se nas suas fileiras e combatia com os escudos travados, como haviam sido treinados a fazer, avançando sobre os cadáveres. O oficial que montava o cavalo malhado só era visível porque os seus homens controlavam o território ao redor da beira da água. O seu estandarte tombou uma vez, quando o cavalo do porta-estandarte foi morto, mas o cavaleiro rolou livre e foi possível avistar que o decurião o trouxe para cima do cavalo sarapintado, ordenando que outro homem segurasse o estandarte até que o porta-estandarte conseguisse outra montaria. Por conseguinte, sujo e ensanguentado, o touro vermelho raramente podia ser distinguido dos outros. Dubornos agarrou-se à sua lembrança de um único momento de ódio e rezou para Briga pedindo que o homem morresse antes de poder prevenir o governador da armadilha, ou que ele simplesmente morresse.

Trombetas soaram ao longo da margem do rio. As legiões avançaram com extrema lentidão. A cavalaria controlava as laterais, bloqueando os caminhos de fuga, de modo que os guerreiros tinham de recuar ou morrer onde estavam. Muitos morreram, mas um número maior de legionários morreu com eles. Entre as almas dos mortos que se agrupavam, a maioria, na proporção de dois para um, era de estrangeiros perdidos em uma terra que não era sua, em busca de deuses ausentes que eles não imaginaram que iriam abandoná-los.

Os guerreiros da retaguarda haviam chegado à barreira. Outros já esperavam atrás dela, proporcionando abrigo e arremessando lanças para manter as legiões a distância enquanto os seus companheiros de escudo escalavam a superfície externa. Escadas do lado de dentro tornavam fácil a descida. No vale apinhado, a matança parou por um momento. Ambos os lados fizeram uma pausa, recuperando o fôlego, bebendo água e ingerindo punhados de grãos maltados ou tiras de carne-seca. Do lado romano, estandartes erguidos e inclinados enviavam mensagens complexas ao longo das densas tropas. Os legionários mais revigorados foram à frente. Os auxiliares desmontaram nas alas. Tudo estava acontecendo como ocorrera nas terras dos icenos, só que em maior escala. Se o governador reconheceu a armadilha, considerou-se à altura dela. Em um afloramento rochoso, bem acima da batalha, um guerreiro e uma criança olhavam para o norte, buscando um sinal de três mil guerreiros. Bem ao longe, na crista de uma montanha, Dubornos avistou um homem sozinho, com a cabeça descoberta, conduzindo a pé um cavalo. Uma advertência de desastre agitou-se de leve no seu peito.

Em frente!

O comando veio em latim, ou em iceno, ou simplesmente em pensamento. O eco trepidou ruidosamente nas alturas e percorreu a extensão do desfiladeiro. Na pausa, teve lugar uma inalação e, na exalação, no urro das legiões, havia uma única mensagem: *Somos os poderosos de Roma, vivos e vitoriosos. Ninguém é capaz de resistir a nós!*

Na floresta, ursos fizeram uma pausa nas suas divagações, cervos interromperam os combates pelas fêmeas. Nos picos mais elevados, águias alçaram voo, enfrentando um vento que não fora enviado pelos deuses. No vale coberto de pedras, milhares de legionários bateram a espada no escudo em uma cacofonia atroadora e, atacados por pedras e lanças, teve início o assalto ao baluarte.

Os legionários formaram um telhado com os escudos e encolheram-se debaixo deles. Subiram nas rochas com as mãos nuas, golpeando vigas de carvalho com a espada. Muitos morreram, mas foram substituídos por igual número de homens; no exército de Scapula, um homem era o outro, todos de igual valor e peso. Com aparente relutância, os defensores recuaram quando o mar da infantaria começou a transbordar para dentro do vale, primeiro um filete, e depois uma enchente quando a barragem se partiu e abriu. A armadilha fora acionada. Bastava agora um martelo para fechá-la. No lado distante da montanha, um cavaleiro montou, apurou os ouvidos em busca dos sons dos moribundos e avançou pela trilha a meio-galope.

Grandes rochas eram inclinadas da base e lançadas nos grupos mais densos do inimigo. Guerreiros atiravam pedras e lanças das alturas, e a seguir desciam correndo para lutar. As legiões avolumaram-se no vale e o tomaram. A retaguarda permanecia exposta e inconcussa, mas nenhum martelo apareceu. Os três mil lanceiros dos brigantes e dos selgovae não estavam visíveis em lugar algum. Venutios não fechou a porta dos fundos da armadilha para os salmões. Até mesmo o batedor se perdeu além da crista de uma montanha.

Se Venutios falhar, mataremos o maior número possível de inimigos e a seguir os deixaremos.

Caradoc o dissera em particular para Breaca e depois, frequentemente, para aqueles que comandavam cada uma das seções da sua força. Cada homem e cada mulher na batalha conheciam o clangor triplo que sinalizava a verdadeira retirada, bem diferente do prantear plangente das falsas retiradas. Dubornos o ouviu e praguejou, as palavras ondulando por cima das armas que se encontravam e da preguiçosa espiral descendente dos corvos.

Cunomar exclamou:

— Eles não devem parar agora! O mensageiro ainda está se aproximando. Consigo avistar o cavalo. Talvez não seja tarde demais.

— Não. Um único cavaleiro não é uma hoste, e já é tarde demais. Veja, todas as legiões estão dentro do vale. Eles controlam a terra plana e os seus engenheiros já estão desmontando o baluarte, concedendo-lhes uma retirada livre. Eles estão no auge da sua força quando formam fileiras sólidas, como estão fazendo aqui. Podemos matar punhados deles, mas o nosso número não é suficiente para esmagá-los. O seu pai está certo. Os que permanecem devem recuar. As florestas são seguras. É melhor termos mil guerreiros vivos para lutar em outro dia do que mil heróis mortos.

O cantor se levantou. O desespero pesava no seu peito, adicionando-se à antiga dor. Pela primeira vez em três décadas de vida, Dubornos sentiu rigidez nos ombros e nos joelhos. Estalou os dedos para Hail e sentiu no pulso um focinho molhado.

— Devemos partir — disse ele. — Não é impossível que Scapula ou um dos seus oficiais tente reivindicar as alturas. Devemos encontrar o seu pai onde combinamos, na floresta, na nascente do rio.

Urzes velhas se emaranhavam na trilha, tornando mais lenta a passagem. Mirtilos manchavam o chão, marcando o rastro de dois cavalos e um cão. Dubornos cavalgava à frente com Cunomar um ou dois passos atrás. Hail serpenteava entre eles, com a mesma rapidez em três pernas quanto se tivesse quatro. Descendo do afloramento dos videntes, encontraram uma densa fileira de fetos com a profundidade de um jarrete e decidiram contorná-la, em vez de atravessá-la com dificuldade. Pouco depois, encontraram Cygfa com a mãe, Cwmfen, que vinham obliquamente do vale. A menina estava manchada e imunda, com o sangue gotejando de um corte superficial de lança em uma das coxas. A sua lança e escudo tinham desaparecido, e ela portava um escudo de homem, largo e pesado, feito de pele de touro bem esticada e tingida de preto; a bossa exibia um falcão cinzento, que aparecia novamente no couro. Se ela estava sentindo dor ou exaustão, não o demonstrava. A vida reluzia dela como o fazia no pai nos momentos que se seguiam à batalha. Uma pena de corvo tremulava no cabelo, trançado às pressas sem a intenção de durar, mas que era uma declaração por si mesma.

Dubornos sentiu Cunomar enrijecer e optou por não dar atenção ao fato. Como o primeiro amor, a primeira batalha só acontece uma vez e deve ser saboreada ao máximo. Ele fez a saudação de um guerreiro para outro e a viu ser repetida, com alegria.

— Quantos? — perguntou Dubornos.

— Oito — respondeu a mãe, em cujos olhos o orgulho brilhava mais do que a preocupação com o dia e a ausência de Venutios. — Oito mortes limpas que eu vi e o mesmo número de feridos. Cygfa é sem dúvida uma guerreira. Superou o pai. Ele só matou três na sua primeira batalha, o que foi considerado um grande número.

O pônei de Cunomar sacudiu bruscamente a cabeça. Hail soltou um ganido estridente que não combinava com o dia. Dubornos ficou encantado e surpreso, e deixou transparecer o que sentia.

— Ela nos superou a todos — declarou ele — e a totalidade dos campeões, recuando a Cassivellaunos que derrotou César. Se você me contar exatamente como aconteceu, criarei um canto para as fogueiras do inverno.

— Mais tarde. — A mãe de Cygfa estava prestando atenção a Cunomar, que vira a sua chance de alcançar a fama desmoronar. Somente em um espaço apertado como o vale, com os legionários não dando valor à própria vida, esse número de mortes poderia ser assegurado. Tal oportunidade só surgia uma vez em cada geração e ele a deixara escapar. Hail ainda chorava por ele, expressando sua dor.

Cwmfen disse:

— Primeiro, temos que encontrar Caradoc. Se vamos nos encontrar com ele na nascente do rio, devemos avançar mais rápido.

Seu cavalo estava cansado e mancava de uma das patas dianteiras. Cwmfen o empurrou em direção a um pequeno penhasco rochoso que se projetava no caminho. A sua atenção estava totalmente voltada para a filha, no passado recente e no futuro, muito pouco no presente, onde uma tira de couro com a espessura do polegar de um homem estava atravessada como uma cobra no caminho e foi habilmente levantada para fazer o seu cavalo tropeçar. Cwmfen não caiu, mas se desequilibrou e isso provocou uma pequena agitação nos cavalos que vinham atrás.

Ao contrário das mulheres, Dubornos não estava fatigado pela batalha. O seu longo treinamento em combate e a presciência interior de um cantor fizeram com que ele jogasse o cavalo para o lado ao mesmo tempo que sacava a espada. O movimento salvou-lhe a vida e a clava que tivera como alvo a sua cabeça atingiu-lhe o ombro esquerdo, deixando-lhe o braço entorpecido. O cavalo de Dubornos era treinado para a batalha e deu uma volta completa para enfrentar o perigo às suas costas. Um auxiliar postava-se de pé no caminho, de pernas abertas, com a clava levantada para atacar novamente. Atrás dele, postava-se um homem alto e magro, enlameado e manchado com o sangue da batalha, porém carecendo de emblemas ou penachos no elmo que pudessem oferecer uma pronta identificação. Vestia uma cota de malha romana, mas isso nada significava; metade das tribos usava em combate armaduras roubadas da cavalaria. No primeiro momento, divisando apenas o contorno magro do rosto e o cabelo preto-azulado, Dubornos pensou que fosse Luain mac Calma com o cabelo solto, inexplicavelmente despido da tira de couro de vidente, e ergueu a mão em saudação. Em seguida, em um gesto que o cantor vira três vezes anteriormente, em que ele passara metade de um dia suado e chorando, trazendo para o primeiro plano da sua mente as lembranças, para que os seus companheiros videntes pudessem conhecê-lo intimamente, o homem que mais odiava no mundo franziu os lábios, tocou o centro do peito com o polegar e, com um leve meneio de cabeça, como se destinado a uma voz interior, ordenou simplesmente:

— Agora!

O reconhecimento transformou-se em ação. Dubornos arremessou o cavalo contra o homem com a clava, com a intenção de matá-lo. Só puxou as rédeas quando uma dúzia de auxiliares trácios armados saiu da urze diante dele.

— Levem-nos — disse o decurião. — O governador os deseja vivos.

Lutaram; era para isso que viviam. Cunomar era o mais vulnerável, e todos os guerreiros sabiam disso. Tentaram formar um círculo mantendo-o no centro, mas eram muito poucos e o menino nada fez para ajudar. Desde o início, contara vinte auxiliares e vira a sua chance de conquistar uma honra maior do que a da irmã. Mais do que isso, tinha ao seu alcance o homem que metade de um campo de batalha de guerreiros comprovados tentara infrutiferamente matar. Ele se atirou para cima do odiado decurião, e o combate durou o tempo necessário para que um menino montado em um pônei alcançasse um homem desmontado, fosse retirado do cavalo com exímia precisão e agarrado com firmeza com uma espada diretamente na garganta. Cunomar debateu-se e mordeu, e o homem riu, parando em seguida.

— Pare!

A ordem foi dada em latim, por um oficial irritadiço cuja palavra era lei. O homem diante de Dubornos hesitou e morreu por isso, tendo a cabeça dividida da têmpora ao nariz. O impacto causou tremor ao longo do braço do cantor enquanto ele liberava a espada e se voltava para o companheiro do morto.

— Não. — A faca do decurião moveu-se célere. Cunomar gritou. O sangue jorrava da sua orelha, cujo lóbulo de repente recebera um corte. Gritando para se fazer ouvir, o oficial repetiu: — Parem! Larguem as armas. A criança morrerá se vocês não fizerem o que estou mandando. — Ele deu a ordem duas vezes, a segunda em um ordovice aceitável.

Dubornos levantou a espada e se voltou para o inimigo. Cwmfen girou o cavalo, colocando-se diante dele e bloqueando o ataque.

— Dubornos! Faça o que ele está dizendo. Caso contrário, ele matará Cunomar.

— Ele o matará de qualquer maneira. Ele matará todos nós. — O inimigo movia-se ao redor deles. Curvando-se, Dubornos golpeou com o escudo o rosto de um homem e balançou a espada em direção à cabeça que recuava. — Você sabe quem é ele. É melhor morrer aqui lutando do que enforcado no forte e servir de alimento para os cães.

— Não! — A voz do decurião atravessou o clangor do ferro enquanto Dubornos virava a espada. — Não. Sei que o menino é filho de Caradoc. Ele não sofrerá nenhum dano aqui, pelas nossas mãos, se vocês entregarem as armas. Eu juro.

Apenas por essa voz, poder-se-ia matar; pela provocante arrogância de um oficial, de vencedor para vencido, ele deveria ter morrido mil mortes. Cygfa estava mais perto dele. A ira da batalha estava viva dentro da menina e ela poderia ter matado o decurião com um único golpe, mas seu braço era mantido imóvel pela mãe.

Cwmfen jogou o escudo no rosto de Dubornos. A raiva a percorria, assim como ocorria com sua filha, porém moderada pela razão e por um vasto e inexpugnável orgulho. Nesse momento era fácil perceber por que Caradoc um dia a amara.

— Você vai parar — declarou ela. — O seu juramento o obriga a fazer isso. Se você morrer, Cunomar também morrerá. Por conseguinte, o seu juramento o obriga a viver.

Isso talvez fosse verdade. Os videntes de Mona poderiam ter levado todas as noites durante um mês discutindo o ponto na lei e na Constituição. Nos momentos de decisão, era a vontade inflexível de Cwmfen que o dominava. Odiando a si mesmo, Dubornos reverteu a espada e a embainhou. O decurião falou uma vez em latim. Ao redor dele, os homens baixaram as armas. O caos do combate se dissipou. O assassinato deu lugar à calma, exceto no lugar pouco além da rocha, onde Hail, que não falava latim e não conhecia o conceito da rendição, avançou com os dentes à mostra na direção do auxiliar mais próximo.

— Longinus, pare!

O grito foi do decurião, que conseguiu atrair a atenção tanto do cão quanto do homem, mas não o suficiente. Uma espada reluziu, uma única vez. Inacreditavelmente, o velho cão que saíra ileso de mais batalhas do que a maioria dos guerreiros vivos foi apanhado por toda a extensão do gume. O ferro penetrou-lhe a carne. Uma dúzia de costelas se desintegraram e os pulmões debaixo delas sibilaram desprovidos de ar. O sangue subiu como uma fonte e desceu em chuva, decorando a urze. Pálido, o auxiliar disse:

— Julius, sinto muito... — e suas palavras se perderam no barulho.

O grito de um animal moribundo não é diferente do de um guerreiro. Ele estilhaçou o dia, transformando-se em um lamento áspero quando o grande cão desmoronou no caminho e ficou deitado se contorcendo sobre o lado ferido, lutando para respirar e viver. Uma dúzia de homens, duas mulheres e um menino que tinham ouvido o mesmo som oriundo de um sem-número de gargantas durante toda a manhã o escutaram agora em silêncio e consternados. A reputação do cão guerreiro de Boudica se espalhara pelas legiões tanto quanto o nome da mulher ao lado de quem ele lutava, e os romanos não deixavam de respeitar um inimigo valente.

Dubornos desceu do cavalo e nenhum esforço foi feito para detê-lo. Ele perdera a sua adaga, atirada nos primeiros momentos da luta e ainda alojada no peito de um auxiliar idoso. Ajoelhando-se, ele estendeu o braço para pegar a espada, mas o gesto foi interrompido por uma mão que pousou no seu braço. Ele olhou para cima, praguejando. O protesto morreu-lhe na garganta.

O mundo virou de cabeça para baixo. Ajoelhado à sua frente estava o decurião da cavalaria trácia, o cavaleiro do cavalo malhado, cujo rosto exibia o branco-amarelado de um homem em estado de choque. Cunomar, soluçando, fora entregue ao auxiliar que matara Hail. O decurião em pessoa ajoelhou-se diante de Dubornos sem nenhuma formalidade ou proteção. Na mão aberta, invertida para apresentar o cabo, estava sua adaga. À distância de um braço, debaixo da suave pele morena, seu coração pulsava, rápido demais, dilatando as grandes veias do pescoço.

Em sua mente, na vanguarda do seu ser, Dubornos ergueu a espada e aplicou um golpe certeiro, enterrando a lâmina reluzente na carne, no sangue e na coluna vertebral, extinguindo para sempre a vida de um inimigo cuja mera presença era um insulto aos deuses e à lembrança daqueles que ele matara. O seu juramento o impediu de satisfazer o seu desejo, bem como a voz baixa, dominada pela tristeza, do outro homem, que falava a linguagem icena de uma maneira que o cantor não ouvia desde a infância, intocada pelos dialetos do sul e do oeste da guerra. Nem mesmo Breaca falava mais assim.

— Você terá que fazê-lo. Não consigo me lembrar das palavras da invocação.

Não é concedido a um cantor ler a alma à maneira de um vidente. Mesmo que o fosse, a história completa de uma vida não pode ser vista em um único encontro de olhos, mas o suficiente pode passar para conhecer e ser conhecido, para o momento de reconhecimento, de um horror espantoso e ofuscante, para que o ódio imutável também acumule pena e certo grau de um terrível entendimento.

Entorpecido, Dubornos pegou a adaga. O sangue de Cunomar deixara o gume pegajoso. O cabo de bronze tinha a forma de um falcão e contas pretas indicavam os olhos. Uma delas se perdera e fora restaurada de forma imperfeita. O cantor percebeu com a clareza onírica com que tudo veio até ele naquele momento. Ele experimentou o gume e constatou que era tão afiado quanto as facas de esfolar dos videntes, as quais são amoladas diariamente e ficam tão afiadas que é possível barbear-se com elas.

Hail estava estendido na urze entre eles, chorando a sua dor, porém já não mais gritando. O decurião passou a mão na cabeça do velho cão, proferindo palavras em uma linguagem mais antiga que o latim, mais antiga do que o idioma iceno da sua infância. O cão ganiu como o fizera no caminho, reconhecendo um cheiro que havia muito não percebia e sem entender a sua origem. Empurrou o focinho na palma de uma mão que procurara por muito tempo e foi abraçado com cuidado. Dubornos viu-se chorando e optou por não conter as lágrimas.

— Precisamos virar a cabeça dele para o oeste — disse ele, com as palavras entrecortadas devido ao aperto que sentia na garganta.

— Ajude-me então.

Eles o viraram juntos, com muito cuidado por causa da dor que o cão estava sentindo, e no final o animal suspirou. Dubornos recuperou a voz, bem como o seu treinamento de décadas. A invocação a Briga pode ser pronunciada por qualquer pessoa, mas só pode ser cantada por aqueles treinados em Mona. Dubornos a cantou com todo o seu ser, elevando as palavras por cima das montanhas para que todos os que sobreviveram à batalha pudessem ouvir e saber que uma grande alma passara deste mundo para o outro na companhia do deus a quem a sua vida fora ofertada. Quando o canto estava no auge, Dubornos deslizou cuidadosamente a adaga do falcão ao longo da garganta do grande cão, deixando que o último respingo luminoso de sangue vital se derramasse na urze. Os olhos de Dubornos estavam sobre o decurião, que não o viu.

— Você é irmão de Caradoc.

— Você sabe que isso não é verdade.

— Estou lhe dizendo o que vou colocar nos relatórios que vou redigir para o governador, que você é irmão do rebelde e que estes são a esposa dele e os dois filhos. Todos sabem que ele tem dois.

— Não. Cwmfen não é mulher de ninguém. Até mesmo Scapula a esta altura já deve saber que tal estado não existe. As nossas mulheres vivem como bem entendem e escolhem aqueles que querem amar. Elas não são propriedades dos homens, nem nós delas.

Estavam falando em latim, o que tornou mais fácil esquecer o que acabara de se passar entre eles, e estavam a certa distância um do outro, o que tornava a farsa menor do que poderia ter sido. A maioria dos auxiliares recebera a missão de juntar pedras, para construir um monumento funerário para o cão. Cwmfen e Cygfa haviam sido desarmadas.

Dubornos entregara a sua arma pessoalmente ao decurião, que admirara o cabo. O oficial recuperara a serenidade. Em uma paródia deliberada das apresentações formais dos videntes, ele declarara:

— Sou Julius Valerius Corvus, comandante em exercício da Ala Prima Thracum. Longinus Sdapeze, duplicário da primeira tropa, é o oficial que está segurando o menino. Você deve ser cauteloso com relação a ele. Seu cavalo foi morto debaixo dele hoje, e ele o amava como a um irmão. Nós o apresentaremos aos outros mais tarde. — Em seguida ele fizera a sua declaração, completamente desprovida de lógica.

O momento do entendimento compartilhado, do encontro e da possível compaixão passara. Valerius era novamente o oficial. Devido à emboscada, ele prescindira do manto de decurião, mas o glamour da liderança emanava dele, como emanava de Breaca antes da batalha; era a certeza da vitória que poderia se transformar em arrogância, caso não fosse, no caso de Breaca, tão claramente moderada pelo amor. No homem que se dizia chamar Julius Valerius não havia amor. Dubornos o desprezava por isso.

Logo depois, Dubornos declarou:

— Você sabe muito bem que não tenho nenhum irmão. As minhas duas irmãs morreram nas suas mãos.

Valerius suspirou, incisivamente.

— Você está cansado da vida, guerreiro?

O cantor sustentou o olhar do inimigo e descobriu, surpreso, que ele não se esquivou.

— Você gostaria de devolver a espada do meu pai e verificar qual de nós tem mais desejo de morrer?

O decurião sorriu. A ironia maculou um humor genuíno. Com estudada cortesia, Valerius respondeu:

— Obrigado, mas devo recusar. Mais tarde, talvez, mas não hoje. Tenho ordens bastante precisas que não permitem a indulgência de matar parentes de Caradoc.

— Eu não sou...

— Dubornos, você quer, por favor, prestar atenção e tentar entender? Sei exatamente quem e o que você é; isso não está em questão. Você deve saber que, se capturarmos um guerreiro inimigo, ele, ou ela, será entregue aos interrogadores de Scapula, que viajam com ele apenas para essa eventualidade. Você talvez não tenha visto os resultados do trabalho deles, mas deve aceitar a minha palavra de que qualquer pessoa interrogada dessa maneira anseia pela morte muito antes de o sol se pôr no primeiro dia... e os dias são muitos. A ordem se estende a cada prisioneiro, com a única exceção dos parentes diretos dos líderes rebeldes. Estes devem ser transportados ilesos para Roma para aguardar o prazer do imperador. Assim sendo, repito que aqui e agora capturamos o irmão de Caradoc, a sua esposa e os seus dois filhos. Se você quiser negar o que estou dizendo, não vou impedi-lo; a vida é sua e você pode prolongá-la ou não, conforme preferir. Sugiro, no entanto, que você não estenda essa mesma descortesia às mulheres, ou ao menino.

Era um dia para escolhas enviadas pelo deus, nenhuma delas fácil. Dubornos perguntou:

— O que acontece em Roma?

— Isso depende do imperador. Não saberia dizer, mas até mesmo a crucificação pública seria melhor do que o que acontecerá aqui se descobrirem que você é, digamos, um vidente da ilha rebelde de Mona.

— Ou um cantor?

— Scapula não reconhecerá essa distinção.

Dubornos havia treinado durante anos os métodos dos videntes. Às vezes, em alguns lugares, era-lhe concedido ouvir as vozes dos deuses ou avistar seu sinal. Rezando a Nemain, que ele preferia, Dubornos olhou em volta para a rocha cinza e o tom arroxeado das montanhas, para a fumaça da gordura da carne que subia do vale, carregada para o sul por um vento leve, para os inúmeros corvos que se reuniam para alimentar-se dos mortos. Estava pensando na sua morte e no modo como ela poderia ocorrer da forma mais rápida possível quando uma cintilação em uma encosta distante chamou a sua atenção. Lá, parcialmente oculto por sorveiras-bravas cheias de frutos e pela rocha, um punhado de mantos brancos flutuava ao vento do cavalgar dos seus donos: a guarda de honra de Mona. Na vanguarda seguia Caradoc e, ao seu lado, montado em um novo cavalo e com o presente de um escudo dos legionários romanos, cavalgava o batedor dos brigantes que Dubornos vira pela última vez descendo a meio-galope uma trilha na montanha em direção a uma batalha perdida. Todos seguiam velozmente para o norte.

Era muito pouco para servir de amparo a uma vida, mas era suficiente. O decurião também avistara os cavaleiros. Seus olhos se cruzaram com os do cantor e Dubornos disse:

— Parece que o meu irmão está vivo para dar seguimento à guerra.

Passou-se um momento antes que as palavras e seu significado ficassem claros, e a seguir Valerius fez uma saudação. Seu rosto expressava uma leve zombaria, mas era impossível dizer a quem ela se dirigia.

— Obrigado. Direi isso nos relatórios.

Os cavalos foram trazidos à frente e os pulsos dos prisioneiros, amarrados. Receberam ajuda para montar e foram conduzidos encosta abaixo a passo lento. No caminho que deixavam para trás, um monte de pedras da altura de um homem montado marcava o local do último descanso de um cão de batalha.

XVI

— BREACA? BREACA, ACORDE.
A noite estava escura, sem lua. Nos seus sonhos, Caradoc matava Scapula e o decurião que montava o cavalo malhado e depois cavalgava de volta, trazendo-lhe embrulhadas no manto as cabeças deles como um presente. Depois de chegar a Mona, a cabeça do decurião se tornara a de Amminios, o irmão mais velho de Caradoc que se aliara a Roma. A cabeça cantava em latim e zombava de Breaca, prometendo vingança por uma morte da qual ela não participara.

— Breaca? Você consegue me ouvir?

Ela se espreguiçou, feliz por escapar do sonho. No mundo intermediário do despertar, sabia que a sua filha mamava no seu seio esquerdo e deveria ser deslocada para o direito, e que dedos frios agarravam-lhe o pulso com firmeza. Pensando um pouco, reconheceu o toque de Airmid; era assim que elas sempre acordavam uma à outra. Cheia de sono, Breaca abriu os olhos.

— Caradoc? — perguntou. — Ele venceu?

— Não sei. — Airmid achava-se à beira da cama, a sua forma disfarçada pelo manto, o cabelo negro fundindo-se com a noite. — Um mensageiro aguarda no outro lado do estreito. Enviei Sorcha com a balsa para buscá-lo. Imaginei que você talvez quisesse cumprimentá-lo.

Imaginei que você talvez quisesse... Eu a vi se obrigar a comer nos últimos três dias por amor à sua filha, quando o seu corpo queria recusar a comida devido à preocupação, e observei-a percorrer as encostas acima do estreito, do raiar do dia ao anoitecer, na esperança de avistar um mensageiro descendo a cavalo a montanha distante e tomar conhecimento da mensagem o quanto antes.

A promessa de notícias a despertou, acordando também Graine. A menina fez uma careta e ficou em silêncio, mamando. Airmid pegou uma tocha e acendeu-a no fogo. Breaca seguiu-a pelo caminho que ia dar no quebra-mar por onde o barco entraria. Rain, o jovem cão filho de Hail, corria à frente, farejando a noite; ele estivera inquieto o dia inteiro e comportava-se melhor do lado de fora. Pararam no menir que se erguia na encosta, examinando o estreito abaixo. Mal se descortinava o contorno da balsa, uma forma elegante deslizando escura no preto como uma lontra caçando. A mareta do remo de direção atraía uma luz verde da água que ficava para trás, um presente de Manamman, deus do mar para os pescadores e as barqueiras para que pudessem ver e ser vistos. O vento soprava com força do norte, levantando onda de maré. No silêncio da noite, ouviram o som de vômito e o suave espanto de Sorcha, que não conseguia entender que o seu amado mar pudesse causar enjoo em algumas pessoas.

A balsa as alcançou. Colidiu de leve com a madeira do píer e uma corda foi amarrada. Sorcha saltou em terra firme e voltou-se para oferecer a mão ao passageiro.

— Este é Lythas — disse ela. — Venutios o enviou com uma mensagem. — Em seguida, concluiu, redundante: — Ele enjoou.

A luz da tocha mostrou um homem pequeno e bem proporcionado com a compleição de Ardacos, que tinha, de fato, enjoado, embora esse fosse apenas o mais novo infortúnio do seu passado recente e não era o maior. A sua túnica estava rasgada no ombro e no quadril, como se ele tivesse rolado sobre espinhos, ou deslizado por uma encosta rochosa, e toda a extensão do seu antebraço esquerdo estava contundida, mas mesmo essas evidências apenas indicavam os distúrbios interiores. Ele teve um último acesso de vômito e se arrastou para terra firme. A exaustão era visível nos seus olhos e nas depressões debaixo deles provocadas por dias e noites viajando a cavalo. Breaca examinou-os como o faria com qualquer guerreiro que voltasse de uma luta, mas nada a protegeu do choque que o abalou quando ele levantou os olhos e percebeu quem ela era. A mensagem, que já tinha pelo menos um dia, chegou célere aos seus lábios e ele não queria, ou não podia, repeti-la em voz alta.

— Diga-me — disse Breaca. — É melhor que eu saiba logo. Ele está morto?

— Não, senhora, não está. Mas talvez fosse melhor que estivesse.

Airmid agarrou o braço de Breaca. Amparada pela pressão dos dedos, Breaca permaneceu ereta e manteve o seu medo oculto.

— Então ele foi capturado? É prisioneiro de Scapula? *Vou matá-los todos! Desencadearei uma vingança como nunca houve...*

O mensageiro engoliu em seco.

— Ainda não. — Com evidente relutância, ele disse: — Ele está em poder de Cartimandua, e ela o entregará ao governador como um presente de hóspede. Eles o atraíram para o norte por meio da traição. Um mensageiro, Vellocatus, foi enviado ao encontro de Caradoc no rio da Corça Manca. Ele levava a notícia de que Venutios havia sido feito prisioneiro pela Décima Quarta Legião e que esse fora o motivo pelo qual ele não pudera comparecer com os três mil...

As informações eram excessivas e faziam pouco sentido. As perguntas tropeçavam em si mesmas.

— Vellocatus é leal a Venutios. Como poderia ele... — E depois, quando as estratégias de um verão desmoronaram aos seus pés: — Os três mil não apareceram? Perdemos a batalha para Scapula? Ou Caradoc o derrotou e depois levou os guerreiros para o norte, para resgatar Venutios?

Os dedos de Airmid ainda envolviam o pulso de Breaca, e ela aumentou a pressão, como se para despertá-la de um segundo sono.

— Breaca, desculpe-me, mas devemos sair daqui. Lythas cavalgou duas noites para chegar até nós. Ele precisa de água e comida, e talvez de um pouco de cerveja. Sua mensagem fará mais sentido se for transmitida da maneira como foi passada, e ele cumprirá melhor a sua incumbência se estiver sentado diante do fogo depois de ter bebido alguma coisa, longe da visão e do cheiro do mar.

O homem ficou calado, mas a exaustão e a gratidão iluminaram igualmente o seu sorriso. Airmid disse:

— Venha comigo. Um lugar está preparado — e eles a seguiram, com o cão logo atrás.

Airmid parecia estar acordada havia algum tempo e esperava companhia. Ela preparara o lugar onde morava, situado no limite ocidental do povoado, o local das visões mais profundas. As paredes eram de pedra, o teto, de turfa, e um riacho corria próximo à entrada, mantendo-a perto das águas de Nemain. Um fogo ardia do lado de dentro e, ao redor dele, peles de animais dobradas haviam sido colocadas em três pontos à guisa de assento. Na ausência de outra fonte de luz, as paredes estavam na sombra e era impossível distinguir que outras coisas de Airmid estavam presentes, exceto o aroma do alecrim e o da sálvia, da resina de pinho e de algas marinhas, levemente misturado com a fumaça que subia. Não era um lugar normal para receber um mensageiro, mas não se tratava nem de uma mensagem nem de uma hora normal. Ainda era madrugada. Os cães e os animais que caçam à noite se agitaram, mas quase todos os videntes dormiam na casa-grande e nenhum aprendiz havia sido acordado para servir comida e cerveja ao mensageiro, como normalmente teria ocorrido.

Airmid desculpou-se por um momento e voltou com um manto limpo e um copo de água para Lythas, porém sem trazer comida. Ela disse:

— Maroc está preparando carne e pão. A comida logo ficará pronta, mas você deve nos transmitir a mensagem agora, se for adequado para você, para que possamos agir sem demora.

O homem mostrou-se disposto a fazê-lo, já que enxergava um dia de descanso diante de si. À luz do fogo, ele parecia menos enjoado, com o rosto menos castigado pela viagem e os olhos menos assombrados. Sentou-se nas peles diante de Breaca e transmitiu a mensagem, com palavras precisas, exatamente como lhe fora narrada:

— A primeira coisa que você precisa saber é que Vellocatus é um homem de Cartimandua. Ele o foi desde o início, antes de Venutios ter deixado Mona e voltado para nós. Ele tem sido os olhos e os ouvidos dela nas nossas reuniões, a voz dela no conselho, dizendo apenas aquilo que ela lhe deu permissão para dizer. Ele descreveu para ela a armadilha e o plano para conseguir os dois mil guerreiros para ajudar Caradoc. A ideia de que ele fosse para o norte pedir ajuda aos selgovae foi dela. Isso deu a Vellocatus uma razão para viajar adiante de Venutios sem despertar suspeita.

"Quando chegou a hora de reunir os guerreiros, Venutios se viu traído. Duas coortes da Décima Quarta e uma ala da cavalaria batava o cercaram quando ele estava acompanhado pelos seus companheiros de juramento. Não puderam condená-lo, pois ele é pai do filho de Cartimandua, e por isso o consideram parte da realeza, mas enforcaram todos os seus parentes e companheiros mais próximos nos pilares dos portões da sua casa, e ele é obrigado a ficar do lado de dentro, enquanto o corpo deles apodrece. Fui poupado porque não sou ninguém, não sou parente, nem prestei juramento como chefe de lanceiros, nem mesmo sou conhecido como um amigo.

Lythas proferiu essa última parte com a mesma firmeza que pronunciara o resto, como se ela também fizesse parte de uma mensagem decorada. Seu rosto, pálido à luz do fogo, era uma máscara de morte e orgulho ferido.

Breaca perguntou:

— Que pessoas próximas a você foram enforcadas?

Lythas olhou intensamente para ela.

— Meu pai, minha irmã, dois primos e... um amigo. Um bom amigo.

— E você acha que teria sido melhor morrer com os seus parentes e aqueles que você amava do que viver, lutar, talvez para vingar a morte deles — declarou Boudica, fazendo um meneio de cabeça, o olhar perdido no coração do fogo. Ela falou ponderadamente, como se se dirigisse às brasas ou apenas a si mesma. — Talvez cada um deles tenha pensado na honra reluzente da situação quando soltou o último suspiro na ponta da corda. Talvez tivesse havido outro, que também houvesse passado despercebido, que teria tido a coragem de sair a cavalo de um acampamento armado e protegido se você houvesse sido considerado perigoso e tivesse sido honrado com a mesma morte dos seus parentes. Mas as coisas não aconteceram dessa maneira. Os deuses decidiram que você viveria e traria a mensagem.

Breaca levantou os olhos. Um véu de chamas os separava. Lythas não conseguiu afastar os olhos.

— Não temos a escolha de como e quando devemos servir; só podemos escolher se o fazemos com coragem, alcançando assim talvez o sucesso, ou com medo, em cujo caso certamente fracassaremos. Você se mostrou corajoso até aqui, mas, se quiser voltar e se entregar à Décima Quarta Legião, ninguém aqui irá impedi-lo. Por outro lado, você poderá continuar a agir com a coragem que demonstrou até agora e rezar pela oportunidade de ver vingados aqueles que lhe eram caros, a família e a terra deles livre da opressão e da escravidão. Essas são as suas escolhas. Se você tivesse que escolher uma delas agora, qual escolheria?

Ele a fitou. Fazer a pergunta era em si um insulto, mas ela era Boudica, cuja honra não poderia ser contestada.

— Escolheria lutar — respondeu Lythas. — Sempre.

— Obrigada — disse Breaca, sorrindo, e o mundo dele ficou mais leve. — Conte-nos então o que você sabe sobre a batalha nas montanhas, como correram as coisas para Caradoc e os guerreiros das tribos ocidentais.

Lythas deu de ombros.

— Não temos muitas informações, e tudo o que sabemos é de fonte indireta, daqueles que capturaram Caradoc. O restante temos que adivinhar. — Ele bebeu um pouco de água e recomeçou a falar no ritmo leve e cadenciado do mensageiro experiente, pronunciando as palavras de outra pessoa como se fossem suas:

— Está claro que, sem Venutios, a armadilha nas montanhas fracassou. Caradoc e os guerreiros das tribos combateram com uma notável coragem e deixaram para trás oito ou nove inimigos para cada um dos seus, mas o punho esmagador da armadilha não pôde se fechar e, quando

Caradoc percebeu que tinham sido traídos, ordenou que as tribos abandonassem o campo. É melhor viver e lutar do que morrer por uma causa perdida.

— É sempre assim. Ele organizara tudo de antemão.

— De fato. Venutios o sabia, assim como Cartimandua, por meio do seu espião. Somente ela conhecia os dois lados, ou seja, a preparação da armadilha e a certeza de que ela falharia. Cartimandua enviou Vellocatus para que topasse com Caradoc como se por um feliz acaso no momento em que ele estivesse deixando o campo de batalha para se unir aos guerreiros de Mona e aos chefes dos lanceiros dos outros defensores. Vellocatus disse a ele... — Ele arrefeceu e bebeu novamente, recobrando o alento. Dessa feita, Lythas levantou os olhos para o rosto de Breaca, mas não para os olhos dela. — Ele lhe disse que a Boudica estava correndo perigo, que Cartimandua a tinha enganado e feito com que você fosse para o norte contando uma história sobre a captura de Caradoc, mas que você estava viajando devagar por causa do bebê e que, se eles, Caradoc e Vellocatus, cavalgassem rápido, com pouca carga e na companhia de apenas alguns membros da guarda de honra, ele talvez conseguisse alcançá-la antes que você chegasse aos baluartes do norte. Ele foi. Como poderia não ir?

Breaca declarou:

— Isso é loucura. Eu não iria para o norte, e mesmo que fosse, não levaria Graine. Por que Caradoc acreditaria em uma história assim?

— Porque lhe disseram que você corria perigo e que havia partido pensando o mesmo a respeito dele. E porque a mensagem foi entregue por Vellocatus, em quem ele confiava, e que levava consigo, como prova das suas boas intenções, o salmão esculpido na pedra azul que é a marca de Venutios.

— Tomado à força.

— Claro que sim, mas Caradoc não tinha como saber disso.

Airmid comentou:

— Ele não faria essa pergunta. A sua única preocupação seria Breaca e Graine. Elas são a fraqueza dele e todos sabem disso. Assim como Caradoc é a nossa. — A vidente sentou-se na sombra além do alcance do fogo.

O riacho corria atrás dela, um canto líquido na noite. Durante quase vinte anos, Airmid vivera e sonhara ali, e quando ela falava nesse lugar o deus falava com ela, modificando o ar. Assim manifestando-se, ela perguntou:

— Lythas, que símbolo você traz como prova das suas boas intenções?

Livre do fardo da mensagem, o mensageiro relaxara. Era possível agora distinguir nele mais claramente o homem, através do jovem assustado. Ele era mais velho do que parecera inicialmente.

— Não trouxe nenhum símbolo. Não restou nada de valor além da palavra de Venutios e da minha de que o que eu disse é a verdade.

Ele se inclinou na direção de Breaca com o rosto enrubescido. O seu sorriso, e a margem de esperança que ele lhe oferecia, valiam mais do que qualquer anel ou broche, e Lythas o sabia.

— Caradoc está sendo mantido isolado e bem vigiado — declarou ele. Não seria possível resgatá-lo com um exército. A Décima Quarta está esperando exatamente esse ataque. Seria suicídio para os guerreiros e Caradoc morreria antes que conseguissem chegar perto dele. Mas um pequeno grupo, formado talvez por Boudica e um ou dois dos guerreiros da ursa de Ardacos, talvez consiga chegar até ele. Acredito que outra possibilidade, e não estou agora falando por Venutios, e sim apenas por mim, é que ainda há tempo para falar com Cartimandua. Ela é mãe e protegeu Venutios de Roma, apesar de ambos se odiarem. Ela compreenderia um pedido da Boudica como mãe e amante. Por essa razão, talvez ela devolvesse Caradoc vivo para vocês.

Breaca retrucou:

— Roma jamais o permitiria.

Lythas deu de ombros.

— Roma não tem o poder de impedi-lo. As legiões viajam lentamente e encontram resistência; os falcões de Gwyddhien e as ursas de Ardacos perseguem os soldados enquanto marcham, de modo que os últimos precisam erigir acampamentos seguros à noite e não podem avançar mais rápido do que os legionários mais lentos, por temerem que a retaguarda da coluna seja isolada e destruída. Se cavalgássemos depressa em um pequeno grupo, ainda poderíamos alcançar Cartimandua antes de Scapula.

— Mas por que ela concordaria em libertar Caradoc? Ela o odeia. Ele se recusou a lhe dar um filho, e ela nunca o perdoou. Apenas por esse motivo, ela ficará contente de vê-lo crucificado.

— É possível, mas ela é agora menos influenciável pelos seus ciúmes insignificantes e está mais consciente das pressões da liderança. Cartimandua comanda mais lanceiros do que qualquer outra pessoa da costa leste à oeste, e isso encerra o seu custo. Se eles se revoltarem, ela estará perdida. Além disso, ela precisa enfrentar os brigantes do norte, que juraram ser fiéis a Venutios. Eles perfazem milhares e estão à beira da revolta. Libertar Caradoc agora elevaria o seu prestígio junto a eles, possivelmente o bastante para evitar um levante. Isso não a prejudicaria aos olhos de Roma. Ela já os salvou uma vez da derrota; não é razoável que peçam mais.

Airmid murmurou:

— E claro que Roma só pede o que é razoável.

A vidente foi até a parte de trás da casa e trouxe três tochas, acendendo-as uma por uma no fogo. As trevas ficaram claras e o aroma da resina de pinho, das ervas e do sebo ficou mais forte, limpando o ar e eliminando os últimos vestígios de medo e desespero. Lythas captou o olhar de Breaca e sorriu novamente, um conspirador receptivo, apesar de fatigado. Um acordo estava sendo feito através do fogo: Lythas voltaria para encontrar Caradoc e Breaca iria com ele. Só faltava convencer Airmid e os outros videntes de que essa era uma decisão sábia.

A sombra de Airmid caiu entre eles, interrompendo o momento. Ela disse:

— Lythas, você fez tudo o que lhe foi pedido e mais ainda. Se você vai nos conduzir ao encontro de Caradoc, devemos deixá-lo agora para que você coma, descanse e recupere as forças para a jornada. Por favor, aguarde um pouco e Maroc lhe trará o que é necessário.

Ele sorriu de bom grado e disse:

— Obrigado.

Breaca se levantou, aliviada. Imaginara que iria enfrentar uma discussão e divisou o início de um plano. Não havia dúvida de que iria para o norte; a única questão envolvia quem poderia acompanhá-la em segurança.

— Não podemos levar Graine — declarou Breaca, expressando a sua primeira ideia. — Precisamos encontrar uma ama de leite, alguém que possa cuidar adequadamente dela.

Airmid disse:

— Podemos falar com Sorcha, a barqueira. O seu filho mais novo está quase desmamando e o leite dela continua tão abundante quanto era quando ele nasceu. Ela ficaria prazerosamente com Graine e cuidaria dela como se fosse sua. Maroc e Luain mac Calma tomarão conta da segurança e de outras necessidades dela. Nenhum dos dois deixaria que algum mal lhe acontecesse na nossa ausência. — *Porque a nossa ausência poderá ser permanente. Se partirmos, poderemos nunca mais voltar. E partiremos, juntas, porque devemos fazê-lo.* — Por favor, venha comigo. Se vamos partir ao amanhecer, precisamos tomar providências.

Elas saíram da casa de pedra e terra e entraram em um mundo repleto de videntes. Luain mac Calma, que poderia ter governado a Hibérnia, mas preferiu ser guardião de Mona, estava ali, perto de Maroc, o Ancião, que certa vez estivera em Roma para ver o inimigo de perto. Postavam-se, um de cada lado da porta, com o torso nu, como se fossem abater bois ou porcos. Cada um deles portava uma faca com a lâmina em gancho, o gume de trás afiado como uma navalha. Atrás deles, dois dos aprendizes mais jovens seguravam cordas feitas com pele torcida. Airmid fez um movimento com a cabeça quando as duas chegaram ao lado de fora. Maroc afastou a pele que cobria a porta e entrou sorrindo.

Breaca girou e foi contida com firmeza.

— Airmid? O que significa isto?

— Lythas está mentindo. É uma armadilha. Eles pretendem capturá-la como fizeram com Caradoc. — Airmid não falou com a voz do deus, e sim com absoluta certeza.

— Como você pode ter certeza?

— Porque é por esse motivo que estou aqui, para ter certeza dessas coisas. Se você souber olhar, está claro. Ele é bem treinado, mas não o suficiente. Se eu tivesse que dar um palpite, diria que ele passou algum tempo com Heffydd. Ele é o único vidente treinado em Mona que usaria o nosso conhecimento contra nós. Se você recuar ao momento em que encontramos Lythas na balsa, lembrará que ele ficou à vontade cruzando o seu olhar, mas não o meu, exceto bem no início, quando ainda estava na balsa e não sabia quem eu era. Você percebeu o medo que se seguiu logo depois, mas pensou que fosse por você e pela dor que ele trazia, o que foi a intenção dele. Ele é um homem inteligente e não lhe falta coragem, mas é fiel a Cartimandua até às profundezas da sua alma. Se você for até ela e pedir pela vida de Caradoc, ela entregará ambos a Roma.

— Você sabia disso desde o começo?

— Sabia. Foi por isso que não trouxe comida para ele. Se Lythas tivesse comido conosco, as leis da hospitalidade teriam tornado mais difícil fazer o que é preciso.

A alvorada se aproximava. Na luz fraca, Breaca olhou nos olhos da mulher que conhecera a vida inteira e não reconheceu a escuridão na alma que retribuiu o olhar. A desolação que encontrou a abalou. Esse olhar pertencia ao campo de batalha, com o dia já avançado depois do arrefecimento do ímpeto inicial da fúria do combate. É algo compartilhado pelas pessoas dos dois lados que sobreviveram, que mataram e continuarão a matar, que mutilaram e mutilarão de novo, que viram inimigos e amigos morrerem rápido, ou lentamente, e se resignaram a ter o mesmo fim. Breaca sabia que Airmid participara uma única vez de uma batalha, e sobrevivera graças à boa sorte e à proteção dos deuses, e não à habilidade da vidente com a espada e o escudo. O combate não era seu ponto forte; a cura, não a morte, era sua especialidade.

Ouviram-se, dentro da cabana, um som de luta e um grito ofegante.

Breaca tentou uma vez mais chegar à porta.

— Deixe-me fazer isso — disse ela. — Não é a sua função.

Airmid não lhe deu passagem.

— É mais função minha do que sua. A fumaça de ervas da tocha faz metade do trabalho e você não poderia ficar lá dentro por muito mais tempo. Já estava afetando o seu discernimento. E o que fazemos aqui não é o mesmo que matar na guerra. Você nunca matou um guerreiro sem estar dominada pelo calor da batalha, e este não é um bom momento para começar. Você carregaria a culpa e ela a enfraqueceria quando mais precisamos de você perfeita para viajar para o norte e para o que vier depois. Vá ao encontro de Sorcha e diga-lhe o que Graine precisa para sentir-se feliz e em segurança. Saberemos o que fazer depois, quando você voltar.

— Então, mesmo assim, vamos para o norte?

— Creio que sim. Parece ser verdade que Caradoc foi capturado, embora eu ache que isso talvez tenha ocorrido mais recentemente do que Lythas queria que acreditássemos. Mas a mensagem não foi enviada por Venutios. Precisamos descobrir a melhor maneira de chegar até ele, sabendo que Cartimandua nos espera.

— E o que será de Lythas depois? O que faremos com ele?

Airmid balançou a cabeça.

— Não haverá Lythas depois. Os abutres comerão o que restar.

Sorcha estava acordada em sua cabana perto da costa, alimentando o filho. Era uma mulher grande, corpulenta, e vivia para o mar. Sua mãe era belga, uma escrava fugitiva; o pai, o capitão de um navio hibérnico que dera à mulher o motivo e os recursos para abandonar o lar que conhecia havia duas décadas. Os sete filhos do casal tinham nascido no mar, e seis deles ainda o navegavam. Sorcha era a mais nova. A sua escolha de se instalar em terra ocorrera tarde e praticamente pela mesma razão que a mãe tinha ido para o mar. Seu homem era um guerreiro que morrera em um combate no início no verão. Em sua ausência, ela criara os três filhos do casal na companhia dos poucos que tinham nascido e sido criados em Mona, e ela tripulava a balsa que atravessava o estreito como fizera todos os anos desde a invasão das legiões.

Sorcha encarou o pedido de Breaca para atuar como ama de leite de Graine com a mesma disposição com que navegava. O sentimento de maternidade lhe vinha fácil, e ela já estava lamentando o fato de seu bebê estar crescendo. Em um nível mais profundo, ela sabia o que era perder a luz da sua alma para o inimigo, o que isso causava à cabeça e ao coração.

Ficou de costas para uma parede, embalando o filho em um dos braços, estudando Breaca como estudava as ondulações do mar.

— Você é a pessoa certa para ir ao encalço do seu homem? — perguntou ela. — Se você o vir, não conseguirá se conter. Se eles querem vocês dois, é assim que conseguirão capturá-la, usando Caradoc.

Breaca respondeu:

— Airmid irá comigo. Ela não se deixará enganar tão prontamente.

— Não? — O cabelo de Sorcha era cor de cobre, as sobrancelhas em um tom mais pálido quase se perdiam nas sardas da pele. Erguendo uma delas agora, comentou: — A não ser que capturem você. Neste caso, eu diria que ela ficará em uma situação ainda pior.

— Talvez. — A possibilidade estava sempre presente, pairando sobre tudo. Corria-se diariamente riscos de morte, de cativeiro, de tortura, e preparava-se o coração e a mente o mais possível. Não era possível fazer o mesmo com relação aos idênticos riscos que corriam aqueles que se amava; esse tipo de preparação era impossível. Breaca pensou em Caradoc e nas últimas palavras dele ao partir: *Nunca se esqueça de que eu a amo. Pela sua liberdade e a dos nossos filhos, farei qualquer coisa, até os confins da Terra.* O coração de Breaca permaneceu fragmentado dentro do peito, e palavras não foram suficientes para repará-lo.

A cabana era feita de carvalho verde, marcada por nós. Para a mente penetrante e obcecada que em tudo buscava padrões, as espirais se moviam e se decompunham em ursos, espadas e homens crucificados. Breaca fitou as formas que se modificavam, perdida em um passado irrecuperável e um futuro desconhecido.

O filho de Sorcha adormeceu no seio da mãe. Sem pressa e com competência, a barqueira envolveu o filho em uma pele de carneiro e o deitou sobre a filifolha, ao lado dos irmãos, na cama de laterais elevadas. Um sino tocou levemente, soando por sobre o murmúrio de mãe e filhos: o pedido de um barco no continente. Sorcha ergueu um pedaço de pele de bezerro manchada de azul e olhou através da abertura, que lhe proporcionou a visão direta dos quebra-mares nos dois lados do estreito.

Puxando uma corda, ela produziu um sinal que podia ser avistado do outro lado.

— É Ardacos. Ele está lá com os seus guerreiros da ursa. Se ele veio até aqui, Gwyddhien e Braint não estarão muito longe — declarou Sorcha, voltando-se para a sala, com o maxilar rígido. — Cinco de vocês irão, e nenhum se manterá inteiro se outro for perdido.

— Não. — Breaca, por sua vez, espiou através do orifício. Examinando o grupo, ela comentou: — O amor nem sempre é uma fraqueza.

Acreditava nisso. Acima de tudo, mais do que o cuidado com a terra, os deuses ou a necessidade desesperada de não ver um povo se tornar escravo ou servo de Roma, era o amor que ligava o círculo interior que tornava a sua vida completa. Ardacos fora o seu amante nos anos que antecederam Caradoc, e Airmid o seu primeiro amor, muito antes dele. Ardacos agora era amante de Braint, assim como Gwyddhien era de Airmid, e os quatro haviam jurado fidelidade a Boudica, prometendo protegê-la e servi-la até a morte e além desta. Era impossível desemaranhar a trama e a urdidura dos corações entregues, e nenhum deles desejaria tentar. Somente um desconhecido não seria atraído por essa trama, e seria impossível confiar o que estava por vir a um desconhecido.

A barqueira pegou o manto do gancho. Seus dedos largos e castigados pelo mar o prenderam no ombro direito. Após refletir sobre o que ia dizer, Sorcha fez uma pausa.

— Enquanto estiver longe, lembre-se de que outras vidas além da desse homem dependem de que você sobreviva para lutar. Perder uma terra e seu povo porque Caradoc se foi não seria uma homenagem à sua memória.

A terra dos brigantes era cinza. Na planície, uma névoa cinzenta se derramava sobre a pedra cinza e árida. Nas elevadas montanhas, que nunca eram tão altas quanto os surpreendentes picos cobertos de neve do oeste, uma neve fina, semiderretida, transformava o solo duro em lama e encharcava a lenha nele depositada, de modo que, nas duas últimas noites de uma jornada de cinco, Breaca e aqueles que a acompanhavam comeram crus os pequenos peixes e as lebres que Ardacos caçara e dormiram em pares, sentados eretos, compartilhando o manto e o calor do corpo.

Eram treze ao todo: os cinco que Sorcha identificara, com dois dos siluros de Gwyddhien que mantinham os cavalos preparados a uma curta distância, e mais cinco dos guerreiros da ursa, escolhidos a dedo pela sua perícia na caça. A décima terceira era Tethis, uma prima de Ardacos que acabara de passar pelas longas noites e ainda não tinha experiência de combate. A razão pela qual ela fora incluída no grupo não ficara bem clara quando partiram, mas Ardacos decidira levá-la e ninguém discutiu sua decisão. No quinto dia, descobriram por que ela havia sido incluída.

No decorrer da jornada, Breaca e os que eram mais chegados a ela haviam analisado os meios pelos quais encontrariam e libertariam Caradoc. Cada um deles achava que era o único que seria capaz de penetrar o vasto acampamento no rio setentrional onde os brigantes compartilhavam a comida e o fogo com três coortes da Décima Quarta Legião. Um ataque compacto era impossível; o único caminho possível era através da movimentação furtiva, mas ainda restava a dúvida sobre quem deveria entrar e como essa pessoa evitaria ser capturada. Breaca não poderia. Quanto a isso, todos estavam de acordo; o inimigo conhecia muito bem a altura e a cor de Boudica, e nenhum disfarce conseguiria dissimulá-la adequadamente, já que os brigantes estavam esperando a chegada dela. Os outros não gozavam da sua notoriedade, mas na verdade o inimigo conhecia cada um deles e nenhum conseguiria plausivelmente passar por romano ou brigante. Tethis acatara as decisões dos anciãos e daqueles que tinham mais experiência em combate, permanecendo em silêncio até a manhã do quinto dia, quando o grupo se encontrava em uma encosta perto do acampamento e ainda não descobrira uma maneira de fazer o que era preciso. Foi então que Tethis mostrou o que poderia fazer.

Ela nascera e fora criada nas terras dos caledônios, bem ao norte, e ainda não pisara em um campo de batalha. Nem um único romano ou brigante jamais pusera os olhos nela. O que era ainda melhor, era pequena e morena, como os ancestrais, de modo que, com um pouco de planejamento, poderia passar por uma das meninas brigantes que ainda não se haviam tornado adultas. Vestida apenas com uma túnica amarrada com uma tira de couro, as pernas manchadas de lama e o cabelo solto, ela se tornou outra menina travessa no caminho e que deveria ser repreendida e mandada de volta para o campo, ou, se estivesse perto dos acampamentos romanos, seria colocada para trabalhar como mensageira, paga com moedas de cobre manchadas, e, mais tarde, atraída para uma barraca para fazer um trabalho que não seria remunerado.

A transformação de guerreira em menina travessa teve lugar diante deles e ficou claro até mesmo para Braint, que tivera a intenção de fazer algo semelhante com uma chance muito menor de sucesso, que Tethis era a melhor esperança que tinham, talvez a única, de chegar a Caradoc. Os argumentos haviam sido abandonados e a menina partira pouco antes do amanhecer, descendo a encosta cinzenta e desaparecendo na névoa do rio que ocultava a confusão repugnante do forte.

Doze guerreiros experientes esperaram o dia inteiro, enquanto uma menina que ainda não conquistara a sua lança caminhava sozinha entre mil legionários e um número três vezes maior de guerreiros inimigos. Cansada, frustrada e corroída pela impaciência, Breaca se deitara sobre o manto em uma saliência de ardósia desgastada, encoberta por uma faixa de feto murcho que se projetava da encosta acima. As bordas retas da rocha se enterravam na sua pele através das dobras da lã, insetos do outono vindos do feto rastejavam para explorar pedaços expostos de pele, formigas formaram uma trilha da largura de uma mão diante do seu rosto. Passado algum tempo, Breaca começou a rezar para que chovesse, simplesmente para que cessassem os ataques à sua pessoa.

O restante do grupo não estava em situação melhor. Embaixo, à esquerda, Braint estava deitada perto de Ardacos, ambos sobre um afloramento de ardósia semelhante. Outros estavam acomodados perto, no feto úmido, ou deitados como Breaca, sobre os afloramentos rochosos que se espalhavam pelo local. Era possível escolher entre deitar-se sobre algo macio e ficar molhado ou permanecer seco, porém deitado sobre uma base fria e dura. De qualquer modo, o dia fazia com que cada um deles atingisse o limite da sua resistência.

Havia maneiras de passar o tempo. Breaca contou os corvos que batiam as asas como se fossem farrapos lançados no vento, caindo sobre o banquete de carniça embaixo. À tarde, quando o vento recuou para leste e jogou para baixo o fedor dos cadáveres que estavam em cima da encosta para sufocar os observadores que se escondessem ali, ela começou a contar os mortos, identificando em separado mulheres e homens, adultos e crianças, louros e morenos. Eles estavam longe e jaziam enforcados ao vento por muitos dias, de modo que Breaca contou e recontou sem chegar aos mesmos números, mas o esforço a mantinha desperta e alerta enquanto esperava, sem interrupção, pelo grito de desafio e pelo confronto de armas, que indicaria que Tethis havia fracassado.

— Ela está voltando.

Ardacos mudara de posição no decorrer da manhã, e pronunciara essas palavras no feto à esquerda de Breaca. Momentos depois, ele levantou a cabeça para que ela pudesse vê-lo. Apenas um cinto e uma tanga de pele de urso encobriam a sua nudez, e uma fina camada de sebo de urso protegia o seu corpo do frio. Ele se aproximou lentamente de Breaca, deslizando como a água sobre a rocha, e, por um momento, o seu cheiro encobriu o odor infecto de putrefação que subia do vale. Seu rosto estava marcado com linhas e rugas provenientes de quatro décadas de exposição ao frio e ao vento cortante. O sorriso era uma coisa rara, ofertado como um presente, e ela só aprendera a compreendê-lo depois de gozar anos da sua intimidade. A maneira como Ardacos o oferecia agora indicava a preparação para um desapontamento.

— Ela já subiu metade da encosta e está sozinha... — disse Ardacos, apontando para um ponto mais ao sul. — Veja... ali. — Na encosta, o feto estremeceu e depois ficou imóvel. Uma raposa caçando poderia ter feito esse movimento, ou um texugo pego à luz do sol. Ardacos guinchou como um arminho zangado e recebeu uma resposta semelhante.

Tethis percorreu, correndo, os últimos passos. Ela estava sozinha e não parecia nem esperançosa, nem feliz.

* * *

— Não me interessa o que ela diz. Vamos tirá-lo de lá.

— Não. Ele não pode ser libertado.

— Claro que pode. Apenas ainda não descobrimos como fazer isso. Um de nós deve entrar no acampamento e observá-lo à noite, quando há menos guardas.

Anoitecia. Eles tinham se deslocado para o outro lado do monte, fora do campo de visão do acampamento e longe do vento que começara a soprar de repente e achatara o feto. Os guerreiros da ursa e os siluros de Gwyddhien montaram guarda em um círculo completo. Os cinco ficaram com Tethis no centro. A menina saíra do acampamento e trouxera lenha seca. Ardacos escavara um buraco para o fogo, e eles queimaram a madeira apenas para se aquecer. Ninguém teria conseguido comer.

Um brilho laranja emanava do buraco. À luz do fogo, todos estavam excessivamente pálidos e esgotados. Breaca afiou a faca na pedra de amolar, um arranhar que se perdeu no vento. Se não fizesse esse movimento, ela teria tido necessidade de falar, de se contorcer por entre o feto, de correr, de pegar a espada e atacar sozinha a série de postos de guarda que se interpunham entre ela e a barraca distante, onde Caradoc era mantido prisioneiro.

Breaca estava sentada perto do fogo e tinha Tethis à sua frente. A menina era pequena e compacta, e estava recolhida e profundamente emocionada com o que vira. Mordia o lábio, pensando no que dizer em seguida. Ardacos fez uma pergunta na língua do norte, que nenhum dos outros entendia, e recebeu uma resposta cortante. Breaca só conseguiu reconhecer o nome de Cartimandua, que foi pronunciado duas vezes com um ódio sincero. Fora isso, ela sentiu surpresa, uma concordância veementemente e uma certeza absoluta, porém nenhuma esperança.

No final, um pesado silêncio caiu entre eles até que Ardacos disse, escolhendo as palavras:

— Tethis não quer lhe contar o que me disse, porque teme que esse conhecimento só venha a aumentar a sua dor, mas acho que você deve saber. A barraca na qual Caradoc está preso está armada sobre um afloramento. Ele está acorrentado a ele pelo pescoço e pelos tornozelos. A única maneira pela qual você poderia libertá-lo seria levando um ferreiro que tivesse tempo para partir o ferro. Oito legionários dormem dentro da barraca, sendo que dois estão sempre acordados. Eles se sentam ao lado dele, conversando, ou observando-o enquanto dorme. Cada movimento dele, por menor que seja, é acompanhado. — Breaca nunca vira os olhos de Ardacos refletirem tanta dor. Ele disse: — Sinto muito. Tethis está certa. Não há como tirá-lo de lá.

— Tem que haver um jeito. Ela apenas não conseguiu descobri-lo. Pergunte-lhe como ela obteve essa informação.

— Já perguntei. Tethis foi levar o almoço para Caradoc. Conversou com ele enquanto ele comia. — Ardacos fez uma pausa e seus olhos encontraram os de Airmid, Gwyddhien e Braint antes de encontrar os dela. Ele viu algo neles que lhe deu forças para prosseguir. Finalmente olhando para Breaca, acrescentou: — Tethis lhe ofereceu a morte. Era a única coisa que ela poderia dar. Ela tem uma faca e poderia tê-la usado em Caradoc... e depois em si mesma... antes que os legionários pudessem detê-la. Ela teria feito isso por ele e por você.

O frio a esmagou, um gelo rastejante, que sugou igualmente o calor do seu corpo e o do fogo. Breaca precisou reunir uma coragem como nunca conhecera para perguntar:

— Por que Tethis não fez isso?

— Caradoc o proibiu. Os romanos tomaram reféns. Eles pegaram vivos Cunomar e Cygfa, Dubornos e Cwmfen, e os mantêm prisioneiros em um lugar longe daqui. Caradoc os viu, e eles o deixaram falar rapidamente com Cwmfen, de modo que ele sabe que ela ainda não sofreu dano algum, mas ele não sabe onde eles estão agora, e desconhece a situação de Cygfa e de Cunomar.

Cunomar. Filho do seu coração, espírito dos deuses, de cabelos macios. Ela imaginara que ele estava seguro com Dubornos, que a essa altura estivesse até em Mona, protegendo a irmã até que a mãe voltasse. A mente de

Breaca a protegeu; a razão dominou a dor que tomou conta dela. Ela declarou:

— Então se ele morrer, eles morrerão, mas eles morrerão de qualquer maneira. Caradoc deveria ter aceito a oferta de Tethis.

— Não. — Ardacos balançou a cabeça. Tentou falar, parou, engoliu em seco, e Breaca quase se aproximara dele para arrancar as palavras, quando ele disse, roucamente: — É muito pior do que isso. Se Caradoc morrer, eles viverão, é o que os romanos garantem. Serão levados para Roma e ficarão encarcerados pelo resto da vida em uma prisão subterrânea, sem nunca mais verem o sol lançar os seus raios sobre a terra, a água correr livre nos rios e a lua nascer no céu. Foi ideia de Cartimandua. Ela sabe que um guerreiro não teme a morte, por mais terríveis que sejam as circunstâncias, mas ser obrigado a viver em uma casa como as construídas pelos romanos, sem ver a terra, o céu e as estrelas pelo resto da vida, é algo impensável. Eles asseguraram a Caradoc que é isso que acontecerá, e ele acredita que seja verdade. Para comprar a morte dos outros, e a dele, seja de que jeito for, ele permanecerá vivo.

Caradoc. Cunomar. Cygfa, que era o pai renascido como mulher. Entorpecida, Breaca declarou:

— Os romanos vão crucificá-los todos. Vão levá-los para Roma e exibi-los em um espetáculo. Cinco deles, um após o outro, um em cada dia, sendo Caradoc o último.

— De fato. É isso que ele acha.

Era demais. A dor subiu dentro dela como o inchaço da decomposição. Cresceu do abdômen para o peito, consumindo o ar até Breaca ter a impressão de estar respirando através de uma haste de junco, e talvez nem isso. A dor fixou-se no pescoço, sufocando-a, inchando-lhe a língua e obstruindo-lhe a boca. Subiu-lhe pelo rosto e bloqueou-lhe os olhos, impedindo até mesmo que ela sentisse o alívio das lágrimas. Seus lábios esboçaram o formato para pronunciar *Caradoc*, e em seguida *Cunomar*, mas não conseguiram emitir nenhum som.

O silêncio era total. Ninguém ousava falar ou tinha qualquer ideia do que dizer. Nada poderia ser dito. Um sussurro que ela mais tarde reconheceu como seu soprou:

— Hail estava com eles. Ele estava protegendo Cunomar.

Hail. Outro na ladainha de perda e morte. Ardacos estava chorando. Breaca nunca o vira chorar. Os olhos dele verteram as lágrimas que ela não conseguira derramar. Olhando em volta, Breaca o viu em todos eles, em Airmid, Gwyddhien, Braint; um brilho nos olhos, escorrendo à luz do fogo como a seiva de uma casca de árvore cortada. Somente Tethis, que não o conhecera, e cuja imobilidade e palidez eram agora explicadas, não chorou. Como ninguém conseguia pronunciar uma só palavra, Breaca disse para a menina:

— Ele era o meu cão guerreiro. Hail. Se Cunomar foi capturado, ele deve estar morto.

Com a voz apertada, Tethis disse:

— Ele está. Devo dizer-lhe que ele morreu em combate, protegendo Cunomar, e que Dubornos entoou os ritos para ele. Foi a voz dele que os guerreiros ouviram nos vales quando deixavam a batalha da armadilha para os salmões.

Vou preparar uma vingança nunca vista... Mas de que adianta uma vingança se o mundo está em cinzas e tudo está perdido? O coração dela parou. Quando ele recomeçou a bater e ela pôde falar, Breaca perguntou:

— Sabe-se quem o matou?

— O decurião da cavalaria trácia, aquele que monta o cavalo malhado.

Breaca nunca soubera realmente o que era sentir ódio, mas naquele momento ela o conheceu, perfeito, puro e vivo, com o seu significado próprio. Ela o ouviu claramente na sua voz, dizendo:

— Então ele morrerá, e Scapula morrerá com ele. Eles não venceram. Jamais vencerão.

— Caradoc afirmou que você diria isso. Foi a mensagem dele para você: nunca deixe que eles vençam. E me pediu também que lhe dissesse que a amou, que você foi o seu primeiro e último pensamento, para todo o sempre.

III

OUTONO
—
INVERNO 51 D.C.

XVII

— BREACA, ISTO NÃO É UMA BATALHA; NÃO EXISTE a menor possibilidade de termos uma morte honrada. Se formos capturados, Scapula nos usará como exemplos que abalarão as tribos de costa a costa, e esse não é o perigo menor. O que estamos tentando nunca foi feito, e os deuses talvez não o tolerem. Estamos nos arriscando a perder não apenas esta vida, como também todas as que ainda estão por vir. Você estava nas minhas visões, mas essas coisas não são imutáveis. Você não precisa se juntar a nós.

— Preciso sim. Você teve uma visão da possibilidade de encontrarmos Caradoc e o trazermos de volta. Não vou comprometer essa visão. Os deuses não me pediriam isso, e você tampouco deveria fazê-lo.

Breaca estava à beira do rio, na chuva, sentada em um tronco de árvore podre. Um fogo ardia enterrado no cascalho perto da água, e a fumaça em espiral se perdia na espuma da cachoeira que ficava atrás. Os vestígios do pôr do sol espalhavam sangue velho pelo horizonte ocidental.

O mundo estava repleto de sangue e nem uma única gota sequer era dela. Breaca não fora morta, ou mesmo levemente ferida, apesar da frequência com que se lançara sobre o inimigo. Os que lutavam em ambos os lados passaram a acreditar que ela era abençoada pelos deuses. Seus guerreiros a seguiam em direção a incríveis perigos e quase todos escapavam com vida. Dezenas de legionários haviam morrido pela sua espada, demasiadamente enfraquecidos pelo medo para revidar. Tropas auxiliares preparadas para atacar de emboscada foram derrotadas sem lutar ao avistar sua égua de batalha. Atacado sem trégua, Scapula reuniu as suas legiões como uma galinha reúne os pintos e recuou a passos sangrentos em direção à segurança da fortaleza de Camulodunum. Ele passara a reconhecer a existência de Boudica e a temê-la, mas não o suficiente para libertar Caradoc e enviá-lo de volta para aqueles que lamentavam a sua perda.

O fogo se acomodou. A fumaça ardente se avolumou. A cachoeira revolteou no lago e correu para o rio. No eco de cada um deles, Breaca ouviu o nome de Caradoc, como o escutava diariamente no confronto de armas, nos lamentos dos legionários agonizantes e nos gritos dos corvos sobre o campo de batalha. Com o tempo, ela passou a não duvidar de que isso a levaria à loucura.

Airmid estava sentada diante dela em uma pedra do rio, com o manto puxado para cima, ao redor do cabelo. Gotas de água erguiam-se orgulhosas nele, como o suor. Seu rosto estava magro e cinzento demais, mas ela teria se destacado dos outros, mesmo que as coisas tivessem sido diferentes. À noite, ela cuidava dos feridos e desimpedia o caminho que conduziria aos deuses os mortos e os agonizantes. De dia, enquanto os guerreiros massacravam as legiões em nome de Caradoc, ela buscava no mundo das visões maneiras de trazê-lo para casa. Hoje, parecia que tinha encontrado uma.

Ter esperança era perigoso. O frágil equilíbrio da mente de Breaca dependia de ela saber que não havia nenhuma esperança, mas era impossível não se agarrar à primeira coisa oferecida. Olhando para o fogo, ela pediu:

— Diga-me o que você viu.

Airmid pegou um pedaço de lenha úmido na pilha ao redor do fogo e o colocou nas chamas. A água sibilou e transformou-se em vapor. Através da névoa que se formou, ela disse:

— Caradoc está nas mãos do imperador; não há a menor dúvida quanto a isso. Precisamos passar por Scapula para chegar a Cláudio. Nada aquém disso o tocará, e também sabíamos desse fato desde os primeiros dias fora do acampamento dos brigantes. Não encontramos até agora uma maneira de nos aproximarmos do governador que não envolvesse um flagrante e inútil ato suicida. Acreditamos que ele tenha cometido um erro esta noite. As ursas de Ardacos vêm observando discretamente o seu abrigo e elas relatam que os engenheiros erigiram o acampamento provisório sobre o local onde está enterrada uma vidente ancestral.

— De quem é o túmulo?

— Não sei. Não há nenhum menir ou monte mortuário, mas os ossos e as marcas da visão dela jazem debaixo da terra na encruzilhada de duas trilhas usadas pelos ancestrais. Consigo sentir a raiva deles. Em qualquer outra ocasião, essa informação talvez não nos fosse útil, mas hoje o quarto minguante se transforma em lua nova, e os poderes de Nemain estão no auge. Creio que, com a ajuda da deusa, poderemos entrar no forte e chegar até Scapula.

— Para matá-lo — declarou Breaca categoricamente, e não como uma pergunta.

Airmid expirou devagar, pensativa. Ela raramente se dava ao trabalho de pensar antes de falar na presença de Breaca, e só o fazia em questões que diziam respeito ao seu relacionamento com a sua deusa. Ela disse:

— No final, sem dúvida o mataremos, mas ele não deve morrer pela espada. Se você está decidida a partir conosco, precisa jurar para mim que não cortará a garganta de Scapula. Ele deve morrer lentamente, no decorrer de vários dias, ou a visão será quebrada e Caradoc morrerá em Roma por um decreto do imperador.

Caradoc. Crucificado. Cunomar, criança do mar de cabelos macios...

Breaca enterrou os dedos no tronco podre e esperou que uma onda de náusea passasse. Uma parte dela, fraca e relutante, agarrou-se às palavras. Quando conseguiu falar, disse:

— Mas se eu não matar Scapula e a visão não se partir, existe alguma chance de que Caradoc e as crianças possam viver?

Airmid assentiu com a cabeça.

— Creio que talvez exista. As coisas nunca são claras, e esta é mais nebulosa do que a maioria delas, mas acho que é exatamente isso que os deuses estão me mostrando.

Era apenas um mero fragmento de palha no remoinho da sua imersão, mas Breaca agarrou-se a ele como se fosse terra firme e, a seguir, declarou:

— Então, apenas por isso, juro que não matarei Scapula. Mas irei com você. Nenhum risco é grande o suficiente para que valha a pena romper a visão para escapar dele.

— Você precisa tornar-se a avó anciã, ou o mais parecida possível com ela.

O fogo estava mais forte, alimentado por galhos secos de teixo e pilriteiro ainda carregados de frutinhas. O lago embaixo da cachoeira captava as chamas e as refletia, com mais luminosidade. Entre o fogo e a água, três videntes, Airmid, Luain mac Calma e Efnís dos icenos, formaram um triângulo e traçaram aos seus pés o contorno do quarto minguante se transformando em lua nova. Breaca postou-se no centro, com a boca ressequida, o que raramente acontecia antes de uma batalha. Mais adiante, Ardacos e quatro das suas ursas esperavam nus no escuro. Eles haviam enxaguado da pele o pastel-dos-tintureiros e só cheiravam agora a sebo de urso e cal.

— A avó anciã — repetiu Airmid uma segunda vez. — A *nossa* avó anciã. A primeira e a melhor. Você precisa chamá-la e assimilar dela tudo o que ela quiser oferecer.

— Não me lembro dela. — A infância era um mundo à parte, vivida por uma desconhecida e relatada somente nas canções. A avó anciã morrera na véspera do dia em que Breaca voltou das suas longas noites e se tornou mulher. Na ocasião, a morte dela lhe pareceu o pior desastre que o mundo poderia oferecer. — Não consigo nem mesmo me lembrar da cor dos olhos dela.

— Eram brancos quando você a conheceu — declarou Airmid. — Ela era cega e a parte central do olho era larga com o núcleo branco. A borda parecia preta. Ela estará diferente agora. Você precisa chamá-la; você foi a última visão dela. Você ainda tem a ponta de lança de pedra que usou para matar a águia nas suas longas noites?

— Tenho — respondeu Breaca, retirando da bolsa do cinto o tesouro aglomerado do seu passado e colocando-o na palma da mão: o anel com o selo de Cunobelin, ofertado com o seu juramento para protegê-la; o broche da lança-serpente que ela fabricara e cujo par ela dera para Caradoc; o pé da lebre que fora o primeiro animal que Hail matara para ela; um cacho do cabelo de Caradoc entrelaçado com um fio da crina da égua cinzenta de batalha, fabricado pelo filho dela para marcar o dia em que ele montou o seu primeiro cavalo de guerra. Todas essas coisas pertenciam à sua vida adulta. A única coisa que Breaca guardara da infância era a ponta de lança de sílex fabricada pelos ancestrais que fora o presente de Bán para suas longas noites.

Ela separou a pedra dos outros objetos e a estendeu. O sílex pálido e leitoso amorteceu o fogo como sempre fizera. A fumaça concentrou-se ao redor dele, fazendo-a tossir.

Airmid disse:

— Olhe para a pedra, Breaca. Qual a aparência dela?

A pedra parecia uma ponta de lança de sílex confeccionada pelos ancestrais. As bordas lascadas estavam tão afiadas quanto no dia em que haviam sido feitas. Contrariando toda a probabilidade, fibras subsistiam no cabo estreitado onde ela o amarrara ao bastão da avó anciã para usar como uma lança contra o chefe guerreiro das águias. As manchas marrons de sangue que estriavam o sílex ficaram mais vermelhas, tornando-se um sangue fresco espalhado pela pedra sulcada de azul. A avó anciã disse *Seja bem-vinda, guerreira*, rindo em seguida.

Airmid ordenou:

— Vá até ela, Breaca, encontre-a para mim — e em algum lugar, Luain mac Calma e Efnís ecoaram, mas a voz deles chegou tarde, como sussurros distantes de uma outra época; a visão já a reclamara.

A avó anciã estava diferente, como Airmid afirmara que seria. A velha senhora fora cega nos anos em que Breaca, criança, representava seus olhos e seus membros, seguindo os passos de Airmid. Os olhos da avó anciã eram agora brilhantes e aguçados como os de um falcão. Ela não estava curva, e sim ereta, e não havia nenhuma dor nos seus membros que a impedisse de caminhar sem ajuda. O cabelo era branco-prateado e não mais rareava no alto da cabeça como antes. Apenas o rosto era o mesmo, a pele enrugada como as frutinhas do pilriteiro que Airmid havia depositado no fogo. Surpreendentemente, os olhos eram castanhos; Breaca sempre imaginara que eles fossem cinza, como os do pai.

A avó anciã riu, um som que rastejaria debaixo da pele de uma criança, fazendo com que ela procurasse a culpa na consciência.

— Você deveria comer mais — disse a avó anciã. — E parar de sofrer. Aquele por quem você mata mas não derrama lágrimas ainda não morreu.

Não era justo. Breaca tentara chorar. Durante várias noites, ela se sentara com as brasas do fogo que se extinguia, esperando a explosão de dor que teria de vir, como acontecera com Macha e o seu pai. Tudo o que encontrara fora uma raiva fria e ilimitada que a impelia a matar e continuar matando, e o desespero que se seguia. Nenhum dos dois lhe conferia qualquer sentimento de liberação.

— Você sofre justificadamente pelos mortos — disse a avó anciã. — Isso lhes é devido e homenageia a morte deles. Não há razão para chorar pelos vivos.

Eu não poderia ter certeza de que ele estava vivo. Não era uma afirmação verdadeira, já que Breaca tinha absoluta certeza de que saberia quando Caradoc morresse. Em voz alta, perguntou:

— Ele está com saúde e em segurança?

— Quem?

— Caradoc. Quem mais poderia ser?

— O seu filho, talvez, ou quem sabe o cantor? — respondeu a avó anciã, dando um salto e uma gargalhada. O seu humor sempre fora terrível. A morte não o suavizara. — Dubornos está bem. Ele sonha com Airmid — disse ela sorrindo e inclinando a cabeça para o lado, radiante como um melro. — Caradoc ainda não sofreu nenhum dano — declarou ela. — Ele teme por você e pelo seu filho.

— Podemos ajudá-lo?

— Não sei. Você pode? Vamos perguntar aos deuses?

Singularmente flexível, a avó anciã agachou-se diante do fogo, estendeu a mão para o calor e remexeu a lenha com os dedos. Quando os galhos voltaram a se acomodar, ela os examinou, lendo o futuro nas cinzas que tombavam. Mexendo a cabeça e murmurando, ela se levantou e passou por um Luain mac Calma, rígido e silencioso, adentrando o rio. Breaca sabia que a água estava fria porque se banhara nela mais cedo. Sem hesitar, a avó anciã foi caminhando, até que a água negra e calma bateu de leve nos seus seios. Inclinando-se para frente, soprou a tranquila superfície espelhada e a poliu com a mão para poder admirar melhor o seu reflexo.

— Não sei — repetiu ela, mais devagar. Erguendo a cabeça, a avó anciã olhou diretamente para Breaca. Os seus olhos brilhavam com a luz do fogo sobre a água. — Você preferiria vê-lo morto e em segurança aos cuidados de Briga, ou vivo, sabendo que nunca mais o veria?

Breaca a fitou. As palavras varreram a sua cabeça e não fizeram o menor sentido. A seguir, ela disse:

— Não estou entendendo.

A velha senhora assentiu com a cabeça. A loucura saltitante anterior desaparecera. Ela estava séria como raramente fora na vida, e mesmo assim somente na presença da morte. A avó anciã disse:

— O futuro ainda não está determinado; ele nunca está. Pode ser que Caradoc morra, mas existe uma chance de que ele possa sobreviver. Se ele morrer, você pelo menos saberá onde ele se encontra. Se viver, você talvez não tenha essa informação.

— A escolha é minha?

— Talvez não. Mas você deve saber o que prefere caso essa pergunta lhe seja feita.

Era uma charada. Os videntes as propunham uns para os outros nas noites de inverno em Mona, mas a promessa da vida jamais estava vinculada à resposta, tampouco a dádiva da morte.

O que é pior: viver quando a vida é insuportável, ou morrer cedo demais, quando ainda arde a chama do coração?

O que é melhor: morrer e escapar das ameaças de sofrimento dos deuses e dos homens, ou viver para assistir à beleza de outro amanhecer?

Quem tem o direito de fazer essa escolha por outra pessoa?

Ninguém.

O mundo se abriu aos pés de Breaca e não forneceu respostas. Com as palavras ressecadas na boca, Breaca declarou:

— Não posso escolher. Não cabe a mim decidir por ele.

Coberta até o pescoço pela água gelada, a avó anciã balançou a cabeça.

— Claro que não. Os deuses e aqueles cujas almas são mantidas em equilíbrio tomam as decisões, mas mesmo assim eles, e você, precisam saber o que você escolheria. De outra maneira, não poderemos prosseguir.

A noite aguardava. Três videntes que todas as noites cruzavam os limites entre os mundos postavam-se ao redor do fogo. Nenhum deles ofereceu ajuda, tampouco Breaca poderia pedi-la.

Uma vida inteira se passou, e depois outra. Ela nunca se considerara uma pessoa indecisa. *Meu amado — o que você me pediria?*

Ela não ouviu a voz de Caradoc; ela não a ouvia desde o dia em que pegara a balsa de Sorcha e deixara Mona, mas a resposta veio mesmo assim, com a cadência do modo de falar e a certeza da lembrança dele: *Peço apenas o que você desejaria de mim, sabendo que a amei.* Breaca disse:

— Eu desejaria o que é melhor para Caradoc, quer ele possa estar comigo, quer não. Se ele viver, terei notícias dele e ele de mim. Ninguém pode nos negar esse direito.

A avó anciã saiu da água. Ela cheirava fortemente a pastel-dos-tintureiros. — É uma boa escolha — disse ela. — A dor, portanto, será tão sua quanto dele, talvez até mais sua. Mas talvez algo possa lhe ser devolvido. Somente os deuses têm essa informação.

— O que devemos fazer para que isso aconteça?

— Siga-me. Faça exatamente o que eu disser. Não faça perguntas e confie naqueles que caminham com você, independentemente da aparência deles. Eles são os homens e as mulheres que você sabe quem são.

* * *

A trilha jazia luminosa na urze, iluminada por uma lua que Breaca não conseguia avistar. A ponta da lança estava quente, como se tivesse sido recentemente retirada do fogo. Breaca a segurava com força, de modo que as bordas lascadas enterravam-se na sua mão. A avó anciã seguia à frente, a cabeça erguida, o cabelo realçado pela mesma luz que iluminava o caminho. Breaca vinha atrás, e logo depois Airmid. Efnís e Luain mac Calma permaneceram perto do fogo para sustentar a visão e guiá-las de volta.

Em ambos os lados, homens e mulheres da ursa, eretos, arrastavam os pés pela urze. Vestiam peles de urso de uma maneira como Breaca nunca vira: enroladas de um jeito que homem se tornava urso e urso se transformava em homem. Seus olhos eram pequenos e perigosos, e o hálito, fétido. Ardacos sorrira para ela, e Breaca acreditara ver dentes longos e brancos. Tratava-se claramente do trabalho dos deuses. A avó anciã agarrara-lhe o braço e a afastara antes que ela pudesse perguntar a ele como aquilo tinha sido feito.

As ursas tinham sido proibidas de andar na trilha. Ao se aproximarem do forte, caíram de quatro e seguiram correndo à frente em direção à paliçada e ao fosso que cercava o acampamento provisório de Scapula.

Todos os acampamentos noturnos dos romanos eram iguais: construídos à noite e desmontados no dia seguinte, deixando como indício da sua presença apenas os buracos das estacas, fossos e as latrinas. Cada homem conhecia a sua posição e as suas funções. No entanto, após alguns ataques, o inimigo também sabia exatamente onde estavam os portões e as barricadas. As ursas correram em direção ao fosso do sul, o mais próximo da trilha dos ancestrais. As sentinelas do lado de dentro teriam de estar completamente embriagadas e ser idiotas para não sentir o cheiro delas ao se aproximarem. Breaca apertou com força a ponta de lança e novamente se arrependeu de não ter trazido a espada.

— Abaixe-se.

— O quê?

A avó anciã suspirou sua impaciência:

— Abaixe-se, aqui, enquanto eles tornam o baluarte seguro. Abaixe-se na urze e rasteje.

Breaca sentiu a mão da velha senhora na região lombar, empurrando-a para baixo, até que ela se deitou de bruços e avançou serpeando como uma cobra. Raízes de urze erguiam-se em ambos os lados, altas como milho. Arranhavam-lhe os braços, extraindo sangue. A terra tinha o cheiro da sujeira de raposa velha e o aroma suave, quase doce, de uma serpente. Algo seco deslizou pela pele do antebraço de Breaca nas trevas iluminadas pelas estrelas. Ela pressionou a cabeça na terra, respirando através de uma onda de pânico, e sentiu a avó anciã rir afetadamente atrás dela.

Um homem morreu no baluarte meridional do forte, e logo depois outro. Breaca avistou suas almas caminhando à frente na trilha, perdidas e solitárias. Teve vontade de chamá-las por sentir pena, mas a avó anciã a conteve. A voz da velha senhora era um murmúrio de urze:

— Fique quieta, criança. Você quer que saibam que estamos aqui?

Breaca não queria. Uma legião e uma ala inteira da cavalaria acampadas naquele forte, e ela se aproximava desarmada, tendo como guia uma avó anciã morta. As imagens do que Scapula fizera aos videntes capturados surgiram vívidas na sua mente. A crucificação seria melhor. Breaca avançou mais silenciosamente, sem dar atenção ao número crescente de coisas que seguiam ao seu lado.

À sua esquerda, uma ursa rosnou e ela ouviu Ardacos responder. Ele fora certa vez seu amante; Breaca reconheceria a voz dele em qualquer lugar, mesmo ele sendo praticamente um urso completo. Mais três legionários morreram, sem saber quem os atacara. A noite ficou apinhada de almas perdidas.

Cruzaram em fila o baluarte, seguindo o rastro da lua. Ardacos atravessara uma tora no fosso e puxara as estacas de três pontas que o defendiam. Lá dentro, cadáveres de homens com armadura completa jaziam espalhados em ambos os lados, o pescoço partido e a garganta rasgada de uma maneira que não revelava o uso de armas com o gume afiado. No resto do acampamento, o fogo ardia fraco diante de barracas dispostas em fileiras e colunas perfeitas; Roma dormia, assim como vivia, em linhas retas que entorpeciam o espírito.

A avó anciã guiou Breaca para além dos homens adormecidos. Airmid as seguiu. As ursas eram sombras em ambos os lados, à frente e atrás. Outras coisas se moviam na escuridão e era melhor não perguntar o que eram.

Bem baixinho, a avó anciã disse o seguinte:

— A barraca do governador fica no centro, no caminho principal. Ele a montou sobre o túmulo da vidente-serpente. Ela está zangada e perturba o sono dele. Airmid vai perturbá-lo ainda mais.

Breaca parou, ainda na trilha.

— Como você sabe que a ancestral é uma vidente-serpente?

— Eu sei tudo — declarou a avó anciã, mordaz. — Por que cargas-d'água você acha que está aqui?

— É ali. No centro, onde a outra trilha encontra a nossa.

A segunda trilha corria de leste para oeste, mais escura do que a noite circundante; era impressionante que os engenheiros da legião não a tivessem visto. A barraca do governador, situada diretamente sobre o ponto de cruzamento, era duas vezes maior do que as mais próximas e muitas vezes maior do que aquelas que abrigavam os legionários. Três homens a defendiam, três voltados para dentro e três para fora. Outros dois patrulhavam as bordas. Ao contrário das sentinelas no fosso, nenhum desses homens estava sonolento. Para passar por eles, todos teriam que morrer. As ursas esperavam as ordens, mas, mesmo sendo motivadas pelos deuses, eram muito poucas para conseguir o que queriam sem causar alvoroço.

A avó anciã balançou a cabeça e comentou com Ardacos:

— Agora não. Esses não são para você. Fique atento aos outros e contenha-os se eles se aproximarem. Lembre-se de que vocês não devem pisar nas trilhas.

Breaca perguntou:

— Como chegamos a Scapula?

— Airmid sabe o que fazer — respondeu a avó anciã.

— Ela não sabe.

As palavras vieram ali de trás. Breaca se voltou e divisou Airmid afastada da avó anciã, caminhando cuidadosamente na trilha sem luar. Seus olhos eram grandes e negros, e ela fitava a avó anciã.

— Você não disse que se tratava da vidente-serpente — declarou ela. — Eu a conheço; ela guarda o mais antigo lugar sagrado dos ancestrais em Mona. Ela não é de confiança. Não estamos seguros com ela.

— Por acaso você pediu segurança quando invocou a visão? Não cheguei a ouvi-la. — A avó anciã sorriu delicadamente. — Você está com medo, Airmid de Nemain?

Uma pausa prolongada teve lugar. A noite ficou fria. Airmid respondeu:

— Estou.

Impossível. Airmid não tinha medo de nada e de ninguém.

A avó anciã fez um meneio de cabeça.

— Ótimo. Está na hora de você se lembrar de ser humilde. Mesmo assim, precisa encontrar uma maneira de fazer isso funcionar, caso contrário voltaremos ao ponto de partida sem nada alcançar, exceto por dez homens mortos.

Dez homens ainda não haviam morrido. Ninguém afirmara isso.

Por um momento, pareceu que eles poderiam voltar. Breaca disse:

— Airmid, se esta é a única maneira, as ursas e eu atacaremos a barraca do governador. Não vim até aqui para voltar.

— Você morreria.

— Eu sei, mas talvez matemos...

— Não, você morreria antes de chegar à barraca e a sua alma seria detida para sempre pela ancestral. Não é tarefa para um guerreiro. — Airmid dirigia-se duramente a Breaca, mas os seus olhos estavam voltados para a avó anciã, engajados em um diálogo mais profundo.

A avó anciã respondeu em voz alta:

— A sua guerreira porta a ponta de lança da mulher-serpente e luta sob o símbolo dela. Este fato não encerra algo em que você poderia confiar?

Impassível, Airmid declarou:

— Eu não sabia que se tratava da marca dessa ancestral — mordendo em seguida o lábio inferior. Logo depois, acrescentou: — Breaca, ao lado da ponta de lança de pedra, você também carrega o broche com a forma da sua lança-serpente, que é o par do que você deu a Caradoc?

— Carrego.

Uma vez mais, Breaca examinou o conteúdo da sua bolsa. O broche pareceu pequeno na palma da sua mão. Anos atrás, ela escavara o molde na madeira e o moldara pessoalmente em prata. Seu pai estava vivo na época e a ajudara. Dois meses foram necessários para a confecção do broche, e ela acreditara que jamais poderia criar algo melhor. A serpente de duas cabeças estava enrolada sobre si mesma, contemplando o futuro e o passado. A lança de guerra cruzava e recruzava, apontando para caminhos em outros mundos. Dois fios escarlates pendiam do anel inferior, o primeiro indício do amor de Caradoc. A luz da lua dos antigos deuses derramou-se sobre o broche, transformando o escarlate em preto, simbolizando a morte.

— Ele a amava então e ainda a ama — declarou a avó anciã. A voz soava estranhamente tranquila. — Lembre-se disso agora. Entregue-o a Airmid com a ponta de lança e atenha-se à lembrança de uma época em que a serpente não fazia uma curva em preto.

— Não creio que eu vá conseguir. — Tantas guerras haviam sido travadas. Era quase impossível lembrar uma época em que o fio vermelho fora novo e o amor que ele indicava, recente e inexplorado.

— Pense. — A avó anciã postou-se atrás dela com as mãos sobre os ombros de Breaca. — Pense no mar e em um jovem arrastado para a praia em uma tempestade. Pense em um rio e depois em muitos outros.

Nunca ocorrera a Breaca que os momentos de maior alegria que passara ao lado de Caradoc, pelo menos nos primeiros dias, tiveram lugar perto da água. Com a lembrança ativada, ficou mais fácil. Ela era novamente uma menina, e sonhou com uma tempestade que fez um navio naufragar perto de um promontório. Nos destroços, jazia um jovem de cabelos cor de milho, ainda vivo. O sorriso dele ao acordar penetrou-lhe a alma.

A água da tempestade os reunira. No rio dos icenos, as águas do degelo quase os mataram novamente. O rosto de Caradoc surgiu, rindo. *Não podemos salvar um ao outro... não é o ponto.* Ele voltou a submergir, e reapareceu na primavera, seco e com trajes de viagem. Um gorro escondia o brilho do seu cabelo e o manto era de um tom marrom neutro. Breaca entregou-lhe o broche da lança-serpente moldado em prata, a marca da sua visão. Não havia nele ainda nenhum fio vermelho, já que Breaca não ousara admitir o sentimento. Ainda assim, Caradoc o reconhecera pelo que era, e o aceitara, contemplando a água do rio. Bán estava vivo na época e compreendera.

No final do verão, com Bán morto havia muito tempo, os fios vermelhos pendiam flexíveis enquanto a voz de Caradoc dizia: *Ainda tenho o broche. Não importa o que aconteça, ele ainda encerra o mesmo significado.*

Pouco depois nascia Cygfa, filha de Caradoc com outra mulher, e Breaca o odiou por isso, porque o ódio era mais seguro do que o amor. O outono os aproximou em combate, com o amor e o ódio postos de lado para que defendessem uma necessidade maior. Nesse ínterim, com a morte avançando por todos os lados, os fios vermelhos os ligaram e eles geraram um filho. O rio cantara sobre o som do amor deles.

— Naquela época, achávamos que poderíamos vencer — disse Breaca.

A avó anciã declarou:

— Ainda podem. Nada é imutável. Os deuses não criam as pessoas apenas para destruí-las.

— O que devemos fazer?

— Se conseguirem destruir Scapula, esse será um bom começo.

Perto dali, Airmid chamou:

— Breaca? Você pode caminhar comigo? Precisamos circundar o pavilhão do governador. Aqui... pegue o broche de volta e use-o para agarrar-se às lembranças. Elas são a nossa dádiva para a vidente ancestral. Se você conseguir mantê-las fortes, ficaremos em segurança. Agora venha. Guiarei os seus passos.

Breaca agarrou-se às lembranças, sua dádiva. Era verão e Caradoc estava com ela, pouco depois de Graine nascer. Caminharam juntos, ao lado do filho, Cunomar, no círculo de pedras erigido pelos ancestrais. Hail corria à frente, caçando. No acampamento romano, Airmid guiou-a em um longo trajeto, para além de homens que dormiam, em direção à parte de trás da barraca do governador. Sentinelas passaram por elas, sem olhar para as sombras. O broche da lança-serpente estava fosco e apagado. Somente o fio vermelho brilhava com vida própria, coração ligado a coração, sangrento nas trevas.

Pararam na parte de trás do pavilhão. Airmid contou suavemente em voz alta. Breaca perguntou de forma ininteligível:

— O quê?

— Os guardas caminham no mesmo ritmo e param juntos diante da barraca. Ficarão afastados durante trezentas pulsações. Se eu conseguir entrar e sair nesse intervalo, estaremos a salvo — respondeu Airmid.

Breaca compreendeu a magnitude do risco.

— Eu deveria fazer isso — declarou.

— Não. — Você jurou para mim que não o faria. Apenas segure o broche e agarre-se às lembranças de vida, não de morte. Será mais difícil do que você imagina.

As sentinelas passaram novamente. O revestimento da barraca pendia solto e pálido. Airmid disse:

— *Agora* — e pôs-se em campo. Os guardas nada ouviram e não se viraram.

Será mais difícil do que você imagina.

A ponta de lança de sílex cortou a lateral da barraca da altura dos joelhos até a relva, com a precisão de uma faca. As ursas penetraram dessa maneira as barracas dos legionários para cortar a garganta dos ocupantes adormecidos. Homens mortos enchiam a mente de Breaca. A carne branca e a espuma do último suspiro a asfixiaram. Com esforço, relembrou a dança da ursa de Ardacos em Mona, nos dias em que ela acreditara que ele ou Gwyddhien seria o Guerreiro. Caradoc estivera lá. Breaca lutou para trazer à mente a forma do seu rosto, colocá-la sobre as inúmeras mortes das ursas. Quando isso não deu certo, Breaca lembrou-se de Graine, que estava viva e livre, e a seguir criou Caradoc ao redor da criança, abraçando-a. O sorriso dele veio por último. Breaca tentou reconstruir a chama nos olhos dele enquanto ele sorria para ela.

Cinza. Eles são cinzentos, da cor das nuvens depois da chuva, e o esquerdo inclina-se levemente para baixo, devido a um corte de espada na fronte, feito de revés por um auxiliar, antes que Gwyddhien o matasse. O homem tinha o cabelo vermelho-claro e, quando morreu, ele... cinza. Os olhos de Caradoc são cinzentos, da cor das nuvens...

— Tem certeza de que não eram negros? Seria melhor que o fossem, para a vingança. — A voz era mais velha do que a da avó anciã jamais poderia sê-lo. Oferecia uma abertura e um caminho à frente sem resistência.

— Negra — declarou o ancestral. — A vingança é negra. Não é isso que você quer?

— O amor é vermelho. — Essa voz era de Airmid, débil. — Os fios no broche da serpente eram vermelhos, representando o amor.

A ancestral riu suavemente. O som era uma cobra, amenizando-se através da relva.

— Mas a sua guerreira não matou neste último mês por amor. Cada homem assassinado foi para o outro mundo com o ódio dela esculpido na alma. Mesmo aqueles que vagam ímpios e perdidos esta noite sabem o nome daquela que lhes causou a morte. A guerreira está ciente disso, caso você não esteja.

A voz da ancestral encerrava mais poder do que as outras. Somente ela conhecia a realidade segundo a qual Breaca vivia.

— Vingança. — A palavra era uma dádiva. — Se você quer que eu mate para você, o governador não deveria também seguir lentamente em direção à morte, sabendo pelas mãos de quem está morrendo e por quê? A imagem de Scapula surgiu clara nas trevas, torturada por uma dor infinita. — Não é por isso que você anseia?

— É.

— Você não descansaria se isso acontecesse?

Não. A avó anciã respondeu antes que Breaca pudesse fazê-lo, ou talvez tenha sido Airmid, ou talvez as duas fossem uma só. *Queremos Caradoc e as crianças vivos, somente isso. Não vivemos para a vingança.*

Não era verdade. Não era possível fazer com que fosse verdade. Durante dois meses, Breaca vivera apenas para a vingança. Era impossível abandoná-la de repente. Breaca sentiu a sucção da ancestral e o relaxamento do aperto da avó anciã.

— Preto — declarou a ancestral. Ela enviou as palavras para além de Breaca, para a avó anciã, como um adulto fala com uma criança. — O preto não é apenas para a vingança, e sim para toda a morte. Não é errado desejar a morte de outro, apenas negar o que você necessita. Você deveria saber disso. Deixe que a guerreira me entregue o preto e farei o que você e ela desejam.

— Breaca, não — declarou Airmid com clareza. — Aquele que é chamado deve viver livre da mancha da vingança, ou esta o destruirá. Pense em Caradoc, já que você deseja que ele viva. O amor de uma vida inteira não deve ser ofuscado por um mês de ódio.

Breaca tentou. Nas trevas, fez o possível para construir Caradoc, camada por camada, esforçando-se por torná-lo mais luminoso, mais sedutor do que a promessa da morte de Scapula. O amor de uma vida inteira não deveria ser ofuscado por nada, mas ela odiara Roma durante tanto tempo quanto amara Caradoc. O amor e o ódio combinados formavam a base sobre a qual ela lutava, vivia e respirava, e ela não tinha o poder de separá-los.

Pense somente em Caradoc, sussurrou a avó anciã, e, sofrendo, Breaca declarou:

— Não consigo. — As trevas a atraíram. Era mais fácil odiar do que amar, e doía menos, e Breaca podia ter o ódio, aqui, agora, sem os horrores e a impossibilidade da esperança. A ancestral acenou, e Breaca, apenas parcialmente disposta, seguiu-a a um lugar que era eternamente negro.

— Os olhos de Bán eram negros. Você o amou certa vez. Pense nele.

A nova voz era a de Macha, mãe de Bán. Ela sempre tivera o poder de comandar. Agora, oferecia uma linha de salvação e não aceitava recusa.

Breaca avançou para ela, esforçando-se para recordar. *Os olhos de Bán eram negros, ressonantes, como a pele de um cavalo negro, um lago à noite ou a asa de um corvo no ombro, onde a cor é mais intensa. Eram carvão e azeviche, e Bán não viveu para a vingança, mas...*

— Bán está morto — disse Breaca em voz alta. — Por que a ancestral o quereria?

— Ele é quem ele é. É a reunião do vermelho e do preto. Confie em mim. Lembre-se bem dele. Chame-o. — A ancestral falou com Macha e as duas juntas eram inexpugnáveis; nenhum ser vivo poderia resistir-lhes.

Breaca não era vidente; não fora treinada para chamar aqueles que haviam partido para estar com Briga. Por saber outra coisa, reuniu as inúmeras lembranças do irmão e soprou-as, conferindo-lhes vida.

Um menino estava sentado à sua frente na casa das mulheres, chorando por causa de um filhote de cão praticamente morto. O cabelo do menino era da cor dos olhos, e ambos refletiam a chama da visão das mulheres.

— O nome dele é Hail — disse o menino. — Posso curá-lo. Deixem-me tentar.

Na fortaleza de Cunobelin, em uma cabana onde as cadelas davam à luz, um Bán mais velho, e mais sábio, sentava-se diante de Amminios e o desafiou para um jogo da Dança dos Guerreiros, cujo prêmio era o menino escravo Iccius. Ele disputara o jogo da maneira como mais tarde lutaria em combate, com a chama de um propósito absoluto e uma inteligência que superava a de um homem cuja vida fora passada em jogos e apostas arduamente disputados. O orgulho de Breaca se igualara ao amor que sentia por ele, ambos avassaladores.

Os olhos de Bán eram negros, como a noite, e brilhantes. Caradoc postara-se ao lado dele. Era mais fácil relembrá-lo agora. Em algum lugar, a pressão desaparecera. *Os olhos de Caradoc são cinza, da cor das nuvens depois da chuva.*

— Obrigado. — Era impossível dizer quem havia falado.

— Breaca? Breaca, venha comigo. As sentinelas estão voltando; precisamos partir.

Breaca não se lembrava de ter corrido, embora o seu peito arfante lhe dissesse que é o que certamente fizera. No outro lado do baluarte, caminhando a passos largos ao longo do caminho, Breaca comentou:

— Você não me disse que eu ia chamá-lo de volta.

Airmid estava atrás dela e declarou:

— Eu lhe disse o que era seguro. Se você tivesse sabido, teria sido mais fácil lutar contra a ancestral?

— Eu não enviaria você desarmada para a batalha.

— Você não estava desarmada e não estava sem apoio. Fez o que tinha que fazer do jeito que podia. Foi o bastante. Estamos vivas.

— Deu certo? Você matou Scapula?

— Não, mas a vidente-serpente invade-lhe os sonhos e continuará a persegui-lo quando ele acordar. Não creio que um homem consiga sobreviver muito tempo debaixo de tal ataque. Ficará doente e morrerá, ou cometerá suicídio. Estará morto no próximo quarto minguante.

Estavam sozinhas. As ursas haviam se separado delas no início no caminho. A avó anciã permanecera na barraca do governador. Sua ausência deixara uma lacuna através da qual passava o vento.

Airmid disse:

— Precisei deixar o seu broche sobre Scapula para conectar a vidente. Sinto muito.

— Posso fabricar outro. A única diferença é que Bán não estará presente para cuspir no molde para dar sorte.

— Mas ele talvez tenha encontrado a paz, e isso será sorte suficiente. Macha estava presente e podemos confiar nela, cientes de que ela sabe o que é necessário. Nunca encontramos a alma de Bán depois que Amminios levou o corpo dele. É possível que a vidente-serpente tenha acesso a lugares que não temos e possa trazê-la de volta e entregá-la aos cuidados de Briga. Podemos rezar para isso.

— Para quem devemos rezar?

— Para Nemain. Os outros deuses ouvirão a nossa prece.

* * *

Não havia lua, nunca houvera, mas a trilha iluminara a rota em direção ao forte. Na volta, os deuses recolheram a luz e a noite aprofundou-se no negro. Breaca ia à frente tateando, devagar, avançando pelo terreno pantanoso onde a urze e a faia eram mais ralas. Os animais noturnos as sombreavam, em menor quantidade do que antes, porém mais do que em outras noites; uma raposa uivou e seus filhotes responderam de ambos os lados; uma coruja piou, a nota alta que atravessa o sono; bem atrás, perto do forte, um urso emitiu um bramido de morte.

Breaca parou.

— É Ardacos.

— Não se vire — ordenou Airmid, empurrando-a com força pelo ombro.

Juntas, caminharam às cegas pela noite.

Chegaram a um pequeno penhasco que não podia ser contornado. Teriam mesmo de descê-lo. Abaixando-se a partir de uma saliência incerta, Breaca percebeu que podia enxergar as mãos diante do rosto e conseguia ver os pés no solo firme embaixo.

— Está quase amanhecendo — declarou.

— Eu sei — retrucou Airmid, descendo com agilidade. — Precisamos chegar ao fogo antes que o sol desponte no horizonte. Você consegue andar mais rápido?

Caminharam mais rápido e, quando puderam enxergar adequadamente os pés e as trilhas que serpenteavam pela urze enredada, correram. A bruma levantou-se para cumprimentar a manhã, grandes lençóis flutuando sobre o brejo. No horizonte oriental, a estrela da manhã ascendeu e faiscou indistintamente. À frente, a luminosidade de um fogo quase extinto reluzia vermelha contra a luz pálida. Duas figuras postavam-se agachadas ao lado dele, enroladas no manto, protegidas do frio da noite. Uma delas acenou insistentemente.

— Mais rápido — disse Airmid.

Correram, sem prestar atenção aos passos, e atravessaram o rio pisando em pedras escorregadias. Luain mac Calma estava sentado na tora podre diante do fogo. Não se levantou para saudá-las, mas ergueu a cabeça quando atravessaram correndo as pedras. Seu rosto havia envelhecido dez anos, mas rejuvenesceu aos poucos quando olhou para elas e avistou ao longe a luz crescente do amanhecer. Pestanejando, esfregou o rosto.

— Vocês estão de volta — declarou.

Luain mac Calma era um dos videntes mais eloquentes; quando resolvia fazê-lo, podia preencher a noite com retórica e ter palavras de reserva. Estendeu as pernas e colocou um último galho no fogo. Folhas do outono estalaram no calor, mas não se queimaram. Inclinando-se para frente, ele soprou até uma chama contorcer-se para cima para alcançar a folha mais baixa.

Quando a folha havia se transformado completamente em cinzas, Luain mac Calma declarou:

— Parece-me haver boas razões pelas quais isso nunca foi feito antes. Sugeriria que não tentássemos novamente.

— Você achou que nos perderíamos para a vidente-serpente? — perguntou Airmid.

— Vocês se perderam, sem sombra de dúvida. A pergunta era que partes de vocês ela devolveria. — Luain mac Calma olhou para as duas, estreitando os olhos. — Ao que parece, nem tudo.

Efnís ergueu-se mais lentamente e encaminhou-se para o rio para lavar os braços e o rosto. Novamente perto do fogo, ele cuspiu na palma das mãos e esfregou-as uma na outra; em seguida, estendeu a mão e tocou a testa de Breaca. A mão de Efnís estava quente como ferro fundido. Breaca se encolheu. Luain mac Calma agarrou-a pelos ombros.

— Não se mova.

Era difícil não fazê-lo. O calor de Efnís chamuscou-lhe a pele. Vozes gotejaram através dos seus dedos. A luz chamejou, ficou imóvel, e não era a luz do sol nascente. A avó anciã riu e uma voz mais velha, que soou como sílex no ferro, juntou-se à dela.

As duas, falando em uníssono, disseram:

— *O seu tempo é nosso, guerreira. Quando precisarmos de você, nós a chamaremos.*

Algo aguilhoou Breaca sobre os olhos e a fez piscar. Luain mac Calma erguia-se diante dela. Sua faca era de bronze e afiada nos dois gumes. Ele cortara com a ponta da faca o local onde estivera a mão de Efnís. Uma gota de sangue derramou-se no seu olho esquerdo e aferroou uma segunda vez. Breaca enxugou-a com a mão. O dia ficou mais claro e a bruma se dissipou, como se nunca houvesse existido. As vozes que vazavam desapareceram.

Perto do fogo, de costas para o sol brilhante, Airmid disse:

— Seja bem-vinda. Se os deuses estão conosco, traremos Caradoc de volta igualmente em segurança.

XVIII

Por ordem do imperador, Tibério Cláudio Druso Nero Germânico Britânico, transmitida pelo seu liberto Narcissus, dois navios de carga de grãos zarparam do maior rio oriental ao norte da província da Britânia em direção ao oceano. Sua Majestade Imperial tinha plena consciência do extremo risco de uma travessia do oceano, tendo experimentado a fúria das tempestades outonais na sua única viagem por mar durante a conquista da Britânia. Para minimizar o risco, os dois navios zarparam com três dias de intervalo, em ocasiões consideradas auspiciosas tanto pelos adivinhos quanto pelos navegadores. Tomaram a longa rota ao redor da costa sul da ilha e desceram pelo lado ocidental da Gália para passar novamente a leste, entre a península Ibérica e a costa norte da Mauritânia, em um curso direto para a Itália. Atracaram à noite, em segredo, no porto romano de Óstia, recentemente reformado e tornado seguro por determinação do mesmo imperador.

Cada navio foi recebido nas docas por meia centúria da primeira coorte, os guardas montados batavos, escolhidos a dedo pela sua inabalável lealdade para com o imperador e, acima de tudo, pela sua comprovada capacidade de permanecerem calados, sem nada deixar escapar, mesmo quando totalmente embriagados. A escolta trouxe uma carroça de grãos coberta na qual a carga humana fora transportada pelos trinta quilômetros até Roma e dali, sob a proteção da escuridão, para um anexo seguro do alojamento dos criados no palácio imperial, na colina Palatina. Foram recebidos pelo ex-escravo Narcissus e dois outros libertos, Callistus, responsável pelo tesouro público, e Polybius, secretário religioso e favorito da imperatriz Agripina. Na segunda ocasião, a ajuda médica fez-se necessária. Depois da devida reflexão, e ao comando expresso de Narcissus, Xenofonte de Cós, médico do imperador, foi despertado, sendo-lhe solicitado que prestasse atendimento a um dos prisioneiros recém-chegados do imperador. Seu conselho subsequente foi seguido à risca. No palácio imperial, nem a palavra dos libertos nem a do médico era lei, mas ambas assumiam uma estreita aproximação.

Dubornos emergiu lentamente de sonhos densos e desagradáveis nos quais esforçava-se para alcançar os deuses e não conseguia encontrá-los. O espaço que haviam ocupado na sua alma estava vazio, como uma casa que não estivesse sendo usada ultimamente, e Dubornos estava sozinho do lado de fora, gritando. Estava deitado imóvel sobre uma cama de madeira dura e conduziu a mente de volta ao mundo que o cercava. Por um momento, achou estranho que o mar tivesse ficado tão calmo e as gaivotas provocadoras tão silenciosas. A sua mente ainda balançava no ritmo nauseante, mas o corpo não a acompanhava. Na verdade, o corpo observava outras coisas na quietude: estava sentindo dor, mas menos do que antes; não estava mais nu e os seus pulsos, tornozelos e pescoço já não estavam acorrentados; o ar não fedia mais a excremento fresco e podre, mas sim a poeira, gesso fresco e unguento fabricado com azeite. Ao flexionar os dedos, percebeu que a pressão nos antebraços provinha de ataduras e não de ferros, e lembrou-se das mãos do médico que aplicara o unguento e as bandagens. O homem fora habilidoso, trabalhara com compaixão e inteligência nas feridas ulcerosas dos tornozelos, pulsos e clavículas onde os grilhões haviam provocado o atrito. Depois, houvera comida quente, que fora bem recebida, e vinho, que ele não aceitara tão bem.

Em uma parte anterior e mais fácil da sua vida, Dubornos jurara nunca mais beber vinho, mas também havia jurado dar a vida para defender da morte ou do cativeiro os filhos de Boudica, e falhara amplamente; depois disso, beber o presente do inimigo lhe parecera uma pequena quebra do juramento. O vinho continha outras coisas além da uva. Lembrou-se do traço amargo da papoula na parte de trás da língua, e depois dos sonhos. Suavemente, chamaram-no de novo.

As luminárias estavam acesas na vez seguinte em que acordou; a luz firme tornou mais fácil captar a consciência e sustentá-la. O embotamento fora uma bênção; durante um belo e efêmero momento, ficou alerta, livre e pôde lembrar-se de quem era, embora não soubesse onde estava e nem o motivo. Em seguida, as lembranças acumuladas dos últimos quinze dias voltaram de uma única vez, com uma clareza aterrorizante. Ficou deitado imóvel, observando o preto inexorável atrás das pálpebras cerradas, e tentou respirar uniformemente através de ondas de um medo nauseante. Um gemido escapou espontaneamente das profundezas do seu peito e Dubornos reprimiu-o contra os dentes trincados, fazendo a seguir uma careta na penumbra, um meio-sorriso de autocongratulação, como se um ato tão pequeno de desafio fosse em si uma vitória.

Respirou profundamente, procurando acalmar-se. Ele era Dubornos mac Sinochos, guerreiro dos icenos e de Mona; não demonstraria medo na presença do inimigo. Mais do que isso, ele era um cantor do primeiro grau; a morte era sua aliada. No seu treinamento, passara no teste final dos cantores, deitara-se em um caixão de carvalho, enquanto Maroc, Airmid e Luain mac Calma o cobriram de terra e o baixaram no buraco que ele mesmo cavara. Durante três dias e três noites ele permanecera imóvel, enterrado vivo em uma simulação da morte tão completa que os limites entre este mundo e o outro tornaram-se indistintos. Quando o exumaram, ao cair da noite do terceiro dia, Dubornos não queria voltar. Briga, a essa altura, era sua amiga, e a morte que ela oferecia, sua companheira mais próxima. Na eternidade das trevas, caminhara repetidamente ao longo dos incontáveis caminhos seguidos pelas almas dos mortos na sua jornada entre este mundo e o outro, e encontrara na caminhada uma paz com a qual jamais deparara na vida.

Airmid trabalhara sozinha com ele durante dois dias para trazê-lo plenamente de volta. A proximidade de Airmid e a dor que ela causava, pensou, eram parte do motivo pelo qual ele não quisera voltar. Desejara que Luain mac Calma, Maroc ou Efnís tomassem o lugar de Airmid, mas não o fizeram, e Dubornos ficara ressentido com todos por causa disso. Mais tarde, nos pequenos momentos de profunda alegria que conferiram colorido à sua vida, ele começara a entender a intensidade do amor que ela lhe oferecera naquelas duas noites e sentira-se grato.

Na primeira parte, Airmid o fizera sentar-se e falar, interminavelmente, sobre a infância que haviam compartilhado. Ele lutara contra isso; Briga foi menos cruel. Dubornos ficara chocado ao encontrar a vontade de Airmid mais forte do que a sua e a do deus combinadas. Ela o enrolara em um fio de recordação e fumaça de sálvia, e recusou-se a deixá-lo partir. Mais tarde, caminharam sozinhos juntos pelas colinas baixas de Mona, e Airmid o fizera comer tudo o que encontravam que era amarelo, a cor do sol, do dia e da vida. Era pleno verão e a relva castigada pelo vento estava repleta de tons amarelos. Dubornos havia provado flores e fungos que ele tinha certeza de que eram venenosos, mas não morrera. Mais tarde ainda, Airmid o fizera banhar-se em um lago pequeno e rochoso na base de uma cachoeira e se juntara a ele na água fria, apertando o corpo nu contra o dela, e o coração de Dubornos havia se partido, e, com ele, uma represa interior, de modo que ele derramou lágrimas que se comparavam ao fluxo do rio até que as lágrimas secaram. Depois, Dubornos dormira casto ao lado de Airmid, realizando em parte o sonho de toda uma vida.

Dubornos acordara com a cabeça nos joelhos de Airmid, ambos vestidos. Os dedos dela desfizeram o emaranhado do cabelo dele. A voz de Airmid continha os tons profundos e ressonantes da deusa:

— Não é a morte que você teme, filho de Sinochos, independentemente do que o seu corpo possa lhe ter dito no terror da sua primeira batalha, e sim a vida. Para ser um verdadeiro cantor, você precisa transpor o rio e postar-se uniformemente dos dois lados; um dos pés precisa estar na vida para equilibrar o que se ergue na morte. É tão sagrado cantar para que o recém-nascido seja recebido neste mundo quanto para que o recém-falecido o seja no outro. Ambas as coisas precisam ser feitas com o mesmo sentimento. Você consegue fazer isso?

Ela era linda, ele sempre achara isso, mesmo quando eram crianças e ela tinha a rã verde tatuada no braço, que a marcava como louca. À luz da noite, ela era Nemain, viva e sorridente. Dubornos não acreditara no que Airmid dissera; vivia diariamente com a vergonha que o medo da morte lhe ocasionara, mas sorrira e respondera:

— Posso tentar.

Ele fizera o melhor possível nos quatro anos seguintes, mas nem sempre obtivera sucesso. Na encosta da montanha acima do vale da Corça Manca, Dubornos dissera a si mesmo que escolhera a vida apenas porque isso ajudaria Caradoc a conquistar a vitória final se soubesse que os seus filhos estavam vivos. Altruisticamente, ele também ansiara por ver a reação do decurião da cavalaria quando Caradoc cavalgasse à frente dos três mil guerreiros de Venutios para esmagar os restos destroçados das legiões de Scapula. No vasto e confuso acampamento dos brigantes, defrontado primeiro por Cartimandua, que ameaçara uma vida que era bem pior do que a morte, e depois por Caradoc, agrilhoado e ensanguentado, Dubornos sentira o seu desapego e a força que este lhe conferia começarem a vacilar. Nos longos intervalos de tédio entre cada humilhação, o cantor começara a reconhecer a verdade nas palavras de Airmid, que a morte nunca fora o seu medo. O que o emasculava, o que o deixava com os membros fracos e soluçando de terror, era a perspectiva dos longos e arrastados momentos de vida que levavam a ela.

Ele não estava sozinho. O guerreiro pode manter uma impressão externa de serenidade, até mesmo de humor, diante do perigo, mas ninguém é capaz de controlar o intestino. No acampamento dos brigantes houvera certa simulação de privacidade e, pelo menos teoricamente, um homem podia manter para si mesmo os movimentos fétidos de cada manhã. No navio, essa dignidade fora perdida. Haviam sido separados de Caradoc, o qual fora transportado em um navio anterior, e, até onde sabiam, poderia já estar morto. Sem ele, Dubornos e Cwmfen, Cygfa e Cunomar tinham passado dias incontáveis no fundo do casco de um navio mercante cheio de ratos e sem luz, dormindo sobre um entabuamento fétido, comendo e bebendo de acordo com a veneta dos auxiliares que eram os seus guardas e dirigindo-se depois para o balde de despejos.

Não houvera necessidade de falar sobre isso, mas os dois adultos, e possivelmente também as crianças, souberam desde o início que o terror doloroso e intenso não era apenas deles e extraíram alguma força desse conhecimento. Na primeira noite, quando o navio ficou em silêncio, Dubornos dormira com um dos ouvidos colado ao casco, prestando atenção a Manannan dos oceanos sussurrar e investir a menos de um braço de distância, e rezara pedindo ao deus, no silêncio do seu coração, que a dádiva do esquecimento reclamasse a todos.

Quase haviam perdido Cunomar, mas não para o deus do mar. O menino começara a vomitar quando passaram pela costa gaulesa, mas foi somente quando suas fezes começaram a sair ensanguentadas que eles compreenderam que o menino estava sofrendo de algo mais grave do que o enjoo do mar. O médico do navio era um homem do exército, insensível e eficiente, porém com um suprimento limitado de medicamentos. Não obstante, fizera o melhor possível. Suas ordens haviam sido inequívocas: deveria entregar os prisioneiros vivos à justiça do imperador. O custo para si mesmo caso falhasse era impensável.

Com isso em mente, o médico havia administrado pó de casca de olmo e papoula para interromper o vômito e a diarreia, e levara para eles água potável com as próprias mãos. Por sugestão de Dubornos, o médico havia determinado que os baldes de despejos fossem esvaziados duas vezes por dia e que os prisioneiros fossem deslocados para cima, para um local de depósito em um dos conveses no nível intermediário, com uma escotilha que pudesse ser aberta para a entrada de luz e ar.

Luz e ar: dádivas inimagináveis que tinham sido um dia aceitas como coisa natural. Pela primeira vez em dias, eles haviam sentido o mar salgado em toda a sua estonteante pureza. A acridez os fizera espirrar, e o espirro redespertou as feridas dos grilhões no pescoço. Choraram em silêncio, ocultando as lágrimas uns dos outros, como se essas coisas ainda importassem. A luz, portanto, foi uma bênção confusa. A escuridão escondera as úlceras supuradas debaixo dos ferros, a magreza esquelética das crianças — um peso enorme perdido em tão pouco tempo — e a intensidade da preocupação no rosto dos adultos. Logo em seguida, eles se revezaram enquanto se deitavam com a cabeça debaixo da escotilha, olhando para o céu que se transformava porque qualquer coisa era melhor do que contemplar o que haviam se tornado. À noite, quando o fato não mais pôde ser ocultado, Dubornos descobrira o que Cygfa e Cwmfen vinham escondendo dele, ou seja, que a menina tivera o seu primeiro sangramento quando circundaram o ponto sudoeste da península Ibérica e estava em transição para se tornar uma mulher.

A notícia fora devastadora. Quando Dubornos pensou que não poderia afundar mais, os deuses demonstraram que ele estava errado. Desde o momento em que haviam sido capturados, Cygfa seguira o exemplo dos pais e exibira uma incontestável dignidade, a qual só vacilara duas vezes, quando, primeiro no acampamento dos brigantes, e depois no navio, um empregado das legiões havia lhe perguntado diretamente se ela era virgem. Cygfa se calara na presença deles, olhando por cima da cabeça dos empregados com um desdém gelado que os deixara em silêncio. Nenhum dos dois insistira na pergunta, e a reação posterior da menina, a palidez e o tremor, tudo isso passara despercebido para o inimigo.

O fato de ela ter atingido a idade adulta foi analogamente ocultado, mas o impacto da ocorrência foi tão nocivo para a sua alma quanto o fluxo o foi para o corpo do irmão. Dubornos oferecera-se para fazer o que podia. Na condição de cantor, estava em seu poder iniciar os ritos de abertura das longas noites, a passagem da infância para a idade adulta, e ele estava preparado, na ausência de qualquer outro, para fazer o melhor possível e realizar a cerimônia completa. Não seria como deveria ser, mas ele acreditara que, com a ajuda de Cwmfen, poderia ter provocado uma verdadeira visão e a menina poderia ter adormecido como criança e acordado como mulher com pelo menos um sussurro dos deuses. Cygfa recusara a oferta com o mesmo comedimento frio que exibira para os empregados das legiões, e Dubornos não insistira. Em vez disso, observara a menina recolher-se em si mesma e construir uma carapaça contra o mundo exterior. Parecera eficaz e Dubornos admirara a coragem de Cygfa. Ele ainda a admirava, embora a inflexível fragilidade o deixasse mais assustado do que se ela tivesse chorado.

O teste supremo tivera lugar muito depois, em um sanatório mal iluminado do palácio do imperador, quando Polybius, o secretário religioso, havia perguntado a Cygfa pela terceira vez se ela ainda retinha a virgindade. Esse homem não era um dos empregados das legiões, e sim um dos seis homens mais poderosos de Roma. As suas ordens só poderiam ser rescindidas pelo imperador, que estava acamado. Quando a pergunta fora recebida com o mesmo silêncio, Polybius estalara os dedos e ordenara que o médico a examinasse.

Claramente relutante, Xenofonte, o médico grego, examinara a menina em uma cama de palha na presença de guardas armados e da mãe dela. Cygfa não se debatera e não chorara, nem mesmo quando o médico a declarara intacta diante dos guardas, empregados e libertos reunidos, mas Dubornos, afastando os olhos da representação de Io na parede à sua frente, acreditara haver visto uma pequena parte da chama de Cygfa se extinguir, e temia nunca mais vê-la acesa. Pouco depois disso, o vinho fora servido e ele bebera, ansiando pelo esquecimento.

O cantor vive primeiro em função da audição, e depois dos outros sentidos. Assim sendo, mesmo enquanto a lembrança do rosto branco-azulado de Cygfa dava um nó no seu intestino, Dubornos estava ouvindo, separando os murmúrios da manhã que chegavam daqueles que o cercavam. Sem abrir os olhos, chegou à conclusão de que estava em um aposento pequeno e apertado, que não era nem o sanatório no qual Cunomar fora tratado e Cygfa desonrada pelo médico, nem a cela subterrânea provisória para a qual haviam sido conduzidos quando chegaram. O primeiro era perto da parte principal do palácio e o piso era de mármore bem liso, de modo que o som se refletia como a luz. A última era apertada e abafada, e a única luminária pingava, fazendo ruído, o que claramente ocorria havia muitos anos, pois as paredes estavam cinzentas de fuligem e o ar cheirava a banha de carneiro rançosa.

Nesse novo lugar, os tijolos da parede estavam tão próximos que o sopro da sua respiração voltava e levantava o seu cabelo. O estrépito atenuado do carvão que queimava tanto à sua esquerda quanto à direita demonstrava que pelo menos dois braseiros estavam acesos nos cantos. As luminárias mais acima estavam repletas de um óleo mais fino e haviam sido recentemente acesas com sílex e isca; o cheiro intenso ainda permanecia no local.

A única porta do recinto ficava atrás de Dubornos, à direita, onde postavam-se dois guardas. O da esquerda sofria de sinusite e respirava com um assobio, enquanto a respiração do outro demonstrava que ele estava quase dormindo. Eram da guarda montada, os avantajados membros das tribos germânicas que usavam o cabelo amarrado com um nó de guerreiro sobre a orelha esquerda. A sua reputação havia se propagado até Mona como os homens que haviam conduzido Cláudio ao poder e garantiam que ele o conservasse. Os romanos os consideravam pouco inteligentes, mas os temiam como selvagens que mal podiam ser controlados. Tendo-os observado durante parte da noite anterior, Dubornos considerava as duas avaliações razoáveis e precisas.

Estava prestes a se virar quando ouviu a respiração lenta e tranquila de um homem que estava sentado alerta do outro lado do quarto. Duas inalações depois, Dubornos soube quem ele era.

— Caradoc?

— Estou aqui.

— Deuses... — O alívio tomou conta dele, exatamente como o medo o fizera anteriormente. — Pensei que nos manteriam separados. Você viu... — Os guardas se moveram com cuidado. Dubornos interrompeu as palavras. Sem virar a cabeça, acrescentou, mais devagar e ainda em iceno:

— O maior dos dois guardas fornica com porcos. O menor é filho dele com uma porca de orelhas caídas.

No silêncio que se seguiu, os batavos se endireitaram e ficaram mais atentos, mas não praticaram violência alguma.

Caradoc riu suavemente e disse no mesmo idioma:

— Parabéns. Eles falam latim e batavo e, creio eu, um pouco de grego, mas não iceno, a não ser que sejam capazes de representar melhor do que qualquer artista remunerado, mas não creio que possuam inteligência para tanto. De qualquer modo, mesmo que tenham entendido o que você disse, têm ordens para não nos matar. Se morrermos, o destino que teria sido o nosso será deles. Acredito que seja seguro pressupor que até os guardas montados temem essa sorte.

Dubornos abriu os olhos. A cela era menor do que ele imaginara; o seu colchão de palha ocupava metade da largura e dois terços do comprimento. A porta era feita de tábuas de carvalho ligadas com ferro. As paredes eram mal engessadas, deixando entrever o padrão subjacente dos tijolos; o sanatório fora melhor pintado, e a cela subterrânea provisória não recebera pintura. O teto era plano e, preocupantemente, parecia provável não ser coberto por um telhado e sim por outro andar do prédio. Somente no navio Dubornos havia tido a experiência de outras pessoas caminharem sobre a sua cabeça e tampouco se sentira à vontade na ocasião.

Três luminárias gotejantes pendiam de suportes na parede. Nas sombras espiraladas debaixo da luminária central, vestido com uma túnica de lã crua, Caradoc estava sentado sobre um colchão de palha idêntico, de costas para o gesso, os joelhos encostados no queixo e os braços abraçando-os frouxamente.

Ataduras de linho não alvejado envolviam-lhe os pulsos, e o direito tinha uma leve crosta de sangue ressequido. As contusões no rosto, que tiveram lugar quando fora feito prisioneiro, estavam desaparecendo e o cabelo brilhava como ouro, como não o fazia desde a batalha no vale da Corça Manca, faltando-lhe apenas uma madeixa, tosada perto do couro cabeludo no lado direito, onde Cartimandua havia cortado a trança do guerreiro para guardar "como lembrança". Em determinada ocasião, depois de sua captura, haviam lhe devolvido o broche com a forma da lança-serpente, que era a única joia que ele jamais usara. Precisava de polimento, mas não estava suja de sangue e o alfinete estava intacto. Dois fios de lã vermelha, com a extremidade um pouco esfiapada, pendiam da volta inferior. Um deles se manchara durante a jornada e estava preto.

Como Dubornos, Caradoc não estava agrilhoado, e a ausência dos ferros, ou talvez os três dias de descanso, o haviam revitalizado, eliminando o cansaço do acampamento dos brigantes, de modo que ele parecia novamente o guerreiro capaz de liderar uma nação. O olhar cinzento e frio permaneceu equilibrado sob o escrutínio de Dubornos, tendo no âmago uma centelha seca de ironia. Se eles não tivessem partilhado no porto, durante dez dias, um balde de despejos antes que o primeiro navio partisse, Dubornos teria acreditado que Caradoc não sentia medo.

— Você não bebeu a papoula — comentou Dubornos. Ambos haviam feito o mesmo juramento de que não beberiam vinho; somente Dubornos o havia quebrado. A vergonha era uma coisa pequena, uma distração do terror; Dubornos acolheu favoravelmente a sua familiaridade.

Caradoc deu de ombros.

— Ninguém me ofereceu. Hoje à noite, se nos oferecerem, você pode montar guarda e eu beberei o vinho e depois dormirei.

— Eles farão isso? — *Haverá um hoje à noite e estaremos em posição de escolher entre beber ou não beber, dormir ou não dormir?*

— Não sei. Narcissus, o liberto, pareceu estar no comando. Se as informações de Mona estiverem corretas, o homem é astuto, inteligente e não tem muita ânsia de sangue.

— Mas ele obedece a um imperador que não é nenhuma dessas coisas e que aprecia o espetáculo da morte lenta ainda mais do que Calígula, a quem ele substituiu.

Caradoc pestanejou lentamente, soltando o ar através de lábios franzidos.

— Neste caso, devemos nos sentir gratos porque dizem que Cláudio está fraco e é governado pelas suas esposas e libertos. Se ele tivesse os instintos de Calígula e a mesma falta de comedimento, as mortes já teriam começado. O primeiro, certa ocasião, fez um pai se sentar e beber vinho enquanto a pele do filho era arrancada diante dele. Não me lembro o que aconteceu ao pai. — Os olhos cinza pestanejaram. — Era o que você queria ouvir?

A pele de Dubornos formigou debaixo da túnica, como se os nervos já estivessem expostos. Ele disse:

— Quanto mais cedo começa, mais cedo acaba — e soube quando as palavras deixaram a sua boca que não era o único a pensar daquela maneira e que não deveria ter falado em voz alta.

— Eles estão com as crianças — declarou categoricamente Caradoc. — Xenofonte, o médico, tem cuidado delas. Ele veio aqui esta manhã para certificar-se de que você ainda dormia. Ele acredita que talvez permitam que Cygfa e Cunomar permaneçam vivos, como escravos. Se houver qualquer coisa, qualquer coisa que seja, que possamos fazer para mantê-los vivos, precisamos fazê-la. É tudo o que nos resta. — Caradoc levantou os olhos com intensidade. — E não diga o que estava prestes a dizer. Xenofonte sabe, mas ainda não contou para ninguém.

Cygfa não é mais uma criança.

Dubornos sugou o ar e impediu que as palavras que quase pronunciara deixassem a sua boca. Ficaram penduradas no ar coagulado, uma sentença de morte não declarada.

À guisa de sorriso, Caradoc mal mostrou os dentes.

— Obrigado. Se isso acabar em menos de um mês, talvez eles nunca venham a descobrir. Nesse ínterim, você pode me contar todo o seu repertório de histórias de heróis, ou encontraremos outra maneira de passar o tempo — disse Caradoc, reclinando-se no colchão de palha até apoiar-se em um dos cotovelos, ao estilo romano. — Imagino que você não tenha mais os seus ossinhos, não é mesmo?

Os ossinhos de Dubornos lhe haviam sido tirados pouco depois de ter sido capturado, e ele não fabricara mais, mas os dois manufaturaram peças de jogo com fragmentos de gesso, marcando-os com cruzes ou linhas com a unha e depois jogando com eles uma versão primitiva da Dança dos Guerreiros. Durante a tarde, com o sol do outono cozinhando a parede sul da cela, fazendo com que o lugar virasse um forno e o suor escorresse livremente tanto dos guardas quanto dos prisioneiros, jogaram um jogo que nenhum dos dois jogava desde antes da invasão. Em seguida, relaxaram lentamente e compartilharam as notícias que se haviam acumulado depois que tinham sido capturados.

Movendo preguiçosamente uma das peças, Caradoc perguntou:

— Você se lembra de Corvus? O romano que naufragou na mesma ocasião que o *Greylag* foi a pique?

Dubornos levantou os olhos.

— Como poderia não me lembrar? Ele me venceu na corrida do rio, atirou-me na água e depois ajudou-me a sair antes que eu caísse no lago dos deuses. Ele foi o herói, e eu, o idiota. Eu o odiei por isso.

— E agora ele é prefeito de uma das alas da cavalaria gaulesa. Ambos poderíamos odiá-lo se quiséssemos.

— E queremos?

— Acho que não. Ele era íntegro na época e ainda o é. Estava aqui cuidando de outros assuntos, mas soube que eu estava aqui e veio ver-me ontem à noite para verificar se eu estava sendo bem tratado. Deixou a nossa terra apenas há quatro dias e zarpou diretamente para Óstia.

— Então ele tem notícias recentes. — Dubornos tentou fazer com que a frase não parecesse uma pergunta. Desde o momento da sua captura, a coisa que mais desejara fora ter informações de Mona e daqueles que amava.

Não poderia ter sido diferente para Caradoc, que assentiu com a cabeça, um tanto rigidamente.

— De fato. Se Corvus está dizendo a verdade, as tribos ocidentais estão zumbindo como abelhas ao redor de uma colmeia tombada. Elas exterminaram duas tropas da cavalaria em dois dias, deixando apenas um sobrevivente, o qual só sobreviveu por ter convincentemente se fingido de morto. Se Corvus estiver certo, os ataques foram liderados por Breaca, o que significa que ela...

Caradoc parou abruptamente.

Breaca.

O nome crepitou no escuro sufocante, um lembrete de tudo que estava perdido. Era a primeira vez que qualquer um deles mencionara o nome de Breaca na presença de Dubornos, desde que haviam sido capturados. Mesmo agora, ele achou que a palavra tinha escapado por acidente, saltado sob a pressão de uma mente que não conseguia descansar.

Serenamente, Caradoc acrescentou:

— O que significa que ela sabe o que aconteceu e está furiosa, como seria de prever.

Caradoc esforçou-se por demonstrar ironia, ou uma dose de humor, e falhou. O nome dito em voz alta partira algo nos dois. Sem consultar um ao outro, abandonaram o jogo. Dubornos juntou as peças e deslizou-as para debaixo do colchão, para usá-las mais tarde, talvez. Caradoc recuou e apoiou os ombros na parede. Cobriu os olhos com uma das mãos, escondendo-os junto com qualquer angústia que pudessem revelar. Os dedos da outra mão acariciaram repetidamente o broche da lança-serpente preso na frente da túnica.

O óleo da luminária central acima da sua cabeça havia se esgotado e ela não fora reacendida. A luz fraca cavava buracos debaixo das suas maçãs do rosto e deixava mais óbvia a tensão na sua face, que não havia desaparecido, tendo estado oculta pela força de vontade ou por um ato deliberado de liderança, mesmo naquele lugar onde só havia um homem a ser comandado. Caradoc parecia sentir-se agora como Dubornos, uma alma à deriva em um espaço limitado, gritando alto para os deuses e não ouvindo nem mesmo o eco da própria voz. Sua respiração, que antes estivera deliberadamente lenta, tornou-se progressivamente mais intensa e irregular.

Dubornos esperou, prendendo a respiração. Começava a inspirar quando o punho de Caradoc esmurrou a parede, arrancando um pedaço de gesso mal colocado. Sua voz despedaçou-se com uma paixão mal-contida.

— Por todos os deuses, gostaria de saber como ela está.

Era o primeiro movimento dos prisioneiros que poderia ser considerado violento. Os guardas, claramente, estavam esperando por algo assim. Sorrindo ironicamente, estenderam a mão para as armas. Estavam proibidos de matar, mas uma dose de divertimento lhes era permitida. A ameaça, que estivera distante ficou mais próxima. O guarda mais baixo apertou um pedaço maleável de chumbo. Ele brincara a tarde inteira com ele, dobrando-o e redobrando-o, moldando-o na mão como se fosse cera de abelha. Ele se encaixava agora perfeitamente em uma tira por sobre a crista da articulação dos dedos. Para experimentar, o homem flexionou os dedos. O metal fosco torneou-os. Dando um passo à frente para ficar diante de Caradoc, o guarda levou o braço atrás.

Uma trombeta soou a distância, um lamento ascendente. Os dois guardas pararam a meio passo e assumiram a posição de sentido, estátuas esculpidas no mais puro desapontamento. Um segundo grupo de soldados marchou pela extensão do corredor e parou em algum lugar atrás da porta. Uma senha foi solicitada e fornecida, ambas em um latim gutural. Um único homem avançou.

Dubornos encontrou um nó na madeira exposta da cama e esfregou-lhe a borda com a ponta do polegar. Contar o ritmo diminuiu o pânico que gritava na sua cabeça. No outro colchão, Caradoc juntou a ponta dos dedos e descansou o queixo. Suas mãos estavam imóveis, mas a borda das narinas estava larga e branca, e quem o conhecia bem poderia ver que ele estava lutando para estabilizar a respiração. Na obscuridade perspirante, o único som era o movimento do sangue nos ouvidos e o assobio nasal causado pela sinusite do guarda mais alto.

Os pés que se aproximavam pararam batendo com força no chão. A porta se abriu. Um centurião da Guarda Pretoriana, resplandecente em metal precioso, declarou:

— O imperador ordena a sua presença. — Quando Dubornos se levantou, estendendo a rigidez da panturrilha, viu-se diante da ponta de uma espada, à altura dos olhos. — Você não. Somente o líder. Caratacus, que o desafia há nove anos. Cláudio o verá agora e o julgará.

Dubornos disse:

— Então leve-me com ele.

— Não. A não ser que você queira que a sua cabeça nos acompanhe como um presente para o imperador.

— Se for necessário, aceito.

— Dubornos, não. Um de nós precisa ficar. Pelas crianças. — Caradoc levantou-se suavemente, batendo continência para o guarda como de um oficial para outro. Voltaram a agrilhoá-lo nos pulsos, esmagando as ataduras. Antes de terminarem, o sangue já escorria pelo metal que começava a ficar enferrujado. Erguendo as mãos juntas, Caradoc fez algo semelhante à saudação dos guerreiros para Dubornos. — As crianças — disse em iceno. — Faça o que for preciso para mantê-las vivas.

— Eu o farei.

Depois, quando o som dos passos já desaparecera, Dubornos usou o balde de despejos, sem se importar com o fato de os guardas estarem olhando.

XIX

AS CRIANÇAS: FAÇA O QUE FOR PRECISO PARA MANTÊ-LAS VIVAS. Caradoc caminhou ao ritmo dessas palavras. As algemas as acompanhavam, cortantes como uma armadura. Não tinha a menor ideia de como poderia fazer alguma coisa para proteger alguém. Era bastante andar com firmeza, sem dar atenção à antiga e à nova dor, e fechar a mente para o que ainda poderia estar por vir, que era maior do que ambas, saudar com cortesia os guardas em cada lado da porta da sala de audiência, entrar e ficar na presença de um imperador que desprezava, e exibir a atitude e o comportamento adequado a um guerreiro e líder de guerreiros.

Caradoc passou de um corredor mal iluminado com o chão ladrilhado em mosaico preto e branco para uma sala de audiências aberta e ensolarada, cujo chão era revestido por enormes lajotas do melhor pórfiro vermelho, carmesim como vinho envelhecido, salpicados de forma irregular por manchas nevosas. As paredes eram revestidas de um gesso suave como o mármore, pintadas de carmesim e decoradas ao fundo com um friso do monstro Polifemo, acusado de amor doentio pela ninfa do mar Galateia.

Em Mona, os cantores contavam os mitos e as fábulas da Grécia e de Roma ao lado dos seus. Bardos itinerantes de outras terras lhes deram colorido e os executaram como peças na casa das assembleias. Quando era rapaz e pegou navios para os portos da Gália para escapar do longo alcance do seu pai, Caradoc vira tentativas de dar-lhes vida nas paredes e nos tetos, delírios desordenados de tinta criados por artífices obscuros e não qualificados. Caradoc nunca os vira executados com tamanha qualidade de propósito como na sala de audiência imperial, nem com um abandono tão extravagante.

Uma mente exausta e atormentada pela dor, em busca de distração, poderia logo perder-se naquele friso, deixando-se cair nas cores fluentes e no alívio que proporcionavam com relação ao vermelho explosivo das paredes e das paixões desnudas tão prontamente exibidas, mas Cláudio estava presente, em algum lugar, na luz do sol que vinha do jardim, ou mais provavelmente nas sombras que ele lançava. Tudo estava tão luminoso, tão luminoso depois de dias na semiescuridão, tão luminoso...

— Pai!

O vermelho-sangue continha uma criança: Cunomar, magro e com o rosto encovado, o cabelo rudemente cortado, uma grande casca de ferida em um dos lóbulos. O menino corria de braços bem abertos. Livre. Seis guardas bloqueavam a porta, todos armados. Quem pode dizer quais são as ordens desses soldados se um menino teimoso desliza no mármore polido e corre na direção deles?... *faça o que for preciso...*

— Por acaso um guerreiro corre na presença de um imperador?

A criança vacilou, franzindo o rosto. Caradoc fez a saudação de um guerreiro para outro, notou que o filho retribuiu, hesitante, e percebeu a indecisão que se seguiu. *Meu filho, não o treinamos para isso. Sinto muito.* Dando um passo à frente, ele envolveu o filho em braços algemados, segurando junto ao ombro a cabeça do menino com o cabelo desgrenhado. *Você não está ponderando nada; se sobreviver, seu crescimento será prejudicado.*

— Meu futuro guerreiro, os romanos o trataram bem?

Segura, nos braços do pai, a criança tagarelou audaciosamente:

— Tive diarreia, mas depois melhorou. Agora estou bem e o médico grego de nariz comprido deixou-me comer hoje uma comida adequada, em vez do mingau de leite que me davam no navio. — O pequeno rosto escureceu, revelando a raiva da mãe em miniatura, algo que por si só deveria ser exaltado. — Mas ele profanou Cygfa. Deveria morrer por isso. E também aquele que deu a ordem. — Abençoadamente, Cunomar estava falando em iceno, mas Cláudio era famoso pelo seu domínio de idiomas estrangeiros, e ele ainda estava presente, observando e ouvindo, oculto.

Caradoc disse:

— Ouvi dizer o que ele fez. Ele também cumpre ordens. Os deuses cuidarão disso. Não podemos fazer isso aqui. Você falou com o imperador?

— O velho paralítico? Ele baba. Tocou no meu cabelo. Eu o odeio.

— Mas um guerreiro comporta-se sempre com cortesia para com os inimigos, na vitória e na derrota. — *Deveríamos ter lhe ensinado isso há muito tempo, repetido diariamente, desde que você nasceu, e até antes. Por que não o fizemos?* — Você sabe onde está o imperador?

— Ali, perto das colunas que dão para o jardim — respondeu Cunomar apontando, mas sem muita utilidade. A sua atenção perambulou e, com ela, o braço. — Há estátuas e fontes por todo o caminho. Até mesmo as flores são plantadas em fileiras, da maneira como as legiões lutam. Não deixam nada para os deuses por aqui.

Estivera certo, então, em pensar que a taciturna presença estava sentada nas sombras mais densas. Ainda com Cunomar na curva do braço, Caradoc se virou.

Uma fileira de colunas abria caminho para o jardim. Uma voz fina vinda da sombra de uma delas comentou, pensativamente:

— Ele é claramente seu. O seu cabelo é o dele e seus traços se mostram com clareza no rosto do menino. Ninguém duvidaria de que você é o pai dele.

Cunomar franziu o cenho e olhou confuso para o pai. As palavras não faziam sentido. Ninguém jamais duvidara de que Caradoc fosse pai de Cunomar. Caradoc viu o filho abrir a boca para fazer a pergunta óbvia e fez um sinal pedindo silêncio. Sentiu um enorme alívio ao perceber que o menino compreendera e obedecera.

A voz nas sombras indagou:

— A criança não entende latim?

Cunomar tivera aulas de latim e grego com a elite dos videntes de Mona, mas o latim do imperador era arcaico, mesmo segundo os padrões daqueles para quem o latim era uma criança entre as linguagens, excessivamente nova para estar totalmente formada. No entanto, isso não poderia ser dito. Caradoc inclinou a cabeça e respondeu:

— Ele entende, mas somente se as palavras forem expressas com clareza.

— Neste caso, nós as pronunciaremos dessa maneira. Venha cá, menino.

Juro que, se você lhe fizer mal, morrerá, mesmo que todos tenhamos que morrer por isso.

Sorrindo, Caradoc empurrou delicadamente o filho para diante. A criança avançou cautelosa em direção à luz do sol, o cabelo despenteado derretido em uma poça de prata manchada. O movimento da sombra partiu da terceira coluna da esquerda e, dessa vez, Caradoc pôde ver de onde vinha: de um homem de sessenta e poucos anos, aparentando a idade que tinha, de ombros caídos, o cabelo grisalho desalinhado, o queixo fraco e orelhas de abano. Mancava do pé direito e tinha o braço direito debilitado, tremendo em desarmonia com o resto do corpo. Ao contrário do que costuma acontecer, as pessoas olhavam primeiro para o membro debilitado e depois para a cabeça. A pele da face era de um cinza doentio, tornando-se excessivamente vermelha nas maçãs do rosto. Os olhos estavam injetados, com olheiras, devido à falta de sono, e esquivavam-se nos primeiros momentos de um encontro. As pessoas certamente não comprariam as mercadorias dele, tampouco aceitariam sua liderança em uma batalha.

A mão instável estendeu-se para acariciar o cabelo de Cunomar. O menino ficou rígido, a pele estremecendo como a de um cavalo perturbado pelas moscas. Caradoc aproximou-se por trás, oferecendo o conforto da presença paterna. A luz do sol percorreu-lhe os olhos escurecidos pela prisão. O ar cheirava intensamente às frutas e flores adocicadas do outono.

Depois de algum tempo, percebia-se que Cláudio era a mais poderosa fonte de odor, a de rosas concentradas, o qual ofuscava imperfeitamente as fragrâncias do alecrim e de alho pungente, e ainda mais embaixo, da velhice e de cuspe seco.

— Tão claramente seu — repetiu melancolicamente o imperador, desta feita sustentando o contato visual por mais uma fração de momento, de modo que a alma, fugazmente, pôde encontrar a alma distorcida e meditativa, medir as profundezas de um intelecto ardente e frustrado trancado em um corpo mutilado. Caradoc sentiu o gelo descer-lhe pela coluna e fez um esforço para não estremecer.

— Ouvi dizer que a família tem sido a sua principal prioridade desde que foram capturados — declarou Cláudio com um sorriso — e que a preocupação deles tem sido primeiro com você e depois de uns com os outros. Trata-se, naturalmente, de uma verdadeira virtude romana e extremamente louvável. Minha esposa manifestou o desejo de conhecê-lo e eu o permiti. Na verdade, ordenei a todos os membros da minha família que viessem conhecer você e o seu filho. Juntos, são um exemplo do que une estreitamente uma família no amor e na adversidade.

O imperador fez soar um sino de latão, decorado com símbolos geométricos, que repousava em uma mesa próxima. Outros sinos ressoaram ao longo de um corredor e foram respondidos pouco depois pelo som de passos. Um menino ligeiramente mais velho do que Cunomar entrou correndo com pouca cerimônia, embora os guardas batessem continência quando a criança passou entre eles.

Cláudio cumprimentou o filho com rigidez, porém satisfeito, e declarou:

— Este é o meu filho, Britânico, que recebeu esse nome devido à conquista do país de vocês. O fato de estarem aqui significa que ele poderá visitar a sua província em segurança muito antes de tornar-se imperador.

Cláudio inclinou a cabeça para o lado para avaliar melhor o impacto de suas palavras. Caradoc sorriu e deixou que seus olhos abarcassem o menino de cima a baixo. A criança era pequena e tinha o pé chato. O cabelo castanho ondulado não era igual ao do pai, tampouco os seus traços lembravam os de Cláudio, fato pelo qual este deveria sentir-se grato. Quando sorriu para Cunomar, irradiou uma inocência e um charme que o pai não possuía. O menino poderia ser filho de qualquer homem. Nada havia que o caracterizasse como rebento de Cláudio.

— Uma criança admirável — declarou Caradoc. — Estou certo de que será um imperador igualmente admirável. — *Se a madrasta não mandar matá-lo para colocar o próprio filho no trono*. Em Mona, considerava-se mais provável que o enteado de Cláudio fosse o imperador seguinte.

Cláudio pôs a mão sadia no braço da criança. Os tremores encerravam um padrão: pioravam quando ele tomava decisões e aquietavam-se depois. Cláudio tocou novamente o sino. O violento tremor da sua mão se firmou quando o sino silenciou.

— Você precisa conhecer o resto da minha família — disse.

Caradoc, com um sorriso permanente nos lábios, trouxe o filho para uma distância segura.

O enteado veio primeiro: Lúcio Domício Enobarbo, conhecido como Nero. Fora uma bela criança e estava se tornando um homem muito bonito, e tinha consciência disso. O cabelo vermelho-dourado, mais longo do que a verdadeira sobriedade romana o permitia, caía levemente sobre a testa cor de alabastro. O rapaz andava com o passo cuidadoso de um dançarino e a inclinação de cabeça de um ator grego da escola antiga, trazendo novamente à vida o jovem Aquiles, mas a sua pele era pura como a de uma menina, e os olhos, também de menina, ansiavam por amor. Por uma fração de segundo, equilibrado no portal, ele poderia ter sido Helena, enfrentando o enlouquecido Menelau. Uma pergunta estava suspensa nos seus lábios, um pedido, uma dádiva, que poderia ter sido respondida, mas uma cacofonia atrás dele a sufocou e a sua entrada, mesmo profundamente estudada, desapareceu debaixo das ondas que anunciavam a sua mãe.

Em Roma, onde as mulheres não tinham poder, a imperatriz Agripina, sobrinha e esposa do imperador, mãe de Nero, agarrara o poder com ambas as mãos e o apertara firme contra o peito. Como tudo o mais na vida, a sua entrada na sala de audiências foi uma coreografia. O som a precedeu, chegando até os que aguardavam enquanto ela ainda estava além da curva do corredor: o pisar cadenciado da sua guarda pessoal, os murmúrios de Polybius, o secretário religioso de Cláudio que se tornara o homem de Agripina em tudo, exceto no nome, o retinir atenuado do ouro batendo em ouro e o delicado chocalhar da sobreposição das pérolas.

Vestida na totalidade da sua riqueza, uma quantia maior do que toda a arrecadação fiscal da Britânia nos nove anos que se seguiram à invasão, Agripina não precisava de um séquito para proclamar a sua realeza. Os membros da guarda pessoal mesmo assim faziam o melhor que podiam, e o brilho nos olhos deles proclamava uma devoção que não era sentida por aqueles que serviam Cláudio, o filho ou o enteado. A imperatriz emergiu entre eles, uma visão em vermelho e dourado. A sala de audiências era claramente sua; ninguém mais teria exigido que o vermelho das paredes coincidisse tão exatamente com a cor dos seus lábios e dos rubis no seu pescoço. A pele de veado macia e tingida dos sapatos combinava perfeitamente com o pórfiro cor de vinho do chão, os botões de pérola repousando orgulhosos como manchas pálidas na pedra. O cabelo, repartido com severidade ao meio e puxado para trás até a nuca, arrumado com apliques de ouro guarnecido de joias, poderia ter sido esculpido em mármore. A sua estola era de seda vermelha, debruada de púrpura imperial, e a pele dos braços, que emergia das dobras, era tão impecavelmente branca quanto a areia em uma praia do norte. Sob todos os aspectos ela era a mulher arquetípica de Roma, uma beleza vigorosa e pintada, conduzida ao poder por intermédio do marido e da violência das próprias intrigas. Ela estava tão distante de Breaca quanto as flores cultivadas e aparadas no jardim estavam dos carvalhos e pilriteiros de uma floresta virgem. Era impossível imaginá-las moldadas a partir da mesma carne e do mesmo sangue. Caradoc, curvando-se, nem mesmo tentou.

Os olhos tinham um tom verde água e sustentavam o olhar de um homem durante o intervalo de uma pulsação, e até mais. Caradoc curvou-se uma vez mais, para poder desviar o olhar sem causar ofensa. Caso se visse diariamente nessa situação, ele também teria desenvolvido os olhares indiretos e inconstantes do imperador. Nero, cujos olhos eram uma pálida imitação, mas que de qualquer modo deveria ter sido reconhecido, foi obrigado a se afastar para o lado para evitar a guarda pessoal da imperatriz.

O cortejo parou a uma distância equivalente a um comprimento de lança do portal. A imperatriz olhou, sem piscar, primeiro para Cunomar e depois para Caradoc.

— O bárbaro que se importa muito com os filhos. Que maravilha!

A dama sorriu com um movimento flexionado e experiente dos lábios pintados. Cláudio riu com ela em uma imitação perfeita e vazia que poderia ter sido um reflexo da verdadeira expressão do tolo interior apanhado na radiância do seu superior, mas os seus olhos, deslizando para o lado, fixaram-se, surpreendentemente, nos de Caradoc. Aquele olhar encerrava toda a prova necessária de que os rumores de Mona eram verdadeiros, ou seja, que o imperador não negaria nada à esposa, satisfazendo seus menores caprichos, até o momento em que ela passasse por cima de uma marca final e invisível — quando então ele a mataria, como fizera com a esposa que a precedera. Talvez o assassinato do único filho de Cláudio fosse essa marca. Talvez ela o soubesse. Caradoc olhou para Britânico e viu o ricto de medo estender-se pela sua boca de uma forma bem mais palpável do que no caso do pai. A criança sabia onde residia o perigo.

— É preciso acorrentá-lo dessa maneira? Afinal, temos a esposa e a filha em nosso poder. Certamente ele não nos fará mal.

Agripina fez o comentário de um jeito cativante, inclinando a cabeça para um dos lados. Os seus olhos brilhavam com um encanto não sofisticado. As pálpebras pesadamente pintadas piscaram uma vez, desafiando o prisioneiro a provar que ela estava errada, a provar que era melhor do que os guardas e do que Cláudio.

Ainda sorrindo, o imperador assentiu com a cabeça. O mais próximo dos guardas montados estendeu o braço na direção de Caradoc, que deu um passo atrás e se manteve fora de alcance, levando Cunomar com ele.

— Não creio que seja uma boa ideia — disse Caradoc. — É melhor que as algemas fiquem no lugar. Em uma companhia tão sedutora, poderei esquecer cedo demais como vim parar aqui.

O guarda ficou parado, aguardando as ordens. O sorriso da imperatriz ficou rígido por um momento, e depois novamente maleável, uma fonte de solidariedade e divertimento, de consolo e da oferta da liberdade. O imperador parou de sorrir e ficou pensativo.

— Não precisaria ter sido dessa maneira — declarou finalmente Agripina. — Se você não tivesse levantado as armas contra nós, seria bem-vindo aqui como um dos nossos súditos. Estaríamos discutindo negócios e o recolhimento de impostos, e não o modo como você vai morrer e o destino da sua família.

Caradoc inclinou a cabeça e declarou, com a mais perfeita cortesia:

— E eu estaria impondo uma escravidão indesejada a um povo, em vez de apenas àqueles do meu próprio sangue.

— Mas você estaria livre e rico devido ao recolhimento dos impostos.

— Eu era livre antes, além de riquíssimo, sem a imposição de impostos para manter terceiros usando ouro antigo. — Os olhos de Caradoc examinaram o ouro antigo do colar da imperatriz e as moedas macedônicas incrustadas nos brincos. Roma havia se tornado poderosa nos três séculos que se seguiram à sua cunhagem.

Os olhos verdes lampejaram. Agripina, que passara o início da idade adulta no exílio, ao largo da Mauritânia, mergulhando em busca de esponjas por ordem de Calígula, retirou uma enfiada de pérolas de uma das orelhas e segurou-as no alto, dizendo:

— Mergulhei por causa delas, e de outras semelhantes, duas vezes por dia, arrebentando os meus pulmões para encontrá-las entre as algas e os locais escuros no fundo do mar. Elas não são produto de impostos. Creio que conquistei o direito de usá-las.

Eram pérolas bem pequenas, irregulares, reunidas como uvas em um cacho, os únicos objetos imperfeitos na sua indumentária. Ela as fez deslizar nos dedos para que captassem a luz do jardim e, em seguida, arremessou-as sobre o mármore.

Caradoc ergueu as mãos contra o peso das correntes e apanhou-as. O sangue escorria-lhe dos pulsos indo formar pequenas poças no pórfiro. Cunomar estremeceu, mordendo os lábios para permanecer em silêncio. Na outra extremidade da sala, Nero recuou.

Sem dar atenção a ambos, Caradoc levantou as pérolas bem alto na luz, como Agripina o fizera.

— São lindas, minha senhora, e não questiono o seu direito de usá-las.

— Mas questiona o meu direito ao meu ouro.

Agripina estava zangada, mas não ainda com desejo de vingança. Dizia-se que ela admirava acima de tudo a coragem e desprezava o sicofantismo. Rezando a deuses silenciosos para que os rumores fossem verdadeiros, Caradoc disse:

— No meu povo, o ouro é considerado território dos deuses. Não pode ser ingerido ou montado, não oferece calor contra o frio do inverno. Nós os ofertamos primeiro aos deuses, como prova da nossa gratidão, e usamos o que resta em homenagem a eles e não a nós.

Agripina foi rápida, pois entendeu as palavras que Caradoc deixou de dizer, e ergueu uma das sobrancelhas pintadas.

— Então não devemos roubar os deuses para que os homem possam pagar o seu ouro em impostos?

— É o que eu acho. Além dos deuses, o povo também sofre. A nossa terra era nossa; com a graça dos deuses, nós a cultivávamos, criávamos os nossos cavalos, caçávamos, os nossos cães procriavam, extraíamos o nosso chumbo, estanho, prata e ouro, e vivíamos como um povo livre. Pelo fato de termos perdido uma batalha, por que deveríamos nos submeter à escravidão para que outros possam ficar ricos por intermédio do nosso trabalho?

— Esse é o ônus de se perder uma guerra.

— Mas ainda não perdemos a guerra.

Os lábios de Agripina separaram-se furiosamente.

— Você não pensará dessa maneira quando estiver morrendo.

— Mas Scapula, o governador, talvez pense assim quando morrer.

Caradoc falara sem pensar, com palavras que não eram suas. No silêncio que se seguiu, Caradoc sentiu os deuses se retirando como um homem sente na carne a retirada de uma espada que acaba de ser introduzida. Caradoc não se julgara um porta-voz tão pronto e nem imaginara que os deuses desejassem que ele morresse com tanta pressa. Levantou os olhos na direção dos da imperatriz, esperando ver o trabalho de uma manhã inteira, a cuidadosa tecedura do cuidado e da cortesia simplesmente destruídos. A vida dos seus dois filhos dependia do cuidado e da cortesia dessa mulher. Caradoc não desejava de modo nenhum vê-los destruídos.

— Minha senhora, desculpe-me, eu... — *Minha senhora, desculpe-me, falei sem pensar. Na última vez que vi Scapula, ele estava cavalgando em um campo de batalha que acabara de ocupar. Se ele estiver morto, os deuses têm conhecimento do fato, mas eu não.*

Caradoc nada disse porque não estavam mais prestando atenção a ele. O duro olhar verde estava fixo, indecifrável, em um ponto além dele. Cláudio também parecia ter se esquecido da sua presença; estava voltado para o portal com uma expressão perscrutadora no rosto, como um cego no inverno que sente o calor do sol.

— Sua Excelência...

Caradoc se virou. Callon, pai de Narcissus, o elegante e instruído liberto que governava o império para o seu senhor, postava-se entre os guardas. Os lábios perfeitos e pintados de Agripina se contorceram demonstrando uma clara repugnância. Na corte de Cláudio, a inimizade entre a imperatriz e os membros do gabinete cuja lealdade continuava a pertencer exclusivamente ao imperador era lendária.

Sem dar atenção a ela, Callon fez novamente um sinal para o seu senhor e foi convidado a entrar. Inclinando-se, Callon murmurou algo no ouvido do imperador. Cláudio parou de sorrir. Por um longo momento, pareceu que ele ia desfalecer; em seguida, virou-se para a imperatriz e o filho dela.

— Vocês devem deixar-nos agora.

Agripina fuzilou o marido com olhos de cobra venenosa. O silêncio alongou-se entre eles. Após um longo tempo, a imperatriz assentiu com a cabeça.

— Obedeço ao comando do meu senhor — declarou com perfeita dignidade, chamando o filho e retirando-se.

Sem sorrir, Cláudio virou as costas para o jardim; o seu tesouro e o seu escape.

— Vocês caminharão comigo — ordenou. A abrangência do seu braço incluiu todos os que restaram.

XX

—SCAPULA MORREU.

Narcissus, filho de Callon e liberto do imperador, estava quase histérico. Estava postado no portal da cela da prisão, ladeado por dois guardas montados e dois pretorianos. Na noite anterior, Dubornos o considerara cortês e onipotente. Um homem de estatura e peso médios, com o cabelo castanho, bem barbeado e sobrancelhas espessas, ele comandara os guardas e o médico, providenciara as ataduras e as roupas, a comida e o vinho, falara latim e grego com idêntica fluência e exibira um conhecimento aceitável de gaulês. A sua reputação o precedera como o conselheiro de maior confiança de Cláudio, e o homem que persuadira as legiões rebeldes a embarcar nos navios que as conduziram à Britânia na retardada invasão. As notícias que chegaram à Mona, meses depois do evento, diziam que a invasão propriamente dita era um plano de Narcissus, sua maneira de consolidar o poder do seu senhor e, por conseguinte, o seu.

A luz do dia, que se derramava pelo corredor vinda de uma janela distante, o tratava com crueldade. A pele estava amarelada devido à idade e à tensão. Fios de prata apareciam-lhe no cabelo. A túnica, que na noite anterior, à luz de uma luminária, dera a impressão de ser um modelo de sóbrio bom gosto, faiscava na borda com barras de prata e ouro em quantidades vulgares. Narcissus deu um passo dentro do aposento, sem chegar perto o suficiente para que Dubornos pudesse golpear-lhe o pescoço com a mão e matá-lo. Os guardas aproximaram-se para protegê-lo.

— Scapula está morto — repetiu Narcissus, deslizando a língua pálida por lábios ainda mais pálidos. — O governador da Britânia morreu na cama. Dizem em Camulodunum que isso aconteceu por obra dos videntes, para vingar o fato de termos capturado Caratacus. É verdade?

Dubornos respondeu:

— Talvez. — Em sua mente ouvia trombetas, uma grande fanfarra de vitória. A alegria o deixou tonto. Apoiou os dedos no gesso da parede para se equilibrar. O perigo que a sua vida corria pareceu-lhe, naquele momento, irrelevante.

— Como fariam isso? Não se aproximaram dele... não poderiam. Ele é vigiado noite e dia. Podem matá-lo a distância?

Alertas soaram na cabeça de Dubornos, que disse:

— Não sei, não sou vidente.

— Não — bufou o liberto, como um cavalo. — Você só viveu os últimos nove anos naquela ilha amaldiçoada. Claro que você não conhece os costumes deles — declarou, franzindo os lábios de um modo explosivo. A violência e a sua ameaça agarravam-se a ele. Caradoc dissera: *O homem é arguto, inteligente e não tem grande sede de sangue.* Ele optara por esquecer que Cláudio rotineiramente torturava até à morte os que conspiravam contra ele, ou que os seus ministros o faziam em seu nome.

A agitação de Narcissus fez com que ele adentrasse mais no aposento e ficasse bem ao alcance de Dubornos. Este ouviu intimamente a voz de Caradoc: *Eles estão com as crianças... se pudermos fazer qualquer coisa para mantê-las vivas, precisamos fazê-lo. Elas são a única coisa que nos resta.* Matar o conselheiro favorito do imperador destruiria qualquer chance de sobrevivência de Cunomar e Cygfa. Dubornos observou os braços do homem e o espaço acima dos seus olhos, e o coração lhe bateu no peito como ocorria antes da batalha. A imagem de Scapula, morto, flutuava diante dele, tão real quanto a cela. Dubornos pensou: *Airmid deve ter feito isso, por Breaca,* e só ficou triste pelo fato de Caradoc não estar presente para ouvir a notícia com ele. Em voz alta, declarou:

— Homens morrem o tempo todo, dos ferimentos da guerra, de epidemias, de alimentos estragados. Por que a morte do governador deveria ser considerada obra dos videntes?

Uma segunda voz estrangeira fez-se ouvir no corredor atrás dos guardas:

— As tribos acreditam nisso, e as legiões também. A notícia de que usaram Scapula para praticar e que agora virão em busca do senhor dele espalhou-se pelas fileiras. Acreditam que a vida de Cláudio pode ser agora contada em dias, e não em meses. O legado da Segunda Legião açoitou uma dúzia de homens por motim, mas o boato continua a se espalhar como fogo através da colheita. Se chegar a Roma, é como se Cláudio estivesse morto.

Callistus, secretário do Fundo Secreto, passou pelos guardas e entrou na cela. Tinha a compleição franzina, rosto magro e lábios pintados de vermelho. O cabelo era totalmente branco, sem estar claro se era assim de nascença ou se encanecera por causa da idade ou de um acidente. Os olhos eram injetados e, se tinham cor, esta não podia ser vista além do grande vazio das pupilas. À semelhança de Narcissus, Callistus estava apavorado, e homens em pânico são tão perigosos quanto cavalos cegados pelo fogo. Ele disse:

— Cláudio não deve morrer agora, não deve. Você nos dirá de que maneira os seus adivinhos bárbaros conseguiram chegar a Scapula e depois como poderemos impedi-los de atacar de forma análoga a pessoa do imperador. Você nos contará de livre e espontânea vontade ou sob a mais árdua pressão, mas *esteja certo* de que o fará.

E assim a espera terminou, com facilidade, praticamente sem aviso prévio. O alívio e o ápice do terror deixaram Dubornos tonto, e ele riu. Os homens olharam para ele, considerando-o um lunático ou um tolo insensato. Sentiu a pele formigar com a promessa da dor. Mexeu os ombros, voltando a sentir o arranhar áspero da túnica ao tocar-lhe as costas, a cintura e os braços. A pressão do ferimento das algemas nos pulsos era quente e confortável, uma sensação conhecida e mensurável. O sangue pulsou da cabeça aos pés, e Dubornos sentiu cada parte de si mesmo. Pela primeira vez em trinta e dois anos sentiu-se em casa no corpo que estava prestes a perder. Seguindo a sugestão de Airmid, Dubornos manteve-se na linha divisória entre os mundos, um pé em cada margem do rio dos deuses, uniformemente. Os pensamentos corriam à solta, livres de todas as restrições.

— Se acham que eles estão procurando vingar-se da captura de Caradoc — declarou Dubornos —, é simples. Soltem-no, devolvam-no à sua família e à sua terra. Retirem as legiões do nosso território. O imperador viverá até uma idade avançada e vocês serão saudados como heróis por tê-lo conseguido.

Narcissus encarou Dubornos, um homem que vê ameaçado o trabalho da sua vida e acredita que a preservação dessa obra vale cem mil vidas.

— Não podemos nos retirar agora da Britânia... não o faremos. O prestígio do imperador junto ao povo depende disso.

A prioridade de Callistus eram as finanças, e ele disse:

— Investimos demais para retroceder agora. Somente os empréstimos feitos às tribos orientais montam a quarenta milhões de sestércios, os quais não podem ser revogados a tempo. Existe outra maneira e você nos dirá qual é.

Dubornos balançou tristemente a cabeça.

— Talvez haja outra maneira — observou —, mas eu duvido, e mesmo que houvesse, não poderia lhes dizer qual é. É verdade que morei durante algum tempo em Mona, mas não sou um vidente; não participava dos ritos. Eu teria morrido se tivesse tentado descobrir quais eram e a minha morte teria sido pior do que qualquer coisa que vocês possam fazer aqui.

Narcissus sorriu com os lábios apertados.

— Duvido muito.

— Eu não. Se eu tivesse profanado as cerimônias dos videntes, teria atraído sobre mim uma eterna vergonha. Aqui, a vergonha é toda sua.

Narcissus o fitou por um momento. Poderia ter havido um contato através do abismo de culturas se Callistus já não tivesse estalado os dedos.

Os guardas avançaram para pegar Dubornos pelos braços. Nos últimos instantes, por não ter mais nada a perder, ele lutou.

A faca era muito afiada e pressionou a pele debaixo do olho de Cunomar, fazendo escorrer gotículas de sangue. Olhando para baixo, o menino podia ver o ferro cinza-azulado e as milhares de marcas leves nos lugares onde a arma havia sido passada para frente e para trás na pedra de amolar. As marcas vibravam sob o seu olhar, mas a faca estava firme. Era o corpo da criança que tremia.

Cunomar olhou além da faca, para o lugar onde o pai estava ajoelhado no mármore frio, imobilizado por dois homens da guarda montada. Os guardas estavam vivos por causa de Cunomar, o que estava bem claro para todos. Se o filho não estivesse presente, se não estivesse sendo ameaçado diante dele, o homem que matara mil romanos teria destruído mais uma dúzia, inclusive o imperador e a sua família, ou teria morrido tentando.

Caradoc não reagiu por causa de Cunomar, permanecendo ajoelhado onde o estavam segurando, com o cabelo louro retorcido no aperto da mão de um dos guardas, com o sangue escorrendo no corte recém-aberto na face esquerda, escarlate contra a pele branca. Os lábios estavam cinzentos devido à raiva, à dor ou ao esforço sobre-humano que estava fazendo para não lutar, e falava com Cláudio como se Sua Majestade Imperial fosse um aprendiz de pastor de cabras de raciocínio lento.

Não havia nada que uma criança pudesse fazer. Cunomar estava imóvel para que a faca não o cortasse e observava uma bonita fonte respingar água no elegante jardim no imperador. A água saía dos orifícios da flauta tocada por um menino nu com pernas de bode. Ela borrifava musicalmente mil lágrimas ondeantes na bacia de mármore verde situada embaixo. Não era bom pensar em lágrimas. Cunomar decidira muito tempo antes que não choraria, independentemente do que acontecesse. Era a única coisa que podia fazer pelo pai, e mesmo isso era difícil. Por cima da sua cabeça, os adultos estavam tendo uma conversa cujas implicações eram por demais aterrorizantes para ser contempladas.

— Dubornos de nada sabe. Não poderá lhes dizer nada, façam o que fizerem com ele. Não há nada a contar. Se Scapula está morto, não foi por obra dos videntes. Se fossem capazes de matar a distância, se pudessem ameaçar um governador e a pessoa do imperador, não acham que já o teriam feito há muito tempo? Quantos deles Tibério crucificou? E Gaio? E você? Dezenas? Centenas? Se fosse possível para alguém ou para todos obter uma vingança, você não acha que um deles teria tentado nos dias e noites da sua agonia? Sustentar outra opinião é superstição e indigno de uma nação civilizada.

Caradoc falou em um tom curto e breve que deixava claro o que pensava das idiotices do imbecil que tinha diante de si. O som da voz do pai fez Cunomar estremecer. Os guardas que não estavam diretamente envolvidos na situação postavam-se imóveis como estátuas de mármore, olhando rigidamente em frente. A postura deles revelava o terror que estavam sentindo. Se um homem poderia perder a vida por dirigir-se dessa maneira a um imperador, então aqueles que testemunharam o ocorrido também poderiam.

Cláudio era famoso por seus julgamentos secretos e execuções sumárias. Callon, que trouxera a notícia do falecimento do governador, afastara-se para longe, como se metade da extensão do jardim fosse bastante para tornar os guardas surdos e, portanto, afastados. Mais perto, ouviu-se o canto de um pássaro amarelo engaiolado. Notas líquidas derramaram-se na dissonância e se perderam. Por não receber atenção, logo se calou.

Cunomar pôde sentir a incerteza do imperador. O homem não sabia que o seu governador estava morto, de modo que a notícia trazida pelo liberto foi ao mesmo tempo inesperada e indesejável. Tendo em vista os fatos, o seu primeiro pensamento fora para o espetáculo das comemorações que planejara para a vitória, a sua primeira emoção fora a raiva pela negligência do seu subordinado em uma morte tão inoportuna. Pressionando as têmporas com as mãos como se estivesse sentindo dor de cabeça, Cláudio dissera:

— Ele não pode estar morto. Precisamos dele para o cortejo. Quem tomará o seu lugar?

Havia muito Callon lidava com as prioridades do seu senhor. Com um tato adquirido por meio da experiência, declarara:

— Encontraremos outro governador para substituir Scapula, Vossa Excelência, ou podemos desculpar a ausência dele e colocar no lugar um representante. Acredito que seria melhor que a morte de Scapula não fosse amplamente divulgada por algum tempo, talvez até a primavera. No entanto, antes disso, precisamos garantir a segurança de Vossa Excelência. O irmão de nada sabe. Está inconsciente; lutou e os guardas foram excessivamente zelosos. Foram punidos, mas ele em algum momento voltará para nós. Talvez não tenhamos tempo. Precisamos encontrar respostas de outras maneiras.

— *O quê?*

Assim fora rompida a paz artificial do jardim horrível, opressivo e perfumado do imperador. Cláudio e o seu liberto estavam falando em grego, julgando que a conversa estivesse sendo até certo ponto secreta. Certamente os guardas não haviam entendido nada, mas Caradoc fora educado em Mona, onde o grego fora escrito e falado por cinco séculos, e o latim era um idioma jovem em um mundo de idiomas sábios e antigos. Até mesmo Cunomar compreendera o suficiente para prever a abrupta intervenção do pai.

— O que *exatamente* vocês fizeram a Dubornos?

Caradoc não atacara ninguém, apenas dera um passo à frente na direção de Cláudio, erguendo os braços acorrentados, mas os guardas não estavam inclinados a deixar espaço para um homem expor claramente suas intenções. Eles consideraram a atitude de Caradoc um ataque à pessoa do imperador e reagiram como julgaram adequado. A guarda montada não era contratada pela sutileza e nem pelo respeito a um líder inimigo.

Fora depois disso que o liberto recuara, e agora restava apenas o seu pai, catastroficamente irado, diante de um louco que tinha o poder de matar a todos, ou fazer coisas ainda piores.

* * *

As crianças. Faça o que for preciso para mantê-las vivas.

Meu filho. O guarda continuava segurando Cunomar. A boca do menino estava azulada, os olhos redondos como seixos rolados. Lágrimas tremulavam-lhe na borda das pálpebras e era visível o esforço que a criança fazia para impedir que caíssem. *Meu futuro guerreiro. Você vai morrer agora por minha causa. Cunomar, por favor, perdoe-me.*

Os dedos do guarda torceram o cabelo de Caradoc. Os grilhões apertavam seus pulsos. Nos primeiros momentos, tinham sido destravados, e em seguida novamente travados atrás. Os braços, então, foram puxados bem para cima nas suas costas, de modo que as articulações estalavam sob a tensão. Caradoc esperara a dor, preparara-se diariamente para ela desde que fora capturado, até que a realidade foi quase bem-vinda. Podia respirar, podia pensar e podia ver que o seu filho continuava incólume, apenas ameaçado por uma faca, o que era suportável. O que doía bem mais era a perda do autocontrole, a raiva que o dominou e a inútil violência, a imprevisibilidade do fato e a oportunidade desperdiçada. Se antes as pontes para Agripina eram frágeis, agora estavam destruídas, e as ligações com Cláudio irreparavelmente estilhaçadas. Agripina fora humilhada na sua presença e o orgulho dela jamais lhe permitiria esquecer ou perdoar o fato. Cláudio, estava com medo e zangado, porém, acima de tudo, desconfiado. O homem permanecera vivo durante cinquenta anos de tirania, enquanto os que o cercavam morriam como ratos em um incêndio. Seu intelecto, imerso no subterfúgio, possibilitara que ele o fizesse.

O imperador recobrara o autocontrole depois de dar um grito agudo e correr para se postar em segurança. O braço que tremia e a cabeça com orelhas de abano estavam imóveis. A superfície do seu olhar estava tranquila, percebendo-se correntes turbulentas mais profundas. A voz suave e ao mesmo tempo áspera disse:

— Você vai se desculpar.

— Por ter feito o quê?

— Por ter atacado a pessoa do seu imperador.

— Você não é o meu imperador. — Essas palavras não deveriam ter sido pronunciadas. Na caverna irregular da mente de Caradoc, não restava nenhum espaço para diplomacia.

O imperador estava imóvel como qualquer homem normal. Franziu, pensativo, os lábios secos, e sorriu, declarando para os guardas:

— Ele vai pedir desculpas.

Sempre correram rumores de que Cláudio apreciava o espetáculo de infligir a dor. Os guardas estavam acostumados a obsequiá-lo. As correntes foram paulatinamente sendo torcidas, atadas aos pulsos e puxadas cada vez mais para cima. Os grilhões romperam as feridas não completamente cicatrizadas em ambos os pulsos e roeram a carne que estava embaixo. A dor surgiu em ondas nauseantes, de modo que, por algum tempo, Caradoc não conseguiu falar, pensar ou mesmo respirar.

Pelo seu filho, mesmo que por mais ninguém, ele nada diria. No espaço trancado do seu crânio, Caradoc das Três Tribos reproduziu para si mesmo cada sílaba de indizível invectiva que aprendera em três décadas de marinhagem e de liderança dos exércitos. Praguejou silenciosamente em iceno, grego, latim e gaulês. Se tivesse sorte, se mantivesse a imagem de Cunomar à frente da mente, acreditava que havia uma chance de a inconsciência dominá-lo antes que algum som passasse pelos seus lábios. Fechou os olhos e construiu uma imagem do filho atrás das pálpebras cerradas, mas foi Breaca que apareceu quando os tendões do ombro direito se romperam e as trevas o reclamaram.

Empurraram-lhe a cabeça na fonte para reanimá-lo, e em seguida a retiraram antes que ele pudesse inalar a água que o mataria. Caradoc emergiu, ofegante. A voz áspera estava mais próxima, próxima demais. Uma vez mais, ela repetiu:

— Peça desculpas.

— Por que eu o faria? Por dizer a verdade? Esta qualidade desapareceu da corte de César? Pensei que Polybius valorizasse a verdade e a integridade acima de todas as qualidades em um líder. — Os deuses entregaram as palavras a Caradoc, pois ele não tinha força nem sagacidade para encontrá-las.

Silêncio. Apenas o som da água da fonte que jorrava. Em Roma, até a água precisava ser controlada.

A boca de Cláudio estava rígida. Apenas um pouco de saliva o traía. Comentava-se que o imperador apreciava os antigos valores acima de tudo o mais, mas não havia como saber se os rumores eram verdadeiros. Cláudio fez um gesto com a cabeça, pesadamente, um ato estudado, criado para o Senado, onde a retórica era mais valorizada até mesmo do que a coragem na guerra.

— Polybius não estava lidando com adivinhos bárbaros que se esforçavam para matar de longe — retrucou. — A verdade e a integridade são marcas da civilização. Os bárbaros pedem desculpas ao seu imperador.

As correntes foram levantadas e os guardas recomeçaram a torcê-las, agora na direção oposta, mais lentamente do que antes. Não queriam que Caradoc perdesse novamente a consciência. Pensar com clareza, falar nitidamente por sobre a dor, era um desafio do guerreiro determinado pelos deuses. Em Mona, Maroc, o Ancião, havia falado a respeito de Roma e do que levara o jovem império à guerra. Fragmentos de lembranças flutuaram através da crescente agonia. Cada um deles recebia o alento necessário para que fosse ouvido enquanto houvesse tempo. Caradoc falou agora ao erudito, e não ao tirano:

— Os videntes eram civilizados antes de Polybius ser um bebê chorão... antes mesmo de Rômulo e Remo mamarem na loba. O fato de matarem agora, em defesa da sua terra e da sua civilização, os torna incivilizados? Roma mata e não está sob ameaça.

— Mas o seu imperador está.

— O seu imperador... Não precisa estar.

Um dedo foi erguido. Os guardas afrouxaram a torcedura dos grilhões. Por um instante, o alívio foi tão debilitante quanto o fora a dor. Os guardas recuaram e eles ficaram sozinhos, Caradoc e Cláudio: dois homens que lideravam os seus respectivos povos, que podiam ordenar a morte ou a sua suspensão. O imperador pestanejou. A cabeça voltou a tremer. A indecisão coagulou o olhar indolente. O medo e a oferta de segurança lutaram com o poder e a necessidade de usá-lo. O tremor adquiriu um ritmo e transformou-se em um abano de cabeça.

— Você sabia que o governador tinha morrido. Você deixou ordens nesse sentido antes de partir?

— Não. Não tenho o poder de dar ordens aos videntes.

— Mas eles o escolheram para defender a causa deles na guerra. Se mataram Scapula, foi por causa da sua captura. Creio que o ouvirão se você lhes ordenar que cancelem a maldição, ou que nunca a lancem.

Airmid! O que quer que você tenha feito, obrigado. Ele estivera impotente, mas recebeu certa medida de poder. Olhou fixamente para a fonte, sem ter certeza se conseguiria manter esse entendimento afastado dos seus olhos. Sem levantar os olhos, Caradoc disse:

— Você está pedindo muito de alguém que pouco tem a perder. Por que eu deveria dar essa ordem aos videntes?

— Porque valoriza a vida do seu filho.

Uma barganha direta, como permutar ferro por cavalos. A vida de um imperador vale mais do que a de uma única criança. Caradoc acrescentou:

— E as da minha mulher e da minha filha.

— Não. Ambas levantaram a espada contra Roma. A sua mulher foi vista matando muitos legionários na batalha. A sua filha matou um dos auxiliares que a capturaram e feriu outro, deixando-o inválido. Não podemos permitir que as mulheres portem armas na guerra.

Caradoc ousou rir.

— Você esperava que uma filha de Caradoc se submetesse voluntariamente à escravidão e ao estupro? Isso faria da sua celebração da vitória algo de valor? Nós nos lembraríamos do seu ancestral, o divino Júlio, pela vitória dele sobre Vercingetorix se esse guerreiro tivesse entregue a espada ao primeiro indício de ataque? A coragem do conquistado não confere honra ao conquistador?

— Honramos todas as vitórias obtidas por nossos ancestrais, acima de tudo aquelas do divino Júlio — declarou Cláudio, pensativo.

— No entanto, sua conquista da Britânia é imensamente respeitada porque Júlio César tentou e falhou. As suas ações são avaliadas em função das dele. Se é hora de atacar, quando o que é errado exige o golpe, então certamente também é preciso que seja hora de mostrar misericórdia quando o que é certo o defende com tanta intensidade.

O imperador olhou fixamente para Caradoc. As sobrancelhas cinzentas e irregulares chegaram aos limites da sua testa.

— Você está citando Homero *para mim*?

— Estou citando as suas próprias palavras para você. Com que frequência você não disse exatamente isso para o tribuno pretoriano antes de uma execução? Até mesmo em Mona você é famoso por isso. Quando um homem torna-se tão prontamente previsível que os seus inimigos conseguem colocar palavras na sua boca, talvez esteja na hora de esse homem considerar uma mudança de retórica. Você tem uma escolha, pela qual a história irá julgá-lo. Pode igualar-se ao seu ancestral, ou até superá-lo. Gaio Júlio César era famoso como guerreiro, mas não era amado pela sua magnanimidade na vitória. Cipião, que perdoara o derrotado Syphax, era ao mesmo tempo amado e respeitado. Um pode ser mais valorizado pela posteridade do que o outro, ou os dois.

Os guardas começaram a ficar inquietos. A retórica não linha lugar no seu mundo. O imperador fez um sinal para que ficassem quietos. Lentamente Cláudio disse:

— Deixe-me ver se o entendo corretamente. Em troca da sua ordem para os videntes de que revoguem a maldição sobre mim, você deseja que eu poupe a vida das suas mulheres e do seu filho? Você não está implorando pela própria vida?

— Não costumo pedir o impossível; somente o que pode ser livremente concedido. No meu lugar, você também não defenderia a vida da sua família?

Singularmente, o sorriso de Cláudio exibiu um lampejo de humor verdadeiro.

— O meu filho Britânico talvez, mas apenas ele. Nisso, somos diferentes. Parece que a sua família luta somente contra o inimigo. — O sorriso desapareceu. Os olhos do imperador fixaram-se em algo invisível e seu olhar ficou nebuloso. De forma distante, ele declarou: — Você argumenta bem. Aceito o seu ponto de vista. Sua mulher e seus filhos serão então reféns pela minha vida. Se eu morrer, eles morrem. Enquanto eu viver, eles viverão. Não poderão ser livres, mas não serão escravos. Um lugar lhes será destinado nas propriedades imperiais. E então? Você pode fazer isso? Os videntes cancelarão a maldição se você ordenar?

Caradoc assentiu com a cabeça.

— Farei o que eu puder. Eles talvez ainda me ouçam, mas precisarei de um intermediário, alguém que possa levar a mensagem que será ouvida. Dubornos seria essa pessoa, se estiver vivo.

— Está. Não o matariam sem a minha permissão. Mas ele morrerá com você. Não enviarei um guerreiro de volta ao seu país para que prossiga com essa rebelião. O prefeito Corvus levará a sua mensagem escrita à Britânia. Ele partirá com a maré noturna. Nesse ínterim, você e ele descobrirão uma maneira de transmitir a sua carta para onde ela precisa ir. Soube que os videntes podem ler e escrever em grego. Eles devolverão, por escrito, a confirmação de que a maldição foi cancelada. Se a confirmação for recebida, sua mulher e seus filhos viverão. Caso contrário, morrerão quando você morrer. Ciente disso, você exercerá a pressão necessária naqueles que nos ameaçam.

O imperador bateu palmas uma vez. Os guardas avançaram. Cláudio sorriu.

— Pena e tinta serão levadas à sua cela. Prepare bem as palavras. Você está dispensado.

XXI

O SOL NASCEU MAIS LENTAMENTE DO QUE NUNCA. Dubornos vivera incontáveis manhãs antes da batalha quando o tempo se tornara mais vagaroso, mas ele nunca parecera parar totalmente como agora. Ficou sentado de costas para a parede, ombro a ombro com Caradoc, dividindo com ele o espaço de um homem para que cada um pudesse ver o mais possível a luz que entrava pela janela alta e com barras da nova cela. Eles haviam pedido para ver o amanhecer, e essa cela fora o lugar encontrado mais compatível com a ordem do imperador no sentido de que deveriam ser mantidos fortemente reclusos.

Os guardas haviam se retirado por cortesia, já que não eram mais necessários para a segurança. Cwmfen e as crianças eram reféns não apenas para a vida de Cláudio, como também para a morte de Caradoc. Essa era a natureza do acordo entre guerreiros que ele fizera com Cláudio: pelo preço de uma carta escrita em grego a Maroc de Mona pedindo pela vida do imperador, e do juramento de Caradoc de que não faria nada para impedir a sua própria morte lenta diante do público, uma mulher e duas crianças teriam permissão para viver.

Dubornos não tinha ilusão alguma com relação ao seu lugar nos acordos. Ele era um acessório, a sua morte um adorno ao evento principal, que praticamente já havia chegado. Ele existia em um lugar além do medo, oco e luminoso, como uma concha desprovida da sua lesma que se torna mais tarde um eco do vento. Nessa última manhã, essa sensação não fora produto da papoula, e sim do tempo. Nos últimos quinze dias, a utilização judiciosa da droga embotara as dores penetrantes da clavícula fraturada e dos dedos fragmentados da mão esquerda, resultado da ação dos inquiridores de Narcissus, mas não apagara em nenhum momento seu medo, nem esvaziara-lhe a mente.

O amanhecer conseguira o que nada mais seria capaz de conseguir. Quanto mais se aproximavam do dia escolhido para o cortejo do imperador e a morte dos seus dois mais famosos prisioneiros, maior se tornara o medo de Dubornos, até essa última manhã, quando ele se elevara sobre uma onda de terror tão avassaladora que chegara a pensar que, à semelhança de um musaranho perseguido por um filhote de cão, poderia morrer simplesmente de medo — e emergira além dele, sem temor.

O tempo avançava. A janela era alta demais para que pudessem descortinar o horizonte, ou qualquer parte da flamejante alvorada, mas o pequeno quadrado preto que fora a noite esmaecera lentamente para cinza e, em seguida, para um azul enevoado ziguezagueado por traços de nuvens cor de carne. Um pombal despertou nas proximidades. Filhotes e adultos acordaram, chilreando, com a luz.

Amanhã a esta hora, ou talvez depois de amanhã, tudo estará acabado. Os pombos cantarão como cantaram todas as manhãs, e já não estaremos mais aqui.

Dubornos conseguia agora pensar nisso sem que as palavras secassem na sua cabeça. Tratava-se de um fato a ser examinado junto com todos os outros e pouca importância tinha diante do fato maior da perda da sua alma, da sua incapacidade, nesse último amanhecer como em todos os que o antecederam, de entrar em contato com os seus deuses. Dubornos inclinou a cabeça contra a parede e, fechando os olhos, procurou Briga novamente no seu coração, a mãe da vida e da morte, e sua filha Nemain, a Lua, cuja luz deslizara à noite pela janela, moldando em prata embaciada as barras de ferro. Quando não obteve resposta, clamou em sua mente ressonante por

Belin, o Sol, e Manannan das ondas; por serem do sexo masculino, talvez considerassem Roma mais aceitável. Nenhum dos dois se aproximou.

    Lembrou-se dos espíritos dos legionários romanos assassinados, que vagavam perdidos no campo de batalha da Corça Manca, em busca de deuses estrangeiros em um país que não era deles e vendo-se abandonados. Dubornos os imaginara fracos, incompetentes na prece, carentes da verdadeira conexão oriunda de uma vida vivida sob os olhos dos deuses. Desse modo, a arrogância foi adicionada à sua lista interior de fracassos.

    Um pombo de asas cinzentas adejou no peitoril da janela, bicou a argamassa sulcada ao redor das barras e alçou voo. Dubornos sentiu Caradoc se mexer e ousou interromper o silêncio:

— Você consegue sentir os deuses? — perguntou.

    Dubornos imaginou durante algum tempo que não tinha sido ouvido. Caradoc estava sentado, como o fizera a noite inteira, com o cotovelo do braço sadio firmado no joelho flexionado e o queixo apoiado na mão. O lento subir e descer do seu alento passava através do seu corpo para Dubornos, mas não oferecia qualquer indicação do seu estado de espírito.

    A porção de luz na parede ficou mais luminosa. Do lado de fora, nos portões da frente do palácio, um guarda substituiu outro. As armaduras retiniram e a senha da noite foi trocada: *Britânico*, nome do imperador e do único filho dele, a prova final da conquista.

    Mais ao longe, os romanos que acordavam mais cedo, ou os últimos bêbados que se retiravam, cumprimentavam-se nas ruas. Um punhado de homens gritou obscenidades, cujo objetivo era silencioso e incognoscível. Pouco depois, uma mulher riu, sendo respondida por um único homem. Um cão latiu, sendo acompanhado por mais meia dúzia, todos num tom mais agudo do que qualquer cão das tribos. A lamparina que iluminava a cela passou a projetar menos sombra.

    Caradoc, afinal de contas, não estava adormecido. Soltando os dedos, espreguiçou-se cautelosamente, tomando cuidado com o ombro mutilado, com um crepitar de articulações rachadas no final. Virou-se para o lado no colchão de palha, para ver e ser visto melhor. A luz do dia que nascia foi adversa para o seu rosto, colocando em evidência a palidez cinzenta da fome e da exaustão. A noite fora mais bondosa. Os olhos, no entanto, brilhavam claramente, como sempre haviam feito. Era impossível imaginá-los sem vida.

Dubornos tomou fôlego dolorosamente e declarou:

— Breaca dará continuidade à guerra. Ela tem atrás de si o peso dos videntes de Mona e os deuses atrás deles. É tudo o que importa. — Agora, no final, Dubornos podia pronunciar o nome dela sem prejudicar nenhum dos dois.

Caradoc sorriu ao ouvir o nome.

— Eu sei. Mas não estamos abandonados — retrucou, voltando-se para olhar para a janela. A luz incolor descoloriu-lhe o cabelo, tornando-o branco como o da velhice. Seu perfil era austero, não desgastado. Os rasgões da túnica haviam sido remendados, e o broche da lança-serpente cintilava-lhe no ombro, uma declaração de desafio que prosseguiria além da morte. Caradoc perguntou:

— Está com medo do dia que se aproxima?

— Não. Não estou mais.

— Então temos tudo que possivelmente poderíamos desejar. A oportunidade de enfrentar conscientemente a morte, de ver-nos colocados à prova na maneira como a enfrentamos. O resto é apenas nosso. Posteriormente, quando tudo estiver terminado, os deuses virão.

— Tem certeza? Os romanos mortos vagam perdidos na nossa terra. Existe alguma razão pela qual não deva acontecer o mesmo conosco na deles?

Uma voz seca declarou na porta:

— Eles não tinham ninguém aguardando que pudesse restaurar-lhes as suas almas aos cuidados dos deuses que adoravam. Os seus videntes saberão como e quando fazê-lo. Trata-se de uma habilidade que foi amplamente perdida em Roma; os deuses aqui são venerados pela habilidade de gerar dinheiro e poder para os vivos, e não pelo cuidado que têm com os mortos.

— Xenofonte! — Caradoc, encantado, ergueu-se para cumprimentá-lo, como poderia ter feito se Maroc ou Airmid tivessem entrado na cela.

— Não esperava vê-lo novamente. O seu trabalho aqui acabou, não é assim? Estamos vivos. Não morremos de sangue poluído ou de ossos quebrados. Permaneceremos em um estado de saúde razoável até que o imperador decida em contrário, em cujo ponto a sua intervenção não seria politicamente sábia, ou, receio, eficaz, por mais famosos que sejam os mestres de Cós.

As palavras foram ditas em um tom leviano, mas não foram percebidas dessa maneira. O médico do imperador não era um homem que lidasse com fatos triviais. Desceu os dedos magros pelo longo e ossudo nariz.

— Muitas coisas são ensinadas em Cós — retrucou. — Nem todas estão relacionadas com a preservação da vida.

Xenofonte pisou sobre a soleira e entrou na cela, reduzindo ainda mais o espaço apertado. Tinham conhecido bem o homem nesses últimos quinze dias. Desde a audiência com o imperador, Caradoc e Dubornos tinham sido a sua principal responsabilidade depois de Cláudio, Britânico e da imperatriz Agripina. O médico os tratara com papoula e infusões de folhas e cascas de árvores, até que, mesmo sem que os ossos quebrados e as articulações dilaceradas tivessem se recuperado totalmente, pelo menos as contusões ao redor deles haviam diminuído e a pele, cicatrizado. Ambos haviam passado a acolher favoravelmente a visão da sua estrutura magra e curva no portal, tanto pela sua companhia e sutileza da sua conversa quanto pelos medicamentos que trazia e as ordens que dava no sentido de que lhes fosse permitido usar os banhos e recebessem roupas limpas. Quando um jovem oficial opôs-se à última determinação, Xenofonte voltara-se para ele com o peso de vinte anos de estudo e declarou de forma incisiva:

— Não é possível crucificar um homem se ele já tiver morrido de envenenamento sanguíneo. Você quer ocupar o lugar dele no cortejo? — Não houve objeções posteriores.

A frequência das visitas do médico deixara havia muito tempo os homens da guarda montada insensíveis à sua presença. Se o tinham revistado nessa manhã, certamente o fizeram de olhos fechados. Xenofonte trazia consigo dois pequenos frascos, um em cada mão, e uma bolsa cheia pendia-lhe do cinto. Apoiando os frascos na borda do colchão de palha, ele se sentou.

— A cura nem sempre envolve salvar a vida. Todo médico sabe que existem momentos em que é melhor que a alma possa partir de forma limpa. Para aprender os ritos dessa passagem, nós, de Cós, viajamos para Mona quando podemos, ou ouvimos aqueles que lá estudaram. Sentei-me aos pés de videntes mais velhos do que qualquer um dos que estão vivos agora e aprendi apenas o suficiente para ter certeza de que eu precisaria de outra vida para aprender as coisas que eles sabem e eu não — declarou Xenofonte, pressionando a ponte do nariz. — A minha memória não é a mesma de antes, e grande parte do ensinamento está perdida, mas lembro-me o suficiente para enviá-los livremente para o rio quando chegar a hora. Antes disso, temos as coisas que aprendi em Roma. O que irá acontecer hoje não é um evento fora do comum. Existem tantas maneiras de morrer quanto homens para martelar pregos na carne. Algumas são mais rápidas do que outras.

Xenofonte levantou os olhos para a janela, franzindo o cenho. Passos pisavam o calçamento do lado de fora; um passo pesado, masculino, manco em uma perna. Quando se afastaram além do alcance dos ouvidos, ele disse:

— Conversei com o centurião dos pretorianos responsável... pelos detalhes necessários. Ele lutou contra vocês na batalha da invasão e serviu posteriormente em Camulodunum. É um soldado e respeita os inimigos. Não pode desobedecer às ordens de Cláudio, mas tem certo critério na sua implementação. Vocês não serão despidos, e sim deixados vestidos com a indumentária bárbara de combate, pelo menos como Roma a percebe. Eu os aconselho a não se recusarem a vesti-la. Talvez ela não se pareça nem um pouco com o que vocês efetivamente usariam em uma batalha, mas duvido que eles concordem em matá-los trajando uma camisa de cota de malha roubada da cavalaria. De qualquer modo, é o peso que conta. Quanto mais pesados estiverem, mais rápida a morte.

Xenofonte era médico e podia dizer essas coisas sem animosidade ou uma sensibilidade afetada; na sua presença, dois dias de uma morte prolongada eram reduzidos a um problema de engenharia.

Nesse espírito, Dubornos comentou:

— Se estivermos muito pesados, os pregos serão arrancados.

— Se isso acontecer, será a primeira vez. Os pretorianos têm mais experiência nisso do que qualquer um de nós poderia imaginar. Usam quadrados de pinho como arruelas para espalhar o peso e enfiam os pregos entre os ossos do antebraço. Você pode estar certo de que permanecerão no lugar.

— Se a morte chegar mais rápido, então a dor será maior.

— Não. Quer dizer, potencialmente sim, e é por esse motivo que também lhes trouxe isto...

A bolsa que Xenofonte tirou do cinto era feita de pele de veado, velha, castigada pelo tempo, com um cordão de linho entrelaçado, tingido de vermelho-sangue intenso. A bolsa era coberta por figuras-pintadas de perfil com tintas azul e amarela. Algumas eram reconhecivelmente humanas, mas a maioria não.

— Alexandrina — disse Xenofonte, abrindo a bolsa, como o faria com a boca de um paciente. — Os faraós também sabiam como era perder-se do caminho de casa e ter que encontrá-lo no escuro. — Retirou duas tranças de folhas de parreira, cada uma delas amarrada com o mesmo fio de linho que formava o cordão que fechava a bolsa. Abertas, as folhas continham uma quantidade de pó finamente triturado, o suficiente para ser contido na cavidade da palma de uma mão em concha.

Xenofonte estendeu uma das folhas com cuidado, longe do sopro de sua respiração.

— Cada uma delas contém uma mistura de beladona, papoula e acônito. A primeira enfraquece o coração; a segunda, como vocês sabem, entorpece a mente e o corpo para a dor, e o terceiro produz lentamente uma paralisia nas pernas. Se vocês não puderem aguentar o peso nas pernas, a pressão nos braços e, portanto, no coração é maior e, com a beladona, a morte chega mais rápido. Não há uma quantidade suficiente de nenhum deles para causar morte imediata... não posso fazer isso, a não ser que deseje unir-me a vocês na morte, e a minha admiração pela mente e pelo coração de vocês dois não chega a esse ponto... mas é o máximo que posso fazer.

A papoula logo fará efeito. Os outros produtos agirão mais lentamente, mas vocês estarão na companhia dos seus deuses ao anoitecer, isso eu posso jurar.

Era um presente inestimável, presente que não poderiam aceitar em sã consciência. Dubornos sentiu a boca ficar seca.

— Xenofonte, isso é demais. Estamos em dívida para com você por ter cuidado de nós nos últimos quinze dias. Você não deve correr esse risco.

O velho médico depositou seus tesouros sobre a cama de palha e apoiou-se na parede com os braços cruzados no peito.

— O perigo jaz na minha presença aqui. Se vocês ingerirem o pó antes que venham buscá-los e esconderem as folhas de parreira debaixo das camas, longe dos olhares curiosos, o perigo não será maior. Aceitem-no com a minha bênção. Os frascos contêm cerveja batava, que me garantiram ser apreciada pelos bárbaros. Se misturarem o pó com o líquido, o sabor não será pior do que o da cerveja sozinha.

Xenofonte apertou os lábios e estreitou os olhos, como se estivesse olhando para o sol. Um homem de menor envergadura poderia parecer estar chorando.

Dubornos pegou o frasco que lhe era oferecido.

— Obrigado — disse. — Neste caso, aceitamos. — Em seguida, virou-se com o coração leve, oferecendo paz e esquecimento a um homem que viera a admirar acima de todos os outros.

— Caradoc?

Caradoc sentou-se novamente na cama. A luz mais intensa que entrava pela janela fez o seu cabelo parecer ouro torneado. Seus traços estavam imóveis, esculpidos em mármore e muito brancos. Fitou a folha de parreira aberta como um homem poderia olhar para uma cobra prestes a dar o bote. Sua respiração era superficial, uma reflexão posterior à luta interna. Pouco depois, erguendo os olhos do punhado de pó, perguntou a Xenofonte:

— A papoula pode ser retirada da mistura?

— Dificilmente. Triturei pessoalmente o pó. Nem mesmo os servos macacos de Anúbis que conseguem diferençar a areia do deserto conseguiriam separá-lo agora.

— Então, não. Obrigado, mas não posso aceitar. Dubornos deve ingeri-lo, precisa ingeri-lo, mas eu não posso.

— De fato? — Xenofonte analisou esse novo fenômeno. Suas lágrimas, caso tivessem sido verdadeiras, haviam desaparecido. — Você sente a necessidade de experimentar essa dor extrema? Não imaginei que tivesse sido infectado pelos vícios romanos.

Caradoc riu, um som extraído de algum lugar além de si mesmo.

— Não, asseguro-lhe que não. Acho que seria preciso mais de um mês para que eu adquirisse esse vício.

— Então, por que não a papoula?

— Porque isso ainda não acabou. É preciso, no mínimo, que eu tenha a mente clara e que vejam que eu a tenho. Se eu ingerir a papoula, falharei nesse aspecto.

— Oh, meu querido homem! — Xenofonte flexionou os longos membros e se sentou, formando linhas e ângulos retos, como um grilo, no colchão que fora de Dubornos. Nos dias em que o conheceram, Xenofonte fora enérgico e seco, e eles acharam que o médico era racionalista até o âmago do seu ser. Aqui e agora, no tom da sua voz e nas lágrimas que inegável e livremente preenchiam-lhe o canto dos olhos, perceberam a profundidade de sua preocupação.

Inclinando-se, Xenofonte pegou as mãos de Caradoc nas suas.

— Meu amigo, você possui mais coragem do que qualquer homem que já conheci, mas precisa aprender, mesmo tardiamente, quando aceitar a derrota.

Com o queixo, o médico apontou para a parede acima, onde a luz do sol lançava-se amarelo-clara sobre o gesso.

— Eles virão buscá-lo antes que o sol chegue à extremidade da sua janela. Você tem apenas esse tempo para beber a cerveja. A esta altura, não conseguirei mais chegar a tempo ao centurião pretoriano para mudar o plano. Ele cumprirá o seu lado do nosso acordo e isso não é algo que eu desejaria para nenhum homem. Por favor, peço com insistência, para o seu próprio bem e o dos seus amigos, que aceite o que lhe é oferecido.

— Não. — Foi mais fácil negar uma segunda vez. Ambos puderam perceber isso.

— *Por quê?*

— Porque mesmo tardiamente, quando já perdi, e sei que perdi, as crianças e Cwmfen ainda são minha responsabilidade. Ainda não recebemos qualquer notícia de Mona garantindo a vida do imperador. Até que isso aconteça, a vida deles depende de eu manter, de forma clara e aberta, a minha parte na barganha com Cláudio. Jurei que não faria nada para impedir os seus planos para hoje. O que você está sugerindo transcende o meu juramento em espírito ou até mesmo na palavra.

— Você acha que Cláudio cumprirá a sua parte em qualquer pacto com essa exatidão?

— Não sei, mas, se ele acreditar que foi privado da sua justa vingança, certamente não a cumprirá. Não darei a ele essa desculpa.

Nos campos de batalha, na preparação para a guerra, em nove anos de uma constante resistência armada, Dubornos observara a amplitude e o alcance da vontade de Caradoc. Em nenhum momento ele vira sua força absoluta e inflexível tão claramente demonstrada. Contemplou os frascos idênticos e a porção de pó que teria modificado a forma como morreria.

Amanhã a esta hora, ou talvez depois de amanhã, tudo estará acabado.

Mais provavelmente amanhã, sem o pó, a não ser que o centurião fosse menos capaz do que Xenofonte acreditava que ele fosse, mas o intervalo seria pior do que ele jamais imaginara. Com um pesar maior do que tudo que já sentira até então, Dubornos apertou as folhas de parreira, amarrando-as com o fio de linho, e colocou-as no joelho do velho.

Os olhos do médico fixaram-se nos de Dubornos, e Xenofonte disse:

— Cláudio não tem nenhum pacto com você.

— Não. O meu é apenas comigo mesmo. E com Caradoc.

Caradoc estremeceu. Seu rosto ficou vermelho.

— Dubornos, você não...

— Vou sim. E você não tem o poder de me impedir. Não tente.

A força da sua convicção o surpreendeu. Todas as desonras da sua vida, pequenas e grandes, uniram-se para apontá-lo para esse ato final de verdadeira dignidade. Dubornos exibiu um largo sorriso que não era simulado.

— Também jurei dar a vida pelas crianças — acrescentou.

Xenofonte se levantou, as narinas apertadas.

— Vocês são ambos loucos — e isso é ao mesmo tempo uma opinião profissional e pessoal. Não tenho deuses, mas rezarei para os seus pedindo uma morte rápida.

Caradoc ofereceu-lhe a mão para que a apertasse, à moda romana.

— Nós lhe agradecemos sinceramente por tudo o que fez. O risco que você correu hoje não é diminuído porque não podemos aceitar a sua oferta. Se tivéssemos como retribuir-lhe, nós o faríamos.

O velho hesitou.

— Então, em consideração a mim, vocês receberiam uma visita?

Dubornos sentiu o cabelo da nuca arrepiar. Os deuses talvez o tivessem abandonado, mas ele não perdera a capacidade de ler a intenção de um homem. Em pânico, respondeu:

— Xenofonte, não! Não agora. Você perdeu toda a compaixão?

— De modo nenhum — retrucou uma voz que ele ouvira somente em sonhos durante metade da sua vida. — Ele acha que vamos fazer uma reconciliação chorosa. Ele nos conhece muito pouco. Trata-se de um defeito dos médicos gregos; acreditam que são capazes de alterar o destino de outros homens e que têm o direito de fazê-lo.

A manhã interrompeu seu avanço. No mundo livre além da janela, um pombo banhou-se em uma fonte. A água chuviscou na parede externa da cela.

Caradoc se virou com excepcional lentidão. A cela não fora construída para quatro. Julius Valerius, decurião da primeira tropa, Primeira Cavalaria Trácia, e, depois de Scapula, o oficial mais vilipendiado do exército invasor, postava-se logo além da soleira. Ele vestia uma armadura completa; a cota de malha estava tão polida que parecia feita de escamas de peixe prateadas e o manto tinha a cor preta dos trácios. A espada e o cinto eram do estilo da cavalaria, decorados com imagens em relevo dos heróis do império. Nenhum homem, ao vê-lo dessa maneira, teria imaginado que ele não era romano. Somente a pequena insígnia em seu ombro, desenhada à moda dos ancestrais em vermelho, cor de sangue de boi, sobre um fundo cinza, o distinguia como algo à parte; isso e os olhos negros e penetrantes, que refletiam outros que ele vira diariamente durante nove anos em Mona.

Faltava ar na cela, ou o ar era excessivo e a pressão dele comprimia os pulmões; de qualquer modo, era difícil respirar, e mais difícil ainda pensar. Prevenido, Dubornos pressionou a mão na parede para se apoiar e não tentou falar. Caradoc, que não tivera esse aviso, olhou e continuou a olhar. A vontade que comandara exércitos impediu que as suas mãos se estendessem à frente para tocar o homem que agora estava diante dele, mas essa vontade não conseguiu afastar o choque da sua voz:

— *Bán?*

— Bán dos icenos, irmão da Boudica? — O oficial balançou a cabeça. — De modo nenhum. Sou Julius Valerius, decurião da Primeira Cavalaria Trácia. Bán morreu há muito tempo, nas mãos de Amminios, irmão de Caradoc. Não sou essa pessoa.

Ao negá-lo, ele tornou-o um fato. Sem a armadura, ele era o filho da sua mãe; o seu cabelo era o dela, as maçãs do rosto altas e o contorno magro do rosto, o comprimento e a beleza dos dedos, o sorriso que começara maldoso e que certa vez terminara em alegria. Tudo isso combinado o tornava a criança que haviam conhecido e todos ficaram extremamente desiludidos ao dar forma a um homem que não podiam começar a conhecer. Ainda assim, ele era Bán.

Se os guardas tivessem matado Cunomar e Cygfa e atirado a cabeça deles a seus pés, Caradoc talvez tivesse conseguido se controlar melhor, porque isso, pelo menos, estaria ao alcance da sua imaginação. A dignidade, o envoltório de autocontrole tão cuidadosamente alimentado para sustentá-lo durante o dia que se aproximava, simplesmente se desintegrou. Seu olhar deixou a figura reclinada no portal, voltou-se para Xenofonte e regressou ao ponto inicial. Na terceira passagem, os olhos de Caradoc fixaram-se em Dubornos. Um vislumbre de intelecto reacendeu-se nos destroços da sua mente.

— Você *sabia* — afirmou. — Há quanto tempo você sabe?

— Desde o dia em que fomos capturados na encosta. No início não tive certeza, mas depois ele me entregou a sua faca para que eu tirasse a vida de Hail porque não conseguia se lembrar das palavras da invocação a Briga. Quem mais no mundo teria feito isso?

A voz excessivamente familiar declarou acerbamente no portal:

— Você sabia antes disso. Na armadilha que nos prepararam nas terras dos icenos, há cinco anos, você me reconheceu tão bem quanto o reconheci.

Dubornos balançou a cabeça.

— Não. Sabia apenas que você me odiava, não quem você era ou por que nutria esse sentimento. Eu passara noites demais protegendo os videntes, enquanto eles se esforçavam para recuperar a sua alma perdida e entregá-la aos cuidados de Briga. Na confusão da batalha, não esperamos ver essa mesma alma viva e lutando para o inimigo. — Durante quase dois meses, ele vivera com esse conhecimento e optara por esquecê-lo. Diante da realidade, a enormidade da situação o deixou com a boca ressequida. — Você acha que, se eu o tivesse reconhecido, teria descansado antes que você estivesse morto? Odiávamos você, julgando-o completamente romano. Quanto mais não o odiaríamos se conhecêssemos a profundidade da sua traição?

— Quanto mais realmente? — Os olhos negros zombavam de Dubornos. — Estou desapontado. Realmente pensei que você soubesse quem eu era. Todos esses anos de vingança desperdiçados.

Dubornos sibilou através dos dentes, incapaz de falar. Distraidamente, Caradoc perguntou-lhe:

— Por que não me contou?

— De que adiantaria? Você enfrentaria melhor a morte se soubesse que o irmão de Breaca sobrevivera ao ataque de Amminios e voltara para assassinar seu próprio povo? Cunomar viveria melhor depois sabendo que seu próprio tio o escravizara? O menino venera a memória de Bán, o

Caçador de Lebres, salvador de Hail, desde que tinha idade suficiente para ouvir as histórias ao redor do fogo. Não lhe faria bem algum saber que as grandes proezas do passado foram anuladas pela calúnia do presente.

Dubornos falara com a intenção de ferir e percebeu que seu esforço fora em vão. Valerius reclinava-se, sorridente, no portal, frio e intocável.

Caradoc foi mais direto. Até então, estavam falando em latim, como uma cortesia a Xenofonte. Caradoc mudou para o iceno e, falando como um ancião, conferindo o devido peso às suas palavras, declarou:

— Bán, filho de Macha, irmão de Breaca. Pelo menino que você foi, em consideração a você e à sua irmã, de bom grado teria dado a vida. Pelo demônio no qual você se transformou, se o seu imperador não tivesse os meus filhos como reféns, eu o mataria neste momento onde você está.

— Não tenho a menor dúvida de que tentaria. — O homem que era Bán e ao mesmo tempo não era Bán respondeu incisivamente em latim: — Que é precisamente o motivo pelo qual os seus filhos não morreram na encosta acima do rio que marca o lugar da última inequívoca vitória militar do governador. Existem outras maneiras de derrotar um homem além de simplesmente matá-lo em combate.

Era uma provocação exercitada, cuja incisividade era embotada pela repetição interior. Caradoc declarou abertamente:

— Scapula está morto.

— Eu sei. Fui eu que trouxe a notícia para Narcissus. Sem dúvida, serei o próximo. Os videntes agora têm a sua marca; não levará muito tempo para que descubram aqueles entre nós que mais odeiam. — Valerius exibiu um sorriso lupino. — É bom saber que você terá feito a jornada antes de mim. Detestaria morrer com o irmão predileto de Amminios ainda vivo.

Dubornos riu.

— Você está louco? Ninguém acreditaria que Caradoc um dia caiu nas boas graças de Amminios. Eles se odiavam, e todo mundo sabia disso. Amminios nos traiu a todos, delatando-nos a Roma. Caradoc e sua irmã haviam jurado um ao outro matá-lo imediatamente. Se algum dia ele tivesse tido a coragem de voltar à fortaleza do pai, teria morrido antes do anoitecer.

— Bán pensa de outra maneira, não é mesmo? — perguntou Caradoc, acomodando-se no colchão de palha. Ele recuperara o autocontrole. Seus olhos examinaram o rosto do outro homem, absorvendo as coisas que tinham mudado e as que não tinham. — Na última vez em que nos vimos — declarou Caradoc cautelosamente —, você derrotou o meu irmão em um jogo da Dança dos Guerreiros tão longo e arduamente disputado quanto qualquer batalha. Depois, jurei comparecer às suas longas noites e falar a seu favor diante dos anciãos. Só soube dos detalhes da sua morte... realmente o julgávamos morto... quando voltei às terras dos icenos para cumprir o meu juramento. Você não teria razão, em nada disso, para acreditar que eu alimentasse qualquer amor por Amminios. Você conhecia a profundidade do ódio que existia entre nós.

— Mas, ainda assim, você traiu a minha irmã, o meu pai, todos nós, entregando-nos a ele antes de embarcar para a Gália. — Bán era novamente uma criança, e todos notaram isso.

— Não. — Caradoc agora estava em pé, a cabeça erguida, a raiva agora incontida. Com uma força silenciosa, ele declarou: — Seja lá o que for que Amminios lhe disse, independentemente do que você decidiu aceitar, você não pode acreditar que eu teria feito mal a Breaca. Eu não o permitirei. A sua irmã é o meu coração e a minha alma, o sol que nasce para mim pela manhã. Ela o foi desde a primeira vez que a vi e o será até eu morrer, e depois ainda. A probabilidade de eu traí-la é igual à de eu cortar a garganta da nossa filha recém-nascida. Se Amminios lhe contou outra coisa, ele estava mentindo para feri-lo.

— Ou estaria contando a verdade para alcançar o mesmo objetivo? — perguntou Valerius contorcendo os lábios. — Os filhos de Cunobelin sempre foram famosos pela sua habilidade com as palavras. Você pode se mostrar revoltado agora para salvar a sua dignidade, mas escutei por acaso o seu irmão falando sobre o assunto com o administrador dele em uma ocasião na qual não tinha a menor ideia de que eu pudesse estar ouvindo a conversa. Ele não tinha motivos para mentir; os seus são numerosos demais para ser contados. Nesse caso, escolho acreditar nos mortos, e não naqueles que estão quase mortos.

— Você prefere acreditar em *Amminios*, e não em mim?

— Prefiro.

A resposta foi dada com perfeita segurança, mas os olhos de Bán, finalmente, traíram a primeira sombra de dúvida.

Dubornos deu um passo na direção dele.

— Bán, você não pode acreditar...

Caradoc disse:

— Mas acredita, precisa acreditar. A sua vida passou a girar em torno disso, não é mesmo, Valerius? — Caradoc falou em iceno, com o único nome latino áspero no fluxo das sílabas harmoniosas. — Que outras mentiras Amminios lhe contou? Por acaso afirmou que a sua família estava morta e que não havia por que voltar para casa? Que você talvez fosse culpado pela derrota no vale do Pé da Garça? O meu irmão sabia mentir extraordinariamente bem. Eu sei disso; cresci à sombra da sua língua. Fui para o mar aos doze anos para escapar dela. Mas você não tinha como fugir, não é mesmo? Amminios fechara todos os caminhos. O que você teria feito se tivesse sabido na época que Breaca ainda estava viva depois da batalha? Teria voltado para casa, para encontrá-la, para lutar ao lado dela na invasão? Até mesmo para morrer por ela?

Caradoc estava falando a um fantasma. Bán permanecia no portal, pálido como um cadáver; seus olhos eram buracos negros no seu crânio. Engoliu em seco, abriu a boca, mas nenhum som se fez ouvir.

Caradoc prosseguiu:

— Se você tivesse a chance agora, ainda...

Dubornos colocou a mão no ombro de Caradoc.

— Basta. Pare. Ele sabe. Você nada tem a ganhar tornando as coisas piores.

Bán — Valerius — encontrou voz suficiente para rir:

— Pior? Nada que possa dizer tornará qualquer coisa pior. Você está mentindo, cada palavra confirma isso, e não significa nada. Seria divertido conversarmos mais, porém as ordens do imperador são outras. A multidão precisa ser entretida, e o povo considera a morte dos seus semelhantes extremamente interessante. Em breve, vocês começarão a morrer.

Com o tempo, tudo acabará. Depois, continuarei a servir o meu imperador e o meu deus o melhor que eu puder até que os seus amaldiçoados videntes...

— Pare. — Caradoc ainda era capaz de liderar, sem esforço. O ex-iceno parou no meio da frase, boquiaberto. Um lampejo de raiva surgiu e, em seguida, desapareceu quando Caradoc disse:

— Ouçam...

Dubornos prestou atenção e, relutante, ouviu. O tempo passara. O sol amarelo-claro ultrapassara os limites da janela. Do lado de fora, cinquenta homens marchavam em passo de cortejo e subiam a colina em direção ao palácio. A roda de uma carroça guinchou, sedenta de óleo, e parou do lado de fora no final do corredor.

O medo, durante tanto tempo mantido a distância, apressou-se em retornar. Dubornos oscilou, tonto. Bán o fitou demoradamente e logo em seguida dirigiu-se ao médico que estava de pé no fundo da cela:

— Xenofonte, você não deveria estar aqui.

— E você deveria?

— Claro, naturalmente. Perdoe-me; distraí-me divertindo-me com os nossos prisioneiros. Devo conduzi-los no cortejo e escoltá-los ao tribunal. São ordens de Cláudio. Ele exige um homem que fale latim e iceno para traduzir os discursos finais.

Eles estiveram falando em latim de forma impecável durante mais da metade da conversa. Caradoc declarou:

— Não precisamos de tradutores. Cláudio sabe muito bem disso.

— Não obstante, será assim. O imperador quer que os bárbaros derrotados sejam realmente bárbaros. É contrário à natureza executar um homem que fale em latim melhor do que metade do Senado.

XXII

SOU JULIUS VALERIUS, DECURIÃO. FIZ UM JURAMENTO AO SOL *Infinito. Mitra, Pai, ajude-me.*

As palavras passavam céleres pela cabeça de Valerius, marcando o tempo com a batida do pequeno tambor por meio do qual cada parte do cortejo era movida. Elas lhes proporcionavam pouco consolo. Nenhuma parte da parada triunfal do imperador estava acontecendo como planejado. No nível mais mundano, a égua branca de olhos azuis que lhe havia sido emprestada tinha medo de mulas e montá-la perto das carroças puxadas por mulas dos prisioneiros exigiam mais de metade da sua atenção. Além disso, ele estava sendo atacado por todos os lados, e o inimigo não era formado apenas pelos prisioneiros.

A multidão que ladeava o caminho do cortejo fora difícil de conter desde o início da parada. A maioria da população de Roma já se havia reunido debaixo de toldos nas planícies diante do campo pretoriano onde estava planejado ocorrer o ponto alto do cortejo na terceira hora antes do meio-dia. Os milhares que ladeavam a via Tiburtina eram a ralé da cidade, os que careciam da influência ou do dinheiro para conseguir um lugar digno nas planícies.

Eles tinham sido suficientes para atrapalhar o progresso do cortejo. No início, fora a quantidade e a qualidade dos metais preciosos nas carroças que haviam chamado a atenção da multidão. Todas as peças de ouro, ou parcialmente de ouro, capturadas das tribos da Britânia e ofertadas ao imperador, à sua esposa, aos filhos e aos libertos haviam sido colocadas em oito longas plataformas baixas para melhor serem vistas pelo povo. O sol da manhã fizera delas um lago de manteiga flocosa com cada objeto perdido no deslumbramento. Torques de fios de ouro retorcidos enganchavam-se através de outros de folhas ocas de metal decoradas com figuras em relevo de animais selvagens e cenas de combate; braceletes esmaltados com a largura da mão brilhavam perto de delicados colares intricados de ouro e prata, âmbar e coral cor-de-rosa; espelhos de prata aleatoriamente misturados formavam luas no dia luminoso.

A exibição era impressionante. Inspirados por ela a uma disposição de ânimo festiva, comerciantes da ralé com seus filhos com o nariz sujo corriam ao longo do cortejo, ou, avançando com facilidade mais rápido do que as mulas, pegavam atalhos através das ruas laterais para sair na frente e observar as carroças passando de novo.

Prisioneiros vieram depois da pilhagem, o que proporcionou um divertimento ainda maior. Primeiro vieram quatro carroças com mulheres e crianças destinadas à escravidão. As que tinham cicatrizes de combate haviam sido colocadas do lado de dentro, para que o povo não pudesse divisar de imediato os sinais de que as mulheres bárbaras lutavam ao lado dos homens.

Seguiam-se quase duzentos homens, todos reconhecidos guerreiros. Alguns já vestiam a armadura de gladiadores, e até mesmo portavam as armas. O combate público, em pares ou grupos, fora programado para o dia seguinte. Cem númidas de elevada estatura haviam sido escolhidos a dedo para lutar contra eles. Desse modo, as duas extremidades bárbaras do império seriam reunidas, cada uma delas demonstrando a sua inferioridade diante de Roma.

Em último lugar no cortejo vinha a família do rei rebelde, Caratacus; sua esposa e os dois filhos seguiam sozinhos em uma carroça. As duas mulheres estavam vestidas em modestos trajes de linho branco, moderadamente limpos. Postavam-se eretas, com louvável dignidade, e não estavam acorrentadas. O menino Cunomar oscilava entre elas. Uma bela criança, com as feições quase femininas, Cunomar trazia as marcas de contusões recentes no rosto, e suas mãos estavam amarradas atrás com uma corda; uma decisão de última hora, ou uma medida de emergência contra o instinto de uma criança de lutar contra seus captores. As mulheres na multidão arrulhavam quando ele passava e alguns dos rapazes lançavam beijos estalantes. O rosto de Cunomar ia ficando cada vez mais pálido e fantasmagórico à medida que a carroça ia subindo a colina.

Por último, depois da família, vinha o próprio Caratacus, o rei bárbaro que durante tanto tempo rejeitara o domínio da lei romana e por isso pagaria o preço. Durante algum tempo, a multidão ficara impressionada com ele.

Sua carroça era maior do que as outras e era puxada por dois cavalos castrados com paramentos e penas pretos nas faixas da testa. Os animais eram cinza-claros, quase brancos, e alguém com mais imaginação do que experiência pintara flores espiraladas nos quartos e nos flancos com argila cinza-escuro do rio para representar o pastel-dos-tintureiros dos bárbaros. Mais tarde, um legionário que servira nas forças da invasão e sabia melhor o que estava fazendo acrescentara as linhas sinuosas da lança-serpente em vermelho-sangue de boi na parte externa das espáduas.

O homem erguia-se altivo nas correntes, os olhos voltados diretamente para frente, como era adequado à sua posição. O traje era completamente bárbaro; a túnica, as calças e o manto eram de lã áspera em um xadrez gaulês vistoso, sendo a única armadura um corselete de couro preso com chapas de metal tão grosseiras, algumas tão ineficientemente polidas, que poderiam passar por chumbo, em vez de ferro. O irmão, que estava a seu lado, era uma imitação de má qualidade, inferior sob todos os aspectos, inclusive na incapacidade, ou falta de vontade, de manter um silêncio digno. Falava constantemente com o oficial que estava a seu lado, sem dar atenção à sua condição de prisioneiro.

A partir da perspectiva de Valerius, o problema realmente começara quando Dubornos principiara a fazer comentários sobre as coisas que o cercavam. Haviam passado por um cruzamento. A luz do sol vazava por entre prédios altos, as casas amontoavam-se umas sobre as outras, de modo que mantinham a população de Roma concentrada em uma distância facilmente percorrida a pé a partir do fórum. Os custos haviam sido cortados e as margens de lucro, reduzidas; as janelas haviam sido construídas tão próximas que, se uma prostituta se inclinasse para fora de uma delas e oferecesse seus serviços a um homem na outra e ele, se fosse ousado e decidisse acreditar que o prédio ficaria de pé durante a transação, poderia apertar a mão da mulher e aceitar. Ao longo da rua, a argamassa descascada das vergas e vãos que tinham embaixo listras verdes de limo mostravam onde as telhas dos telhados haviam se deslocado e as calhas, ruído.

Dubornos dissera:

— Vi duas avós caminhando pelas ruas, ambas mancas, nenhuma das duas amparada por um jovem ou uma jovem que deveria ser os seus olhos e membros, como aconteceria ainda hoje nas tribos.

A multidão ouviu o suave e harmonioso idioma iceno e não o acolheu favoravelmente; aqueles para quem sua morte era a diversão do dia ressentiram-se de ser excluídos de suas queixas. Uma pessoa vaiou. Outras começaram a entoar o gemido baixo e palpitante dirigido ao perdedor do combate.

Sem dar atenção a elas, Dubornos perguntou:

— Você não foi os olhos e os membros da avó anciã depois das longas noites da sua irmã? Você não sente vergonha de fazer parte disto? Seu deus acha que o seu povo está sendo bem cuidado?

— O meu deus não é o seu... — Fora um erro responder. O silêncio fora a melhor, na verdade a única, defesa de Valerius. A égua sacudiu a cabeça e uma pequena aclamação surgiu em outra parte da multidão, parabenizando o prisioneiro pelo seu golpe; nem toda a população da cidade apreciava as legiões.

Independentemente do objeto de sua lealdade, o que a massa mais desejava era uma desculpa para criar tumulto e estava perto de conseguir seu intento. Um palmo de lenha ricocheteou na beira da carroça, perto do olho da égua. O animal se agitou, desviando-se para o lado, e os cascos escorregaram no cascalho. Os quartos traseiros foram de encontro a um portal e atingiram algo macio. Uma mulher gritou do chão.

Caradoc, que estivera em silêncio desde que a carroça deixara a prisão, disse claramente e com veemência:

— Cuidado, seu idiota!

Valerius puxou as rédeas, praguejando em trácio. A égua recuou do portal, levantando demais a patas. Debaixo delas, sangrando profusamente, porém ainda com vida, uma mendiga, bêbada, parcialmente cega, que escolhera o local para passar a noite, estava deitada de costas, com as pernas abertas, murmurando palavras incoerentes. A perna esquerda estava debilitada da coxa para baixo. O pulso esquerdo, que estava inteiro quando ela se deitara para descansar, estava quebrado.

— Ajude-a, seu imbecil!

As palavras foram ditas em iceno, mas o sentido ficou claro para toda a multidão. Em algum lugar, um homem riu grosseiramente:

— Vamos lá, decurião, levante-a! Olhe para o que ela está oferecendo. Como você consegue resistir?

Os membros de um pequeno grupo de jovens perto da velha começaram a difamá-la, como fariam com uma prostituta que estivesse na rua sozinha tarde da noite.

— Bán, pelo amor do deus...

Não sou Bán. Sou Julius Valerius. Seus deuses não são o meu deus.

No tempo que levou pensando nisso, buscando a certeza, Valerius perdeu o controle da multidão. A voz de Caradoc estalara como um chicote sobre o tumulto, fazendo com que Valerius perdesse qualquer solidariedade que sua posição pudesse ter conquistado. A multidão vaiou. Mais atrás, alguém imitou uma trombeta soando o comando legionário de avançar.

O homem que conduzia a carroça dos prisioneiros, que fora escolhido por sua juventude e beleza, e não pela habilidade em lidar com questões complexas da etiqueta imperial, deixou que os cavalos cinza reduzissem o passo e parassem. Surpreendidos pelo barulho, os carroceiros que conduziam as carroças puxadas por mulas fizeram o mesmo; suas ordens tinham sido manter o cortejo intacto. As difamações, os ruídos de trombetas e assobios cresceram e transformaram-se em uma zombaria generalizada, adquirindo ritmo, junto com o volume.

Valerius praguejou, olhando em volta, em busca de ajuda. Já lidara com multidões com frequência suficiente para conhecer o padrão. Em breve, dariam início ao lento e provocante bater de palmas do circo e logo depois haveria sangue; a centúria da Guarda Urbana que os escoltava não era suficiente para evitar isso. Um movimento na carroça chamou a sua atenção. Praguejando intensamente, Valerius puxou a égua para trás.

Caradoc mal estava sendo contido. Um legionário pretoriano estava ao lado da carroça; a espada desembainhada era tudo o que impedia o prisioneiro de saltar.

Vestido com a ridícula armadura costurada com chumbo, Caradoc irradiava raiva. Seus olhos fixaram-se nos de Valerius. Se um dia o deus único viveu em um homem, esse momento era agora. O cabelo dourado flamejante era o sol que acabara de nascer, a fúria alimentada por séculos de adoração imperfeita. A perfeição encerrava beleza e uma impressionante nobreza. Que ela se manifestasse aqui e agora, nesse homem, era um sacrilégio impensável. Valerius sentiu um aperto no diafragma e esforçou-se para não vomitar.

O olhar cinza não podia ser quebrado. A voz imensurável do deus ordenou:

— *Cuide dela. Agora.*

Valerius não se lembrava com certeza da parte de si mesmo que desmontou e se ajoelhou ao lado da velha. Expressou-se primeiro em uma língua que não ouvia nem falava havia quase vinte anos. Por meio de um esforço considerável, pôs de lado a linguagem de seus ancestrais e repetiu a pergunta em iceno, em gaulês e finalmente em latim, partindo da juventude distante em direção à idade adulta. A velha senhora só entendeu a última.

— Avó, onde está ferida?

Ela inclinou a cabeça, buscando a voz de Valerius no horizonte cego e barulhento.

— O meu braço — respondeu, queixosa. — O meu braço está doendo.

Valerius pegou com firmeza o braço da velha, acima da fratura. A pele era ao mesmo tempo oleosa e frágil, nem um pouco parecida com a da avó anciã do seu passado. Esta fedia a vinho estragado, urina e negligência. Interiormente, ouviu a voz da sua infância: *Juro ser os seus olhos e membros, até que o tempo ou os deuses me liberem dessa tarefa.*

No mesmo lugar, uma velha mulher vestindo um traje de pele de texugo disse: *Você me abandonou. Fiquei sem ninguém. Não poderia ter voltado para casa, para mim?*

Sacudindo a cabeça, Valerius inclinou-se mais.

— O seu pulso está quebrado — declarou. — O meu cavalo a atropelou. Você será recompensada, e encontraremos um restaurador de ossos. Sente dor em mais algum lugar?

— No peito — respondeu a mulher. A consciência da dor fez com que ela tossisse um escarro entremeado de sangue.

Valerius sentou-se sobre o calcanhar e obrigou-se a pensar de forma coerente. *Sou Julius Valerius, decurião, Leão de Mitra.* Ele estava nos subúrbios de Roma, no meio de uma multidão hostil, em um cortejo cuja programação havia sido escolhida com suprema precisão. A essa altura, o atraso já era tal que ele possivelmente enfrentaria a morte. Se demorasse mais, teria sorte se não o juntassem aos seus inimigos na primeira cruz vazia. Independentemente do que Caradoc pudesse dizer, por mais que ele pudesse estar tendo o apoio dos fantasmas que retornaram, Valerius não dispunha dos recursos nem do tempo necessários para ajudar uma avó inválida.

Valerius apoiou-a no portal.

— Fique com os deuses. Se eu estiver vivo quando isso terminar, juro que voltarei para cuidar de você.

Os guardas haviam cercado a carroça, voltando as costas para ela com as espadas desembainhadas, mantendo a multidão ao largo. O centurião chamava-se Severus e servira no Reno na época de Calígula. Valerius olhou para ele e disse:

— Avance com a carroça. Desimpeça o caminho. Para que qualquer um de nós consiga sobreviver, precisamos estar na borda da planície, diante do acampamento, antes de Cláudio.

O oficial fez uma careta.

— Você acha que os almocreves vão conseguir fazer com que as bestas subam correndo o resto da colina?

— Eles o farão se entenderem que a vida deles depende disso.

Sou Julius Valerius, decurião da primeira turma, a Ala Prima Thracum...
Pela batida do tambor, Valerius soube onde estava. Suas ordens estavam gravadas em ácido no seu fígado; ele poderia tê-las executado de olhos vendados, com os ouvidos tampados com lã, o que era bom, já que o solo à sua frente era incerto e as palavras que ouvia com mais clareza eram em iceno e vinham do passado. O mais desagradável fora descer incontrolado em direção ao pesadelo. Fantasmas de todas as idades amontoaram-se sobre ele, vociferando. Desde a época em que fora escravo de Amminios, eles não se aproximavam com tanta nitidez. Ainda não estavam perto o suficiente para que pudesse ouvir as palavras com precisão, mas isso não fazia nenhuma diferença; a voz de Caradoc substituía a deles, ecoando da prisão: *O que você teria feito se tivesse sabido na época que Breaca ainda estava viva depois da batalha?*

O deus fizera a mesma pergunta, e, forçado pela presença da divindade, Valerius respondera com sinceridade. Aqui, na planície do imperador, no cortejo do imperador, ele não faria, não poderia, fazer o mesmo.

Sou Valerius, decurião, Leão de Mitra que prestou juramento. Sirvo o meu imperador com o corpo e o meu deus com o coração e a alma...

Se falasse em voz alta na abóbada da sua cabeça, Valerius conseguiria agarrar-se ao seu equilíbrio mental. Não ousava fechar os olhos. O oficial responsável pelo cortejo era Marullus, centurião da segunda coorte da Guarda Pretoriana, aquele que marcara Valerius a ferro quente em outra vida, seu verdadeiro Pai para sempre sob os cuidados de Mitra. Sua presença ardia como o sol, mantendo o deus em foco, mas não dispersou a voz ou a lembrança de um homem que alcançara a divindade e não sabia.

Caradoc não é o deus. Nunca foi. Se deu a impressão de ser, foi por obra dos fantasmas.

Nas planícies, nove coortes dos pretorianos e três da Guarda Urbana — menos a centúria que fora destacada para marchar com os prisioneiros — estendiam-se em perfeitas fileiras diante do seu acampamento; quase seis mil homens, armados e treinados no mais alto grau que o império poderia alcançar. A distância, tudo o que podia ser avistado era o ofuscante reflexo dos elmos polidos.

Mais próximo, o oscilar ondulante das plumas dos oficiais erguia-se orgulhoso como juncos atiçando um lago de prata. A mãe de Bán — a mãe de *Valerius* — caminhava entre eles como se fossem árvores, uma carriça voando alto. Valerius encontrara o corpo da mãe carbonizado, deitado em uma pira, depois da batalha da invasão, e observara sua alma iniciar a jornada em direção ao outro mundo. A partir de então, nunca mais a vira. Seu pai também estivera ausente desde o último dia da batalha da invasão. Agora, postava-se diretamente à frente de Valerius, o escudo na altura do peito e a espada preparada de modo que só seria possível avançar através dele. Era melhor não pensar nisso.

Havia menos fantasmas à esquerda, onde a multidão aguardava. Olhando por cima do ombro, Valerius podia vê-los num grande grupo compacto em pé, de frente para a milícia, separados por um espaço de pouco menos de trinta metros. Estavam menos tangivelmente ordenados, mas as camadas de posto e influência não eram menos definidas. Entre esses dois, os palanques casados do imperador Cláudio e da imperatriz Agripina ocupavam uma posição de suprema visibilidade e dignidade. Cinquenta senadores, escolhidos em função da antiguidade, estavam sentados em bancos a uma curta distância, ostensivos tanto pela posição quanto pela separação da pessoa do imperador. Na área aberta entre eles, aguardava a sombra de Iccius, o menino escravo belga que vira os últimos dias de Bán como era e cuja morte desencadeou seu despontar como Julius Valerius, oficial da cavalaria auxiliar do imperador.

Postei-me na presença do Touro. Querido deus, toquei *o Touro. Por que não eliminas isto?*

A programação do cortejo não deixava espaço para a incapacidade da parte de uma das suas principais figuras. Exatamente no momento determinado, ao som de uma breve fanfarra ensurdecedora, quarenta e oito mulas suadas e ondeantes surgiram arrastando suas carroças carregadas. Escravos em trajes escuros carregavam ao lado objetos especiais: escudos de bronze cuidadosamente trabalhados, os melhores espelhos, colares de ouro maciço incrustados com âmbar, azeviche e esmalte azul. Através do tagarelar de sua mente, Valerius ouviu uma manta de silêncio cair sobre o zumbido da conversa do povo de Roma. Pelo menos isso era previsível. Nenhuma multidão no mundo está tão fatigada que carroças de ouro não inspirem a quietude da avareza, ainda que efêmera.

Em seguida, a maré da conversa ascendeu de novo a um fragor atenuado, mais alto do que antes. Ourives e joalheiros forçavam a passagem para examinar os complexos detalhes de peças específicas. Outras pessoas, que talvez estivessem pensando em encomendar uma imitação, anotaram o peso das peças e os estilos mais especiais. No outro mundo que defronta-se com esse, uma menina icena, enforcada aos três anos de idade, saltitava ao lado de uma carroça, trocando a corda esfiapada que tinha no pescoço por um colar que fora da mãe dela. Nesse momento, Valerius fechou os olhos. Ao abri-los novamente, algum tempo depois, pelo menos a criança desaparecera.

As carroças estavam afastadas umas das outras, de modo que a primeira já percorrera metade da área do desfile e a poeira da sua passagem começara a baixar quando a segunda começara a se locomover completamente. Elas avançavam em um crescente, começando perto dos pretorianos, fazendo uma curva na direção da multidão e voltando a um posto logo atrás do palanque imperial, onde eram temporariamente cobertas com peles de animais. Quando as oito carroças concluíram seu desfile e se alinharam, as coberturas foram retiradas em uníssono, permitindo que o sol uma vez mais encontrasse o ouro. O esplendor repentino da luz refletida formou um halo resplandecente ao redor do imperador, abençoando-o.

A multidão emitiu um longo suspiro conjunto. No mundo entre os mundos, os fantasmas fingiram um assombro que não poderiam sentir, já que viviam entre os deuses.

Somente os prisioneiros permaneceram indiferentes. Dubornos declarou para que Valerius ouvisse:

— Luain mac Calma produziu um espetáculo melhor para Cunobelin. — As palavras não deixavam claro se ele também via os fantasmas. Valerius esperava que não.

Caradoc, mais pensativo, comentou:

— Os trinovantes diziam que o seu imperador considerava-se um deus. Até agora, eu não acreditara que isso fosse verdade.

Valerius contemplou a luz flamejante até os seus olhos doerem. Os deuses do seu passado e do seu presente pairavam no limite da imaginação. Cláudio não estava entre eles, e Valerius não permitiria que Caradoc estivesse. *O que você teria feito se soubesse...*

— Vocês acreditarão quando morrerem — afirmou Valerius. — Homens melhores do que vocês pediram a Cláudio que os libertasse da vida, declarando que ele era o primeiro entre os seus deuses. Vocês não serão diferentes.

Valerius queria que eles discordassem. Caradoc assentiu com a cabeça.

— O fato de o chamarmos assim não fará dele um deus. — O fantasma de Eburovic, pai de Bán, concordou pesarosamente.

Um apito soou debaixo do estandarte do escorpião da Guarda. As carroças que transportavam mulheres e crianças avançaram pela planície. A multidão tagarelante ficou em silêncio, não por admiração, mas por tédio. Os leilões de escravos atrairiam novamente a sua atenção; até então, esta era uma parte necessária do espetáculo, mas que não seria discutida mais tarde, durante o jantar. No silêncio, era possível ouvir os murmúrios de sócios comerciais, que usavam o tempo para tratar de outros assuntos. Valerius, sensibilizado como não esperara estar, notou que as guerreiras se haviam deslocado para o lado de fora das carroças e formado um círculo ao redor das mães com filhos. A dignidade das mulheres foi desperdiçada em uma multidão desatenta. Uma profusão de fantasmas chorava amargamente por elas.

As carroças com os homens vieram a seguir e se destacavam pela altura e pela qualidade bárbara dos seus trajes, ou então pela nudez impudente e as marcas estranhas na pele. A última carroça conduzia três videntes que eram ao mesmo tempo guerreiros. Eles viam o que seus conterrâneos não divisavam. Os três reconheceram Macha quando passaram. Entre os romanos, somente Valerius percebeu os gestos. A maior parte das pessoas esticou o pescoço para descortinar os dois carros que vinham por último: a família e o próprio rei rebelde. Entre os outros, Dubornos, que estava a mais de meio caminho para ser um vidente, começou a entender. Observando-o, Valerius percebeu o momento em que a visão de Dubornos mudou e os fantasmas tornaram-se parte do seu presente. Ele os reconheceu, sorrindo com uma alegria não dissimulada.

— Se é Mitra que protege a alma dos mortos, como dizem os seus mitos, parece-me estranho que ele invoque a alma de uma vidente icena para montar guarda sobre o filho dela. Você não acha, talvez, que em vez disso...

— Eu não acho nada. E vamos começar a andar. Se você falar enquanto as carroças desfilarem diante do povo, os guardas têm ordens para decepar a sua língua. Os fantasmas do seu passado não os impedirão.

Valerius não estava certo do que afirmara, mas falou com a segurança e a autoridade de um oficial. Ao que pareceu, Dubornos acreditou nele, pois ficou em silêncio. A um sinal oculto, a carroça que conduzia Cwmfen, Cygfa e Cunomar começou a avançar. As mãos do menino haviam sido desatadas; no seu lugar, Caradoc havia prendido o filho com um juramento, que não poderia ser quebrado, de que não traria a desonra para a sua família, o qual fora aceito pelo centurião pretoriano responsável pelo evento. Assim, os três membros da família postavam-se eretos, pálidos nos trajes de linho, o cabelo não cortado esvoaçando levemente ao vento quando passavam. Tinham a altura e a coloração dos gauleses, mas não se deixavam intimidar com a mesma facilidade. As mulheres, particularmente, comportavam-se como rainhas, com altivez e dignidade.

Corria o boato de que elas talvez escapassem da execução, mas não da escravidão. Nas primeiras fileiras da multidão, as mais ricas e ousadas esposas dos senadores começaram, discretamente, a dar lances pelos seus serviços.

No terreno plano diante de Valerius, a sombra de Eburovic ergueu o escudo, preparando-se para o combate. Na planície, a carroça que conduzia a família de Caradoc chegou ao ponto médio da trajetória prevista. Na beira da planície, o centurião pretoriano ergueu discretamente a mão. Valerius sentiu o coração dar um salto, como no início de uma batalha, e sibilou para o homem que conduzia os cavalos cinza:

— Prepare-se. Quando Marullus baixar a mão, comece a avançar a passo. Siga o rastro dos outros. Se você dá valor à sua vida, não deixe que os cavalos parem.

O homem assentiu com a cabeça e seu rosto era uma máscara de ardorosa concentração. Esse era um lugar no qual a morte pairava próxima, como moscas em um dia parado. Um erro no cortejo do imperador produziria um resultado indiscutível; a única dúvida seria o estilo da morte.

A batida do tambor coincidia com a cadência dos cavalos que avançavam a passo. As rodas das carroças giraram oleadas nos eixos. A égua branca era treinada para desfiles e prosseguia como um cavalo de guerra atravessando a sombra de um homem que ela jamais conhecera. Bán sentiu o julgamento frio do pai derramar-se sobre ele, um homem que respeitara acima de todos os outros. O gelo envolveu-lhe o coração. Somente o calor motivado do seu cavalo o impediu de cair da sela. Na condição de Valerius, praguejou em gaulês, trácio e latim. Nada disso adiantou.

Dubornos disse:

— Ele o amava — e não havia guardas próximos o bastante para decepar-lhe a língua.

A multidão prendeu a respiração. A carroça que conduzia o rebelde derrotado avançava em um ritmo mais lento do que qualquer outra que passara antes. Mergulhando no silêncio apreciativo e prolongado, Julius Valerius, decurião da Primeira Cavalaria Trácia, cavalgava cegamente, por instinto.

— Você trabalhou um longo tempo para chegar aqui; deveria estar aproveitando mais. — Dubornos estava exultante. Ninguém imaginaria que ele era um homem cuja morte começaria daí a alguns breves discursos e terminaria com outro amanhecer.

Valerius retrucou em iceno:

— Vou lembrá-lo disso ao anoitecer.

À frente deles, a carroça que conduzia a família do líder rebelde chegou ao lugar que lhe fora determinado e deu meia-volta. O menino, Cunomar, levantou a cabeça e fez uma pergunta a Cygfa; do outro lado do campo, Valerius viu a cena e amaldiçoou o fato de não terem dado papoula ao menino para mantê-lo maleável e em silêncio. A carroça de Caradoc atingiu o ponto médio do caminho do cortejo e fez a curva em direção ao imperador. A radiância do ouro iluminado pelo sol era ofuscante, e Cláudio, uma silhueta nebulosa no seu núcleo. Agripina estava mais visível, por não estar tão no centro da luz. Ela se vestira de um branco perfeito como pérolas, com o cabelo castamente oculto. As únicas joias que usava eram pequenos grupos de diminutas pérolas no pescoço e nas orelhas.

Transpirando, Valerius contou os passos até os palanques.

Vinte. Dez. *O que você teria feito se...* Um murmúrio abafado da multidão ascendeu a um máximo suave e declinou, silenciando-se. Cinco passos. Uma trombeta soou, devastadoramente estridente. Abençoadamente, os cavalos não lhe deram atenção. Dois passos. Começar a parar... *se você tivesse sabido que Breaca...*

Mitra. Pai de Luz. Preciso de ti.

A precisão da chegada deles chocou Valerius e conferiu-lhe lucidez momentânea. Quem quer que tivesse organizado aquilo sabia exatamente o que estava fazendo. As sombras das cruzes expectantes encontravam-se em uma interligação tripartida de linhas retas e arrojados cavalos negros, e o ponto central caía com exatidão matemática entre os cavalos à medida que a carroça dos prisioneiros ia reduzindo a marcha para colocar-se em formação. A figura de Caradoc, que se mostrara dourada ao sol, atenuou-se na sombra.

Narcissus postava-se no lugar do arauto, à direita do palanque. A sua voz era perfeita para a função. Quando o desejava, conseguia projetá-la para a parte posterior do silêncio expectante tão bem quanto qualquer ator.

— Parem diante da pessoa do seu imperador! Sua Excelência Tibério Cláudio Druso Nero Germânico Britânico o ordena!

Quando as palavras desapareceram gradualmente, eles pararam. Trombetas legionárias soaram uma ensurdecedora fanfarra. Julius Valerius, um confuso oficial romano, deu consigo olho no olho com o seu imperador.

A essa distância, os tremores de Cláudio eram evidentes. O imperador se levantou, a toga luminescente na luz radiante. As palmas bordadas na parte de baixo da túnica ondulavam como se estivessem vivas. Ele poderia ter sido o único foco de atenção, mas Agripina inclinou-se para frente. Mesmo sentada, ela era magnífica. Nenhum homem lúcido conseguiria imaginá-la ganhando a vida mergulhando como uma menina escrava. Agripina perscrutou os dois prisioneiros na carroça como um cozinheiro poderia examinar peixes frescos no mercado. Após um longo tempo, o olhar da imperatriz transferiu-se, igualmente penetrante, para Valerius.

— Um louro, um ruivo, um moreno — comentou ela finalmente. — Não parecem ser da mesma tribo.

Caradoc declarou em latim:

— Minha senhora, nós não somos.

A requintada sobrancelha da imperatriz ergueu-se até a altura da linha do cabelo. Narcissus se contraiu. A multidão não conseguia ouvi-los agora. A única audiência era formada pelos cinquenta senadores que se inclinavam para frente. Eram mais bem-educados do que a massa: não exprimiram sua surpresa, mas oscilaram como se tivessem.

Valerius não estava tão perdido para a realidade a ponto de não sentir o perigo que emanava dos seus superiores. Disse em iceno:

— Você talvez queira pensar no futuro dos seus filhos antes de voltar a falar em latim. Neste lugar, neste momento, essa língua é desconhecida para você.

Caradoc inclinou a cabeça. Ele não era mais o deus, mas tampouco era um prisioneiro intimidado e derrotado. Seu rosto era uma máscara de dignidade contida e inteligente a partir da qual os seus olhos riam. Agripina sorriu lindamente para esses olhos.

No silêncio ofegante que se seguiu, Narcissus, lendo um pergaminho, começou a anunciar a longa lista das vitórias do imperador sobre as tribos rebeldes da Britânia. Debaixo da proteção do barulho, Cláudio disse:

— Recebemos notícias dos seus videntes. Não concordam com a nossa proposta. Não cancelarão a maldição em troca da vida da sua esposa e filhos.

Os fantasmas já tinham conhecimento do fato: Macha, Eburovic e o menino escravo Iccius. Surpreendentemente, cada um deles recebeu a notícia com alegria. Cwmfen e Cygfa, de pé na carroça, ao alcance do ouvido, claramente de nada sabiam ainda, tampouco ficaram felizes. Era possível que nem mesmo soubessem da barganha. Valerius percebeu um movimento repentino e virou-se a tempo de ver Cwmfen, que estivera em silêncio, restringir com a mão o braço da filha. Uma única palavra áspera em uma língua estrangeira deslizou pela planície, despercebida por quase todos. Valerius levou algum tempo para identificá-la como ordovice, direto do campo de batalha, um comando de recuar diante do inimigo. Ela poderia ter sido facilmente dirigida a Caradoc, a Cygfa, ou a ambos.

Se Caradoc ouviu, não o demonstrou. Com o rosto branco como o de um cadáver, abriu a boca para falar e voltou a fechá-la, enquanto Valerius, lembrando-se tardiamente do seu papel, fez a encenação de traduzir o latim do imperador para a linguagem da sua infância. Teve dificuldade com uma ou duas palavras por não encontrar representações adequadas, mas ele poderia ter recitado a letra de uma canção de ninar que não teria feito a menor diferença. Todos que ouviram as palavras do imperador entenderam o que ele dissera.

Esse intervalo conferiu a Caradoc a oportunidade de se recuperar. Já não sorria. Declarou em iceno com a mais absoluta sinceridade:

— Fiz o melhor que pude. Mantive o meu lado do nosso juramento.

Após ouvir a tradução, Cláudio disse:

— De fato. No entanto, os seus amigos nos territórios rebeldes não têm tanto apreço pela vida da sua família quanto pela sua. Eles preferem sacrificá-los para que você permaneça vivo.

— *O quê?*

Essas palavras não precisaram de tradução. Atrás deles, Narcissus atingiu um pequeno clímax na sua descrição da coragem marcial: a entrada triunfante do imperador em Camulodunum, transportado no dorso de elefantes. O imperador sorriu e ergueu a mão para a multidão agradecida.

Quando pôde novamente ser ouvido sobre o tumulto, Cláudio declarou:

— Se você morrer, eu morrerei. Foi exatamente o que afirmaram. Não apenas morrerei, como a minha morte refletirá exatamente a sua. Pergunto-lhe agora, e você deve saber que o bem-estar da sua família depende da verdade da sua resposta: eles podem fazer isso?

Mundos pararam enquanto Caradoc pensava na resposta. Poderiam estar sozinhos, dois homens enfrentando a morte de maneiras diferentes. Na tribuna, Cláudio, o tolo, foi totalmente substituído por Cláudio, o sobrevivente. A mente superior e erudita sempre em sintonia, acima da necessidade de presenciar a dor nos outros, ou de dominar, com a necessidade absoluta e incondicional de preservar a própria vida.

Diante dele, Caradoc também despira a armadura do fingimento. Desnudo até os ossos, fitou Cláudio, expondo o funcionamento da sua mente. Se Caradoc rira do imperador, já não o fazia mais. Mesmo tendo desdenhado os seus fracassos como homem e como líder dos homens, não desdenhava a sua inteligência e tampouco o visível alcance do seu poder. Mais claramente até do que na prisão, a essência de Caradoc chamejou para que todos os que estavam próximos o vissem.

Na carroça que estava atrás, Cwmfen e Cygfa postavam-se imóveis e brancas como o mármore. Ao lado do imperador, Agripina inclinou a cabeça e deslizou uma unha perfeita pelo lado do rosto. No Senado, vários homens sentavam-se mais eretos. Os fantasmas aproximaram-se, apoiando o guerreiro de um modo que ele jamais imaginara. Valerius, esforçando-se totalmente para ser o instrumento do seu deus, trincou os dentes e rezou para não ficar nauseado e para que o pesadelo fosse afastado.

— Eles podem fazê-lo? — indagou Cláudio novamente. — Eu lhe fiz essa pergunta antes, e você recusou-se a responder. Agora você responderá. Você viveu entre eles, tem que saber a resposta.

Valerius fez inexpressivamente a tradução. O silêncio que se seguiu alongou os limites da tolerância. Se Caradoc pudesse ter seguido para a morte sem responder, é o que teria feito, o que estava bem claro. A vida da sua família dependia da sua resposta, mas ele não tinha a menor indicação quanto ao lado para o qual Cláudio se inclinaria. Finalmente, declarou em ordovice, o idioma da sua infância:

— Eles dirão que podem. Eu não acredito.

As palavras deslocaram-se pelo ar dourado e deixaram o seu próprio eco. O imperador, a imperatriz e cinquenta senadores, para quem elas nada significavam, voltaram-se para o decurião da cavalaria, à espera da tradução. Os videntes dos icenos fizeram um sinal para Valerius, que um dia fora Bán, para que interpretasse com precisão as palavras, usando meios que o teriam feito parar quando criança e o obrigado a aquiescer. No entanto, eles não tinham mais esse poder. Pelo contrário, forneceram-lhe a primeira indicação do que deveria fazer, do que o seu deus queria que ele fizesse; ele faria o oposto do que os deuses dos seus inimigos desejavam tão desesperadamente que ele fizesse.

Em um glorioso momento de liberdade e perfeita lucidez, guiado pelo seu deus e com a promessa da vingança ardendo no coração, Valerius traduziu as duas frases como:

— O governador Scapula levou dez dias para morrer, e sofreu em cada um deles. Nisso você poderá ter a sua resposta.

O olhar de Caradoc ficou fixo em pedra. Dubornos gemeu como se tivesse levado um soco no estômago e cerrou os dentes sobre a língua. Cygfa, de pé ao lado da mãe na carroça, sibilou uma torrente de insultos em um ordovice debilitante. Os fantasmas fugiram, tagarelando.

Cláudio voltou-se para seu decurião.

— Você nos trouxe a notícia da morte do nosso governador, mas nada nos disse a esse respeito. É verdade?

Valerius fez uma mesura, tonto como se tivesse bebido vinho ou diante da promessa do combate. Equilibrou-se na beira de um precipício, e um passo na direção errada poderia trazer-lhe uma morte lenta. Em seguida, declarou:

— Excelência, é verdade. Aqueles que viajaram sob o meu comando poderão confirmar. O legado da Vigésima Legião enviou um relatório escrito, e as minhas ordens eram para que eu nada dissesse além do que eu disse, a não ser que Vossa Excelência, ou outra pessoa no alto-comando, me fizesse uma pergunta direta. Ela não me foi feita. Acredito que o legado não viu motivo para perturbar Vossa Excelência com detalhes desnecessários.

— Entendo. Vamos analisar mais tarde o que você disse. — Voltando-se para Caradoc, o imperador disse:

— Você sabia, antes de eu receber a notícia, que Scapula estava morto, e agora conhece detalhes antes que eles sejam abertamente mencionados. Como consegue fazer isso?

— Os deuses podem falar com qualquer homem em um momento de necessidade. — Essas palavras foram pronunciadas por Dubornos, em latim, imprudentemente, na presença do imperador, e interrompendo o homem que era, para todos os efeitos, o seu rei. Caradoc olhou fixamente para ele, mas nada comentou.

O imperador assentiu com a cabeça. Agora, muito mais coisas estavam em jogo além do protocolo, e ele não poderia arranjar uma punição maior para alguém que já estava condenado à morte. Valerius ouviu um homem que ele desprezava arriscar-se para protegê-lo e o lamentou. Os fantasmas dirigiam-se a Dubornos em sussurros e ele ouvia, assentindo com a cabeça.

Voltando-se para Caradoc, Cláudio disse:

— A nossa vida está ameaçada, e isso não pode ser permitido. A sua família pagará o preço do seu fracasso. Somente você viverá, como foi o caso de Vercingetorix, aprisionado perpetuamente como refém para a minha vida. Os outros morrerão no decorrer dos próximos dias.

Caradoc havia se restabelecido. Lançou a voz, em latim, além do imperador, para que ela alcançasse o Senado atento:

— Então o imperial Cláudio é humilhado pelo poder dos adivinhos e bardos bárbaros? Confesso que eu tinha uma opinião melhor de você. Também achava que um juramento entre reis era firme.

Era uma clara provocação para assassinato, o ato de um homem que preferia qualquer morte à vida. Valerius, ao ouvir tais palavras, viu seus esforços desfeitos e percebeu, pela primeira vez, que os fantasmas talvez o conhecessem melhor do que ele acreditara.

Sua mãe o fitava pensativa, de lábios franzidos. Valerius falou mentalmente: *Não sou o seu instrumento, nem agora nem nunca. Se Caradoc deseja morrer, não serei eu a salvá-lo.* Macha ergueu sorrindo as sobrancelhas, e a pele rastejou pela coluna de Valerius.

No pódio do palanque, as palavras de Caradoc foram absorvidas com a devida consideração pelo imperador e pelos senadores, mas foi Agripina quem reagiu primeiro, acenando um repúdio divertido. Ela não estava mais sorrindo para Caradoc, e sim para Cláudio, cuja morte colocaria no trono seu filho de dezesseis anos. Ninguém duvidava de quem efetivamente iria governar, caso isso viesse a acontecer. Vários membros do Senado viram a possibilidade se aproximando.

— O bárbaro é ousado — declarou Agripina. — Raras vezes ouvi um homem defender com tanta eloquência a própria morte. É claro que ele está tentando persuadi-lo a fazer o oposto. A força do seu apelo é uma prova dos seus verdadeiros anseios. Sugiro, ao contrário, que você deve deixá-lo ter o que ele afirma desejar. Nós o sacrificaremos a Marte Ultor e depois a Júpiter, e veremos se os adivinhos dos bárbaros estão à altura dos nossos deuses.

— Mas poderemos nos arrepender mais tarde do que realizarmos às pressas. — Sentado, com o queixo nas mãos e a coroa de louros sobre a testa, Cláudio era outro Augusto, epítome da sabedoria e árbitro da justiça fundamentada. — Esse homem é um guerreiro e rei do seu povo. Há muito se sabe que, entre os bárbaros, o rei se sacrificará pelo bem maior.

Talvez ele conheça o poder dos videntes e acredite que a sua morte os ajudará. Por essa razão, ele buscaria a própria morte.

Narcissus, liberto e ministro de Estado, completou sua proclamação à multidão. Entrando na conversa como se por direito, ele disse:

— Se esse risco existe, não devemos corrê-lo. O homem pode ser poupado sem dano à sua pessoa imperial ou à sua posição.

O liberto, uma vez mais, opôs-se à imperatriz. Os membros do Senado, sintonizados com o mortífero combate da corte, perceberam uma cisão e a necessidade de tomar partido. Meneios afirmativos de cabeça tiveram início e foram seguidos, ou não, por aqueles que tinham mais, ou menos, a perder.

Agripina franziu o cenho, de forma conveniente. Era preciso ter estado observando bem de perto para saber se ela percebera quais os senadores que apoiavam Narcissus.

— Temos um cortejo de vitória — declarou a imperatriz. — Distinções triunfais foram aprovadas para Ostorius Scapula. Não honraremos nem a ele nem a nós se não demonstrarmos a magnitude da nossa vitória. As cruzes não devem permanecer vazias.

Cláudio assentiu agradavelmente com a cabeça.

— O irmão morrerá, bem como os homens que lutaram contra nós. O desejo do povo de ver sangue será acalmado, mas, ao mesmo tempo, as pessoas serão lembradas de que o seu imperador não é desprovido de misericórdia. É uma boa combinação. Cipião caiu nas boas graças do povo ao libertar Syphax. Narcissus pode providenciar um discurso para Caratacus no qual implora a nossa misericórdia e nós...

— Não.

A negação não foi violenta, mas, ainda assim, os senadores estremeceram como se tivessem sido atingidos. Dois membros da Guarda Urbana deram um passo à frente com a mão nas armas.

Cláudio dirigiu a atenção para Caradoc.

— A sua vida será poupada. Você não está em posição de discutir.

— Não estou? — Os olhos cinzentos percorreram a pessoa do imperador. Valerius conhecia esse olhar. — Você matou incontáveis centenas dos seus inimigos, mas em algum momento tentou manter um homem vivo contra a sua vontade? Obrigá-lo a comer e beber a quantidade exigida pelo corpo para que possa viver uma longa vida? Eu lhe garanto que a nossa morte, a sua e a minha, será tão prolongada quanto a carne puder torná-la.

O imperador disse:

— Certa vez, na minha sala de audiências, você deu a entender que tinha dúvidas quanto à possibilidade de os seus videntes me alcançarem. Você estava mentindo?

— Estava. Acreditava que isso protegeria a minha família. Revogo o que eu disse. A morte do governador é uma prova dos poderes deles. Se puderam alcançá-lo, protegido pelas legiões, o que os impedirá de chegar até você?

— Entendo. — O imperador passara dias inteiros nas cortes de justiça, atuando como juiz. Esse fato aparecia nele agora, enquanto ele pesava ações, motivos e consequências em direção ao julgamento. — Você continuaria a mentir enquanto a sua morte estivesse envolvida, e recorreria à verdade somente quando a sua família fosse ameaçada. Devo então acreditar que você dá mais valor à vida do seu irmão do que à sua?

— Exatamente. E à dos guerreiros também. Não viverei para ver outro homem morrer no meu lugar.

— Quanta nobreza — escarneceu a imperatriz. A expressão, e até mesmo o som, repetiu-se aqui e ali entre os senadores. — Deixe que todos morram — repetiu Agripina. — Xenofonte e a guarda montada cuidarão juntos para que você saia ileso de tudo isso. Você é o imperador. Não precisa ser intimidado por um bárbaro.

Agripina falou como uma mãe a uma criança teimosa, exigindo obediência. A respiração dos senadores tornou-se mais audível.

Cláudio virou-se com excruciante lentidão e apoiou-se por um longo momento no cotovelo, para poder olhar melhor para a esquerda. Cinquenta homens bem-nascidos e de elevada posição olharam rigidamente para frente durante o doloroso intervalo que o imperador levou para defrontar a mulher que era sua sobrinha e, mesmo assim, declarava amá-lo.

Em seguida, falou com palavras bem pronunciadas, e cada uma foi uma arma:

— Tampouco pela minha esposa — declarou distintamente o imperador.

As palavras caíram uma por uma no ar inerte. Narcissus sorriu triunfante. Os olhos de Agripina chamejaram. A imperatriz abriu a boca para falar e fechou-a em seguida, finalmente agindo com tato. Os senadores encontraram novos lugares para pousar os olhos, longe do imperador e de sua esposa. Valerius oscilou e precisou fazer força para permanecer ereto. Seu coração pairava-lhe sem vida no peito. Macha sorria para ele, e Valerius se virou de costas, sentindo o gosto de cinzas na boca. Caradoc e Dubornos, cada um deles julgando não estar sendo visto, fizeram com os dedos da mão esquerda o sinal de agradecimento aos deuses. Cwmfen chorava silenciosamente na sua carroça. Cygfa, sorrindo o seu ódio, inclinou-se para Cunomar e o beijou.

Formando um círculo ao redor de todos, os fantasmas reunidos dos icenos mortos ergueram uma cacofonia de silenciosa celebração. Uma carriça voou em espiral bem alto no céu, cantando.

IV
OUTONO 54 D.C.

XXIII

JULIUS VALERIUS, DECURIÃO, DESEMBARCOU DO NAVIO MERcante *Isis* no porto de Óstia, trinta quilômetros a oeste de Roma. Chegou depois do cair da noite do dia 25 de setembro, no décimo quarto ano do reinado do imperador Cláudio. O fato de Valerius não cair de joelhos e beijar a madeira da doca manchada pelo mar em agradecimento pela terra firme era uma prova tanto da benevolência do único deus quanto da presença de Severus, centurião da Guarda Urbana, que viera para escoltá-lo ao palácio. Mitra jamais fizera as exigências das outras divindades e o centurião deixara claro desde que haviam se cumprimentado que o tempo urgia e não deveria ser desperdiçado. Não obstante, Valerius segurou durante alguns instantes a corda de atracação e deixou que a terra o amparasse enquanto a náusea do mar se dissipava.

Valerius nunca se dera bem com a água, e uma travessia oceânica realizada pouco depois das ventanias equinociais era um convite ao inferno durante toda a viagem, ou até mesmo por um tempo considerável depois dela. Valerius sabia de tudo isso quando recebera a mensagem com ordens para que embarcasse para Roma, mas o selo era imperial, e nenhum decurião que se importasse com a sua carreira usaria o mau tempo e o risco de um naufrágio como desculpa para recusar a convocação do imperador.

Talvez tivesse sido mais razoável argumentar que nenhum capitão de navio em seu juízo perfeito zarparia em uma época dessas, a não ser que o *Isis* estivesse ancorado no Tâmisa, e o decurião recebera três mudanças da maré para colocar os seus assuntos em ordem, encontrar um cavalo veloz e alcançar o navio. Por se importar mais com a carreira do que com qualquer outra coisa na vida, exceto seu deus, Valerius já estava a bordo antes que a segunda maré terminasse, carregando um frasco de vinho, mas nenhuma comida, para que o pesadelo pudesse passar rapidamente, ou pelo menos parecesse fazê-lo.

De pé no sólido chão de madeira da doca, com as entranhas balançando ao ritmo do mar, Valerius sentiu-se grato pelo vinho. Mais do que a náusea, toldava a sua lembrança de Roma, para que pudesse saudar Severus com serenidade, relembrando o período em que haviam servido como parte do exército de Calígula no Reno e ao mesmo tempo evitando qualquer recordação do dia em que conduziram juntos um catastrófico cortejo de vitória pela via Tiburtina ou do fiasco que teve lugar depois na ampla planície diante do acampamento pretoriano.

Valerius empenhara mais de dois anos de esforço dedicado, de prece, de trabalho árduo e do uso criterioso do vinho na expulsão dos fantasmas que o haviam assolado naquele dia. Valerius não pretendia permitir que eles retornassem simplesmente porque o imperador precisava dele em Roma.

Pouco depois, suas entranhas começaram a se acomodar, e sua mente, a clarear. Pequenos detalhes que ele deixara escapar ao desembarcar ficaram evidentes. Severus vestia um traje escuro e aguardava na parte oculta do porto que não era iluminada nem pelas luminárias do cais nem pelo farol. Seu cavalo não tinha marcas que pudessem identificá-lo como um animal da Guarda. O cavalo castrado de reserva cujas rédeas ele segurava destacava-se por ser extremamente comum, todo marrom, sem nenhuma mancha branca na cara ou nas pernas. Valerius montara certa vez um cavalo como esse, nos seus primeiros dias no Reno, quando fora importante confundir-se com o ambiente e não ser notado. Na época, o imperador é que era perigoso. Agora, parecia menos provável que assim fosse.

As pernas de Valerius haviam começado a confiar na terra. Ele se afastou do círculo de luz. A escuridão encerrava uma sinceridade que o fulgor alaranjado do farol não continha. Severus observava-o cuidadosamente. O homem fora um verdadeiro soldado no Reno, duro o bastante para ser um bom líder sem esmagar o espírito dos seus subordinados. A idade lhe conferira dignidade e cabelos brancos, mas nenhuma cicatriz recente. Nada disso sugeria que ele fosse um homem que pudesse quebrar o seu primeiro e mais forte juramento de servir o seu imperador em todas as coisas ou morrer tentando. Ainda assim, ele não tinha a marca de Mitra, de modo que carecia da certeza adicional da fraternidade, e corriam rumores na Britânia de que Agripina tinha a lealdade de todos os pretorianos. Não era seguro pressupor que ela não contasse também com a lealdade da Guarda Urbana, ou pelo menos de uma parte substancial dela.

As ordens que Valerius recebera diziam que ele deveria chegar desarmado. Sua adaga e a espada da cavalaria estavam seguramente amarradas na sua bagagem. Em um impulso, ao deixar o navio, ele havia pegado a faca de filetar do camareiro e a segurava agora na palma recurvada da mão direita. A substância viscosa das escamas deslizou por entre os seus dedos quando ele deslocou o apoio para o ponto médio do cabo, pronto para atirar ou apunhalar. Rezando ao seu deus, Valerius perguntou:

— A quem você serve?

— Ao imperador — respondeu Severus. — Até o túmulo e além dele.

— Ele não mencionou de quem era o túmulo, mas não era a morte do centurião que era comentada em Camulodunum, e tampouco era a da esposa do imperador que se dizia governar o palácio e o império do seu *boudoir*.

— Ótimo. Eu também. — Valerius abaixou-se, estendeu a mão para ajustar a bota e deixou a faca deslizar sem ser vista através de uma abertura entre as tábuas da doca. O pequeno barulho da queda foi perdido no marulho da maré. — O mar já me deixou — disse Valerius. — Posso cavalgar em segurança. Não deveríamos partir agora?

Severus assentiu com a cabeça.

— A toda velocidade — declarou. Seus olhos assinalaram a abertura por onde a faca passara.

Cavalgaram rápida e arduamente, seguindo a via Ostiensis até chegar ao portão principal de Roma, onde dois homens da Guarda os deixaram passar como se estivessem sendo aguardados. Já na cidade, tomaram as ruas mais tranquilas, evitando os caminhos principais com as festas de jovens embriagados e um excesso de olhos vigilantes que poderiam conhecer um centurião pelo nome e fazer perguntas a respeito da identidade do homem que ele escoltava.

Valerius passara quinze dias em Roma na sua última e malfadada visita, e acreditava conhecer a cidade. Ao percorrê-la agora a cavalo, ficou surpreso ao encontrá-la pouco mudada. Os rumores na Britânia falaram de uma cidade que despencava em direção à ruína ao lado do imperador. Fora fácil imaginar o início insidioso da decadência sobrepondo-se às lembranças de ruas lotadas de escravos, de um sol brilhante e um constante barulho. Valerius esquecera-se da Roma noturna, mais silenciosa, longe das tabernas e dos bordéis, para onde os cidadãos retiravam-se ao anoitecer, despertavam com o nascer do sol e dormiam em paz nesse intervalo. Cavalgando atrás de Severus, Valerius lembrou-se da calma tranquilizadora das ruas iluminadas pela luz das estrelas nas quais o único som era o barulho dos cascos de dois cavalos e os odores eram os da noite e dos prédios altos, nem um pouco desagradáveis depois do sal torturante e do enjoo da viagem.

Só reconheceu o palácio quando Severus parou perto de uma porta em outro muro longo e alto. Ao contemplá-lo à noite, a partir do oeste, Valerius achou que ele parecia menor e menos imponente do que se recordava da última visita. O telhado dourado não brilhava mais do que telhas vitrificadas à luz das estrelas, e as paredes externas poderiam pertencer a um palacete anônimo. Valerius desmontou, sentindo a rigidez da jornada tolher as coxas que tinham estado três dias sem um cavalo. Sua trouxa pesava mais do que ele recordava. Desatou-a da sela e pendurou-a no ombro.

Severus segurou as rédeas do cavalo de Valerius e disse:

— Vá para a porta na parede à sua direita e bata duas vezes. Espere até alguém aparecer. Poderá demorar um pouco.

Valerius achou que estava dispensado e estava se virando quando o centurião agarrou-lhe o cotovelo, puxando-o para trás. De perto, os olhos do oficial estavam injetados, como os de um homem que dormira muito pouco.

— Se ele precisa tão desesperadamente de você a ponto de chamá-lo do outro lado do oceano, faça o que ele pedir. Ele conta com poucos agora que o farão.

— Fiz o mesmo juramento que você fez — retrucou Valerius. — A vontade dele é a minha.

— Ótimo — replicou Severus com um riso forçado, como o do homem que sorri antes de uma batalha à qual não espera sobreviver. — Que isso perdure por muito tempo — declarou, afastando-se com os cavalos para a escuridão e deixando Valerius sozinho.

A porta era uma entrada de escravos, desprovida de ornamentos. De pé, diante dela, no silêncio da noite, Valerius sentiu correntes de medo que não eram apenas suas. O lugar fedia a incerteza e traição, e fantasmas que nada tinham a ver com as tribos de uma terra estrangeira, e tudo a ver com o desespero de um imperador moribundo, acercavam-se cada vez mais. Nenhum homem no seu juízo perfeito permaneceria ali por muito tempo.

Os fantasmas já não eram a preocupação de Valerius, e o medo havia muito deixara de ser um inimigo; o vinho e a lembrança do deus lhe permitiram sobrepujá-los. Limpando a mente, Valerius ergueu a mão para bater duas vezes na porta, quando percebeu que ela estava levemente entreaberta e que um menino de olhos arregalados espiava pela abertura. Valerius sentiu o couro cabeludo pinicar; nos velhos tempos, as portas do palácios não se abriam tão silenciosamente.

O menino vigia ergueu uma pequena luminária de pedra-sabão e examinou na luz o rosto do decurião, como se comparando as feições dele a uma descrição; cabelo preto e liso cortado curto, ao estilo militar, feições finas e magras, e olhos capazes de remover a pele de um menino escravo que ousava fitá-lo por tanto tempo. O menino recuou bruscamente, entreabrindo apenas um pouco mais a porta, de modo que Valerius precisou forçar o ombro contra ela para poder acompanhá-lo. Ao se ver do lado de dentro, notou que o menino não ficara parado esperando por ele e já seguia mais adiante por um corredor escuro. Não era o comportamento que se esperaria de um escravo, mas nesse lugar os libertos dominavam, ou pelo menos haviam dominado; nada era feito da maneira normal. Valerius pegou a trouxa e seguiu-o com cautela.

O palácio estava excessivamente quente. O menino escravo seguia em silêncio e assustado enquanto conduzia Valerius em direção ao vazio, mas as paredes repercutiam uma atividade distante. Para um homem que passara a última década em guerra, o lugar cheirava a uma emboscada. Valerius girou a sua trouxa, sabendo que não conseguiria alcançar nem a adaga nem a espada a tempo de usá-las em uma emergência. Pensou na faca de filetar que deixara cair na doca e amaldiçoou-se por ser um idiota desprovido de visão.

Pararam em um aposento afastado do palácio principal, com espaço suficiente apenas para abrigar uma cama e uma pequena arca para roupas. As paredes eram de gesso, pintadas com simplicidade de verde água com peixes sinuosos perto do teto e um piso de azulejos cor de areia, de modo que Valerius poderia estar a seis metros abaixo da superfície do oceano, contemplando o mundo de ar e luz lá em cima. O efeito teria sido bem melhor à luz do dia. À noite, com um único braseiro e uma estrutura de luminárias suspensas iluminando fracamente a escuridão, o local parecia-se mais com o rio ao norte de Camulodunum: turvo, úmido e com cheiro de mofo. O menino fez um gesto com a cabeça e se retirou. A porta, como a anterior, estava bem lubrificada.

O quarto estava vazio e assim permaneceu por um tempo considerável. Valerius estava com fome e sozinho. Nenhuma das duas coisas era inusitada, e a última, talvez, fosse melhor do que qualquer uma das alternativas. Apoiou a trouxa em um canto, abriu-a e moveu a adaga para um lugar onde poderia alcançá-la, se necessário. Em seguida, encostando-se na parede mais afastada das luminárias, esvaziou a mente e pôs-se a aguardar. A metade da vida que passara nas legiões lhe ensinara essa habilidade acima de todas as outras; quando se empenhava, Julius Valerius era capaz de esperar mais do que a Esfinge.

Valerius esperava a visita do liberto Narcissus, ou de Callistus, o pagador; ao que se dizia, ambos ainda eram leais a Cláudio. No entanto, quem entrou foi Xenofonte, o médico grego, o que o perturbou mais do que teria escolhido admitir. O homem trouxe fantasmas consigo, pela sua mera presença. Valerius permaneceu na semiescuridão e fortaleceu os muros ao redor da sua mente, concentrando-se nos detalhes dos traços do médico, excluindo a possibilidade de que outros pudessem ter se juntado a eles nas sombras.

Muito havia a ser visto em Xenofonte. Mesmo levando em conta a luz inconstante, o médico envelhecera enormemente nos anos que haviam transcorrido depois do seu último encontro. A pessoa que engendrara a confrontação entre Valerius e os seus antigos compatriotas era um homem vigoroso de meia-idade, que exsudava vitalidade e humor inteligente. O que se postava na entrada do aposento submerso estava cansado, beirando a exaustão. O cabelo escasseava a partir do alto da cabeça, e o pouco que restava nas bordas, que antes exibia um distinto prateado, agora revelava um branco translúcido embotado. A pele estava marcada por manchas da idade e rugas de preocupação. O nariz encurvava-se como o de um falcão sobre um rosto magro demais para o seu tamanho.

— Você comeu? — indagou Xenofonte na obscuridade além do alcance das luminárias. A sua voz tinha a mesma cadência da de Theophilus, que ainda era médico de campanha na fortaleza de Camulodunum, e com quem Xenofonte sem dúvida trocara algumas cartas nesses últimos dois anos.

— Não como desde que desembarquei — respondeu Valerius, levantando-se. Tampouco bebera nada, o que mais o estava incomodando, mas optou por nada dizer. — É seguro comer neste lugar?

O médico fitou-o por um momento e, em seguida, assentiu com a cabeça, como se confirmando uma pergunta bem diferente.

— Para você, provavelmente — respondeu. — Mais seguro do que na Britânia, segundo ouvi dizer.

Essas palavras poderiam ter sido pronunciadas por Theophilus. Valerius deu de ombros.

— A Britânia é segura desde que não nos aventuremos nas montanhas ocidentais em unidades cuja força seja menor do que uma coorte. E desde que nos mantenhamos afastados da Vigésima legião. Todo o azar está com eles. — Valerius sorriu com amargura, desafiando o médico a contestá-lo. Como Xenofonte não fez comentário algum, Valerius perguntou:

— Você mencionou comida?

— Claro. Peço desculpas. — Xenofonte inclinou-se para fora da porta e fez um sinal. Um rapaz mal alimentado, com o cabelo castanho e liso e olhos tímidos, entrou no aposento, trazendo uma bandeja com carne fria, queijo e... abençoado menino... um jarro cheio de vinho acompanhado de dois copos. O rapaz inclinou-se para Xenofonte, olhou para o decurião com inquietante curiosidade profissional e demorou-se por um momento adicional, quando foi dispensado.

— Philonikos, meu aprendiz — comentou Xenofonte, depois que o rapaz se retirara. — Sempre jurei que nunca teria um, mas permiti-me ser persuadido a abrir uma exceção.

— E se arrepende de tê-lo feito? — indagou Valerius, sentando na arca das roupas, balançando a bandeja de comida no joelho.

— Não. Ele talvez venha a fazê-lo com o tempo, mas eu não. Descobri que é bom, na velhice, acreditar que o conhecimento de uma vida inteira não morrerá com o seu progenitor.

— De fato. — O vinho, recém-servido, era pesado devido à idade e de boa qualidade. Valerius inspirou o aroma como um homem respira ar fresco depois de passar tempo demais em um recinto fechado. O primeiro gole fortaleceu as paredes de sua mente como a sólida certeza do porto de Óstia firmara suas pernas e entranhas; o segundo livrou-o da necessidade de falar tolices. Acomodando os ombros contra a parede de gesso verde água, Valerius disse:

— Agora, talvez, você possa me contar por que estou aqui?

— O que você acha?

— Certamente não para brincar de jogos de adivinhação com você.

— Não. Isso seria injusto para nós dois.

— E também para Theophilus? — Esse era o método do soldado, aprendido havia muito tempo: sempre expor visivelmente as armas do inimigo.

— Talvez. — O velho estava cansado e o hóspede acabara de ocupar o único assento no aposento. Surpreendentemente, tendo em vista a sua óbvia preocupação com a dignidade, Xenofonte sentou-se no chão.

— Como está realmente a vida na Britânia? — perguntou. — Ouvi dizer que o novo governador interrompeu os enforcamentos nas tribos orientais. Isso deve ter aliviado um pouco a tensão, não é mesmo?

Valerius tampouco fora chamado para discutir política, mas fazê-lo envolvia um certo conforto e ele aceitou.

— Acentuadamente. Os trinovantes e os seus aliados estão encantados. No oeste, o governador enviou coorte após coorte da Segunda e da Vigésima para destruí-los, o que reforça agradavelmente a disposição de ânimo dos siluros e dos seus aliados entre os ordovices e os guerreiros de Mona. Ao norte ele deixa que Venutios levante os lanceiros dos brigantes da região e ameace o domínio de Cartimandua sobre os remanescentes. Se o nosso governador acredita que o imperador requer que ele mantenha as tribos felizes, que lhes ofereça apoio e sustente a sua crença de que acabarão nos expulsando do seu território, então a resposta é definitivamente sim, ele está tendo sucesso além dos seus sonhos mais extravagantes.

— Você preferiria que ele retomasse o ódio constante que existia quando Scapula estava vivo? Sabe o que as tribos pensam de você e quantos videntes juraram vê-lo morto?

— Claro que sim. — Nessa breve frase, passaram a um novo nível, mais pessoal. A mudança não foi inesperada, apenas inabilmente calculada; antes da chegada do vinho, talvez tivesse sido mais prejudicial.

Valerius deu um bom gole no vinho e, sorrindo, encontrou os olhos do médico. — Quem se importa que sintam ódio, desde que tenham medo?

Xenofonte empalideceu.

— Calígula costumava dizer isso.

— Eu sei. — O queijo era feito de leite de cabra, bem branco e esfarelava. Valerius partiu um dos pedaços pela metade e o comeu delicadamente. — Nisso, assim como em muitas coisas, ele estava certo.

Não havia uma resposta possível para esse comentário. Xenofonte conhecia tão bem quanto qualquer homem o desprezo que Valerius um dia sentira por Calígula. Ficaram sentados em silêncio por algum tempo, cada um examinando as próprias armas.

Xenofonte franziu os lábios e apertou a ponte do nariz com os dedos enquanto pensava. Valerius observou o médico tomar uma decisão e rejeitá-la duas vezes antes de baixar as mãos e inspirar com esforço para falar:

— Theophilus me contou que você era um homem mudado quando voltou de Roma há dois anos; que você bebia em excesso, vinho, e não cerveja; que, no intervalo entre a morte de Scapula e a indicação do novo governador, você assassinou desenfreadamente os nativos, enforcando homens, mulheres e crianças por "crimes contra o imperador", reais ou imaginários, até que, ainda mais do que antes, seu nome tornou-se uma maldição nas tribos desde a costa leste até a oeste; que você agiu de forma incontrolada nas suas próprias fileiras, matando um atuário de outra ala, de modo que os homens ameaçaram rebelar-se e somente a intervenção do prefeito dessa ala o manteve em segurança. Tudo isso é verdade?

Valerius permaneceu sentado imóvel. Mesmo depois de voltar de Roma, julgara que Theophilus era um aliado. O médico o protegera durante o sonho do touro e conhecia a medida do seu encontro com o deus. Ele também vira os fantasmas depois da volta do decurião, tendo-os chamado uma vez com uma dose excessiva de papoula que dera a Valerius para amortecer a dor enquanto costurava uma ferida de lança na coxa de Valerius. Os delírios que se seguiram não haviam sido nobres, mas pelo menos ficaram encerrados dentro do quarto particular do hospital em

Camulodunum. Não discutiram o assunto posteriormente, mas Valerius passara a recusar a droga e Theophilus não tentara impingi-la, nem mesmo quando cauterizava um corte de espada infeccionado. Depois disso, houve noites em que Theophilus oferecera o mesmo quarto privado e sua companhia a um homem que necessitava urgentemente de ambos. Na época, Valerius sentira-se grato por ter alguém com quem podia compartilhar as longas noites em que nem o vinho nem o trabalho árduo haviam conseguido manter intactos os muros entre os mundos. Agora, ao ouvir Xenofonte falar de maneira explicitamente destinada a levantar os mortos, Valerius se perguntou se a dose excessiva de papoula não teria sido afinal tão acidental, se tudo isso não teria sido planejado.

Valerius esvaziou o copo de vinho e serviu-se de outro. Gostaria de receber a ajuda de instruções divinas, mas Mitra só se aproximava dele com muita irregularidade nesses dias e praticamente nunca quando estava acompanhado. Participara de mais de cem iniciações de neófitos desde que fora marcado pela primeira vez; em diferentes ocasiões, cortara a corda dos pulsos, acendera as luminárias e conduzira a salmodia. Vira inúmeros homens se aproximarem do deus e observara a mudança neles ocorrida, não apenas na adega, mas também no campo de batalha e nos campos de treinamento. Eles brilhavam com o toque da divindade, e cada um deles acreditava que Valerius compartilhava esse sentimento. Theophilus sabia a verdade, de modo que precisava pressupor que Xenofonte também tinha conhecimento dela, ou seja, que a visita do deus era uma coisa rara, sustentada ao longo dos anos áridos pela esperança, pela fé e por sonhos incoerentes e desordenados.

Esse conhecimento jamais o impedira de tentar alcançar o sol e tudo o que ele representava. Ao fazê-lo agora, ficou surpreso antes de sentir-se grato quando a imagem de Xenofonte se ondulou e os outros mundos impuseram a sua presença. O touro ruão vermelho surgiu primeiro, como o fizera desde que o vira na carne. Valerius recebeu-o como um velho amigo — seu único verdadeiro amigo — e, com a ajuda do touro, construiu o altar em forma de cubo para o deus, acrescentando o incenso e a lembrança da fumaça da marca a ferro quente para torná-lo real. No gesso verde-mar atrás da cabeça de Xenofonte, Valerius pintou uma imagem do jovem encapuzado que cometera assassinato por ordem de deuses mais velhos e mais zangados. O touro ruão morreu, obrigado a ajoelhar-se, e o deus chorou. Lágrimas mesclaram-se ao sangue e gotejaram no chão de arenito. Os fantasmas reunidos reivindicaram-nas para os seus.

Valerius fitou o seu deus, e este o fitou de volta. Os mortos antigos e recentes preencheram o espaço entre eles. Xenofonte aguardava em silêncio. Em um momento em que a ilusão foi maior, o médico deixou o seu lugar e foi sentar-se ao lado de Valerius. O decurião sentiu uma mão magra e murcha verificar se a sua testa estava quente e outra levantar o pulso para conferir a pulsação. Uma voz atemporal indagou:

— O que você está vendo?

— Nada. — Valerius nunca mais falaria a respeito com ninguém.

— Então você está cego?

— Não. — Valerius colocou a palma das mãos em concha sobre os olhos. Às vezes a escuridão funcionava, às vezes tornava as coisas piores. Dessa feita, ela lhe dera tempo para reunir as palavras que havia parcialmente preparado, esperando um ataque como esse. Quando conseguiu falar com a voz firme, disse: — Theophilus é médico. Vê o mundo com olhos diferentes dos nossos, que somos obrigados a manter a disciplina entre soldados em guerra. Umbricius atacou-me abertamente e matei-o em legítima defesa. A ocorrência foi testemunhada pela minha tropa e pela dele. Ninguém o questiona.

— E o resto? O assassinato dos nativos? Os enforcamentos? As aldeias destruídas e as crianças queimadas?

As acusações eram demasiadas e excessivamente deliberadas. Abençoadamente, a raiva se fez presente; não a fúria impetuosa e destrutiva que matara Umbricius, porém uma cólera suficiente. Funcionou como nada jamais funcionara para reduzir a assombração. No frio intenso da sua raiva, os mortos gritavam menos. Macha, mãe de Bán, desapareceu do campo de visão, como se nunca tivesse existido.

Uma única voz permaneceu, a voz de um homem ainda vivo que certa vez ecoara a voz e os traços do deus: *O que você teria feito se...?* Somente com doses excessivas de vinho era possível fazer calar essa voz, mas Valerius aprendera, com o tempo, a não ouvi-la. Deixou cair as mãos dos olhos e ficou satisfeito ao ver Xenofonte encolher-se diante do que podia ser lido no seu rosto. Valerius lembrou-se da faca na sua trouxa e enxergou a possibilidade de a morte atingir o médico. Sorriu, certo do efeito que o sorriso causaria no medo do outro homem.

Com deliberada objetividade, Valerius declarou:

— A guerra diz respeito à morte. Se você não gosta dela, você tem o ouvido do único homem capaz de modificá-la. Diga a Cláudio que retire as suas legiões da Britânia e a matança terá fim. Até então, temos que vencer ou então morrer. Não tenho a intenção de morrer, mas se fui trazido aqui para enfrentar o carrasco, você deveria saber que a minha morte não acabará com a guerra.

— Jamais acreditei que o faria.

Xenofonte não estava realmente com medo de Valerius, o que era um erro. No renovado vazio do quarto, a possibilidade de assassinato pairava entre eles. Valerius descansou o copo e voltou a recostar-se na parede com os dedos entrelaçados atrás da cabeça. Estava feliz com a firmeza das suas mãos, já que nem sempre isso acontecia.

— Você ainda não me disse por que estou aqui — comentou. — Não creio que tenha sido para que você pudesse questionar a morte de um atuário gaulês.

Nessa última frase, mil mortes foram reduzidas a um ponto secundário da lei e a ordem romana foi restabelecida. Com evidente pesar, Xenofonte voltou a se sentar no seu lugar contra a parede oposta. Ao abrir a boca, falou sobre outras coisas:

— É claro que você está certo. O imperador não teria pago o que pagou para trazê-lo aqui, para discutir a morte de um gaulês, embora as suas razões para matá-lo possam afetar o resultado da sua tarefa. A disciplina militar é mais importante para uns do que para outros, particularmente aqui e agora...

Em seguida, o médico ficou em silêncio, contemplando a superfície refletora do seu vinho, escolhendo as frases para obter o melhor efeito.

— Se deixarmos de lado o touro assassino e permanecermos no mundo temporal, a quem você, oficial da cavalaria, confere a sua suprema lealdade? — perguntou. — De quem são as ordens que você obedecerá sem questionar, até que sejam cumpridas ou até à sua morte, o que acontecer primeiro?

Valerius respondeu:

— Do imperador. Quero dizer, de Cláudio. — Era importante agora declarar um nome.

— E se o imperador for assassinado, você será fiel ao seu sucessor, ou àquele a quem você prestou o juramento?

Dessa maneira, silenciosamente penetraram na esfera da traição. Homens haviam morrido ao longo de dias por muito menos. Valerius baixou os olhos. Também estudou o seu reflexo no vinho, em busca da resposta. Não era algo em que tivesse pensado seriamente, embora talvez devesse tê-lo feito. *Sirvo o meu imperador, na vida e até à morte.*

— O imperador comanda os exércitos, seja ele quem for — declarou Valerius depois de algum tempo. — A lealdade é à posição, não ao homem. Em termos absolutos, eu sou leal ao meu prefeito, através dele ao meu governador e depois ao imperador. Mas a Britânia não está próxima de Roma e o inverno praticamente já chegou. Se uma ordem deixasse de chegar ao governador antes da primavera, ele se guiaria pela última ordem de Cláudio e a corrigiria conforme o seu poder e a situação assim o exigissem. Eu receberia as minhas ordens dele.

— E se, hipoteticamente, o imperador, Cláudio, lhe desse uma ordem direta em pessoa e você não voltasse à Britânia antes da primavera? Não haveria uma cadeia de comando para amortecer as suas escolhas.

— Não haveria. Eu conseguiria perceber isso. — Valerius depositou a bandeja de comida cuidadosamente no chão. Antes, a ação e a promessa da ação sempre o haviam trazido de volta para si mesmo, e foi o que aconteceu agora. Pensando em voz alta, Valerius perguntou:

— Devo então entender que a ordem que eu talvez venha a receber seria impugnada pelo próximo imperador, caso este viesse a descobrir qual era ela?

— Deve. Se você for cuidadoso, ele jamais descobrirá e você poderá voltar para sua unidade como um homem bem mais rico. Se for descuidado...

— ... morrerei. Este é sempre o caso. Meu deus sabe que fui cuidadoso até agora. — O perigo faiscou levemente pela coluna vertebral de Valerius, bem-vindo como o toque de um amante. — É razoável pressupor que você recebeu poderes para transmitir-me essa ordem?

— É. Eu a tenho aqui, redigida por Cláudio de próprio punho e selada diante de testemunhas. — O pergaminho que o médico puxou da manga era pequeno, selado com a marca de um elefante, o selo pessoal e privativo do imperador, usado somente em assuntos relacionados com a Britânia. A ordem que chamara Valerius de volta a Roma continha essa mesma imagem.

Xenofonte segurou-o frouxamente, como poderia fazê-lo com um peixe capturado prestes a ser solto. Com inusitada gravidade, declarou:

— Posso entregar-lhe o pergaminho, mas não antes de você jurar de antemão sobre o seu deus e o seu juramento de soldado que aceitará em sua totalidade a ordem nele contida, que a cumprirá até o último suspiro da sua vida ou que morrerá tentando. Isso é para a sua proteção. Sem essa estipulação, caso você recusasse, teria que morrer.

— Obviamente. Em uma questão tão sigilosa, você não poderia correr o risco de que eu falasse do assunto fora daqui. Você conhece a natureza da ordem que estou recebendo?

— Conheço.

Valerius agora estava de pé, com as mãos suadas. O coração adernava-lhe no peito, ricocheteando nas costelas. O quarto ficara totalmente vazio. No lugar das multidões, Valerius sentia a presença distante do deus, fluindo como incenso velho, prometendo vitória.

— No meu lugar, você aceitaria? — perguntou Valerius. — Você juraria cumprir a ordem?

— De bom grado e sem dúvida alguma.

— Obrigado. — Valerius bebeu o que restava do vinho. A decisão não era uma decisão, o que Xenofonte certamente já sabia. A sedução do perigo era grande demais e, mais do que isso, o deus estava com ele de uma maneira como não estivera nesses últimos dois anos.

Saboreando a doçura do perigo, Valerius declarou:

— Neste caso, em nome de Mitra, em respeito a ele e a mim, pelo meu juramento no altar dele e pelo meu juramento ao imperador, aceito a ordem de Cláudio em sua plenitude, seja ela qual for. A vontade do imperador é a minha, até à morte e além dela.

XXIV

CWMFEN DOS ORDOVICES, PRISIONEIRA SOB A CLEMÊNCIA do imperador Cláudio, deu à luz cinco dias depois do equinócio do outono, no terceiro ano do seu cativeiro, ou seja, no décimo quarto ano do reinado do homem por cujo capricho e sob cuja proteção ela vivia. O bebê era um menino, filho de Caradoc, irmão de Cygfa e meio-irmão de Cunomar, que deixou de ser o único filho do seu pai.

O parto foi prolongado e doloroso. Externamente, a guerreira dos ordovices pouco mudara depois da captura, mas cada mês que ela passara na hospitalidade do imperador suavizara a força treinada dos seus músculos, até que, quando chegou a hora, ela não estava em sua melhor forma para dar à luz do que qualquer mulher romana.

Era o primeiro parto ao qual Cunomar assistia; quando sua mãe dera Graine à luz, apenas os videntes a tinham ajudado e ele só vira o bebê depois, quando o sangue e os gritos já tinham se extinguido. Ele não acreditava que a sua mãe tivesse gritado, pois tinha certeza de que a teria escutado por mais que tivesse se afastado. Desde que fora para Roma, Cunomar ouvira os sons do parto com frequência suficiente para saber que ali era diferente. As paredes do apartamento do segundo andar onde moravam eram tão finas que Cunomar tinha a impressão de que poderia estar no mesmo aposento que os vizinhos dos lados, de cima e de baixo, e o barulho que não vinha desses lugares irradiava-se a partir do outro lado da rua e também das ruas de trás. A mulher latina gorda que morava no apartamento com o qual dividiam a escada tinha, até onde Cunomar conseguia dizer, um filho por ano e os expulsava do útero como uma galinha faz com os ovos. No entanto, a mulher liberta do andar de baixo, a mulher do ourives e a mulher rabugenta e silenciosa que morava sozinha, que a mulher latina afirmara ser uma prostituta, tinham tido partos longos e dolorosos nos dois últimos anos, todos barulhentos.

Cwmfen gritou, e Cunomar pôde perceber que ela sentia vergonha. Para não envergonhá-la ainda mais por estar assistindo ao parto, passou o dia buscando água. De manhã cedo, Cunomar pegou a meia dúzia de baldes que lhes pertenciam e encheu-os, um de cada vez, na cisterna subterrânea no andar térreo que atendia ao seu apartamento e a quatro outros. Carregar água sempre fora tarefa sua e, na maioria dos dias, Cunomar ressentia-se do trabalho, como ressentia-se de tudo que era romano. No seu mundo, aquele que os deuses haviam criado, a água era uma dádiva de Nemain, correndo em riachos e rios, ou de Manannan, quando ele criou o mar infinito. As pessoas agradeciam ao deus e a usavam com cuidado, mas ela nunca secava. Em Roma, a água corria em aquedutos ou canos subterrâneos e era entregue diretamente na casa dos ricos e nas termas. Para aqueles, como a família de Cunomar, que viviam na penúria e longe das termas, havia poços e cisternas, mas eram de propriedade particular. Mesmo quando não era preciso pagar pela água, era necessário carregá-la. De qualquer modo, ela se tornara outro símbolo da labuta e da condição de estarem separados dos deuses.

Nesse dia, excepcionalmente, a lenta subida da escada com a água derramando nas suas pernas fora um abençoado alívio, e Cunomar a repetiu frequentemente, mesmo quando a água não era realmente necessária. À tarde, quando os baldes ainda estavam cheios, Cunomar pediu emprestado à mulher latina um par de peles de cabra costurados e desceu com eles pela longa colina em direção às termas e à fonte rachada que atendia às casas e aos estandes do mercado que as cercavam. A essa altura,

Cunomar ansiava pela luz do sol, e tinha a desculpa de ter três cintos recém-confeccionados para entregar ao mercador que os vendia para ele. O dinheiro que recebia mal pagava o couro utilizado, mas o seu trabalho artesanal estava se aperfeiçoando, e ele conseguia fazer três ou quatro cintos por dia, e com eles ganhar o suficiente para comprar pão e cerveja, ou uma lebre cortada em pedaços, ou, ainda melhor, um peixe marinho recém-pescado e trazido de Óstia.

A família levara algum tempo para descobrir maneiras de sobreviver. Nos primeiros dias, logo que foram libertados, eles eram uma novidade. Caradoc, em especial, era frequentemente requisitado em jantares com os senadores, cônsules e aqueles que esperavam tornar-se um deles, que precisavam demonstrar o seu apoio a Cláudio e viam no prisioneiro perdoado uma forma de sutilmente manifestá-lo.

O broche da lança-serpente que ele usava fora tomado emprestado, por uma certa quantia, e reproduzido, tornando-se, durante algum tempo, o símbolo de solidariedade ao imperador, até que a moda passou e algo menos bárbaro o substituiu. O broche fora devolvido pelo ourives que o copiara, que permanecera durante a tarde para discutir a fabricação e a criação de outras peças semelhantes, porém não idênticas. Parecera que essa conversa talvez fosse originar uma fonte de renda, mas o ourives morrera ao ingerir carne de porco estragada e outros não procuraram Caradoc no lugar dele.

As ocasiões em que Caradoc comparecera aos jantares não foram remuneradas, mas em cada uma delas novas roupas haviam sido providenciadas, cada uma sobrepujando a anterior em ostentação e mau gosto. Esses trajes foram posteriormente vendidos para alimentar a família durante algum tempo e também para pagar a lenha. Mais tarde, quando os convites diminuíram, descobriram que as habilidades de Dubornos eram as mais negociáveis. A procura por um guerreiro treinado, particularmente se ele estivesse danificado para toda a vida devido à atenção da guarda montada do imperador, era pequena, mas um contador de histórias com um sotaque bárbaro era bem-vindo, especialmente se fosse um agente de cura. Xenofonte ajudara nessa questão, fornecendo ervas e bases suaves para pomadas e bálsamos, e a família sobrevivera em função disso no primeiro inverno.

Na primavera, a inatividade levara os outros a agir como uma forma de não enlouquecer de vez. Após várias tentativas infrutíferas, descobriram que os trabalhos ordovices em couro eram valorizados, mesmo quando os que os compravam não conseguiam decifrar os símbolos queimados e trabalhados nas peles. Cygfa saíra um pouco de si mesma e confeccionara um cinto, passando dias no trabalho. O cinto vendera rápido e os outros aprenderam com ela. Não era um trabalho de guerreiro, mas era melhor do que as outras alternativas. Passaram a fabricar cintos, bolsas e bainhas para as armas que eles eram proibidos de usar e, certa vez, como descobriram posteriormente, horrorizados, uma das partidas de botas destinava-se à cavalaria que combatia na Britânia.

De pé, no sol quente de setembro, Cunomar examinou as moedas de cobre que recebera pelos cintos e chegou à conclusão de que, nesse dia, mais do que em todos os outros, o seu pai precisava mais de cerveja do que de qualquer outra coisa, e que Cwmfen também a apreciaria depois que o bebê estivesse do lado de fora. Comprou um garrafão e colocou-o na água da fonte para resfriar um pouco antes de levá-lo para casa, esperando que a confusão já tivesse se encerrado na hora que chegasse.

Estava parcialmente encerrada, o que era melhor do que nada. Quando Cunomar saíra, Dubornos dissera que conseguia sentir com os dedos o primeiro arco do alto da cabeça. Quando Cunomar deslizou para dentro do quarto e sentou-se no canto mais distante, quase toda a cabeça já estava aparecendo.

Sua experiência com potros e carneirinhos da época anterior a Roma ensinou a Cunomar que a pior parte eram as espáduas e que a cabeça não era suficiente, mas esse bebê tinha o peito estreito e os ombros saíram quando os últimos raios de sol caíam sobre a beira dos telhados a oeste, de modo que nasceu pouco depois para a luz de uma luminária e os braços do pai. Era careca, enrugado, vermelho e feio, mas Cunomar aprendera que isso era esperado e não fez comentário algum.

Seguindo o costume romano, chamaram-no de Gaius Caratacus. Na família, ele seria Math dos Ordovices, nome que o seu pai usara na juventude e que, para seus pais e até mesmo para Cunomar, soava à liberdade. Em conformidade com o pouco da tradição que era possível recriar, Dubornos pronunciou as palavras de boas-vindas de Briga, enquanto Caradoc carregava o bebê dois degraus abaixo e o conduzia à pequena horta da família. Tendo Cygfa e Cunomar como testemunhas, Caradoc mostrou ao filho o céu da noite, a terra e a água, devolvendo-o em seguida à mãe, que já adormecera. A criança tinha olhos grandes e claros, e depois dos primeiros gritos do parto contemplava a todos em um silêncio, chocada, como se estivesse esperando uma casa redonda e um mundo em guerra, e não tivesse preparado uma reação para a visão de quatro paredes e uma cidade que fingia estar em paz.

Mais tarde, a cerveja foi bem-vinda, exatamente como Cunomar previra. Acenderam um pequeno fogo, embora não estivesse realmente frio, e sentaram-se em silêncio ao redor dele, desfrutando o calor das chamas, o sabor da bebida e a tranquilidade da noite antes de se retirarem para dormir.

Cunomar preocupava-se constantemente com o pai, que, por sua vez, preocupava-se permanentemente com todos. Cada um esforçava-se ao máximo para não demonstrá-lo. Viver apertados no espaço restrito do apartamento demonstrara desde cedo que nenhum deles poderia dar-se ao luxo de ceder a ressentimentos mesquinhos se quisessem manter a alma e o equilíbrio mental intactos. Cunomar ficava acordado quase todas as noites, lembrando a si mesmo que o inimigo era Roma, e não Cygfa, Dubornos, Cwmfen ou, acima de tudo, o seu pai. Se era difícil para Cunomar não descambar em discussões mesquinhas, que diria para Caradoc, que carregava o fardo de cuidar da família ao mesmo tempo que ainda era o assunto das conversas em qualquer lugar que fosse? Como poderia Cunomar demonstrar que achava que as limitações da vida no apartamento o perturbavam quando o seu pai portava para sempre o estigma do prisioneiro anistiado e a lesão que ocorrera enquanto estava preso?

As cicatrizes físicas eram as mais óbvias e talvez, necessariamente, as mais prejudiciais. Apesar de todo o esforço de Xenofonte, nem o ombro mutilado de Caradoc nem as feridas das algemas de Dubornos e Caradoc haviam sido completamente curados. As feridas supuraram e, posteriormente, nenhum dos dois homens recuperara o pleno uso dos pulsos e das mãos. Na opinião de Cunomar, os ferimentos de Caradoc eram piores, porque ele fora amarrado com mais força e porque lutara contra as algemas naquele dia na sala vermelho-sangue, quando o imperador usara Cunomar como um instrumento, no esforço de extrair do inimigo as palavras que desejava. Também fora naquela ocasião que os tendões do ombro de Caradoc haviam se rompido, e Xenofonte afirmara desde o início que o guerreiro jamais recobraria o pleno uso daquele braço.

Por ter conhecimento desse fato, Cunomar esforçava-se ao máximo para apoiar Caradoc e, ao mesmo tempo, ocultar que estava fazendo isso. Imperceptivelmente, fazia o possível para evitar que o pai precisasse usar as mãos em tarefas delicadas. Cunomar trabalhava o couro com as ferramentas mais refinadas, cortava a lenha, porque era difícil para Caradoc empunhar um machado com a mão esquerda e o seu braço direito não tinha a força necessária para dividir as toras em lascas de madeira. Cunomar aprendeu a cortar o peixe em filés e nunca levava um para casa cujas entranhas não tivessem sido retiradas. Caradoc passara a maior parte da juventude a bordo de navios nos dias em que fora Math e nos poucos anos que se seguiram, quando abandonou a farsa e foi conhecido claramente como Caradoc, o filho renegado do Cão Solar. Ele adquirira o gosto pelo peixe marinho e nunca o perdera. Havia a possibilidade de que ele talvez até tivesse preferido peixe à cerveja como algo especial para a noite.

Cunomar estava deitado, acordado, com a mente indo da cerveja para o peixe e depois para a lembrança de como o seu pai segurara o novo bebê, como se estivesse com medo de machucá-lo, quando Cygfa apareceu na porta.

Rígida, relutante, ela disse:

— Dubornos, pode vir comigo? Cwmfen está sangrando. Não consigo interromper o sangramento.

Estava escuro demais para enxergar. Cygfa sempre tivera olhos de gato. Cunomar ouviu a resposta abafada de Dubornos e o barulho dos pés dele no chão; o cantor já deveria estar acordado, para responder tão rápido. Levantando-se, Cunomar encontrou a porta por força do hábito e depois dirigiu-se ao aposento da frente guiando-se pela luz fraca das luminárias que ainda estavam acesas do lado de dentro. Pôde ver também que Cwmfen estava deitada imóvel na cama e a mancha escura de sangue no chão. Dubornos, que estava à sua frente, segurou o braço de Cygfa.

— Precisamos de ajuda. Procure Xenofonte no palácio. Peça-lhe a ergotina com as minhas sinceras desculpas por não tê-la aceito quando ele ofereceu. — Os olhos de Dubornos dirigiram-se para a porta e ele disse: — Leve Cunomar. Não é seguro para você sair à noite sozinha.

Cygfa abriu a boca e voltou a fechá-la. De todos, ela era a que menos se ajustara à vida em Roma. Não tinha cicatrizes visíveis e, além do exame realizado por Xenofonte nos aposentos do imperador, tampouco tinha sido de alguma maneira fisicamente molestada. Não obstante, aquele exame e o fato de que se tornara mulher e ainda não passara pelas suas longas noites haviam sido suficientes para desligá-la tanto do mundo quanto de sua família. Durante o primeiro ano, Cygfa só falara com a mãe e, mesmo assim, somente em ocasiões de absoluta necessidade. A fabricação dos cintos fora um ponto decisivo, depois do qual ela começara a falar com o pai e o irmão, dando a impressão, às vezes, de estar totalmente recuperada. Aos poucos, formara uma verdadeira amizade com Cunomar, de modo que o menino começara finalmente a entender o que significava ter uma irmã e a alegrar-se com isso.

Com Dubornos era diferente. Cygfa odiava Xenofonte com uma paixão fria e intensa, e Dubornos era amigo dele. Caradoc também era amigo de Xenofonte, mas ele era o seu pai e ela não poderia criticá-lo. De qualquer modo, ele não estivera presente na sala de audiências na noite da sua chegada. Dubornos, que estivera presente, não fora perdoado e talvez nunca pudesse sê-lo.

Cunomar tinha certeza de que a irmã certa vez amara o cantor. Sem dúvida, ansiara por ele, e o seu afastamento dele no inverno confuso e complicado depois que a pena deles fora aliviada tinha o sentimento frágil de uma pessoa cuja oferta de amor fora rejeitada, ou a honra, manchada. A proximidade de Dubornos com Xenofonte, refletiu Cunomar, conferiu a Cygfa uma desculpa para se comportar dessa maneira, mas não era a razão principal.

Independentemente da causa, Dubornos sentira o afastamento e fora ferido. No decorrer nos últimos dois anos, ele se esforçara ao máximo para ser respeitoso com ela, para tratá-la exatamente como tratava a mãe dela, como guerreira e adulta. Diante da resistência irredutível de Cygfa, Dubornos acabara se tornando igualmente formal com ela, até que mal se falavam de um mês para o outro.

Somente agora, com a vida de Cwmfen em perigo, a cuidadosa formalidade de Dubornos escorregara horrivelmente. Insinuar que as ruas de Roma eram mais perigosas para ela do que para Cunomar fora no mínimo falta de tato. Cygfa era uma guerreira consumada, com oito mortes a seu crédito. Além disso, nos últimos dois anos, ela se esforçara para se manter com o mesmo preparo que tivera nos dias em que eram livres. As ruas eram bem mais seguras para ela do que para Cunomar, que nunca tinha matado ninguém, e sugerir o contrário era um insulto. Cygfa postou-se no corredor e ficou bem claro para todos que a única razão pela qual ela não golpeara Dubornos era o fato de a sua mãe precisar dele.

À luz do lampião, Cunomar procurou seus olhos e, ao encontrá-los, enviou-lhe um apelo silencioso para que ela não desse atenção ao insulto e fizesse o que lhe havia sido pedido. Se Dubornos os queria fora dali era porque tinha bom motivo e ninguém ganharia nada criticando a sua lógica. A nova amizade entre eles funcionou. Antes, Cygfa não lhe teria dado a menor atenção. Agora, encantado, ele a viu vacilar e mudar de ideia. Assentindo com a cabeça, ela perguntou:

— O que você vai fazer?

Dubornos já estava no meio do quarto.

— Rezar — respondeu. — E ver se consigo descobrir a origem do sangramento e estancá-lo.

— É profundo. Ela pode senti-lo. Pergunte-lhe; ela ainda está conosco. — Virando-se, a menina apertou o braço de Cunomar.

— Vou pegar o meu manto. Você deveria trazer o seu. Não está frio agora, mas estará mais tarde, quando chegarmos ao palácio.

Ambos sabiam que poderiam levar metade da noite para chegar lá e que talvez não conseguissem encontrar alguém que se dispusesse a acordar Xenofonte para eles. Não precisando sair ainda, Cunomar pediu:

— Pode pegá-lo para mim? Está sobre a cama. Eu o estava guardando como um cobertor adicional. — A sua voz estava fragmentada, saindo baixa e rouca, mais profunda do que a do pai. Cunomar tossiu e sentiu o calor subir-lhe ao rosto. Cygfa voltou a apertar-lhe o braço e afastou-se na escuridão.

Ao se ver sozinho, Cunomar voltou toda a sua atenção para Caradoc. Cwmfen não era a sua mãe e, embora pudesse ficar triste se ela morresse, grande parte da tristeza teria tido lugar porque Cunomar sabia o que ela significava para o seu pai. Caradoc ainda não deixara o aposento do parto. Estava com o torso nu. Antigas cicatrizes de combate seguiam em filetes pelo seu peito, costas e braços. Levou o filho recém-nascido ao ombro saudável, com os lábios pressionados contra a cabeça do bebê. As mãos que seguravam a criança estavam contraídas, com os dedos semicerrados, como sempre ficavam à noite, quando estava cansado, mas mesmo assim amparavam-no com o mesmo cuidado que o haviam feito quando ele nascera, e o fariam pelo resto da vida, Cunomar tinha certeza. O bebê tinha se alimentado e estava quieto, e seu alento era uma leve indicação de vida em um aposento que tão obviamente abrigava a morte.

Dubornos já estava ajoelhado ao lado da cama. Cwmfen entreabriu os olhos, mas não conseguiu mantê-los abertos. O cantor sentiu-lhe o pulso e a testa. Cunomar pôde ver da porta que a última estava úmida e pegajosa.

— Ela está com febre — declarou Caradoc, inexpressivamente.

Dubornos disse:

— Não é tão mau quanto parece. Metade do que estamos vendo provém da exaustão do parto. — Talvez o que ele disse fosse verdade. Ao lado da cama, havia um balde com água coberto com um pano. O cantor aplicou uma compressa úmida na testa de Cwmfen. A água vazou para o cabelo, diluindo o suor. Caradoc permanecia imóvel como uma pedra ao lado da cama. Dubornos levantou os olhos.

— Não é culpa sua.

— Não? Acho que posso levar pelo menos metade da culpa — replicou Caradoc sem nenhum humor. A ironia teria tornado a frase mais leve. Cunomar percebeu a mudança, e seu coração se apertou.

Dubornos foi para o pé da cama. Os lençóis que cobriam Cwmfen, trazidos depois do parto, tinham sido manchados e jogados para o lado. Ele se ajoelhou, procurando a origem do filete ininterrupto de sangue. O fluxo ainda não era uma hemorragia, o que era bom. Em algum lugar do lado de fora, uma unidade de homens armados marchava pelas ruas claustrofóbicas. O pisar forte de duas dúzias de pés balançou as paredes do apartamento. Isso também era algo a que Cunomar não se acostumara e nunca se acostumaria: a prisão noturna dos inocentes e o seu posterior desaparecimento. Essa prática se tornara mais frequente nos últimos tempos, talvez por bons motivos. Cláudio estava ficando cada vez mais paranoico, e mais homens precisavam morrer pela segurança dele. Um oficial emitiu o comando de parada, e a sua voz soou tão próxima que ele poderia ter estado dentro do quarto.

Dubornos estremeceu. Ele também odiava os legionários.

— Roma é culpada — declarou. — Ou Cláudio, ou o miserável do irmão de Breaca, mas não nós. Ou então, se você é culpado, eu também sou. Ela estava aos meus cuidados quando fomos levados.

— Ah! — Cwmfen se contorceu debaixo dos dedos de Dubornos, que a examinavam. Com um vestígio de voz, ela disse: — Você se tornou romano, Dubornos. Sou uma guerreira. Não vivo sob os cuidados de ninguém.

Caradoc ajoelhou-se e segurou de leve a mãe de Cwmfen.

— Você é a melhor das guerreiras. Passará nesse teste como passou em todos os outros.

— É claro. — Da porta, Cunomar pôde enxergar o amor quando Cwmfen sorriu nos olhos de Caradoc e sentiu, como sempre acontecia, a estranha combinação de dor e inveja deslocada que contorcia-lhe as entranhas sempre que via Cwmfen no lugar que por direito era da sua mãe.

Envergonhado, ele se virou para não ser visto. Cygfa surgiu ao seu lado e envolveu-lhe os ombros com o manto.

— Aqui está — disse ela. — Estava debaixo da cama, e demorei a encontrá-lo. — Do lado de fora, nas ruas, os homens da Guarda corriam ao comando do oficial.

Cunomar puxou o manto mais para cima e parou, sentindo a trama áspera e o cheiro velho e bolorento que caracterizava o seu antigo manto, o que ele pusera de lado no meio do verão, quando o comerciante de couro lhe dera uma moeda extra pelo seu trabalho e Cunomar comprara um novo manto com ela. Cygfa o ajudara a escolhê-lo. Ela bordara ao longo da bainha as marcas dos ordovices para proteção; ela deveria ter se lembrado disso.

Um dia inteiro de ressentimentos transbordou sobre Cunomar. Jogando o manto no chão, ele disse:

— Este é velho e cheira mal. O novo está sobre a cama, debaixo do cobertor onde eu...

Cunomar se calou, paralisado. Uma pessoa saíra da rua cheia de homens armados e entrara no prédio de apartamentos. Pés leves subiram correndo dois lances de escada e pararam diante da porta deles. Cygfa, que era mais corajosa do que Cunomar poderia começar a imaginar, passou por ele e foi abri-la.

— Boa noite — disse Philonikos, aprendiz de Xenofonte, hesitando no patamar da escada. Dubornos sempre dissera que ele era Hermes, que viera para a Terra inadequadamente alimentado. O seu cabelo era castanho, caminhando para dourado e liso demais para ser realmente bonito, suas feições eram espremidas e as maçãs do rosto, cavadas, como se a sua mãe o tivesse feito passar fome na infância e o hábito tivesse prosseguido depois que ela parara de cuidar dele. Os dedos longos de artista já estavam inchados em torno das articulações, produto das horas passadas triturando pastas com um pilão.

Xenofonte encontrara o menino na biblioteca lendo textos médicos escritos por Largus, o ex-médico do imperador, um ato ao mesmo tempo tolo e incrivelmente precoce. Fizeram um acordo logo depois: Philonikos deixaria de estudar textos cujos autores Xenofonte julgava inadequados, e este, em troca, consideraria aceitá-lo como aprendiz. O período de experiência foi uma ficção; jamais houvera qualquer dúvida com relação à aplicação ou à capacidade do jovem. Ele cuidava dos doentes com obsessão e tinha uma habilidade natural para os diagnósticos precisos e a cura. Nos dezoito meses anteriores, Cunomar observara quase com inveja o outro jovem seguir Xenofonte como um cachorro desgarrado segue aquele que o alimenta, sempre prestando atenção, raramente falando e aprendendo um ofício que o manteria rico e saudável até a velhice, como fora o caso de Xenofonte. Esse mesmo jovem estava agora à sua porta, e só poderia ser por ordem do seu amo.

O menino parecia um fantasma, incapaz de cruzar o limiar sem ser convidado. Os olhos estavam pálidos e arregalados, como os de um macaco. Sua sombra caía como um punhado de galhos finos por sobre as ripas do chão, lançada por meia dúzia de lâmpadas. Dos adultos, Dubornos fora quem mais lidara com ele. O cantor se levantou, espremendo sangue das mãos. Falou no grego antiquado com o qual o rapaz se sentia mais à vontade e todos agora entendiam:

— Philonikos, por favor, entre e seja bem-vindo. Xenofonte me disse que ele não era um vidente. Parece que ele estava sendo desnecessariamente modesto.

O aprendiz do médico vacilou, ainda no portal, com o olhar indo de Cwmfen na cama para o bebê adormecido no ombro de Caradoc.

— Ela está doente? — perguntou o jovem. — O parto foi difícil?

Cunomar passou por ele e entrou no quarto.

— Não lhe pedi a ergotina — disse ele. — Devo fazê-lo?

A única indicação de ergotina, ao que parecia, era em mulheres após o parto. Philonikos se transformou.

— Ela está sangrando? — Em dois passos, o jovem atravessou o quarto e ajoelhou-se onde Dubornos estivera, apertando os olhos na luz inadequada.

— Não é muito grave. Ela viverá se não pegar a febre do leite, mas devemos enfaixá-la com firmeza para garantir que o sangramento não irá recomeçar — declarou Philonikos. — Não posso voltar ao palácio. Ele foi fechado e o acesso a ele, bloqueado. Largus certamente tem ergotina, mas está do outro lado, no Aventino; não chegaremos lá a tempo. Precisamos de água fria e de um pano, rasgado em tiras. Este serve.

O jovem pegou um lençol limpo que tinha sido guardado para o primeiro dia depois do parto e que ainda não estava sujo, e jogou-o na direção de Cunomar, que o agarrou sem pensar e começou a rasgá-lo, com a mente relutantemente arrastada para o mundo do lado de fora.

— Por que o palácio está fechado? — perguntou. Em seguida, como todos os adultos permanecessem em silêncio, ele se deu conta de que não queria saber a resposta, e indagou: — Por que Xenofonte lhe ordenou que viesse para cá se não foi para cuidar de Cwmfen?

Philonikos olhou para Caradoc pedindo permissão para falar e, passado um momento, recebeu-a. Sabia a mensagem de cor e transmitiu-a sem emoção.

— Cláudio está cercado — disse Philonikos. — Ele pode já estar morrendo, envenenado por Agripina, mas se não estiver, isso acontecerá nos próximos quinze dias. Culparão Xenofonte, embora ele tenha feito o possível para evitá-lo. Agripina controla o palácio. Ela vai espalhar a notícia de que o imperador está doente e que devemos rezar por ele. Os seus astrólogos esperarão que as estrelas fiquem mais favoráveis, e então, no momento certo, ela colocará Nero no trono e governará por intermédio dele. A partir desse momento, você não estará mais seguro aqui. Ela o odeia. Na onda de mortes, de Narcissus, Callon e de todos os outros que se opuseram a ela, a enraiveceram ou testemunharam a humilhação dela nas mãos de Cláudio, a sua será uma das muitas mortes que ninguém perceberá.

A exposição tinha a cadência de Xenofonte, ou até mesmo seu calor e sua paixão. Cunomar observou Cygfa aproximar-se da mãe. Por um longo momento, ela simplesmente não dera atenção a Philonikos, olhando através do jovem, como se ele não existisse. Então, ele não fora um médico com o conhecimento necessário para salvar a vida de sua mãe. Havia um desafio, uma culpa e uma necessidade mais básica de apagar o passado quando ela disse:

— O povo ama Cláudio tanto quanto despreza Agripina. Se espalharmos o boato de que o imperador está sendo ameaçado por ela, invadirão o palácio, não é certo?

Se Philonikos compreendeu a mudança em Cygfa, não o demonstrou. Estava absorto no tratamento da mãe dela. O sangramento de Cwmfen já havia diminuído. Philonikos segurou-lhe o pulso com a cabeça inclinada para poder sentir melhor a pulsação.

— Você não poderá fazer isso — declarou distraidamente. — Os guardas não deixarão.

Caradoc perguntou rispidamente:

— Que guardas? Os que estão do lado de fora?

Tudo ficara em silêncio depois da marcha, das ordens e do barulho dos homens correndo e depois parando. Farejando o ar, Cunomar sentiu o cheiro de piche, o que significava tochas, as quais, por sua vez, indicavam que haveria fogo. Isso não deveria tê-lo surpreendido; um grande número das recentes execuções fora encoberto por convenientes incêndios. Ele observou esse entendimento assumir forma no rosto do pai e no de Dubornos, até mesmo no de Cwmfen na cama, e viu todos se voltarem para ele, tentando disfarçar o fato.

Uma náusea antiga e familiar voltou.

— Eles vieram nos buscar — disse Cunomar, que sempre soubera que isso iria acontecer.

— Sim, mas não para prendê-los, e sim para ajudá-los. Vieram seguindo as ordens de Cláudio e ainda são leais a ele. Mas isso não significa que permitirão que vocês causem tumulto em Roma durante a ronda deles — replicou Philonikos, levantando os olhos. — O sangramento logo estancará. Não é tão grave quanto parecia. Alguém pode trazer um pouco de água pura para Cwmfen, talvez com um pouco de mel? Ela ficará melhor se beber.

Isso, Cunomar podia fazer. Foi buscar a água e voltou. Cwmfen bebeu e se recostou. Estava respirando agora com mais facilidade. O aprendiz se levantou. Era exigente com a sua higiene pessoal. Cunomar o observou rasgar uma tira fina de linho de um dos melhores lençóis e usá-la para retirar o sangue das mãos. Limpo e com a mulher doente tratada, voltou a atenção para a mensagem.

— Vocês precisam partir — disse. — Os guardas tomaram medidas para que a sua ausência não seja notada, pelo menos inicialmente, e possivelmente nunca. Óstia está sendo vigiada por homens leais a Agripina. Vocês não podem ir para lá, de modo que serão escoltados para a costa norte da Gália. Se cavalgarem rápido, deverão chegar lá antes de meados de outubro. Se o conseguirem, uma embarcação estará à sua espera. Ainda não é tarde demais para que um navio zarpe através do oceano para a Britânia, desde que vocês não se atrasem. O imperador deu o seu consentimento. O oficial da escolta tem em seu poder uma ordem assinada para que uma família saia de Roma e viaje até o porto de Gesoriacum, onde pegarão o navio. A descrição de vocês é precisa; somente os nomes são diferentes.

Philonikos poderia ter sido um cantor tão bom quanto Dubornos. Ele tinha a memória para as longas narrativas e linhagens, aprendidas ao longo das eras, ou até mesmo a capacidade de refletir sobre o que dissera. Ou talvez a sua atenção ainda estivesse em outro lugar. Ele se postou incerto perto da cama, observando Cwmfen levar o bebê ao seio para alimentá-lo. O olhar de Philonikos era clínico e avaliava o fluxo do leite e a óbvia força do bebê. Cunomar observou o pai se derreter diante da inominável beleza da imagem.

— Philonikos? — chamou Dubornos, sacudindo o braço do jovem. — Por que Cláudio faria isso? Ele não sente amor por nenhum de nós e certamente não deseja que a Britânia se insurja novamente contra ele.

— Cláudio sabe que está morrendo. — A resposta foi dada por Caradoc, enquanto se levantava. Em seguida, sentou-se perto da cama e deslizou a mão contraída e marcada por cicatrizes por debaixo do bebê, apoiando o peso do filho para poupar os braços de Cwmfen. — A Britânia foi sua conquista, sua paixão e sua reivindicação à imortalidade. Ele não tem razão alguma para legá-la pacificamente a Agripina. Essa é a sua vingança.

O aprendiz do médico assentiu com a cabeça.

— E ele pode se arrepender de atos passados. Isso não é raro naqueles que sentem o vento frio da morte; Cláudio talvez deseje fazer reparações na vida para não ser chamado a prestar contas pelas almas dos mortos quando encontrá-las. Xenofonte certamente acredita nisso. Vocês não são os únicos esta noite para quem os mensageiros portam permissões de soltura assinadas. Mas é preciso que se apressem. Com exceção destes, Agripina controla a Guarda. Se ela ouvir... — Philonikos vacilou. Pela primeira vez, suas duas partes, mensageiro e médico, se reuniram. — Mas vocês não podem — acrescentou. — Cwmfen e o bebê... ainda não podem cavalgar.

Esse fato fora óbvio desde o início. Cunomar o soubera e percebera o peso no olhar de Caradoc. Ele não imaginara que Dubornos também o notasse. O cantor declarou:

— Ficarei com Cwmfen. Caradoc levará seus filhos para casa, para o direito inato deles.

— Não. — Do outro lado da cama, os olhos cinza do pai encontraram os castanhos do cantor, ambos decididos.

Cunomar sentiu uma falha rachar nas fundações do seu mundo. Durante mais de dois anos, vivendo tão próximos a ponto de pisarem nos pés um do outro, esses dois homens haviam se esforçado para manter unida uma família, tinham colocado de lado as diferenças, que poderiam ter existido, e trabalharam mais estreitamente do que irmãos. Agora, mais do que tudo, era importante que não entrassem em conflito.

Desesperadamente desejando o contrário, Cunomar ouviu Dubornos dizer:

— Você é necessário em Mona; as tribos e os videntes precisam de você. O governador está fraco; as tribos ocidentais definiram as fronteiras e as legiões não ousam cruzá-las. Com a sua volta, os guerreiros de todas as tribos ficarão unidos como nunca estiveram antes. O oriente se juntará ao ocidente para conduzir as legiões de volta para Roma. Elas o considerarão uma dádiva dos deuses, uma demonstração do apoio incondicional que ofereceram à nossa causa... justificadamente. A sua única escolha é voltar. Os deuses e o povo precisam de você. Mona precisa de você. — No final, restou a frase impronunciada, porque ninguém falava o nome em voz alta, nem precisava, *Breaca precisa de você.*

Eram armas que Dubornos não tinha o direito de usar, mas ele o fez, despudoradamente. Caradoc contemplou o filho que mamava no seio da mãe. Da cama, Cwmfen disse:

— Dubornos está certo. Você tem que ir. Você e as crianças. — Ela era uma guerreira; em nenhum momento a sua voz vacilou. Era óbvio para todos que Agripina a mataria junto com o bebê.

Este se contorceu e foi trocado de seio. Nas ruas, um cão latiu e foi chutado para que se calasse. Um legionário tossiu e sua armadura trepidou. Caradoc ajoelhou-se ao lado da cama, contemplando um mundo que nenhum deles conseguia enxergar. Cunomar levou os dedos à testa como vira a mãe fazer antes da batalha e rezou para Briga, Nemain e para o grande e vasto deus do oceano, pedindo que o pai, desta última vez, pusesse de lado o orgulho e deixasse que as coisas fossem como Dubornos queria.

A cicatriz circular deixada pelas correntes no pescoço de Caradoc ondulou à luz espectral, pulsando no ritmo lento e firme do coração. Fora sem dúvida do pai que Cygfa herdara sua coragem. Cunomar manteve o olhar fixo no rosto de Caradoc, oferecendo apoio silencioso. Pensou na mãe como não pensava havia dois anos e introduziu a essência dela no aposento para atraí-lo.

Ao levantar os olhos, Caradoc os pousou primeiro no filho mais novo, e depois em Cunomar, que percebeu a plena intensidade da dor e do fardo insuportável. A voz que ouviu era a que seu pai usava no conselho, porém raramente, ao anunciar a morte desonrosa de um guerreiro.

— Afastei-me certa vez de uma batalha deixando que outras pessoas morressem no meu lugar — declarou Caradoc. — Não acredito que os deuses possam pedir-me que faça isso novamente. Ou partimos juntos, ou simplesmente não partimos.

Cunomar engasgou e fez o possível para permanecer em silêncio.

Após um intervalo que durou para sempre, Dubornos disse:

— Então ficaremos. Cwmfen não pode cavalgar.

— Mas poderemos viajar se providenciarmos uma maca, não é mesmo? — perguntou Caradoc, voltando-se para Philonikos, que se postava à parte, fazendo o possível para não ser incluído na conversa. Pressionado a dar uma resposta, o rapaz assentiu desanimadamente com a cabeça.

— Ótimo — disse Caradoc, levantando-se. Cunomar notou que o pai se mostrava mais seguro do que em qualquer ocasião posterior ao dia na planície, debaixo do sol escaldante, em que enfrentara o imperador. Cunomar achou que poderia se partir de tanto orgulho até ouvir as palavras seguintes do pai:

— Dubornos cavalgará na frente com Cygfa e embarcará no navio. Eles podem levar a notícia de que estamos chegando. O restante de nós viajará lentamente, na velocidade que Philonikos julgar que Cwmfen pode suportar, e se chegarmos tarde à costa, tentaremos conseguir outro navio ou aguardaremos a primavera. A temporada de luta acabou. Mona viverá sem nós por mais seis meses, e o fato de os videntes serem informados de que estamos a caminho será suficiente.

Dubornos e Cygfa, os dois guerreiros que podiam cavalgar e lutar. Cunomar ouviu os nomes, e a respiração obstruiu-lhe a garganta. Sua mente gritou, em um rebuliço de dor sem palavras que o amparassem.

Dubornos, amigo eterno, ouviu as palavras de Caradoc e balançou a cabeça, dizendo:

— O navio poderá levar a mensagem, mas não poderemos embarcar. Como você mesmo disse: partiremos juntos, ou não partiremos. Não zarparei para Mona sem você.

Assim, quer tenha sido seguro ou não, a bravura de cada homem foi testada e considerada igual pelo outro. O silêncio do quarto os sustentou por tempo suficiente para esse último confronto, para a procura de fraquezas e, finalmente, para o reconhecimento de que elas não existiam.

Caradoc soltou-se primeiro. Erguendo-se, entregou o filho a Cwmfen e beijou-a. Para Cunomar e Cygfa, disse:

— Comecem a arrumar a bagagem. Vocês precisarão de roupas de viagem, ouro e uma faca para cada um, nada mais. — Para o aprendiz do médico, que contemplava a cena como se os seus ouvidos estivessem mentindo, Caradoc disse:

— Philonikos, traga o que você precisa para cuidar de Cwmfen na jornada. Se Xenofonte o enviou agora, tinha a intenção de que viesse conosco, pelo menos até a Gália. Ele valoriza a sua vida e segurança tanto quanto a nossa. Se ele estiver em perigo, gostaria de saber que você está seguro.

Não se tratava de um pedido, e sim de uma ordem, dada por uma pessoa com uma longa experiência em liderança. Philonikos abriu a boca e voltou a fechá-la. Nos dezoito meses que servira no palácio, aprendera muito bem quando deveria ficar calado.

O incêndio começou enquanto arrumavam a bagagem. A fumaça passava através das tábuas do assoalho, conferindo forma à luz do lampião. No apartamento vizinho, a mulher latina gorda gritou alarmada e foi imitada por outras pessoas nos dois lados da rua. Os guardas, do lado de fora, já estavam ajudando a evacuar o prédio. Um destacamento chegou ao andar de cima, subindo em fila indiana pelo vão estreito. Chegaram carregados, com os passos fortemente desequilibrados como se pela lenha, pelas armas ou por ambas. Não seria a primeira vez; todo mundo conhecia alguém que morrera por ordem de Cláudio e outros que haviam perecido em incêndios nos prédios mal protegidos.

Cunomar estava carregando a bolsa do pai para o aposento da frente quando os soldados chegaram à porta.

— Cunomar... — A voz do seu pai estava singularmente suave. — Ponha a bolsa no chão e venha até aqui.

Fazendo o que lhe fora ordenado, Cunomar correu para o outro lado do quarto, com o pânico forçando as suas entranhas. Os braços do pai o envolveram. Mãos fortes que um dia haviam comandado exércitos despentearam-lhe o cabelo como não faziam desde que ele era pequeno. Os lábios do pai roçaram-lhe secamente a testa, e a voz profunda do conselho perguntou:

— Meu filho, você pode ficar com Cwmfen? Ela precisa de alguém para ajudá-la.

Cunomar obedeceu, sem perguntar por que uma guerreira que acabara de dar à luz poderia precisar de ajuda em face do inimigo. Cygfa já estava lá, alerta e atenta. Ela sorriu ironicamente para Dubornos, como não o fizera naqueles dois últimos anos, e o cantor sentiu-se aliviado. Se tivesse tido tempo para remorso, Cunomar teria lamentado o fato de que fora necessária a certeza da morte para que aquele desacordo começasse a se resolver.

A porta se abriu com ímpeto. Cunomar viu Caradoc olhar Dubornos nos olhos e dar um passo para postar-se ao lado dele, ombro a ombro, diante da cama. Nenhum dos dois estava armado; a anistia recebida proibira expressamente a posse de armas. Havia facas de cozinha, mas nenhuma delas estava ao alcance da mão. Dubornos começou a entoar sossegadamente o canto da passagem da alma.

Caradoc disse:

— Então discutimos por nada. Parece que os deuses preferem que fiquemos. — A frase foi dita com ironia, finalmente com humor, trazida à totalidade pela promessa da fuga desta vida.

Um homem de cabelo castanho, sem elmo, introduziu a cabeça no aposento. A fumaça o emoldurava. Ele examinou o quarto, observando os ocupantes, e fez um movimento com a cabeça, falando por sobre o ombro. Em um latim áspero, militar, ele disse:

— Aqui. Três adultos, duas crianças e o ajudante do médico. — Ele se virou. — E um bebê — comentou, perplexo. — Não temos um bebê.

— Não precisamos de um — comentou uma voz que fez o mundo parar. — O fogo será bom. Ninguém estará procurando por um bebê.

Era um pesadelo, um sonho sem substância. O alívio esmagou o ar da garganta de Cunomar; por piores que possam parecer na ocasião, essas coisas eram evitáveis. Em Mona, cada aprendiz fora instruído sobre as técnicas para assegurar um despertar seguro de um sonho perigoso. Para os videntes, salvava a vida; para as crianças, uma fuga da qualidade desagradável que tornava as noites seguras. Airmid ensinara a Cunomar como fazê-lo havia muito tempo, quando ele sonhara três noites seguidas que Ardacos fizera errado os ritos de proteção e o inimigo os encontrara. Tudo o que ele precisava era encontrar algo que deveria ser sólido e provar que não era, e então saberia que estava sonhando e a sua mente o despertaria.

Concentrando-se na verticalidade de uma aresta entre duas paredes, Cunomar começou a fazer o que Airmid lhe ensinara e ficou surpreso ao ver Dubornos fazer o mesmo; ele não esperara estar compartilhando o seu pesadelo. Poderia ter sido cômico se não fosse tão desesperador. No esforço de provar que nada daquilo era real, Dubornos fez o possível para passar rapidamente a mão através da parede à sua esquerda. Suas articulações bateram no reboco áspero e ele ralou a palma quando inverteu a posição. Cunomar, observando assombrado, tentou fazer o mesmo e feriu-se igualmente.

— Golpear paredes não vai extinguir o incêndio, cantor — declarou do portal uma voz zombeteira, em iceno. — Você pode assar se quiser, mas eu consideraria isso sórdido, assim como o faria o espírito do imperador, não tenho dúvida. E os que ficassem para trás teriam que explicar por que os corpos de dois cantores ruivos idênticos foram encontrados nas cinzas do incêndio, o que seria abominavelmente inconveniente.

Cunomar levantou lentamente os olhos, ainda preso no pesadelo. O homem que lhe haviam dito ser o irmão da sua mãe, o mais respeitado dos guerreiros icenos, postava-se diante dele, com um sorriso cínico, trajando o uniforme de um guarda urbano. Isso acontecera antes, na árida planície onde Caradoc enfrentara o imperador. Lá, o homem atuara como intérprete e tentara fazer com que os matassem. Horrorizado, Cunomar olhou nos olhos do pai e soube que não estava sonhando: a dor e o ódio gravados no rosto de Caradoc eram reais demais para serem um sonho.

Dubornos perguntou rispidamente:

— Por que você está aqui?

— Para escoltá-los à liberdade — retrucou o oficial, sorrindo como uma cobra que está caçando. — Fiz um juramento por ignorância, possivelmente por arrogância, e este é o castigo. Desconfio que podemos culpar Xenofonte por isso, mas ele está além do nosso alcance. Independentemente de quem seja a culpa, a sua segurança é minha responsabilidade até que embarquem em um navio na costa setentrional. Jurei pela minha honra e pela do meu deus protegê-los ou morrer tentando. — O tom de voz do oficial retirava qualquer honra das palavras. — Como prefiro viver, faremos o que for possível para que aqueles que poderiam desejar segui-los não desconfiem da sua fuga. — Em seguida, dando meia-volta no portal, ordenou em latim, em um tom muito diferente:

— Aqui dentro. Rápido.

Meia dúzia de homens, carregando uma carga, entraram no aposento. Os fardos, quando deixados cair no chão e rolados das faixas de aniagem, eram reconhecidamente humanos e estavam mortos, possivelmente havia pouco tempo. O cabelo deles era impressionante, nada tendo de romano. Os dois adultos mais altos eram louros, bem como as duas crianças. O outro adulto, um homem ligeiramente mais baixo, era ruivo e estava ficando calvo no alto da cabeça. No peito, debaixo do tecido rasgado da túnica, um ferimento feito a faca era visível na pele acinzentada do cadáver.

Cunomar foi invadido por ondas de náuseas. A mão do pai agarrou-lhe o ombro, firmando-o. Nunca vira o pai prestes a perder o controle daquela maneira. A voz de Caradoc cortou a fumaça:

— Você os matou? — perguntou. — Essas pessoas morreram no nosso lugar porque você fez um juramento?

— Naturalmente — replicou o traidor, olhando-o fixamente. Cunomar lembrava-se às vezes desses olhos, nas piores noites, quando o barulho da cidade, o frio e o cheiro da argamassa bolorenta conspiravam para mantê-lo acordado. Em seguida, os olhos negros de um falcão riam para ele, vindos do rosto de um homem. Cunomar jamais pensara que fosse vê-los novamente enquanto vivesse. Eles tremularam sobre ele e mal perceberam a sua existência. A voz, repleta de desdém, declarou: — Estamos em guerra, Caratacus. Se quisermos viver, outros terão que morrer. Quando você voltar à Britânia, descobrirá que o mesmo está acontecendo por lá. Ou você quer morrer aqui, junto com os seus filhos? Precisa decidir rápido. A paciência do fogo é ainda menor do que a minha, e eu tenho muito pouca.

Eles já estavam arriscando a vida. Chamas alaranjadas alastravam-se do lado de fora da janela ao sul. Cinzas subiam no calor. Caradoc olhou uma vez na direção delas, e Cunomar percebeu que a decisão estava tomada.

— Já arrumamos a bagagem. Podemos partir agora, mas não poderemos apressar demais o passo por causa de Cwmfen e do bebê.

— Claro que não. Xenofonte pensou nisso depois que o seu aprendiz deixou o palácio. Ela será escoltada em uma liteira até os muros da cidade e depois em uma carroça até que esteja em condições de montar. Se tivermos sorte, chegaremos à costa em Gesoriacum antes de o navio partir. Caso contrário...

— Passaremos seis meses como fugitivos em solo romano?

O decurião balançou a cabeça. O seu sorriso era venenoso.

— Não em solo romano. Prefiro pensar que encontraríamos um lugar tranquilo na Gália. Mas acho que todos devemos rezar para que isso não aconteça. Meio ano na companhia um do outro talvez possa ser mais do que conseguiríamos suportar.

XXV

AO AMANHECER, EM UMA CLAREIRA RIBEIRINHA, A MEIO dia de viagem ao sul do porto marítimo de Gesoriacum, ao lado das brasas incandescentes do fogo noturno, Valerius, decurião que fizera um juramento, jazia acordado, como estivera na maior parte da noite, contando as estrelas que se desbotavam, no esforço malsucedido de esquecer onde estava, com quem e como chegara àquela situação.

Seu maior desejo era tomar vinho, porém não havia mais. Trouxera três jarros de Roma, julgando que seriam mais do que suficientes para durar a jornada inteira. Cada noite e cada manhã ele medira as doses, usando o quanto precisava para manter os fantasmas afastados, as vozes quietas e seu sorriso penetrante contra sua constante repugnância por Caradoc e a família dele.

Quanto mais viajavam e mais se aproximavam de Gesoriacum com as recordações de Calígula e Corvus, de Amminios e Iccius, de ódio, amor, vingança e morte, mais vinho tomara para manter a aparência de estabilidade. O último jarro secara três dias antes, fazendo com que Valerius temesse pela sua sanidade. Por incrível que pareça, Philonikos o ajudara, oferecendo-lhe uma bebida forte, adoçada com mel, retirada do seu estoque médico, que teve o poder de queimar-lhe a garganta e deixar-lhe os membros entorpecidos. Diante de uma bebida tão poderosa, os sussurros do passado haviam desaparecido e até mesmo o presente não pressionava tão de perto, de modo que, durante duas noites, Valerius dormira. Somente nesta última noite, quando estavam quase chegando ao destino, o aprendiz do médico inexplicavelmente retirara o presente, e Valerius sentiu a falta.

As estrelas desapareciam rápido demais. Ao contrário do que acontecia na Britânia, onde Valerius rezava todas as noites para que a luz do seu deus surgisse para banir os sonhos, nesse lugar, na companhia dessas pessoas, o decurião não tinha nenhum desejo de que o dia começasse. Ele teria recebido os sonhos de braços abertos se eles pudessem ter desalojado as lembranças da sua primeira visita a Gesoriacum, de quem ele fora antes de chegar, de quem fora antes disso, e antes disso ainda; ou se eles pudessem ter apagado por um único momento a presença de Caradoc e as acusações que o homem carregava consigo.

A monumental ironia do juramento que Xenofonte extraíra de Valerius fora seu próprio escudo no apartamento e nos primeiros dias da viagem, quando se afastavam de Roma, mas não sobrevivera muito tempo na estrada para o norte. O decurião estava acostumado a que tivessem medo dele — até mesmo Longinus o temia agora —, mas ainda era respeitado, mesmo pelos gauleses, que haviam apoiado Umbricius. Até esta jornada, Valerius não soubera como o seu espírito se alimentava sob esse aspecto, ou como o seu oposto o esgotava. Porque ele precisava, ele acreditava que, com a promessa do deus de que o sucesso o guiaria, poderia sobreviver a esse último dia sem qualquer sinal externo do que ele lhe custara. Mais profundamente, Valerius sabia que um dia era o máximo que lhe restava.

As estrelas haviam desaparecido. O sol surgiu no horizonte oriental e a luz do deus derramou-se através das árvores, encobrindo o brilho mortiço do fogo. Este último não soltara fumaça — Valerius o construíra com cuidado usando madeira que havia sido secada na noite anterior —, mas uma leve agitação de ar quente subiu e inclinou-se suavemente para a esquerda, revelando uma mudança da brisa para o sul. A música do rio mudou de tom quando o vento recuou e deu a volta, e, em algum lugar distante, um galo cantou.

Valerius afastou o manto e ficou de pé. Ele se levantava primeiro por uma questão de orgulho, como o era encontrar o fogo daqueles que os caçavam. Estavam sendo caçados, não havia dúvida alguma, e nisso o decurião levava a melhor sobre os guerreiros que liderava; conhecia intimamente o perigo exato representado pelo caçador, seus pontos fortes, suas fraquezas e, segundo acreditava, suas intenções.

O movimento lhe proporcionou alívio. Em silêncio, atravessou a clareira e pegou um caminho através da floresta esparsa. Ouviu atrás de si os passos suaves dos guerreiros que também se levantaram e tomaram outras rotas através da floresta. Logo, tudo o que pôde ouvir foram os passos mais barulhentos da criança, Cunomar, que ficara tempo demais em Roma e ainda não aprendera a caminhar em silêncio.

O rio estava cheio depois de dez dias de chuva e corria inchado de barro. Valerius encontrou um remoinho na lateral para aliviar-se e depois avançou rio acima para verificar os cavalos e lavar o rosto com uma água mais limpa. Sentiu-se melhor depois, e o peso na cabeça e na língua causado pela falta do vinho diminuiu. A margem seguia para o sul e para o oeste, em direção a um lugar onde o rio se alargava e a torrente ficava mais lenta. Valerius atravessou sobre pedras oleosas e perigosas, pisando cautelosamente em cada uma e testando a base. Na margem sul, a trilha de um veado passava através de um mato de abrolhos e ao redor de um pequeno vale relvado abaixo da superfície que ascendia no seu lado mais distante em uma íngreme vertente florestada. Valerius subiu, usando como apoio os galhos angulosos do mato de abrolhos.

Folhas de faia, lustrosas como bronze batido, partiam-se debaixo dos seus pés. As frutinhas dos abrolhos estavam enrugadas para o inverno, guardando a umidade em pesadas gotas que borrifavam suas coxas e gotejavam-lhe frias no rosto.

Ao chegar ao topo da vertente, Valerius avançou, contorcendo-se sob os galhos baixos, até alcançar uma visão clara por sobre um amplo trecho de uma fértil campina, e de um grupo de carvalhos e de faias mais a distância. Uma fumaça subia debilmente sobre a copa das árvores. Marullus, centurião da segunda coorte da Guarda Pretoriana, nunca aprendera a arte de acender o fogo sem fazer fumaça, ou talvez a sua intenção fosse avisar a sua presença, um aviso enviado por um Pai para um dos seus inúmeros filhos, um filho sob o manto abençoado de Mitra, situados em lados opostos pela má sorte e um juramento negligentemente feito. Ainda não estavam em conflito e talvez nunca ficassem. O deus, segundo se esperava, o impediria.

Valerius permaneceu imóvel debaixo dos abrolhos durante algum tempo, deixando que o ar refrescante e o alívio da solidão lhe proporcionassem uma cura parcial. Pouco depois, quando a bruma interna e a externa se tornaram rarefeitas, ele avistou o que estava procurando: um pequeno grupo de homens que se movimentavam erraticamente entre as árvores, preparando os cavalos para seguir viagem, enquanto um deles, que estava na área mais oculta bem em frente, observava.

— Estão brincando conosco. Sabem que estamos aqui.

Valerius deu um salto. A velocidade com que se virou agrediu as partes delicadas do seu cérebro. Uma bolha de pura raiva subiu-lhe à cabeça e estourou. Ele quase atacou. Uma década de treinamento como oficial o fez parar, bem como o juramento ao seu deus.

Se a menina Cygfa percebeu o perigo e o seu posterior sumiço, não demonstrou nenhum medo. Aproximara-se silenciosamente de Valerius, por trás, sentara-se, igualmente em silêncio, e ficara observando. Cygfa debilitava Valerius mais do que Caradoc com o seu desprezo frígido, ou Cunomar, com o seu exaustivo ódio. Ela falava pouco e nunca se dirigia a ele voluntariamente, e no entanto ele nunca se afastara dos outros sem que o seguisse, pisando como um gato. A menina agachou-se agora em um espaço oculto entre os abrolhos, fitando-o com os olhos do pai.

Em um momento da jornada, Cygfa começara a trançar o cabelo à moda do guerreiro, ato proibido em Roma, e da noite para o dia encontrara três penas de corvo, entrelaçando-as do lado esquerdo. Estavam penduradas, úmidas, na névoa, e seu rosto, assim emoldurado, era o de um jovem desprovido de sexo, andrógino, de modo que Valerius, mordendo o lábio inferior, teve de repetir em voz alta, na mente, o fato que o que tinha diante de si era uma mulher, não um homem, e que o deus nunca lhe devolveria Caradoc livre da idade e de toda traição, nem aqueles que haviam sido perdidos para a sua traição. *Amminios estava mentindo... O que você teria feito se soubesse que Breaca ainda está viva...?*

Basta. Pare agora. Ele sabe.

O decurião ficou imóvel e acreditou não estar demonstrando nada.

Cygfa levantou uma sobrancelha, de um modo zombeteiro e familiar.

— Você não pretende matar esses homens como matou o rastreador deles?

Ela fez a pergunta para provocá-lo e não porque estivesse interessada na resposta. Logo que fugiram, dois dias depois que haviam saído de Roma, Valerius abandonara durante metade de uma noite os que estavam sob a sua proteção para caçar e cortar a garganta de um membro da tribo dos dácios que seguira a trilha deles. Valerius não dissera nada para os outros, mas Cygfa o seguira e presenciara o ocorrido, e a notícia da morte do homem e, talvez, da sua inutilidade, já que o rastreador havia perdido a trilha quando morreu, espalhou-se entre os outros. Se tivesse sido interpelado, Valerius poderia ter contraposto o argumento de que o grupo viajaria mais rápido sem precisar usar de discrição e que um rastreador morto era um inimigo a menos brandindo uma espada contra eles mais tarde, mas o questionamento nunca foi feito e Valerius optara por não se manifestar.

Ele leu tudo isso nos olhos de Cygfa, enquanto ela o observava espreitar os vigias. Em qualquer outro dia, Valerius teria simplesmente se afastado, mas o fato de a menina ter decidido entrelaçar as penas da morte tornara sua presença um desafio maior e, nesse último dia, ele estava cansado de desafios. Respondendo à pergunta, e possivelmente à intenção por trás dela, Valerius disse:

— Não podemos atacar agora. Eles são muito mais numerosos.

— E, ainda assim, não nos atacam. Estávamos vulneráveis quando Cwmfen estava doente na carroça, mas a nossa situação melhorou agora que ela está em melhores condições e pode cavalgar — comentou Cygfa. — Por que se mantêm afastados?

A menina pensava como o pai, ou como Longinus. Não era bom pensar nele. Longinus estava no comando da ala enquanto o seu decurião estava ausente. A separação dos dois não fora fácil, mas nada entre eles fora fácil desde que Valerius voltara de Roma com o desejo de vinho aumentado.

Valerius recuou para um lugar onde poderia sentar-se sem ser visto. Talvez não tivesse sido necessário, mas a simulação de ocultação encerrava integridade.

— Estão esperando um sinal — replicou Valerius. — Quando o receberem, atacarão.

— Ou então estão esperando a morte de Cláudio.

— Os dois são a mesma coisa. — O latim de Cygfa era formal, não tão fluente quanto o dos pais. — Descendo suavemente pela margem em direção ao declínio pouco profundo do pequeno vale, Valerius deu consigo harmonizando-se com a cadência dele.

— Quando Cláudio morrer e Nero for nomeado imperador, o sinal virá. Eles estarão então em segurança, sob o comando de Agripina, e poderão agir sem a desonra da traição.

Cygfa sorriu com desdém.

— Então, aos olhos romanos, é honrado matar um bebê de catorze dias se a ordem é dada pela mulher que é a mãe do imperador, mas não se essa ordem tiver lugar quando ela é apenas a sua esposa e sobrinha?

O vale estava entulhado com fragmentos da floresta. O esqueleto oco de um tronco de faia jazia atravessado nele, manchado por gotículas brilhantes e tóxicas de fungos vermelhos e alaranjados e antigas fezes de roedores. Valerius saltou sobre o topo, balançando-o terrivelmente com os pés. A ação acompanhou o ritmo do latejo na sua cabeça e o acalmou. Ele achou que a menina talvez seguisse caminhando sozinha, mas ela esperou, os olhos ainda fazendo a mesma pergunta idiota sobre a honra romana, como se qualquer coisa diferente dessa mesma honra a tivesse mantido viva naqueles últimos catorze dias.

Valerius perguntou diretamente:

— Você já matou um homem em combate?

Os olhos cinzentos olharam para ele com desdém. Cygfa levou um dedo à pena superior.

— Você me viu fazer isso.

— E eles eram homens, que um dia foram bebês de catorze dias, mas você os matou sem hesitar, estou certo?

— Isso é diferente.

— É mesmo? A vida é menos preciosa para o homem adulto que ama a vida e entende exatamente o que tem a perder do que para o bebê que só conhece o conforto do útero e o calor do seio da mãe? Acho que não. — Uma raposa macho usara o tronco para marcar o território. O almíscar do odor subiu com o balanço, metálico como suor de cavalo e as lágrimas dos mortos. Ao inalá-lo, Valerius acrescentou: — Esta é a realidade da guerra. Trinta anos que você passe vivendo e crescendo fazem pouca diferença se a alma que você liberta é a de um inimigo. Uma criança assassinada hoje não crescerá e não se tornará o guerreiro que enterrará uma espada nas suas costas daqui a vinte anos, e é o que poderá mantê-la viva. Você é uma guerreira; deveria saber disso.

Cygfa disse:

— Jamais mataríamos as crianças dos nossos inimigos.

— Eu sei. É por esse motivo que vocês vão perder a guerra e nós vamos ganhar.

Valerius saltou do tronco e começou a forçar caminho através dos abrolhos. A voz de Cygfa o procurou:

— Se você nos despreza tanto — perguntou a menina —, por que ainda estamos vivos?

Em meio mês de viagem, nenhum deles ainda sugerira que ele poderia traí-los. Valerius parou e ficou imóvel. O olhar de Cygfa perfurava-lhe as costas. Ele girou lentamente sobre um dos calcanhares.

— Eu lhe disse em Roma — replicou. — Fiz um juramento. Diante do meu deus, essas coisas são indissolúveis.

— E por que você teve que fazer esse juramento?

— Não tenho a menor ideia — respondeu Valerius, seguindo em frente e afastando-se dela, erguendo as mãos para proteger o rosto dos abrolhos. Ele estava mentindo, é claro, pois tinha uma ideia muito boa de por que isso lhe fora pedido, e a explicação envolvia Theophilus e Xenofonte, dois médicos gregos que levavam os cuidados da alma tão a sério quanto os cuidados do corpo que a revestia. No entanto, preferiu não externar esse pensamento.

Cygfa seguiu-o por um caminho que não era um caminho, alongando-se por baixo das sarças, chutando abrolhos e tapetes de urtigas. Emergindo, Valerius correu por sobre as pedras untadas com lama; o desafio de um guerreiro de chegar à outra margem sem cair. Muito tempo antes, ele observara três homens atravessarem correndo um rio por sobre um tronco molhado. Somente um deles caíra, e fora quem menos importava.

Valerius chegou à outra margem com os pés secos. O sucesso o reanimara. Ele disse:

— Para descobrir por que me pediram que fizesse o juramento, você teria que perguntar ao imperador, que já pode estar morto. Talvez Dubornos possa perguntar a ele por você. Dubornos parece ter amigos entre aqueles que se uniram aos deuses. Eu não os tenho.

— Não. Nas esferas dos mortos, existem aqueles que meramente o odeiam e aqueles que esperarão uma eternidade para saudar a sua morte e vingar a deles. Qualquer um pode vê-lo.

— De fato? — Valerius ouviu a própria voz ficar quebradiça. — Você é uma vidente capaz de ver a alma dos mortos?

— Dificilmente. Não preciso ser. Qualquer criança é capaz de enxergar aqueles que o rodeiam.

Valerius se afastou, deixando-a na margem mais distante com as pedras diante de si, e não esperou para ver como ela estava se saindo.

Valerius chegou sozinho à clareira. O restante do grupo já estava pronto, aguardando. Cwmfen tinha Math embrulhado contra o peito e estava pronta para cavalgar. O cabelo do bebê estava crescendo e seus olhos eram menos inexpressivos. A mãe dele fizera um bom progresso sob os cuidados de Philonikos; nos últimos três dias, ela começara a tomar parte ativa na jornada, quando antes estivera deitada em uma carroça e toda a sua força fora usada simplesmente para viver.

Hoje, ela espalhara o fogo e o encharcara, cobrindo as cinzas com a relva cortada na noite da véspera e espalhando folhas velhas sobre ela. O centurião e o seu grupo poderiam encontrar a área do acampamento, mas somente por meio de uma busca diligente, e o próprio ato de procurar por ele os faria perder tempo. Isso talvez não tivesse importância quando o seu destino era tão óbvio, mas, por outro lado, havia a integridade de encobrimento do guerreiro e ninguém a quebraria voluntariamente.

Os homens tinham estado analogamente ocupados; os cavalos estavam reunidos com as pernas desamarradas às margens da clareira. As mulas da carroça tinham sido abandonadas havia muito tempo, e uma égua fora comprada para Cwmfen para que todos montassem cavalos puro-sangue, exceto Cunomar, que recebera um pequeno e robusto cavalo castrado. O menino estava ali agora, de pé ao lado de sua montaria, quebrando o jejum com o pai, comendo uma lebre assada e fria que Dubornos capturara na véspera. O cantor afirmava que a atraíra para a sua mão com um canto, presunção na qual Valerius não acreditava. O homem levantou os olhos e acenou com um gesto cordial. Valerius parou, fitando-o, e em seguida ouviu os passos suaves de Cygfa atrás dele e a sibilante saudação dos ordovices.

Ela teria passado diretamente por Valerius, mas este a interceptou e disse, para que os outros pudessem ouvir:

— Chegaremos a Gesoriacum esta tarde. Você terá que desentrançar o cabelo ou cobri-lo se não quiser ser presa por sedição. Sugiro que você leve o meu comentário a sério. Amanhã é o dia dos Idos de Outubro e a última chance para um navio zarpar. Se Cláudio conseguir viver mais dois dias, você estará em segurança e eu poderei retornar à minha unidade. Quando eu estiver livre desse juramento, veremos qual o lado mais forte.

A filha de Caradoc sorriu ironicamente para Valerius, arreganhando os dentes, como inúmeras pessoas haviam feito em inúmeros campos de batalha, e pronunciou as palavras que cada homem que se opusera a ele pronunciara, de uma forma ou de outra:

— Saudarei o dia com gáudio. A sua cabeça terá uma boa aparência montada em uma lança na casa redonda em Mona.

De todas as coisas que a menina dissera naquela manhã, Valerius pensou mais nesta última durante a longa cavalgada de um dia em direção à costa. Nos dias em que fora Bán dos icenos, seu povo não teria mantido a cabeça dos inimigos como um troféu. Até o corpo dos inimigos mais vilipendiados era entregue intacto aos comedores de carniça e aos deuses da floresta.

Gesoriacum, porto e centro cívico, pouco mudara nos dezesseis anos que haviam transcorrido desde que o jovem Calígula ordenara a construção do grande pináculo do farol e fizera zarpar no oceano sua capitânia *Euridyke* para aceitar a rendição de Amminios, reivindicando, enquanto o fazia, a vitória sobre Netuno e a Britânia.

Para Valerius, o retorno esfolava até os ossos uma mente que já fora exposta pela jornada. Na Britânia, novas lembranças se sobrepunham às antigas e era possível esquecer o que fora. Aqui, um número excessivo de coisas era demasiadamente familiar. A terra ao redor da cidade estava mais quieta do que ele a conhecera, carecendo de duas legiões acampadas às suas margens, mas o cheiro estimulante e vigoroso do mar fazia os seus olhos lacrimejarem como sempre o fizera e trouxe de volta a náusea que o perseguira em todas as jornadas. O vento arrancava-lhe as palavras da boca, as aves marinhas gritavam com as vozes dos mortos e ele ficou feliz, então, pelo fato de Cygfa poder ouvi-las tão bem quanto ele.

A tarde já ia avançada quando chegaram aos muros da cidade, mergulhando no vale de um pequeno riacho e conduzindo os cavalos por um caminho sinuoso em direção ao portão sul. Do outro lado da cidade, um barco de pesca entrara no porto, atraindo atrás de si um bando de gaivotas com seus gritos estridentes. O barulho que faziam era paralisante. A dor de cabeça matinal de Valerius, na ausência do medicamento do vinho ou das bebidas de Philonikos, aumentara com os quilômetros percorridos, de modo que, quando se aproximaram da cidade, ele avançava às cegas, deixando sua égua escolher o caminho. O elmo estava apertado nas sobrancelhas, como se o metal tivesse encolhido ou sua cabeça, inchado, e a pressão esmagava-lhe a mente.

O céu estava luminoso demais. Valerius olhou para baixo, concentrando-se com uma clareza dolorida na grama amassada e nas pequenas flores murchas do outono que pontilhavam a relva de rosa e branco. A égua tinha a quartela branca na pata esquerda e o casco embaixo dela era listrado de marrom contra um fundo cor de âmbar. Valerius estava contando mentalmente as listras, repetindo os números várias vezes em gaulês, trácio e latim, tentando não ficar nauseado, quando Caradoc, que cavalgava atrás dele, disse:

— Acenderam as luzes do farol. Isso é normal à luz do dia?

O que você teria feito se...

— O quê? Onde?

— Atrás, à direita.

A náusea desapareceu. A pressão do elmo tornou-se uma proteção necessária. Valerius levantou os olhos. Da plataforma do farol, ao norte e a leste da posição onde estavam, baldes de piche derramavam no céu diurno uma fumaça negra oleada, venenosa, contra as nuvens altas que passavam.

— Esse é o final de um sinal em cadeia. — Valerius sabia disso intuitivamente. — Eles devem estar respondendo a outro. — Olhou em derredor, amaldiçoando o mar, as gaivotas e sua desatenção privada de vinho, e viu o que deveria ter visto antes. Estendeu um dos braços, e apontou.

— Lá.

Atrás deles, bem distante nas montanhas, uma coluna de fumaça cinzenta inclinou-se devido a uma brisa despercebida. A copa das árvores da floresta quase a ocultava; se eles estivessem dois quilômetros adiante no vale, teriam estado cegos à presença dela, como estavam os nove homens com armaduras que tinham saído a cavalo da floresta do outro lado do riacho e, em uníssono, pararam os cavalos e levantaram os olhos para a coluna de fumaça que se erguia sobre a cidade.

Valerius sentiu o peito ficar gelado.

— Cláudio está morto — declarou. E, com a mesma certeza, acrescentou: — Agripina está no comando. Estaremos mortos se permanecermos ao ar livre. — Cwmfen cavalgava logo atrás dele, com o bebê Math amarrado ao peito com uma tira de couro. Seu rosto exibia marcas de dor e fadiga, mas ele o vira em piores condições.

Valerius perguntou:

— Você consegue galopar?

— Se for preciso.

— É preciso. — Valerius girou o cavalo e estendeu o braço, como se abraçasse a todos. — Galopem em direção ao portão sul e sigam-me através da cidade. Qualquer um que ficar para trás será deixado para os homens de Agripina. Eu não esperaria que eles fossem gentis.

Gesoriacum estava apinhada de gente. Improvável que a população inteira tivesse efetivamente saído para as ruas para impedir a passagem deles, mas essa era a impressão que tinham. As ruas eram mais estreitas do que as de Roma, de modo que as liteiras das mulheres casadas que iam à tarde visitar as amigas em suas mansões tomavam toda a largura da rua, indo da frente de uma casa à outra, impedindo o avanço dos homens que vadiavam, dos pescadores que iam e voltavam do porto, dos mercadores, das carroças — porque a proibição de Roma de que veículos com rodas trafegassem durante o dia não se estendia às províncias — e dos cachorros e das crianças que corriam na direção das mães enquanto os desconhecidos a cavalo passavam rápido pelas ruas. Ainda assim, eles abriam caminho, lentamente, mas o bastante. Nesse último dia, Valerius dedicara algum tempo, na metade da manhã, para retirar o uniforme da Guarda Urbana da sua bagagem e vesti-lo por cima da sua túnica de viagem. Nem mesmo aqueles que tivessem conseguido entender o significado das luzes do farol se arriscariam a ofender um oficial romano.

O porto da cidade era pequeno, embora tivesse testemunhado a partida de metade da frota da invasão dez anos antes. Armazéns, barracas de mercadores e cabanas de pescadores se amontoavam perto do cais com apenas um caminho calçado com pedras para impedir que caíssem na água. Um muro de pedra baixo se projetava dentro do mar, guarnecido com traves de ancoradouro. Três barcos de pesca pintados de verde estendiam-se da proa para a popa ao longo do lado esquerdo do muro, todos inclinados para o mar, a quilha lascada apoiada na lama, puxando com força as cordas firmes de amarração. À direita, um navio mercante com o casco coberto de cirrípedes estava analogamente assentado. Valerius contemplou-o, praguejando exuberantemente em trácio.

— A maré está baixa. Não podemos zarpar. — Caradoc era o marinheiro do grupo, mas até mesmo Cunomar teria sido capaz de dizer que o navio não zarparia com essa maré. O pai da criança desmontou e se ajoelhou na pedra coberta de limo do quebra-mar, inclinando-se para analisar os aglomerados de algas borbulhantes e as linhas sinuosas dos moluscos. O mar ondulava para trás e para frente ao seu bel-prazer, sem pressa de subir ou descer.

Caradoc agachou-se sobre os joelhos.

— A maré está virando — comentou. — Mas os navios não ficarão em condições de navegar antes do anoitecer. Nenhum capitão em estado de lucidez zarpará antes do amanhecer. Os homens de Agripina estarão aqui bem antes disso.

Na verdade, eles já estavam lá. Bem longe, na extremidade sul da cidade, senhoras casadas nas liteiras e homens ociosos reclamaram e agitaram-se uma segunda vez quando outro grupo de cavaleiros armados abriu caminho em direção ao porto.

Valerius praguejou violentamente nas três línguas adicionais e, em seguida, declarou:

— Vocês precisam sumir de vista. Quando estiverem a salvo, irei procurar o capitão do navio. Ele zarpará esta noite, mesmo que eu tenha que manter uma faca na garganta dele enquanto o faz.

Cwmfen perguntou:

— Você quer nos ver afundar?

— Quero vê-los a uma milha da costa e fora do alcance de Marullus e dos homens dele. É isso que o meu juramento requer. O que irá acontecer depois a vocês não me diz respeito. Venham!

As patas do seu cavalo escorregaram na lama quando ele virou. O sol que declinava no céu o cegou momentaneamente. Valerius aceitou com gratidão o lembrete do seu deus sobre seu prometido sucesso, tão próximo agora que ele poderia estender a mão e tocá-lo. Ele não tinha dúvida alguma de que Marullus reconheceria a derrota assim que o navio estivesse ao largo e em segurança. Um Pai não guardava rancor de um filho quando perdia um desafio em um combate justo. Nesse ínterim, a ação mantinha os fantasmas afastados quase tão bem quanto o vinho.

Valerius piscou e o sol desapareceu. Uma pequena multidão estava reunida na área do porto. Crianças de nariz sujo olhavam boquiabertas para sua armadura. Valerius cobriu com a mão a marca do touro vermelho no ombro esquerdo e fez um sinal com a cabeça para Caradoc, que olhava fixamente para a multidão.

— Monte agora, antes que você chame mais atenção. Os pretorianos pagarão por informações. Devemos tomar medidas para que elas sejam quase inexistentes.

Em seguida, Valerius conduziu o grupo para oeste, depois para leste e em seguida novamente para oeste, passando pelo bairro mais pobre, desmontando e guiando os cavalos quando as ruas ficaram estreitas demais para ser percorridas a cavalo. Finalmente, deixaram os animais no curral de um açougueiro, depois de pagar ao homem o suficiente para garantir seu silêncio e assustá-lo com a ameaça do desagrado do imperador e com o perigo mais tangível da faca do decurião. Alguns homens são capazes de ameaçar com a morte mostrando absoluta autenticidade; Valerius descobrira ao longo dos dez anos anteriores que era um deles.

A taberna à qual ele os levou ficava em uma ruela tão estreita que a lama do chão, remexida e manchada pelos cachorros, nunca via a luz do dia. Comprimida no espaço entre um curtume e uma lavanderia, a estalagem não fazia esforço algum para evitar a fetidez de nenhum dos dois, ou fingir, como outras poderiam ter feito, que a estrutura das paredes não era altamente inflamável, ou que as camas um dia haviam estado livres de piolhos.

O proprietário era um homem de ascendência duvidosa que chamava a si mesmo, com a devida ironia, de Fortunatus. Ao longo dos anos, ele desenvolvera a arte de recordar de modo vago a identidade dos seus clientes.

Raramente um rosto se fixava na sua mente e, mesmo assim, somente quando as circunstâncias eram excepcionais. Nos seus anos de serviço, somente uma vez Fortunatus hospedara um oficial subalterno da cavalaria, e na ocasião aquilo parecera acidental, a vagabundagem de um jovem perdido na busca de si mesmo que viera em busca de vinho para consolo e, talvez, para arrependimento, e que procurara esse lugar exatamente pela garantia do anonimato. Esse homem agora estava mais velho, tinha um posto mais elevado e, embora o cabelo continuasse tão negro e a delicadeza magra das suas feições tão notáveis quanto antes, a chama que alimentava a sua alma ardia inequivocamente com mais aspereza. Ao avistá-lo na porta, o proprietário inalou o perigo como os clientes inalavam o fedor da urina velha e da pele em putrefação e o odiavam com o mesmo fervor.

— Precisamos de um quarto até o anoitecer.

A voz do decurião era comedida e não admitia a possibilidade da recusa. As moedas que lhe escorregaram da palma da mão para a palha fétida do chão valiam mais do que a estalagem e a meia dúzia de meninos prostitutos combinados. A mão direita do decurião, que descansava de leve no punho da adaga, deixou claras as alternativas. Fortunatus era excessivamente obeso, em parte como uma defesa contra as facas dos clientes; somente as mais longas conseguiriam alcançar qualquer órgão vital protegido pelas camadas de gordura. Ele estava pensando nas possíveis linhas de ação quando o decurião ergueu uma das finas sobrancelhas e deslocou a mão para a sua espada de cavalaria, que parecia longa o suficiente para atravessar um cavalo e ainda espetar o homem atrás do animal. O proprietário apontou com o queixo para um vão com uma cortina. A essa hora do dia, esse aposento estava sempre livre.

O sorriso do oficial era encantador e inteiramente desagradável.

— Não estamos aqui. Você não nos viu nem ouviu falar de nós. Se você dá valor à sua vida, você se lembrará disso, bem como o resto da sua... equipe. Você irá buscar queijo, pão e azeitonas em boas condições e uma jarra de vinho diluído com água que uma criança possa beber em segurança.

O homem claramente não tinha nenhum senso de humor; nenhuma outra pessoa conseguiria ter feito essa última declaração e permanecido sério. Fortunatus começou a balançar mecanicamente a cabeça. Somente quando a cortina desceu após a passagem da mulher com o bebê, ele descobriu que a circunferência da sua cintura não lhe permitia curvar-se para catar as moedas no chão, de modo que teve de pedir a um dos membros da sua "equipe" para pegá-las para ele.

Não as contara enquanto caíam. O menino que ele escolhera era um dos poucos que tinham alguma inteligência, o que talvez tenha sido um erro; o garoto lhe entregou um punhado de moedas de cobre e de prata, mas nenhuma de ouro. Fortunatus vira moedas de ouro. Ele estava estendendo o braço para pegar a vara para açoitar o garoto quando a lâmina de uma faca surgiu do nada e ficou pendurada no ar, na horizontal, debaixo do seu queixo, penetrando como uma navalha a primeira camada da papada. O proprietário ficou paralisado, chocado demais até para transpirar.

— Quanto pelo menino?

Fortunatus reconheceu o decurião pela quietude afetada de sua voz. O homem estava logo atrás do seu ombro, onde tanto a faca quanto a espada de cavalaria poderiam espetá-lo. O dono da taberna não vira a cortina se mexer, mas o oficial estava claramente perto dele, fazendo uma pergunta que qualquer outro cliente poderia fazer. O menino um dia fora belo. O cabelo, embora opaco, ainda era tão louro a ponto de ser quase branco, e os supercílios abaixados não conseguiam ocultar o estranho olhar azul dos belgas. O garoto levantou os olhos, pois também vira a cor do dinheiro do oficial e estava fazendo o possível para ficar apresentável. Na penumbra, ele talvez ainda pudesse ser considerado atraente. Fortunatus pensou em um valor e duplicou-o.

— Dez denários? — Um valor maior do que meio mês de salário de um legionário, porém menor do que ele vira cair sobre a palha. Fortunatus se esforçou ao máximo para que a frase não soasse como uma pergunta, mas sua voz o traiu.

O decurião sibilou sordidamente. O gume afiado da faca raspou a pele na altura da laringe de Fortunatus. A voz monótona declarou:

— Não pela tarde. Para ficar com ele. Para a vida inteira. Quanto?

Fortunatus agora estava transpirando. Um rio salgado e escaldante corria para o seu olho esquerdo, abrasando-o a ponto de ele não conseguir pensar. A ponta da faca subiu e pousou logo abaixo do mesmo olho. Uma moeda de ouro surgiu no ar ao lado dela, parecida com a que caíra no chão. Ou talvez fosse a mesma, que nunca chegara a cair.

— Eu lhe darei isto e você me dará o menino. Ele passará a ser meu, agora e sempre. Está claro?

Finalmente, uma pergunta à qual Fortunatus poderia responder, o que era bom, porque ele precisou de toda a sua presença de espírito para não assentir com a cabeça. Ele não podia mexer a cabeça; a faca estava perto demais do seu olho. Se fizesse um movimento, poderia perdê-lo.

— Bastante claro — retrucou.

— Obrigado. — A faca foi removida. Fortunatus permitiu-se respirar. A voz mortífera disse:

— Todos os adultos naquele quarto estão armados. Se forem perturbados, fizeram um juramento de que o matarão, independentemente do que possa lhes acontecer, e caso eles venham a falhar, eu o encontrarei e me vingarei. Estou certo de que você não gostará nada disso. Estamos entendidos?

— Estamos.

— Ótimo. — O decurião voltou-se para a sua mais recente aquisição.

— Você tem um nome?

O menino era inteligente o bastante para entender que a sua vida acabara de ser alterada para sempre por um homem que empunhava uma faca como se matar fosse algo que ele fizesse sem pensar duas vezes. Balançou a cabeça. Sua boca estremeceu, mas nenhum som saiu dela.

— Mas você entende latim — declarou o homem friamente. — Você será então Amminios. Lembre-se desse nome; ele contém uma história e outras pessoas o reconhecerão e admirarão. Venha comigo. Temos um trabalho a fazer.

Fortunatus esperou até que as duas sombras, a do homem e a do menino, saíssem pela porta em direção à ruela, para então cair de joelhos e começar a apalpar a palha bolorenta em busca das moedas restantes. Não encontrou nenhuma de ouro.

A taberna estava repleta quando Valerius voltou. Comprara um manto e puxou-o para perto do uniforme, ocultando tudo, exceto a forma da sua espada de cavalaria, que garantia sua segurança. O menino belga, que não proferira uma única palavra a tarde inteira, esperava na entrada da ruela. Ele podia estar calado, mas comera e bebera na área do cais com o desespero de uma pessoa parcialmente subalimentada. Valerius imaginara que havia a possibilidade de o garoto fugir, mas o medo das consequências e o fato de não ter para onde ir o mantiveram por perto como um cão espancado até a entrada do corredor que conduzia à estalagem, o qual ele só atravessaria se fosse ameaçado de extrema violência.

— Fique então — dissera Valerius. — Mantenha guarda. Veja, você pode esperar na entrada do curtume. Tome isto. — Ele dera um denário de prata cintilante. O menino o agarrara como se fosse mais comida. — Se qualquer pessoa vestindo um uniforme se aproximar fazendo perguntas, avise-me.

O garoto fugira precipitadamente pela porta do curtume. Ele talvez fosse embora, talvez ficasse. Valerius não tinha como prever o que ele faria, tampouco se importava particularmente com isso; ele comprara o menino impulsivamente e estava se esforçando para não dissecar os motivos que o haviam levado a fazê-lo. Sob vários aspectos seria uma bênção não ter que tomar mais decisões com relação ao futuro do garoto.

Na sala da frente da taberna, entre homens que bebiam e fornicavam, Fortunatus esperava, retorcendo as mãos gordas.

— O quarto... tenho clientes... eles precisam de privacidade.

— É mesmo? Eu não tinha notado. — O dono da taverna fedia mais do que o menino, de suor azedo e carne de homem não lavada. A ânsia de matá-lo, como um ato de misericórdia e uma purificação para o mundo, era avassaladora. Valerius manteve as mãos do lado do corpo. — Você recebeu o suficiente. Iremos embora antes de escurecer.

— Ótimo. Você fará isso? Obrigado. Ótimo — declarou Fortunatus, balançando a cabeça. Os olhos lascivos brilharam, cobiçosos, vislumbrando mais riquezas. Valerius forçou a passagem, tomando cuidado para não esbarrar nem no homem nem no cliente mais próximo, e encaminhou-se para o quarto de trás.

No outro mundo além da cortina, o grupo havia acendido luminárias e compartilhado a comida. O espaço claustrofóbico fora arrumado e exibia agora o asseio do guerreiro, com palha nova no chão e o leito sujo enrolado em um canto. O pão, o queijo e as azeitonas tinham sido consumidos, e o que sobrara, guardado para depois. Em um canto, sentado na palha limpa, o aprendiz de médico cuidava de Cwmfen, que suportava o tratamento com a firmeza de uma mãe que cuida do filho. Ao seu lado, Cunomar jogava o jogo dos ossinhos com Cygfa. A menina havia trançado novamente no cabelo as penas de corvo, em um ato claro de desafio. Valerius o notou remotamente, com a parte da sua mente que ainda conseguia funcionar, a mesma que viu a jarra de vinho e avaliou que estivesse quase cheia. Os demais estavam de frente para os três homens sentados ao redor da mesa, cada um armado com uma espada de fabricação gaulesa, e cada um pousou a mão na arma quando a cortina da porta caiu e ficou imóvel.

Três homens.

Quando Valerius saíra, eram dois.

Nada o havia preparado. Nada poderia tê-lo preparado. Ele parou, com as pernas imediatamente rígidas e fracas demais para se mexer. Do outro lado do aposento, à mera distância de uma lança, Luain mac Calma, vidente da garça da Hibérnia, ancião do conselho de Mona, ex-amante de Macha, que estava morta, levantou-se suavemente sobre pernas longas e angulosas. Após um momento de avaliação, ele estendeu o braço na saudação tradicional de vidente para guerreiro.

— Bán mac Eburovic. Seja bem-vindo. Disseram-me que você havia mudado. Eu não teria acreditado que fora tanto.

Valerius sentiu o maxilar afrouxar e então cerrou-o com firmeza. *Bán mac Eburovic. O nome dele significa "branco" na linguagem dos hibérnicos, Excelência, o lugar onde ele foi concebido.* Ele ouvira essa frase havia muito tempo, e acreditava nela; a pessoa que a proferira não tinha razão alguma para mentir e todos os motivos para conhecer a verdade. Ao contrário do homem de rosto magro, cabelo negro e liso e sobrancelhas altas que estendia a mão para Valerius e o chamava de filho de Eburovic, o homem certamente sabia que Eburovic, mestre-ferreiro dos icenos, jamais estivera na Hibérnia e não poderia, portanto, ter procriado lá um filho nem com Macha nem com nenhuma outra mulher.

Eu sou Valerius, decurião, filho do deus único e do meu Pai sob o Sol. O nome e a natureza daquele que me procriou não têm importância. As palavras golpearam-lhe o interior das têmporas, reavivando a dor de cabeça que praticamente havia desaparecido. Sem que Valerius a direcionasse, sua mão passou sobre o esterno, pressionando diretamente a marca do corvo, e depois tocou rapidamente o touro no ombro. Em seguida, pronunciou mentalmente o nome do deus.

Em voz alta, perguntou:

— O que você está fazendo aqui?

Mac Calma embainhou a espada.

— Estávamos esperando que você voltasse. Você precisa de um navio. A esta altura, já terá descoberto que o capitão do *Gesoriaca* não zarpará antes do amanhecer. Um segundo navio está ancorado ao largo, a uma curta distância para oeste ao longo da costa. O seu capitão é um homem de grande coragem. Eu o levarei até ele.

— Mesmo? Quanta consideração. Estou certo de que Caratacus está agradecido porque o seu vidente conhece a mente de outros homens. Infelizmente, tenho outros planos. — A voz de Valerius estava mais suave do que antes. Um atuário morrera ao ouvir uma voz assim. — Talvez eu não tenha formulado a pergunta corretamente. Como você está neste quarto, nesta cidade, quando somente o imperador e Xenofonte sabiam da nossa fuga?

— E também a imperatriz Agripina. Você certamente sabe que Marullus está fazendo uma busca pela cidade, do sul para o norte, tentando obter notícias suas.

— E você, suponho, conhece a sorte de qualquer vidente apanhado vivo em solo gaulês. Nenhuma das duas coisas responde à minha pergunta. Como você soube da nossa fuga e como soube, exatamente, que estávamos aqui?

Imagens de Fortunatus, atravessado com a espada por traição, marcaram a mente de Valerius. Ele as apagou temporariamente, esperando uma resposta.

— Tenho amigos no portão da cidade. Eles me contam coisas que podem ser úteis — retrucou Luain, sorrindo. Seus olhos eram os de uma garça, a que caça em águas tranquilas. Gaivotas gritaram no porto. *Ouvi dizer que eles podem enviar seus espíritos como pássaros brancos no vento...*

O vidente disse:

— Você e o menino belga podem se esconder no bordel do capitão do porto, se quiserem, mas não permitirei que leve Caradoc ou a família dele para um lugar onde serão capturados como ratos encurralados. Os deuses precisam deles. Eles virão comigo. Se você dá valor ao juramento que fez em nome do seu deus estrangeiro, pode seguir conosco para oeste, para o Som de Manannan, e conduzi-los em segurança a bordo do navio que zarpará com a maré montante ao nascer da lua. Alternativamente, se você se entregar agora ao centurião que está à sua procura, talvez consiga convencê-lo de que é tão leal ao novo imperador quanto era ao antigo, e talvez ele revogue a acusação de traição feita contra você.

Traição. O seu deus prometera sucesso. Independentemente do que o vidente afirmava, Marullus era apenas um centurião; ele não tinha o poder de revogar uma acusação de traição, ou a penalidade da morte que a acompanhava. Somente o imperador poderia fazer isso: Nero, cuja mãe governava por ele. Agripina não era conhecida pela largueza da sua misericórdia.

Valerius não se deu ao trabalho de perguntar como o vidente tinha conhecimento do bordel do capitão do porto; o simples fato de que ele o conhecia já era suficiente para torná-lo inseguro. Pesou então os riscos e as opções que tinha. A acusação não deveria ter lhe causado surpresa. Xenofonte fora explícito e os riscos sempre haviam sido bem claros: se Valerius fosse descuidado, morreria. Ele não acreditava que o tivesse sido até então. Tentou formar a imagem do deus na argamassa suja da parede mais distante, como fizera no palácio do imperador, e não conseguiu. Esforçando-se para afetar indiferença, Valerius disse:

— Uma escolha sedutora. Qual delas a sua visão lhe disse que eu escolheria?

Luain mac Calma olhou fixamente para o mesmo pedaço de argamassa descascada e balançou a cabeça, como se o esforço e o fracasso subsequente estivessem claros para ele.

— As minhas visões não me dizem nada — replicou. — O que você fará ainda não é conhecido. Em qualquer momento considerado os deuses oferecem diferentes caminhos para o futuro. Eles nunca nos impõem qual devemos escolher.

Valerius estava perdendo a calma. O seu sorriso estendeu-se demais por sobre os dentes. A sua pele encolhera, ou o crânio aumentara, e as articulações estavam enrijecidas. O Sol Infinito, em cujo nome ele fizera o juramento, estava em silêncio, mas o juramento permanecia. Declarou então:

— Eles devem pelo menos rir da nossa indecisão.

O vidente balançou a cabeça, os olhos de caçador amplos como a lua.

— Duvido.

A pressão do ar era suficiente para partir em dois uma noz. Valerius comprimiu os olhos. Formas alaranjadas reluziram no negrume da sua mente. Macha, a sua mãe, surgiu diante dele, falando em iceno, e ele não lhe deu atenção. Iccius apareceu em seguida, o menino escravo belga que morrera em um hipocausto e não tinha, de jeito nenhum, voltado à vida em um menino escravo recém-adquirido. Se Iccius tivesse sobrevivido, o mundo teria sido um lugar diferente.

Havia muito Valerius aprendera a excluir essas duas vozes. Na presença delas, e na ausência do seu deus, ele só poderia recorrer ao juramento que o restringia. Fez força para abrir os olhos.

— Vocês devem sair daqui — declarou. — Fortunatus já vendeu a notícia da sua presença para a guarda da cidade. Estão esperando apenas que anoiteça para que possam dar a impressão de nos encontrar por acaso e Fortunatus não morra por nos ter delatado.

— E você? — indagou Mac Calma. — O que fará?

— Eu? Vou protegê-los quando vocês partirem e parar um pouco para lembrar a Fortunatus que a traição é inaceitável. Depois que ele for devidamente castigado, e eu estiver certo de que vocês não estão sendo seguidos, o menino e eu iremos ao seu encontro.

Valerius se esqueceu, no final, de que dera ao garoto o nome de Amminios.

XXVI

Luain mac Calma conduziu-os. Valerius protegeu a retaguarda. Cavalgaram em fila indiana ao longo das bordas de algas marinhas. O cheiro delas ascendia no ar parado, acentuadamente doce e permeado pelo frescor ácido das ervas do litoral esmagadas sob as patas dos cavalos. A claridade estava desaparecendo rápido. No oceano, o navio que prometia a liberdade era um fantasma quase invisível no crepúsculo cinzento, a vela, uma onda branca, ainda longínqua demais para ser segura. O mar estava agitado, com crinas brancas encrespando as ondas enquanto Manannan vinha ao encontro deles para saudá-los, ou matá-los. Ao longo do cascalho, o sussurro de cada onda que recuava roçava as pedras, cada vez mais perto, à medida que a maré ia subindo. Cunomar observava a cena, marcando na mente onde a vaga seguinte chegaria e contando um ponto quando acertava. Era um jogo de criança, mas mantinha sua mente livre do medo, e ele preferiria morrer a demonstrar medo na presença do traidor que afirmava ser irmão da sua mãe, mas que vestia uniforme romano.

Os cavalos andavam como cães, as patas descendo suavemente sobre a relva. Cunomar era o terceiro da fila contando do final. Cygfa seguia atrás dele, protegendo-o tanto dos romanos que os perseguiam quanto de

Valerius. Seu sentimento de proteção aumentara depois de ter passado algum tempo na companhia de Valerius pela manhã, e seu desdém pelo homem tornara-se mais visível.

O decurião juntara-se a eles mais tarde, quando estavam recolhendo os cavalos, e Cunomar o vira embainhar uma faca ensanguentada e, em seguida, desembainhar a espada e fazê-la deslizar na lama e no esterco do curral do açougueiro. Sentindo-se observado, o homem erguera os olhos, exibira o seu sorriso frio de cobra e dissera:

— A lua já apareceu e o céu está claro. Isso nos ajudará a enxergar o caminho em direção ao navio, mas também nos deixará visíveis para Marullus e os seus homens. Aconselho-os a cobrir os seus broches e o bocado dos freios, e se não quiserem que as suas armas os denunciem, aconselho-os a arrastá-las pela lama. Peço desculpas se isso ofende o instinto de guerreiro de vocês.

Esta última frase foi dirigida, com pesada ironia, para Cygfa, que não lhe dera atenção, mas, mesmo assim, fizera o que o homem sugerira. Cunomar, desgostoso, observara o seu pai, Dubornos e Cwmfen desembainharem as espadas que lhes foram dadas pelo vidente Mac Calma e igualmente as cobrirem de lama. No final, ele fizera o mesmo com a espada que recebera de presente, mas somente quando o pai lhe ordenara que o fizesse. Não era uma maneira de os verdadeiros guerreiros travarem uma batalha.

Cavalgando na penumbra, os ouvidos de Cunomar doíam com o esforço de tentar escutar os sons do ataque. O peso maciço da espada dava pancadas na sua coxa a cada passo do seu cavalo. Deveria ter sido reconfortante, mas não era. A vida inteira ele desejara ser um guerreiro, e agora que surgira a oportunidade, sabia que era incompetente. Cygfa se exercitara diariamente, antes da sua primeira batalha, com os homens e as mulheres experientes de Mona. Cunomar morara mais de dois anos em Roma, onde lhe era proibido portar armas e impossível praticar, sob pena de causar a morte de toda a família. No entanto, mesmo que tivesse praticado, a espada que lhe haviam entregue era a de um homem e pesada demais para um menino. Ao testá-la no pequeno quarto dos fundos da estalagem, antes de o decurião voltar, Cunomar descobrira que, se a segurasse com ambas as mãos, talvez conseguisse balançá-la uma vez com uma força aceitável antes que o inimigo se aproximasse demais. Percebera o desapontamento nos olhos do pai e ficara envergonhado, e mais ainda quando Mac Calma se afastara novamente e voltara com duas pequenas adagas pontiagudas, uma para Cunomar e a outra para Philonikos. O aprendiz de médico era alto o bastante e tinha idade suficiente para portar uma espada, mas não tinha a habilidade necessária para usá-la, de modo que era tratado como criança; Cunomar ficou magoado por ser considerado da mesma maneira.

No período transcorrido antes do retorno de Valerius, Caradoc ensinara aos dois jovens como usar as facas caso houvesse qualquer risco de que pudessem ser capturados vivos, introduzindo o dedo repetidamente no ponto entre a sexta e a sétima costelas do lado esquerdo onde deveriam golpear, inclinando a lâmina na direção do esterno para que o coração e as artérias se rompessem. Dubornos repetira posteriormente o movimento quando alcançaram os cavalos, e mais tarde Cygfa os repetira novamente, depois que haviam montado, para ter certeza de que tinham entendido. Era possível ler claramente nos olhos de cada guerreiro a certeza absoluta de que era melhor morrer cedo do que enfrentar os verdugos do novo imperador.

Cunomar sabia que era melhor morrer na batalha do que pela própria faca, mas prestara atenção e repetira as instruções até que o ato tornou-se tão real na sua mente que era impressionante que ele ainda estivesse vivo. Imaginando a cena enquanto cavalgavam pelo litoral, Cunomar sabia que poderia fazer aquilo em si mesmo, mas que o jovem grego não teria essa coragem. Quando contar as ondas não mais conseguiu afastar sua mente do que estava por vir, ele refletiu a respeito das centenas de maneiras pelas quais Cunomar, filho de Caradoc, sobreviveria aos adultos, mataria dois romanos e acabaria com a vida de Philonikos antes de voltar para si mesmo a pequena faca. Por meio da constante repetição, Cunomar conseguia sentir a faca penetrando-lhe a pele, o músculo e o coração. Pôde perceber o desapontamento no rosto dos inimigos ao se verem privados do seu prêmio. Pôde também sentir a escuridão se aproximar e a face de Briga ficar mais nítida enquanto ele morria. Até mesmo esses pensamentos de derrota eram melhores do que o medo maior que importunava os limites da sua consciência: a pergunta fria sobre como o seu pai iria brandir uma espada em combate, já que o seu corpo, devastado pela prisão, não era capaz de manejar nem mesmo um machado.

O navio continuava distante. Para cada cem passos que davam, ele parecia cem passos mais afastado. Seixos espalhados cobriam com mais frequência a orla, tão cinzenta quanto o crepúsculo, de modo que os cavalos diminuíram o passo, escolhendo o caminho. Em seguida, afloramentos rochosos que se estendiam por cem metros ou mais os obrigaram a afastar-se do mar e esconderem o navio. Em um determinado momento o caminho fez um ângulo tão fechado que, durante alguns passos, Cunomar pôde ver claramente o decurião cavalgando atrás. O que ele viu não o alegrou. Valerius estava bebendo abertamente. Segurava a espada desnuda em uma das mãos, pousando-a atravessada sobre o pescoço da égua, e com a outra derramava na boca o vinho que trouxera da taberna.

O menino escravo vinha por último, agarrando-se aterrorizado à túnica de Valerius. Ele não nascera cavaleiro, isso era evidente, mas presenciara o castigo que o decurião aplicara ao obeso estalajadeiro, de modo que o medo que sentia do homem era bem maior do que o medo que tinha do cavalo. Cunomar observou enquanto Valerius se inclinava um pouco para trás, oferecendo ao menino um pouco de vinho, e viu o garoto sacudir a cabeça, em recusa, apavorado. Sem se deixar desanimar, o oficial balançou a jarra para os lados, oferecendo-a a passantes invisíveis. Seu rosto estava suavemente imóvel, coberto de gotículas de suor que se acumulavam sobre o lábio superior e escorriam pelas têmporas. O mesmo acontecera todas as manhãs e todas as noites enquanto ele bebia regularmente ao lado do fogo, ofendendo deliberadamente aqueles que viajavam com ele. Nos catorze dias da jornada, Cunomar aprendera a avaliar o progresso da embriaguez desse homem. Ele calculava que Valerius mal estava consciente agora.

— Você bebe para escapar da dor da batalha ou para encontrar coragem para lutar contra os seus iguais?

Sua voz o traiu, fraquejando no meio da frase, de modo que, embora o início tenha sido profundo e ressonante, o final saiu estridente e sonoro demais. Poderiam tê-lo ouvido no navio, ou na parte mais afastada da costa, onde a guarda romana procurava por eles. Cunomar sentiu o pai se virar abruptamente e viu Dubornos pousar a mão no braço dele para acalmá-lo, sentindo-se grato por isso.

Valerius girou para o lado na sela e postou-se de frente para Cunomar. Seu olhar finalmente descansou no rosto do menino.

— Se a primeira opção estiver certa, não haverá como escapar agora, de modo que é melhor você fazer votos para que eu tenha encontrado coragem, como você diz. Ou talvez o meu deus suspenda a mão de Marullus por um tempo suficiente para que as batalhas sejam travadas com palavras, em vez de espadas. Você poderia rezar pedindo isso.

Valerius falou calmamente, com as palavras mal alcançando as ondas. Ele não parecia embriagado, mas Cunomar já o vira beber uma jarra inteira de vinho em outra ocasião e nunca o ouvira engolir uma única palavra.

O caminho alargou-se entre um afloramento e o seguinte. Cygfa avançou e colocou-se ao lado de Cunomar, talvez para refreá-lo, talvez para protegê-lo. Perversamente, Valerius postou-se do outro lado, aproximando-se tanto que as pernas do menino escravo, que estava na garupa, roçaram na coxa de Cunomar. O medo os fez estremecer, abalando a calma do mar.

À esquerda, Cygfa perguntou:

— Seus fantasmas o advertem agora da sua morte, romano?

Valerius revirou os olhos, fingindo-se horrorizado.

— Por que não pergunta a eles?

— Eles não falam comigo.

— Claro que não. — O decurião concentrou-se em algum lugar na noite que os cercava. — Eles ainda não deram nenhum aviso. E o meu deus prometeu sucesso.

— A continuação da vida é tudo que você precisa para avaliar o sucesso?

Valerius riu alto. O vinho que tomara tornou o som um pouco descontrolado. Recompondo-se com certa dificuldade, ele replicou:

— Você passou tempo demais em Mona, guerreira, ouvindo a retórica dos seus anciãos. De fato, em qualquer outra ocasião, a vida seria um êxito suficiente. Só que esta noite, a sua vida, bem como as da sua família, precisa ser preservada para que possamos considerar que alcançamos uma vitória.

— E você pensa em fazer isso por meio do vinho?

— Eu o farei com quaisquer recursos que estejam disponíveis. — O homem levantou a jarra, sorrindo. Atrás dela, os seus olhos ardiam com o negrume da raiva e uma dor incomensurável. Cunomar, ao notá-lo, compreendeu que Valerius poderia ter bebido qualquer quantidade de vinho na companhia deles e permanecido completamente sóbrio.

O crepúsculo transformou-se em noite. O sol esculpiu rachaduras azuis na nuvem e revestiu-as de fogo. Lentamente, os refugiados se aproximaram no navio. Em um certo ponto do promontório, Luain mac Calma levou à boca as mãos em forma de xícara e emitiu o som da coruja que caça. A imitação foi boa, mas ele poderia igualmente ter gritado; somente um homem nascido e criado na cidade acreditaria que uma coruja poderia estar caçando sobre o mar, e Cunomar não acreditava que Marullus, o centurião que estava seguindo o rastro deles, fosse um homem delicado da cidade.

O sinal foi ouvido no navio e respondido, e todo simulacro de discrição desapareceu. Luminárias foram acendidas na semiobscuridade, lançando sobre o mar uma cadeia de chamas bruxuleantes. Uma delas, ardendo com mais força do que as outras, começou a subir lenta e desarticuladamente pelo cordame, conduzida por alguém que subia usando uma das mãos, com muito cuidado. Quando a chama atingiu metade do caminho, começou a balançar ritmicamente de um lado para outro. Com esse sinal, um esquife partiu da lateral do navio. Não parecia grande o suficiente para carregar cinco adultos, dois jovens e um bebê, mas Cunomar tinha certeza de que ele pareceria maior quando se aproximasse. De qualquer modo, a questão de como poderiam chegar a um navio ancorado a oito arremessos de lança da orla estava respondida.

O esquife avançava rapidamente pela água. Os remos deixavam rastros espumantes de uma luz verde-clara, mostrando o seu progresso como pegadas na areia. Ele seguia diretamente para uma saliência que se projetava do promontório e que estava visivelmente ao alcance deles. Cunomar, observando, sentiu um surto de esperança, como não sentira nos dois anos de cativeiro. Voltando-se para Cygfa, comentou:

— O deus do traidor talvez tenha dado a ele...

Cunomar calou-se. Os romanos que os perseguiam, por não precisarem se ocultar, não haviam passado as espadas na lama. Em um ponto bem afastado da costa, o sol moribundo fez reluzir um gládio e exibiu um grupo de sombras que se moviam ao redor dele. Cunomar engasgou.

Ao ver a expressão de Cunomar, Cygfa virou o cavalo. Valerius foi mais rápido. A jarra de vinho caiu da sua mão e rolou pela relva. Ele falou brevemente em belga e, em seguida, em iceno:

— Mac Calma, leve com você o menino escravo. Cavalgue até o esquife. Eu os deterei.

Caradoc respondeu:

— Um homem contra nove? Creio que não. As pedras aqui fazem uma curva conveniente e protegerão a nossa retaguarda e os flancos. Ficaremos e lutaremos como guerreiros. Se morrermos, eles nos lembrarão dessa maneira.

Caradoc liderara milhares de pessoas na guerra. Sua voz era capaz de encerrar e proteger a todos. Cunomar sentiu a certeza, a coragem e a honra que era o seu direito nato, e conheceu pela segunda vez a esperança, aliada a um orgulho inebriante. O menino desembainhou a espada que Mac Calma lhe dera e sentiu o peso dela arrastar-lhe o braço. Sua esperança vacilou. Chegado o momento, não estava certo de conseguir balançá-la uma única vez. Segurou a espada com uma das mãos e procurou a faca com a outra, sabendo que, se o cavalo se mexesse embaixo dele, perderia as duas armas, seria capturado vivo e o seu pai, pelo menos, pararia de lutar. Acontecera antes na sala de audiências imperial, o que custara ao seu pai o uso do ombro. Cunomar não permitiria que isso acontecesse novamente. Levou ambas as mãos ao punho da espada e pousou-a sobre o pescoço do cavalo, como fizera o decurião. Sentiu um movimento nas entranhas e receou não conseguir controlar os intestinos. A empunhadura de couro da espada escorregou no suor das suas mãos e foi tudo que ele conseguiu fazer para evitar que ela caísse.

Cygfa bateu de leve na coxa de Cunomar.

— Fique atrás de mim. Se me matarem, ou se o cavalo morrer embaixo de mim, vá para perto de Mac Calma. Se houver uma chance, cavalgue em direção ao esquife.

Cygfa estava em pleno vigor agora, e Cunomar se lembrou verdadeiramente de quem ela fora na manhã que antecedera a última batalha, quando a observara entrelaçar no cabelo a pena listrada, com a ajuda de Braint. Cunomar também se lembrou de como se sentira e das imprecações que proferira. Estava sentindo agora algo semelhante, mas na ocasião a inveja fora uma coisa simples e pura, e agora estava contaminada pela preocupação dela com ele e pelo que ele sentia por ela, algo que não conseguia identificar. As penas de corvo no cabelo de Cygfa adejaram e giraram quando ela virou a cabeça, tornando visíveis as marcas do guerreiro, que ela conquistara e ele ainda não. Cygfa não teve a intenção de ostentá-las, pelo menos não para ele, mas ainda assim uma semente de ressentimento ardeu-lhe no peito, inflamando a sua decisão.

— Não. Lutarei à sua esquerda, como o seu escudo — declarou Cunomar, sorrindo como vira o pai sorrir antes da batalha. — Confie em mim.

Cygfa fitou-o fixamente por um longo momento, com um olhar estranho, declarando em seguida:

— Ótimo. Está na hora de você matar pela primeira vez, e se o nosso destino for atravessar para o outro mundo agora, sob a proteção de Briga, seria bom que você se aproximasse dela como um guerreiro. — Cygfa sorriu como certa vez sorrira para Braint, e, pela primeira vez, Cunomar compreendeu a camaradagem do combate; ele a amava, e ela o amava, e combateriam o inimigo como iguais, um protegendo o outro. Uma alegria desabrochou e fundiu-se com o medo, de modo que ele não soube dizer qual deles o sufocara.

Cygfa disse:

— Se vamos ser companheiros de escudo, você precisa fazer o que eu determinar sem questionar. Você jura que fará isso?

Cunomar lembrou-se de um antigo juramento, feito sobre a cabeça da sua irmã quando bebê. Ele repetiu as palavras com perfeição e sentiu-se feliz ao vê-la arregalar os olhos.

— Muito bem. — Cunomar achou que Cygfa parecia impressionada. — Mantenha então as costas do seu cavalo voltadas para a pedra e só desmonte se for absolutamente necessário. E fique à minha direita, não à esquerda. Esse lugar hoje é seu. — Cygfa olhou além de Cunomar e ergueu o braço.

— Philonikos! Traga o seu cavalo para cá, atrás de nós.

O jovem se aproximou. Ele parecia morto de medo. Com atraso, instigado por Cygfa, o menino desembainhou a faca, que tremeu na sua mão. Cunomar sorriu para ele, como sorrira para Cygfa.

— A armadura dos romanos é mais fraca debaixo do braço — declarou Cunomar, repetindo as palavras que um dia ouvira da mãe. — É onde você deve golpear, se puder. Ou então mire os olhos.

O rapaz assentiu com a cabeça, repugnado. Cunomar marcou outra vez, mentalmente, o ponto no peito de Philonikos que teria de apunhalar para acabar com a vida dele quando o inimigo os dominasse.

Os guerreiros remanescentes haviam trazido os cavalos com a mão direita, permanecendo com a rocha às costas, cada um protegendo o flanco exposto do outro, exceto nas extremidades, à esquerda de Cygfa e à direita de Caradoc, onde a rocha fazia uma curva para mantê-los em segurança. No final da fileira, Caradoc balançou a espada, testando o limite do seu ombro direito. Quando ficou claro que ele não seria capaz de lutar dessa maneira, Caradoc deslocou o escudo para a direita e balançou a espada com a esquerda. Essas coisas eram ensinadas na escola dos guerreiros em Mona, mas Cunomar não achava que o pai as tivesse aprendido adequadamente, e mesmo que tivesse, as cicatrizes no pulso esquerdo haviam deixado este último debilitado. Caradoc disse algo inaudível para Cwmfen e ela trocou de lado com ele, indo para a direita dele. Ela estava em perfeita forma e flexível como a filha, mas Math, o bebê, estava amarrado às suas costas e tolhia os seus movimentos.

Junto com o restante da fila, Mac Calma e Dubornos, vidente e cantor, permaneceram juntos à esquerda de Caradoc. Dubornos perguntou:

— Será que eles têm arqueiros?

Valerius balançou a cabeça.

— Não. A não ser que tenham trazido os da guarda da cidade.

Mac Calma disse:

— Não há arqueiros em Gesoriacum.

— Mas eu consigo contar mais de nove deles. O seu centurião pediu reforços em algum lugar. — Cygfa proferiu essa última frase e estava certa. O inimigo diminuíra a marcha, sabendo que tinha sido avistado. Mais de uma dúzia de homens estenderam-se em uma fileira na escuridão, marcada pelo brilho mortiço do bronze e do ferro desembainhado.

Cunomar tentou contar o número exato de espadas inimigas, mas não conseguiu. O punho da sua própria espada ainda escorregava no suor que lhe escorria da palma das mãos. Agarrando-o com ambas as mãos, repetiu para si mesmo o juramento que fizera a Cygfa. Todos os guerreiros sentiam medo, segundo o seu pai lhe dissera; a prova da verdadeira coragem era lutar, apesar do medo, e não na ausência dele. A emoção do terror absoluto vibrava no seu peito e ele jurou para si mesmo, em nome de Briga, que morreria um guerreiro, fiel à sua herança.

A fileira que avançava estava suficientemente próxima para que conseguissem enxergar os detalhes da armadura do inimigo, ou até mesmo as insígnias. Dubornos, apertando os olhos, comentou:

— Consigo contar mais oito além dos nove que nos seguiram. Os novos pertencem à cavalaria gaulesa. — Olhando de soslaio para Valerius, acrescentou:

— Você estava com os gauleses quando rompeu a armadilha que preparamos contra vocês como se fossem salmões, não estava? Talvez eles tenham enviado a sua antiga unidade contra você.

Valerius estava rígido e branco. Aparentemente, o pensamento já lhe passara pela cabeça.

— Talvez eles tenham feito isso — retrucou.

Ele não fazia parte do grupo, mas colocara-se na frente, à esquerda. Nas tribos, somente aqueles decididos a ficar e duelar — ou morrer — fariam isso. Como se estivesse recordando tardiamente essas duas alternativas, Valerius falou rispidamente em belga com o menino escravo que cavalgava atrás dele. O menino balançou a cabeça, agarrando com mais força a parte de trás da túnica do homem. Valerius ergueu o braço como se para bater no garoto e parou de repente, contemplando a noite. Em seguida, deixou cair o braço.

— Fique, se é o que você quer — disse, e depois, virando-se para o grupo, declarou:

— Vejo o Galo no estandarte, não o Pégaso. Esses não são homens da Quinta Gallorum. Marullus trouxe um pequeno destacamento da guarda da cidade. — O alívio foi audível para todos eles, bem como a coragem excedente, não alardeada, quando Valerius avançou com o cavalo. — Agora seria um bom momento para rezar pedindo que Marullus realmente não tivesse trazido arqueiros.

Valerius parou em plena vista do inimigo, ergueu a mão em uma saudação da cavalaria e gritou:

— Marullus!

A potência da sua voz era impressionante. Estava claro que Valerius lutara em campos de batalha nos quais um oficial poderia precisar ser ouvido a distância, dando ordens aos seus homens, ou, como neste caso, gritando o nome do homem que liderava os seus inimigos.

— Marullus! — berrou uma segunda vez, e o nome ficou suspenso, bem definido, como uma pancada no bronze em meio ao silêncio.

O inimigo parou, concedendo a Valerius a honra de ouvi-lo. Nenhuma flecha surgiu da noite para punir o seu atrevimento.

Como se falasse a partir de um texto memorizado, Valerius disse:

— Pai! Saudações em nome do Touro assassinado e do Corvo. Um filho não deve contrariar o seu Pai, nem ser contrariado. Não lhe desejo nenhum mal, mas estou preso a um juramento feito ao deus e ao imperador. Permita que a vontade deles seja feita!

A voz de Marullus era mais profunda e também tinha conhecido a guerra. Ela abalou o peito de todos os que a ouviram, como Netuno poderia ter feito. Não era uma voz indelicada.

— A vontade do deus é incognoscível, mas o imperador o considerou um traidor. A vontade dele é lei. Você morrerá agora ou mais tarde. É melhor para você que seja agora.

Traidor. Mac Calma já o dissera antes, mas a palavra continha agora mais certeza. Ela se deslocou como a neve na noite, descendo repetidamente sobre aqueles que aguardavam com as costas voltadas para o mar e o último sabor da liberdade. Era possível imaginar a morte que Roma oferecia a um traidor, e temê-la.

A voz de Valerius estava firme:

— Quem é o imperador?

— Nero já prestou juramento como sucessor de Cláudio. Você sabe disso. Você viu a fumaça negra nas luzes do farol.

Todos a tinham visto. Até mesmo Cunomar soubera que ela sinalizava a ruína de todos eles. O decurião fora o único a acreditar em outra coisa.

Ainda projetando a voz nas trevas, Valerius gritou:

— As minhas ordens foram recebidas com boa intenção de um homem vivo. Se o seu sucessor desejava revogá-las, teria apenas que mandar uma mensagem.

— Ele tentou. Você cortou a garganta do portador que esteve no seu rastro durante dois dias exatamente para eu lhe entregar pessoalmente essas ordens.

Valerius permaneceu em silêncio. Sua falta de palavras continha a acusação não pronunciada de Cygfa. *Está vendo? Você matou sem necessidade. O verdadeiro guerreiro não faz isso.*

Mac Calma nada sabia a respeito do mensageiro assassinado. Rompendo o silêncio, ele se voltou para Valerius e declarou calmamente:

— Obrigado. Eles não vão voltar atrás agora, mas você fez o que pôde e somos gratos por isso. Ainda há tempo de você partir. O caminho para o oeste está desimpedido e conduz a povoações onde existem pessoas que não apoiam Roma. Acho que não irão atrás de você, já que nos têm encurralados aqui.

Valerius riu rudemente.

— E para onde eu iria? Se sou considerado um traidor em Roma e na Gália, e certamente o serei na Britânia. A Prima Thracum não irá querer nada com um oficial que cometeu traição contra o seu imperador. Parece que o deus falou e não mais promete o sucesso. Talvez no outro mundo ele explique por quê.

Valerius olhou para a noite. Deslizou a espada pela curva do cotovelo, limpando a lama que a recobria para que a lua nascente e as estrelas despertassem um brilho na superfície. Levantando-a, ele gritou uma última vez:

— A escolha é sua, Marullus! Vamos testar o filho contra o Pai.

Em seguida, bem baixinho, disse para aqueles que o cercavam, como se estivesse dando uma ordem à sua unidade de cavalaria:

— Estejam prontos. A rocha os impede de atacar os flancos, de modo que enviarão metade dos auxiliares gauleses como ponta de lança para forçar uma abertura no centro e depois nos atacar em fila, lado a lado. Se a ponta de lança funcionar e vocês forem divididos em dois grupos, formem círculos com as costas voltadas para o centro e com os mais fracos do lado de dentro. Mantenham-se o mais perto possível da pedra; ela funcionará como um escudo.

Valerius ergueu a espada em saudação e o seu rosto exibia o mesmo escárnio seco, alimentado pelo vinho, que ostentara nas duas semanas da jornada. Dirigindo-se a todos, ele disse:

— Boa sorte. Se os seus deuses ainda estiverem ouvindo, rezem para eles agora pedindo uma morte limpa em combate. A nossa inferioridade numérica é maior do que de três para um. O fim não deve demorar.

Por mais que o odiassem, não poderiam chamá-lo de covarde. Nos momentos que antecederam o cruzamento das duas linhas, Cunomar o ouviu falar em voz alta em uma língua que não era nem iceno, latim ou gaulês. Para ouvidos não adestrados, o som parecia uma ladainha de nomes, pronunciados como provocação. No final, Cunomar escutou três palavras proferidas duramente em iceno, como uma convocação. A última delas foi o nome do cão, Hail.

Com amarga veemência, Valerius amaldiçoou os múltiplos nomes do seu deus na língua dos magos orientais que o levara aos homens pela primeira vez. Ele não queria morrer. Não queria enfrentar os fantasmas sem a proteção de Mitra. Não queria lutar contra Marullus, que ele respeitava tanto quanto qualquer oficial das legiões e mais do que a maioria. Particularmente não queria lutar e morrer na companhia de Caradoc das Três Tribos, que poderia ou não tê-lo traído, e de Luain mac Calma, que poderia ou não ser o seu pai. Se ele precisava fazer todas essas coisas, então desejava ardentemente um escudo e a companhia de Longinus Sdapeze, o único entre todos os homens que ainda conseguia acalmá-lo antes da batalha, que era capaz de fazê-lo rir e propor apostas impossíveis que faziam com que a guerra parecesse menos brutal e mais semelhante a um jogo.

Mitra não respondeu às imprecações, assim como não atendera às preces do dia. Ao contrário, enviou dezessete homens treinados contra cinco adultos e duas crianças, e aquilo certamente não era um jogo. Valerius sentia-se grato apenas pela égua; ele a escolhera pessoalmente nas estrebarias do imperador, antes de deixar Roma, e o animal era treinado para o combate em um nível que até mesmo Longinus teria apreciado. No período que antecedeu o primeiro choque dos metais, Julius Valerius, que fora um dia Bán dos icenos, invocou os fantasmas que o julgavam com mais severidade, desafiando-os a permanecer com ele até que morresse.

Os gauleses entraram em ponta de lança para romper o centro como Valerius indicara. Ele refreou a égua até o primeiro cruzar espadas com Caradoc e em seguida atacou a partir da lateral, atuando como sua própria cunha de um único homem para romper o grupo deles. Não era uma manobra ortodoxa, mas é o que um oficial faria. Valerius não permitiria que Marullus dissesse mais tarde que ele fora imprudente ou covarde. Enquanto a égua avançava, ouviu o menino belga emitir, horrorizado, um grito estridente, e fez ao deus uma prece bem diferente, lamentando a morte desnecessária de uma criança.

Matou o primeiro inimigo por reflexo, atingindo a garganta desprotegida de um homem que mataria um menino escravo desarmado simplesmente por ele ser uma presa fácil, e somente depois, quando o corpo tombou, Valerius percebeu que não matara um gaulês, e sim um romano que ele conhecia. Mas era tarde demais para arrependimentos, pois estes conduziam à morte, e seu corpo não o permitiria.

Puxando violentamente o cavalo para evitar outro golpe de espada, Valerius passou por Cygfa, que matava como se tivesse nascido para aquilo, mantendo Cunomar em segurança ao seu lado e Philonikos atrás. Ao quebrar para ela o braço de um gaulês que empunhava uma espada, Valerius ouviu-a gritar para Cunomar "Esse é seu!" e se virou a tempo de ver o homem usar o escudo para desviar para o lado o golpe impotente do menino e jogar a bossa no rosto dele. Era um golpe mortal, destinado a esmagar o crânio e as vértebras até a medula óssea. A espada de Valerius deslocou-se em uma linha de sua própria criação, cortando debaixo da inclinação do elmo do homem e atingindo o único espaço sem armadura que garantiria a morte.

O escudo se desprendeu de dedos inertes, passando pelo rosto do menino a uma distância menor do que a largura de uma mão. O gaulês caiu da sela. Valerius viu a boca de Cunomar se contorcer em um grito que poderia ser igualmente de desespero ou ódio, ou, menos provavelmente, de agradecimento, mas não ouviu nada. O barulho da batalha já era forte demais para que uma voz fosse ouvida acima das outras. Outros gauleses atacaram a partir dos flancos e a chance de glória perdida por um rapaz não tinha importância alguma.

Os que se defendiam mataram e foram feridos, mas nenhum deles morreu. As pedras protegiam-lhes as costas e as laterais, de modo que o inimigo só poderia atacar pela frente. Sob esse aspecto, Marullus os julgara incorretamente, ou não pensara em enviar batedores com antecedência para verificar o terreno. Valerius sentiu nascer uma esperança que logo desapareceu, quando, em um momento de silêncio, ouviu um tropel no cascalho, como chuva caindo em um telhado, e, olhando para a direita, avistou um novo grupo de cavaleiros vindo do oeste em marcha acelerada, do lado que ficava longe da cidade. Eles bloquearam todas as possibilidades de que qualquer uma das pessoas que se defendiam pudesse escapar da linha de combate e correr para o esquife, o que era, sem dúvida, o motivo pelo qual estavam se aproximando.

O oficial dentro de Valerius sentiu uma vez mais admiração pela tática de Marullus, apesar de estar lutando contra eles. A égua girou para trás por conta própria. Dois homens o atacaram, um de cada lado, e Valerius puxou o freio, machucando a boca delicada do animal, colocando-a fora de alcance. Ele sentiu uma corrente de ar na região lombar e soube que o menino escravo tombara, sentindo pena. Matou o primeiro homem e descobriu que Luain mac Calma fizera o mesmo com o segundo. O vidente não deveria estar ali, pois era necessário em outro lugar. No grupo de guerreiros no qual se encontravam Caradoc e Dubornos, Valerius pôde ouvir o som falso do ferro batendo em pelo menos uma espada fraca. Quando parou para olhar, pôde perceber que Cwmfen havia aproximado o seu cavalo da direita de Caradoc, protegendo-o, e que o guerreiro estava visivelmente ficando cansado. Ele não sentia amor por nenhuma das pessoas que lutavam ao lado dele, mas se a morte deles era destinada a estar entrelaçada, Valerius não queria que ela tivesse lugar mais cedo do que ele pudesse evitar.

A segunda fileira de homens de Marullus começou a avançar. Partindo uma lança que fora atirada — os gauleses tinham lanças! —, Valerius gritou para Mac Calma:

— Cuide de Caradoc! Estou bem!

— Então pegue o menino e cavalgue para o esquife. É você que eles estão tentando matar, não nós.

Era verdade. O ímpeto do ataque romano estava voltado para ele. Somente o cascalho instável na praia e os guerreiros que tinha dos dois lados estavam impedindo o inimigo de subjugá-lo. Na confusão, o vidente voltou a gritar: — Pegue o menino! — Sua espada dançava para a direita e para a esquerda, formando um espaço ao redor deles. O cabelo e o manto adejavam com os movimentos. — Vá para o esquife, homem!

— Não posso... uma nova unidade gaulesa está a caminho... eu morreria se saísse daqui — replicou Valerius.

— Não. Eles são os nossos gauleses... amigos... — Uma espada cortou o flanco do cavalo de Mac Calma e o animal recuou, descontrolado, prejudicando o golpe mortífero. O vidente revidou o golpe. Ferro chocou-se contra ferro. Havia uma chance de ele sobreviver, o que já não poderia se afirmar com relação aos outros.

Caradoc estava ferido. Valerius pôde perceber, pela maneira como o cavalo dele se movimentava, que a mão direita dele já não estava controlando as rédeas. Valerius afastou-se de Mac Calma. *Os nossos gauleses? Impossível.* Todos os gauleses eram fiéis ao imperador e a Roma. Uma espada cortou o ar à sua frente, na altura dos olhos, e a impossibilidade de aliados gauleses o teria matado se ele tivesse continuado a pensar no assunto.

Pensar mata. Sem pensar, Valerius derrubou o atacante do cavalo e depois se abaixou na sela para cortar a perna do homem abaixo da cota de malha, deixando a aorta cuspindo sangue e o inimigo agarrando-se aos seus últimos momentos de vida. *A vida é menos preciosa para o homem adulto que entende o que tem a perder...? Creio que não.* Valerius estava se tornando desapegado, e uma parte dele flutuava acima da batalha, observando e avaliando. Como sempre, nesses momentos, os fantasmas desapareciam, o que era injusto; se Valerius ia morrer, queria que os fantasmas testemunhassem a sua morte. Brutalmente, chamou-os de volta, e o seu coração regozijou-se quando eles apareceram.

O instinto o puxou para o lado direito da linha em direção ao local onde Caradoc havia descido do cavalo e estava combatendo lado a lado com Cwmfen, que usava o corpo para proteger Math, amarrado às suas costas. Dubornos estava ferido, mas ainda usava a espada com bons resultados. Ajoelhou-se ao lado de Cwmfen, sem poder usar uma das pernas.

Enfraquecidos, sem escudos e sem a armadura apropriada, nenhum deles conseguiria sobreviver muito tempo.

Valerius estava prestes a desmontar e juntar-se a eles quando um escudo roçou as articulações da sua mão esquerda, comprimindo-lhe a palma. Ele girara parcialmente a espada para o lado, antes de entender o que estava acontecendo, e reduziu a velocidade do arco. Afastou os olhos do inimigo pelo tempo suficiente de olhar para baixo e divisar o menino belga, que nunca havia cavalgado ou navegado, mas que talvez tivesse um dia presenciado uma batalha, ou ouvido falar nela ao redor do fogo no inverno, nos dias em que era livre. O menino sorriu e era, de fato, Iccius, que morrera em um hipocausto. A dor no peito de Valerius poderia ter sido suficiente para matá-lo, não fosse um brado de guerra ressonante vindo do oeste, emitido por muitas vozes, ter sacudido a sua mente e a afastado do passado.

Os nossos gauleses. Uma dúzia de cavaleiros arremeteu a pleno galope dentro do caos. Portavam lanças, longas espadas e escudos de qualidade, e, gritando para os seus deuses, penetraram os auxiliares romanos como facas na carne. Em uma única investida, cinco inimigos morreram. *Os nossos gauleses.* Guerreiros ainda leais a Mona e aos antigos deuses, dispostos a arriscar a vida em defesa de um vidente que viajava frequentemente para a Gália e aqueles que os acompanhavam.

Os nossos gauleses. *Mitra! Obrigado!*

O menino escravo estava de pé, paralisado, entre os cavalos que tombavam. Valerius clamou em belga:

— Dê-me o seu braço. Suba no meu cavalo. Eles precisam saber que você é um de nós.

O menino agarrou a manga de Valerius e foi puxado para cima. Ele pesava menos do que Iccius jamais pesara, mesmo depois que Amminios o castrara.

Um cavalo solto passou por eles, com uma espuma branca na boca, os olhos arregalados de medo. Valerius agarrou as rédeas e torceu-as, apoiando o peso contra elas. Puxando o animal para o lado da égua, ele forçou o caminho à frente. Atrás dele, o menino escravo choramingou uma vez e depois ficou em silêncio.

No chão, Caradoc brandia a espada com as duas mãos, cortando o ar, porém não com perfeição. Valerius usou o cavalo solto para bloquear um atacante romano. Lançando as rédeas para frente, gritou:

— Pegue-as! Há uma chance agora. Monte se quiser viver.

A resposta do guerreiro se desintegrou no caos.

— Não... Dubornos está... precisando mais.

A segunda onda de recém-chegados avançou sobre eles, atacando ao acaso. Valerius se abaixou, golpeou e percebeu tardiamente que não despira a armadura de decurião, de modo que estava sendo atacado por aqueles que eram ostensivamente seus aliados. Mac Calma gritou violentamente em gaulês e os ataques contra ele diminuíram. No espaço apertado diante das pedras, gauleses lutavam contra gauleses e somente pelas penas de garça tingidas de azul os amigos podiam ser diferençados dos inimigos. Os romanos de Marullus foram empurrados para as margens e, sem saber o que procurar, não percebiam a distinção, e portanto não podiam matar.

— Vá para o barco! — exclamou Mac Calma, entoando a sua ladainha.

Tonto de fadiga, Valerius riu:

— Você precisa de um novo canto, vidente.

Valerius virou-se abruptamente. Dubornos montava o cavalo castrado que capturara. A sua perna estava sangrando, porém não quebrada. Dois cavalos foram trazidos, um para Caradoc e outro para Cwmfen. Cygfa juntou-se a eles, pálida e praguejando, conduzindo um Cunomar furioso que queria matar alguém, mesmo que isso lhe custasse a vida. Um grupo de gauleses barulhentos os cercou e a fuga pareceu possível, exceto pela repentina invasão de Marullus, que se mantivera afastado da luta para dar ordens, e agora, finalmente, decidiu envolver-se e atacou.

— Vão! — clamou Valerius na sua voz de combate, em iceno, como nunca gritara antes. — Vão para o navio! Marullus é meu! Para me pegar, ele os deixará ir embora.

Valerius não teve tempo para verificar se fora obedecido. O centurião era um touro, por dentro e por fora, e esmagava os gauleses como um touro pisa nas moscas do verão, e com a mesma indiferença. Homens caíam diante e ao redor dele enquanto ele abria caminho com o seu cavalo através das linhas de batalha para se aproximar do homem que chamara de filho, cuja vida decidira não tirar nos catorze dias anteriores.

O escudo roubado salvou Valerius. O primeiro golpe da espada do centurião o rachou, mas não o partiu. A força do golpe entorpeceu-lhe o braço. O segundo investiu lateralmente em busca da sua cabeça, e Valerius poderia ter morrido, mas a égua resvalou no cascalho que estava escorregadio por causa do sangue, dobrando um dos joelhos, e o impulso da espada não atingiu nenhum dos dois. Ela era uma boa égua. Valerius ouviu-a gemer quando se levantou e soube que o animal havia fraturado a perna dianteira, ou então o tendão se rompera. Ele puxou o freio com força pela última vez e a égua lhe deu o que ele precisava, empinando-se nas pernas traseiras. O menino belga deslizou para trás para se proteger. A égua amparou o golpe de revés da espada de Marullus, recebendo plenamente o impacto no lado da cabeça, o que lhe rachou o osso e o músculo até os dentes. Ela gritou roucamente e tombou. Um sangue carmesim emanou espumante do seu nariz. A espada ficou presa no osso, e o centurião, relutando em soltá-la, perdeu o equilíbrio. Valerius já estava livre; deixando cair o escudo, rolou pelo cascalho, contundindo as costas e levantando-se com a espada ainda na mão. Longinus teria apreciado a cena, mas nunca ouviria falar nela. Marullus estava acima dele. Ainda na sela, ainda desequilibrado, gritando.

Sabendo estar perdido para sempre para o deus e as legiões, Julius Valerius Corvus, primeiro decurião da Prima Thracum, golpeou a face desprotegida do homem que o marcara a fogo, que lhe ensinara as ladainhas, que lhe dera um motivo para viver quando não havia nenhum. Marullus morreu, desprezando-o, e foi adicionado aos fantasmas. Um grito em latim registrou essa morte, e os romanos, à beira do caos, vendo-o morrer, abandonaram o discernimento. Não mais tentando distinguir amigos de inimigos, começaram a atacar todos os gauleses ao seu alcance. A égua morreu nos seixos do litoral, debatendo-se.

— Venha!

O grito foi emitido em gaulês e repetido em iceno. Uma mão puxou o braço da espada de Valerius, arrastando-o até um cavalo que passava correndo. Outras mãos o seguraram pelas axilas e ele foi levantado e jogado nas costas de um animal. A batalha foi ficando cada vez mais para trás e ele se sentou com esforço, assumindo o controle das rédeas. Em seguida, viu que o menino belga estava em segurança ao lado de Dubornos e ficou feliz por ele não estar com Caradoc, e depois estavam na restinga da terra com as pedras, as algas e as minúsculas cracas fortemente iluminadas pelas luminárias dos remadores. Apenas por não conseguir cavalgar mais além, Valerius apoiou-se na sela, pronto para desmontar. A sua mente não lhe permitia imaginar para onde poderia ir quando os seus pés tocassem a areia.

— Você não vem!

Surpreso, Valerius levantou os olhos. O cavalo que lhe haviam destinado estava com as patas machucadas, com dificuldade para andar sobre a rocha molhada, e se virou devagar. Antes de completar a volta, Valerius percebera que fora Cygfa quem falara, e ela estava chorando. Ela jamais derramaria lágrimas por ele.

Por sobre o ombro direito, Valerius ouviu a voz de Caradoc, mantida artificialmente firme, dizer:

— Não posso ir. Sinto muito, sinceramente. Não posso, não desse jeito. — O braço direito do guerreiro estava pendurado ao lado do corpo. Talvez ainda tivesse movimento, mas jamais ergueria novamente um escudo.

— É preciso. Os guerreiros de Mona, os ordovices, todas as tribos unidas, o aceitarão, inteiro ou não. Você ainda pode vir conosco. Você precisa vir. Sem você, não somos nada. — Ela estava sussurrando, para proferir as palavras além da sua dor. Elas seguiram silenciosas em direção ao mar.

— Não. Eles poderão me aceitar, mas não me respeitarão. — Caradoc espalmou a mão esquerda. Os dedos se curvaram para dentro em ambas as mãos e tremeram como os de uma pessoa que sofre de paralisia. — Cygfa, juro como não estou fazendo isso para feri-la. Se não estivéssemos em guerra, eu voltaria sem hesitar, mas não posso liderar uma batalha desse jeito. É melhor que saibam que estou livre na Gália e acreditem que estou em perfeita forma. Vocês dirão que fiquei para trás lutando, enquanto vocês escapavam. A notícia de que estou vivo se espalhará depois e levantará os ânimos, enquanto a minha presença não o fará. Sinto muito. — Era um discurso preparado, como fora o de Valerius para Marullus. Era impossível saber quanto tempo antes Caradoc o preparara.

Os videntes, obviamente, estavam esperando que ele fizesse isso. Dubornos não demonstrou surpresa. Luain mac Calma não participou do diálogo que estava tendo lugar a um braço de distância, observando, em vez disso, o esquife em um dos lados e a batalha no outro, onde uma fileira de gauleses estava massacrando o que restava dos homens de Marullus.

Cygfa perguntou:

— Mãe? Você não vai voltar para o seu povo?

Cwmfen estava atrás de Caradoc. O seu rosto e os braços estavam manchados com o sangue inimigo, mas não havia lágrimas. Ela balançou a cabeça.

— Vou ficar com o seu pai. Math precisa crescer conhecendo tanto o pai quanto a mãe. Precisa que nós dois lhe ensinemos quem ele é e de quem descende. É melhor assim. Vocês terão notícias nossas e nós teremos informações suas.

— Então ficarei com vocês. Eu os protegerei e o meu irmão crescerá conhecendo toda a família. — Ela não sugeriu que Cunomar ficasse.

— Não. — Caradoc segurou o braço de Cygfa. — Você precisa ter as suas longas noites. Mac Calma afirma que não é tarde demais, mas que isso não pode ser feito na Gália. Os deuses não vivem mais aqui da maneira como o fazem em Mona.

Valerius observou a mudança que ocorreu nela, a repentina onda esmagadora de esperança que estivera profundamente enterrada, por um tempo tão longo que Cygfa esquecera da existência dela. O seu pai não esquecera, nem a sua mãe, tampouco, talvez, Luain mac Calma, que era capaz de enxergar o que ela poderia ter sido e ainda poderia ser. Esse entendimento a preencheu visivelmente.

Cygfa olhou de soslaio para o vidente, que assentiu com a cabeça. Caradoc sorriu, a que custo não ficou bem claro.

— Está vendo? É melhor assim. Agora vá. Você deve embarcar, e nós temos que cavalgar.

Ele segurou o outro braço de Cygfa, não mais com o aperto do guerreiro, e sim com o pleno abraço de pai para filha. A cuidadosa máscara de serenidade se partiu e lágrimas escorreram-lhe pelo rosto. Em seguida, Caradoc levou a mão ao ombro, em direção ao broche da lança-serpente, que era tudo que restava da Britânia. Caradoc abriu o fecho e o prendeu na túnica de Cygfa. Os fios vermelhos na presilha inferior estavam completamente enegrecidos pelo seu sangue. Beijando a filha, Caradoc disse:

— Não tenho uma espada para lhe dar, mas Mac Calma mandará fabricar uma que lhe seja adequada. Leve isto e tenha esperança. Enquanto você viver, a minha alma e a da sua mãe lutarão contra o inimigo por seu intermédio.

— Pai... — disse Cygfa levando a mão de Caradoc ao rosto. Através de uma torrente de lágrimas, ela declarou: — Nós os expulsaremos da nossa terra, cada um deles, e então você poderá voltar para casa.

Caradoc exibiu um sorriso fragmentado. Quando conseguiu falar, disse:

— Ficaremos aguardando diariamente essa notícia.

Caradoc agora olhou para além de Cygfa, para onde Cunomar observava, desamparado, abandonado, indizivelmente zangado e perdido. Ele entrara na batalha como menino e emergira do mesmo jeito, sem matar um único inimigo. Até Caradoc falar, toda a atenção do menino estivera voltada para a luta que estava tendo lugar atrás deles. Valerius, observando, notou que Dubornos estava segurando o cavalo do menino e que três dos gauleses com penas azuis haviam recebido ordens expressas para vigiar o garoto e mantê-lo em segurança.

— Cunomar, você lutou bem. — Caradoc estava mais controlado agora, o bastante para dizer uma mentira com alguma credibilidade. Ele sacou a faca do cinto e a segurou, com o punho para fora. — Não tenho uma espada para lhe dar, mas leve esta faca, como se fosse uma. Mac

Calma providenciará uma espada de verdade para você. — Caradoc fez uma pausa, procurando as palavras certas. Aquelas que vieram não estavam preparadas: — A sua mãe... a sua mãe saberá que o que estou fazendo é o certo. Fique ao lado dela no meu lugar. Proteja-a para mim.

Ele conhecia bem o filho. O rosto do menino desmoronara ao pôr os olhos na faca e ouvir os elogios vazios às suas ações. Em nome da sua mãe, ele se recompôs e se sentou mais ereto na sela. Pela primeira vez, afastou completamente os olhos e a atenção da batalha que estava sendo finalizada nas pedras. Ele nascera em Mona e crescera no meio do cerimonial. Fez com perfeição a saudação do guerreiro para um membro do conselho de anciãos.

— Enquanto eu viver, ela não sofrerá nenhum dano — declarou. — Juro em nome de Briga.

Os adultos presenciaram o juramento com a devida solenidade.

Depois disso, a despedida foi rápida. Os gauleses levaram os cavalos. Os remadores, que também eram, na maior parte, gauleses, ajudaram os guerreiros a embarcar no esquife. Philonikos decidiu acompanhar Caradoc e recebeu a bênção de Dubornos, que fora o que estivera mais próximo dele. O menino belga, talvez sem entender, declarou no seu gaulês mal falado que desejava permanecer com Valerius, aonde quer que ele fosse. Para onde Valerius estava indo não estava claro para ninguém, muito menos para ele próprio.

Mac Calma tomou a decisão por ele:

— Se você ficar, os nossos gauleses o matarão. Eles não acreditam que você não seja de Roma.

— Eles estão certos. Sou tanto de Roma quanto qualquer um dos homens que eles mataram esta noite.

O vidente deu um sorriso torto.

— Então, se você deseja morrer, pode permanecer nesta praia. Se quiser viver, pode pelo menos embarcar no navio. Temos cinco dias de viagem pela frente, talvez mais. Decisões poderão ser tomadas e modificadas dez vezes por dia, e, se você realmente quiser morrer, Manannan o levará.

— Como Valerius ficou em silêncio, Mac Calma disse: — Se você ficar, o menino Iccius morrerá com você. Não tenho o poder de obrigá-los a deixá-lo viver.

Foi o nome que fez a diferença, embora mais tarde Valerius tenha praguejado contra um tão vergonhoso abuso do seu passado. Na ocasião, ele só soube que não poderia deixar morrer de novo a criança cujo fantasma ele ainda carregava consigo, de modo que a decisão foi tomada.

— Pare. — Valerius se virara para embarcar no esquife quando Caradoc segurou-lhe o braço. Era fácil agora ver o homem nele; o deus nunca parecera tão destruído. Os olhos cinzentos estavam injetados e encerravam uma dor enorme. A coragem que foi necessária para mantê-los firmes não poderia ser medida. Caradoc estendeu a mão. — Dê-me a sua faca — disse.

— O quê?

— A faca. Aquela com a cabeça de falcão. Estou pedindo que a entregue a mim.

Ondas roçavam o cascalho. Uma gaivota noturna gritou. Um remador raspou a sua espada na areia. Lentamente, Valerius sacou a faca do cinto e estendeu-a na palma da mão.

Caradoc tocou a arma com os dedos trêmulos da mão esquerda, mas não a ergueu. Em seguida, ele disse:

— Há um desafio entre o povo da minha mãe, os ordovices, destinado a testar a verdade entre guerreiros. Duas mãos apertam o punho da faca. Cada um tenta atacar o outro na garganta. Somente um deles se afasta vivo.

Valerius latiu uma risada.

— Os ordovices sempre foram conhecidos pela sua selvageria.

— Talvez, mas ela tem o seu lugar. Juro para você agora, no punho da sua faca, que eu não o traí, entregando-o a Amminios, que nunca, em nenhum momento da sua infância, eu lhe desejei mal, que eu ficava feliz com a sua felicidade e animado com o seu amor, que eu respeitava o poder do vidente que você era e o guerreiro que poderia vir a ser. Eu teria falado de bom grado diante dos anciãos nas suas longas noites e me senti honrado por ter sido convidado. Eu ainda o faria. — Caradoc não era nem vidente nem cantor, mas as suas palavras conduziam o poder deles. Seus olhos arderam. Não eram os olhos do deus. Em um tom de voz diferente, acrescentou: — Se você duvidar de mim, aceitaremos o desafio. Mac Calma não está autorizado pelos seus anciãos a supervisioná-lo, mas Cwmfen está.

— Você acha que ela deseja supervisionar a sua matança? — A mera sugestão era ridícula. Valerius estava exausto por causa da batalha, mas não incapacitado. Caradoc só estava de pé porque a sua vontade não lhe permitia cair; ele não estava em condições de segurar uma faca. Valerius prosseguiu: — Você tem a chance de viver na Gália. Você quer deixar Cwmfen criar uma criança sem o pai? Não foi isso que você acabou de dizer à sua filha.

— Não quero que o meu filho cresça e se torne adulto com o pai acusado de traição.

— Coisas piores já foram ditas a respeito dos homens.

— Não a meu respeito.

Ficaram separados no cascalho pela lâmina de uma faca. Atrás, mais ao longe, a batalha terminou. Valerius ouviu um homem morrer e depois o silêncio de guerreiros exaustos que ficam em pé durante algum tempo quando o perigo passa, até que conseguem encontrar forças para caminhar. Ele o presenciara em ambos os lados, às vezes no mesmo dia, quando a batalha vai além da capacidade de resistência de todos no campo e ninguém consegue vencer.

Caradoc declarou gentilmente:

— Bán? Você precisa escolher. Não pode voltar para Breaca acreditando que eu o traí. *A sua irmã é o meu coração e a minha alma, o sol que nasce para mim pela manhã. Ela o foi desde a primeira vez em que a vi e o será até eu morrer, e depois ainda.*

A criança que Bán fora não percebera isso. O homem que Valerius era passara quinze anos negando que fosse verdade.

Valerius fechou a mão ao redor do punho da faca. Lentamente, removeu-a do aperto de Caradoc.

— Você acha que eu poderia me aproximar da minha irmã se o tivesse matado? Ela deve ter mudado muito.

— Ela não mudou — retrucou Caradoc, sorrindo. — Então você acredita em mim?

Você prefere acreditar em Amminios e não em mim?

Prefiro.

O meu irmão sabia mentir tão bem...

— Não vou matá-lo para provar nada.

Dedos mais fortes do que Valerius imaginara fecharam-se no seu pulso, esmagando a pele contra o osso. Olhos cinzentos arderam com uma chama que ele imaginara havia muito esgotada. Com tranquila intensidade, Caradoc indagou:

— *Mas você acredita em mim?*

Os fantasmas desapareceram. O seu deus não zelou por ele. Sozinho em um grupo de desconhecidos, sem que restasse ninguém para ajudá-lo, Julius Valerius abandonou a certeza que o sustentara desde antes de ingressar nas legiões.

— Sim — respondeu —, acredito em você.

XXVII

— É UM NAVIO!

O vento forte remeteu as palavras para o mar. Capturou as partes não trançadas do cabelo de Breaca e espalhou-as como algas no seu rosto. Levantou borrifos das ondas e arremeteu-os sobre as pedras aos seus pés, sobre a fogueira, o manto e o seu rosto, e ela ergueu os braços e deixou que os borrifos, ao mesmo tempo doces e salgados, a cobrissem. Rindo como uma criança, Breaca chamou Airmid por sobre o barulho do vento e da água.

— Veja! Perto do lugar onde o sol toca o mar. É um navio. Graine estava certa. É o navio de Luain!

Breaca não acreditara no sonho; ninguém acreditara. Ele acontecera certa manhã, na metade da primeira tempestade do outono. Graine o contara a Sorcha que esperara antes quase até o meio-dia e, por insistência da criança, caminhara pela chuva até a casa-grande e relatou o sonho a todos que quiseram escutar. Os primeiros tinham sorrido e colocado mais lenha no fogo, sem fazer nada; os sonhos de uma criança são excessivamente dispersos para ser verdadeiros, e nenhum homem sensato zarparia durante uma tempestade de outono. Apenas Airmid acreditara nela e convencera

Ardacos a pegar a balsa, ir até o continente em busca de Breaca e trazê-la para casa.

O pequeno guerreiro levara três dias para encontrar Boudica e mais meio dia para convencê-la a abandonar a sua espreita dos legionários que faziam pilhagem baseada no poder de um sonho contado pela filha que ela mal vira nos dois anos anteriores. A promessa de um navio e a palavra de Airmid garantindo que o sonho era verdadeiro a balançara.

Airmid ficara esperando a volta deles no quebra-mar, portando tochas acesas, com os cavalos selados atrás. Graine esperou com ela, independente, sem mais precisar segurar a mão de um adulto para se firmar. Breaca não conseguia se lembrar de quando isso acontecera; talvez em algum momento do verão.

Graine vestia um manto cinzento e uma pequena tira de vidente na testa. Isso também era novidade. O cabelo vermelho caía molhado ao redor dos ombros, agora escurecido, tomando a cor do carvalho, por causa da chuva. Ao avistar Sorcha, ela avançara correndo e fora erguida e balançada no ar, emitindo gritos estridentes. Ao ser colocada novamente no chão, Graine deu um passo na direção da mãe, e depois, vacilando, olhou para trás, pedindo ajuda a Airmid.

— Continue — dissera a vidente, sorrindo calmamente para encorajá-la. — Descreva o que você sonhou.

A criança respirou fundo. Lentamente, medindo as palavras, disse:

— Luain-a-garça se encontra no barco que está chegando. Está trazendo os nossos irmãos com ele.

Era um erro fácil de cometer. Graine tinha pouco mais de três anos. As suas palavras eram corretas, mais corretas do que haviam sido no verão, mas não eram mais precisas do que o seu sonho. A diferença entre um irmão e um pai não era grande nem no sonho nem na linguagem.

Airmid, atrás dela, dera de ombros.

— Ela vem dizendo isso desde a primeira vez que teve o sonho — declarou. — Eu lhe prometi que deixaria que ela o contasse a você.

— É um sonho agradável, obrigada. — Sorrindo, Breaca se ajoelhara e abrira os braços. Graine acomodou-se neles, timidamente, como se

Breaca fosse uma desconhecida, e abraçaram-se, formando uma mistura de lã molhada com cabelo escurecido pela chuva. Manannan, deus do mar, enviou uma onda para lavar o quebra-mar e os pés delas. Breaca se levantou, ergueu a filha nos braços e beijou-lhe o alto da cabeça. — Obrigada por vir me receber, apesar da chuva. Se você ficar aqui agora com Ardacos, ele providenciará roupas secas para você e a manterá aquecida, e Airmid, Sorcha e eu seguiremos a cavalo até a praia para ver quem está no navio. Se Cunomar estiver a bordo, nós o traremos até você. Ele ficará feliz por estar em casa, e o seu pai também.

Os grandes olhos cinza-esverdeados da menina estavam solenemente arregalados, como os de uma coruja.

— Você não deve ficar zangada com ele — comentou a criança. — Foi o que a avó disse.

Breaca não conseguia se imaginar zangada. Era suficiente permanecer tocando as raias da esperança, como uma criança à beira de um temporal de inverno, que não ousa avançar. Havia quase três anos ela sabia que Caradoc, Cwmfen e as crianças estavam vivas em Roma, mas nada mais, até que Luain mac Calma captara qualquer coisa no voo de uma garça, ouvira outra coisa de um comerciante grego em trânsito e embarcara em um navio tardio para a Gália. Breaca esperava agora, com as pernas firmadas contra o vento, o borrifo do mar fustigando-lhe a face e as mãos, sentindo o coração se expandir a ponto de explodir no peito enquanto o navio enfrentava as vagas para trazê-lo para casa.

Sorcha e Airmid permaneceram ao seu lado. Ambas tinham avistado a embarcação e observavam o seu avanço. Somente Sorcha sabia como o navio estava se saindo. A barqueira era o vínculo delas com o mar e com tudo que nele navegava.

— Esse é o *Cavalo Solar* — comentou Sorcha —, o navio de Segoventos. Ele conhece o contorno da costa tão bem quanto eu, mas o vento está forte demais para que ele se aproxime da praia. Acho que devemos pegar o barco pequeno e ir ao encontro deles.

Breaca perguntou:

— É seguro?

Sorcha sorriu.

— Não sei. É mais seguro do que Mac Calma tentar remar no bote do navio até a praia, mas isso não significa que não iremos naufragar. A escolha é sua. Podemos esperar aqui até que vento arrefeça, mas isso poderá acontecer só na primavera. Não imaginei que você pudesse desejar esperar tanto tempo.

Era bom ouvir alguém que ainda fosse capaz de rir. Airmid ficou em silêncio, como estivera desde que saíram da floresta e se aproximaram do mar. Seu olhar repousava no horizonte ocidental, bem além do navio, onde o sol descia para descansar nas montanhas baixas da Hibérnia. Breaca pousou a mão no ombro de Airmid, e em seguida perguntou:

— Você sonhou junto com Graine? Foi assim que soube que era verdade?

— Não. A sua filha sonha sozinha agora. Mas a vidente ancestral nos visitou enquanto cavalgávamos; passamos por um dos seus locais de repouso. Ela queria que nós duas soubéssemos que os fios do broche-serpente estão se entrelaçando da maneira como pedimos.

O vento não diminuiu, mas deu a impressão de tê-lo feito. Em uma bolha de quietude, Breaca disse:

— Sorcha, obrigada pela sua oferta. Vamos pegar o barco pequeno. Você está certa; não creio que eu pudesse esperar até a primavera.

Ondas as cobriram de água e o vento empurrou o barco com força para o norte. Remaram contra ambos e avançaram a uma velocidade menor do que o sol no céu. Com o tempo, encharcadas, trêmulas e enjoadas por causa das vagas, posicionaram-se ao lado do navio. Airmid saltou para pegar a corda que foi lançada. Luain mac Calma levantou-as, com a ajuda de Segoventos, o capitão do navio, marinheiro mercante e espião.

Airmid subiu primeiro e, em seguida, Sorcha. Breaca, que enfrentara a morte em combate mais vezes do que era possível contar, lutava para reunir a coragem necessária para se unir a elas; o desconhecimento encerrara dor, mas era suportável. As palavras de Graine investiram contra ela, carregadas pelo vento e pelas ondas. *Você não deve ficar zangada com ele.* Somente agora, quando era tarde demais para respostas, ela pensou em perguntar com quem ela poderia ficar zangada e por quê. Sentindo uma náusea que não tinha nada a ver com o mar, Breaca enrolou a corda na cintura, levantou a extremidade livre e se manteve firme.

A lateral do navio era íngreme e estava escorregadia por causa das algas. O primeiro puxão da corda esfolou a pele das mãos de Breaca e machucou-lhe os braços. Mac Calma formou um círculo com a corda e usou-a para içar Breaca mais para cima. Ela chegou à beira do convés e foi puxada por mãos fortes, habituadas ao mar. Um grupo de desconhecidos esperava para cumprimentá-la, com Airmid na periferia. O cabelo louro, molhado pelas ondas, se destacava entre cabelos vermelhos e castanhos, mais escuros. Examinando as pessoas rápido demais, Breaca procurou rostos conhecidos e, lentamente, eles emergiram: as feições fatigadas e famintas das crianças, que não eram mais crianças e acabavam de sobreviver a quatro dias no mar em uma tempestade. Nesse primeiro exame, não reconheceu nenhum dos adultos e só identificou uma criança.

— Cunomar? — perguntou, agachando-se, equilibrando-se no convés e, em seguida, abrindo os braços. À semelhança de Graine, seu filho avançou rigidamente, um desconhecido para ela, assim como ela era para ele. Cunomar beijou-lhe formalmente o rosto e estendeu uma adaga, balançando-a na palma da mão.

— O pai me deu isto — declarou o menino. — Se você transformá-la em uma espada, poderei participar de uma batalha. Depois que matarmos todos os romanos, ele poderá voltar para casa.

Seguiram-se o silêncio e a tensão, como se um número excessivo daqueles que a cercavam tivesse prendido a respiração por um tempo demasiado. Breaca perscrutou novamente o rosto dos desconhecidos, lutando contra o pânico.

Uma jovem alta, com o cabelo dourado como o milho, deu um passo à frente.

— O pai está ferido. Não pôde vir; os guerreiros não o teriam seguido. Ele lhe enviou isto, com o seu amor... — As palavras se derramaram, como cevada despejada da mão. Ela estendeu um broche, embaçado pelo mar. A serpente de duas cabeças se enroscava em si mesma, olhando para o passado e para o futuro. A lança formava um trajeto anguloso através dela, mostrando os diversos caminhos a seguir. Na base, enroladas no enroscar da serpente, dois fios estavam sombriamente suspensos.

Breaca ficou de pé, olhando sem ver, a mente congelada no ponto do conhecimento. Alguém — Dubornos, talvez, se é que Dubornos podia ser tão magro e tão manco — disse:

— Breaca? Ele não pôde vir. Foi a decisão certa. Ele está vivo e voltará quando puder. Nesse ínterim, mandará notícias. No momento, você precisa se encontrar com alguém.

O mundo transformou-se em loucura. A tempestade enegreceu o céu da tarde e o sol, agonizante, refulgiu embaixo. Ventos do oeste golpearam simultaneamente o navio e o mar, de modo que o convés se levantou e saltou, tornando quase impossível permanecer em pé. Airmid a amparou, segurando-a com firmeza pelo pulso. Luain mac Calma postou-se do outro lado, encostando-se no ombro de Breaca para mantê-la ereta. O homem que falara — que de fato era Dubornos, com cicatrizes que o deixavam praticamente irreconhecível — deu um passo para o lado para que a pessoa que ele estivera ocultando ficasse exposta à luz amarela do sol e visível para Breaca.

Breaca achou que realmente estava sonhando então, e que Luain mac Calma estava ao mesmo tempo ao seu lado e deitado na cama do convés, pálido e esverdeado com o enjoo. Em seguida, olhou novamente e viu Macha, mais magra, mais severa e corroída por uma raiva que angustiava a sua alma. Breaca olhou pela terceira vez, e viu que não era nenhum dos dois, e que os olhos que fitavam os dela, iluminados pela raiva, pelo medo e pelo desejo desesperado e doloroso de morrer, eram negros, ressonantemente negros, da cor do carvão, ou da asa de um corvo perto do pescoço, onde a coloração é mais densa...

— *Bán?*

Uma onda chocou-se contra o navio, fazendo-o balançar. A água salgada borrifou o cabelo e a face de Breaca, limpando-lhe a pele. Uma gaivota gritou ao longe, na direção da Hibérnia, emitindo um som semelhante ao de uma criança ou alma perdida vagando. Ninguém se moveu no convés. Amigos e desconhecidos esperaram, observando o mar. Em outros mundos, uma avó suspirou, riu ou chorou; eram todos iguais e estavam todos perdidos na tempestade.

O homem que estava deitado, abrigado na cama do convés, sorriu ironicamente, como se risse de uma piada particular. Lentamente, tomando cuidado com os ferimentos invisíveis, ele ergueu o corpo apoiando-se em um dos cotovelos. O movimento foi conscientemente romano, já que nenhum homem das tribos se inclinaria dessa maneira.

— Caradoc perguntou a mesma coisa, exatamente assim. — Ele falou em latim e isso, também, foi deliberado. Seus olhos buscaram o olhar de Breaca pela primeira vez, e sustentaram-no. Uma sombria ironia, aliada à pena, faiscava nas suas profundezas. — Vocês são muito parecidos. Você sabia disso?

Breaca estava sozinha, abandonada por tudo que tornava o mundo seguro.

— Você é Bán? — perguntou pela segunda vez.

— Não sou mais. — O sorriso ficou suspenso no seu rosto, esquecido. Ele baixou os olhos e examinou as mãos. — Posso ter sido um dia. Mais recentemente, tenho sido Julius Valerius, decurião da primeira unidade da Primeira Cavalaria Trácia. Agora, não sou ninguém. Se você precisa de respostas, pergunte a Mac Calma. Esta é a esfera dele. Não tenho dúvida de que ele entende tudo melhor do que eu ou você jamais entenderemos.

Ele está trazendo os nossos irmãos. Foram as palavras de Graine, três meses depois de completar três anos de idade, e Breaca ousara pressupor que o sonho incerto de uma criança não era capaz de distinguir entre um amor e o outro. *Você não deve ficar zangada com ele.*

Pense em Bán. Ele é o vermelho e o preto. Confie em mim.

Breaca estava nauseada. Há muito tempo isso estava para acontecer e ela não deu atenção ao fato. Airmid amparou-a, conduzindo-a à popa para que ela pudesse se inclinar sobre o oceano, em vez de sujar o convés.

Cygfa, reconhecível agora pelas mudanças da idade, da batalha e do sofrimento, levou para ela água da chuva e uma esponja para que limpasse o rosto. Breaca pôs um pouco da água na boca e a cuspiu, enxaguando o sal e o vômito dos dentes. De pé, pegou a tigela e esvaziou-a por sobre a cabeça. O repentino dilúvio não a fez melhorar, isso teria sido impossível, mas o choque a trouxe de volta para si mesma, fria e incisivamente zangada.

Não havia esperança. Jamais houvera; no fundo, ela soubera. Em vez disso, havia uma infinidade de preocupações e morte, o refúgio da raiva e um homem deitado em uma cama no convés vestindo o uniforme de um oficial da cavalaria romana. Dois dias antes, Breaca matara um decurião que vestia um traje idêntico, mas o homem morto não usava no ombro a insígnia do touro vermelho, a marca dos ancestrais icenos, pintada de vermelho-sangue sobre cinza.

Quando Breaca deixou de olhar para o rosto e os olhos do inimigo deitado na cama do convés, o touro vermelho reclamou toda a sua atenção. Um padrão se entrelaçava em outros padrões e se erguia acima deles.

Tenho sido Julius Valerius, decurião da primeira unidade da Primeira Cavalaria Trácia.

Hail está morto. O decurião da cavalaria trácia o matou, aquele que monta o cavalo malhado.

Desencadearei uma vingança...

Rígida, Breaca declarou:

— Você matou Hail.

O vestígio do seu irmão retrucou:

— Não exatamente. Mas ele morreu por culpa minha.

Breaca não trouxera uma espada, mas a sua funda estava amarrada no cinto e as pedras, enroladas na bolsa. O conhecimento dos movimentos necessários para uni-las era proveniente de mais de dois anos de prática e de um verão de matanças certeiras.

— Não.

Luain mac Calma a deteve. O decurião — a caricatura obscena do que Bán fora um dia — não a teria detido. Permaneceu deitado imóvel, os olhos afastando-se dos de Breaca e dirigindo-se para o espaço situado levemente à esquerda dela. Quando Mac Calma fechou os dedos no braço de Breaca e a funda caiu no convés, o não Bán sorriu fracamente.

— O seu Ancião tem uma consideração pouco saudável pelo meu bem-estar. Você não deveria permitir que ele impedisse os seus movimentos.

Foi a trajetória dos olhos dele que a advertiram, e Airmid, pálida e imóvel demais, permaneceu ao lado de Breaca. Esta última ouvira a voz de Macha na noite da vidente ancestral, mas não a via desde que ela deixara as terras dos vivos. Virando-se, Breaca a avistou agora, e os outros reuniram-se ao redor dela: a avó anciã e, mais distante, o seu pai. Luain mac Calma passou cuidadosamente por eles, postando-se entre Breaca e a cama do convés. Os fantasmas moveram-se ao redor dele, como cães em volta de um caçador. Macha estava em primeiro plano.

Você não deve ficar zangada. Foi o que a avó disse.
Confie em mim.

Macha fora uma avó, mesmo que apenas por um dia, mas Bán sempre fora o seu primeiro amor.

Como manifestar fúria para um fantasma? Como se Macha estivesse viva, Breaca perguntou:

— Você falou com a minha filha? Você enviou o sonho para Graine?

O fantasma assentiu com a cabeça, sem dizer nada. Movendo-se lentamente, ela se sentou ao pé da cama do convés. Bán, o seu filho, observou-a, paralisado, como um musaranho observa uma cobra que está caçando. Embora a tivesse amado enquanto ela vivera, já não a amava mais. Com visível esforço, ele levou os olhos de volta para os vivos, para Breaca.

— Eles querem que eu vá para Mona — disse ele —, mas nem você nem eu podemos conviver com isso. Você deve usar a sua funda. — Pela primeira vez, ele falou em iceno. O sorriso dele era aquele de que ela lembrava. O seu coração estava partido demais para sentir pena. Ela não o odiou nem um pouco menos.

Os dedos de Breaca se fecharam sobre outra pedra. Luain mac Calma não tentou segurar-lhe a mão, dizendo apenas:

— Breaca, não faça isso. Os deuses precisam dele vivo.

Breaca balançou a cabeça.

— Não em Mona. Não enquanto eu estiver viva.

— Mas ele não deve morrer. Você precisa acreditar em mim. Ele precisa viver além do dia de hoje.

— Mas onde? Você ouviu o que ele disse, ele não pode voltar para Roma; ele deu as costas para as legiões.

— Eu sei. Se você se recusa a recebê-lo em Mona, precisa dizer onde ele poderá ficar.

Irmã e irmão chegaram juntos à resposta, ou os fantasmas os orientaram. O sol derramou sua luz sobre o convés ocidental. Macha posicionou-se na fria claridade cor de âmbar. Luain mac Calma juntou-se a ela, uma garça elevada vinda de outras terras. A um dia de viagem pelo mar, em direção ao oeste, as montanhas da Hibérnia elevavam-se para encontrar a noite.

Breaca contemplou-as e, dando meia-volta, percebeu que o irmão enxergara a mesma coisa. Os olhos dele buscaram os dela, infinitamente negros. Se portavam uma mensagem, ela não conseguiu interpretá-la. Os lábios dele moldaram a palavra antes que ela a proferisse, de modo que, no final, foi como se duas vozes soassem em uníssono.

— Hibérnia — disse Breaca. — Segoventos pode levá-lo para a Hibérnia. Se um dia ele vier a encontrar a paz, será na Hibérnia.

NOTA DA AUTORA

SOMOS GRATOS QUASE INTEGRALMENTE A TÁCITO PELOS DETALHES desse período da ocupação romana da Britânia. Sem o seu resumo acerca do desarmamento das tribos orientais realizado por Scapula e dos eventos que cercaram a traição, a captura e o perdão de Caradoc/Caratacus, esse período da história seria uma névoa branca, obscurecida ainda mais pelas descobertas arqueológicas aleatórias. Tácito, é claro, estava escrevendo para romanos que viviam cerca de cinquenta anos depois dos eventos que estava descrevendo e não para uma audiência moderna. Entre as suas principais fontes, estava Agrícola, o seu sogro, que não esteve presente na Britânia durante o exercício governamental de Scapula. Outras pessoas podem ter fornecido relatos pessoais, mas é provável que grande parte das informações tenha sido oriunda de relatórios militares do campo. Como nos mostram recentes experiências de impérios em guerra, os relatórios dos campos de batalha são redigidos com uma interpretação acentuadamente particular, destinada a exibir o invasor na melhor perspectiva possível, e a oposição, na pior imaginável. Quando um general relata que o inimigo lutou com uma crueldade que excede tudo o que foi anteriormente presenciado, até mesmo agora, no século XXI, seria razoável supor que estamos diante de uma desculpa para perdas significativas do lado da pessoa que está redigindo o relatório, possivelmente combinadas a alguns erros táticos graves. Parece-me provável que as mesmas imputações possam ser divisadas em um relatório redigido no século I por um imperador que não era famoso por sua magnanimidade, quando a penalidade pelo fracasso era bem mais duradoura do que a desaprovação de uma imprensa hostil.

Mesmo sem a distorção inerente às suas fontes primárias, seria ingênuo acreditar que o próprio Tácito não tenha acrescentado sua interpretação pessoal; no que diz respeito aos acontecimentos que tiveram lugar na fronteira ocidental, ele admite ter condensado os eventos de vários anos em uma única e breve narrativa para torná-los mais compreensíveis, e, em Roma, outorga a Caradoc um monólogo de louvável erudição e brevidade, repleto de implicações para uma audiência ainda não nascida. O desafio para o moderno escritor de ficção é peneirar a antiga ficção em busca das sementes de uma verdade plausível e depois descobrir, a partir delas, as motivações de todos os envolvidos.

Nesse aspecto, outros autores são construtivos. Suetônio nos oferece um vislumbre do temperamento dos diferentes Césares e é certamente uma das fontes mais abalizadas da Antiguidade que talvez tenha um conhecimento de Cláudio. Esse imperador foi favorecido, em anos mais recentes, por uma agradável reabilitação, promulgada por Robert Graves e Derek Jacobi, na qual o sucessor de Gaio/Calígula emerge como um idiota bem-intencionado cercado de loucos intrigantes. O relato de Suetônio é menos lisonjeiro; o seu Cláudio é um imperador que controla minuciosamente as despesas, com intensa inclinação para o sadismo, equilibrada apenas pelo esmagador instinto de autopreservação e uma paranoia bastante saudável (e justificada). Ele não era tão claramente louco quanto Calígula, mas seu reinado durou mais tempo, e um número bem maior de súditos, escravos e inimigos conquistados morreu no palácio e no Circo do que no reinado de todos os imperadores que o precederam. Parece haver indícios de que Nero, apesar da sua arrogância, refreou até certo ponto os excessos de sadismo público instigados pelo seu tio por afinidade.

Se acreditarmos, segundo nos diz Tácito, que Cláudio, de fato, perdoou Caradoc, permanece então a questão de por que um homem que tão claramente apreciava presenciar a morte lenta dos seus inimigos poderia decidir conceder esse perdão. É possível que Caradoc tenha simplesmente proferido um saudável discurso e tenha assim conquistado o direito à vida para si mesmo e para sua família. Possível, porém não provável. Sinto que a resposta reside na necessidade avassaladora de Cláudio de sobreviver e deve ter havido alguma ameaça a essa sobrevivência, ameaça real ou imaginária, por intermédio da qual Caradoc comprou a sua vida. Talvez as coisas não tenham acontecido como eu as descrevi, mas elas fazem sentido no contexto desta ficção.

É preciso lembrar, acima de tudo, que é uma obra de ficção. A estrutura do fato conhecido é muito tênue e desarticulada, e a fantasia tecida ao redor dela está projetada para preencher essas lacunas da maneira mais convincente possível. Não considere qualquer parte dela um fato estabelecido, porque não o será.

PERSONAGENS E PRONÚNCIA DOS NOMES

A LÍNGUA DAS TRIBOS PRÉ-ROMANAS ESTÁ PERDIDA PARA NÓS; não dispomos de meios para conhecer a pronúncia exata, apesar das intrépidas tentativas dos linguistas baseadas em línguas vivas e mortas conhecidas, particularmente o bretão medieval e o moderno, o córnico e o galês. O que se segue é a minha tentativa de alcançar certa precisão. Você é livre para tentar a sua. Os nomes dos personagens baseados na história conhecida estão marcados com um asterisco.

Personagens tribais

*Breaca — Bray-ah-ca. Também conhecida como Boudica, derivada da antiga palavra "Boudeg", que significa "Portadora da Vitória" e, portanto, "Aquela que Traz a Vitória". Breaca deriva da deusa Briga.

Bán — meio-irmão de Breaca, filho de Macha. O "á" é pronunciado mais como o "o" em "b**o**nfire". Sem o acento, significa "branco".

*Caradoc — Kar-a-dok. Amante de Breaca, pai de Cygfa, Cunomar e Math. Colíder da resistência ocidental contra Roma.

Cunomar — Kun-oh-mar. Filho de Breaca e Caradoc. Seu nome significa "cão do mar".

Cwmfen — Kum-vem. Guerreira dos ordovices. Amante de Caradoc antes de Breaca, mãe de Cygfa e de Math.

Cygfa — Sig-va. Filha de Caradoc e Cwmfen, meia-irmã de Cunomar.

Airmid de Nemain — Er-mid. Vidente da rã, ex-amante de Breaca. Airmid é um dos nomes irlandeses da deusa.

***Amminios** — Ah-min-i-oss. Irmão mais velho de Caradoc.

Ardacos — Ar-dah-kos. Guerreiro da ursa dos caledônios. Ex-amante de Breaca.

***Cunobelin** — Kun-oh-bel-in. Pai de Caradoc. Cun — "cão", Belin, o deus-sol. Por conseguinte, Cão Solar.

Dubornos — Dub-ohr-nos. Cantor e guerreiro dos icenos, companheiro de infância de Breaca e Bán.

Eburovic — Eh-bur-oh-vic. Pai de Breaca e Bán.

Efnís — Eff-niish. Vidente dos icenos.

Gwyddhien — G-with-i-enne. Guerreira dos siluros, amante de Airmid.

Luain mac Calma — Luw-ain mak Kalma. Ancião de Mona e vidente da garça. Príncipe da Hibérnia.

Macha — Mach-ah. O "ch" é suave, como na palavra escocesa lo**ch**. Mãe de Bán. A palavra "Macha" deriva da deusa do cavalo.

Iccius — Ikk-i-uss. menino escravo belga morto em um acidente quando era escravo de Amminios. Amigo e alma gêmea de Bán.

Personagens romanos

Julius Valerius — oficial da cavalaria auxiliar, originalmente da Ala Quinta Gallorum, posteriormente da Ala Prima Thracum.

Quintus Valerius Corvus — prefeito da Ala Quinta Gallorum.

***Longinus Sdapeze** — oficial da Ala Prima Thracum.

***Publius Osterius Scapula** — segundo governador da Britânia, 47-51 d.C.

***Marcus Ostorius Scapula** — seu filho.

***Aulus Didius Gallus** — terceiro governador da Britânia, 52-57 d.C.

***Quintus Veranius** — quarto governador da Britânia, 57-58 d.C.

Marullus — centurião da Vigésima Legião, posteriormente da Guarda Pretoriana em Roma.

Umbricius — atuário da Ala Quinta Gallorum.

Sabinius — porta-estandarte da Ala Quinta Gallorum.

Gaudinius — armeiro da Ala Quinta Gallorum.

***Imperador Tibério Cláudio Druso César** — **Cláudio** — imperador de Roma.

***Agripina, a Jovem** — sua sobrinha e também sua quarta esposa, mãe de Nero.

***Germânico**, também conhecido como **Britânico** — filho de Cláudio com Messalina, sua terceira esposa.

* **Lúcio Domício Enobarbo**, também conhecido como **Nero** — filho de Agripina, a Jovem, e Gneu Domício Enobarbo.

BIBLIOGRAFIA

Além dos livros mencionados no primeiro volume, foram particularmente proveitosos os seguintes:

Tacitus, *The Complete Works* (Modern Library College Editions, Random House, 1942).
Suetônio, *The Lives of the Twelve Caesars*, Ed. Tom Griffith (Wordsworth Editions Ltd, 1977).
Claus, M., *The Roman Cult of Mithras*, tradução para o inglês de Richard Gordon (Edinburgh University Press, 2000).
Cunliffe, Barry (ed.), *Rome* (Oxford Archaeological Guides, Oxford University Press, 1998).
Farvo, D., *The Urban Image of Augustan Rome* (Cambridge University Press, 1996).
Holder, P.A., *The Roman Army in Britain* (B.T. Batsford Ltd, 1982).
Holland, R., *Nero, The Man Behind the Myth* (Sutton Publishing, 2000).
Linderman, Frank B., *Pretty-Shield, The Story of a Crow Medicine Woman* (University of Nebraska Press, 1932).
Paolis, U.E., *Rome, Its People, Life and Customs* (Longman Group, 1958).
White, M.A., *SPQR, The History and Social Life of Ancient Rome* (Macmillan, 1965).

markgraph

Rua Aguiar Moreira, 386 - Bonsucesso
Tel.: (21) 3868-5802   Fax: (21) 2270-9656
e-mail: markgraph@domain.com.br
Rio de Janeiro - RJ